EDIÇÕES BESTBOLSO

Jane Eyre

Charlotte Brontë (1816-1855) nasceu em Thornton, no condado de Yorkshire, na Inglaterra. Com a morte da mãe, em 1821, e das duas irmãs mais velhas, em 1825, Charlotte, as irmãs Emily e Anne e o irmão Branwell foram morar com uma tia, irmã de sua mãe. As meninas foram educadas em casa e, por meio da escrita, elas desenvolviam e exploravam mundos fantásticos. Escreviam diários, peças, poemas e histórias e os reuniam num jornal mensal. De 1835 a 1838 Charlotte trabalhou como preceptora e depois como governanta. Em 1845, as três irmãs publicaram – sob os pseudônimos masculinos de Currer, Ellis e Acton Bell – uma compilação de seus poemas. Entusiasmadas, começaram a escrever romances. Emily escreveu *O morro dos ventos uivantes*, Anne escreveu *Agnes Grey* e Charlotte, *The Professor*. Os dois primeiros foram aceitos por um editor, mas o romance de Charlotte foi rejeitado. Em 1847, entretanto, *Jane Eyre* foi publicado e obteve sucesso imediato.

Charlotte Brontë

JANE EYRE

Tradução e prefácio de
HELOISA SEIXAS

6ª edição

EDIÇÕES
BestBolso
RIO DE JANEIRO – 2018

CIP-BRASIL. CATALOGAÇÃO NA FONTE
SINDICATO NACIONAL DOS EDITORES DE LIVROS, RJ

Brontë, Charlotte, 1816-1855
B887j Jane Eyre / Charlotte Brontë; tradução e prefácio de Heloisa Seixas. –
6ª ed. 6ª edição – Rio de Janeiro: BestBolso, 2018.

Tradução de: Jane Eyre
ISBN 978-85-7799-201-0

1. Romance inglês. I. Seixas, Heloisa, 1952- I. Título.

CDD: 823
11-1005 CDU: 821.111-3

Jane Eyre, de autoria de Charlotte Brontë.
Título número 231 das Edições BestBolso.
Sexta edição impressa em maio de 2018.
Texto revisado conforme o Acordo Ortográfico da Língua Portuguesa.

Título original inglês:
JANE EYRE

www.edicoesbestbolso.com.br

Design de capa: Simone Villas-Boas sobre imagem de Beth Hommel intitulada "Cameo Necklace On White" (Fotolia).

Impresso no Brasil

ISBN 978-85-7799-201-0

A W. M. Thackeray, Esq.,
esta obra é respeitosamente dedicada

Prefácio à edição de bolso

Uma heroína trágica

Quando o assunto é literatura inglesa do século XIX – e muitos são os mestres desse período –, temos de tirar o chapéu para a família Brontë. Todos os membros desse clã de Yorkshire, na Inglaterra, tinham pendores literários e só uma coisa foi capaz de afastá-los de seu ofício: a morte. Dos quatro irmãos que chegaram à vida adulta, três foram grandes escritoras – Emily, Anne e Charlotte – e o outro, o único homem, Branwell, era poeta, embora desconhecido.

A mais famosa das irmãs Brontë é Emily, autora de *O morro dos ventos uivantes*, mas Anne não fica nem um pouco atrás em matéria de qualidade. E Charlotte, autora deste livro que você tem nas mãos, *Jane Eyre*, é dona de um estilo arrebatador. Para mim, é a melhor das três. E se você pensa que ler um romance escrito por uma mulher há quase duzentos anos é uma experiência "água com açúcar", atenção: violência, ódio, maus-tratos a crianças, bigamia e loucura são alguns dos ingredientes desta obra-prima. Obra-prima, sim, sem exagero.

Como muitos grandes escritores do século XIX – esse século tão fértil para a literatura, quando se firmaram o romance e o conto –, Charlotte Brontë tem um domínio absoluto da narrativa. Não há espaços frouxos, tudo se encaixa, o ritmo não cai. Quando pensamos que está tudo bem, que é hora de relaxar, ela nos faz uma surpresa. Guiados pelas mãos firmes de Brontë, acompanhamos a saga da pequena órfã Jane, da infância até a vida adulta, quando precisará de toda a sua fibra para superar as mais terríveis provações. Prepare-se. Você, leitor, vai rir e chorar com ela. E mais: será envolvido por sua história quase sem perceber.

Ler um livro escrito no século XIX é uma experiência parecida com viver – começa devagar. Durante algum tempo, somos apenas apresentados, de maneira detalhada, aos personagens, aos lugares, a todo o meio ambiente que servirá de pano de fundo para a história. Tudo parece feito como se os escritores tivessem todo o tempo do mundo (e tinham mesmo). Por isso, para mergulhar nesse universo literário, devemos ser generosos e nos deixar transportar para lá sem pressa, para esse novo tempo e espaço em que cenários e personagens são tecidos como uma tapeçaria de pontos finíssimos.

Mas não tenha dúvida: de repente, quando menos esperamos, descobrimos que já não somos nós mesmos, que já não estamos no século XXI, que agora de fato fazemos parte daquele mundo – tão diverso do nosso – e sentimos em toda a intensidade os dramas e as alegrias dos personagens que o compõem. E, quando isso acontece, dá-se a sensação rara que só os grandes livros trazem: a vontade danada de chegar em casa porque o livro nos espera; a impossibilidade de parar de ler, embora haja sempre algum compromisso nos esperando ou alguém gritando que o jantar está na mesa; aquela avareza de que somos acometidos para que o livro não acabe tão cedo, economizando na leitura, lendo o mais devagar possível para retardar ao máximo a chegada do fim; e, quando não tem mais jeito e o livro acaba mesmo, aquela sensação de vazio, de estar desacompanhado. Aquela sensação de saudade.

Tudo isso aconteceu comigo quando li *Jane Eyre* pela primeira vez. A riqueza dos personagens é tal que, em pouco tempo, eles deixam de ser personagens e saltam para a vida real. Têm alma, estofo, verdade. São como qualquer um de nós, não importa se um ou dois séculos nos separem. E por isso mesmo são eternos.

No caso de *Jane Eyre*, essa sensação de realidade torna-se ainda mais forte se pensarmos que o livro se baseia, em grande parte, em experiências vividas pela autora: há muito de autobiografia, por exemplo, nas descrições terríveis que Charlotte Brontë faz dos primeiros anos de vida da pequena Jane.

Charlotte nasceu em Thornton, Yorkshire, em 1816. Filha de um clérigo da Igreja Anglicana foi a terceira criança em uma família de seis filhos (cinco meninas e um único menino). Quando estava com cinco anos, ficou órfã de mãe e seu pai botou uma tia para cuidar das crianças. Mas as quatro meninas mais velhas – Maria, Elizabeth, Emily e a própria Charlotte – foram mandadas para o colégio interno. E aí começou o drama maior.

O colégio clerical de Cowan Bridge, em Lanchashire, para onde elas foram, tinha condições tão adversas e um regime tão cruel que duas das irmãs de Charlotte – Maria e Elizabeth – morreram de tuberculose. Foi Cowan Bridge a inspiração para o colégio de Lowood, criado pela autora para ambientar algumas das atribulações vividas por Jane Eyre. E esse é apenas um dos pontos de coincidência entre ficção e realidade, já que Charlotte também trabalhou como professora e também viveu um amor impossível, com um homem chamado Constantin Heger, que era casado.

O romance *Jane Eyre* foi publicado por Charlotte Brontë em 1847, sob o pseudônimo masculino (algo comum no século XIX) de Currer Bell e foi um enorme sucesso. Mas os anos seguintes não foram felizes para a autora: no espaço de apenas dois anos (1848 e 1849) seu irmão Branwell morreu de alcoolismo (há quem afirme que estava tuberculoso) e as duas irmãs que lhe restavam, Emily e Anne, também morreram – estas, sim, de tuberculose. Sete anos depois, quando já estava com quase quarenta anos, Charlotte se casou com Arthur Bell Nicholls e engravidou, mas jamais chegaria a dar a luz. Como uma heroína trágica, morreu grávida, em março de 1855, de causas não muito claras: alguns autores afirmam que foi desnutrição e desidratação provocadas pela náusea da gravidez, mas outros dizem que foi, também, tuberculose. A ser verdade, a mesma doença teria matado os seis filhos da família, como se fosse uma maldição. Que história, não? Parece coisa que a gente só encontra nos livros.

Heloisa Seixas
Escritora e tradutora

Prefácio do autor à segunda edição inglesa

Como um prefácio à primeira edição de *Jane Eyre* era desnecessário, não fiz nenhum, mas esta segunda edição demanda algumas linhas de gratidão e comentários diversos.

Devo agradecer a três grupos.

Ao público, pela gentil atenção dedicada a uma narrativa simples e de poucas pretensões.

À imprensa, pela aprovação que abriu espaço para um obscuro aspirante a autor.

Aos meus editores, pela ajuda que seu tato, energia, senso prático e generosidade prestaram a um autor desconhecido e sem recomendações.

A imprensa e o público não são mais que vagas personificações para mim, devo então agradecer-lhes em termos vagos; mas meus editores são conhecidos, assim como determinados críticos generosos, que me encorajaram de uma maneira que apenas os homens de grande coração e espírito elevado saberiam encorajar um estranho lutando para escrever. A eles, isto é, meus editores, e aos seletos críticos, eu digo: cavalheiros, agradeço de coração.

Tendo reconhecido o que devo aos que me ajudaram e aprovaram, eu me volto para outro grupo; um grupo pequeno, até onde sei, mas que ainda assim não deve ser desconsiderado. Refiro-me aos poucos tímidos ou desconfiados que suspeitam da tendência de livros como *Jane Eyre*, que veem tudo o que é incomum como errado e ouvem cada protesto contra o fanatismo – o pai do crime – como um insulto à religião, regente de Deus na Terra. Gostaria de evocar algumas distinções óbvias, lembrá-los de certas verdades simples.

Convencionalismo não é moralidade. Farisaísmo não é religião. Criticar os primeiros não é agredir os segundos. Arrancar a máscara do fariseu não é erguer mão ímpia contra a Coroa de Espinhos.

Tais características e ações são diametralmente opostas: são tão distintas quanto o vício da virtude. São frequentemente confundidas pelos homens, mas não se deve confundi-las, não se pode tomar as aparências como verdade. Doutrinas humanas tacanhas que beneficiam apenas alguns não deveriam substituir a doutrina de Cristo, que redime o mundo. Existe, repito, uma diferença, e é uma boa atitude, não má, marcar firme e claramente a linha que as separa.

O mundo pode não gostar de ver tais ideias separadas, pois está acostumado a misturá-las, acha conveniente fazer a aparência passar por valor autêntico, deixar paredes caiadas de branco passarem por santuários puros. Pode-se odiar aquele que ousa examinar e expor, que raspa o ouro e mostra o metal por baixo, que penetra no sepulcro e revela relíquias carnais, porém por mais que o odeie, o mundo tem uma dívida com ele.

Ahab não gostava de Miqueias, pois ele nunca profetizava coisas boas a seu respeito, apenas más, e provavelmente preferia o filho bajulador de Chanaannah. Mas Ahab poderia ter escapado de uma morte violenta se tivesse escutado seu fiel conselheiro em vez da bajulação.

Existe um homem em nossos dias cujas palavras não se destinam a agradar ouvidos delicados; que, em minha opinião, vem antes dos grandes da sociedade, assim como Imlah precedia os reis entronizados de Judá e Israel, e que diz uma verdade tão profunda, com um poder vital, tão semelhante ao dos profetas, e de forma tão destemida e ousada, quanto eles. O satírico autor de *Feira das vaidades** é admirado em altos círculos? Não sei dizer, mas creio que se alguns daqueles contra os quais ele lança o fogo grego do seu sarcasmo e sobre os quais fulmina o raio de sua denúncia levassem suas advertências a sério antes que fosse tarde demais, eles ou seus descendentes escapariam a tempo de um fatal Ramoth-Gilead.

Por que me referi a esse homem? Eu me referi a ele, leitor, porque acredito que possui um intelecto superior e especial do que foi reconhecido até então por seus contemporâneos; porque eu o vejo como o primeiro regenerador social de nosso tempo, como o líder de um

*William Makepeace Thackeray (1811-1863). (*N. do E.*)

grupo que pode devolver a retidão ao distorcido sistema de coisas; porque acho que nenhum crítico de seus escritos encontrou ainda a descrição que lhe serve, os termos que caracterizam corretamente seu talento. Dizem que ele se parece com Fielding,* falam de sua perspicácia, seu senso de humor, sua comicidade. Ele se assemelha tanto a Fielding como uma águia a um abutre. Fielding curva-se até a carniça, Thackeray não. Sua mente é afiada, seu humor, cativante, mas ambos mantêm com seu gênio a mesma relação que o simples reflexo do relâmpago na borda de uma nuvem de verão mantém com a mortal faísca elétrica nele escondida. Finalmente, referi-me ao Sr. Thackeray porque, caso ele aceite a homenagem de um total estranho, dediquei a ele esta segunda edição de *Jane Eyre*.

CURRER BELL
21 de dezembro de 1847.

Nota do autor à terceira edição inglesa

Aproveito a oportunidade que a terceira edição de *Jane Eyre* me dá de novamente dirigir-me ao público para explicar que meu direito ao título de romancista se apoia apenas nesta obra. Assim, se a autoria de outras obras de ficção me tem sido atribuída, trata-se de honra concedida a quem não a merece, e, em consequência, negada a quem é devida.

Esta explicação servirá para corrigir enganos que tenham sido cometidos e para prevenir futuros erros.

CURRER BELL
13 de abril de 1848.

*Henry Fielding (1707-1754), autor do romance *Tom Jones*. (*N. do E.*)

1

Não havia qualquer possibilidade de se dar uma caminhada naquele dia. De manhã, tínhamos passado uma hora passeando por entre os arbustos desfolhados, mas desde a hora do jantar (a Sra. Reed jantava cedo quando não havia visitas) o vento frio de inverno trouxera com ele nuvens tão sombrias, e uma chuva tão penetrante, que qualquer atividade ao ar livre ficara fora de questão.

Eu estava feliz por isso; nunca apreciei longas caminhadas, especialmente em tardes frias. Mas o que me assustava era voltar para casa naquele crepúsculo úmido, os dedos dos pés e das mãos congelados, o coração entristecido pelas admoestações de Bessie, a babá, e humilhada pela consciência de minha inferioridade física em relação a Eliza, John e Georgiana Reed.

Eliza, John e Georgiana agora estavam todos agarrados à mãe deles na sala de visitas: ela, reclinada no sofá perto da lareira e tendo à volta seus queridinhos (no momento, nenhum deles estava brigando ou chorando), parecia perfeitamente feliz. Quanto a mim, ela havia me dispensado de fazer parte do grupo, dizendo que "lamentava ter de me manter a distância. Até que ouvisse de Bessie, ou constatasse por observação própria, que eu estava me esforçando, de boa vontade, para me tornar uma pessoa mais sociável, mais parecida com uma criança, e desenvolvendo maneiras mais joviais – algo mais leve, franco, ou seja, mais natural –, ela teria mesmo de me excluir dos privilégios que eram reservados unicamente a crianças felizes e contentes".

– O que foi que Bessie disse que eu fiz? – perguntei.

– Jane, não gosto de quem debocha ou faz muitas perguntas. Além disso, há sem dúvida algo de ofensivo em uma criança se dirigir aos mais velhos com esses modos. Sente-se em algum lugar. E, enquanto não quiser falar de forma agradável, mantenha-se calada.

A pequena sala de chá ficava junto à sala de visitas, e foi para lá que escapuli. Havia ali uma estante. Fui logo pegando um livro e prestando atenção para que fosse um livro ilustrado. Sentei então no banco embutido embaixo da janela, elevando os pés e cruzando as pernas à maneira dos turcos. Como havia puxado a cortina damasco-vermelho quase até o fim, tinha assim um duplo esconderijo.

Do meu lado direito, os drapeados de tecido vermelho da cortina fechada, e, do lado esquerdo, os vidros da janela, que me protegiam mas não me afastavam do dia sombrio de novembro. Nos intervalos da leitura, a cada vez que virava uma página, eu observava o aspecto daquela tarde de inverno. Ao longe, o que via era uma monotonia pálida feita de bruma e nuvens. E, de perto, o cenário do gramado ensopado e dos arbustos batidos pelo vento, com a chuva incessante varrendo tudo com fúria, em eterna e abominável tormenta.

Tornei a baixar a vista para o livro – *História dos pássaros britânicos*, de Bewick: em geral, eu não ligava para as letras impressas; mas, embora fosse uma criança, havia ali umas páginas introdutórias que me interessaram. Eram aquelas que falavam sobre as caçadas empreendidas pelas aves marinhas; sobre "os rochedos e promontórios solitários" que essas aves costumam habitar; sobre a costa da Noruega, repleta de ilhas, desde o extremo sul, na região de Lindeness, ou Naze, até o Cabo Norte...

> Onde o Oceano do Norte, em vastos redemoinhos,
> Borbulha em torno das ilhas nuas, melancólicas
> Ou na mais distante Thule; e onde o Atlântico se ergue,
> Despejando-se em meio às Hébridas tormentosas.

Tampouco me escapavam as referências às regiões costeiras desoladas da Lapônia, da Sibéria, de Spitzbergen, de Nova Zembla, da Islândia, da Groenlândia, com "os vastos movimentos da Zona Ártica, e aquelas áreas abandonadas de áridos espaços – aquele reservatório de neve e gelo, onde campos congelados, acúmulo de séculos de invernos, brilham sobre camadas e mais camadas alpinas, cercadas pelo polo, concentrando e multiplicando os rigores do frio mais extremo". Eu fazia desses desertos gelados uma ideia muito própria:

turva, como as noções apenas meio compreendidas que flutuam na mente das crianças, mas estranhamente forte. As palavras impressas naquelas páginas se conectavam com as figuras que vinham a seguir, dando significado ao rochedo solitário debruçado sobre o mar cheio de ondas e espuma; ao barco avariado encalhado numa costa deserta; à lua fria e inquietante surgindo por entre nuvens diante de um navio que começa a naufragar.

Não saberia dizer que sentimentos assombravam aquele cemitério solitário junto à igreja, com as lápides e suas inscrições. O portão, as duas árvores, o horizonte baixo, cortado por um muro em ruínas, e a lua crescente começando a surgir e evidenciando a hora do crepúsculo.

Os dois navios imóveis flutuando em um mar inerte, que eu acreditava serem fantasmas marinhos.

O demônio agarrando o saco que o ladrão leva às costas, por essa figura eu passava rápido: causava-me terror.

O mesmo acontecia com o ser negro e chifrudo sentado sobre uma pedra, observando a distância a multidão que cerca a forca.

Cada figura contava uma história. Muitas vezes misteriosa para meu entendimento pouco evoluído e meus sentimentos imperfeitos, mas sempre profundamente interessante. Tão interessante quanto as histórias que Bessie às vezes contava nas noites de inverno, quando acontecia de ela estar de bom humor. Era quando, depois de levar a tábua de passar para junto da lareira do quarto de brinquedos, permitia que ficássemos à sua volta para – enquanto esticava os babados de renda da Sra. Reed e plissava as bordas de suas toucas de dormir – encher nossa imaginação sedenta com passagens de amor e aventura tiradas de velhos contos de fadas ou antigas canções, ou ainda (como no futuro eu descobriria) das páginas de *Pamela* e de *Henry, conde de Moreland*.

Com Bewick sobre os joelhos, eu então era feliz: pelo menos feliz ao meu modo. A única coisa que temia eram as interrupções, e elas não demoravam a acontecer. A porta da sala de chá se abriu.

– Buh! Dona Pateta! – gritou a voz de John Reed. Em seguida, silêncio. Aparentemente, ele dera com a sala vazia.

– Onde diabos ela se meteu? – continuou. – Lizzy! Georgy! (ele chamava as irmãs) Jane não está aqui, não. Falem para a mamãe que a danada foi lá para fora, para a chuva!

"Acho melhor abrir a cortina", pensei, embora estivesse rezando para que ele não descobrisse meu esconderijo. Não que John Reed fosse capaz de descobri-lo sozinho. Ele não era lá muito rápido, nem em matéria de visão nem em matéria de ideias. Mas logo Eliza espiou da porta e na mesma hora falou:

– Ela está no banco embaixo da janela, com toda a certeza, Jack.

E eu saí de trás da cortina na mesma hora, tremendo ante a possibilidade de ser arrancada de lá por Jack.

– O que você quer? – perguntei, com uma hesitação incomum.

– Diga "O que deseja, Dr. Reed?" – foi a resposta. – Quero que você venha até aqui – e, sentando-se na poltrona, fez um gesto ordenando que eu me aproximasse e ficasse de pé diante dele.

John Reed era um fedelho de quatorze anos. Quatro a mais do que eu, que tinha só dez. Grande e robusto para a idade, com uma pele escura e doentia, feições grossas em um rosto largo, pernas pesadas, pés e mãos grandes. À mesa, ele se empanzinava, o que lhe dava um aspecto bilioso, deixando-lhe os olhos turvos, lacrimejantes, e as bochechas, caídas. Nessa ocasião, ele deveria estar na escola. Mas sua mãe o trouxera para casa a fim de passar uma temporada de um ou dois meses, "por causa de sua saúde delicada". Sr. Miles, o diretor, disse que ele passaria muito bem se comesse menos bolos e doces que lhe mandavam de casa, mas o coração materno recusou essa opinião tão severa, optando pela hipótese mais refinada de que a cor amarelada de John se devia a excesso de esforço e talvez também a saudade de casa.

John tinha grande afeição pela mãe e pelas irmãs, assim como grande antipatia por mim. Ele me maltratava e castigava. Não duas ou três vezes por semana, ou uma ou duas vezes por dia, mas continuamente: cada nervo meu se crispava de medo dele, cada centímetro de carne sobre meus ossos se encolhia quando ele se aproximava. Havia momentos em que eu ficava hipnotizada pelo terror que John me inspirava, porque não tinha a quem apelar contra suas ameaças ou maldades. Os empregados não gostavam de ofender o jovem patrão tomando partido contrário, e a Sra. Reed era cega e surda a respeito do assunto: jamais o vira me bater ou ouvira seus insultos a mim, mesmo que às vezes ele fizesse tudo isso na frente dela (o mais comum era fazer pelas costas).

Obedecendo a John, como sempre, caminhei até junto da poltrona. Ele levou mais de três minutos mostrando a língua para mim, o mais para fora que pôde. Eu sabia que dali a pouco iria me bater e, embora temesse o golpe, fiquei observando a aparência feia e nojenta daquele que logo iria desfechá-lo. Não sei se ele adivinhou meus pensamentos, porque, de repente, sem dizer nada, me bateu com toda a força. Cambaleei e, assim que recuperei o equilíbrio, dei um ou dois passos para trás, afastando-me da poltrona.

– Isso é pela sua sem-vergonhice em responder à mamãe daquele jeito – disse – e também por se esconder atrás da cortina. E ainda pelo seu olhar há dois minutos, sua peste!

Acostumada aos maus-tratos de John Reed, nem me passou pela cabeça responder. Eu me esforçava era para aguentar o novo golpe que viria depois dos gritos.

– O que você estava fazendo atrás da cortina? – perguntou ele.

– Estava lendo.

– Mostre o livro.

Voltei até a janela e peguei o volume.

– Você não tem nada que pegar nossos livros. Você é nossa dependente, segundo a mamãe. Não tem dinheiro. Seu pai não lhe deixou nada. Tinha é que estar pedindo esmola e não vivendo com crianças finas como nós e comendo nossa comida e usando as roupas pagas pela mamãe. Agora, vou-lhe ensinar a não mexer nos livros da minha estante. Porque eles são *meus*. Toda esta casa é minha, ou vai ser, dentro de alguns anos. Vá até a porta e fique lá em pé, fora da direção do espelho e da janela.

Fiz o que ele mandava, sem entender, no início, o que John pretendia. Mas quando o vi suspender o livro, preparando-se para atirá-lo longe, instintivamente dei um pulo para o lado, soltando um grito de susto. Mas já era tarde. O volume foi arremessado, bateu em mim e eu caí, dando com a cabeça na porta e sofrendo um corte. O corte sangrou, a dor era aguda. Meu terror foi além do limite, e outros sentimentos se sucederam.

– Você é um menino mau, cruel! – falei. – É como um assassino... é como um traficante de escravos... você é igual aos imperadores romanos!

Tinha lido a *História de Roma*, de Goldsmith, e já formara minha opinião sobre Nero, Calígula e outros. Também fizera outras comparações em silêncio, que não tinha a menor intenção de dizer em voz alta.

– O quê? O quê? – gritou John. – Ela está falando isso para mim? Vocês ouviram, Eliza e Georgiana? Não devo contar a mamãe? Mas antes...

E ele veio correndo em minha direção. Senti que me agarrava pelos cabelos e pelos ombros. Eu estava desesperada. Via-o de fato como um tirano, um assassino. Senti uma ou duas gotas de sangue escorrendo pelo pescoço e estava consciente de um sofrimento pungente. Essas sensações se sobrepujavam ao medo, e eu o recebi numa espécie de frenesi. Não sei direito o que fiz com as mãos, mas ele me chamava de "Peste! Peste!" e urrava a plenos pulmões. Mas a ajuda estava chegando: Eliza e Georgiana tinham ido correndo chamar a Sra. Reed, que estava no andar de cima. Logo ela apareceu, seguida por Bessie e por sua aia, Srta. Abbot. Fomos apartados. E eu ouvi as seguintes palavras:

– Nossa! Com que fúria ela voou no Sr. John!

– Alguma vez já se viu tamanha violência?

E então a Sra. Reed, completando:

– Levem-na para o quarto vermelho e deixem-na trancada lá.

Quatro mãos caíram imediatamente sobre mim e fui arrastada escada acima.

2

Fui resistindo, ao longo de todo o caminho. Era uma coisa inédita em mim, circunstância que fortaleceu em muito a péssima opinião que Bessie e a Srta. Abbot estavam dispostas a ter a meu respeito. A verdade é que eu estava um pouco perturbada, ou fora de mim, como diriam os franceses. Tinha consciência de que minha revolta momentânea já me renderia estranhos castigos e, como qualquer escravo rebelado, decidira, em meu desespero, que agora iria até o fim.

– Segure os braços dela, Srta. Abbot. Está esperneando feito um gato.

– Que vergonha! Que vergonha! – gritava a aia. – Que coisa chocante, Srta. Eyre, bater num jovem cavalheiro, filho de sua benfeitora! Seu jovem patrão!

– Patrão! Quem disse que ele é meu patrão? E por acaso sou uma empregada?

– Não, você é menos do que uma empregada, porque não tem nada neste mundo. Vamos, sente-se aí e reflita sobre a sua mesquinhez.

A essa altura, elas tinham me levado para o quarto indicado pela Sra. Reed e me sentado num banco. Meu impulso foi de pular dali como se fosse uma mola. Mas aqueles dois pares de mãos me imobilizaram instantaneamente.

– Se você não ficar quieta, vamos amarrá-la – disse Bessie. – Srta. Abbot, empreste-me sua liga. Ela quebraria num instante as minhas.

A Srta. Abbot se virou para livrar sua perna grossa da necessária ligadura. Tais preparativos para me amarrar, e a ignomínia que isso significava, me amansaram um pouco.

– Não precisa! – gritei. – Eu vou ficar quieta.

Como garantia, firmei-me no banco, segurando-o com as duas mãos.

– Veja lá, hein? – disse Bessie. E, assim que se certificou de que eu estava me aquietando, afrouxou a mão com que me segurava. Em seguida, ela e a Srta. Abbot ficaram paradas, com os braços cruzados, me olhando com um ar sombrio e duvidoso, como se não tivessem muita certeza sobre a minha sanidade.

– Ela nunca fez isso antes – disse Bessie afinal, dirigindo-se a Abigail.

– Mas no fundo sempre foi assim – retrucou a outra. – Já cansei de falar para a Sra. Reed qual é minha opinião sobre essa criança, e ela concorda comigo. Jane é uma menininha ardilosa. Nunca vi uma garota dessa idade ser tão falsa.

Bessie não respondeu. Depois de um tempo, virando-se para mim, disse:

– Você precisa se conscientizar, senhorita, de que deve muito à Sra. Reed: ela cuida de você; se ela decidisse mandá-la embora, você teria de ir morar num asilo.

Diante dessas palavras, eu não tinha o que responder. Nada daquilo era novidade para mim. Minhas recordações mais remotas já incluíam referências daquele tipo. Menções à minha dependência já tinham se tornado uma melodia monótona aos meus ouvidos. Dolorosas, chocantes, mas só em parte inteligíveis. A Srta. Abbot completou:

– E você não pode pensar que está no mesmo nível das senhoritas e do patrãozinho, só porque a Sra. Reed gentilmente permite que seja criada ao lado deles. Eles serão ricos quando crescerem e você não terá nada. Seja humilde e tente ser mais agradável com eles.

– O que estamos dizendo é para o seu bem – acrescentou Bessie, em tom suave. – Você tem de tentar ser útil e boazinha. Aí, talvez, possa fazer daqui seu lar. Mas se for uma menina rude e malcriada, a Sra. Reed vai mandá-la embora, tenho certeza.

– Além disso – disse a Srta. Abbot –, Deus vai castigá-la. Ele pode fazer com que ela caia mortinha no meio de um desses ataques, e aí o que seria dela? Vamos, Bessie, vamos deixá-la quieta. Eu é que não queria estar no lugar dela. Reze, Srta. Eyre, quando estiver sozinha. Porque, se não se arrepender, alguma coisa ruim pode entrar pela chaminé e carregar você.

E saíram, fechando a porta e depois passando a tranca.

O quarto vermelho era um aposento vazio, onde raramente alguém dormia. Eu poderia mesmo dizer nunca, exceto quando o número de visitantes em Gateshead Hall era tão grande que era preciso usar todos os quartos disponíveis. Mas era um dos maiores e mais majestosos de toda a mansão. Uma cama com pilares maciços em mogno, de onde pendia um dossel damasco-vermelho, bem escuro, que ficava exatamente no centro, como um tabernáculo; as duas imensas janelas, com as cortinas sempre fechadas, eram semicobertas por festões e drapeados de um tecido semelhante; o tapete era vermelho; a mesa ao pé da cama era coberta por uma manta cor de carmim; as paredes, pintadas com uma tonalidade clara, caindo um pouco para o cor-de-rosa; o guarda-roupa, a penteadeira e as cadeiras eram todos de mogno antigo, com verniz escuro. Em meio a esse ambiente sombrio, destacavam-se, de um branco brilhante, as colchas empilhadas e os travesseiros da cama, recobertos por uma renda Marseilles cor de neve. Um pouco mais discreta, uma ampla poltrona fora colocada perto da cabeceira da cama, também branca, com uma banqueta à frente, parecendo, na minha imaginação, um trono desbotado.

O quarto era gelado, porque ali raramente se acendia a lareira. E era silencioso, porque ficava longe do quarto de brinquedos e da cozinha. Era também solene, por ser tão pouco usado. Apenas a arrumadeira entrava lá aos sábados para limpar os espelhos e espanar dos móveis a pouca poeira acumulada em uma semana. De tempos em tempos, a própria Sra. Reed costumava ir até lá para remexer numa gaveta secreta do guarda-roupa, onde ficavam guardados diversos papéis, o baú de joias e uma estatueta de seu falecido marido. E nessas duas últimas palavras se resumia o segredo do quarto vermelho – o encantamento que o mantinha sempre intocado, apesar de toda sua grandeza.

O Sr. Reed estava morto havia nove anos e fora ali naquele quarto que ele dera seu último suspiro. Ali ficara exposto em grande pompa e para lá os empregados do agente funerário tinham levado seu caixão. E, desde então, um sentimento de consagração e temor mantivera o quarto fechado às intrusões frequentes.

Meu banco, aquele ao qual Bessie e a amarga Srta. Abbot tinham me pregado, era uma otomana baixa que ficava junto da lareira. A cama estava bem à minha frente. À direita, o enorme e escuro guarda-roupa no qual reflexos vagos e entrecortados cintilavam no verniz das almofadas da porta. À esquerda, as janelas cerradas. Entre estas, um imenso espelho repetia a majestade vazia da cama e do quarto. Eu não tinha bem certeza se elas haviam trancado a porta. Assim, quando ousei me mover, levantei e fui até lá verificar. Mas, sim! E nenhuma cela poderia estar mais bem fechada. Voltando, tive de passar em frente ao espelho. Meu olhar fascinado involuntariamente explorou suas profundezas. Dentro daquele vão, tudo parecia mais frio e mais escuro do que no mundo real. E a estranha figura que me olhava com seu rosto pálido e os braços tateando no escuro, com seus olhos cintilantes de medo que se moviam quando tudo o mais era imobilidade, aquela figura teve o efeito de um verdadeiro espectro: encarei-a como se fosse um daqueles fantasmas, meio fadas, meio demônios, de que Bessie falava em suas histórias noturnas, saindo dos vales solitários de samambaias, nos pântanos, e aparecendo para os viajantes desavisados. Voltei para o meu banco.

Um medo do desconhecido estava tomando conta de mim. Mas ainda não me vencera completamente: meu sangue continuava quente. O estado de espírito do escravo revoltado ainda me tomava com seu vigor amargo. Eu precisava fazer mentalmente uma retrospectiva de tudo, antes de me concentrar no triste presente.

Todas as tiranias violentas de John Reed, toda a indiferença orgulhosa de suas irmãs, toda a aversão da mãe, toda a parcialidade dos empregados, tudo isso revirava em minha mente como uma água suja sendo revolvida no fundo de um poço. Por que eu estava sempre sofrendo, sempre apanhando, sempre sendo acusada e eternamente condenada? Por que será que eu não conseguia agradar nunca? Por que era inútil tentar conquistar a simpatia de alguém? Eliza, que era voluntariosa e egoísta, era respeitada. Georgiana, muito mimada, e que era mordaz, virulenta e insolente, tinha a indulgência de todos. Sua beleza, as faces rosadas e os cachos dourados pareciam agradar a todos que a olhavam, perdoando-lhe qualquer pecado. Quanto a John, ninguém o contrariava, quanto mais castigá-lo, embora ele torcesse o pescoço dos pombos, matasse os pintinhos, atiçasse os cães contra os carneiros, tirasse as uvas das parreiras e arrancasse os botões das plantas na estufa. Além disso, ele chamava a mãe de "minha velha". Às vezes, menosprezava-a por ser morena, embora ele próprio também o fosse. Simplesmente recusava-se a lhe atender os pedidos. E chegava, em algumas situações, a rasgar ou estragar suas roupas de seda. Mas, apesar de tudo, continuava sendo o seu "queridinho". Eu não ousava cometer um erro. Lutava para cumprir cada obrigação. E sempre, de manhã à noite, dia após dia, tachavam-me de má, chata, birrenta e mesquinha.

Minha cabeça ainda doía e sangrava por causa da pancada e da queda que eu havia sofrido. E ninguém reprovara John por ter-me atingido, de propósito. E só porque eu me revoltara contra ele, para evitar ser ainda mais atingida por aquela violência irracional, eu recebia o opróbrio de todos.

"É injusto! Injusto!", era a voz da razão dentro de mim, levada por aquele estímulo extremo a uma precoce, embora transitória, sensação de poder. E a decisão também se assomava, instigada por sombrios expedientes destinados a permitir uma escapatória àquela opressão insuportável – como fugir ou, se isso não fosse possível, nunca mais comer nem beber e me deixar morrer.

Que consternação minha alma sentia, naquela tarde assombrosa! Como todo o meu cérebro estava mergulhado em tumulto e meu coração em insurreição! E, no entanto, em que negror, em que densa ignorância se travava tal batalha! Eu não conseguia responder à pergunta mais profunda – qual o *porquê* daquele sofrimento. Hoje, tanto tempo depois – quantos anos, não direi –, vejo tudo com clareza.

Eu era uma estranha em Gateshead Hall. Não me parecia com ninguém ali. Não tinha qualquer harmonia nem com a Sra. Reed nem com as crianças, ou com a vassalagem por ela escolhida. Se não me amavam, a verdade é que eu tampouco os amava. Eles não tinham a obrigação de encarar com afeição um ser que não simpatizava com nenhum deles. Alguém heterogêneo, diferente em temperamento, capacidade e aptidões. Algo inútil, incapaz de servir a seus interesses, ou de lhes dar algum prazer. Um zero à esquerda, plantando a semente da indignação, no tratamento que ofertavam, e do desprezo, no julgamento que faziam. Sei que se eu fosse uma criança agitada, otimista, vistosa, irresponsável, exigente, bonita, violenta, a Sra. Reed suportaria minha presença com mais complacência. Seus filhos talvez me tratassem com mais cordialidade, por ser igual. E os empregados talvez tendessem menos a me eleger o bode expiatório do quarto de brinquedos.

A luz do dia começava a desaparecer do quarto vermelho. Eram quatro horas e a tarde nublada caminhava para o terrível crepúsculo. Eu ouvia a chuva a bater continuamente na janela da escadaria e o vento uivando na alameda por trás do vestíbulo. Aos poucos, ia ficando fria como uma pedra e minha coragem, desaparecendo. Meu estado de ânimo habitual, de humilhação, insegurança e depressão, caía como água nas brasas de uma ira que já se apagava. Resumindo, eu era má, e talvez o fosse de fato: agora mesmo eu não estava pensando em fazer greve de fome até morrer? Isso na certa era um crime. E eu estaria pronta para morrer? Ou seria o jazigo sob o coro da Capela de Gateshead que estava me convidando? Fora lá, segundo tinham me dito, que havia sido enterrado o Sr. Reed. E, com esse pensamento, lembrei-me dele e nele fiquei pensando, assaltada por um medo cada vez maior. Não me recordava dele muito bem, mas sabia que era meu tio de verdade – irmão de minha mãe – e que me adotara em sua casa quando eu ficara órfã. Sabia também que em seus últimos instantes de vida ele fizera a Sra. Reed prometer que cuidaria de mim e me manteria como se eu fosse sua filha. A Sra. Reed talvez achasse que cumpria a promessa. E ouso afirmar que cumpria mesmo, dentro do que sua natureza permitia. Mas como ela poderia, depois da morte do marido, gostar de uma intrusa, de alguém que não era do seu sangue, sem qualquer relação com ela? Deve ter sido um tanto incômodo para a Sra. Reed ver-se tendo de assumir o papel de mãe de uma criança que não podia amar, vendo aquela estranha convivendo permanentemente com sua família.

E aí me veio uma ideia singular. Eu não tinha dúvidas – na verdade, nunca tivera – de que se o Sr. Reed estivesse vivo ele me trataria bem. E agora, enquanto olhava para aquela cama branca e aquelas paredes sombrias – lançando às vezes um olhar fascinado ao espelho, com seu brilho sutil –, comecei a recordar as histórias que já ouvira sobre pessoas mortas que, ao ver seus últimos desejos desatendidos, sofrem no túmulo e voltam à terra para punir os que praticaram perjúrio, vingando os oprimidos. E então pensei que o espírito do Sr. Reed, perturbado pelos erros da filha de sua irmã, poderia sair de sua morada – fosse no jazigo da igreja ou no mundo dos mortos, no além – e aparecer para mim naquele quarto. Limpei as lágrimas e contive os soluços, com medo de que algum sinal de mágoa mais violenta pudesse despertar aquela voz sobrenatural e fazer com que viesse me confortar, ou que fizesse surgir das sombras um rosto iluminado, reclinando-se sobre mim com estranha piedade. Senti que essa ideia, embora em teoria me servisse de consolo, seria terrível caso se concretizasse. Com todas as forças, tentei afastá-la de mim, tentei ser firme. Tirando os cabelos da frente dos olhos, ergui o rosto e, com coragem, tentei olhar em torno, perscrutar o quarto escuro. Nesse instante, uma luz cintilou na parede. Seria, eu me perguntei, um raio de lua penetrando por alguma fenda nas cortinas? Não. O luar é parado e aquele raio se movia. Enquanto eu olhava, ele se deslocou para o teto, dançando sobre minha cabeça. Hoje, imagino que aquele raio de luz era muito provavelmente o facho de uma lanterna, nas mãos de alguém no gramado. Mas naquele instante, com minha mente preparada para o horror como estava, com meus nervos agitados, achei que a luz fugidia era o sinal de alguma visão que ia surgir, vinda de outro mundo. Meu coração disparou, minha cabeça pegava fogo. Um som me encheu os ouvidos, um som que interpretei como o de asas batendo. Havia alguma coisa perto de mim. Eu estava oprimida, sentia-me sufocar. Minha força de vontade acabou. Corri para a porta e comecei a balançar a tranca, em desespero. Ouvi passos no corredor. Alguém girou a chave, Bessie e Abbot entraram.

– Srta. Eyre, está se sentindo mal? – perguntou Bessie.

– Que barulheira horrorosa! Ela me fez estremecer! – exclamou Abbot.

– Tirem-me daqui! Quero ir para meu quarto! – foi meu lamento.

– Para quê? Você está machucada? Viu alguma coisa? – insistiu Bessie.

– Eu vi uma luz e achei que um fantasma ia aparecer!

Eu agora agarrava a mão de Bessie e ela deixava.

– Ela gritou de propósito – disse Abbot, com menosprezo. – E como gritou! Se estivesse morrendo de dor, ainda poderíamos perdoar-lhe, mas queria era nos fazer vir aqui. Conheço muito bem seus truques sujos.

– O que está acontecendo? – perguntou outra voz, de forma peremptória. E a Sra. Reed apareceu no corredor, com o roupão aberto, a camisola esvoaçando como se num temporal. – Abbot e Bessie, creio ter dado ordens para que Jane Eyre fosse deixada sozinha no quarto vermelho até que eu viesse pessoalmente tirá-la daí.

– A Srta. Jane gritou tão alto, senhora... – implorou Bessie.

– Deixe-a – foi a resposta. – Solte a mão de Bessie, criança. Não é assim que você vai conseguir sair daí, pode ter certeza. Detesto esses artifícios, particularmente em crianças. É meu dever mostrar-lhe que truques não são a resposta. Agora você vai ficar aqui uma hora a mais e só vou liberá-la em condições de perfeita submissão e quietude.

– Por favor, tia! Tenha piedade! Peço perdão! Não posso mais... faça com que eu receba qualquer outro castigo. Eu vou morrer se...

– Silêncio! Essa sua violência chega a ser repulsiva! – e era isso mesmo que ela sentia, não tenho dúvida. Aos seus olhos, eu era uma atriz precoce. Com toda a sinceridade, ela me via como um elemento de paixões virulentas, de espírito mesquinho, de perigosa duplicidade.

Assim que Bessie e Abbot se afastaram, a Sra. Reed, agora impaciente por causa do meu desespero e dos meus soluços incontroláveis, me deu um empurrão com toda força e me trancou de novo, sem mais conversa. Eu a ouvi afastar-se. E, logo que ela se foi, creio que tive uma espécie de desmaio, pois tudo desapareceu e mergulhei na inconsciência.

3

Lembro-me depois disso de acordar com a sensação de ter tido um horrível pesadelo, em que via olhos terríveis, vermelhos, me olhando através de grossas e negras barras de ferro. Ouvi vozes, também, falando com um som oco, como se encoberto por barulho de vento ou água. Meus sentidos eram confundidos pela minha agitação e, sobretudo, por uma sensação avassaladora de terror. Até que, após um tempo, percebi que alguém estava mexendo em mim. Amparava-me, soerguendo-me para que eu ficasse na posição sentada, tudo isso feito com um carinho com que eu jamais fora tratada. Repousei a cabeça no travesseiro ou num braço e me senti relaxar.

Em cinco minutos ou mais a nuvem de torpor se desfez: eu sabia muito bem que estava em minha própria cama e que os olhos vermelhos eram apenas o fogo na lareira do quarto de brinquedos. Tinha anoitecido e havia uma vela acesa sobre a mesa. Bessie estava ao pé da cama com uma bacia na mão, e um senhor estava sentado numa cadeira ao lado da cabeceira, inclinado sobre mim.

Senti um alívio indescritível, uma doce certeza de segurança e proteção, ao perceber um estranho no quarto, um indivíduo que não pertencia a Gateshead, sem qualquer relação com a Sra. Reed. Desviando os olhos de Bessie (embora sua presença fosse, para mim, muito menos desagradável do que seria, por exemplo, a de Abbot), analisei o rosto daquele homem. Eu o conhecia. Era o Sr. Lloyd, o farmacêutico, às vezes chamado pela Sra. Reed quando algum empregado ficava doente. Para ela e para as crianças, ela chamava um médico.

– Então, quem sou eu? – perguntou ele.

Eu pronunciei seu nome, enquanto lhe estendia a mão. Ele a apertou, sorrindo e dizendo:

– Aos pouquinhos, vamos melhorando.

Em seguida, tornou a me recostar e, virando-se para Bessie, disse que ela cuidasse para que nada me perturbasse durante a noite. Depois de dar mais algumas recomendações, e de ter ouvido que deveria voltar no dia seguinte, ele foi embora, para minha tristeza. Eu me sentira tão acolhida e amada enquanto ele estivera ali, sentado naquela cadeira ao lado da cama. Assim que fechou a porta atrás de si, todo o quarto pareceu escurecer e meu coração se apertou, sendo tomado por uma tristeza inexprimível.

– Está querendo dormir, senhorita? – era Bessie quem perguntava, com certa suavidade na voz.

Mal pude responder-lhe, temendo que a próxima frase fosse áspera.

– Vou tentar – falei.

– Você quer beber ou comer alguma coisa?

– Não, obrigada, Bessie.

– Então, acho que vou me deitar, porque já passa da meia-noite. Mas você pode me chamar, se precisar de alguma coisa durante a madrugada.

Que maravilhosa civilidade! Aquilo me deu coragem para fazer uma pergunta:

– Bessie, o que há comigo? Eu estou doente?

– Você ficou doente, acho, de tanto chorar no quarto vermelho. Mas vai ficar boa logo, pode ter certeza.

Bessie entrou no quarto dos empregados, que era perto dali. E eu a ouvi dizer:

– Sarah, venha dormir comigo no quarto de brinquedos. Não tenho coragem de ficar sozinha com aquela menina durante a noite de jeito algum. Ela pode morrer. É tão estranho que tenha tido aquele desmaio. Fico me perguntando se viu alguma coisa. Acho que a Sra. Reed foi severa demais.

Ela voltou junto com Sarah e ambas se deitaram. Ficaram cochichando por uma meia hora, antes de adormecerem. Eu captava fragmentos da conversa, com os quais pude deduzir perfeitamente qual era o assunto.

"Alguma coisa passou por ela, toda vestida de branco, e desapareceu." " Um cão negro enorme atrás dele." "Três batidas com toda a força na porta do quarto". "Uma luz no cemitério junto à capela, bem em cima do túmulo dele." Etc. etc.

E afinal as duas adormeceram. Tanto o fogo da lareira quanto a vela se apagaram. Quanto a mim, passei as horas daquela noite em agoniada vigília. Ouvidos, olhos e mente pareciam ter sido afetados pelo medo, aquele medo que só as crianças conseguem sentir.

Não enfrentei um problema físico grave ou prolongado após o incidente no quarto vermelho. Apenas meus nervos foram afetados, e sinto suas consequências até hoje. Sim, Sra. Reed, devo-lhe algumas angústias, temores, sofrimentos morais. Mas preciso perdoá-la, pois a senhora não sabia o que fazia. Ao tensionar ao máximo meu coração, pensava estar apenas reprimindo minha má índole.

No dia seguinte, ao meio-dia, eu estava de pé, arrumada, tendo sido sentada, envolta num xale, junto à lareira do quarto de brinquedos. Sentia-me arrasada, fisicamente fraca. Mas o pior dos meus males era uma tristeza descomunal, uma tristeza que arrancava de mim lágrimas silenciosas, sem parar. Mal eu acabava de enxugar com a mão uma gota salgada que descia por meu rosto e já outra se formava. E no entanto eu achava que deveria estar feliz, porque nenhum dos Reed aparecera – tinham todos saído de carruagem com a mãe deles. Abbot estava costurando em outro aposento, e Bessie, enquanto se movia de um lado para o outro, catando brinquedos e arrumando gavetas, de vez em quando me dirigia uma palavra surpreendentemente carinhosa. Tal estado de coisas deveria ser para mim o paraíso, acostumada que estava a uma vida de eternas reprimendas e esforço nunca reconhecido. Mas a verdade é que meus nervos estavam em tal estado que nenhum momento de calma era capaz de serená-los, nem qualquer alegria de fazê-los se animarem.

Bessie estivera na cozinha e trouxera uma torta dentro de um prato de porcelana brilhante, onde havia a pintura de uma ave-do-paraíso, em meio a um arranjo de heras e botões de rosa, o que normalmente provocaria em mim uma admiração entusiástica. Em diversas ocasiões, eu já lhe pedira que me pusesse nas mãos aquele prato a fim de examiná-lo de perto, mas nunca me fora dado esse privilégio. O precioso recipiente tinha agora sido colocado sobre meus joelhos, enquanto eu era cordialmente convidada a comer o pedaço da delicada *pâtisserie* que havia nele. Tudo em vão! Aquele favor, por tanto tempo acalentado e esperado, chegava tarde demais. Eu não conseguia comer a torta. E a plumagem da ave, a coloração das flores, tudo me parecia estranhamente desbotado. Afastei de mim tanto o prato quanto a torta. Bessie perguntou então se eu não queria um livro. A palavra *livro* agiu como um estímulo passageiro, e implorei a Bessie que fosse até a biblioteca pegar as *Viagens de Gulliver*. Era um livro que já tinha lido e relido com enorme prazer. Eu o encarava como uma narrativa de fatos reais e o achava muito mais interessante do que os contos de fadas. E isso porque, tendo procurado em vão por duendes por entre folhas e flores, embaixo de cogumelos e sob as heras que crescem nas frestas das pedras, chegara afinal à triste conclusão de que eles tinham ido embora da Inglaterra para sempre, rumo a florestas virgens de algum país mais selvagem e de população mais escassa. Já Lilliput e Brobdingnag, sendo, pelo que eu acreditava, lugares reais existentes na Terra, eu não tinha dúvidas de que um dia, fazendo uma longa viagem, iria conhecer, para ver com meus próprios olhos as pequenas plantações, casas e árvores, o povo diminuto, as vaquinhas, os carneiros e os pássaros em miniatura, no caso do primeiro. E também as plantações de milho do tamanho de florestas, os cães gigantescos, os gatos monstruosos, os homens e mulheres imensos como torres, no caso do segundo. Mas, quando o livro tão querido foi posto em minhas mãos, e comecei a folheá-lo, buscando em suas maravilhosas ilustrações todo o encanto que costumava encontrar, e que até então fora infalível, tudo isso me pareceu lúgubre e sombrio. Os gigantes eram duendes tristes, os pigmeus, demônios malévolos e amedrontadores. Gulliver era um pobre aventureiro perdido nas mais desoladas e perigosas paragens. E fechei o livro, que já não ousava ler, colocando-o sobre a mesa ao lado da cama, junto com a torta intocada.

Bessie já tinha acabado de espanar e arrumar o quarto e, tendo lavado as mãos, abriu uma determinada gaveta, cheia de maravilhosas tiras de seda e cetim, e começou a fazer um novo chapéu para a boneca de Georgiana. Enquanto trabalhava, cantava. E a canção dizia assim:

Nos dias em que éramos ciganos,
Muito tempo atrás

Eu tinha ouvido aquela canção antes, sempre com grande alegria. Bessie tinha uma voz linda – pelo menos, era o que eu achava. Mas agora, embora a voz dela continuasse bonita, a melodia me parecia de uma tristeza indescritível. Às vezes, com a atenção concentrada no trabalho que fazia, Bessie cantarolava o refrão bem devagar, esticando as sílabas, e aquele *Muito tempo atrás* saía como se fosse uma melodia fúnebre. Depois, ela passou a cantar outra balada, e essa era mesmo melancólica.

Meus pés doem, meus membros estão cansados,
O caminho é longo e as montanhas selvagens.
Logo a noite cairá, triste e sem luar,
Sobre o caminho da pobre menina órfã.

Por que terão me mandado só para tão longe,
Para onde vivem os mouros por entre rochas?
Os homens são cruéis, e só os anjos bons
Velam sobre os passos da pobre menina órfã.

Mas, ao longe, a doce brisa da noite sopra,
E, como não há nuvens, cintilam as estrelas.
Deus, em sua misericórdia, mostra-se protetor
Para dar conforto e esperança à pobre menina órfã.

Mesmo que eu passe sobre a ponte quebrada,
E me perca nos pântanos, guiada por luzes falsas,
Ainda assim meu Pai, com sua bênção,
Há de acolher em Seu seio a pobre menina órfã.

Há um pensamento que me fortalece,
Mesmo que eu não tenha abrigo ou afago,
E é o de que o Céu não me há de faltar,
Pois Deus é amigo da pobre menina órfã.

– Vamos, Srta. Jane, não chore – disse Bessie, quando terminou de cantar. Se ela tivesse dito ao fogo "Não queime!", o efeito teria sido o mesmo. Como poderia entender o horrível sofrimento por que eu passava? Mais tarde, ainda de manhã, o Sr. Lloyd voltou.

– Ora, já de pé! – foi dizendo, assim que entrou no quarto. – E então, enfermeira, como está ela?

Bessie respondeu que eu estava muito bem.

– Mas então deveria estar com uma carinha mais alegre. Venha cá, Srta. Jane. Seu nome é Jane, não é?

– Sim, senhor. Jane Eyre.

– É, mas você andou chorando, Srta. Jane Eyre. Pode me dizer por quê? Você está sentindo alguma dor?

– Não, senhor.

– Ah, eu diria que ela está chorando porque não pôde sair para passear com a madame na carruagem – intrometeu-se Bessie.

– Claro que não! Ela já é muito crescida para essas criancices.

Eu concordava. E, com minha autoestima tendo sido atingida por aquela suspeita, fui logo dizendo:

– Nunca na vida chorei por uma coisa dessas! Detesto sair naquela carruagem. Estou chorando porque estou sofrendo.

– Que é isso, senhorita! – disse Bessie.

O bondoso farmacêutico pareceu um pouco surpreso. Eu estava de pé à sua frente, os olhos dele fixos nos meus. Seus olhos eram pequenos e cinzentos, não muito brilhantes. Mas acho que naquela hora eles pareciam estreitar-se. Ele tinha um rosto de feições duras, mas ao mesmo tempo parecia um homem bom. Depois de me observar bem, falou:

– Por que você ficou doente ontem?

– Ela sofreu uma queda – disse Bessie, novamente se intrometendo.

– Queda! Isso está outra vez me parecendo coisa de bebê. Será que, com essa idade, ainda não sabe caminhar direito? Ela deve ter uns oito ou nove anos.

– Eu fui nocauteada – foi a explicação pura e simples que dei, e que saiu assim, sem pensar, por causa do meu orgulho ferido. – Mas não foi isso que me deixou doente – acrescentei, enquanto o Sr. Lloyd dava uma cheirada em seu rapé.

Mal ele recolocava a caixa de rapé no bolso do paletó, tocou uma sineta forte, anunciando a hora do jantar dos empregados. Ele sabia que sineta era aquela.

– Estão chamando você, Srta. Bessie – disse. – Pode descer. Vou conversar com a Srta. Jane enquanto você não volta.

Bessie parecia inclinada a ficar, mas foi obrigada a ir porque a pontualidade nas refeições era uma regra rígida em Gateshead Hall.

– Não foi a queda que a deixou doente. O que foi, então? – continuou o Sr. Lloyd, assim que Bessie saiu.

– Eu fui trancada num quarto onde havia um fantasma, e me deixaram lá mesmo depois que anoiteceu.

Vi que o Sr. Lloyd sorria, mas ao mesmo tempo franzia o cenho.

– Fantasma! Ah, então, no fim das contas você é mesmo um bebê! Tem medo de fantasma?

– Do fantasma do Sr. Reed, tenho. Ele morreu naquele quarto, ficou estirado lá. Nem Bessie, nem ninguém, entra naquele quarto à noite, a não ser que não haja outro jeito. Foi uma crueldade me trancarem lá dentro sozinha, sem nem uma vela... Foi tão cruel que acho que nunca vou esquecer.

– Tolice! E isso a faz sofrer assim? Mesmo agora, durante o dia, você continua com medo?

– Não, mas logo vai anoitecer de novo. E, além disso, eu sou muito infeliz... sou muito infeliz por causa de outras coisas.

– Que outras coisas? Você pode me citar algumas delas?

Ah, como eu queria responder àquela pergunta sem restrições! E quão difícil, ao mesmo tempo, era dar qualquer resposta que fosse. As crianças sentem as coisas, mas não conseguem analisar seus sentimentos. E mesmo que a análise seja feita parcialmente em pensamento, elas não conseguem expressar o resultado desse processo em palavras. Mas o medo de perder aquela primeira e única oportunidade de repartir, e assim aliviar, minha dor fez com que eu desse uma resposta que, embora insuficiente, ao menos foi verdadeira.

– Por uma única razão: porque eu não tenho pai, nem mãe, nem irmãos ou irmãs.

– Mas você tem uma boa tia, além de primos.

Mais uma vez, fiquei quieta por um instante. E depois, meio atabalhoadamente, revelei:

– Mas John Reed me nocauteou, e minha tia me trancou no quarto vermelho.

O Sr. Lloyd tirou de novo do bolso a caixa de rapé.

– Você não concorda que Gateshead Hall é uma linda casa? – perguntou. – Você não se sente grata por ter um lugar tão bonito para viver?

– Mas não é minha casa, senhor. E Abbot diz que eu tenho menos direito de estar aqui do que os empregados.

– Bobagem. Você não pode ser boba a ponto de querer deixar um lugar bonito como este.

– Se eu tivesse para onde ir, ficaria contente de sair daqui, sim. Mas só vou poder sair de Gateshead Hall quando já for uma mulher.

– Talvez você possa, sim, quem sabe? Você não tem nenhum parente fora a Sra. Reed?

– Acho que não, senhor.

– Nenhum parente pelo lado de seu pai?

– Não sei. Uma vez perguntei à tia Reed e ela respondeu que talvez eu tenha alguns parentes pobres de sobrenome Eyre, mas que ela não tinha nenhuma informação sobre eles.

– E se você tivesse, gostaria de ir ao encontro deles?

Fiquei pensando. Para os adultos, a pobreza parece ser uma coisa triste. E, para as crianças, mais ainda. Elas não têm muita ideia do que é a pobreza remediada, trabalhadora e respeitável. Pensam nesse mundo como um lugar de roupas rasgadas, comida escassa, lareiras apagadas, gente mal-educada, cheia de vícios aviltantes. Para mim, pobreza era sinônimo de degradação.

– Não, eu não gostaria de viver com gente pobre – foi a minha resposta.

– Nem mesmo se eles fossem bons para você?

Balancei a cabeça. Não podia imaginar gente pobre sendo gentil. Depois, já me via aprendendo a falar como eles, adotando seus modos, sendo mal-educada, ficando igual às mulheres que às vezes via lavando roupa ou embalando crianças nas portas de casebres do vilarejo de Gateshead. Não, não era heroica o suficiente para comprar minha liberdade por um preço tão alto.

– Mas será que seus parentes são tão pobres assim? Não são pessoas que trabalham?

– Não sei dizer. A tia Reed diz que, se existem parentes, eles devem ser mendigos. E eu não quero virar mendiga.

– Você não gostaria de ir para uma escola?

Mais uma vez, refleti. Mal sabia o que era uma escola. Bessie às vezes falava de escola como um lugar cheio de mocinhas sentadas em bancos, usando capas e sendo extremamente pontuais e gentis. John Reed odiava sua escola e desrespeitava o professor. Mas o gosto dele nada tinha a ver com o meu. E se, por um lado, as referências de Bessie à disciplina na escola (tiradas de sua convivência com duas mocinhas de uma família para a qual trabalhara antes de vir para Gateshead) me davam certo medo, por outro, os detalhes que ela fornecia sobre os ganhos obtidos por essas mesmas duas mocinhas eram, na minha opinião, igualmente atraentes. Ela elogiava os lindos quadros pintados pelas moças, retratando flores ou paisagens; as canções que conheciam e as músicas que conseguiam tocar; as bolsas que sabiam tecer; os livros em francês que traduziam. Eu já ficava morrendo de inveja só de enumerar aquelas habilidades. Além disso, a escola seria uma mudança completa. Eu teria de fazer uma longa viagem e ficaria bem distante de Gateshead. Estaria começando uma nova vida.

– De ir para uma escola, eu gostaria, sim – foi a resposta que dei, depois daquelas reflexões.

– Muito bem. Quem sabe isso não vai acontecer? – disse o Sr. Lloyd, levantando-se. – Essa menina está precisando mudar de ares e de cenário – acrescentou, como se falasse para si próprio. – O sistema nervoso não está bem.

Bessie acabara de voltar. No mesmo momento, ouviu-se o barulho das rodas da carruagem no chão de pedrinhas.

– É sua patroa, Srta. Bessie? – perguntou o Sr. Lloyd. – Eu gostaria de ter uma conversa com ela antes de ir.

Bessie convidou-o então a ir até a sala de chá, abrindo a porta para ele. Na conversa que se seguiu entre ele e a Sra. Reed, pelo que deduzo de tudo o que aconteceu depois, creio que o farmacêutico sugeriu que eu fosse mandada para uma escola. E a recomendação foi seguida sem mais demora. Abbot definiu tudo numa noite em que ela e Bessie estavam sentadas costurando, enquanto eu estava deitada e elas pensavam que eu já adormecera:

– Para mim, a senhora ficou foi bem contente de se livrar dessa menina complicada, que sempre olha para todo mundo como se estivesse nos vigiando e fazendo planos mirabolantes.

Acho que Abbot me julgava uma versão infantil de Guy Fawkes.*

Naquela mesma ocasião, fiquei sabendo pela primeira vez, ouvindo a conversa entre Abbot e Bessie, que meu pai fora um pastor pobre e que minha mãe se casara com ele contra a vontade dos parentes, que o consideravam inferior a ela; que meu avô Reed ficara tão furioso com a desobediência dela que a deserdara; que, quando eles dois estavam casados havia um ano, meu pai pegou tifo ao visitar a área pobre da cidade industrial onde clericava, afetada por uma

*Guy Fawkes (1570-1606), considerado o maior traidor da história da Inglaterra, tentou matar o rei James I e explodir o parlamento. (*N. da T.*)

epidemia; que minha mãe pegou dele a infecção e ambos morreram no intervalo de apenas um mês.

Ao ouvir aquela história, Bessie deu um suspiro, dizendo:

– A coitada da Srta. Jane também é digna de pena, Abbot.

– É – retrucou Abbot. – Seria, se fosse uma menina dócil e bonita. Aí poderia até inspirar compaixão. Mas não dá para ter pena de um estrupício daqueles.

– É, não muito, é verdade – concordou Bessie. – Seja como for, uma menina linda como a Srta. Georgiana, nas mesmas condições, causaria mais compaixão.

– É, eu sou louca pela Srta. Georgiana! – disse Abbot, com fervor. – Que gracinha! Com aqueles cachinhos dourados, compridos, e os olhos azuis, e a pele com aquela coloração linda. Parece uma pintura!... Bessie, eu comeria um coelho Welsh no jantar.

– Eu também, e com cebola gratinada. Vamos, vamos descer.

E saíram.

4

Depois de conversar com o Sr. Lloyd, e também de ouvir a conversa entre Bessie e Abbot, eu me muni de suficiente esperança para querer ficar boa logo. Havia uma perspectiva de mudança, coisa que eu desejava e esperava em silêncio. Mas ela custava. Os dias e as semanas passavam. Eu recuperara meu estado de saúde normal, mas o assunto que tanto acalentava nunca mais foi mencionado. A Sra. Reed às vezes me perscrutava com um olhar severo, mas raramente falava comigo. Desde que eu ficara doente, ela estabelecera uma separação ainda mais bem definida entre mim e seus filhos, mandando que eu passasse a dormir sozinha, num quartinho, obrigando-me a fazer as refeições separada e a ficar sempre no quarto de brinquedos enquanto os meninos passavam todo o tempo na sala de visitas. Mas ela nada falava sobre me mandar para a escola. Eu, porém, tinha uma certeza instintiva de que a Sra. Reed não me toleraria por muito tempo sob o mesmo teto que ela. Porque seu olhar ao me fitar, agora mais do que nunca, expressava uma aversão profunda e insuperável.

Eliza e Georgiana, evidentemente cumprindo ordens, só falavam comigo o mínimo indispensável. John me mostrava a língua sempre que me via e certa vez tentou me bater. Mas eu, numa reação imediata, corri para cima dele, movida pelo mesmo sentimento de ira profunda e revolta desesperada que haviam provocado minha reação anterior, e ele achou melhor desistir, correndo de mim aos berros e alegando que eu lhe dera um soco no nariz. Eu havia mesmo erguido o punho fechado até aquela protuberância em seu rosto, preparando-me para o golpe mais violento que pudesse desfechar; e, quando percebi que nem minha pose nem meu olhar feroz o amedrontavam, decidi-me a partir para cima dele de fato, mas a essa altura ele já estava grudado na mamãe. Ouvi-o começar a balbuciar, em tom manhoso, contando a velha história de como "a malvada da Jane Eyre" caíra em cima dele como um gato selvagem, mas a fala foi interrompida com rispidez:

– Não mencione o nome dela, John. Já disse para não chegar perto dela. Ela não merece atenção alguma. Não quero que você ou suas irmãs tenham qualquer relação com essa menina.

Nesse instante, reclinando-me sobre o balaústre, e sem pensar no que estava dizendo, eu gritei:

– Eles não são dignos de se relacionar comigo.

A Sra. Reed era uma mulher gorda, mas, ao ouvir aquela declaração incrível e audaciosa, subiu a escada como um raio, me arrastou até o quarto de brinquedos como se fosse um furacão e, me empurrando com toda força contra minha cama, disse, com voz enfática, que eu não ousasse sair dali, nem pronunciar uma única sílaba, pelo resto do dia.

– O que o tio Reed diria a você se fosse vivo? – foi o que perguntei, quase sem sentir. E digo sem sentir porque minha língua parecia falar como se tivesse vida própria. Alguma coisa falava por mim, sem que eu tivesse qualquer controle.

– O quê? – exclamou a Sra. Reed, num sussurro. Seus olhos cinzentos, normalmente frios e decididos, pareceram assumir uma expressão de medo. Ela tirou a mão do meu braço e me olhou como se não tivesse certeza se eu era uma criança ou um demônio. Mas eu não queria mais parar.

– Meu tio Reed está no céu e pode ver tudo o que você faz e pensa. Papai e mamãe também. Eles sabem que você me maltrata o dia inteiro e que deseja que eu morra.

A Sra. Reed logo conseguiu controlar-se. Ela me sacudiu com toda a força, me deu um safanão em cada orelha e em seguida foi embora, sem dizer palavra. Bessie preencheu o hiato fazendo um sermão que durou uma hora, provando definitivamente que eu era a órfã mais malvada que jamais recebera abrigo numa casa. E de certa forma acreditei no que ela dizia, pois sentia meu peito repleto de maus sentimentos.

Novembro passou, e também dezembro e metade de janeiro. Natal e Ano-Novo tinham sido celebrados em Gateshead com a mesma alegria festiva; com troca de presentes, jantares e festas. De todas essas celebrações eu tinha sido excluída, claro. A mim cabia apenas assistir enquanto Eliza e Georgiana se arrumavam, para depois vê-las descer ao salão em seus vestidos de delicada musselina, com faixas vermelhas na cintura, os cabelos cuidadosamente arrumados em cachos. Depois, era ficar ouvindo o som do piano e da harpa tocando lá embaixo, o vaivém do mordomo e do lacaio, o tilintar dos copos e das louças enquanto eram passadas as bandejas, o ruído intermitente das conversas à medida que a porta do salão era aberta e fechada. Quando me cansava, saía do alto da escada e ia para a solidão do quarto de brinquedos. Lá, embora um pouco triste, não chegava a me sentir miserável. Para dizer a verdade, não tinha a menor vontade de me ver em meio às pessoas, porque em meio às pessoas eu raramente era notada. E se Bessie fosse um pouco mais gentil e companheira, teria sido um prêmio para mim passar as noites lá em cima sozinha com ela, em vez de estar sob a vigilância terrível da Sra. Reed, num salão cheio de senhoras e cavalheiros. Mas Bessie, assim que terminava de arrumar as duas senhoritas, costumava se retirar para lugares mais animados, como a cozinha ou a sala da governança, em geral levando consigo a vela. E então lá ficava eu, com minha boneca nos joelhos, até que o fogo da lareira abrandasse, olhando em torno de vez em quando para me certificar de que nada de ruim, a não ser eu mesma, assombrava a penumbra do quarto. E quando as brasas ganhavam um vermelho opaco, eu tirava a roupa depressa, atrapalhando-me com nós e cordões, e pulava na cama em busca de abrigo contra o frio e o escuro. Sempre levava minha boneca comigo. Os seres humanos precisam gostar de algo e, na falta de coisa melhor para dedicar minha afeição, eu tinha grande prazer em amar e acariciar aquela boneca desbotada e velha, que mais parecia a miniatura de um espantalho. Hoje, fico impressionada em ver com que absurda sinceridade me dedicava àquele brinquedo, meio fingindo que ela era de carne e osso, capaz de ter sentimentos. Não dormia enquanto a boneca não estava bem acomodada junto à minha camisola. E ao vê-la ali, no quentinho e em segurança, eu me sentia comparativamente feliz, acreditando-a feliz também.

As horas pareciam escoar muito devagar, enquanto as pessoas não iam embora, e eu esperava ouvir os passos de Bessie na escada. Às vezes, ela subia nos intervalos para pegar o dedal ou a tesoura, ou mesmo para me trazer algo para cear – um pãozinho ou uma torta de queijo –, e então se sentava na beirada da cama. Quando eu terminava de comer, ela me arrumava as cobertas, me dava dois beijos e dizia "Boa noite, Srta. Jane". Gentil assim, Bessie até parecia ser a pessoa mais bonita e mais generosa do mundo. E eu rezava para que ela fosse sempre tão amigável e simpática e nunca me pressionasse nem brigasse comigo, nem me obrigasse a fazer coisas impossíveis, como acontecia sempre. Bessie Lee deve ter sido, imagino, uma garota bem-dotada, porque era esperta em tudo o que fazia, tendo também uma incrível capacidade narrativa. Pelo menos é o que depreendo das ocasiões em que me contava histórias no quarto de brinquedos. Era bonita, também, se é que minha memória de seu corpo e rosto está correta. Lembro-me dela como uma jovem elegante, de cabelos e olhos negros, rosto muito bonito e pele muito clara. Mas era também muito inconstante e temperamental, com ideias medíocres a respeito de princípios e de justiça. Mas, com tudo isso, eu ainda gostava mais dela do que de qualquer outra pessoa em Gateshead Hall.

Era dia 15 de janeiro, cerca de nove horas da manhã. Bessie tinha descido para o café. Meus primos ainda não tinham sido procurados pela mãe. Eliza estava pondo o chapéu e uma pesada capa para ir alimentar as galinhas – ocupação que lhe dava enorme prazer, assim como vender os ovos para a governanta e guardar o dinheiro daí obtido. Tinha um dom para essas transações, assim como para economizar – o que se revelava não apenas na venda dos ovos e galinhas, mas também nas barganhas travadas com o jardineiro acerca de raízes e sementes de plantas, o empregado tendo ordens da Sra. Reed de comprar da jovem dama todos os produtos que ela quisesse vender. E Eliza teria vendido os próprios cabelos se com isso obtivesse bons lucros. Quanto ao dinheiro, primeiro ela o escondia nos cantos mais exóticos, envolto em pano ou papel velho. Mas, depois que esses guardados andaram sendo descobertos pela governanta, Eliza, temendo perder seu precioso tesouro, consentiu em dá-lo para que a mãe guardasse, embora cobrando juros usurários de cinquenta ou sessenta por cento – juros que ela cobrava ao final de cada semana, tomando nota de toda a contabilidade num livro, para não se perder.

Georgiana estava sentada num banco alto, arrumando o cabelo diante do espelho, entremeando os cachos com flores artificiais e plumas, as quais tinha achado numa gaveta do sótão. Eu estava arrumando minha cama, tendo recebido ordens estritas de Bessie para fazê-lo antes que ela voltasse (porque agora Bessie costumava fazer de mim uma espécie de auxiliar de arrumadeira, com a função de arrumar o quarto, espanar os móveis...). Tendo esticado o cobertor e dobrado minha camisola, fui até o banco encaixado sob a janela para arrumar uns livros ilustrados e uns móveis da casa de bonecas que estavam por ali espalhados. Uma ordem ríspida por parte de Georgiana, para que eu deixasse seus brinquedos em paz (porque os minúsculos espelhos e cadeiras, assim como os pratinhos e copos, eram de sua propriedade), me fez parar. E então, sem mais o que fazer, soprei sobre o vidro florido da janela e, limpando com a mão, abri um espaço para espiar os campos lá fora, onde tudo parecia quieto e petrificado por causa do frio intenso.

Daquela janela, eram visíveis as instalações do porteiro e a estrada, e, assim que limpei com a mão a camada prateada que embaçava o vidro, observei os portões se abrirem e entrar uma carruagem. Foi com indiferença que a vi descendo pelo caminho: carruagens viviam entrando em Gateshead, mas nenhuma trazia visitantes que me interessassem. Ela parou diante da casa, a campainha tocou alto e o visitante entrou. Como aquilo nada significava para mim, minha atenção logo se prendeu em outra atração, um pequeno tordo parecendo faminto, que apareceu e começou a trinar nos galhos secos da cerejeira encostada à janela. Como o resto do meu café da manhã, pão e leite, ainda estava sobre a mesa, tirei o miolo de um pedaço de pão e já me preparava para espalhá-lo no parapeito quando Bessie entrou correndo no quarto.

– Srta. Jane, tire esse avental. O que você está fazendo aí? Você já lavou o rosto e as mãos?

Eu me inclinei mais uma vez antes de responder, pois queria me assegurar de que o passarinho teria seu pão: mas o parapeito cedeu e as migalhas se espalharam, caindo algumas no banco de pedra, outras no galho da cerejeira. E então, fechando a janela, respondi:

– Não, Bessie, só agora acabei de limpar o quarto.

– Você é uma menina descuidada e bagunceira! E agora, o que está fazendo? Está vermelha, como se tivesse acabado de fazer alguma arte. Para que foi que você abriu a janela?

Nem precisei responder, porque Bessie parecia estar com muita pressa para ouvir explicações. Ela me arrastou até a pia, na qual, sem piedade e com grande satisfação, me esfregou o rosto e as mãos com água, sabão e uma toalha ordinária. Depois, penteou meu cabelo com uma escova dura, arrancou meu avental e, levando-me até o alto da escada, mandou que eu descesse e fosse direto à sala do café, onde era esperada.

Eu teria perguntado quem esperava por mim, teria indagado se a Sra. Reed estava lá embaixo – mas Bessie já se afastara, fechando atrás de si a porta do quarto de brinquedos. Desci devagar. Havia três meses que não era chamada à presença da Sra. Reed. Como não saía do quarto, as salas de café, de jantar e de visitas eram território proibido, no qual tinha medo de penetrar.

Estava agora sozinha no meio do vestíbulo. Diante de mim, a porta da sala de café. Parei, intimidada. Tremia. Em que miserável covarde o medo me transformara, por causa de tantas punições injustas, naqueles dias! Temia voltar para o quarto, mas também temia ir em frente. Dez minutos se passaram e eu naquela hesitação. Foi só ao ouvir o ressoar veemente da sineta na sala de café que me decidi. Eu *precisava* entrar.

"Quem estará me chamando?" Era o que me perguntava, enquanto, com as duas mãos, girava a maçaneta dura, que, por um ou dois segundos, resistiu ao meu toque. "E quem vou ver ao lado da tia Reed na sala, um homem ou uma mulher?" A maçaneta girou, a porta se abriu e, depois de entrar fazendo uma reverência, eu ergui os olhos: um monumento negro! Foi a imagem que me ocorreu, num primeiro momento, ao olhar para aquela figura de pé sobre o tapete, magra, alta, toda de preto. O rosto sombrio era uma máscara esculpida, colocada no alto do pilar como um capitel.

A Sra. Reed estava, como sempre, em sua poltrona junto à lareira. Fez sinal para que eu me aproximasse. Obedeci e ela me apresentou àquele ser estranho com as seguintes palavras:

– Esta é a menina a respeito da qual lhe falei.

Ele – porque se tratava de um homem – virou o rosto lentamente em minha direção e, depois de me examinar com dois olhos inquisidores que cintilavam sob as sobrancelhas, disse, com voz grave e solene:

– Ela é pequena. Quantos anos tem?

– Dez.

– Tudo isso? – foi a resposta dúbia. E ele prosseguiu em seu escrutínio por mais alguns minutos. Finalmente, dirigiu-se a mim:

– Como é seu nome, menina?

– Jane Eyre, senhor.

Ao emitir essas palavras eu ergui os olhos. Ele me pareceu muito alto, mas eu era uma menina baixinha. Seu rosto era largo, tendo as linhas, como também as do corpo, duras e anguladas.

– Bem, Jane Eyre, e você é uma boa menina?

Era impossível responder com uma afirmativa. Meu pequeno mundo tinha opinião contrária. Fiquei em silêncio. A Sra. Reed respondeu por mim com um movimento expressivo de cabeça, acrescentando:

– Talvez seja melhor nem falarmos no assunto, Sr. Brocklehurst.

– Lamento muito ouvir isso! Eu e ela precisamos ter uma conversinha – e, inclinando-se, instalou-se na poltrona em frente à da Sra. Reed. – Venha cá.

Atravessei o tapete. Ele me pôs de pé, bem à sua frente. Que rosto impressionante era aquele, agora que estava à altura do meu. E que nariz enorme! Que boca! E os dentes imensos, pontiagudos.

– Não existe nada mais triste de se ver do que uma menina má – começou ele. – Principalmente se ainda for pequena. Você sabe para onde vão os maus depois que morrem?

– Vão para o inferno – foi minha resposta ortodoxa e imediata.

– E o que é o inferno? Diga para mim.

– Um poço cheio de fogo.

– E você gostaria de cair num poço, e de ficar queimando para todo o sempre?

– Não, senhor.

– E o que precisa fazer para evitar isso?

Refleti por um instante. Minha resposta, quando afinal surgiu, foi discutível:

– Preciso me manter em boa saúde e não morrer.

– Mas o que lhe garante que terá boa saúde? Crianças menores do que você morrem. Há apenas dois dias enterrei uma criancinha de cinco anos, uma boa menina, e a alma dela agora está no céu. Infelizmente, acho que não poderíamos dizer o mesmo de você, caso fosse chamada.

Sem condições de tirar-lhe a dúvida, baixei os olhos para aqueles dois pés enormes plantados no tapete. E, com um suspiro, desejei estar muito longe dali.

– Espero que esse suspiro tenha sido sincero e que você se arrependa de já ter causado constrangimentos a seus excelentes benfeitores.

"Benfeitores! Benfeitores!", disse para mim mesma. "Chamam à Sra. Reed de minha benfeitora. Então, benfeitor é alguém muito desagradável."

– Você reza todos os dias, de manhã e à noite? – continuou meu inquisidor.

– Sim, senhor.

– E lê a Bíblia?

– Às vezes.

– Com prazer? Você gosta da leitura?

– Gosto das Revelações, e do Livro de Daniel, e do Gênesis, e de Samuel, e um pouco também do Êxodo, e de algumas partes dos Reis e das Crônicas, de Jó e Jonas.

– E quanto aos Salmos? Espero que goste deles também.

– Não, senhor.

– Não?! Que decepção! Conheço um menino menor do que você que sabe seis Salmos inteirinhos de cor. E quando lhe perguntamos o que escolheria, se um pão de nozes para comer ou um verso de um Salmo para aprender, ele responde: "Ah, o verso do Salmo. Porque os anjos cantam os Salmos! E eu queria ser um anjo aqui na Terra." E então ganha duas nozes como recompensa por ser tão pio.

– Não acho os Salmos interessantes – argumentei.

– Isso prova que tem um coração mesquinho. E precisa rezar a Deus para que o modifique, para receber um novo coração, mais puro, livrar-se desse coração de pedra e trocá-lo por um de carne.

Eu já ia fazer uma pergunta a respeito de como se daria aquela operação de troca de coração, quando a Sra. Reed interveio, dizendo que eu me sentasse. Em seguida, pôs-se ela própria a conversar com o visitante.

– Creio, Sr. Brocklehurst, que na carta que lhe escrevi há três semanas eu já havia falado que essa menina não tem exatamente o caráter e a índole que eu desejaria. Se o senhor a receber na escola Lowood, eu ficaria feliz se o superintendente e os professores fossem orientados para tratá-la com rigor e, principalmente, estar atentos a um de seus piores defeitos, que é a tendência à astúcia. E menciono isso na sua frente, Jane, para que você não tente ludibriar o Sr. Brocklehurst.

Bem que eu tinha razão em temer, em detestar a Sra. Reed. Porque era da natureza dela me ferir com crueldade. Nunca, em sua presença, eu podia estar feliz. Por mais que tomasse cuidado em obedecer-lhe, por mais que me desdobrasse para agradá-la, todos os meus esforços seriam vãos e retribuídos sempre com frases como aquela. E agora, dita assim diante de um estranho, a acusação calou fundo em mim. Percebi que ela já tirava de mim qualquer esperança na nova fase da minha existência, prestes a começar. Senti, embora não pudesse então expressar o que sentia, que ela já semeava aversão e antipatia ao longo do meu futuro caminho. E me via transformada, diante dos olhos do

Sr. Brocklehurst, numa criança nociva, cheia de artimanhas. E o que podia fazer para mudar o mal já feito?

"Nada", pensei, tentando reprimir um soluço e já limpando no canto do olho uma lágrima, evidência da minha angústia.

– A astúcia é, sem dúvida, um defeito grave numa criança – disse o Sr. Brocklehurst. – É algo próximo da falsidade. E todos os mentirosos terão seu lugar no poço de fogo e enxofre. Mas vamos observá-la de perto, Sra. Reed. Vou falar sobre isso com a Srta. Temple e com os professores.

– Gostaria que ela fosse educada de forma adequada às suas perspectivas – continuou minha benfeitora. – Para que possa ser útil e se mantenha humilde. Quanto às férias, gostaria que, com sua permissão, ela as passasse sempre na própria escola.

– Suas decisões são muito pertinentes, senhora – retorquiu o Sr. Brocklehurst. – A humildade é uma graça cristã, sendo particularmente apropriada aos alunos de Lowood. Eu cuido pessoalmente para que seja cultivada entre eles. Tenho analisado as melhores maneiras de esmagar nas crianças esse sentimento mundano que é o orgulho. Outro dia mesmo tive um exemplo do meu sucesso. Minha segunda filha, Augusta, foi com a mãe visitar a escola e, ao voltar, disse: "Ah, papai querido, como parecem simples e comportadas as meninas de Lowood. Com os cabelos penteados para trás das orelhas, os aventais compridos e aqueles bolsos de algodão do lado de fora dos vestidos, elas quase parecem filhas de pessoas pobres. Olhavam para meu vestido e o de mamãe como se nunca tivessem visto um corte de seda na vida."

– É exatamente esse tipo de procedimento que eu aprovo – disse a Sra. Reed. – Tivesse procurado por toda a Inglaterra e creio que não teria encontrado um sistema tão adequado a uma criança como Jane Eyre. Firmeza, meu caro Sr. Brocklehurst, defendo a firmeza em tudo.

– Firmeza, senhora, é o primeiro dos deveres cristãos, e está presente em todos os aspectos do estabelecimento Lowood: taxas baixas, roupas simples, instalações modestas, hábitos rígidos e vigorosos, eis a ordem do dia na casa e em seus habitantes.

– Muito bem. O senhor me garante, então, que essa criança será recebida como aluna em Lowood e preparada de acordo com sua posição e perspectivas?

– Claro, senhora. Ela será colocada na ala de cultivo especial e estou certo de que ficará agradecida pelo inestimável privilégio dessa escolha.

– Vou mandá-la o mais rápido possível, Sr. Brocklehurst. Asseguro-lhe que estou ansiosa para me livrar de uma responsabilidade que se tornava pesada demais.

– Sem dúvida, sem dúvida, senhora. E agora gostaria de lhe desejar um bom dia. Só devo voltar para Brocklehurst Hall dentro de uma ou duas semanas. Meu bom amigo, o arquidiácono, não me deixaria ir embora antes. Mas vou mandar uma mensagem à Srta. Temple sobre a chegada da nova aluna, de forma que não haverá problema em recebê-la. Adeus.

– Adeus, Sr. Brocklehurst. Lembranças à Sra. e à Srta. Brocklehurst, e também para Augusta e Theodore e ao Sr. Broughton Brocklehurst.

– Darei, senhora... Menina, eis aqui um livro chamado *Guia da criança*. Leia-o com fervor, especialmente a parte que fala de "um testemunho sobre a horrível e repentina morte de Martha G., uma criança má, que cultivava a mentira e a astúcia".

Dizendo isso, o Sr. Brocklehurst pôs na minha mão um panfleto, com uma capa costurada, e, depois de soar a campainha pedindo a carruagem, saiu.

A Sra. Reed e eu ficamos sozinhas. Alguns minutos se passaram, em silêncio. Ela estava costurando, e eu a observava. A Sra. Reed devia ter àquela época trinta e seis ou trinta e sete anos. Era uma mulher robusta, de ombros largos e braços grossos, não muito alta, mas, embora parruda, não chegava a ser obesa. Tinha um rosto redondo, com a região abaixo do queixo bastante desenvolvida. A testa era estreita, o queixo proeminente, a boca e o nariz regulares. Sob as sobrancelhas claras faiscavam olhos impiedosos. Sua pele era morena e opaca, o cabelo quase louro. Era forte como um touro – nunca ficava doente. Organizava a casa de forma correta e eficiente, estando toda a propriedade sob seu controle. Apenas seus filhos é que por vezes lhe desafiavam a autoridade, rindo e debochando dela. Vestia-se bem e tinha porte e presença suficientes para lhe dar uma boa aparência geral.

Sentada em um banco baixo, a poucos metros de sua poltrona, eu lhe observava a figura, investigando-lhe o semblante. Em minhas mãos estava o tratado sobre a morte da Mentirosa, para cuja narrativa, como uma advertência, se desviava minha atenção. Tudo o que se passara, o que a Sra. Reed dissera ao Sr. Brocklehurst sobre mim, todo o teor daquela conversa era ainda uma memória viva, crua, dolorosa. Eu sentira cada uma daquelas palavras com a mesma agudeza com que as ouvira, e o ressentimento fervilhava dentro de mim.

A Sra. Reed ergueu os olhos da costura e pousou-os em mim, enquanto seus dedos interrompiam o movimento ágil.

– Vá para o seu quarto – ordenou. Meu olhar, ou algum outro gesto, deve ter-lhe parecido ofensivo, porque ela falou com grande, ainda que velada, irritação. Eu me levantei. Fui até a porta. Em seguida voltei. Caminhei até perto da janela do outro lado da sala, até chegar perto dela.

Eu precisava *falar*. Fora atacada com fúria e *precisava* revidar. Mas como? Que força tinha eu para retaliar o golpe de minha antagonista? Reuni as energias e soltei tudo numa só frase:

– Eu não sou falsa. Se fosse, diria que gosto da senhora. Mas eu não gosto. Detesto a senhora mais do que qualquer outra pessoa no mundo, exceto John Reed. E este livro sobre a Mentirosa, pode dar para sua filha, Georgiana, porque é ela quem conta mentiras, não eu.

As mãos da Sra. Reed continuavam imóveis, agarradas à costura, seus olhos de gelo me observando com toda a frieza.

– Você tem algo mais a dizer? – perguntou ela, com uma voz que mais parecia dirigida a um oponente adulto do que a uma criança.

Aqueles olhos, e também a voz, despertaram em mim uma antipatia ainda maior. Tremendo da cabeça aos pés, movida agora por um sentimento ingovernável, eu continuei:

– Ainda bem que não tem nenhum parentesco comigo. E nunca mais, enquanto viver, tornarei a chamá-la de tia. Nunca virei vê-la quando for adulta. Se alguém me perguntar se gosto da senhora, e como me tratava, vou dizer que fico com nojo só de pensar na senhora, porque sempre me tratou com a maior crueldade.

– Como ousa afirmar isso, Jane?

– Como ouso, Sra. Reed? Como ouso? Porque é a *verdade*. A senhora pensa que não tenho sentimentos e que posso viver sem um pingo de amor ou carinho. Mas não posso, e a senhora não tem nem um pouco de pena. Vou sempre lembrar como mandou me trancar, com a maior brutalidade e violência, naquele quarto vermelho, e me deixou lá quase até morrer, embora eu gritasse em agonia, sufocada pelo medo, "Tenha piedade, tenha piedade, tia Reed!". E essa punição foi porque seu filho me surrou, me bateu sem motivo algum. A qualquer um que me perguntar, vou contar exatamente essa história. As pessoas pensam que a senhora é uma boa mulher, mas é má e tem um coração de pedra. *A senhora* é falsa!

Mal acabei de falar aquela frase e minha alma pareceu expandir-se, exultante, com o mais estranho senso de libertação e triunfo que eu jamais experimentara. Era como se um laço invisível se rompesse, e eu tivesse aberto caminho para uma liberdade muito esperada. E não era à toa que eu sentia aquilo: a Sra. Reed parecia mesmo amedrontada, a costura lhe caíra do colo e ela erguia as mãos, balançando-se para a frente e para trás, o rosto contorcido num esgar como se fosse chorar.

– Jane, você está enganada. O que está acontecendo com você? Por que treme desse jeito? Quer tomar um copo d'água?

– Não, Sra. Reed.

– Você quer alguma outra coisa, Jane? Posso lhe assegurar que eu gostaria de ser sua amiga.

– Não. A senhora disse ao Sr. Brocklehurst que eu tinha mau caráter, que era astuciosa. Vou contar para todo mundo em Lowood quem a senhora é e o que fez.

– Jane, você não está entendendo: as crianças precisam ser corrigidas quando erram.

– Mas falsidade não é um dos meus defeitos! – bradei, num grito selvagem.

– Mas é temperamental, Jane, isso você tem de admitir. E agora volte para o quarto de brinquedos, vamos, faça isso, querida, seja boazinha e se deite um pouco.

– Não sou sua querida. E não posso me deitar. Mande-me logo para a escola, Sra. Reed, porque detesto viver aqui.

– Eu vou mesmo mandá-la quanto antes para a escola – murmurou ela, entre dentes. E agarrando a costura desapareceu da sala.

Fiquei sozinha – a vencedora no campo de batalha. Foi a luta mais dura que travei, e minha primeira vitória. Fiquei por um tempo de pé no tapete, no mesmo lugar onde estivera o Sr. Brocklehurst, saboreando em solidão o meu triunfo. Primeiro, sorri para mim mesma com entusiasmo. Mas a sensação de prazer decresceu mais depressa do que o ritmo do meu pulso. Uma criança não pode discutir com um adulto como eu fizera – não pode dar vazão de forma incontrolada aos próprios sentimentos, como fora o caso – sem experimentar depois uma estocada de remorso, o medo da reação. Uma pradaria em chamas, devorando tudo, seria um símbolo de como estava minha mente enquanto eu ameaçava e acusava a Sra. Reed. Agora, o mesmo pedaço de terra, negro e consumido pelas chamas que já se apagaram, seria a representação ideal do que eu sentia, depois que meia hora de silêncio e reflexão me mostrava a loucura de meus atos, a tristeza de odiar e ser odiada daquela forma.

Eu provara o sabor da vingança pela primeira vez. A princípio, era como tomar um vinho aromático, a sensação de estar sorvendo uma bebida quente e encorpada; mas, depois, o líquido metálico e corrosivo me passava a impressão de ter sido envenenada. Quem dera ir agora até a Sra. Reed e pedir perdão. Mas eu sabia muito bem, tanto por experiência quanto por instinto, que aquilo só a faria me desprezar ainda mais, o que por sua vez me deixaria ainda mais fora de mim.

Melhor seria ocupar meus sentidos com algo que não as palavras, buscar alimento em sensação menos mesquinha do que a provocada por aquela indignação sombria. Peguei então um livro, umas histórias árabes, e me sentei para tentar ler. Mas não conseguia prestar atenção no conteúdo. Meus pensamentos não paravam de vagar entre mim e as páginas, que antes sempre me tinham parecido fascinantes. Fui então até a porta de vidro da sala de café e abri-a: os arbustos estavam imóveis; o frio cinzento reinava, não havendo sol nem brisa pelos campos afora. Cobrindo a cabeça e os ombros com a sobressaia do meu vestido, saí para uma caminhada por uma parte do jardim que era mais afastada. Mas tampouco encontrei tranquilidade no silêncio das árvores, nas pinhas caídas, nas relíquias congeladas do outono, nos montes de folhas arrancadas dos castanheiros por alguma nevasca, e agora amontoadas no chão. Encostada a um portão, olhei para o campo onde nenhum carneiro pastava, onde o capim rasteiro estava queimado e esbranquiçado. Era um dia soturno. O céu opaco, "pejado de neve", a tudo recobria; dele, vinham flocos esparsos, que caíam no chão duro do caminho ou no pasto branco e não derretiam. Fiquei de pé, criança infeliz, perguntando a mim mesma sem parar: "E agora, o que eu faço?"

Foi quando ouvi uma voz, com toda a clareza:

– Srta. Jane, onde está? É hora do almoço.

Era Bessie, eu sabia muito bem. Mas não me movi. Ouvi os passos leves dela se aproximando pela alameda.

– Menina malvada! – disse, ao se aproximar. – Por que não aparece quando é chamada?

Em comparação com os pensamentos sombrios que me rondavam, a presença de Bessie me pareceu uma bênção, embora ela estivesse, como sempre, zangada comigo. O fato é que, depois da briga e da minha vitória sobre a Sra. Reed, eu já não dava a mínima para a admoestação passageira da empregada. E queria me aconchegar àquela figura jovem e luminosa. Pondo os dois braços em volta de sua cintura, falei:

– Ah, Bessie, não brigue comigo...

Meu gesto foi mais franco e destemido do que geralmente eu me permitia. E, por algum motivo, Bessie gostou.

– Você é uma menina esquisita, Srta. Jane – disse ela, baixando a vista para mim. – Uma menina solitária, que vive por esse mundo. E, pelo visto, agora vai para a escola, não é?

Aquiesci.

– E não vai ficar triste de se separar da Bessie?

– E por acaso Bessie se importa comigo? Ela só faz ralhar o tempo todo...

– Porque você é uma menina estranha, tímida e amedrontada. Devia ser mais extrovertida.

– O quê? Para apanhar mais ainda?

– Bobagem! Mas que você aguenta o diabo, lá isso aguenta. Minha mãe, quando veio me visitar na semana passada, disse que não queria ver nenhum filho dela no seu lugar. Mas agora vamos entrar. Tenho umas novidades para você.

– Acho que não tem, não, Bessie.

– Criança! O que você está dizendo? E que olhos tristes são esses? Bem, seja como for, a Sra. Reed e as duas meninas e também o menino John, eles vão tomar o chá fora esta tarde, e você vai tomar o seu chá comigo. Vou fazer um bolinho para você, depois você vai me ajudar a vasculhar as gavetas, porque logo vai precisar arrumar o seu baú. Sua tia quer que você vá embora de Gateshead dentro de um ou dois dias, e você precisa escolher quais brinquedos vai querer levar.

– Bessie, precisa me prometer que não vai brigar comigo até eu ir embora.

– Bem, eu prometo. Mas você tem de ser uma menina boazinha. Não precisa ter medo de mim. E não ligue se eu começar a falar de um jeito ríspido. Isso acontece.

– Não vou mais ter medo de você, Bessie, porque já estou acostumada. E sei que logo vou ter outras pessoas para me amedrontar.

– Se tiver medo delas, elas não vão gostar de você.

– É isso que acontece com você, Bessie?

– Eu não desgosto de você, menina. Acho até que gosto mais de você do que das outras crianças.

– Mas não demonstra.

– Danadinha! Agora está falando de um jeito bem diferente. O que lhe faz assim tão destemida e ousada?

– Ora, é porque logo vou estar longe de você e, além disso... – eu ia dizer algo sobre o que se passara entre mim e a Sra. Reed, mas, pensando melhor, acabei concluindo que era preferível ficar quieta.

– Ah, e você está tão feliz assim em ir embora para longe de mim?

– Não, Bessie, de jeito nenhum. Para dizer a verdade, eu até lamento.

– Agora esta! E com que frieza ela me diz isso. Aposto que, se lhe pedisse um beijo, a senhorita nem daria. Diria que "até preferiria não dá-lo".

– Pois eu vou lhe dar um beijo, sim! Abaixe o rosto.

Bessie inclinou-se. Nós nos abraçamos. E eu a segui até dentro de casa sentindo-me reconfortada. Aquela tarde se passou em paz e harmonia. À noite, Bessie me contou algumas de suas histórias mais encantadoras e cantou lindas canções. Mesmo para mim, a vida mostrava alguns raios de sol.

5

Mal bateram as cinco horas daquela manhã de 19 de janeiro, e Bessie, trazendo na mão uma vela, entrava no meu pequeno quarto, para me encontrar já de pé e quase pronta. Eu me levantara cerca de meia hora antes de sua chegada e já lavara o rosto e me vestira, com a ajuda de uma lua crescente que ainda estava no céu, cujos raios varavam a abertura estreita da janela, derramando-se em minha cama. Ia embora de Gateshead naquele dia, levada por um coche que passaria no portão às seis da manhã. Bessie era a única pessoa de pé. Ela acendera a lareira no quarto de brinquedos e agora preparava meu café da manhã. Em geral, as crianças não conseguem comer quando estão excitadas com uma viagem. Não fui exceção. Bessie, depois de tentar me empurrar, sem sucesso, algumas colheres de leite quente e pão que preparara para mim, enrolou alguns biscoitos num pedaço de papel e colocou-os em minha bolsa. Em seguida, me ajudou a pôr o chapéu e o casaco, e, enrolando-se ela própria num xale, saiu do quarto junto comigo. Quando passamos diante do quarto da Sra. Reed, ela falou:

– Você quer entrar e dizer adeus para a senhora?

– Não, Bessie. Ontem à noite, quando você desceu para jantar, ela veio até minha cama e disse que eu não precisava perturbá-la hoje de manhã, nem tampouco a meus primos. Disse que eu deveria me lembrar de que ela sempre fora minha melhor amiga e me referir a ela demonstrando a devida gratidão.

– E o que você respondeu?

– Nada. Cobri o rosto com as cobertas e me virei para a parede.

– Isso está errado, Srta. Jane.

– Não, Bessie, está certo. Sua senhora nunca foi minha amiga. Sempre foi minha inimiga.

– Ah, Srta. Jane, não diga isso!

– Adeus, Gateshead! – gritei, enquanto atravessávamos o vestíbulo em direção à porta da frente.

A lua já desaparecera no céu e lá fora estava muito escuro. Bessie carregava uma lanterna, cujo facho de luz mostrou os degraus molhados e o cascalho do caminho, ensopado pelo degelo recente. Era uma manhã gelada de inverno. Meus dentes batiam enquanto eu trilhava depressa o caminho. Havia luz na casinhola do porteiro. Quando chegamos lá, encontramos a mulher do porteiro avivando o fogo. Meu baú, que fora levado para lá na noite anterior, estava junto à porta, amarrado. Faltavam poucos minutos para as seis e, assim que o relógio soou, ouvimos o rumor distante de rodas anunciando a chegada do coche. Fui até a porta e vi suas luzes se aproximando depressa através do nevoeiro.

– Ela vai sozinha? – perguntou a mulher do porteiro.

– Vai.

– E é muito longe?

– Oitenta quilômetros.

– Mas é longe demais! Não entendo como a Sra. Reed não tem medo de mandar uma menina sozinha numa viagem dessas.

O coche parou. Lá estava, junto ao portão, com seus quatro cavalos e a cabine cheia de passageiros. O cocheiro gritou para que nos apressássemos. Meu baú foi erguido. E eu fui arrancada do pescoço de Bessie, no qual me agarrara para enchê-la de beijos.

– Cuide muito bem dela – gritou Bessie para o cocheiro, enquanto ele me erguia para dentro da cabine.

– Está bem, está bem – foi a resposta. Uma porta bateu, uma voz exclamou “Tudo certo!” e lá fomos nós. Foi assim que me separei de Bessie e de Gateshead. Foi assim que fui arrastada para o desconhecido, mergulhando em regiões remotas e misteriosas.

Da viagem em si, quase não lembro. Só sei que o dia me pareceu interminável e que rodávamos por quilômetros e mais quilômetros de estrada. Passamos por inúmeras cidades e, numa delas, uma cidade grande, o coche parou. Os cavalos foram desatrelados e os passageiros desceram para jantar. Fui levada para uma estalagem, onde o guarda disse que eu deveria comer um pouco. Mas, como eu não estava com apetite, ele me deixou num salão enorme, que tinha uma lareira em cada extremidade, um gigantesco candelabro pendendo do teto e um jirau forrado de vermelho, cheio de instrumentos musicais. Fiquei andando de um lado para o outro por um tempo enorme, sentindo-me muito estranha e morrendo de medo de que entrasse alguém ali e me raptasse. Eu acreditava em raptores, personagens que sempre apareciam nas histórias que Bessie nos contava à beira do fogo. Finalmente, o guarda voltou. Mais uma vez, fui levada para dentro do coche por meu protetor, que, sentando-se em seu próprio lugar, soou a buzina surda, enquanto seguíamos viagem pela rua de pedra de L...

A tarde chegou molhada e com um pouco de nevoeiro. E, enquanto penetrávamos a bruma, comecei a perceber que estávamos mesmo nos distanciando de Gateshead: deixamos de atravessar cidades; a paisagem mudou; grandes colinas acinzentadas surgiram no horizonte. Quando o dia já ia morrendo, descemos por um vale escuro, de vegetação densa, e muito depois de a noite se fechar completamente eu ouvi o barulho enfurecido do vento soprando por entre as árvores.

Embalada por aquele som, finalmente adormeci. Não fazia muito tempo que estava dormitando quando o coche parou de repente, despertando-me. A porta do veículo se abriu e diante dela havia uma pessoa que parecia uma empregada. Vi seu rosto e suas roupas sob a luz das lâmpadas.

– Há uma menina aqui chamada Jane Eyre? – perguntou. Eu respondi "sim", e me ajudaram a sair do carro. Meu baú também foi retirado e a carruagem seguiu seu curso.

Eu estava com câimbra, depois de tanto tempo sentada, e um pouco tonta por causa do barulho e das sacudidelas da estrada. Tentando me concentrar, olhei em torno. Chuva, vento e escuridão me cercavam. Apesar disso, enxerguei vagamente um muro à minha frente e, nele, um portão aberto. Foi esse portão que atravessei, seguindo minha nova guia. Ela o fechou e trancou atrás de si. Havia agora à nossa frente uma casa, ou várias casas – porque a construção era comprida –, com muitas janelas, algumas delas iluminadas. Seguimos pelo caminho de cascalho, cheio de poças, até alcançar a porta. Então, a empregada me conduziu até uma sala que tinha uma lareira, e me deixou sozinha.

De pé, esquentei os dedos enregelados junto às brasas da lareira e, em seguida, olhei à minha volta. Não havia vela, mas a luz incerta que emanava do fogo me mostrava paredes forradas de papel, carpetes, cortinas, mobília de mogno lustroso. Era um locutório, não tão espaçoso quanto a sala de visitas de Gateshead, mas bastante confortável. Eu tentava discernir o tema de um quadro pendurado na parede quando a porta se abriu e entrou alguém, carregando uma vela. Outra pessoa entrou atrás.

A primeira pessoa era uma mulher alta, de cabelos e olhos escuros, testa larga e rosto muito pálido. Seu corpo, muito ereto, estava semiescondido sob um xale, e sua expressão era grave.

– A criança é pequena demais para viajar sozinha – disse ela, depondo a vela sobre a mesa. Observou-me com atenção por um ou dois minutos e acrescentou:

– É melhor colocá-la na cama logo. Parece cansada. Você está cansada? – perguntou, pondo a mão no meu ombro.

– Um pouco, senhora.

– E faminta também, sem dúvida. Dê-lhe jantar antes de levá-la para a cama, Srta. Miller. Esta é a primeira vez que você se separa de seus pais para vir para a escola, minha menina?

Expliquei que não tinha pais. Ela me perguntou há quanto tempo tinham morrido. Em seguida, quis saber quantos anos eu tinha, como me chamava, se sabia ler e escrever e também costurar um pouquinho. Depois me tocou o rosto com delicadeza, com a ponta do indicador, e disse esperar "que eu fosse uma boa menina". E ordenou que eu saísse junto com a Srta. Miller.

Calculei que aquela mulher tivesse uns vinte e nove anos. A outra, que saiu comigo, parecia ainda mais jovem. A primeira me impressionou por sua voz, seu olhar, sua pose. Já a Srta. Miller me pareceu mais comum: tinha a pele rosada, mas seu rosto parecia maltratado.

Seu jeito era apressado, inclusive o de andar, como se tivesse milhões de tarefas a fazer. Ela me pareceu ser o que depois eu confirmaria que realmente era: uma professora auxiliar. Levada por ela, fui atravessando salas e mais salas, corredores e mais corredores de uma construção grande e irregular. Até que, deixando aquela parte totalmente silenciosa, e até um pouco soturna, do prédio, começamos a ouvir um murmúrio de vozes e finalmente entramos numa sala comprida e larga, com duas grandes mesas de professor, uma em cada extremidade, tendo, sobre cada uma delas, uma vela acesa. Em torno da sala, sentadas em bancos, estava uma congregação de meninas e moças de todas as idades, dos nove ou dez até vinte anos. À luz mortiça das velas, elas me pareceram ser de um número incontável, embora na verdade não passassem de oitenta. Estavam todas vestidas com uniformes de cor marrom, num estilo antiquado, com aventais compridos de algodão. Era a hora do estudo. Estavam ocupadas em repassar os deveres do dia seguinte, e o murmúrio que eu ouvira era o delas repetindo aos sussurros o que precisavam decorar.

A Srta. Miller fez sinal para que eu me sentasse num banco perto da porta e, após caminhar até a extremidade da sala comprida, falou:

– Monitoras, recolham os livros de estudo e guardem-nos!

Quatro garotas altas se levantaram de diferentes mesas e, dando a volta, recolheram os livros, levando-os dali. A Srta. Miller então deu nova ordem de comando:

– Monitoras, peguem as bandejas do jantar!

As garotas altas voltaram dali a pouco, trazendo bandejas com porções de algum alimento que eu não sabia o que era. O alimento foi distribuído. Quem quis, tomou um gole d'água, sendo a mesma caneca usada por todo mundo. Quando chegou minha vez, bebi água, pois estava com sede, mas não comi nada, porque a excitação e o cansaço tinham me deixado sem fome. Mas pude ver que a comida era um bolo de aveia, dividido em fragmentos.

Quando a refeição chegou ao fim, a Srta. Miller leu umas orações e as alunas saíram, subindo as escadas de duas em duas. Morta de cansaço, mal reparei em como era o dormitório. Notei apenas que, a exemplo da sala de estudos, era muito comprido. Naquela noite, eu dividiria a cama com a Srta. Miller, que me ajudou a me despir. Quando me deitei, olhei para aquela imensa fileira de camas, cada uma delas com duas ocupantes. Em dez minutos, a única vela que havia se apagou e, em meio ao silêncio e à escuridão mais completa, adormeci.

A noite passou rápido – eu estava cansada demais até para sonhar. Só uma vez acordei ouvindo o som furioso do vento e a chuva caindo em torrentes. Senti, então, que a Srta. Miller já tinha tomado seu lugar ao meu lado. Quando tornei a abrir os olhos, uma sineta tocava bem alto. As meninas já estavam de pé, vestindo-se. O dia mal começara e havia uma ou duas lamparinas acesas no dormitório. Eu também me ergui, relutante. Estava um frio horrível e, tremendo, consegui me vestir, indo lavar o rosto quando vagou uma bacia sobre uns estrados, no meio do quarto – o que custou a acontecer, porque havia seis meninas para cada bacia. A sineta tocou de novo. Todas fizeram fila, de duas em duas, e em ordem descemos as escadas e entramos na sala de estudos. Ali, as preces foram lidas pela Srta. Miller e depois ela disse alto:

– Formar classes!

Seguiu-se um tumulto que durou alguns minutos, durantes os quais a Srta. Miller não parava de exclamar "Silêncio!" e "Ordem!". Quando tudo se acalmou, vi que as meninas tinham formado quatro semicírculos, diante de quatro cadeiras, colocadas em frente a quatro mesas. Todas as alunas tinham livros nas mãos e um livro maior, como a Bíblia, estava em cada uma das mesas, diante da cadeira vazia. Seguiu-se outra pausa, de uns poucos segundos, preenchida apenas por uma contagem, em voz baixa. Era a Srta. Miller, que ia de classe em classe contando baixinho, interminavelmente.

Uma sineta tocou ao longe. Logo, três senhoras entraram na sala e cada uma se dirigiu a uma das mesas, sentando-se. A Srta. Miller assumiu o lugar restante, que era o mais próximo da porta e em torno do qual estavam as crianças menores. Foi para lá que eu fui chamada e sentada na última fila.

Agora, o momento era sério: foi lida a Coleta do dia, seguida de alguns trechos das Escrituras e mais uns intermináveis capítulos da Bíblia, o que durou uma hora. Quando terminamos, o dia já tinha raiado de todo. A infalível sineta tocou pela quarta vez. Comandadas, as classes marcharam para outra sala, a fim de tomar o café da manhã. Que felicidade eu sentia com a perspectiva de comer! Já estava quase doente de inanição, tendo me alimentado tão pouco desde o dia anterior.

O refeitório era um salão enorme, escuro, de teto baixo. Em duas compridas mesas, havia umas bacias com algo quente, que fumaçava, mas, para minha decepção, o cheiro que emanava delas não era nada convidativo. Observei uma manifestação geral de descontentamento quando o cheiro da refeição chegou às narinas daquelas que iam ter de engoli-la. Do fim da fila, as garotas mais altas, da primeira classe, sussurraram:

– Droga! O mingau queimou de novo!

– Silêncio! – cortou uma voz. Não a da Srta. Miller, mas a de uma das professoras mais graduadas, figura sombria, muito bem-vestida, mas de aspecto soturno, que se instalou na extremidade de uma das mesas, enquanto uma mulher mais gorducha se sentava na outra. Em vão, procurei pela senhora que me recebera na noite anterior. Ela não estava à vista. A Srta. Miller ocupou a outra extremidade da mesa onde eu me sentara. E uma mulher de aspecto estranho, estrangeira, a professora de francês, como eu ficaria sabendo depois, tomou o lugar correspondente na outra mesa. Uma longa prece foi dita, um hino foi cantado. E então uma servente trouxe chá para as professoras, dando início à refeição.

Faminta, e agora me sentindo muito fraca, devorei uma ou duas colheradas do mingau sem prestar atenção ao gosto, mas assim que a fome pior foi saciada senti que o que tinha diante de mim era uma gororoba nojenta – pois mingau queimado é quase tão horrível quanto batata podre. A fome falou mais alto. Lentamente, as colheres se moviam em direção às bocas. Observei como cada menina provava o mingau e tentava engoli-lo. Mas a maioria acabava desistindo. O café da manhã acabou e quase ninguém tinha comido. Dando graças por aquilo que não tínhamos recebido, um segundo hino foi cantado e saímos do refeitório para a sala de aula. Fui uma das últimas a sair e, ao passar pelas mesas, vi uma das professoras se aproximar da bacia de mingau e prová-lo. Ela olhou para as outras. Todas as expressões mostravam desagrado e uma delas, a mais gordinha, disse:

– Coisa nojenta! Que vergonha!

Quinze minutos se passaram antes que a aula começasse, tempo durante o qual a sala esteve mergulhada na mais gloriosa bagunça. Durante aquele espaço de tempo, parecia ser permitido falar alto e com liberdade, e as meninas aproveitavam o privilégio. A conversa era só sobre o café da manhã, do qual todas falaram mal. Pobrezinhas! Era o único consolo que tinham. A Srta. Miller era agora a única professora em sala. Em torno dela, um grupo de meninas maiores falava fazendo gestos, parecendo zangadas. Ouvi o nome do Sr. Brocklehurst ser pronunciado, diante do qual a Srta. Miller balançou a cabeça, em desaprovação. Mas ela não parecia empenhada em acabar com a reclamação geral. Sem dúvida, concordava com as meninas.

O relógio da sala bateu nove horas. A Srta. Miller saiu do meio das meninas e, de pé no meio da sala, gritou:

– Silêncio! Sentem-se!

A disciplina prevaleceu. Em cinco minutos, a confusão se transformara em ordem e um comparativo silêncio substituiu o clamor de Babel. As professoras mais graduadas, pontualmente, retomaram seus postos. Mas ainda havia uma sensação de expectativa. Sentadas por ordem nos bancos dos dois lados da sala, as oitenta meninas estavam imóveis e eretas. Pareciam uma congregação antiga, todas com os cabelos penteados para trás, sem nem um cacho à solta. Seus vestidos marrons eram fechados até o pescoço e debruados ali por uma gola estreita, com pequenos bolsos de algodão, um pouco ao estilo escocês, na frente, para servir como bolsa de trabalho. Todas, também, usavam meias de lã e sapatos rústicos, com fivelas de metal. Pelo menos vinte das alunas vestidas daquele jeito eram moças feitas, jovens mulheres. Nelas, o uniforme caía mal, dando, mesmo às mais bonitas, um aspecto estranho.

Eu ainda as observava, assim como também às professoras (e nenhuma delas me agradava: a mais robusta parecia grosseira; a morena, um pouco estouvada; a estrangeira, rude e grotesca; e a Srta. Miller, pobrezinha!, tão avermelhada, gasta, trabalhando demais), quando a escola inteira se pôs de pé, como se movida por uma única mola.

O que seria? Eu não ouvira nenhuma ordem. Fiquei confusa. Enquanto me recobrava do susto, as alunas já estavam novamente sentadas, mas, como agora todos os olhares estavam voltados numa mesma direção, também olhei para lá – e encontrei a personagem que me recebera na noite anterior. Estava na extremidade da sala, junto à lareira, pois havia um fogo aceso em cada ponta. Observou, em silêncio e com gravidade, as duas fileiras de meninas. A Srta. Miller se aproximou e pareceu fazer-lhe uma pergunta. Tendo recebido a resposta, voltou a seu lugar e disse, em voz alta:

– Monitoras da primeira classe, vão buscar os globos!

A senhora se moveu lentamente pela sala. Acho que tenho uma tendência à veneração, porque ainda guardo bem a sensação de admiração e temor que senti enquanto meus olhos acompanharam seus passos. Vista assim, à luz do dia, ela parecia alta, elegante e bonita. Tinha olhos castanhos, com um brilho benigno nas íris, e a pintura bem-feita, encurvando os cílios, disfarçava sua testa larga demais. Nas têmporas, o cabelo, de um castanho bem escuro, estava entrançado em duas rodas, à maneira daquela época, quando nem cachos soltos nem mechas longas estavam na moda. O vestido, também da moda, era de tecido púrpura, com recortes em veludo negro à maneira espanhola. E ela trazia, na cintura, um relógio de ouro, sendo que relógios não eram muito comuns naquela época. Se a isso o leitor acrescentar belas feições – um rosto limpo, ainda que pálido, e tanto o ar quanto o andar imponentes –, ele terá, dentro do que é possível descrever com palavras, uma ideia correta da aparência externa da Srta. Temple: Maria Temple, nome que eu depois veria escrito num livro de orações que me deram para carregar rumo à igreja.

A superintendente de Lowood (essa era sua função) tomou seu lugar diante de um par de globos, colocados sobre uma das mesas, observou a primeira classe, à sua frente, e começou a dar uma lição de geografia. As classes mais atrasadas foram chamadas pelas outras professoras. Lições de história, gramática etc. se estenderam por uma hora. Depois, redação e aritmética, assim como lições de música, foram dadas pela Srta. Temple para as meninas mais velhas. A duração de cada aula era medida pelo relógio, que afinal bateu meio-dia. A superintendente se levantou.

– Quero dirigir uma palavra às alunas – disse.

O tumulto pelo fim das lições já ameaçava começar, mas, ante a voz dela, todas se calaram. Ela continuou:

– Hoje vocês tiveram um café da manhã que não conseguiram comer. Devem estar com fome. Por isso, ordenei que um lanche de pão com queijo fosse servido para todas.

As professoras olharam para ela, surpresas.

– Eu assumo a responsabilidade – acrescentou, em tom professoral. E imediatamente deixou a sala.

Logo, o pão e o queijo foram trazidos e distribuídos, para imensa alegria e deleite da escola inteira. Agora, nova ordem era dada: "Para o jardim!" Todas as alunas colocaram um chapéu de palha rústico, com fitas de algodão colorido, e um jaleco cinza, de um tecido grosseiro. Eu recebi indumentária idêntica e, seguindo as outras, encaminhei-me para o pátio.

O jardim era grande e cercado por muros altos, de maneira que não se tinha uma visão da paisagem em volta. Havia uma varanda coberta de um dos lados e passeios largos em torno da parte central, dividida em vários pequenos canteiros. Estes eram jardins onde as alunas cultivavam suas plantas, e cada uma tinha o seu. Quando estivessem floridos na certa ficariam bonitos, mas agora, no fim de janeiro, tudo era marrom e tinha um aspecto invernoso e decadente. Estremeci olhando ao redor: era um dia inclemente para se fazer exercícios ao ar livre. Não estava propriamente chovendo, mas havia garoa e um nevoeiro esbranquiçado. Sob nossos pés, estava tudo encharcado por causa da enxurrada do dia anterior. As meninas mais fortes correram pelo pátio, participando de jogos, mas as mais magras e pálidas foram juntas para a varanda, em busca de abrigo e um pouco de calor. Entre essas, enquanto a névoa densa parecia penetrar-lhes os ossos, eu ouvia a toda hora o som de uma tosse rouca.

Até então, eu não conversara com ninguém, nem ninguém parecia ter prestado atenção em mim. Fiquei quieta no meu canto, estando acostumada àquela sensação de solidão. Não chegava a me oprimir. Encostei-me numa pilastra da varanda, apertei o jaleco cinza contra o corpo e, tentando esquecer o frio que me picava por fora e a fome que ainda me mordia por dentro, dediquei-me às tarefas de observar e pensar. Minhas reflexões eram muito difusas e fragmentadas para que valesse a pena registrar aqui. Eu nem sabia direito onde estava. Gateshead e minha vida passada pareciam flutuar para muito longe. O presente era vago e estranho e sobre o futuro eu não podia fazer a menor conjectura. Olhei em torno, para aquele jardim semelhante ao de um convento, e depois ergui os olhos para o prédio da escola: era uma construção grande, metade da qual parecia velha e cinzenta, e a outra metade, bastante nova. A parte mais moderna, que incluía a sala de aula e o dormitório, tinha janelas com pilaretes e gelosias, o que dava ao prédio uma aparência de igreja. Uma placa de pedra acima da porta tinha a seguinte inscrição:

"Instituição de Lowood - Esta ala foi reconstruída no Ano Domini de ... por Naomi Brocklehurst, de Brocklehurst Hall, neste condado". "Que sua luz ilumine os homens para que eles possam ver vossas boas obras, glorificando vosso Pai que está no Céu" - São Mateus, v. 16.

Li aquelas palavras várias vezes. Sentia que havia uma explicação por trás delas, mas não conseguia captar seu real significado. Ainda estava refletindo sobre o que queria dizer a palavra "instituição", e tentando encontrar uma ligação entre a primeira frase e a citação das Escrituras, quando o som de uma tosse bem perto de mim me fez virar a cabeça. Havia uma menina sentada num banco de pedra ali perto. Estava debruçada sobre um livro, parecendo muito entretida em sua consulta. De onde eu estava, pude enxergar o título - era *Rasselas*, nome que me pareceu estranho, e por isso mesmo atraente. Ao virar uma página, ela ergueu casualmente a vista e eu lhe dirigi a palavra, sem rodeios:

– É interessante o seu livro? – Estava decidida a pedir-lhe o livro emprestado um dia.

– Estou gostando – respondeu ela, depois de uma pausa de um ou dois segundos, durante os quais ficou me olhando.

– Sobre o que é? – Continuei. Não sei como encontrei coragem para travar assim uma conversa com uma estranha. Era algo contrário a meus hábitos e minha natureza. Mas acho que ela estar com um livro foi algo que me despertou simpatia, porque eu também adorava ler, embora apenas coisas mais frívolas e infantis. Não tinha ainda capacidade para absorver assuntos mais sérios, substanciais.

– Você pode ver se quiser – respondeu a menina, me estendendo o livro.

Eu o peguei. Uma rápida olhada me convenceu de que o conteúdo era menos atraente do que o título. *Rasselas* parecia muito chato para o meu gosto superficial. Não vi nada ali sobre fadas, nem sobre gênios. Não havia muita variedade nas páginas do livro, com uma impressão apertada, de letras miúdas. Devolvi-o. Ela o recebeu em silêncio e, sem dizer mais nada, preparou-se para retomar sua postura estudiosa. Mas eu a atrapalhei mais uma vez:

– Você poderia me dizer o que significa aquela inscrição em cima da porta. O que quer dizer Instituição de Lowood?

– É o nome desta casa na qual você veio morar.

– E por que é chamada de instituição? Ela é diferente das outras escolas?

– Sim, porque é em parte uma instituição de caridade. Você e eu, assim como todas as outras meninas daqui, somos crianças carentes. Imagino que você seja órfã. Seu pai ou sua mãe não estão mortos?

– Eles morreram há muito tempo.

– Então... Todas as meninas daqui perderam um dos pais, ou mesmo ambos, e esta é uma instituição para a educação de órfãs.

– Não é paga, então? Elas nos mantêm por caridade?

– Nós, ou alguém por nós, pagamos quinze libras por ano cada uma.

– Então por que nos consideram crianças carentes?

– Porque quinze libras não são suficientes para pagar alojamento e professores, e o déficit é coberto com doações.

– E quem doa?

– Várias senhoras e cavalheiros bondosos daqui das redondezas e também de Londres.

– E quem foi Naomi Brocklehurst?

– A senhora que construiu a parte nova da casa, como está dito na placa. Seu filho é quem toma conta de tudo aqui.

– Por quê?

– Porque ele é o tesoureiro e o gerente da instituição.

– Então este lugar não pertence àquela senhora alta que usa um relógio e que ordenou que nos dessem pão com queijo?

– A Srta. Temple? Ah, não. Quem dera que fosse! Ela tem de se reportar ao Sr. Brocklehurst sobre tudo o que faz. Ele compra todos os nossos mantimentos e roupas.

– Ele mora aqui na escola?

– Não. Mora a uns três quilômetros daqui, num casarão.

– E é um homem bom?

– Ele é pastor e dizem que faz o bem.

– Você disse que o nome daquela senhora alta é Srta. Temple?

– Isso mesmo.

– E como se chamam as outras professoras?

– Aquela das bochechas vermelhas é a Srta. Smith; ela nos ensina corte e costura, porque somos nós mesmas que fazemos nossas roupas, nossos aventais, capas e tudo o mais. A baixinha de cabelo preto é a Srta. Scatcherd; ela ensina história e gramática, além de tomar as lições da segunda classe. A de xale e lenço amarrado na lateral com uma fita amarela é madame Pierrot; ela veio de Lisle, na França, e nos ensina francês.

– Você gosta das professoras?

– Bastante.

– Gosta da baixinha morena e também da madame... como é mesmo que se pronuncia o nome?

– A Srta. Scatcherd é irascível. Você tem de tomar cuidado para não ofendê-la. Madame Pierrot não é má pessoa.

– Mas a Srta. Temple é a melhor de todas, não é?

– A Srta. Temple é muito boa e muito inteligente também. Está acima das demais, porque é muito mais culta.

– Você está aqui há muito tempo?

– Dois anos.

– É órfã?

– Minha mãe morreu.

– É feliz aqui?

– Você faz muitas perguntas. Já lhe dei muitas respostas por hoje. Agora, gostaria de ler.

Mas naquele instante a sineta tocou chamando para o jantar. Todas nós entramos. O cheiro que agora tomava o refeitório era apenas um pouquinho melhor do que o que regalara nossas narinas no café da manhã. O jantar foi servido em duas grandes tigelas de estanho, de onde subia um forte odor de gordura rançosa. Descobri que o conteúdo consistia em uma mistura de batata sem sal com umas tiras estranhas de carne cor de ferrugem, tudo mexido junto. Uma porção razoável desse grude foi servida para cada aluna. Comi o que pude, perguntando-me intimamente se todos os dias seria daquele jeito.

Logo em seguida ao jantar, fomos conduzidas à sala de aula. As lições recomeçaram, estendendo-se até as cinco horas.

O único acontecimento digno de nota durante a tarde foi que eu vi a menina com quem conversara na varanda ser escorraçada e dispensada da aula de história pela Srta. Scatcherd, sendo colocada de castigo, de pé, no meio daquela sala enorme. O castigo me pareceu humilhante, principalmente por ser dado a uma garota já tão crescida (parecia ter uns treze anos ou mais). Pensei que ela fosse se mostrar sentida e envergonhada, mas, para minha surpresa, ela nem chorou nem corou. Composta, embora com ar grave, lá ficou, de pé, sob os olhares de todas nós. "Como será que ela suporta isso com tanta calma... e tanta firmeza?", eu me perguntava. "Se estivesse no lugar dela, acho que eu ia querer que o chão se abrisse e me engolisse. Ela parece estar pensando em algo muito distante de seu castigo, de sua situação: algo que não está à sua volta, nem na frente dos seus olhos. Já ouvi falar de gente que sonha acordada. Será que ela está fazendo isso agora? Tem os olhos fixos no chão, mas aposto que não vê nada. Acho que está olhando para alguma lembrança, não para o presente. Fico me perguntando que tipo de menina será essa... se boa ou má."

Pouco depois das cinco da tarde fizemos outra refeição: uma pequena caneca de café e meia fatia de pão preto. Devorei o pão e tomei meu café com gosto, mas gostaria de ter tido muito mais: ainda continuava com fome. Seguiu-se meia hora de recreação e depois estudo. Por fim, o jarro d'água com bolo de aveia, as orações e cama. Foi assim meu primeiro dia em Lowood.

6

O dia seguinte começou como o anterior, com a tarefa de levantar e se vestir na penumbra. Fomos obrigadas a dispensar a cerimônia das abluções: a água tinha congelado dentro das bacias. O tempo mudara na tarde anterior, e um gélido vento nordeste soprara pelas frestas das janelas do dormitório a noite toda, fazendo-nos tiritar na cama e transformando a água em gelo.

Ao fim de uma hora e meia de intermináveis orações, eu já estava a ponto de desmaiar de frio. Finalmente chegou a hora do café, e o mingau não estava queimado. A qualidade era razoável e a quantidade, pequena. Quão pequena pareceu a minha porção! Queria que fosse o dobro.

Ao longo do dia, fui colocada na turma da quarta classe, recebendo uma série de deveres e exercícios. Até então, tinha sido apenas uma espectadora dos acontecimentos em Lowood e agora era parte integrante deles. No início, estando pouco acostumada a decorar, as lições me pareceram longas e difíceis. A mudança de matéria para matéria também me confundia. Por isso, fiquei satisfeita quando, às três da tarde, a Srta. Smith colocou nas minhas mãos um pedaço de musselina de um metro e meio de comprimento, junto com agulhas, dedal, e mandou que eu me sentasse quieta num dos cantos da sala, para fazer bainha no tecido. Àquela altura, a maior parte das alunas também estava costurando; mas ainda havia uma classe que, sentada em volta da cadeira da Srta. Scatcherd, estava lendo e, com a sala silenciosa, dava para ouvir a matéria, bem como a maneira como cada menina se saía na leitura, além das admoestações ou dos elogios feitos pela professora. Era uma lição de história inglesa. Entre as alunas, vi a menina que eu conhecera na varanda. No começo da aula, ela estava entre as primeiras posições, mas depois, por causa de um erro de pronúncia ou por alguma falha na pontuação, foi mandada para o fundo da sala. Mesmo com a menina naquela posição obscura, a Srta. Scatcherd continuou concentrada nela. Não parava de dirigir-lhe frases do tipo:

"Burns (parece que esse era seu nome; as meninas ali eram chamadas pelo sobrenome, como normalmente acontece com os garotos), Burns, você está pisando na lateral do sapato. Endireite esse pé imediatamente." Ou "Burns, por que espicha o queixo dessa maneira? Pare com isso". "Burns, insisto para que você mantenha a cabeça erguida. Não vou admitir que fique na minha frente com essa postura", etc. etc.

Depois que um capítulo foi lido duas vezes, os livros foram fechados e as meninas submetidas a um teste. A lição abrangera parte do reinado de Carlos I, e seguiram-se diversas perguntas sobre pesos, tonelagens e moedas usados nos navios, às quais a maioria das alunas não parecia conseguir responder. Mas todas as dificuldades desapareciam quando chegava a vez de Burns. Ela parecia ter retido na memória, de forma instantânea, o conteúdo de toda a lição, estando pronta a responder a todas as perguntas. Fiquei esperando que a Srta. Scatcherd a elogiasse. Mas, em vez disso, ela gritou:

– Menina imunda e desagradável! Você não limpou as unhas hoje de manhã!

Burns não respondeu. Não entendi aquele silêncio. E pensei:

"Por que será que ela não explica que não pôde limpar as unhas nem lavar o rosto porque a água estava congelada?"

Minha atenção nessa hora foi desviada pela Srta. Smith, que me pedia para segurar uma meada de linha. Enquanto enrolava a linha, ela conversava comigo de vez em quando, perguntando se eu já tinha frequentado uma escola, se sabia fazer tricô, crochê. Enquanto não me dispensou, não pude prestar atenção na Srta. Scatcherd. Mas, quando voltei para o meu lugar, vi que ela estava dando uma ordem, que não entendi muito bem. Mas Burns imediatamente saiu da sala, foi até a saleta onde ficavam guardados os livros e logo voltou, trazendo um feixe de varetas amarradas. Entregou aquele instrumento pavoroso à Srta. Scatcherd, fazendo uma mesura. Com toda a calma e sem que ninguém lhe ordenasse, desamarrou o avental. A Srta. Scatcherd então lhe aplicou uma dúzia de golpes na nuca com o feixe de varetas. Nenhuma lágrima brotou dos olhos de Burns. Eu parei de costurar, porque minhas mãos tremiam com um sentimento de ódio e impotência, mas o rosto pensativo da menina continuava sem modificar em nada sua expressão.

– Menina sem sentimentos! – gritava a Srta. Scatcherd. – Nada é suficiente para corrigir seu desmazelo! Leve a vareta embora!

Burns obedeceu. Observei-a com toda a atenção ao sair da saleta. Estava recolocando o lenço no bolso e ainda havia a marca de uma lágrima em seu rosto magro.

Eu achava o recreio do fim da tarde a hora mais agradável em Lowood: o pedaço de pão, o gole de café que engolíamos às cinco horas nos renovavam as forças, mesmo que não nos matassem a fome. A disciplina férrea do dia era afrouxada. A sala de aula parecia mais acolhedora do que de manhã – as lareiras ardiam com um pouco mais de força para iluminar em lugar das velas, que ainda não tinham sido acesas. O avermelhado do crepúsculo, a agitação permitida, a confusão de muitas vozes nos davam uma sensação de liberdade, que era bem-vinda.

Na tarde daquele dia em que eu vira a Srta. Scatcherd bater em sua aluna Burns, lá estava eu, como sempre, andando de uma mesa para outra e ouvindo as risadas, sem nenhuma companheira, mas tampouco me sentindo sozinha. Quando passava pelas janelas, erguia a cortina e dava uma espiada lá fora; nevava muito e já havia neve acumulada nos parapeitos mais baixos. Encostando o ouvido à janela, escutei o vento soprando e gemendo, com um som desconsolado.

Talvez, se eu tivesse saído recentemente de um lar acolhedor, com bons pais, naquela hora a separação calasse fundo em mim. Aquele vento teria então me entristecido o coração. O caos e a escuridão lá fora teriam-me sobressaltado. Mas, para dizer a verdade, eu era movida por uma estranha excitação, querendo, na minha inquietação e ansiedade, que o vento soprasse de forma ainda mais selvagem, que a escuridão se adensasse mais e que o caos se erguesse ao ponto de um clamor.

Passando por cima dos vultos e engatinhando por baixo das mesas, abri caminho até uma das lareiras. E ali, ajoelhada diante da grade de metal, encontrei Burns, absorta, silenciosa, distraída de tudo o que a cercava pela companhia de um livro, que lia sob a luz incerta das brasas.

– Ainda é *Rasselas*? – perguntei, por trás dela.

– É – respondeu. – E estou acabando.

Cinco minutos depois, ela fechou o livro. Fiquei feliz.

"Agora", pensei, "talvez eu consiga fazer com que converse comigo". E me sentei no chão ao seu lado.

– Qual é seu nome, além de Burns?

– Helen.

– Você veio de um lugar longe daqui?

– Vim de um lugar muito longe, no norte. Já perto da fronteira com a Escócia.

– E algum dia você vai voltar para lá?

– Espero que sim. Mas ninguém pode ter certeza do que o futuro trará.

– Você deve ter vontade de sair de Lowood, não tem?

– Não. Por que teria? Vim para Lowood para receber uma educação. E não tem sentido ir embora antes que esse objetivo seja alcançado.

– Mas aquela professora, a Srta. Scatcherd, é tão cruel com você...

– Cruel? De forma nenhuma! Ela é severa. E não gosta quando eu erro.

– Se eu fosse você, teria ódio dela. Iria enfrentá-la e, se me batesse com aquela vareta, eu a arrancaria da mão dela e a quebraria bem debaixo do seu nariz!

– Você provavelmente não faria nada disso. Mas, se fizesse, o Sr. Brocklehurst expulsaria você da escola. Isso seria uma vergonha para os seus parentes. É muito melhor aguentar com toda a paciência um castigo que só você sente do que cometer um ato cujas consequências daninhas se estenderão a todos que lhe são ligados. E, além disso, a Bíblia diz que devemos pagar o mal com o bem.

– Mas acho uma desgraça ser mandada para o meio de uma sala cheia de gente. E você já é grande. Eu, que sou muito menor do que você, acho que não aguentaria.

– Pois você teria a obrigação de aguentar, caso não pudesse evitar. É fraqueza e tolice dizer que *não suportaria* algo que seu destino dita que é preciso ser suportado.

Fiquei ouvindo e pensando: não podia compreender aquela doutrina de suportar as situações. E entendia menos ainda, discordando dessa atitude, sua indulgência para com aquela que a maltratava. Mas, fosse como fosse, tinha a sensação de que Helen Burns enxergava tudo sob uma luz que era invisível a meus olhos. Suspeitava de que pudesse estar certa e eu, errada. Mas não quis me aprofundar no assunto. Como Felix, deixei-o de lado para uma outra ocasião.

– Você diz que tem defeitos, Helen. Que defeitos são esses? Para mim, você parece ótima.

– Então aprenda comigo a não julgar pelas aparências. Sou como, sem meias palavras, a Srta. Scatcherd disse: raramente ponho, ou mantenho, os objetos em ordem; sou descuidada; esqueço as regras; leio quando deveria estar decorando a lição; não tenho método; e às vezes, assim como você, digo que não posso aguentar ser submetida a certos regulamentos. Tudo isso irrita a Srta. Scatcherd, que é, por natureza, muito ordenada, pontual e exigente.

– E irritada e cruel – acrescentei. Mas Helen Burns não aceitou meu comentário. Ficou em silêncio.

– A Srta. Temple é tão severa com você quanto a Srta. Scatcherd?

Ao ouvir o nome da Srta. Temple, o rosto grave de Helen se abriu num sorriso.

– A Srta. Temple é uma pessoa cheia de bondade. Para ela, é doloroso ser severa com alguém, mesmo com a pior aluna da escola. Ela vê meus erros e me fala sobre eles com a maior delicadeza. E se faço algo digno de elogio, não se poupa em me recompensar. Uma prova da minha natureza cheia de defeitos é que, mesmo diante de suas ponderações, tão doces, tão lógicas, nem assim consigo me corrigir. E mesmo seus elogios, que tanto prezo, tampouco servem para me estimular a continuar sendo cuidadosa e atenta.

– Curioso – falei –, é tão fácil ser cuidadosa.

– Para *você*, não tenho dúvida de que sim. Observei-a em sala hoje de manhã e vi que estava prestando a maior atenção. Seus pensamentos nunca pareciam vagar enquanto a Srta. Miller lhe explicava a lição e lhe fazia perguntas. Mas os meus vivem vagando. Há momentos em que deveria estar ouvindo a Srta. Scatcherd, e guardando tudo o que ela diz, e não ouço sequer o som de sua voz. Entro numa espécie de transe. Acho que estou em Northumberland e que os sons à minha volta são o murmúrio de um riacho que corre por Deepden, perto de nossa casa. E aí, quando chega minha vez de responder, sou despertada. Não tendo escutado nada do que foi lido, pois estava ouvindo o som do riacho de sonho, não sei responder à pergunta.

– Mas esta tarde você respondeu muito bem.

– Foi puro acaso. Porque o assunto da lição me interessava. Hoje à tarde, em vez de sonhar com Deepden, eu estava pensando em como um homem disposto a fazer o bem é capaz de agir com tamanha injustiça e impropriedade, como Carlos I às vezes fazia. E lamentava também que ele, com toda a sua consciência e integridade, não pudesse enxergar além das prerrogativas da Coroa. Se tivesse conseguido enxergar mais longe, se pudesse ter percebido para onde tendia aquilo que se chama de o espírito das épocas! Mas, mesmo assim, eu gosto de Carlos I. Eu o respeito... tenho pena dele também, desse pobre rei assassinado. É, seus inimigos eram os piores: derramaram sangue que não tinham o direito de derramar. Como tiveram coragem de matá-lo?

– E quando é a Srta. Temple quem lhe dá as lições, seus pensamentos também vagueiam?

– Não, pelo menos não com tanta frequência. Porque a Srta. Temple costuma dizer coisas que estão mais próximas das minhas reflexões. A linguagem dela me parece muito agradável, e as informações que passa são em geral justamente aquilo que eu gostaria de ouvir.

– Então, com a Srta. Temple você é boa?

– Sou, sim, mas de forma passiva. Não me esforço. Vou para onde minha tendência me leva. Não há qualquer mérito em ser boa assim.

– Há, sim, e muito. Você é boa com aqueles que são bons com você. É o que eu sempre quis ser. Se as pessoas fossem sempre gentis e obedientes para com aqueles que lhes são cruéis e injustos, as pessoas más sairiam sempre ganhando. Não temeriam nada e, assim, nunca se transformariam. Ao contrário, só iriam piorar. Quando somos agredidos sem razão, devemos agredir de volta, e com toda a força. Estou convicta disto: com força suficiente para ensinar à pessoa que nos agrediu a não fazer aquilo de novo.

– Espero que você mude de ideia quando crescer mais. Por enquanto, não passa de uma criança indisciplinada.

– Mas eu realmente acredito nisso, Helen: acho que devo desgostar daqueles que insistirem em desgostar de mim, por mais que eu aja de modo a agradá-los. Devo resistir àqueles que me punem injustamente. Isso é tão natural quanto amar os que me mostram afeição ou me submeter a um castigo que acredito merecido.

– Os pagãos e os selvagens defendem essa doutrina. Mas os cristãos e as nações civilizadas discordam.

– Como assim? Não consigo entender.

– Não é a violência que vence o ódio. Nem é a vingança que cura as ofensas.

– E o que é, então?

– Leia o Novo Testamento e preste atenção nas palavras e nos atos de Cristo. Faça da palavra Dele sua lei e da conduta Dele, seu exemplo.

– E o que Ele diz?

– Amai vossos inimigos. Abençoai aqueles que vos amaldiçoam. Fazei o bem àqueles que vos odeiam e que vos usam de forma malévola.

– Então, devo amar a Sra. Reed, o que não consigo fazer. E devo abençoar o filho dela, John, algo que é totalmente impossível.

Foi a vez de Helen pedir que eu me explicasse. E comecei a contar, do meu jeito, a história das minhas dores e dos meus ressentimentos. Amarga e truculenta quando empolgada, fui falando o que sentia, sem reservas ou atenuantes.

Helen me ouviu com paciência, até o fim. Imaginei que fosse então fazer algum comentário, mas ela nada disse.

– E então? – indaguei, impaciente. – Não acha que a Sra. Reed é uma mulher malvada e sem coração?

– Ela tem sido ruim para você, sem dúvida, porque, você sabe, ela não gosta de sua natureza, assim como a Srta. Scatcherd não gosta da minha. Mas fico boba de ver com que minúcia se lembra de tudo o que ela disse e lhe fez. Que forte impressão a injustiça dela parece ter causado no seu coração! Não deixo que nenhum sentimento ruim fique marcado em mim com tamanha força. Você não seria mais feliz se tentasse esquecer a severidade dela, assim como as consequentes emoções provocadas em você? Acho que a vida é curta demais para ser gasta com animosidades, só pensando nos acontecimentos ruins.

Somos, e devemos ser, todos nós neste mundo, pessoas cheias de defeitos. Mas um dia virá, espero, em que nos livraremos deles, quando nos livrarmos de nossos corpos impuros. A degradação e o pecado se separarão de nós ao mesmo tempo que esta carcaça material, e restará apenas a centelha do espírito – o princípio impalpável da vida e do pensamento, tão puro quanto no momento em que ele se desprendeu do Criador para inspirar a criatura. Assim como veio, há de retornar, talvez para se comunicar de novo com um ser maior do que o homem, ou talvez para atravessar gradações em direção à glória, da pálida alma humana à luz angelical. Óbvio que ele não há de sofrer para, ao contrário, degenerar-se até chegar ao demônio, não é? Não, não posso crer nisso. Meu credo é outro, o qual nunca me foi ensinado e que raramente menciono, mas ao qual me apego e que me dá muito prazer, porque através dele é possível estender a esperança a todos nós. Ele faz da eternidade um descanso, um lar acolhedor, não um terror e um abismo. Com esse credo, posso distinguir com clareza o criminoso de seu crime, e perdoar com toda a sinceridade o primeiro ao mesmo tempo em que abomino o segundo. Com esse credo, a vingança jamais clama em meu coração, a degradação não chega a me desgostar profundamente, a injustiça nunca me esmaga. Vivo com serenidade, à espera do fim.

A cabeça de Helen, quase sempre pendendo sobre o peito, baixou ainda mais à medida que terminava a última frase. Percebi, por seu olhar, que ela não queria continuar conversando, que preferia mergulhar nos próprios pensamentos. Mas não teve muito tempo para suas reflexões. Uma monitora, uma garota grande e grosseira, apareceu e foi logo gritando, com um sotaque forte de Cumberland:

– Helen Burns, se você não arrumar sua gaveta agora, se não dobrar seu trabalho manual neste minuto, vou chamar a Srta. Scatcherd!

Helen deu um suspiro enquanto seus pensamentos se desfaziam, e, levantando-se, obedeceu à monitora sem mais demora e sem nada dizer.

7

Meu primeiro trimestre em Lowood me pareceu uma eternidade, e tampouco foi uma época de ouro. Foi uma luta cruenta com dificuldades para que eu me habituasse às novas regras e às tarefas indesejáveis. O medo de falhar nessas duas questões me incomodava mais do que o sofrimento físico, embora este não fosse pequeno.

Ao longo de janeiro, fevereiro e parte de março, as altas camadas de neve, e, após o degelo, as estradas praticamente intransitáveis, impediram-nos de ultrapassar os muros do pátio, exceto para ir à igreja. Mas, dentro desses limites, éramos obrigadas a passar pelo menos uma hora por dia ao ar livre. Nossa roupa era insuficiente para nos proteger do frio extremo. Não tínhamos botas e a neve penetrava nos sapatos, derretendo lá dentro. Nossas mãos, sem luvas, ficavam dormentes e rachadas pelo frio, assim como os pés. Lembro-me muito bem da agonia decorrente que precisava suportar quando, à noite, sentia os pés inflamados e, pela manhã, era obrigada a enfiá-los nos sapatos, com os dedos inchados, nus, enrijecidos. Além disso, a quantidade de comida que recebíamos era uma tristeza: com o apetite típico de meninas em idade de crescimento, o que ingeríamos mal era suficiente para sustentar uma criança inválida. Essa deficiência de alimentação levava a um sofrimento extra, infligido às meninas menores: é que, sempre que surgia uma oportunidade, as mais velhas ameaçavam as mais novas, tomando-lhes as porções. Muitas vezes tive de dividir com duas outras o precioso pedaço de pão distribuído na hora do chá e, depois de ceder a uma terceira menina a metade do conteúdo de minha caneca de café, engolir o que me restara junto com uma lágrima secreta, provocada pela fome.

Os domingos eram dias tristes durante o inverno. Tínhamos de andar três quilômetros até a igreja de Brocklebridge, onde nosso patrono era ministro. Se já saíamos da escola com frio, com mais frio ainda chegávamos lá. E, durante o sermão, sentíamos o corpo próximo da paralisia. Como a distância era grande demais para voltarmos a tempo de jantar, recebíamos nossa porção de carne fria e pão, na mesma proporção de penúria observada nas refeições normais, entre uma cerimônia e outra.

Quando a cerimônia vespertina era encerrada, voltávamos pela estrada gelada e íngreme, onde o vento norte cortante soprava por sobre os cumes dos morros, parecendo chicotear-nos os rostos.

Lembro-me bem da Srta. Temple caminhando com agilidade e leveza junto à nossa fila, fechando junto ao corpo a capa xadrez batida pelo vento invernal e nos encorajando, com seu discurso e exemplo, a ir em frente, a não desanimar, como se fôssemos, nas palavras dela, "intrépidos soldados". As outras professoras, coitadas, geralmente estavam incomodadas demais para tentar encorajar quem quer que fosse.

Ah, como ansiávamos pelo calor e pela luz de uma lareira nessas caminhadas de volta! Mas, ao menos para as meninas menores, nem isso era concedido. Assim que chegávamos, todas as lareiras da escola eram logo rodeadas por duas fileiras de meninas maiores, e às pequenas só restava se juntarem uma às outras atrás delas, enrolando os braços magros nos próprios aventais.

Um pequeno consolo nos era dado na hora do chá, quando recebíamos uma posição dupla de pão – uma fatia inteira, em vez de meia – com a deliciosa adição de uma fina camada de manteiga. Era o luxo máximo pelo qual ansiávamos entre um e outro Dia Santo. O habitual era eu ficar com a metade dessa maravilha: o restante tinha invariavelmente de dividir com alguém.

Nas noites de domingo, nós nos dedicávamos a repetir, de cor, o catecismo, assim como o quinto, o sexto e o sétimo capítulos de São Mateus. Além de ouvir o longo sermão lido pela Srta. Miller, cujos bocejos, irreprimíveis, demonstravam seu cansaço. Às vezes, as meninas menores interrompiam essas atividades fazendo o papel de Eutiques,* caindo ao chão, mortas de sono, na terceira ou quarta parte, e tendo de ser carregadas. O jeito era colocá-las no centro da sala, obrigando-as a ficar de pé enquanto o sermão era lido. Acontecia também de os pés lhes falharem e elas caírem ao chão assim mesmo,

*Eutiques, menino que adormece ouvindo o sermão de São Paulo, citado no Novo Testamento. (*N. da T.*)

como sacos vazios. Tinham então de ser levantadas e escoradas pelos bancos altos usados pelas monitoras.

Ainda não falei das visitas do Sr. Brocklehurst. Na verdade, esse senhor esteve fora durante a maior parte de meu primeiro mês na escola, tendo talvez prolongado sua estada junto ao arquidiácono. Sua ausência foi, para mim, um alívio. Nem preciso dizer quanto temia sua chegada. Mas um dia ele acabou voltando.

Certa tarde (fazia três semanas que eu chegara a Lowood), estava eu sentada com uma lousa na mão, entretida com uma divisão de muitos algarismos, quando, ao erguer os olhos distraída na direção da janela, vi uma figura passando. Reconheci quase instintivamente aquela silhueta magra. Dois minutos depois, toda a escola, incluindo as professoras, pôs-se de pé *en masse*, nem precisei olhar para ter certeza de quem estavam recepcionando. Com uma longa caminhada, ele passou em revista a escola inteira, até que parou ao lado da Srta. Temple, esta também de pé, e ali ficou, a mesma coluna negra que se erguera diante de mim junto à lareira de Gateshead. Agora, eu via aquele monumento de perfil. E estava certa: era mesmo o Sr. Brocklehurst, com um sobretudo fechado até em cima, parecendo mais magro, mais comprido e mais esguio do que nunca.

Eu tinha razão em temer aquela aparição. Lembrava-me muito bem das insinuações maldosas feitas pela Sra. Reed a respeito da minha natureza. E da promessa feita pelo Sr. Brocklehurst de que contaria à Srta. Temple e às outras professoras a respeito de minha má índole. Desde o início, temia que essa promessa se cumprisse, antevendo o dia em que O Homem viria, aquele cuja informação a respeito do meu passado e cujas revelações iriam me estigmatizar para sempre como uma menina má. Agora ali estava ele. De pé, ao lado da Srta. Temple. Falava baixo, ao ouvido dela. E eu não tinha dúvidas de que eram comentários sobre a minha vilania. Observei o olhar da Srta. Temple com enorme ansiedade, esperando que a qualquer instante seus olhos escuros se virassem em minha direção com uma expressão de desprezo e repugnância. E fiquei à escuta. Como estava sentada na parte da frente da sala, conseguia ouvir quase tudo o que ele dizia. E suas palavras logo me livraram daquela apreensão.

– Creio, Srta. Temple, que a quantidade de linha que comprei em Lowton será suficiente. Achei a qualidade adequada para as camisas de algodão e procurei agulhas do mesmo tamanho. Pode dizer à Srta. Smith que me esqueci de fazer um memorando sobre as agulhas de cerzir, mas ela vai receber os papéis na próxima semana. E não deve, em hipótese alguma, dar mais de uma agulha por aluna, de cada vez. Se recebem muitas, elas se descuidam e acabam por perdê-las. Ah, sim, e gostaria também que as meias de lã fossem mais bem cuidadas! Da última vez em que estive aqui, dei uma olhada nas que estavam secando na corda; havia uns meiões pretos em péssimo estado. Pelo tamanho dos buracos, tenho certeza de que não vinham sendo remendados.

Ele fez uma pausa.

– Suas ordens serão cumpridas, senhor – disse a Srta. Temple.

– Sim, senhora – ele continuou –, e a lavadeira me disse que algumas meninas recebem duas golas limpas por semana, o que é demais. A regra manda que seja fornecida apenas uma.

– Acho que há uma explicação para isso, senhor. Agnes e Catherine Johnstone foram convidadas a jantar com amigos em Lowton na última quinta-feira e eu lhes dei golas limpas para a ocasião.

O Sr. Brocklehurst concordou.

– Bem, por uma vez, passa. Mas, por favor, não deixe que aconteça a toda hora. E há outro fato que me surpreendeu: soube, ao acertar as contas com a governanta, que um lanche, consistindo de pão e queijo, foi servido em duas ocasiões para as meninas ao longo da última quinzena. O que significa isso? Reli os regulamentos e não encontrei referência a refeições desse tipo. Quem introduziu essa inovação? E com que autoridade?

– Devo ser responsabilizada por tal circunstância, senhor – respondeu a Srta. Temple. – O café da manhã tinha sido tão mal preparado que as alunas não tinham condições de comê-lo. E não tive coragem de deixá-las com fome até a hora do jantar.

– Um momento! A senhora sabe muito bem quais são os meus planos ao educar essas meninas: não pretendo acostumá-las a hábitos de luxúria e indulgência, mas sim ensiná-las a suportar as agruras, a ser pacientes e desprendidas. Se ocorrer algum pequeno incidente de desapontamento no que diz respeito à alimentação, como uma refeição estragada, um prato com falta ou excesso de molho, tal incidente não deve ser neutralizado com a substituição de algo mais gostoso para compensar a perda. Deve ser utilizado para a edificação espiritual das alunas, encorajando-as a extrair forças da privação temporária. Um breve sermão, nessas ocasiões, não deve ser subestimado, um sermão em que o instrutor aproveitaria a oportunidade para se referir aos sofrimentos dos primeiros cristãos; aos tormentos dos mártires; às exortações do próprio Cristo, pedindo aos discípulos que pegassem suas cruzes e O seguissem; a Seu alerta de que os homens não devem viver só de pão, mas também das palavras que saem da boca de Deus; a Seu divino consolo, pois "bem-aventurados são aqueles que sofrem de fome e de sede em meu nome". Ah, senhora, botando pão e queijo, em lugar de mingau queimado, na boca dessas crianças, a senhora pode até ter alimentado seus corpos vis, mas não imagina como deixou com fome suas almas imortais!

O Sr. Brocklehurst fez mais uma pausa, parecendo tocado pelos próprios sentimentos. A Srta. Temple baixara a vista quando ele começara a falar, mas agora fitava-o, e seu rosto, geralmente de uma palidez de mármore, parecia ter assumido a frieza e a imobilidade desse material. Especialmente seus lábios, cerrados como se fosse preciso o cinzel de um escultor para abri-los. E a testa, que gradualmente se fechara numa expressão de severidade pétrea.

Enquanto isso, o Sr. Brocklehurst, de pé com as mãos às costas, observava toda a escola com ar majestoso. De repente, piscou os olhos, como se visse algo que o tivesse espantado ou chocado. Virando-se, e falando mais depressa do que antes, perguntou:

– Srta. Temple, Srta. Temple, quem... *o que é* aquela menina de cabelo encaracolado? De cabelo ruivo, senhora, de cabelo encaracolado... todo enrolado. – E apontou a bengala para o objeto desagradável, as mãos tremendo ao fazê-lo.

– É Julia Severn – respondeu a Srta. Temple, baixinho.

– Julia Severn! E por que ela, ou qualquer outra, pode ter esse cabelo encaracolado? Como pode, em desafio a todos os preceitos e princípios desta casa, como pode usar algo tão mundano, aqui, neste estabelecimento evangélico, de caridade? Como ousa usar o cabelo todo encaracolado assim?

– Os cachos do cabelo de Julia são naturais – retrucou a Srta. Temple, falando ainda mais baixo.

– Naturais! Sim, mas não podemos aceitar a natureza dessa forma! Quero que essas meninas sejam crianças da Beatitude. E por que toda aquela abundância? Já disse mais de uma vez que quero vê-las com os cabelos presos, de forma simples, modesta. Srta. Temple, o cabelo dessa menina deve ser cortado imediatamente! Vou mandar um barbeiro aqui amanhã. E vejo também outras que estão com excesso dessa excrescência. Aquela menina alta ali, mande-a virar-se. Não, ordene a todas na primeira fila que se levantem e fiquem viradas para a parede.

A Srta. Temple passou o lenço nos lábios, como se quisesse camuflar um sorriso involuntário que lhe surgia, mas por fim deu a ordem. E assim que a primeira classe entendeu o que lhes estava sendo ordenado, obedeceu. Inclinando-me um pouco em meu banco, pude ver os sorrisinhos e os comentários provocados por aquela manobra. Pena que o Sr. Brocklehurst não pudesse vê-los também. Talvez ele percebesse que, por mais que controlasse nosso exterior, e aquilo que comíamos, o interior de cada uma ali estava mais fora de seu alcance do que ele podia imaginar.

Ele levou uns cinco minutos examinando o cabelo das meninas, como medalhões vivos. E então pronunciou sua sentença. As palavras caíram sobre nós como o som da trombeta apocalíptica:

– Todas essas tranças devem cortadas.

A Srta. Temple pareceu prestes a protestar.

– Senhora – continuou ele –, eu tenho um Mestre, cujo reino não é deste mundo. Minha missão é matar, dentro dessas meninas, toda a luxúria da carne, ensiná-las a se vestir com pudor e sobriedade, não com roupas caras e penteados suntuosos. Cada uma dessas jovens que estão diante de nós tem nos cabelos uma trança feita pelas mãos da própria vaidade. E esses cabelos, repito, devem ser cortados. Pense no tempo perdido com...

O Sr. Brocklehurst acabava de ser interrompido. Três outros visitantes, três mulheres, entraram na sala. Deviam ter chegado antes para ouvir aquele sermão sobre vestimenta, porque estavam esplendidamente cobertas por veludos, sedas e peles. As duas mais jovens (belas jovens de seus dezesseis, dezessete anos) usavam chapéus cinzentos de pelo de castor, então na moda, com plumas de avestruz, e de sob esses graciosos adereços caía uma profusão de cabelos claros, elaboradamente trançados. A mulher mais velha estava envolta num caro xale de veludo, debruado de arminho, e usava uma meia-peruca de cachos ao estilo francês.

As três damas foram saudadas com toda deferência pela Srta. Temple como a Sra. e as Srtas. Brocklehurst, sendo em seguida conduzidas aos assentos de honra na frente da sala. Parece que tinham vindo na carruagem junto com o reverendo e, enquanto este tratava de negócios com a governanta, com a lavadeira e dava seu sermão para a superintendente, elas se dedicavam a uma criteriosa inspeção nos quartos do andar de cima. Agora estavam fazendo diversos comentários e críticas à Srta. Smith, que era a encarregada de cuidar da roupa de cama e inspecionar os dormitórios. Mas eu não tive tempo de prestar atenção ao que diziam, porque outros assuntos desviaram e prenderam minha atenção.

Até então, embora concentrada no discurso do Sr. Brocklehurst para a Srta. Temple, eu não esquecera da preocupação com a minha própria segurança, para a qual era imprescindível que ninguém me observasse. Com esse objetivo, eu me sentara na última fila da minha classe e, fingindo estar ocupada com alguma conta, mantive a lousa no colo de forma a esconder o rosto. Ninguém teria olhado para mim se não fosse pelo fato de que a lousa me escapou das mãos e caiu ao chão com enorme estrondo. Todo mundo me olhou. Eu sabia que estava tudo acabado e, ao me abaixar para pegar os fragmentos da lousa, preparei-me para o pior. E ele veio.

– Que menina descuidada! – disse o Sr. Brocklehurst, acrescentando: – É a aluna nova, pelo que estou vendo. – E, antes mesmo que eu pudesse respirar: – Não devo me esquecer de dizer uma palavra a respeito dessa menina.

Em seguida, em voz alta – ah, e quão alta me pareceu! – ordenou:

– Que essa menina que deixou a lousa cair dê um passo à frente!

Por mim, eu não teria me movido. Estava paralisada. Mas as duas meninas maiores que se sentavam ao meu lado me puseram de pé e me empurraram na direção do temido juiz. A Srta. Temple me conduziu então até junto dele e ouvi quando ela me sussurrou: "Não tenha medo, Jane. Vi que foi sem querer. Você não vai ser castigada."

Mas o sussurro gentil se cravou em meu coração como um punhal.

"Mais um minuto e ela vai me desprezar, ver que sou uma hipócrita", pensei. E, ante essa constatação, senti uma raiva danada por todos, Reed, Brocklehurst e companhia, latejando-me nos pulsos. Eu não era nenhuma Helen Burns.

– Tragam-me aquele banco – ordenou o Sr. Brocklehurst, apontando um banco alto, de onde uma das monitoras acabara de se levantar. O banco foi trazido.

– Sentem a menina nele.

E eu fui sentada ali, não sei com a ajuda de quem. Não estava em condições de reparar em nada. Só tinha consciência de que fora alçada à altura do nariz do Sr. Brocklehurst, que ele estava a menos de um metro de mim, e que à minha frente havia uma fila de capas de seda laranja ou púrpura e um mar ondulante de plumas cor de prata.

O Sr. Brocklehurst pigarreou.

– Senhoras – disse, dirigindo-se à própria família –, Srta. Temple, professoras e alunas: estão vendo esta menina?

Claro que estavam. Eu podia sentir seus olhos todos cravados em mim, queimando minha pele como fogo.

– Vocês veem que ela ainda é muito jovem. Notem que tem a compleição natural da infância. Deus lhe concedeu graciosamente a forma que concedeu a todos nós. Não há qualquer deformidade que nela sobressaia. Quem poderia dizer que O Maléfico já encontrou nessa menina seu servo e seu agente? No entanto, lamento informar que é este precisamente o caso.

Deu-se uma pausa – durante a qual comecei a observar a paralisia dos meus nervos e a sentir que o Rubicão fora atravessado; o julgamento, já não podendo deixar de acontecer, devia ser suportado.

– Queridas crianças – prosseguiu, de forma doentia, o reverendo feito de mármore negro –, este é um momento triste, melancólico.

Porque é meu dever alertá-las sobre essa criança que, podendo ser um dos cordeiros de Deus, se perdeu; não é membro do verdadeiro rebanho, mas sim uma intrusa, uma alienígena. Vocês devem precaver-se contra ela. Devem evitar seu exemplo, devem mesmo afastar-se dela, excluí-la das brincadeiras, evitar conversar com ela. E vocês, professoras, devem tomar muito cuidado com essa menina. Vigiem-lhe os movimentos, pesem-lhes as palavras, observem-lhe as ações e punam seu corpo para lhe salvar a alma... se é que, de fato, tal salvação é possível, porque (e chego a vacilar ao lhes dizer isto) essa menina, essa criança, nativa da terra cristã, pior do que muitos pequenos pagãos que dirigem suas preces a Brahma e se prostram perante a carruagem de Jagarnate, essa menina que aí está é uma mentirosa!

Seguiu-se uma pausa de dez minutos, durante os quais eu – agora já com os nervos sob total controle – observei as mulheres da família Brocklehurst tirarem seus lenços e enxugar os olhos. Enquanto a mais velha se balançava para a frente e para trás, as duas mais jovens sussurravam: "Que horror!"

O Sr. Brocklehurst recomeçou.

– Soube disso por sua benfeitora, a senhora devota e caridosa que a adotou na qualidade de órfã, que a tratou como se fosse sua própria filha, e cuja bondade, cuja generosidade essa menina infeliz pagou com uma ingratidão tão mesquinha, tão terrível que, por fim, sua excelente benfeitora se viu obrigada a separá-la de seus filhos mais novos, para que seu exemplo vicioso não lhes contaminasse a pureza. E ela a mandou para cá a fim de ser curada, assim como os judeus da Antiguidade enviavam seus feridos para o tumultuoso lago de Bethesda. Sendo assim, professoras, superintendente, eu rogo para que não deixem as águas se estagnarem em torno dela.

Com essa conclusão sublime, o Sr. Brocklehurst ajeitou o botão superior de seu sobretudo e murmurou algo para a própria família, que se levantou. Fez uma mesura para a Srta. Temple, e então todas as pessoas superiores saíram da sala em majestade. Virando-se, da porta, meu juiz declarou:

– Que ela fique aí nesse banco por mais meia hora e que ninguém lhe dirija a palavra durante o resto do dia.

E lá fiquei eu, no alto do banco. Eu, que dissera que não suportaria a vergonha de ficar naturalmente de pé no meio da sala, estava agora exposta à curiosidade geral, sobre aquele pedestal da infâmia. As minhas sensações naquele momento são algo impossível de descrever com palavras. Mas, quando todas se retiravam, sufocando-me a respiração e apertando-me a garganta, uma garota se levantou e, ao passar por mim, ergueu os olhos. Que estranha luz inspirava aquele olhar! Com que extraordinária sensação aquele raio me atingiu. E como aquele novo sentimento serviu para me amparar. Era como se um mártir, um herói, passasse por um escravo ou uma vítima e a ele dirigisse um pouco de força. E, controlando a histeria que ameaçava me tomar, ergui o rosto e me ajeitei no banco. Helen Burns indagou algo sobre seu trabalho à Srta. Smith, foi refutada por causa da trivialidade da pergunta, voltou a seu lugar e sorriu para mim enquanto se afastava. Que sorriso! Posso recordá-lo ainda e sei que tinha a influência de um intelecto refinado, de uma coragem verdadeira. Ele iluminava-lhe os traços, o rosto fino, os olhos fundos e cinzentos, como um reflexo angelical. E, no entanto, naquele preciso instante, Helen Burns levava no braço a "faixa do desleixo"; menos de uma hora antes, eu ouvira quando ela fora castigada pela Srta. Scatcherd, recebendo por punição um jantar de pão e água no dia seguinte, porque deixara cair tinta num trabalho que passava a limpo. Tal é a natureza imperfeita do homem! Há manchas nos anéis do planeta mais puro; e, assim, olhos como os da Srta. Scatcherd só conseguem enxergar os mínimos defeitos, mantendo-se cegos para o brilho da órbita como um todo.

8

A meia hora se esgotou; o relógio já indicava cinco. As alunas foram dispensadas e todas se dirigiram ao refeitório, para o chá. Tomei coragem afinal para descer do banco; estava escuro; caminhei até um canto e me sentei no chão. A força que até então me mantivera começava finalmente a se dissolver. Deu-se a reação e, logo, a tristeza que me tomou foi tamanha que me deixei cair prostrada, com o rosto no chão. Agora, chorava. Helen Burns não estava mais ali. Nada que me apoiasse. Sozinha comigo mesma, deixei-me largar, e as lágrimas ensoparam o assoalho. Quisera tanto ser uma boa menina, ganhar tantas coisas em Lowood: fazer amigos, ter o respeito e o afeto das pessoas. Já fizera um progresso visível: naquela mesma manhã, ficara na primeira fila da minha classe. A Srta. Miller tinha me feito altos elogios. A Srta. Temple sorrira para mim, com aprovação. Tinha prometido me ensinar desenho e me deixar aprender francês, se eu continuasse progredindo nos dois meses seguintes. E eu fora bem recebida pelas minhas colegas; tratada de igual para igual pelas meninas da minha idade, não sendo molestada por ninguém; agora, ali estava eu, destruída, acabada. Será que algum dia conseguiria me reerguer?

"Nunca", pensei. E, com toda a sinceridade, desejei morrer. Enquanto murmurava isso baixinho, entre soluços, alguém se aproximou. Assustei-me. Era, outra vez, Helen Burns que estava junto de mim. À luz do fogo que morria, vi-a atravessar o salão imenso e vazio. Vinha trazendo meu pão e meu café.

– Vamos, coma alguma coisa – disse. Mas eu afastei o alimento, sabendo que, do jeito que estava, uma gota ou migalha seria suficiente para me engasgar. Helen me olhou, parecendo surpresa. Embora tentasse, eu já não conseguia esconder minha agitação. E chorava cada vez mais alto. Ela se sentou no chão ao meu lado, abraçou os próprios joelhos e apoiou o queixo nos braços. Ficou assim, imóvel, parecendo uma índia. E eu é que fui a primeira a falar.

– Helen, por que você fica ao lado de uma menina que todo mundo sabe que é uma mentirosa?

– Todo mundo, Jane? Ora, apenas oitenta pessoas ouviram você ser tachada assim, e o mundo contém centenas de milhões.

– E o que eu tenho a ver com milhões? As oitenta que conheço me desprezam!

– Você está enganada, Jane. O mais provável é que ninguém nesta escola despreze ou desgoste de você. E muitas têm é pena. Disso, estou certa.

– Como podem ter pena de mim depois do que o Sr. Brocklehurst falou?

– O Sr. Brocklehurst não é nenhum deus. Não chega sequer a ser um grande homem, alguém admirável. Pouca gente gosta dele por aqui. E ele nunca fez nada para que gostassem. Se tivesse tratado você como favorita, aí, sim, é que você teria inimigos, declarados ou não. Do jeito como foi, a maioria seria capaz de lhe expressar solidariedade, se tivesse coragem. As professoras e as alunas podem olhá-la com frieza por um ou dois dias, mas no fundo alimentam simpatia em relação a você. E se você continuar agindo bem, logo esses sentimentos vão acabar aflorando, neutralizando os sentimentos ruins. Além disso, Jane... – e ela fez uma pausa.

– O que, Helen? – perguntei, segurando-lhe a mão. Ela esfregou meus dedos com delicadeza, para esquentá-los, e continuou:

– Mesmo que o mundo inteiro detestasse você e a achasse má, se sua consciência a absolvesse de qualquer culpa, você não estaria sozinha...

– É, eu sei que devo prezar a mim mesma. Mas isso não é suficiente. Se os outros não gostam de mim, eu prefiro morrer. Não posso suportar ser solitária, ser odiada, Helen. Olhe só: para ganhar alguma afeição de você, ou da Srta. Temple, ou de qualquer outra pessoa de quem gosto, eu seria capaz de deixar que me quebrassem um braço, ou que um touro me atirasse ao chão, ou de ficar atrás de um cavalo escoiceando e deixar que ele me atingisse em pleno peito...

– Cale-se, Jane! Você pensa demais no amor dos seres humanos. É muito impulsiva, muito veemente. A Mão Soberana que criou sua forma e lhe deu vida concedeu-lhe também outros recursos, além desse seu eu tão frágil, como frágeis são as outras criaturas. Além desta terra, e além da raça humana, há um mundo invisível e um reino espiritual. Esse mundo está à nossa volta, está em toda parte. E esses espíritos velam por nós, pois foram incumbidos de ser nossos guardiães. Se estivermos morrendo em dor e aflição, se a injúria nos atingir por todo lado, se o ódio nos esmagar, os anjos verão nossa tortura, reconhecerão nossa inocência, caso sejamos inocentes. Pelo que sei, essa acusação feita pelo Sr. Brocklehurst lhe foi passada em segunda mão pela Sra. Reed; mas o que vejo mesmo é uma natureza sincera no seu olhar ardente e no seu rosto franco. E Deus espera apenas que se dê a separação entre corpo e espírito para nos dar a recompensa. Por que, então, devemos entregar-nos ao desespero, se a vida é tão fugaz e a morte é tão certamente uma porta para a felicidade e para a glória?

Fiquei em silêncio. Helen me acalmara. Mas mesmo na tranquilidade por ela transmitida havia uma dose de tristeza inexprimível. Eu podia perceber a mágoa enquanto ela falava, embora não soubesse dizer de onde vinha. E quando, terminando de falar, Helen ficou mais ofegante e tossiu uma tosse seca, cheguei por um instante a esquecer meus próprios problemas e a me preocupar com ela.

Recostando a cabeça no ombro de Helen, coloquei meu braço em torno de sua cintura. Ela se aconchegou a mim e ficamos quietinhas. Mas não tardou a aparecer alguém. As nuvens pesadas, empurradas do céu por um vento crescente, tinham deixado a lua à mostra. E foi a luz da lua, penetrando pela fresta de uma janela próxima, que nos mostrou com toda a nitidez quem era a figura que se aproximava: reconhecemos imediatamente a Srta. Temple.

– Vim mesmo atrás de você, Jane – disse ela. – Quero que vá até minha sala. E já que Helen Burns está com você, ela pode vir também.

Nós fomos. Seguindo a superintendente, atravessamos um labirinto de corredores e subimos uma escada até chegar aos aposentos da Srta. Temple. Lá, havia uma boa lareira e o lugar parecia alegre. Ela disse a Helen que se sentasse numa poltrona baixa, de um dos lados da lareira, enquanto ela própria se sentava na outra e me chamava para junto dela.

– Já acabou? – perguntou, me olhando. – Já chorou tudo o que tinha de chorar?

– Temo que nunca vá chorar o suficiente.

– Por quê?

– Porque fui acusada injustamente. E a senhora, e todo mundo, vai pensar que sou uma menina má.

– Vamos achar que você é aquilo que provar que é, minha criança. Continue agindo como uma boa menina e isso será o bastante.

– Será mesmo, Srta. Temple?

– Claro – disse ela, me abraçando. – E agora conte-me quem é essa senhora que o Sr. Brocklehurst chamou de sua benfeitora.

– É a Sra. Reed, a esposa do meu tio. Meu tio morreu e me deixou aos cuidados dela.

– Então ela não a adotou espontaneamente?

– Não, senhora. Ela lamentou muito ter de fazê-lo. Mas, antes de morrer, meu tio, segundo eu cansei de ouvir dos empregados, fez com que ela prometesse que cuidaria de mim pelo resto da vida.

– Bem, então, Jane, você sabe muito bem, mas de qualquer forma vou repetir agora, que um criminoso, quando é acusado, tem o direito de se defender. Você foi acusada de mentir. Defenda-se agora, o melhor que puder. Diga tudo o que sua memória sugerir que é verdadeiro. Mas não acrescente nada, nem cometa exageros.

Resolvi, com toda a convicção, que seria o mais moderada – e o mais correta – possível. E então, depois de refletir por uns instantes e ordenar na minha cabeça o que iria dizer, contei-lhe toda a história da minha infância. Exausta pela emoção, meu discurso foi um pouco mais contido do que costumava ser em assuntos como esse. E, atenta aos comentários de Helen sobre o excesso de ressentimento que eu costumava imprimir à minha narrativa, esta saiu bem menos rancorosa e amarga do que normalmente. Assim, restrita e simplificada, minha história pareceu mais crível. E, à medida que eu ia falando, ia sentindo que a Srta. Temple estava acreditando em mim.

Ao longo da narrativa, mencionei a visita do Sr. Lloyd, depois que eu desmaiara, pois nunca pude esquecer aquele episódio apavorante do quarto vermelho. Ao detalhar tal acontecimento, minha excitação chegou a crescer, pois nada seria capaz de suavizar a recordação da agonia que se apossara do meu coração ao ver que a Sra. Reed recusara meus pedidos alucinados de perdão e me trancara pela segunda vez naquele aposento assombrado e escuro.

Afinal, terminei. A Srta. Temple ficou me olhando por alguns minutos, em silêncio. E então falou:

– Eu tenho um contato com o Sr. Lloyd. Vou escrever para ele. Se a resposta dele bater com a sua versão, você será declarada publicamente livre de qualquer acusação. Para mim, Jane, você está livre agora.

Ela me beijou e, mantendo-me a seu lado (onde fiquei contente, pois observá-la me dava uma alegria infantil, vendo-lhe o rosto, a roupa, os ornamentos, sua testa branca, as ondas brilhantes dos cabelos bem penteados, os olhos escuros e cintilantes), dirigiu a palavra a Helen Burns:

– Como você está hoje, Helen? Tossiu muito durante o dia?

– Não, acho que não, senhora.

– E a dor no peito?

– Está um pouco melhor.

A Srta. Temple se levantou, puxou-lhe a mão e tomou-lhe o pulso. Em seguida, tornou a sentar-se na poltrona. Ao fazê-lo, ouvi que deu um suspiro baixinho. Ficou pensativa por uns instantes e depois, levantando-se, disse, toda animada:

– Mas vocês duas hoje são minhas convidadas. E devo tratá-las como tal!

Chamou a empregada:

– Barbara – e quando esta chegou –, ainda não tomei meu chá. Traga a bandeja e bote xícaras para essas duas jovens.

Logo, a bandeja foi trazida. Que linda me pareceu a louça das xícaras e do bule de chá, colocados sobre a mesa redonda, junto à lareira! Que delicioso aroma emanava da bebida, e que maravilha o cheirinho da torrada! Apenas, para meu desapontamento, achei que esta última viera numa porção pequena demais, mas a Srta. Temple pareceu constatar o mesmo. E disse:

– Barbara: pode, por favor, trazer um pouco mais de pão e manteiga? Aqui não há o suficiente para três.

Barbara saiu. Dali a pouco, voltou.

– Senhora, a Sra. Harden manda dizer que mandou a quantidade habitual.

A Sra. Harden, é preciso deixar claro, era a governanta, uma mulher com um coração parecido com o do Sr. Brocklehurst, feito de osso de baleia e ferro.

– Ora, muito bem! – retrucou a Srta. Temple. – Acho que vamos ter de fazer com que isto seja suficiente, Barbara.

E, assim que a garota saiu, ela acrescentou, sorrindo:

– Felizmente, desta vez tenho meus meios para suprir essa deficiência.

Depois de convidar a mim e a Helen para que nos aproximássemos da mesa, e de pôr diante de cada uma de nós uma xícara de chá e uma deliciosa, embora fina, fatia de torrada, ela se levantou, destrancou uma gaveta e de lá tirou um embrulho de papel. E logo se materializava diante de nossos olhos um belo bolo com sementes aromáticas.

– Minha intenção era dar um pouco deste bolo para vocês levarem, mas tem tão pouca torrada que é melhor vocês comerem agora – disse, começando a cortar pedaços generosos do bolo.

Naquela noite, nós nos refestelamos como se comêssemos néctar e ambrosia dos deuses. E o melhor de tudo era o sorriso de satisfação com que nossa anfitriã nos observava, enquanto aplacávamos a fome com as delicadezas que ela tão generosamente nos oferecia. Terminado o chá e retirada a bandeja, a Srta. Temple tornou a nos conduzir para perto da lareira. Ficamos sentadas a seu lado e agora a conversa era entre ela e Helen, sendo para mim um privilégio ouvi-las.

A Srta. Temple tinha sempre um traço de serenidade no aspecto, de classe no semblante, de propriedade refinada na linguagem, de forma que não descaía jamais para a excitação, a ansiedade, o arrebatamento. Isso transformava em reverência o prazer de quem olhava para ela, de quem a ouvia. Era o que eu sentia em relação à Srta. Temple. Mas, no que diz respeito a Helen Burns, eu estava simplesmente maravilhada.

A refeição restauradora, o fogo brilhante, a presença e a gentileza da instrutora de quem gostava, ou talvez, mais do que tudo, algo em sua própria mente, tudo fizera aflorar as energias que Helen trazia dentro de si. Elas tinham despertado, se inflamavam. Primeiro, pareceram iluminar as cores de suas faces, que até então eu só vira cobertas por uma palidez mortiça; depois, alcançaram seus olhos, que de repente ganharam uma beleza ainda mais singular do que os da Srta. Temple, uma beleza que nada tinha a ver com cor ou tamanho dos cílios, nem com pintura, mas uma beleza de significado, de movimento e resplendor. E então a própria alma pareceu aflorar a seus lábios e a linguagem fluiu, sem que eu pudesse definir de onde brotava. Será possível a uma menina de quatorze anos ser impulsionada por tamanha, e tão pura, completa e entusiástica, eloquência? Tais eram as características do discurso de Helen durante aquela noite que para mim a cena foi memorável. Seu espírito parecia apressar-se para viver dentro de um tempo breve, assim como outros vivem uma existência prolongada.

Elas conversaram sobre temas dos quais eu jamais ouvira falar: de nações e épocas passadas, de países distantes, de segredos da natureza apenas descobertos ou imaginados, falaram de livros – e quantos livros tinham lido! Que imensa quantidade de saber davam a impressão de ter acumulado! E pareciam tão familiares aos nomes e autores franceses. Mas meu espanto chegou a seu clímax quando a Srta. Temple perguntou a Helen se ela às vezes dedicava um momento ao estudo do latim que seu pai lhe ensinara e, tirando um livro da estante, pediu que ela lesse e comentasse uma página de Virgílio. Helen obedeceu e minha veneração se expandia a cada linha que a menina lia. Mal terminara de fazer sua leitura e o sino tocou, anunciando a hora de deitar. Não se admitia atraso. A Srta. Temple nos abraçou e, apertando-nos contra o peito, disse:

– Deus as abençoe, crianças!

Helen permaneceu em seus braços por um pouco mais de tempo do que eu. A Srta. Temple pareceu relutar em deixá-la ir. Foi a Helen que seu olhar seguiu enquanto nos dirigíamos à porta. Foi por ela que, pela segunda vez, a Srta. Temple soltou um suspiro fundo. E foi por ela que limpou uma lágrima furtiva no canto do olho.

Ao chegar ao dormitório, ouvimos a voz da Srta. Scatcherd. Ela estava examinando os gaveteiros. Quando entramos, acabara de mexer no de Helen Burns, e esta foi logo recebida com uma reprimenda, ouvindo que no dia seguinte, de castigo, teria de andar com várias peças mal dobradas penduradas na roupa.

– Minhas coisas estavam mesmo meio bagunçadas – murmurou Helen para mim, baixinho. – Tinha pensado em arrumá-las, mas esqueci.

Na manhã seguinte, a Srta. Scatcherd escreveu a palavra "desleixada" em letras enormes num pedaço de papelão e amarrou-o como um amuleto em torno da testa larga, serena, inteligente e benigna de Helen Burns. Esta o carregou durante todo o dia, com paciência e resignação, encarando o castigo como bem merecido. Quando a Srta. Scatcherd saiu, depois da aula da tarde, eu me aproximei de Helen e arranquei o papelão, atirando-o ao fogo. A fúria de que ela fora incapaz estivera queimando dentro de mim durante todo o dia e por mais de uma vez eu chorara grossas lágrimas de raiva, que me queimaram as faces. Porque o espetáculo de sua tristeza resignada provocava uma dor intolerável em meu coração.

Cerca de uma semana depois desses acontecimentos, a Srta. Temple, que escrevera para o Sr. Lloyd, recebeu sua resposta: e esta parecia corroborar o que eu contara. A Srta. Temple então reuniu a escola inteira e anunciou que, tendo sido feito um inquérito para apurar as denúncias contra Jane Eyre, tinha o prazer de revelar que eu estava completamente isenta de qualquer culpa. As professoras vieram apertar minha mão e me beijar e um murmúrio de satisfação correu pelas fileiras das alunas.

Tirado aquele peso das minhas costas, comecei a partir dali uma nova fase de dedicação aos estudos, decidida a sempre abrir caminho diante de qualquer dificuldade. Dei duro e meu sucesso foi proporcional ao esforço. Minha memorização, que não era boa, melhorou com a prática. Os exercícios fizeram com que meus conhecimentos evoluíssem. Em poucas semanas, fui promovida a uma classe mais adiantada. Em menos de dois meses, tive permissão para começar a estudar francês e desenho. Aprendi os dois primeiros tempos do verbo *être* e desenhei minha primeira casinha (cujas paredes, em inclinação, ultrapassavam aquelas da Torre de Pisa) no mesmo dia. Nessa noite, ao ir para a cama, até me esqueci de preparar mentalmente o soberbo jantar imaginário composto de batatas gratinadas, pão branco e leite fresco, com o qual costumava fingir aplacar a fome. Em lugar dele, brinquei de imaginar desenhos ideais, que enxergava no escuro, todos feitos com minhas mãos. Com toda a liberdade, desenhava casas e árvores, rochas e ruínas pitorescas, boizinhos, borboletas voejando em torno de botões de rosas, passarinhos bicando cerejas maduras, ninhos de cambaxirras cheios de ovos parecendo pérolas e cercados por brotos de hera. E, em pensamento, examinava a possibilidade de algum dia conseguir traduzir um certo livrinho de histórias em francês que madame Pierrot me mostrara. Sem solucionar esse problema em minha cabeça, caí no sono mais profundo.

Salomão disse bem: "Antes uma refeição de folhas onde houver amor que carne farta servida com ódio."

Nessa época, eu já não trocaria Lowood, com todas as suas privações, por Gateshead e os pequenos luxos de seu dia a dia.

9

Mas as privações, ou melhor, as provações, de Lowood diminuíram. A primavera se firmou, pois já havia começado. As geadas de inverno cessaram, a neve derreteu, os ventos cortantes abrandaram. Meus pobres pés, inchados e esfolados pelo frio de janeiro, a ponto de eu mal poder andar, começaram a sarar ante os ares mais amenos de abril. As noites e as manhãs já não faziam congelar o sangue em nossas veias por causa de seu ar glacial. Agora, conseguíamos suportar bem a hora de recreio que passávamos no jardim. Às vezes, nos dias de sol, aqueles momentos chegavam a ser agradáveis, enquanto a relva verde começava a crescer em torno dos canteiros marrons, os quais, brotando a cada dia, faziam pensar que a Esperança caminhara por eles à noite, deixando suas pegadas ao amanhecer. As flores começavam a surgir aqui e ali, por entre as folhagens: fura-neves, prímulas cor de púrpura e amores-perfeitos dourados. Nas tardes de quinta-feira (meio-feriado), agora fazíamos caminhadas, encontrando flores ainda mais belas na beira da estrada, sob as sebes.

Descobri também que, por trás dos muros altos e gradeados de nosso pátio, havia delícias e prazeres que só o horizonte nos podia fornecer: eram prazeres como descortinar a nobreza do perfil de uma montanha, com seu verde e suas sombras; ou um riacho límpido, cheio de pedras escuras e recantos. Quão diferentes me tinham parecido aquelas mesmas paisagens quando vistas sob o céu cinzento de inverno, paralisadas pelo frio, envoltas em neve! Quando a neblina, fria como a morte, era soprada pelos ventos do oeste, varrendo os cumes arroxeados, descendo e rolando até se mesclar à superfície gelada do riacho! O próprio riacho era então uma torrente, lodosa, incontrolável, despejando-se sobre a floresta e jogando no ar um som raivoso, as águas constantemente engrossadas pela chuva ou pelas precipitações de granizo. E, pela floresta afora, suas margens exibiam apenas os esqueletos das árvores.

Abril se transformou em maio – e foi um maio sereno e claro. Dias de céu azul, de sol ameno, preenchidos pela brisa suave vinda do oeste e do sul. E agora a vegetação exibia seu vigor. Lowood era como uma mulher que solta os cabelos, enchendo-se de verde e flores. O imenso olmo, o freixo e os esqueletos dos carvalhos recuperaram a majestade. A vegetação da floresta renasceu em profusão, crescendo por entre as sombras. Inúmeras variedades de musgo enchiam as depressões do terreno, criando um efeito de brilho solar no chão e contrastando com as prímulas do campo. Vi seus raios dourados e suaves brilharem nos recantos mais sombrios, salpicando o chão de doces cintilações. E eu aproveitava tudo aquilo de maneira completa, livre, sem ninguém que me vigiasse, quase sozinha. Mas para esse tipo de prazer e de liberdade, que eu não buscara, havia uma causa, sobre a qual devo agora falar.

Já não descrevi um lugar encravado junto à montanha e à floresta, nas cercanias de um riacho? Sem dúvida, um lugar agradável, mas se saudável ou não, isso é outra questão.

O vale fechado onde ficava Lowood era um local com concentração de nevoeiro, que trazia doenças. Com a chegada acelerada da primavera, elas também chegavam depressa ao Asilo de Órfãos, espalhando tifo pelas salas e pelos dormitórios lotados. Quando maio chegou, a escola se transformara num hospital.

A alimentação deficiente e os resfriados mal cuidados deixaram a maioria das alunas predisposta a contrair infecções e quarenta e cinco, de um total de oitenta, das meninas caíram doentes de uma só vez. Classes foram suspensas, as regras desrespeitadas. As poucas que continuavam saudáveis tinham uma liberdade quase ilimitada. Porque a recomendação médica era de que elas precisavam de exercícios frequentes para continuar com saúde. E, mesmo que fosse diferente, ninguém teria condições de ficar tomando conta delas. Toda a atenção da Srta. Temple estava concentrada nas pacientes. Ela vivia na enfermaria, saindo de lá somente à noite, para umas poucas horas de sono. E as professoras estavam sempre ocupadas em organizar a vida das poucas meninas sortudas que tinham amigos ou parentes para as receber, porque, se as mandavam embora, diminuía o risco de contágio. Muitas, já bastante enfraquecidas, eram mandadas para casa apenas para morrer. Outras morriam na escola e eram enterradas em cerimônias sumárias, já que a natureza da doença não permitia demora.

Enquanto a doença se transformava, assim, numa habitante de Lowood, e a morte sua visitante frequente; enquanto entre suas paredes só havia tristeza e medo; enquanto suas salas e seus corredores se enchiam com um cheiro de hospital, as drogas e pastilhas tentando lutar em vão com os eflúvios mortais; enquanto isso, o mês de maio cintilava lá fora, sobre as montanhas e os campos. O pátio, da mesma forma, estava repleto de flores. Os pés de malva-rosa se encorpavam em arbustos, os lírios desabrochavam, assim como as tulipas e as rosas. As bordas dos canteiros estavam cheias de boninas dobradas, cor-de-rosa ou carmim. E as rosas amarelas também desabrochavam de manhã à noite, enchendo o ar com seu aroma agudo, sabendo a maçã. Todos esses tesouros de fragrâncias eram inúteis para a maior parte das habitantes de Lowood, a não ser quando se colhiam aqui e ali algumas folhagens e flores para enfeitar um caixão.

Mas eu, junto com todas aquelas que continuavam bem de saúde, podia aproveitar as belezas do cenário e da estação. Passeávamos pela floresta à vontade, o dia inteiro, como se fôssemos ciganas. Fazíamos o que queríamos e bem entendíamos – e vivíamos muito bem. O Sr. Brocklehurst e sua família agora nem chegavam perto de Lowood. Ninguém tomava conta das questões domésticas, porque a governanta enfezada também fora embora, com medo de ser infectada. Sua sucessora, que fora zeladora no Dispensário de Lowton, desacostumada aos costumes da nova casa, era comparativamente liberal. Além disso, as meninas a ser alimentadas eram agora em menor número: as doentes comiam pouco e nossas tigelas vinham mais cheias no café da manhã. Quando não havia tempo para preparar o almoço, o que acontecia quase sempre, nós recebíamos um pedaço grande de empadão frio ou uma generosa fatia de pão com queijo, porções estas que carregávamos conosco para o campo, onde comíamos com fartura, em nosso local predileto.

Meu local preferido era uma pedra larga e lisa, que se erguia, branca e seca, do meio do riacho e à qual só conseguia chegar quem se aventurasse pela água – caminhada que eu fazia, descalça. A pedra era do tamanho certo, capaz de acomodar, confortavelmente, a mim e a mais uma menina, a minha amiguinha da época – no caso, uma tal de Mary Ann Wilson, uma garota observadora e sagaz, em cuja companhia eu me divertia bastante, não só por ela ser mordaz e original, mas também porque tinha um jeito que me deixava bem à vontade. Como era alguns anos mais velha, sabia muito mais do mundo do que eu, podendo me contar muitas coisas que me interessavam. Com ela, minha curiosidade era gratificada. E ela era também indulgente com meus defeitos, nunca tentando reprimir nem cercear aquilo que eu tinha a dizer. Tinha muito jeito para contar histórias, enquanto eu gostava mais de fazer análises. Ela gostava de informar; eu, de perguntar. Por isso, nós nos dávamos muito bem, e, se não evoluíamos, pelo menos nos divertíamos bastante na companhia uma da outra.

E onde estava Helen Burns enquanto isso? Por que eu não passava aqueles dias deliciosos de liberdade ao lado dela? Será que a esquecera? Ou será que era tola a ponto de me ter cansado de sua companhia? Sem dúvida, a tal Mary Ann Wilson que acabei de mencionar era inferior a minha amiga mais antiga. O máximo que fazia era me contar histórias interessantes e devolver alguma fofoca mais picante que eu me permitisse fazer. Ao passo que Helen, se o que falei dela é verdade, deveria ser capaz de prover quem desfrutasse de sua companhia de sabores muito mais elevados.

A verdade, leitor, é que eu sabia de tudo isso muito bem. E embora tenha vários defeitos, e apenas umas poucas qualidades, posso garantir que não me cansara de Helen Burns, nem cessara de alimentar por ela um sentimento de amizade tão forte, terno e respeitoso quanto jamais sentira em meu coração. E como poderia ser o contrário, se Helen, o tempo todo e em todas as circunstâncias, também manifestara em relação a mim uma amizade firme e fiel, que nem o humor mais ácido fora capaz de azedar, nem a irritação de turvar? Mas o fato é que Helen estava doente. Fazia várias semanas que fora removida para longe de mim, para não sei que quarto no andar superior. Soube que não fora levada para a ala da escola transformada em hospital, onde se encontravam as pacientes que tinham contraído a febre, pois seu problema não era tifo e sim tísica. E eu, em minha ignorância, achava que tísica era uma doença boba, que podia muito bem ser curada com tempo e descanso.

Essa minha ideia foi confirmada pelo fato de Helen, em uma ou duas ocasiões, quando a tarde estava bem quente, ter descido do quarto, sendo levada pela Srta. Temple até o jardim. Mas nessas ocasiões não me era permitido chegar perto nem falar com ela. Apenas podia vê-la da janela da escola, e nem conseguia fazê-lo direito, pois Helen estava sempre embrulhada em mantas e sentada lá longe, sob a varanda.

Certa noite, no começo de junho, eu ficara até tarde nas matas ao lado de Mary Ann. Tínhamos, como sempre, nos separado das outras e passeado até bem longe, tão longe que chegáramos a nos perder. Precisáramos perguntar o caminho a um casal que morava num casebre solitário, cuidando de um rebanho de porcos selvagens que se alimentavam de nozes do bosque. Quando voltamos, a lua já surgira no céu. Um pônei, que sabíamos pertencer ao médico, estava parado na porta do jardim. Mary Ann comentou que alguém devia estar muito doente, uma vez que o Dr. Bates havia sido chamado àquela hora da noite. Ela entrou. Eu fiquei para trás, para plantar no meu jardim umas raízes que colhera na mata e que temia pudessem morrer se eu deixasse para plantá-las só no dia seguinte. Isso feito, ainda fiquei um pouco mais lá fora. As flores tinham um aroma tão delicioso com o orvalho caindo! Era uma noite tão agradável, tão doce, tão morna. A oeste, o céu ainda vermelho anunciava mais um belo dia de sol que viria ao amanhecer. E a lua se erguera com tamanha majestade a leste. Eu prestava atenção a tudo isso, gozando aquelas belezas como cabe a uma criança, quando um pensamento, que antes nunca me ocorrera, me passou pela cabeça:

"Como deve ser triste estar numa cama, doente, correndo o risco de morrer! Este mundo é tão bonito... seria uma pena ser chamada e ter de ir para longe dele, sabe-se lá para onde..."

E então minha mente fez, pela primeira vez, um esforço para compreender aquilo que me fora dito sobre céu e inferno: e, também pela primeira vez, recuei, desnorteada. Olhando para trás, para os lados e para a frente, tudo o que vi foi um tremendo vazio. Minha mente sentia apenas o ponto onde estava: o presente. Tudo o mais era nebuloso, difuso, um vão sem fim. E estremeci ante o pensamento de vagar assim, em meio ao caos. Nesse instante, ouvi a porta da frente se abrir. O Dr. Bates saiu, acompanhado de uma enfermeira. Depois que ela o levou até o cavalo, vendo-o montar e se afastar, virou-se e já ia fechar a porta quando eu corri até junto dela:

– Como está Helen Burns?

– Muito mal – foi a resposta.

– Foi para vê-la que o Dr. Bates veio aqui?

– Foi.

– E o que ele disse do estado dela?

– Disse que ela não vai ficar conosco por muito tempo.

Essa frase, se dita no dia anterior, teria sido interpretada por mim como se Helen estivesse para ser transferida para Northumberland, para sua casa. Eu nem teria suspeitado de que seu significado era o de que ela estava morrendo. Mas agora eu o sabia, de forma instantânea. Abria-se diante de mim, com toda a clareza, a compreensão de que Helen Burns estava vivendo seus últimos momentos neste mundo, de que seria levada à região dos espíritos, se é que existia algo assim. Fui percorrida por um choque de horror, seguido de uma sensação de dor e finalmente de um desejo, uma necessidade mesmo, de vê-la. E então perguntei em que quarto ela estava.

– Está no quarto da Srta. Temple – respondeu a enfermeira.

– Posso subir e falar com ela?

– Não, não, menina! Não creio que seja adequado. E agora vamos, entre. Vai acabar pegando a febre se não parar de sair por aí com a friagem da noite.

A enfermeira fechou a porta da frente. Entrei pela porta lateral, que dava para a sala de aula. Estava bem na hora. Eram nove da noite e a Srta. Miller chamava as meninas para ir para a cama.

Cerca de duas horas depois, lá pelas onze, não tendo conseguido dormir, e vendo, pelo silêncio, que minhas companheiras de quarto estavam todas ferradas no sono, levantei-me, pé ante pé, enfiei o vestido por cima da camisola e, descalça, esgueirei-me para fora do dormitório, indo em direção ao quarto da Srta. Temple. Era do outro lado do prédio. Mas eu conhecia bem o caminho e a luz da lua de verão me guiou, atravessando as frestas das janelas. Um odor de cânfora e vinagre queimado me fez sentir que eu estava perto da enfermaria. Passei por ela o mais rápido que pude, temendo que a enfermeira de plantão me descobrisse. Morria de medo de ser vista e mandada de volta para o dormitório. Porque *precisava* ver Helen, queria abraçá-la antes que morresse, precisava dar-lhe um último beijo, trocar com ela uma derradeira palavra.

Depois de ter descido uma escada, atravessado parte do prédio no andar inferior, e de ter conseguido abrir e fechar, sem fazer barulho, duas portas, cheguei a outra escadaria. Subi e então me vi diante do quarto da Srta. Temple. Vi luz no buraco da fechadura e também na fresta embaixo da porta. Tudo em torno estava imóvel. Chegando mais perto, percebi que a porta estava apenas encostada, talvez para que entrasse um pouco de ar naquele quarto de doente. Sem hesitar, cheia de impaciência, a alma e os sentidos tomados pela mais aguda aflição, empurrei a porta e espiei. Meus olhos buscavam Helen e temiam encontrar a morte.

Junto à cama da Srta. Temple, semiencoberto pelos cortinados brancos, havia uma espécie de berço. Vislumbrei uma forma em meio às cobertas, mas seu rosto estava encoberto pelas hastes da cama. A enfermeira com quem eu falara no jardim se encontrava recostada numa poltrona, dormindo. Um toco de vela ardia sobre a mesa. A Srta. Temple não estava à vista. Depois eu ficaria sabendo que ela fora chamada à enfermaria, para ver uma paciente que delirava. Fui em frente. Parei ao lado do berço: minha mão tocou no cortinado, mas preferi falar antes de abri-lo. Ainda temia ver um cadáver.

– Helen! – sussurrei. – Você está acordada?

Ela se moveu, afastou o cortinado, e vi seu rosto, pálido, fino, mas composto. Ela parecia tão pouco mudada que meus temores logo se dissiparam.

– É mesmo você, Jane? – perguntou, com seu tom doce.

"Ah", pensei, "então ela não vai morrer coisa nenhuma. Eles estão enganados. Se fosse, não estaria falando, nem pareceria tão calma."

Pulei para dentro da cama e dei-lhe um beijo. A testa dela estava fria, da mesma forma que as faces, muito encovadas, e também o pulso e o braço. Mas o sorriso foi o mesmo de sempre.

– Por que você veio até aqui, Jane? São mais de onze horas. Há poucos minutos, ouvi o relógio bater.

– Vim ver você, Helen. Ouvi falar que você estava muito doente e não ia conseguir dormir sem antes falar com você.

– Então veio me dizer adeus. Provavelmente chegou bem na hora.

– Você está indo para algum lugar, Helen? Vai voltar para casa?

– Vou para casa. Para a minha última casa.

– Não, não, Helen! – interrompi, agoniada. Enquanto eu lutava para conter as lágrimas, Helen foi acometida por um acesso de tosse. Mas a enfermeira não acordou. Quando parou de tossir, Helen ficou uns minutos calada, exausta. E então sussurrou:

– Jane, você está descalça. Deite-se aqui ao meu lado e se cubra com a minha coberta.

Obedeci. Helen me abraçou e eu me aconcheguei a ela. Depois de um longo silêncio, ela recomeçou a falar, sempre aos sussurros:

– Estou muito feliz, Jane. E quando lhe disserem que eu morri, você precisa ser forte e não se lamentar. Não há nada para lamentar. Todos nós morremos um dia, e a doença que está me levando não é dolorosa. É suave e gradual. Minha mente está em paz. Não deixo ninguém para me prantear. Tenho apenas meu pai e ele se casou há pouco tempo, não vai sentir muito minha falta. Morrendo cedo, estarei evitando inúmeros sofrimentos. Não tenho talentos ou qualidades que cheguem a justificar minha passagem pelo mundo. Eu só estaria cometendo erros o tempo todo.

– Mas para onde você vai, Helen? Você já sabe? Consegue enxergar?

– Eu acredito. Tenho fé. Estou indo para Deus.

– E onde está Deus? O que é Deus?

– É meu Criador, e também o seu, que nunca destruiria aquilo que criou. Confio inteiramente em Sua bondade. Conto as horas até o momento em que serei levada de novo até Ele, para que Ele se revele a mim.

– Então você tem certeza, Helen, de que existe o tal de Paraíso e que nossas almas vão para lá depois da morte?

– Tenho certeza de que há vida depois da morte. E que Deus é bom. Posso entregar a Ele minha parte imortal, sem qualquer temor. Deus é meu pai. É meu amigo. Eu O amo. E creio que Ele me ama.

– E algum dia eu tornarei a vê-la, Helen, quando eu morrer?

– Você irá para a mesma região de felicidade. Será recebida pelo mesmo grande Pai universal, querida Jane. Pode estar certa.

Continuei fazendo perguntas, mas agora em pensamento: "Onde será essa região? Será que existe mesmo?" E abracei Helen ainda com mais força. Ela era para mim naquele instante mais querida do que nunca. Achava que não teria como deixá-la partir. Encaixei o rosto em seu pescoço. Num dado momento, ela me disse, com a voz mais doce:

– Estou me sentindo tão bem! O último acesso de tosse me deixou cansada. Acho que estou com sono. Mas não vá embora, Jane. Quero você aqui, perto de mim.

– Vou ficar com você, Helen, *querida*. Ninguém vai me tirar daqui.

– Você está bem quentinha?

– Estou.

– Então boa noite, Jane.

– Boa noite, Helen.

Ela me beijou, eu a beijei, e logo ambas adormecemos.

Quando acordei, era dia. Um movimento incomum me despertou. Ergui o rosto. Estava nos braços de alguém. Era a enfermeira, que me carregava no colo. Ela me levava pelo corredor, em direção ao dormitório. Ninguém brigou por eu ter saído da minha cama. As pessoas tinham outros assuntos com que se preocupar. Ninguém respondia às perguntas que eu fazia. Mas um ou dois dias depois fiquei sabendo que a Srta. Temple, voltando para o quarto ao amanhecer, me encontrara deitada na cama de Helen Burns, meu rosto em seu ombro, meu braço em torno de seu pescoço. Eu dormia – e Helen estava morta.

Seu túmulo fica no pátio da igreja de Brocklebridge. Durante quinze anos após sua morte, havia sobre ele apenas a relva. Mas hoje uma lápide de mármore marca o lugar, com seu nome gravado e, junto dele, a inscrição *Resurgam*.

10

Até agora, tenho relatado em detalhes os acontecimentos da minha vida insignificante, dedicando aos meus primeiros dez anos quase o mesmo número de capítulos. Mas isto aqui não é uma autobiografia comum. Só quero invocar a memória nos pontos em que sei que ela trará algum interesse. Por isso, farei agora um salto de quase oito anos. Apenas algumas linhas serão suficientes para cobrir esse espaço de tempo.

Assim que o tifo cumpriu seu programa de devastação em Lowood, foi aos poucos saindo de cena. Mas não sem antes chamar a atenção pública para a situação da escola. Foi feita uma investigação para determinar a origem da epidemia e aos poucos surgiram evidências que levaram à indignação geral. A natureza insalubre do lugar; a quantidade e a qualidade da comida fornecida às crianças; a água salobra e fétida utilizada em sua preparação; o péssimo estado das roupas e das acomodações das meninas – tudo isso veio à tona. E a descoberta produziu um resultado arrasador para o Sr. Brocklehurst, embora benéfico para a instituição.

Várias pessoas ricas e benevolentes, pelo país afora, passaram a contribuir com largas somas para a construção de um prédio mais adequado e mais bem localizado; novas regras foram estabelecidas; melhorias na alimentação e no vestuário foram introduzidas; os fundos da escola ficaram a cargo de um comitê gerenciador. O Sr. Brocklehurst, que, sendo rico e poderoso, não podia ser desconsiderado, continuou como tesoureiro. Mas passou a ser auxiliado no cargo por cavalheiros de mentes bem mais esclarecidas. O cargo dele de inspetor também passou a ser dividido com pessoas capazes de combinar razão e retidão, conforto e economia, compaixão e integridade. Com essas mudanças, a escola se tornou em pouco tempo uma instituição verdadeiramente nobre e útil. Depois dessas melhorias, eu continuei lá por mais oito anos – seis como aluna e dois como professora. E em ambos os casos devo dar meu testemunho quanto ao valor e à importância da instituição.

Durante esses oito anos minha vida transcorreu de maneira uniforme, mas não infeliz – porque eu não era inativa. Pude contar com uma excelente educação; gostava muito de aprender determinadas matérias e procurava me sair bem em todas, tendo também grande prazer em agradar às professoras, especialmente aquelas que eu amava e que me incentivavam. Aproveitei bastante tudo aquilo que me foi oferecido. Dentro de algum tempo, já me tornara a primeira aluna da primeira classe. E então fui nomeada professora, cargo que desempenhei com grande zelo durante dois anos. Mas, ao fim desse período, houve uma transformação.

A Srta. Temple, em meio a todas as mudanças, continuara como superintendente da escola. E era a ela que eu devia a maior parte de minha aprendizagem. Sua amizade e companhia eram um permanente conforto. Ela teve para mim o papel de mãe, professora e, depois de um tempo, de amiga. Mas afinal casou-se e se mudou com o marido (um pastor, homem excelente, quase merecedor daquela fantástica esposa) para um condado distante. Então, eu a perdi.

A partir do dia em que ela foi embora, não fui mais a mesma. Com ela, foram-se todos os sentimentos reconfortantes, todas as associações que tinham feito de Lowood um lar para mim. Eu herdara muito de sua natureza e um pouco, também, de seus hábitos; tinha pensamentos mais harmoniosos; sentimentos que me pareciam mais sensatos passaram a povoar minha mente. Por pura reverência, rendera-me ao dever e à ordem; era quieta; acreditava estar contente. Aos olhos dos outros, até mesmo aos meus, parecia uma pessoa disciplinada e submissa.

Mas o destino, na pessoa do reverendo Sr. Nasmyth, surgiu entre mim e a Srta. Temple. Logo após a cerimônia de casamento, eu a vi, em seu vestido de viagem, subir na carruagem. Vi o carro afastar-se pela colina e desaparecer no horizonte. Subi para meu quarto e ali passei boa parte do feriado que havia sido decretado, em razão do casamento.

Fiquei andando de um lado para outro, no quarto. Imaginava estar apenas me lamentando pela perda, tentando pensar em como superá-la. Mas, no fim, quando ergui a cabeça e vi que a tarde se fora e que já era noite, cheguei a uma conclusão: percebi que, ao longo daquelas horas, sofrera uma transformação. Minha mente pusera de lado tudo o que eu tomara emprestado à Srta. Temple – ela levara toda a atmosfera que eu vinha respirando em sua companhia. Estava novamente em meu próprio elemento, sentindo surgir de dentro de mim velhas emoções que haviam sido esquecidas. Não era como se um pilar tivesse sido retirado, mas sim como se uma motivação deixasse de existir. Não que eu tivesse perdido o poder de ser uma pessoa tranquila, mas como se já não houvesse mais razão para a tranquilidade. Durante alguns anos, meu mundo fora Lowood. Minha experiência se resumira a seus sistemas e regras. Mas agora eu me lembrava de que o mundo real era vasto, e que uma quantidade enorme de esperanças e medos, de sensações e emoções, estava à espera daqueles que ousassem sair por ele afora, buscando, em meio a seus perigos, o verdadeiro conhecimento do que é a vida.

Caminhei até a janela, abri-a e olhei para fora. Lá estavam as duas alas do prédio. O jardim. Os arrabaldes de Lowood, o horizonte montanhoso. Meus olhos percorriam todos os objetos até se fixarem naqueles mais distantes, os cumes azuis. Eram eles que eu queria ultrapassar. Tudo o que estava contido por aquela muralha de pedra e vegetação a mim parecia os limites de uma prisão, ou de um exílio. Segui com os olhos a estrada branca e sinuosa que contornava a montanha, desaparecendo numa ravina. Como eu queria ir além! Lembrei o tempo em que viajara através daquela mesma estrada num coche. Pensei em quando descera a montanha ao romper do dia. Uma eternidade parecia ter transcorrido desde o dia em que eu chegara a Lowood, de onde jamais tornara a sair. Todas as minhas férias tinham sido passadas ali mesmo. A Sra. Reed nunca mandara me buscar para ir a Gateshead. Nem ela, nem ninguém da família jamais viera me visitar. Eu não recebera de lá nenhuma comunicação por carta ou qualquer mensagem vinda do mundo exterior. Regras escolares, deveres escolares, hábitos e costumes escolares, assim como vozes, rostos, frases da escola, e também seus costumes, preferências, antipatias – era tudo o que eu conhecia do mundo. E agora percebia que já não era o suficiente. Numa única tarde, cansei-me de uma rotina de oito anos. Eu queria liberdade, ansiava por ela. E, por liberdade, fiz uma prece. Esta pareceu perder-se lá fora, em meio ao vento leve que soprava. Então deixei-a de lado e me dediquei a uma súplica mais humilde. Rezei por mudança, por estímulo. Esse pedido também pareceu se perder no vazio. "Então", pensei, já em agonia, "que eu possa me dedicar a um outro serviço!"

E nesse instante o sino, chamando para o jantar, me obrigou a descer.

Só pude retomar meus pensamentos na hora de deitar. Mesmo nessa hora, uma professora que dividia o quarto comigo ficou falando coisas sem importância e não deixou que eu voltasse às reflexões pelas quais tanto ansiava. Ah, como eu torcia para que ela adormecesse logo e ficasse quieta! Tinha a sensação de que, assim que retomasse a linha de pensamento que me assaltara quando olhava pela janela, alguma ideia incrível surgiria para me aliviar.

A Srta. Gryce finalmente começou a ressonar. Ela era uma gaulesa muito gorda, cujos ruídos noturnos até então, em vez de alívio, só me tinham trazido incômodo. Agora, eu os saudava com alegria. Ninguém mais me interromperia. E os pensamentos voltaram com toda força à minha mente.

"Um outro serviço! Algo desse gênero", disse (mentalmente, claro, pois eu não falava sozinha). "Sei que há alguma possibilidade, sim, porque a ideia não soa tão doce assim. Não é como pensar em liberdade, excitação, divertimento. Estas soam bem, claro, mas são meras palavras para mim, e tão vazias e fugazes que as ouvir me parece uma perda de tempo. Mas serviço! Aí, sim, há algo de concreto.

Qualquer um pode servir. Eu tenho servido aqui durante oito anos. E agora o que quero é ir servir em outro lugar. Não é lícito buscar algo por vontade própria? Não é factível? Sim, sim... não me parece tão difícil assim, desde que eu tenha cérebro suficiente para alcançar meus objetivos."

Sentei-me na cama, como se quisesse despertar o mencionado cérebro. A noite estava fria. Cobri os ombros com um xale e então recomecei a *pensar*, com toda a concentração.

"O que desejo? Um novo lugar, uma nova casa, viver em meio a novas pessoas, sob novas circunstâncias. Quero isso porque não adianta querer algo melhor. E como as pessoas fazem quando querem ir para um novo lugar? Recorrem a amigos, imagino. Eu não tenho amigos. Mas há muitas pessoas que não têm amigos e que precisam procurar sozinhas, ajudar a si próprias. E como elas fazem?"

Eu não sabia responder. Nada me respondia. Então ordenei a meu próprio cérebro que buscasse a resposta, e rápido. Ele trabalhou e trabalhou, com mais velocidade. Eu sentia os impulsos percorrendo a cabeça e as têmporas. Mas, durante quase uma hora, esse trabalho se deu no caos, sem resultado algum. Febril, lutando em vão, afinal ergui-me e dei uma volta pelo quarto, entreabri a cortina, observei uma ou duas estrelas, tremi de frio e tornei a pular para a cama.

Enquanto fazia isso, uma fada boa com certeza tinha depositado a resposta no meu travesseiro, pois, assim que me deitei, a solução surgiu com toda a naturalidade em minha mente: "Aqueles que estão procurando serviço anunciam. Você precisa pôr um anúncio no jornal."

"Mas como? Não entendo nada de anúncios de jornais."

A resposta veio pronta:

"Você deve botar o texto do anúncio, junto com o dinheiro para o pagamento, dentro de um envelope e enviá-lo ao editor do *Herald*. Na primeira oportunidade, leve-o ao correio em Lowton. As respostas devem ser encaminhadas para J. E., no próprio posto dos correios. Você pode ir até lá uma semana depois, saber se alguém lhe mandou uma carta e tomar as devidas providências."

Repassei o esquema mentalmente, duas, três vezes. Ele foi bem absorvido por minha mente. Estava tudo muito claro, muito prático. E, completamente satisfeita, adormeci.

Levantei cedo no dia seguinte. E, antes que o sino tocasse na escola, já estava com o anúncio escrito, envelopado e subscrito. Ele dizia o seguinte:

"Jovem senhorita acostumada a dar aulas (eu não fora professora por dois anos?) procura colocação em casa de família com crianças abaixo de quatorze anos. (Eu achava que, como mal completara dezoito, não ficaria bem ter por alunos crianças quase da minha idade.) Está qualificada para ensinar noções de bom inglês, além de francês, desenho e música (naquele tempo, leitor, esses poucos atributos já eram considerados bastante amplos). Cartas para J. E., Posto dos Correios, Lowton, condado de... ."

A carta ficou trancada em minha gaveta durante todo o dia. Depois do chá, pedi licença à nova superintendente para ir até Lowton, a fim de fazer algumas compras para mim e também umas encomendas para minhas colegas professoras. A permissão foi dada. Eu fui. Foi uma caminhada de três quilômetros e a tarde estava molhada, mas os dias ainda eram longos. Entrei em uma ou duas lojas, postei a carta e voltei debaixo da maior chuva, com a roupa encharcada, mas o coração leve.

A semana seguinte pareceu interminável. Mas finalmente acabou, como tudo no mundo acaba, e mais uma vez, ao cair de uma agradável tarde de outono, eu pus o pé na estrada em direção a Lowton. Que era, aliás, uma estrada pitoresca. Ladeada por um rio, cortava os mais belos recantos do vale. Mas naquele dia eu pensava muito mais nas cartas, que poderiam ou não estar à minha espera no lugarejo ao qual me dirigia, do que no encanto de prados e riachos.

A desculpa para minha ida à cidade naquele dia era o conserto de um par de sapatos, por isso livrei-me primeiro dessa tarefa, e só então atravessei a rua, pequena e limpa, que separava o sapateiro do posto dos correios. Quem tomava conta do posto era uma senhora, que usava meias-luvas pretas e óculos de aro de tartaruga.

– Chegou alguma carta para J. E. ? – perguntei.

Ela me espiou por cima dos óculos e em seguida abriu uma gaveta, a qual remexeu por um longo tempo, tanto tempo que minhas esperanças começaram a se desvanecer. Então, depois de analisar um documento por quase cinco minutos, estendeu-o a mim, juntamente com outro olhar desconfiado e inquisidor. Era dirigido a J. E.

– Só tem uma? – perguntei.

– Não tem mais nada – respondeu ela. E eu, guardando a carta no bolso, dei meia-volta e fui embora. Não pude abri-la ali. As regras da escola me obrigavam a estar de volta até as oito horas e já passava das sete e meia.

Diversas obrigações me esperavam quando cheguei. Tinha de ficar ao lado das meninas durante sua uma hora de estudos. Em seguida, era minha vez de ler as preces. Pôr as alunas na cama. Depois, fui jantar com as outras professoras. Mesmo quando nos retiramos para nossos quartos, a inevitável Srta. Gryce continuava lá. Tínhamos apenas um toco de vela no castiçal, e eu temia que ela ficasse falando até que a vela acabasse. Mas felizmente a sopa lhe pesou no estômago, provocando um efeito soporífico imediato. Mal eu acabara de trocar de roupa e ela já estava roncando. Ainda havia mais de dois centímetros de vela. E então peguei a carta. O lacre trazia a inicial "F". Eu o parti. O conteúdo era breve:

"Caso J. E., que pôs o anúncio no *Herald* de quinta-feira passada, tenha de fato os atributos mencionados, e condições de apresentar as devidas referências para provar seu caráter e sua competência, a colocação poderá ser-lhe oferecida em casa com apenas uma aluna, uma menina, com menos de dez anos de idade, e onde o salário disponível é de trinta libras por ano. J. E. deverá enviar as referências, bem como nome, endereço e demais dados, para o seguinte endereço: Sra. Fairfax, Thornfield, cercanias de Millcote, condado de...."

Examinei longamente a carta. A letra era antiquada e um pouco tremida, como se pertencesse a uma senhora de idade. Isso era satisfatório: eu tinha um temor secreto de que, agindo por conta própria, sem pedir conselho a ninguém, pudesse entrar em uma enrascada. E, acima de tudo, queria que o resultado dos meus esforços fosse respeitável, apropriado, *en règle*. E agora concluía que uma senhora de idade era algo perfeito para meus propósitos. Sra. Fairfax! Já podia imaginá-la de vestido preto e touca. Um tanto fria, talvez, mas educada. Típica senhora inglesa, modelo de respeitabilidade. Thornfield!

Aquele era sem dúvida o nome da casa. Um lugar muito ordenado, disso eu estava certa. Embora não conseguisse imaginar direito como seria sua planta. Millcote, condado de...; revisei mentalmente o mapa da Inglaterra. Sim, já sabia onde ficava, tanto o condado, quanto a cidade. Esta ficava cerca de cem quilômetros mais próxima de Londres do que a localidade remota onde eu me encontrava – o que era ótimo. Eu queria ir para um lugar onde houvesse mais vida, mais movimento. Millcote era uma cidade industrial, grande, às margens do rio... Sem dúvida, um lugar movimentado. Quanto mais, melhor. Pelo menos, seria uma mudança radical. Não que minha fantasia ansiasse por chaminés soltando fumaça. "Mas", argumentava, "Thornfield deve ser a uma boa distância da cidade."

E nessa hora o toco de vela tombou, apagando a chama.

No dia seguinte, novas providências precisavam ser tomadas. Meus planos não podiam continuar sendo um segredo só meu. Precisava dividi-los com outras pessoas para que dessem certo. Tendo pedido e obtido uma reunião com a superintendente, durante o recreio do meio-dia, contei a ela que tinha a perspectiva de colocação em um lugar onde o salário seria o dobro do que eu ganhava (porque em Lowood eu ganhava quinze libras por ano). E solicitei que ela apresentasse a questão ao Sr. Brocklehurst, ou a qualquer outro membro do comitê, perguntando se eles concordariam em me fornecer as referências. Ela concordou perfeitamente em atuar como intermediária na história. No dia seguinte, apresentou a questão ao Sr. Brocklehurst, e este respondeu que a Sra. Reed precisaria ser consultada, já que era minha guardiã natural. Uma nota foi enviada à referida senhora, que respondeu que eu "poderia fazer como bem entendesse", pois ela já renunciara a interferir em meus assuntos. Sua resposta foi apresentada ao comitê e, afinal, depois do que me pareceu ser uma imensa demora, recebi permissão para melhorar de vida segundo meus interesses. Fui também informada de que receberia uma notificação, assinada pelos inspetores da instituição, atestando que sempre me comportara bem em Lowood, tanto como aluna quanto como professora, tendo bom caráter e boas capacidades.

O documento me foi dado cerca de um mês depois, e eu enviei uma cópia para a Sra. Fairfax, que me respondeu dizendo estar satisfeita e marcando a data da minha apresentação no novo emprego para dali a quinze dias.

Dediquei-me então aos preparativos. As duas semanas voaram. Meu guarda-roupa não era muito grande, mas era adequado a minhas necessidades. E o último dia foi suficiente para eu arrumar meu baú – o mesmo que trouxera comigo de Gateshead oito anos antes.

O baú foi amarrado, etiquetado. Dentro de meia hora o carregador chegaria para levá-lo até Lowton, onde eu própria deveria estar no dia seguinte bem cedo para pegar o coche. Escovara meu vestido preto de viagem, preparara o chapéu, as luvas e o regalo. Vasculhara as gavetas para ver se não esquecera nada. E agora, sem mais a fazer, sentara e tentava descansar. Não conseguia. Embora tivesse ficado de pé o dia todo, não podia parar nem por um instante. Estava excitada demais. Era uma fase da minha vida que se encerrava, uma inteiramente nova que se abriria para mim no dia seguinte. Impossível ficar cochilando enquanto isso. Tinha de permanecer com os olhos bem abertos, atenta à mudança que se processava.

– Senhorita – disse a criada que me encontrou no corredor, onde eu andava de um lado para o outro como uma alma penada. – Há uma pessoa lá embaixo procurando-a.

"É o carregador, sem dúvida", pensei. E corri escada abaixo sem perguntar mais nada. Eu passava diante do salão dos fundos, a sala de estar das professoras, cuja porta estava entreaberta, indo em direção à cozinha, quando alguém saiu de lá de dentro.

– É ela! Tenho certeza! Eu jamais me enganaria! – gritou aquela pessoa, enquanto me fazia parar, apertando minha mão.

Olhei. Era uma mulher bem arrumada, embora vestida com roupas de criada, com certo ar matronal, mas ainda assim jovem. Bonita, de cabelos e olhos pretos, e pele brilhante.

– E então, não sabe quem eu sou? – perguntou-me, com uma voz e um sorriso que não me eram estranhos. – Você não me esqueceu, não é, Srta. Jane?

No segundo seguinte eu me atirava em seus braços, beijando-a.

– Bessie! Bessie! Bessie! – só conseguia dizer isso, enquanto ela ria e chorava ao mesmo tempo. Entramos na sala. Junto à lareira estava um menino de uns três anos, vestido com calças e avental de xadrez.

– Este é meu filhinho – disse Bessie.

– Então você se casou, Bessie?

– Casei, há quase cinco anos, com Robert Leavan, o cocheiro. E, além de Bobby, que é este aqui, tenho também uma garotinha, à qual dei o nome de Jane.

– E você não mora mais em Gateshead?

– Moro na casa da guarda. O velho porteiro foi embora.

– Bem, e como estão todos por lá? Conte-me tudo, Bessie. Mas primeiro sente-se. E, Bobby, venha até aqui, sente-se no meu colo.

Mas Bobby preferiu ficar ao lado da mãe.

– Você não cresceu muito, Srta. Jane, nem engordou tampouco – continuou Bessie, agora Sra. Leavan. – Ouso dizer que não cuidaram bem de você aqui na escola. A Srta. Reed está uns dois palmos mais alta do que você. E a Srta. Georgiana tem o dobro do seu corpo, de largura.

– Georgiana ficou bonita, Bessie?

– Muito. Ela foi para Londres com a mãe no inverno passado e lá todos a acharam linda. Um jovem lorde se apaixonou por ela, mas parece que a família dele foi contra o casamento. E então, você não adivinha? Ele e a Srta. Georgiana combinaram de fugir. Mas o plano foi descoberto. Foi a Srta. Reed quem descobriu tudo. Acho que ela ficou com inveja da irmã. E agora as duas estão brigando feito cão e gato. Vivem às turras.

– Bem, e o que aconteceu com John Reed?

– Ah, esse não vai tão bem quanto a mãe gostaria. Foi para a universidade, mas acabou levando... como se diz, levando bomba. Então o tio decidiu que faria dele um advogado, que ele devia estudar as leis. Mas ele é um rapaz farrista e nunca vão conseguir com que seja nada que preste na vida.

– E como ele é fisicamente?

– É muito alto. Algumas pessoas o consideram bonito, mas eu acho que tem os lábios grossos demais.

– E a Sra. Reed?

– Parece bem, tem boa aparência, mas acho que anda muito perturbada. A conduta de John a deixa furiosa, ele gasta rios de dinheiro.

– Foi ela quem a mandou aqui, Bessie?

– Não, de jeito algum. Há muito tempo que eu queria ver você e, quando soube que havia chegado uma carta sua dizendo que iria para outra parte do país, pensei que tinha de vir logo, antes que a perdesse de vista.

– Temo que você tenha ficado desapontada comigo, Bessie – falei, rindo. Percebi que o olhar de Bessie era de carinho, mas jamais de admiração.

– Não, Srta. Jane, não é isso. Está muito distinta, parece uma dama. O que eu esperava era isso mesmo, afinal, a senhorita nunca foi linda quando era criança.

Sorri diante da resposta franca de Bessie. Era correta, mas confesso que não ficava indiferente diante do seu significado. Aos dezoito anos, qualquer um quer agradar, e a convicção de que não se tem uma aparência fulgurante, capaz de realizar isso, não nos deixa nem um pouco feliz.

– Mas aposto que você é muito sabida – continuou Bessie, querendo me animar. – O que sabe fazer? Toca piano?

– Um pouquinho.

Havia um piano na sala. Bessie foi até lá e abriu a tampa, pedindo que eu tocasse para ela. Toquei uma ou duas valsas e ela ficou encantada.

– A Srta. Reed não toca tão bem assim! – disse, exultante. – Sempre falei que você ia passar todos eles nos estudos. E sabe desenhar?

– Eis uma de minhas pinturas, aí, em cima da lareira.

Era uma paisagem, uma aquarela, que eu dera de presente à superintendente em agradecimento por ela ter mediado a questão da minha transferência junto ao comitê. Ela mandara pôr moldura e vidro.

– Mas é lindo, Srta. Jane! É um quadro que só a professora da Srta. Reed seria capaz de pintar. As meninas jamais conseguiriam fazer nada parecido. E francês, a senhorita sabe?

– Sei, Bessie. Sei ler e falar.

– E sabe também trabalhar com musselina e tela?

– Sim.

– Ah, Srta. Jane, como é prendada! Eu sabia que seria assim. Vai se dar muito bem, mesmo que seus parentes não se importem com a senhorita. Há uma pergunta que gostaria de fazer: algum dia teve notícia dos parentes de seu pai, os Eyre?

– Jamais.

– Bem, a senhorita sabe que a Sra. Reed sempre falou que eles eram pobres, que não valiam nada. Talvez sejam pobres mesmo. Mas acho que não são em nada piores do que os Reed. Certo dia, há quase sete anos, um Sr. Eyre apareceu em Gateshead procurando pela senhorita. Sua tia disse que a senhorita estava no colégio, a quase oitenta quilômetros de distância. Ele pareceu muito desapontado, porque estava só de passagem. Ia fazer uma viagem para o estrangeiro e o navio sairia de Londres dentro de um dia ou dois. Ele me pareceu um cavalheiro e acho que era o irmão de seu pai.

– Para que país estrangeiro ele ia, Bessie?

– Uma ilha, a milhares de quilômetros daqui, onde produzem vinho... foi o que o mordomo me falou.

– Madeira? – sugeri.

– É, acho que era isso mesmo. Era esse, o nome.

– E então ele foi embora?

– Foi. Não ficou mais do que alguns minutos na casa. A Sra. Reed foi muito esnobe com ele. Depois que ele saiu, chamou-o de "comerciantezinho desprezível". Meu Robert acha que ele era comerciante de vinhos.

– Provavelmente – comentei –, ou talvez um secretário ou agente de um comerciante de vinhos.

Bessie e eu conversamos sobre os velhos tempos por mais uma hora e então ela teve de ir embora. Ainda tornei a vê-la por alguns minutos no dia seguinte, em Lowton, enquanto eu esperava o coche. Finalmente nos despedimos, diante do brasão dos Brocklehurst. E fomos embora, cada uma para seu lado. Ela, para os arredores de Lowood, onde esperaria a condução para levá-la a Gateshead; eu, para dentro do veículo que me conduziria a novos afazeres e a uma nova vida, na desconhecida região de Millcote.

11

Um novo capítulo num romance é algo parecido com um novo ato no teatro. E quando, desta vez, eu abrir as cortinas, leitor, você deverá imaginar uma sala na estalagem George Inn, em Millcote, com papel de parede de flores berrantes, como geralmente são as salas das estalagens; um carpete típico, assim como também os móveis e os ornamentos sobre a lareira; e ainda os quadros – incluindo um retrato do rei Jorge III, outro do príncipe de Gales e uma representação da Morte, de autoria de Wolfe. Tudo iluminado pela luz de uma lamparina a óleo pendurada no teto e também pelo bom fogo junto ao qual estou sentada, ainda de capa e chapéu. Meu regalo e meu guarda-chuva estão sobre a mesa, e eu aqueço meus pés e mãos dormentes de frio, depois de dezesseis horas de exposição a um dia gelado de outubro: saí de Lowton às quatro da manhã e o relógio da cidade de Millcote acaba de bater as oito da noite.

E, leitor, embora eu pareça confortavelmente acomodada, minha mente está inquieta. Achava que quando parasse aqui haveria alguém à minha espera. Olhei em torno, ansiosa, enquanto descia a escadinha de madeira que os criados do hotel puseram no coche para mim, esperando ouvir meu nome pronunciado por alguém e algum tipo de carruagem aguardando para me levar a Thornfield. Mas não vi nada parecido. E quando perguntei ao garçom se alguém aparecera perguntando pela Srta. Eyre, ouvi uma negativa. Por isso, não tive outra saída a não ser pedir para ser conduzida a uma saleta privada. E é aqui que estou esperando, enquanto toda sorte de dúvidas e medos me assalta os pensamentos.

É uma sensação muito estranha, para uma jovem inexperiente como eu, sentir-se sozinha no mundo, sem qualquer conexão, em dúvida sobre se o porto buscado poderá ser alcançado e sem ter como voltar ao ponto de partida. O charme da aventura adoça um pouco essa sensação, o calor do orgulho a amacia; mas, depois de um tempo, o medo toma conta e foi o que aconteceu quando, meia hora depois, eu continuava sozinha. Decidi tocar a sineta.

– Há um lugar aqui nas redondezas chamado Thornfield? – perguntei ao garçom, assim que este apareceu.

– Thornfield? Não sei. Vou perguntar no bar.

Ele saiu, mas reapareceu quase que instantaneamente.

– Seu sobrenome é Eyre, senhorita?

– Sim.

– Há uma pessoa à sua espera.

Dei um salto, peguei o regalo e o guarda-chuva e me dirigi ao corredor. Havia um homem de pé junto à porta aberta e, à luz da lamparina, mal pude divisar um carro puxado por apenas um cavalo.

– Esta aqui é sua bagagem, suponho – disse o homem ao me ver, de forma um tanto abrupta, e apontando para o meu baú.

– Sim.

E ele pôs o baú dentro do veículo, no qual entrei. Antes que fechasse a porta, perguntei a que distância ficava Thornfield.

– Uns dez quilômetros.

– E quanto tempo levaremos até lá?

– Mais ou menos uma hora e meia.

Ele fechou a porta do carro, pulou na cocheira e saímos. Seguimos muito devagar, o que me deu bastante tempo para refletir. Sentia-me feliz por estar, afinal, tão perto de concluir minha jornada. E, recostada no banco do carro, que embora pouco elegante era confortável, deixei a mente viajar.

"Imagino, a julgar pela modéstia do carro e do cocheiro, que a Sra. Fairfax não seja pessoa de muita ostentação. Melhor assim. Na ocasião em que vivi entre pessoas finas, fui muito infeliz. Fico me perguntando se na casa vivem só ela e a menina. Se for assim, e se ela for uma pessoa minimamente simpática, acho que nos daremos muito bem. Vou dar o meu máximo. Só é pena que, às vezes, mesmo dando o máximo, não sejamos recompensados. Em Lowood, tomei uma resolução assim, mantive-me fiel a ela, e deu certo, consegui agradar. Mas com a Sra. Reed, meus esforços sempre acabavam em escárnio. Peço a Deus que a Sra. Fairfax não seja uma segunda Sra. Reed. Mas, se for, não tenho obrigação de continuar com ela e, na pior das hipóteses, coloco um novo anúncio. Será que ainda falta muito para chegarmos?"

Baixei a janela e olhei para fora. Millcote ficara para trás; a julgar pela quantidade de luzes, era uma cidade de certa magnitude, maior do que Lowton. Pelo que pude ver, estávamos atravessando uma espécie de pastagem, mas havia casas aqui e ali. Era uma paisagem bem diversa da de Lowood, mais populosa e menos pitoresca, mais agitada e menos romântica.

O chão da estrada era pesado, a noite, enevoada. O cocheiro deixava o cavalo trotar e levamos mais do que hora e meia, talvez duas, até que afinal ele se virou em seu assento e disse:

– Já estamos chegando perto de Thornfield.

Olhei pela janela outra vez. Estávamos passando diante de uma igreja. Vi a torre baixa e larga recortada contra o céu. O sino estava tocando um quarto de hora. Vi também uma fileira de luzes morro acima, marcando o lugar de uma cidadezinha ou vilarejo. Cerca de dez minutos depois, o cocheiro desceu e abriu as duas bandas de um portão. Atravessamos e os portões se fecharam atrás de nós. Subimos uma ladeira devagar e nos vimos diante da fachada comprida de uma casa. Havia luz de velas por trás das cortinas de uma janela em arco. Tudo o mais estava no escuro. O carro parou diante da porta principal, que foi aberta por uma criada. Desci e entrei.

– Por aqui, por favor, senhorita – disse a moça, e eu a segui por um vestíbulo quadrado, com portas altas em todos os lados. Ela me conduziu a uma sala, cuja iluminação, emanando das velas e da lareira, me ofuscou, em contraste com a escuridão à que meus olhos tinham se habituado nas últimas duas horas. Mas, quando minha vista se acostumou, o que vi foi um cenário aconchegante e agradável.

Uma sala pequena e arrumada. Junto à lareira, uma mesa redonda. Uma poltrona de espaldar alto, ao estilo antigo, onde estava sentada a senhora mais bem composta que se possa imaginar, com uma touca de viúva, um vestido de seda preto, um avental de musselina branco como a neve. Era exatamente como eu imaginara a Sra. Fairfax, apenas um pouco menos imponente e de olhar mais suave. Fazia tricô. Um gato gordo estava deitado a seus pés. Em suma, não faltava nada para completar o cenário ideal da felicidade doméstica. Era impossível imaginar um começo mais animador para uma nova preceptora. Não havia uma grandiosidade que pudesse ser opressiva, nem uma imponência capaz de embaraçar. Assim que entrei a senhora se levantou, vindo gentilmente ao meu encontro.

– Como você está, meu bem? Temo que a viagem tenha sido muito cansativa. John dirige muito devagar. Deve estar morrendo de frio, venha até junto do fogo.

– É a Sra. Fairfax, imagino – falei.

– Sim, sim. Sente-se.

Ela me conduziu à poltrona onde estivera sentada, tirou meu xale e começou a desfazer o laço do meu chapéu. Pedi a ela que, por favor, não se desse ao trabalho.

– Não é trabalho algum. Acho que suas mãos estão dormentes demais para fazer isso. Leah, prepare um ponche quente e corte um ou dois sanduíches. Aqui estão as chaves da despensa.

E tirou do bolso um daqueles molhos de chaves que as governantas costumam carregar, entregando-o à criada.

– Venha, chegue mais perto do fogo – continuou. – Trouxe a bagagem com você, não trouxe, querida?

– Sim, senhora.

– Vou dar ordem para que seja levada a seu quarto – disse ela e desapareceu.

"Ela me trata como se eu fosse uma visita", pensei. "Não imaginava uma recepção assim. Esperava frieza e distanciamento. Não foi dessa forma que me disseram que é tratada uma preceptora. Mas é melhor não me animar demais antes do tempo."

Ela voltou. Com as próprias mãos retirou o trabalho de tricô e mais um ou dois livros de cima da mesa, a fim de abrir espaço para a bandeja que Leah agora trazia, e em seguida me passou os acepipes. Eu me sentia confusa por ser o objeto de uma atenção que jamais recebera, e ainda mais vinda de uma patroa, superior a mim. Mas como ela própria parecia não perceber que fazia algo impróprio, achei que era melhor aceitar suas gentilezas em silêncio.

– Será que eu poderia ver a Srta. Fairfax ainda esta noite? – perguntei, assim que acabei de comer o que ela me ofereceu.

– O que você disse, querida? Estou um pouco surda – retrucou a boa senhora, aproximando o ouvido da minha boca.

Eu repeti a pergunta com mais clareza.

– Srta. Fairfax? Ah, você quer dizer a Srta. Varens! É Varens o sobrenome de sua futura aluna.

– Mesmo? Então ela não é sua filha?

– Não... eu não tenho família.

Eu deveria ter ido em frente na minha linha de investigação e perguntado qual era a relação da Srta. Varens com ela, mas achei que não seria educado fazer tantas perguntas. Além disso, tinha certeza de que mais cedo ou mais tarde acabaria sabendo.

– Fico muito feliz – continuou ela, sentando-se diante de mim e pegando o gato no colo –, fico muito feliz por você ter vindo. Agora, com companhia, vai ser muito bom morar aqui. Claro que viver aqui é sempre bom, porque Thornfield é uma bela mansão, talvez um pouco mal cuidada nos últimos anos, mas ainda assim um lugar soberbo. Mas, você sabe, no inverno as pessoas se sentem um pouco sozinhas, por melhor que seja a casa. Eu digo sozinha... claro que Leah é uma boa moça, e John e sua mulher também são gente decente. Mas, você sabe, eles são apenas criados e é impossível conversar com eles de igual para igual. É preciso manter certa distância, caso contrário se perde a autoridade. No inverno passado (e se você se lembra foi um inverno rigorosíssimo: quando não estava nevando, chovia ou ventava muito), no inverno passado não apareceu ninguém aqui de novembro a fevereiro, a não ser o açougueiro e o carteiro. E eu acabo muito melancólica quando fico sentada aqui sozinha, noite após noite. Às vezes, pedia a Leah que lesse para mim, mas acho que a pobrezinha não gostava muito da tarefa. Ela se sentia confinada. Na primavera e no verão, é sempre melhor. O sol e os dias mais compridos fazem toda a diferença. E então no outono passado a pequena *Adela* Varens veio para cá com sua babá. Uma criança enche uma casa de vida. E agora temos você. Acho que vou ficar muito contente.

Meu coração se enternecia por aquela senhora, enquanto eu a ouvia falar. Puxei a cadeira para mais perto da dela e expressei meu desejo sincero de que ela achasse minha companhia tão agradável quanto imaginava.

– Mas não vou fazê-la ficar acordada até tarde hoje – disse ela. – Acaba de bater a meia-noite e você viajou o dia todo. Deve estar cansada. Se já está com os pés bem aquecidos, vou-lhe mostrar onde fica seu quarto. Mandei preparar-lhe um quarto ao lado do meu. É um aposento pequeno, mas achei que você ia gostar mais do que dos quartos grandes, que dão para a frente. Esses têm mobília mais fina, mas são tão lúgubres e solitários que eu própria não durmo jamais num deles.

Agradeci a delicadeza da escolha e, como estava de fato muito cansada por causa da viagem, expressei o desejo de me retirar. Ela pegou a vela e eu a segui rumo ao aposento. Primeiro, ela verificou se a porta do vestíbulo estava trancada. Tirando a chave da fechadura, mostrou-me o caminho escada acima. Degraus e corrimão eram de carvalho. A janela do patamar era alta e de gelosia. Tanto ela quanto o longo corredor para onde davam os quartos pareciam mais pertencer a uma igreja do que a uma casa. O ar era frio como o de um túmulo, tanto na escadaria quanto no corredor, evocando pensamentos sombrios sobre espaço e solidão. Fiquei feliz quando afinal entramos no meu quarto e vi que era um aposento pequeno, com mobília simples e moderna.

Quando a Sra. Fairfax me desejou boa-noite e eu fechei a porta, olhei em torno devagar e apaguei em parte a impressão de desolação provocada pelo vestíbulo largo, pela escadaria escura e imensa, pelo corredor comprido e frio. Meu pequeno quarto parecia ter muito mais vivacidade e, depois de um dia de grande cansaço físico e ansiedade mental, era como se eu tivesse chegado a um porto seguro. Meu coração se encheu de um sentimento de gratidão e, ajoelhando-me junto à cama, fiz uma prece em agradecimento, sem esquecer, ao me erguer, de pedir a Deus ajuda no novo caminho que trilhava, para não decepcionar aqueles que me tratavam com tamanha doçura sem nem saber se eu o merecia. Dormi num leito sem espinhos naquela noite e em meu quarto solitário não habitou medo algum. Cansada e feliz, adormeci num instante e profundamente. E quando acordei era dia claro.

Com sol penetrando pelas cortinas de chintz azul, o pequeno quarto, com seu papel de parede e o chão acarpetado, me pareceu um lugar tão iluminado e tão diverso das tábuas nuas e do gesso manchado do alojamento de Lowood, que meu espírito se alegrou. O ambiente tem sempre um forte efeito sobre os jovens. Pensei que uma nova era de felicidade estava começando para mim, uma era que traria suas flores e seus prazeres, mas que também teria espinhos e armadilhas. Meus sentidos, despertados pela mudança de cenário, e pelas novas esperanças, estavam inquietos. Não sei bem dizer o que eles esperavam, mas era algo agradável. Talvez não naquele dia ou naquele mês, mas num período futuro ainda indefinido.

Levantei-me e me vesti com capricho. Embora não tivesse nenhuma roupa sofisticada e fosse obrigada a me vestir com simplicidade, tinha obrigação de me mostrar impecável. Não era meu hábito parecer descuidada, não ligar para as aparências. Ao contrário, sempre me esforcei para ter a melhor aparência possível, para agradar o mais que pudesse, apesar de não ser muito bonita. Às vezes lamentava não sê-lo: queria ter as faces rosadas, um nariz bem-feito, a boca pequena como uma cereja. Queria ser alta, imponente, bem desenvolvida de corpo. Achava uma tristeza ser tão baixinha, tão pálida, de feições tão irregulares e marcadas. E por que queria e lamentava tudo isso? Seria difícil responder. Naquela época, eu não sabia dizer a mim mesma o porquê, embora houvesse uma razão natural e lógica. Mas, assim que escovei o cabelo e coloquei meu vestido preto (embora de aparência austera, ele me caía muito bem), encaixando o regalo branco e limpo, achei que estava com um aspecto respeitável o suficiente para aparecer diante da Sra. Fairfax; e que minha nova aluna, ao me ver, não teria vontade de sair correndo. Depois de abrir a janela do quarto e me certificar de que deixara tudo arrumado e limpo em cima da penteadeira, saí.

Atravessei o longo corredor cor de cobre, desci os degraus escorregadios de carvalho e cheguei ao vestíbulo. Parei ali por um minuto. Observei alguns quadros nas paredes (um deles, lembro bem, mostrava um homem sombrio vestido com uma couraça e uma mulher de cabelo empoado e colar de pérolas), o candelabro de bronze que pendia do teto, o imenso relógio cuja caixa, de carvalho, era esculpida de forma curiosa, já escura de tanto ser burnida. Tudo ali me parecia muito imponente e opressivo. Claro, eu estava pouco acostumada à grandeza. A porta do vestíbulo, que era em parte de vidro, estava aberta. Atravessei a soleira. Era uma bela manhã de outono. O sol matutino brilhava sobre os arvoredos que iam ficando secos e sobre os campos ainda verdes. Caminhando pelo gramado, ergui os olhos e observei a fachada da mansão. Tinha três andares e era de grandes proporções, embora não imensa. Não parecia o castelo de um nobre, mas a casa senhorial de um cavalheiro. Ameias no alto lhe davam uma aparência pitoresca. Por trás de sua fachada cinzenta se destacava um ninho de gralhas, que naquele momento voejavam. Voavam por cima do gramado e dos campos, indo pousar num charco, que havia além de uma cerca, e onde uma fileira de árvores espinhentas, grossas, troncudas, largas como carvalhos, davam, de forma instantânea, a explicação para o nome do lugar.* Mais adiante, montanhas. Não tão altivas quanto as que circundavam Lowood, nem tão escarpadas de forma a parecer um paredão que me separasse do mundo. Mas bastante quietas e solitárias, parecendo abraçar Thornfield, isolando-o de uma forma que eu não esperava ver em local tão próximo da agitada Millcote. Numa das encostas, havia um pequeno povoado, cujos telhados se mesclavam à vegetação. E a igrejinha do lugar ficava mais próxima de Thornfield, com sua torre antiga se destacando num outeiro, no espaço entre a mansão e os portões.

Eu já me deleitava com a paisagem calma e o ar limpo, ao mesmo tempo em que ouvia o ruído das gralhas e observava a imponência da fachada, pensando em como era um lugar grande demais para uma senhora sozinha como a Sra. Fairfax viver, quando a própria apareceu na porta.

– O quê? Já está de pé? – disse ela. – Já vi que gosta de acordar cedo.

Caminhei ao seu encontro e fui recebida com um beijo carinhoso e um aperto de mão.

– O que está achando de Thornfield? – perguntou. Respondi que estava gostando muito.

– É – disse ela –, é mesmo um belo lugar. Mas temo que acabe se estragando se o Sr. Rochester não botar na cabeça que precisa vir morar aqui de forma definitiva. Ou, pelo menos, vir aqui com mais frequência. Casas grandes e belos campos requerem a presença do proprietário.

---

*Thornfield quer dizer "campo de espinheiros". (*N. da T.*)

– Sr. Rochester? – exclamei. – E quem é ele?

– O dono de Thornfield – respondeu ela com toda a calma. – Você não sabia que o nome dele é Rochester?

Claro que eu não sabia. Nunca tinha ouvido falar dele. Mas a velha senhora parecia achar que sua existência era universalmente conhecida, fato com o qual todo mundo devia estar, por instinto, acostumado.

– Eu pensei – continuei – que Thornfield pertencesse à senhora.

– A mim? Deus lhe abençoe, menina. Que ideia! A mim? Eu sou apenas a governanta, aquela que toma conta. Para dizer a verdade, tenho um parentesco distante com os Rochester pelo lado materno – quer dizer, meu marido tinha. Ele era pastor, o pároco de Hay, aquele vilarejo que fica ali, na encosta da montanha, e tomava conta da igrejinha que fica perto do portão. A mãe do Sr. Rochester era uma Fairfax, prima em segundo grau do meu marido. Mas nunca levei em conta essa relação. Na verdade, para mim nada significa. Considero-me apenas uma governanta. Meu patrão sempre foi gentil e eu nunca esperei algo além disso.

– E a garotinha... minha aluna?

– O Sr. Rochester é o tutor dela. Foi ele quem me incumbiu de achar uma preceptora para a menina. Acho que ele quer que ela seja educada em... Aí vem ela, com a babá, sua *bonne*, como ela diz.

O enigma estava explicado. Aquela viúva tão gentil e afável não era uma dama, mas uma empregada, como eu. Não gostei menos dela por isso. Ao contrário, fiquei mais satisfeita do que nunca. A igualdade entre nós era real, não o resultado de uma condescendência por parte dela. Melhor assim. Aquilo me deixava numa posição de maior liberdade.

Enquanto refletia sobre isso, uma menininha, acompanhada de sua babá, veio correndo pelo gramado. Olhei para minha aluna, que a princípio não pareceu me notar. Era uma bela criança – devia ter seus sete ou oito anos –, de aparência frágil, com um rosto pequeno e pálido e uma abundância de cabelos que lhe caíam em cachos até a cintura.

– Bom dia, Srta. *Adela* – disse a Sra. Fairfax. – Venha cá cumprimentar a senhora que será sua professora e que um dia fará de você uma mulher inteligente.

Ela se aproximou.

– *C'est là ma gouvernante?* – perguntou à babá, apontando para mim. A babá respondeu:

– *Mais oui, certainement.*

– Elas são estrangeiras? – perguntei, intrigada ao ouvir a língua francesa.

– A babá é, e *Adela* nasceu no continente. Creio que só saiu de lá há cerca de seis meses. Quando chegou aqui, não falava nada de inglês. Agora, consegue falar um pouco. Não consigo entender direito, porque ela mistura francês e inglês. Mas sei que você vai conseguir entendê-la muito bem.

Felizmente, eu aprendera francês com uma senhora francesa: sempre que tinha oportunidade, fazia questão de conversar com madame Pierrot. Tinha também aprendido bastante francês por conta própria, estudando todos os dias, tentando a todo custo melhorar a pronúncia e imitando o jeito de falar da minha professora. Por isso, alcançara certa intimidade e fluidez com a língua, sendo improvável que me visse em apuros diante de *mademoiselle* Adèle. Ela veio até mim e me apertou a mão ao saber que eu era sua preceptora. E, enquanto entrávamos para tomar café, dirigi-lhe algumas palavras em sua própria língua. A princípio, ela respondeu com monossílabos. Mas logo estávamos sentadas lado a lado na mesa e, depois de me examinar por uns bons dez minutos com seus olhos grandes cor de avelã, ela começou a tagarelar.

– Ah, você fala minha língua tão bem quanto o Sr. Rochester! – disse, em francês. – Posso conversar com você como faço com ele, e como faz Sophie. Ela vai ficar contente. Ninguém consegue entender o que ela diz. Madame Fairfax só sabe inglês. Sophie é minha babá. Ela veio comigo de lá do outro lado do oceano num navio enorme, com uma chaminé de onde saía fumaça, e como saía!, e eu fiquei enjoada, e Sophie também, e até o Sr. Rochester. Ele se recostou num sofá, num lugar bonito chamado salão, enquanto Sophie e eu tínhamos umas caminhas pequenas num outro lugar. Eu quase caí da minha. Parecia uma prateleira. E, *mademoiselle*... como é mesmo seu nome?

– Jane Eyre.

– Aire? Nossa! Não sei pronunciar isso. Bem, o navio parou de manhã cedinho, antes mesmo de amanhecer, numa cidade grande – uma cidade enorme, com as casas pretas e cheias de fumaça. Nem um pouco parecida com a cidadezinha bonita e limpa de onde vim. E o Sr. Rochester me carregou nos braços por cima de uma prancha e pisamos em terra, e Sophie veio atrás, e pegamos uma carruagem, que nos levou para uma casa grande e bonita, maior e mais bonita do que esta aqui, chamada hotel. Ficamos lá por quase uma semana. Eu e Sophie saíamos para passear todos os dias por um lugar enorme e verde, cheio de árvores, chamado parque. E lá estava cheio de crianças além de mim e tinha também um lago cheio de passarinhos e eu dava miolo de pão para eles.

– Você consegue entender quando ela fala tão rápido? – perguntou a Sra. Fairfax.

Eu entendia muito bem, pois me acostumara à fluência de madame Pierrot.

– Tomara – continuou a boa senhora – que você possa perguntar a ela uma ou duas questões a respeito de seus pais. Fico me perguntando se ela se lembra deles.

– Adèle – disse –, com quem você morava quando vivia na tal cidadezinha limpa e bonita?

– Vivia com minha mãe. Mas ela foi ao encontro da Virgem Maria. Mamãe costumava me ensinar a cantar e dançar, e também a recitar poesia. Muitos cavalheiros e damas iam visitar mamãe e eu dançava para eles, ou sentava no colo deles e cantava para eles ouvirem. Era bom. Você quer me ouvir cantar?

Ela havia acabado de tomar café, por isso deixei que fizesse uma demonstração de suas aptidões. Descendo da cadeira, ela subiu no meu colo. E então, cruzando as mãos à frente, toda séria, e sacudindo os cabelos para trás, ergueu os olhos para o teto e começou a cantar o trecho de uma ópera. Era a ária de uma mulher abandonada que, depois de chorar pela traição do amante, recorre ao orgulho. Pede à aia que a vista com as mais belas roupas e a cubra das mais ricas joias e resolve ir encontrar o traidor no baile daquela noite, a fim de provar para ele, através de sua aparência engalanada, quão pouco foi afetada pelo abandono.

O tema me pareceu pouco apropriado para ser cantado por uma criança. Acho que a ideia era mesmo me fazer ouvir a melodia de amor e ciúmes enunciada por um trinado infantil – mas achei aquilo de certo mau gosto.

Adèle cantou a cançoneta com boa afinação, e com a *naïveté* própria de sua idade. Quando acabou, pulou do meu colo e disse:

– Agora, *mademoiselle*, vou recitar um pouco de poesia para você.

Fazendo pose, começou *La ligue des rats; fable de La Fontaine*. Declamou o pequeno poema com a ênfase e a pontuação corretas, boa flexibilidade na voz e gestos tão apropriados que me pareceram incomuns para sua idade, provando ter sido muito bem ensaiada.

– Foi sua mãe quem lhe ensinou esse poema? – perguntei.

– Foi. E era exatamente assim que ela o declamava. "*Qu'avez-vous donc? lui dit un de ces rats; parlez!*" Ela me fazia levantar a mão, assim, para não me esquecer de também erguer a voz na hora da pergunta. E agora posso dançar para você?

– Não, por ora chega. Mas depois que sua mãe foi ao encontro da Virgem Maria, como você disse, com quem você foi morar?

– Com madame Frédéric e o marido dela. Ela cuidou de mim, mas não temos nenhum parentesco. Acho que ela é pobre, pois sua casa não era tão bonita quanto a de mamãe. Não fiquei muito tempo lá. O Sr. Rochester perguntou se eu queria vir morar com ele na Inglaterra, e eu disse que queria, porque conhecia o Sr. Rochester antes de conhecer madame Frédéric, e ele sempre foi bom para mim e me dava roupas e brinquedos bonitos. Mas, como você vê, ele não cumpriu sua palavra, porque me trouxe para a Inglaterra, mas ele próprio tornou a ir embora, e eu não o vejo nunca.

Depois do café, Adèle e eu fomos para a biblioteca, aposento que, pelo visto, o Sr. Rochester ordenara que fosse usado como sala de aula. A maior parte dos livros estava trancada atrás de portas de vidro, mas numa estante que fora aberta havia todo tipo de livros de estudo elementar de que precisaríamos, além de volumes de literatura leve, poesia, biografias, livros de viagem, alguns poucos romances. Acho que ele supôs que a preceptora só teria interesse em livros desse tipo. E, na verdade, eu me contentei com eles, num primeiro momento.

Em comparação com os poucos livros a que tinha acesso em Lowood, aquela biblioteca me pareceu uma colheita extraordinária de entretenimento e informação. Havia também, no mesmo aposento, um piano de parede, novo e de boa qualidade. E, ainda, um cavalete para pintura e um par de globos.

Achei minha aluna bastante dócil, embora resistisse um pouco a obedecer. Não fora acostumada a ter uma ocupação regular de qualquer tipo. Achei que não seria proveitoso tentar discipliná-la demais a princípio. Por isso, depois de termos conversado bastante, de eu lhe ensinar algumas coisas, e já sendo quase meio-dia, mandei-a de volta para a babá. Então me propus a passar a tarde fazendo alguns desenhos para ela.

Estava subindo as escadas com meu bloco e meus lápis, quando a Sra. Fairfax me chamou:

– Imagino que a aula da manhã já acabou – disse.

Estava numa sala, cujas portas, dobráveis, se encontravam abertas. Ao ouvi-la, entrei. Era um aposento grande e elegante, com cortinas e poltronas vermelhas, um tapete persa, paredes forradas com painéis de nogueira, uma imensa janela de vidro colorido e um teto alto, todo trabalhado. A Sra. Fairfax limpava bonitos vasos de calcita vermelha, que estavam sobre uma mesa lateral.

– Que belo salão! – exclamei, olhando em torno. Nunca tinha visto nada mais impressionante.

– É, aqui é o salão de jantar. Abri agora a janela para entrar um pouco de ar e luz. Fica tudo tão úmido nesses lugares que raramente são usados. O salão de visitas, ali adiante, parece um túmulo.

Ela apontou para uma arcada em frente à janela, igualmente adornada por uma cortina púrpura, que estava enrolada. Subindo dois degraus largos, espiei através do arco e vislumbrei um lugar de conto de fadas, tão belo era aquele ambiente para meus olhos desacostumados. Na verdade era apenas um salão bem decorado, e dentro dele um *boudoir*, ambos recobertos por tapetes brancos enfeitados com brilhantes guirlandas de flores que pareciam ter sido colocadas ali. Os dois aposentos tinham tetos brancos trabalhados, formando desenhos de uvas e parreiras. Abaixo deles, em rico contraste, cintilavam sofás e otomanas na cor vermelha. E os ornamentos sobre a moldura clara, em estilo grego, da lareira eram de cristal da Boêmia, cor de rubi mais cintilante. Entre as janelas, imensos espelhos reproduziam aquela mistura de fogo e neve.

– Como a senhora mantém arrumadas essas salas, Sra. Fairfax! – falei. – Nem poeira, nem coberturas de lona. Não fosse pelo ar frio e eu diria que elas estavam sendo usadas todos os dias.

– Ah, Srta. Eyre, é que as visitas do Sr. Rochester, embora raras, são sempre repentinas, inesperadas. E como já percebi que ele não fica satisfeito em encontrar tudo fora do lugar, e em ver uma correria e uma arrumação ante sua chegada, gosto de já deixar os salões sempre preparados.

– O Sr. Rochester é um desses homens perfeccionistas e cansativos?

– Não exatamente. Mas ele tem gosto e hábitos de um cavalheiro. E espera encontrar tudo muito bem cuidado, segundo esses padrões.

– A senhora gosta dele? Em geral as pessoas gostam dele?

– Ah, sim. A família sempre foi muito respeitada aqui. Quase todas as terras das redondezas, até onde sua vista alcança, pertencem aos Rochester desde tempos imemoriais.

– Sim, mas terras à parte, a senhora gosta dele? Ele, por si mesmo, desperta bons sentimentos?

– *Eu*, particularmente, não tenho qualquer razão para desgostar dele. E creio que ele é considerado um patrão justo e liberal pelos moradores de suas terras. Mas nunca viveu muito tempo por aqui.

– Mas não tem alguma peculiaridade? Como, em resumo, é o caráter dele?

– Ah, o caráter é impecável, creio eu. Talvez ele seja, sim, uma pessoa peculiar. Já viajou muito e acho que já viu muita coisa pelo mundo afora. Acredito também que é inteligente. Mas nunca conversei direito com ele.

– Peculiar em que sentido?

– Não sei... é difícil explicar. Não é nada de mais, mas dá para sentir quando falamos com ele. É impossível saber se está debochando ou falando sério, se está satisfeito ou não. Resumindo, é difícil entendê-lo. Eu, pelo menos, não consigo. Mas isso não tem importância, ele é um ótimo patrão.

Foi tudo o que consegui extrair da Sra. Fairfax a respeito do nosso patrão. Certas pessoas são incapazes de descrever o caráter de alguém ou de algum objeto, de observar e ressaltar as características mais marcantes. A boa senhora evidentemente pertencia a esse tipo de gente. Minhas indagações a intrigavam, mas não a faziam falar. Para ela, o Sr. Rochester era o Sr. Rochester: um cavalheiro, proprietário de terras – nada mais. Ela própria não buscava saber mais nada e na certa se admirou ante minha curiosidade em saber mais detalhes sobre a personalidade dele.

Quando saímos do salão de jantar, ela se ofereceu para me mostrar o restante da casa. Segui-a escada acima e escada abaixo, cada vez mais impressionada. Tudo era bonito e bem-arrumado. Os quartos que davam para a frente se me afiguraram imensos. E alguns dos aposentos do terceiro andar, embora escuros e de teto baixo, me pareceram interessantes por seu ar de antiguidade. As mobílias que antes tinham pertencido aos quartos do andar de baixo, com as transformações da moda eram, de tempos em tempos, levadas para os de cima. E na luz incerta que penetrava pelas frestas das janelas vi cabeceiras de cama que pareciam ter cem anos; penteadeiras de carvalho ou nogueira esculpidos, formando palmeiras ou cabeças de anjos, como personagens da Arca da Aliança;* filas de cadeiras elegantes, de espaldares altos e estreitos; bancos ainda mais antiquados, em cujas almofadas se divisava o bordado gasto, tecido um dia por dedos que pelo espaço de duas gerações nada mais eram do que pó. Todas essas relíquias davam ao terceiro andar de Thornfield Hall o aspecto de uma casa do passado – um altar da memória. Durante o dia, eu gostava do silêncio, da penumbra e do exotismo daqueles recantos. Mas por nada no mundo seria capaz de passar a noite numa daquelas camas largas e maciças; muitas eram fechadas por portas de carvalho, outras tinham cortinados ingleses antigos, com pesados bordados, exibindo desenhos de flores exóticas, de pássaros igualmente incomuns e de seres humanos ainda mais bizarros – imagens que teriam parecido, de qualquer forma, estranhas sob a luz da lua.

*Segundo a Bíblia, é a Arca em que as tábuas dos Dez Mandamentos foram guardadas. (*N. do E.*)

– Os empregados dormem nestes quartos? – perguntei.

– Não. Eles ocupam uma ala de aposentos menores, nos fundos. Ninguém dorme aqui. Pode-se até dizer que, se houvesse um fantasma em Thornfield Hall, ele moraria aqui.

– Concordo. Então vocês não têm nenhum fantasma?

– Não que eu saiba – respondeu a Sra. Fairfax, sorrindo.

– Nem lendas que falem de um? Ou histórias assombradas?

– Acho que não. Embora digam que os Rochester de antigamente eram uma raça violenta. Mas talvez seja por isso que agora eles estão quietos em seus túmulos.

– É... "Após a vida febril, eles dormem em paz" – murmurei. – E aonde a senhora vai agora? – porque ela ia saindo.

– Para o terraço de ameias. Quer ver como é a vista de lá?

Eu a segui, subindo uma escada estreita até o sótão, e de lá por uma escada de parede e através de um alçapão até o telhado. Agora eu estava na mesma altura que as gralhas e podia ver seus ninhos. Debruçando-me no parapeito, olhei para fora, perscrutando os campos que se estendiam como um mapa. O gramado aveludado e brilhante circundando a base cinzenta da mansão; os campos, vastos como um parque, salpicados pelas árvores centenárias; a mata, castanha e crestada, cortada por um caminho com capim crescido, mais verdejante do que as árvores que ainda tinham folhagem; a igreja junto aos portões, a estrada, as montanhas tranquilas, tudo imóvel sob o sol do dia outonal; o horizonte demarcado por um céu limpo, azul marmorizado por um branco de pérola. Nada havia de extraordinário na cena, mas tudo era agradável. Quando me voltei e atravessei de novo o alçapão, mal pude enxergar o caminho escada abaixo. O sótão parecia negro como um túmulo em comparação com o arco azul do céu para onde eu estivera olhando e com o cenário ensolarado do bosque, dos pastos, das colinas verdes que tinham em seu centro a casa, e os quais eu há pouco admirara.

A Sra. Fairfax ainda ficou para trás um instante, fechando o alçapão. Às apalpadelas, consegui encontrar a saída do sótão e desci pela escada estreita. Fiquei por um momento no longo corredor aonde esta ia dar, separando os quartos dianteiros e traseiros do terceiro andar. Era um corredor estreito, de teto baixo, penumbroso, com apenas uma pequena janela ao fundo, como um corredor do castelo do Barba Azul.

Enquanto caminhava, pisando devagar, fui surpreendida pelo último som que esperava ouvir ali, em lugar tão quieto: uma gargalhada. Era um riso estranho, diferente, formal, desprovido de alegria. Parei. O som cessou, mas apenas por um instante. Depois recomeçou, ainda mais alto – porque da primeira vez, embora nítido, soara baixo. O riso ecoou por todos os quartos vazios, embora se originasse em apenas um, e eu poderia apontar com precisão de qual aposento vinha.

– Sra. Fairfax! – chamei, agora que a ouvia descendo pela escada. – A senhora ouviu essa risada? De quem será?

– De alguma empregada, provavelmente – respondeu ela. – Talvez Grace Poole.

– A senhora ouviu? – insisti.

– Ouvi, com toda nitidez. Eu ouço sempre. Ela costuma costurar em um desses quartos. Às vezes Leah vem com ela. As duas sempre fazem muito barulho quando estão juntas.

A gargalhada se repetiu, agora de novo num tom mais baixo, escandido, terminando em um murmúrio.

– Grace! – gritou a Sra. Fairfax.

Eu não esperava que nenhuma Grace respondesse, porque aquela gargalhada era o riso mais trágico e extraordinário que eu jamais ouvira. E se não fosse pleno meio-dia, e se a estranha gargalhada não estivesse cercada por uma circunstância que nada tinha de fantasmagórica, e se a hora e o lugar não fossem tão pouco favoráveis ao assombro, acho que eu teria sentido um medo sobrenatural. Mas o que se seguiu provou que eu fora tola em ter até mesmo me surpreendido.

Uma porta perto de mim se abriu e uma empregada surgiu – uma mulher de seus trinta ou quarenta anos. Uma mulher arrumada, corpulenta, de cabelos ruivos e com um rosto feio, de feições brutas. Aparição menos romântica e fantasmagórica, impossível.

– Que barulheira, Grace! – disse a Sra. Fairfax. – Lembre-se das regras!

Grace fez uma mesura em silêncio e tornou a entrar.

– Ela é a pessoa encarregada da costurar e de ajudar Leah a cuidar da casa – continuou a senhora. – Tem lá os seus defeitos, mas faz o serviço direito. Por falar nisso, como foi a aula com sua nova aluna hoje de manhã?

A conversa, agora a respeito de Adèle, continuou até chegarmos a uma região mais iluminada e alegre no andar de baixo. Adèle veio correndo nos receber no vestíbulo, exclamando:

– *Mesdames, vous êtes servies! J'ai bien faim, moi!*

O jantar estava pronto e à nossa espera nos aposentos da Sra. Fairfax.

12

A promessa de um emprego tranquilo, despertada pela primeira impressão que tivera de Thornfield Hall, não foi desmentida à medida que fui conhecendo melhor seus habitantes. A Sra. Fairfax provou ser exatamente o que parecia, uma mulher gentil, de boa natureza, além de bem-educada e de inteligência razoável. Minha aluna era uma menina vivaz, cheia de vontades e mimada e, por isso, às vezes, um pouco desobediente. Mas como eu me encarregava sozinha de sua educação, e ninguém se intrometia na maneira como procurava discipliná-la, ela logo parou com as pirraças, tornando-se dócil e obediente. Não tinha grandes aptidões, nem traços marcantes de caráter ou sentimentos e gostos muito específicos, que a deixassem um nível acima da criança comum. Mas tampouco tinha qualquer deficiência ou vício que a pusesse um nível abaixo. Progredia bem, desenvolvendo por mim uma afeição que era forte, embora talvez não profunda. E, por sua simplicidade, alegre tagarelice e pelo esforço em me agradar, ela, em contrapartida, me inspirava um carinho que nos transformava em boas companheiras.

Isso, *par parenthèse*, pode ser interpretado como uma linguagem fria por pessoas que defendem doutrinas solenes a respeito da natureza angelical das crianças, e a respeito da obrigação dos professores em ter por elas uma devoção próxima à idolatria. Mas não escrevo para agradar ao egotismo dos pais, para ecoar frases feitas ou incentivar mistificações. Apenas falo a verdade. Sentia, ante o progresso e o bem-estar de Adèle, um interesse consciente, e de fato me apeguei a ela. Da mesma forma, alimentava gratidão e simpatia em relação à Sra. Fairfax, e o prazer de estar junto dela era proporcional a seu cuidado comigo, bem como à moderação de seu caráter.

Quem quiser que me critique, mas devo acrescentar que, de vez em quando, ao dar longas caminhadas pelos jardins; ao ir até os portões e, através deles, espiar a estrada; ou ao subir as escadas do sótão, quando Adèle brincava com a babá e a Sra. Fairfax fazia geleia, e ao observar, debruçada sobre as ameias, os campos, as montanhas e o horizonte além – nesses momentos, eu ansiava por um poder de visão que me fizesse transpor tais limites. Um poder que me permitisse alcançar o mundo agitado, as cidades, regiões cheias de vida das quais ouvira falar, mas que nunca vira. E então desejava ter uma experiência diferente daquela que vivia, mais própria a meu jeito de ser, ansiosa que era por conhecer uma variedade de pessoas, e que ali estava fora do meu alcance. Eu valorizava o que havia de bom na Sra. Fairfax e na querida Adèle, mas acreditava na existência de outros tipos de bondade, mais vivazes, e era isso que ansiava por conhecer.

Quem poderá me culpar? Muitos, não duvido, que me classificarão de inquieta. Mas eu não podia evitar. A inquietação era parte da minha natureza. Às vezes, aquilo me agitava por dentro, a ponto de doer. E, nessas horas, meu único consolo era caminhar pelo corredor do terceiro andar, para um lado e para o outro, segura no silêncio e na solidão do lugar, e deixar que minha mente lidasse com quaisquer que fossem as visões que me surgiam – e eram, sem dúvida, muitas visões, e muito vívidas. Eu deixava meu coração ser carregado por aquele movimento exultante, que, embora o confundisse, também o fazia transbordar de vida. E, melhor do que tudo, abria meu ouvido interior para um conto que não terminava nunca, um conto criado por minha imaginação, narrado continuamente, alimentado por acontecimentos, vida, calor, sentimentos, tudo o que eu desejava e não tinha.

É inútil dizer que os seres humanos deveriam satisfazer-se com uma vida tranquila. Eles precisam de ação. E se não a encontrarem, irão fazê-la acontecer. Milhões estão condenados a um destino ainda mais inerte do que era o meu, e milhões sentem uma revolta silenciosa contra esse destino. Ninguém sabe quantas rebeliões, além das de caráter político, fermentam no peito das pessoas. Espera-se das mulheres que sejam calmas. Mas elas são como os homens. Precisam exercitar suas faculdades, necessitam de um campo para expandir seus esforços, assim como seus irmãos. Sofrem com as rígidas restrições, a estagnação absoluta, tanto quanto os homens sofreriam. E é tacanho por parte desses seres mais privilegiados dizer que elas devem se limitar a fazer pudins e a tecer meias, a tocar piano e a bordar bolsas. É insensato condená-las, ou rir delas, quando buscam fazer ou aprender coisas novas, além do que os costumes determinam que é o ideal para o seu sexo.

Nesses meus momentos de solidão, às vezes eu ouvia a risada de Grace Poole. Aquela mesma gargalhada, baixa e lenta, que da primeira vez me assombrara. Havia dias em que ela estava silenciosa. Mas havia outros em que eu nem conseguia acompanhar os sons que fazia. De tempos em tempos, eu a via: ela saía do quarto com uma bacia ou um prato, ou com uma bandeja nas mãos, descia para a cozinha e logo voltava (ah, leitor romântico, perdoe-me por esmiuçar a verdade!) com uma caneca de cerveja preta. Sua figura sempre neutralizava a curiosidade provocada pelos estranhos sons que emitia: cara fechada, muito sóbria, não parecia ter nada de interessante. Muitas vezes tentei puxar conversa com ela, mas ela parecia uma mulher de poucas palavras: meus esforços nesse sentido eram sempre cortados por uma resposta monossilábica.

Os outros habitantes da casa, John e a mulher, a criada Leah, a babá Sophie, eram boas pessoas, mas sem qualquer característica que se destacasse. Com Sophie, eu falava francês e às vezes lhe fazia perguntas sobre seu país. Mas ela não tinha grande talento para descrições e costumava responder de forma tão confusa e desenxabida, que desencorajava novas perguntas.

Outubro, novembro e dezembro se passaram. Numa tarde de janeiro, a Sra. Fairfax me implorou que desse um dia de folga a Adèle, pois estava resfriada. Como a própria Adèle reforçou o pedido com grande ênfase, fazendo-me lembrar de como eu própria valorizava as folgas nos meus tempos de colégio, concordei, julgando ter agido bem com essa minha flexibilidade. Era um dia bonito e calmo, apesar do frio. Eu me cansara de ficar sentada na biblioteca durante toda a manhã. Como a Sra. Fairfax havia escrito uma carta, que estava à espera de ser postada, pus o chapéu e a capa e me ofereci para ir até o posto dos correios em Hay. A distância era de três quilômetros e seria uma caminhada agradável naquela tarde de inverno. Deixando Adèle confortavelmente sentada em sua cadeirinha com a Sra. Fairfax junto à lareira e dando-lhe sua melhor boneca de cera para brincar (que geralmente eu mantinha guardada numa gaveta, envolta em papel prateado), além de um livro de histórias, respondi com um beijo a seu "*Revenez bientôt, ma bonne amie, ma chère mademoiselle Jeannette*", e saí.

O chão estava duro, o ar parado, a estrada deserta. Primeiro, andei depressa para me esquentar e depois desacelerei, a fim de aproveitar os prazeres que me rodeavam. Eram três da tarde. O sino da igreja tocou enquanto eu passava sob o campanário. O charme da hora era a tarde que caía, o sol pálido e frio. Eu estava a pouco mais de um quilômetro de Thornfield, num trecho da estrada que se enchia de rosas no verão, de nozes e amoras no outono e que, apesar de seus pequenos tesouros cor de coral, na forma de brotos e sebes, exibia em pleno inverno apenas a beleza e a quietude das árvores nuas. Se soprasse uma brisa, não provocaria qualquer ruído. Pois não havia um azevinho, nem uma sempre-viva, para se mexer, e as sebes e as aveleiras estavam tão imóveis quanto os seixos brancos do caminho. De um lado e outro, a distância, havia apenas os campos, onde agora nenhum boi pastava. E os passarinhos marrons que de vez em quando saltavam nas cercas pareciam folhas secas que tivessem esquecido de cair.

A estrada subia a colina em direção a Hay. Quando cheguei na metade da ladeira, sentei-me no toco de uma cerca que delimitava um pasto. Ajeitei a capa em torno do corpo e, tendo enfiado as mãos no regalo, não sentia frio, embora este estivesse cortante. Prova disso era um pedaço de gelo que havia na beira da estrada, por onde um riacho, agora totalmente congelado, havia transbordado dias antes. De onde estava sentada, eu podia ver Thornfield. A mansão cinza, de pedra, se destacava no vale abaixo de mim. As matas e as gralhas escuras se recortavam contra o céu de oeste. Fiquei ali enquanto o sol descia entre as árvores, vermelho e nítido. E então me virei para leste.

No alto da colina, já se via a lua nascente. Pálida como uma nuvem, ainda, mas aumentando seu brilho a cada instante. Estava sobre Hay, o qual, perdido em meio às árvores, expelia por suas chaminés uma fumaça azulada. Eu tinha ainda um quilômetro e meio pela frente, mas na quietude do fim de tarde, podia ouvir distintamente os murmúrios da cidadezinha. Meus ouvidos captavam também o sussurro das águas, embora não pudesse precisar a que distância e profundidade. Mas havia também muitas montanhas além de Hay, e sem dúvida muitos riachos cortando seus caminhos. A tarde calma confundia os sons, igualando os murmúrios dos rios mais próximos e os dos mais remotos.

Um barulho forte quebrou de repente esses suaves murmúrios, mas ao mesmo tempo muito nítido: um ruído metálico, tec-tec-tec, que sobrepujou num segundo o sussurro das águas. Como se, numa pintura, tinta sobre tinta, a massa sólida de uma pedra ou os troncos grossos de um carvalho sobrepujassem o azulado delicado de uma montanha, um horizonte ensolarado ou nuvens finas ao fundo.

Vinha da beira da estrada, o barulho. Era um cavalo que se aproximava. As curvas do caminho ainda o escondiam, mas ele estava vindo. Eu ia me afastar da cerca, mas, como o caminho era estreito, fiquei imóvel para deixá-lo passar. Naquela época, eu era jovem e, por isso, toda a sorte de fantasias, boas e ruins, povoava-me a mente. As lembranças de histórias ouvidas no quarto das crianças se mesclavam a outras bobagens. E, quando ressurgiam, a juventude lhes acrescentava o vigor e o realismo que a infância fora incapaz de dar. Enquanto o cavalo se aproximava, e enquanto eu espiava a penumbra esperando que surgisse, pensava em certas histórias contadas por Bessie, contos do norte da Inglaterra que falam de um espírito chamado Gytrash,* que surge na forma de cavalo, mula ou de um cachorro enorme e que assombra caminhos solitários e viajantes desavisados, exatamente como aquele cavalo que se aproximava.

---

*No folclore inglês, espectro na forma de um animal. (*N. do E.*)

Estava muito próximo, embora eu ainda não pudesse vê-lo. Foi quando, além do tec-tec-tec, ouvi um barulho perto da cerca e, junto à aveleira, surgiu um enorme cachorro preto e branco, perfeitamente discernível em meio à vegetação. Era a imagem perfeita do Gytrash de Bessie – parecia um leão, de pelo longo e cabeça enorme. Mas passou por mim, quieto. Não parou nem me olhou com seus olhos caninos sobrenaturais, como eu temia. Em seguida, surgiu o cavalo – um grande corcel e, montado nele, um cavaleiro. A presença do homem, do ser humano, quebrou o encanto de imediato: ninguém jamais montaria o Gytrash. Este sempre andava sozinho. E gnomos, pelo que eu sabia, embora fossem capazes de cavalgar animais, dificilmente assumiam a forma humana. Aquilo não era Gytrash coisa nenhuma – era apenas um viajante, cortando caminho por Millcote. Ele passou por mim e foi em frente. Mais alguns passos e eu me virei. O que me chamou a atenção foi um som de algo deslizando, alguém gritando "Ei, e essa agora?" e em seguida um barulhão de tombo. Homem e animal estavam no chão. Tinham escorregado no pedaço de gelo que eu vira pouco antes na beira da estrada. O cachorro voltou correndo e, ao ver seu dono no chão e ouvindo o cavalo gemendo, começou a latir tão alto que logo todas as montanhas ecoavam seu latido, proporcional ao seu tamanho. Farejou a dupla caída no chão e depois veio correndo até onde eu estava. Era a única coisa que ele podia fazer – não havia mais ninguém por ali para ajudar. Obedeci e caminhei até o viajante, que a essa altura estava lutando para se desvencilhar do cavalo. Seus esforços eram tão vigorosos que achei que não poderia estar muito ferido. Mas fiz a pergunta:

– O senhor se machucou?

Acho que ele estava praguejando, não tenho certeza. Sei que balbuciava alguma palavra que o impediu de responder diretamente à minha pergunta.

– Posso ajudar de alguma forma? – insisti.

– Pode se afastar, por favor! – respondeu, enquanto se erguia, primeiro ficando de joelhos e em seguida de pé. Obedeci. Começou então uma atividade que incluiu se esticar, bater pé e se sacudir, acompanhada de latidos e relinchos, processo que me fez mesmo recuar alguns metros. Mas eu não iria embora sem ver o que aconteceria. Tudo afinal acabou bem. O cavalo se reaprumou, o cachorro se calou depois de um "Quieto, Pilot!", e o cavaleiro, curvando-se, esfregou a perna e o pé, como se quisesse sentir se estava tudo no lugar. Acho que sentia dor, porque ele foi até a cerca de onde eu acabara de me levantar e se sentou.

Eu devia mesmo estar com vontade de ajudar, ou de ser gentil, porque me aproximei dele.

– Se o senhor estiver machucado, posso buscar ajuda em Thornfield Hall ou em Hay.

– Obrigado. Eu vou ficar bem. Não quebrei osso algum, foi só uma torção – e novamente ele se levantou e apoiou o pé no chão, mas o resultado foi um involuntário "Ui!".

Ainda não havia anoitecido de todo e a lua crescia no céu. Eu podia vê-lo com toda a clareza. Estava envolto por uma capa de montaria, debruada de pele e com fechos de metal. Os detalhes não via, mas deduzi os pontos gerais, como altura mediana e peito largo. Tinha um rosto moreno, com feições duras e sobrancelhas espessas. Naquele momento, tanto os olhos quanto as sobrancelhas juntas mostravam que ele estava com raiva, contrariado. Não era muito jovem, mas tampouco alcançara a meia-idade. Teria talvez uns trinta e cinco anos. Não tive medo dele, só fiquei um pouco encabulada. Se fosse um homem bonito, um jovem cavaleiro com ar de herói, eu não teria nem coragem de ficar ali fazendo perguntas contra sua vontade e oferecendo ajuda que ele sequer pedira. Acho que nunca na vida eu chegara a ver direito um jovem bonito. Jamais falara com um. Tinha um respeito, uma espécie de reverência teórica diante da beleza, da elegância, da galanteria e do fascínio. Mas se encontrasse tais qualidades num ser masculino, saberia instintivamente que ele não teria, nem poderia ter, qualquer atração por mim, e que ele as exibiria como predicados poderosos, mas negativos, como o fogo ou o relâmpago.

Se aquele estranho tivesse sorrido para mim ou reagido com bom humor quando eu me dirigi a ele; se tivesse recusado minha ajuda com um agradecimento simpático, eu teria seguido meu caminho, sem qualquer intenção de fazer novas perguntas. Mas o cenho franzido, a rudeza daquele viajante me serviram de incentivo. Quando ele me mandou embora, continuei imóvel e anunciei:

– Não tenho a menor intenção de deixar o senhor aqui neste lugar ermo, a uma hora destas, enquanto não tiver certeza de que está em condições de montar no cavalo.

Ele ficou me olhando quando eu disse isso. Até então, mal me encarara.

– Você própria age como se estivesse em casa – disse –, como se sua casa fosse aqui perto. De onde você veio?

– Ali de baixo. E não tenho medo algum de sair sozinha à noite quando há lua. Posso perfeitamente ir até Hay pedir ajuda para o senhor, se quiser. Na verdade, estou mesmo indo para lá, a fim de postar uma carta.

– Você disse que mora ali embaixo... Você quis dizer, naquela casa com ameias? – e apontou para Thornfield Hall, sobre a qual a lua derramava um brilho esbranquiçado, ressaltando-lhe a silhueta contra a mata, que, em contraste com o céu de oeste, era agora uma massa escura.

– Sim, senhor.

– E de quem é a casa?

– Do Sr. Rochester.

– E você conhece o Sr. Rochester?

– Não, nunca o vi.

– Ele não mora aí, então?

– Não.

– E você saberia me dizer onde ele está?

– Não, não saberia.

– Obviamente você não é uma criada da casa. Então você é... – e ele parou, observando meu vestido que era, como sempre, bem simples: um casaco preto de lã de carneiro, um chapéu preto de castor, nada nem próximo da elegância de uma dama. Ele pareceu confuso a meu respeito e decidi ajudar:

– Sou a preceptora.

– Ah, a preceptora! – repetiu ele. – E não é que eu tinha me esquecido? A preceptora! – e mais uma vez me examinou da cabeça aos pés. Dois minutos depois, ergueu-se do toco da cerca. Seu rosto expressou dor quando ele tentou se mover.

– Não posso pedir que você saia em busca de ajuda – disse –, mas poderia você própria me ajudar, por gentileza?

– Claro, senhor.

– Você teria um guarda-chuva que eu pudesse usar como bengala?

– Não.

– Tente segurar a rédea do meu cavalo e conduzi-lo até mim. Você tem medo?

Eu teria tido medo de tocar num cavalo se estivesse sozinha, mas como ele estava mandando eu me dispus a obedecer. Pus o regalo sobre o toco e me aproximei do animal. Tentei pegar a rédea. Mas o cavalo era arredio e não me deixava chegar perto. Tentei e tentei, sem sucesso. Enquanto isso, morria de medo de levar um coice. O viajante ficou quieto, observando-me durante um tempo, e afinal deu uma risada.

– Estou vendo – disse – que a montanha nunca virá a Maomé, então vamos levar Maomé até a montanha. Por favor, venha até aqui.

Eu fui.

– Perdão – continuou ele –, mas a necessidade me obriga a usar você.

E apoiando-se com toda a força em meu ombro, e encostando-se a mim, foi mancando até junto do cavalo. Assim que tomou a rédea, acalmou o animal e pulou na sela, fazendo uma careta com o movimento, porque aquilo forçava sua torção.

– E agora – disse, descerrando o lábio que estivera mordendo com toda força – passe-me o chicote. Está ali, sob a cerca.

Fui até lá e o peguei.

– Muito obrigado. E agora se apresse com sua carta para Hay e volte o mais rápido que puder.

A um toque de espora, o cavalo se mexeu, escoiceou e, em seguida, saiu andando. O cachorro foi atrás. E os três desapareceram...

> Como a urze que gira no vento
> E some no descampado.

Peguei meu regalo e segui caminho. O incidente aconteceu e, como ocorreu, passou. Foi um incidente sem clima algum, sem romance, sem interesse de qualquer espécie. E, contudo, aquele instante trouxe com ele a transformação de uma vida inteira de monotonia. Minha ajuda fora necessária, fora pedida. E eu dera. Estava feliz por ter podido fazer algo. Mas, por trivial e transitório que fosse o gesto, fora um gesto ativo, e eu estava cansada de uma existência de passividade. Aquele novo rosto era, também, uma nova figura que viera compor a galeria da memória, tão diverso de todos os outros que ali estavam: primeiro, por ser masculino; segundo, por ser moreno, forte e carrancudo. Continuava pensando naquele rosto quando cheguei a Hay e coloquei a carta no correio. Ainda o tinha em mente ao voltar correndo, ladeira abaixo, a caminho de casa. Ao passar pelo toco da cerca, parei por um minuto, olhei em torno, escutei, com a sensação de que tornaria a ouvir os cascos do cavalo ressoando no caminho e que veria surgir o cavaleiro com sua capa e o cão terra-nova parecido com o Gytrash. Mas só vi a cerca e um salgueiro chorão, erguendo-se imóvel e recebendo os raios de luar. Ouvi apenas o murmúrio mínimo da brisa nas árvores que cercavam Thornfield, a um quilômetro e meio dali. E quando olhei na direção desse murmúrio, meu olhar, atravessando o bosque, captou uma luz numa das janelas, relembrando-me de que era tarde. E apressei o passo.

Não gostei de estar de volta em Thornfield. Atravessar o umbral daquela porta era como reencontrar a estagnação. Cruzar o vestíbulo silencioso, subir a escadaria escura, procurar meu quartinho solitário e depois encontrar a suave Sra. Fairfax, e passar todo o inverno ao lado dela, e de ninguém mais – tudo isso era neutralizar completamente a leve excitação que eu tivera em minha caminhada, de novo entregar meus sentidos a uma existência por demais quieta, uniforme. Uma existência cujos únicos privilégios, a facilidade e a segurança, eu já deixava de apreciar. Que bem me teria feito naquela época ter sido arrastada pelas intempéries de uma vida incerta e difícil, ter tido de aprender por meio de uma experiência amarga a ansiar pela calma que agora repelia! Isso mesmo. Faz bem a um homem, depois de horas sentado numa poltrona confortável demais, dar uma longa caminhada. Era, portanto, algo natural meu anseio por algum movimento, tanto quanto o seria para esse homem.

Atravessei os portões bem devagar, demorei-me no gramado. Andei de um lado para o outro na calçada. As cortinas da porta envidraçada tinham sido fechadas, eu não podia ver nada lá dentro. Tanto meu corpo quanto meu espírito pareciam querer afastar-se da casa sombria – daquela caverna cinzenta, com suas celas escuras, que era como eu a via – e voltar-se para aquele céu que se estendia para mim – uma profusão azul sem mancha de nuvem, com a lua crescendo em sua marcha solene, sua órbita parecendo mirar o alto à medida que se afastava das montanhas, como se buscasse algo longe, além, aspirando o zênite, a escuridão da meia-noite em sua profundeza, em sua distância incomensurável. E as estrelas incertas que lhe seguiam o curso faziam meu coração estremecer, era como se minhas veias cintilassem ao olhar para elas. As pequenas coisas nos trazem de volta à terra: um relógio bateu no vestíbulo; aquilo foi suficiente. Dei as costas para lua e estrelas, abri a porta lateral e entrei.

O vestíbulo estava escuro, apenas fracamente iluminado pela lamparina de bronze pendurada no teto. Mas o ambiente, assim como os degraus da escada de carvalho, estava banhado por um brilho incandescente. Essa cintilação avermelhada emanava do grande salão de jantar, cuja porta dupla se encontrava aberta e no qual havia fogo na lareira, refletindo-se nos ferros e na cornija de mármore, revelando os estofados vermelhos e o brilho dos móveis com enorme beleza. A luz revelava, também, pessoas junto ao fogo. Mal eu percebera aquelas presenças, e mal meus ouvidos haviam captado o murmúrio de vozes, entre as quais me pareceu distinguir a vozinha de Adèle, quando a porta se fechou.

Corri até o quarto da Sra. Fairfax. Lá a lareira também estava acesa, mas não havia vela, nem sinal da Sra. Fairfax. Em lugar dela, sozinho, sentado com imponência sobre o tapete, e olhando para o fogo com gravidade, estava um cão enorme, de pelo longo, preto e branco, igual ao Gytrash do caminho. Era tão parecido que me aproximei e falei "Pilot", e o cachorro se levantou, vindo me cheirar. Fiz carinho nele, que abanou o rabo imenso. Mas era estranho eu estar ali sozinha com aquela criatura, sem que pudesse dizer de onde viera. Toquei a sineta, porque precisava de uma vela. Queria saber também quem era esse visitante. Leah entrou.

– De quem é esse cachorro?

– Ele chegou junto com o patrão.

– Com quem?

– Com o patrão. O Sr. Rochester... Ele acaba de chegar.

– É mesmo? E a Sra. Fairfax está com ele?

– Está, e a Srta. *Adela* também. Eles estão no salão de jantar, e John saiu para procurar um médico porque o patrão se acidentou. O cavalo dele caiu e ele torceu o tornozelo.

– Foi na estrada de Hay que o cavalo caiu?

– Foi, quando ele descia a ladeira. Parece que escorregou num pedaço de gelo.

– Ah! Leah, por favor, traga-me uma vela, sim?

Leah trouxe a vela. Ao entrar, veio seguida pela Sra. Fairfax, que repetiu as notícias, acrescentando que o médico, Sr. Carter, tinha chegado e estava com o Sr. Rochester. Em seguida, saiu correndo para dar ordens sobre o preparo do chá, e eu subi para trocar de roupa.

13

O Sr. Rochester, aparentemente por ordem médica, foi cedo para a cama naquela noite. Tampouco acordou cedo na manhã seguinte. Quando afinal desceu, foi para tratar de negócios. Seu agente e alguns dos arrendatários das terras tinham chegado e estavam à espera para falar com ele.

Adèle e eu agora precisávamos liberar a biblioteca: esta seria usada diariamente para receber as visitas. Foi acesa uma lareira num dos aposentos do andar superior e para lá carreguei meus livros, arrumando o lugar para transformá-lo em nossa nova sala de aula. Percebi, ao longo da manhã, que Thornfield sofrera uma transformação. Já não era silenciosa como uma igreja, mas ressoava, a cada intervalo de uma ou duas horas, com o bater da porta e o soar da campainha. Passos, também, a toda hora cruzavam o vestíbulo, e novas vozes, em diferentes tons, podiam ser ouvidas lá embaixo. Era como se o mundo exterior se esgueirasse através das paredes. A casa tinha um patrão. E eu, de minha parte, estava contente com isso.

Não foi fácil dar aula para Adèle nesse dia. Ela não se concentrava. O tempo todo corria até a porta e se debruçava no corrimão para ver se conseguia dar uma espiada no Sr. Rochester. Inventava pretextos para descer, a fim de, como logo suspeitei, ir até a biblioteca, onde eu sabia que não seria bem-vinda. Finalmente, quando me zanguei e a fiz ficar quieta, ela continuou falando sem parar de seu "*ami monsieur Edouard Fairfax de Rochester*", que era como o chamava (nunca antes eu ouvira os sobrenomes dele), e se perguntando que presentes teria trazido para ela. Porque parece que na noite anterior ele dissera alguma coisa sobre uma caixa que seria de grande interesse da menina e que viria junto com a bagagem dele de Millcote.

– *Et cela doit signifier* – disse ela – *qu'il aura là-dedans un cadeau pour moi, et peut-être pour vous aussi, mademoiselle. Monsieur a parlé de vous: il m'a demandé le nom de ma gouvernante, et si elle n'était pas une petite personne, assez mince et un peu pâle. J'ai dit qu'oui: car c'est vrai, n'est pas, mademoiselle?*

Eu e minha aluna comemos, como sempre, na saleta da Sra. Fairfax. A tarde foi de vento e neve, e nós a passamos na sala de aula. Quando anoiteceu, permiti que Adèle deixasse os livros e os deveres de lado e descesse. Pelo comparativo silêncio, e pelo tempo que não tocava a campainha, deduzi que o Sr. Rochester agora estivesse livre. Quando me vi sozinha, caminhei até a janela, mas não havia nada para ver. Com o crepúsculo e os flocos de neve que caíam, estava tudo enevoado e não se viam nem os arbustos no pátio. Baixei as cortinas e voltei para junto da lareira.

Nos desenhos das brasas eu formava mentalmente um quadro parecido com um que vira, retratando o castelo de Heidelberg, no Reno, quando a Sra. Fairfax entrou e estragou meu desenho imaginário, desfazendo em pedaços também alguns pensamentos sombrios que já começavam a se multiplicar na minha solidão.

– O Sr. Rochester gostaria que você e sua aluna tomassem chá com ele na sala de visitas esta noite – disse ela. – Ele esteve muito ocupado o dia todo, por isso não pôde mandar chamá-la.

– A que horas ele toma o chá?

– Ah, às seis horas. Ele se recolhe cedo quando está no campo. É melhor você ir logo trocar de roupa. Vou com você, para ajudá-la a se vestir. Tome a vela.

– Eu preciso trocar de roupa?

– Claro, é melhor. Eu sempre me visto a rigor quando o Sr. Rochester está aqui.

Essa nova cerimônia me pareceu um tanto solene. Mas fui para meu quarto e, com a ajuda da Sra. Fairfax, troquei meu vestido de lã preta por um, também preto, mas de seda. Era o melhor e único vestido extra que eu tinha, além de um cinza-claro que, seguindo as noções de *toilette* que aprendera em Lowood, eu considerava fino demais e guardava só para ocasiões muito especiais.

– Você devia colocar um broche – disse a Sra. Fairfax. Mas eu tinha apenas um pequeno pingente de pérola, que recebera de presente da Srta. Temple em sua despedida. Coloquei-o e descemos. Desacostumada com estranhos, era para mim um suplício ser convocada a me apresentar de maneira tão formal para o Sr. Rochester. Deixei que a Sra. Fairfax entrasse à minha frente e fiquei em sua sombra enquanto cruzávamos o aposento. Atravessando a arcada, cuja cortina fora baixada, penetramos no ambiente elegante que havia por trás dela.

Duas velas de cera estavam acesas sobre a mesa e outras duas sobre a cômoda. Aquecendo-se ao calor e à luz de uma suntuosa lareira, estava Pilot. Adèle se ajoelhara ao lado dele. E, meio reclinado num sofá, o Sr. Rochester, o pé apoiado numa almofada. Olhava para Adèle e para o cachorro. A luz da lareira iluminava-lhe o rosto. Eu já conhecia meu viajante, com suas sobrancelhas vastas e escuras, a testa quadrada, tornada ainda mais quadrada pela linha horizontal dos cabelos negros. Reconheci o nariz resoluto, mais notável por seu caráter do que por sua beleza. As narinas distendidas, denotando, pareceu-me, um temperamento bilioso. A boca, o queixo e a mandíbula tinham um aspecto cruel – sim, todos três, disso estou certa. O corpo, agora sem a capa, pareceu-me harmonioso em relação ao semblante. Era uma boa figura do ponto de vista atlético – ombros largos, flanco estreito –, mas não era nem alto nem bonito.

O Sr. Rochester devia ter percebido nossa chegada, mas não parecia interessado em notar nossa presença, porque não ergueu o rosto enquanto entrávamos.

– Esta é a Srta. Eyre, senhor – disse a Sra. Fairfax, com seu jeito suave. Ele fez um sinal de cabeça, ainda mantendo os olhos no cachorro e na menina.

– Queira sentar-se, Srta. Eyre – disse. E havia algo naquela mesura forçada, e no tom impaciente, apesar de formal, que parecia dizer "Que diabos tenho eu a ver com a Srta. Eyre estar aqui ou deixar de estar? Não estou com a menor vontade de recebê-la".

Eu me sentei, até com certo desembaraço. Uma recepção de fineza e polidez teria me desconcertado. Eu não teria sido capaz de responder com a devida graça e elegância. Mas aquela aspereza me eximia de obrigações. Ao contrário, senti-me em vantagem, imóvel e digna diante daqueles modos esquisitos. Além disso, a excentricidade do comportamento dele era instigante: eu estava curiosa para ver como a situação iria evoluir.

Ele continuou imóvel como uma estátua, sem dizer nada. A Sra. Fairfax parecia achar que alguém devia ser amável e, por isso, começou a falar. Com suavidade, como sempre – mas, também como sempre, de forma cansativa –, ela se solidarizou com ele pela pressão que sofrera o dia todo, em razão das questões de trabalho. Falou da chateação que devia ser para ele estar assim com o pé machucado. Recomendou paciência e perseverança para enfrentar o problema.

– Senhora, eu gostaria de tomar um pouco de chá – foi a única resposta que obteve. E ela saiu correndo para tocar a sineta. Quando a bandeja foi trazida, pôs-se a arrumar as xícaras, colheres, o mais rápido que pôde. Eu e Adèle nos sentamos à mesa. Mas o patrão não se levantou.

– Você pode, por favor, levar a xícara do Sr. Rochester? – disse a Sra. Fairfax para mim. – Se Adèle o fizer, pode derramar.

Fiz o que ela pedia. Quando ele tomava a chávena da minha mão, Adèle, achando que aquele era o momento propício para pedir algo por mim, falou:

– *N'est pás, monsieur, qu'il y a un cadeau pour mademoiselle Eyre dans votre petit coffre*?

– Quem falou de *cadeau*? – retrucou ele, ríspido. – Você estava esperando receber um presente, Srta. Eyre? Gosta de presentes? – e ele me olhou com aqueles olhos negros, raivosos, perscrutadores.

– Não saberia dizer, senhor. Não tenho qualquer experiência com presentes. Mas em geral eles são considerados agradáveis.

– Em geral? Quero saber o que *você* pensa.

– Eu precisaria de tempo, senhor, antes de dar uma resposta satisfatória. Um presente tem muitas facetas, não é verdade? E todas elas devem ser levadas em consideração antes de emitirmos uma opinião sobre sua natureza.

– Srta. Eyre, vejo que não é tão simplória quanto Adèle. Ela pede um *cadeau* de forma clamorosa, assim que me vê. Mas você faz rodeios.

– Tenho menos confiança em meu merecimento do que Adèle. Ela se fia nas velhas amizades e também no hábito. Alega que o senhor sempre lhe deu brinquedos. Mas se eu tivesse de provar meus argumentos, acharia estranho, já que sou nova aqui e nada fiz para merecer uma lembrança.

– Ah, não se esconda atrás da falsa modéstia! Já testei Adèle e vi que você teve um trabalho e tanto com ela. A menina não é particularmente brilhante, nem tem qualquer dom especial. E, no entanto, em pouco tempo, teve um progresso incrível.

– O senhor acaba de me dar meu *cadeau*. E lhe agradeço por isso. É o prêmio mais cobiçado pelos professores... ouvir um elogio a seus alunos.

– Hum! – e ele tomou o chá, em silêncio.

– Venham para cá para perto do fogo – disse o patrão, depois que a bandeja fora levada, e a Sra. Fairfax se ajeitara num canto com seu tricô. Adèle estava me levando pela mão através do salão, para que eu visse os belos livros e os enfeites nos consoles e *chiffonnières*. Nós obedecemos, com toda a reverência. Adèle queria se sentar no meu colo, mas lhe foi dito que ficasse brincando com Pilot.

– Está morando aqui em minha casa há três meses?

– Sim, senhor.

– E você vem de onde?

– Da escola de Lowood, em...

– Ah, uma instituição de caridade. E quanto tempo ficou lá?

– Oito anos.

– Oito anos! Você, então, é de enorme tenacidade. Acho que metade desse tempo num lugar como aquele teria acabado comigo!

Agora sei por que tem esse aspecto de quem veio de outro mundo. Fiquei impressionado, tentando imaginar onde você tinha arrumado esse rosto. Quando a encontrei na estrada de Hay, na noite passada, fiquei pensando em contos de fadas e cheguei a imaginar que tivesse enfeitiçado meu cavalo. Ainda estou em dúvida. Quem são seus pais?

– Não tenho pais.

– E imagino que nunca teve. Tem alguma lembrança deles?

– Não.

– Achei que não. Então, ao se sentar naquele toco, você estava esperando pelos seus?

– Por quem, senhor?

– Os homenzinhos verdes. Era uma noite de lua, perfeita para eles. Por acaso eu invadi algum círculo e por isso você me fez escorregar no pedaço de gelo?

Balancei a cabeça.

– Os homenzinhos verdes foram embora da Inglaterra há centenas de anos – falei, com toda a seriedade. – E nem mesmo na estradinha de Hay, ou nos campos em torno, é possível encontrar seus rastros. Não creio que nem no verão, ou no tempo da colheita, ou nas noites de lua no inverno, seja possível testemunhar seus festins.

A Sra. Fairfax havia deixado cair o tricô e, com as sobrancelhas erguidas, parecia perguntar-se que diabo de conversa era aquela.

– Bem – recomeçou o Sr. Rochester –, se você não tem pais, deve ter algum tipo de parente: tios, tias?

– Não, não que eu tenha conhecido.

– E sua casa?

– Não tenho casa.

– Onde vivem seus irmãos e irmãs?

– Não tenho irmãos nem irmãs.

– E quem a recomendou para vir para cá?

– Pus um anúncio no jornal, e a Sra. Fairfax respondeu.

– Sim – interveio a boa senhora, que agora sabia do que estávamos falando –, e todos os dias agradeço por essa escolha que a Providência Divina me ajudou a fazer. A Srta. Eyre tem sido uma companhia excepcional para mim e uma professora muito cuidadosa para Adèle.

– Não se dê ao trabalho de descrever as características dela – interrompeu o Sr. Rochester. – Elogios não me compram. Quero julgar por mim mesmo. O primeiro ato que ela teve foi derrubar meu cavalo.

– Como? – disse a Sra. Fairfax.

– É a ela que devo agradecer por esta torção.

A boa senhora parecia hipnotizada.

– Srta. Eyre, já morou em alguma cidade?

– Não, senhor.

– Já teve algum tipo de vida em sociedade?

– Não, a não ser com as alunas e professoras de Lowood e, agora, com os habitantes de Thornfield.

– E já leu muito?

– Somente os livros que me caíram nas mãos. E não foram muitos, nem muito sofisticados.

– Você tem levado uma vida de freira. Isso explica por que parece saída de um convento. Brocklehurst, que segundo me consta é o diretor de Lowood, é pastor, não é?

– Sim, senhor.

– E vocês, meninas, provavelmente o veneravam, como as irmãs em geral veneram sua superiora.

– Ah, não.

– Que frieza! Não? Como pode uma noviça não venerar seu pastor? Isso me parece blasfêmia.

– Eu não gostava do Sr. Brocklehurst. E não era a única. Ele é um homem severo. Ao mesmo tempo pomposo e intrometido. Mandava cortar nosso cabelo. E, para fazer economia, comprava agulha e linha de qualidade inferior, com as quais mal conseguíamos costurar.

– Isso é uma falsa economia – comentou a Sra. Fairfax, que agora conseguia novamente seguir o curso da conversa.

– E qual foi a pior, a mais grave, das ofensas que ele fez? – perguntou o Sr. Rochester.

– Ele nos deixou passar fome quando supervisionava sozinho os mantimentos, antes da criação do comitê. E nos aborrecia com discursos intermináveis uma vez por semana, e também com leituras noturnas de livros escritos por ele próprio, sobre mortes súbitas e julgamentos, que nos deixavam com grande medo de ir para a cama.

– Quantos anos você tinha quando foi para Lowood?

– Uns dez.

– E ficou lá por oito anos. Então agora tem dezoito?

Assenti.

– Como vê, aritmética é uma ciência útil. Sem ela, eu jamais poderia adivinhar sua idade. É algo difícil de determinar numa pessoa como você, com feições e compleição tão variáveis. E agora me diga, o que aprendeu em Lowood? Sabe tocar?

– Um pouco.

– Claro. É a resposta regulamentar. Vá até a biblioteca... quero dizer, por favor. Desculpe meu tom autoritário, estou acostumado a dar ordens e não consigo mudar de hábito para falar com minha nova hóspede. Vá, então, até a biblioteca. Leve uma vela. Deixe a porta aberta. Sente-se ao piano e toque uma música.

Eu saí, obedecendo às instruções.

– Chega! – gritou ele dali a poucos minutos. – Já percebi que você sabe tocar *um pouco*. Como qualquer aluna inglesa. Talvez um pouco melhor, mas não muito.

Fechei o piano e voltei. O Sr. Rochester continuou:

– De manhã, Adèle me mostrou alguns esboços, que disse serem seus. Não sei se foram feitos por você sozinha, talvez algum professor a tenha ajudado.

– Não, de jeito nenhum! – retruquei.

– Ah, aquilo sim! Traga-me sua pasta de desenhos, se você garante que seu conteúdo é original. Mas não jure nada a não ser que tenha absoluta certeza: eu sei muito bem reconhecer uma colagem.

– Então nada direi, e o senhor julgará por si mesmo.

Fui à biblioteca e trouxe a pasta.

– Aproxime a mesinha – disse ele. Empurrei a mesinha que sustentava o portfólio. Adèle e a Sra. Fairfax se aproximaram para ver as pinturas.

– Não quero aglomerações – disse o Sr. Rochester – À medida que for vendo as pinturas, vou passando-as para vocês. Mas não quero ninguém aqui em cima de mim.

E começou a escrutinar, com todo o cuidado, cada esboço e cada pintura. Três, ele separou. Os outros, depois de vistos, afastou de si.

– Leve estes daqui para a outra mesa, Sra. Fairfax – disse –, e veja-os com Adèle. E você – olhando para mim –, volte a sentar-se aqui e responda às minhas perguntas. Vejo que estas pinturas foram feitas por uma só mão. Foi a sua?

– Foi.

– E quando encontrou tempo para fazê-las? Devem ter-lhe custado muito tempo, muito estudo.

– Eu as pintei durante as duas últimas férias que desfrutei em Lowood, quando não tinha mais nada para fazer.

– E de onde tirou os modelos?

– Da minha cabeça.

– Essa cabeça que estou vendo aí em cima dos seus ombros?

– Sim, senhor.

– E ela tem mais material do mesmo tipo aí dentro?

– Quero crer que sim. E espero que ainda melhor.

Ele espalhou as pinturas diante de si, tornando a observá-las criteriosamente.

Enquanto fazia isso, vou contar a você, leitor, como elas eram: não eram nada de mais, devo dizer. Os temas tinham de fato emergido da minha própria mente. Eu os vira primeiramente em espírito, onde me pareceram impressionantes antes de materializados, mas, como minha mão era incapaz de acompanhar a fantasia, o resultado em cada caso fora apenas um pálido retrato do que eu imaginara.

Eram aquarelas. A primeira representava nuvens baixas e pálidas, rolando sobre um céu pesado; o plano médio estava oculto, assim como o primeiro plano, quer dizer, as vagas mais próximas, porque não havia terra à vista. Um raio de luz realçava um mastro meio submerso, sobre o qual pousara um corvo-marinho, negro e imenso, as asas pejadas de espuma; em seu bico, havia um bracelete de ouro, cravejado de pedras preciosas, pintado com as tintas mais fortes que minha palheta pudera produzir e desenhado com a maior precisão que meu lápis pudera conceber. Afundando diante do mastro e do corvo, divisava-se um corpo sob a água esverdeada; e a única parte claramente visível era um belo braço, de onde o bracelete fora arrancado.

A segunda pintura tinha, em primeiro plano, apenas o cume enevoado de uma colina, com relva e algumas folhas espalhadas, como se levadas pela brisa. Adiante, estendia-se um céu imenso, de um azul-escuro característico do crepúsculo. Erguendo-se no céu, a figura de uma mulher, visível até a altura do busto, pintada nas tintas mais suaves e fluidas que eu conseguira obter. A fronte etérea tinha por coroa uma estrela. Os traços abaixo eram vistos como se através de vapor. Os olhos escuros cintilavam, intensos. Os cabelos derramavam-se numa onda sombria, como nuvens escuras levadas por uma tormenta ou tempestade elétrica. No pescoço, um leve reflexo parecendo a luz da lua; e a mesma luminosidade difusa tocando a sequência de nuvens de onde emergia essa visão da Estrela da Noite.

O terceiro quadro mostrava a ponta de um iceberg projetando-se para um céu polar. Ao fundo dos pináculos sombrios, as luzes do céu do norte riscavam o horizonte. Com esse pano de fundo, erguia-se, no primeiro plano, uma cabeça – uma cabeça colossal, inclinada em direção ao iceberg, encostada a ele. Duas mãos diáfanas, cruzadas sob a testa, como se a sustentassem, abriam-se para um rosto num véu de luto. Visíveis eram apenas a fronte, pálida, alva como um osso, e os olhos, fixos, mortos, sem qualquer expressão, exceto o brilho do desespero. Acima das têmporas, em meio às dobras de um manto negro, de caráter vago e consistência semelhante à da nuvem, cintilava um anel de fogo, pontilhado de chispas mais claras. Essa tiara pálida era "a imitação de uma coroa real", e o rosto que envolvia era "a forma impalpável".

– Você estava feliz quando pintou estes quadros? – perguntou afinal o Sr. Rochester.

– Estava absorta, senhor. E estava feliz, sim. Pintá-los foi usufruir de um dos prazeres mais agudos que já tive na vida.

– Isso não quer dizer muito. Seus prazeres na vida, pelo que já disse, foram poucos. Mas ouso dizer que você parecia mesmo estar no país delirante dos artistas ao misturar e dispor tão estranhas tintas. Demorou muito tempo neles, a cada dia?

– Não tinha mais nada a fazer, porque isso foi nas férias, e eu ficava de manhã até o meio-dia, depois durante a tarde até anoitecer. Como era verão e os dias estavam mais longos, isso me ajudou.

– E você se sentiu satisfeita com o resultado de um trabalho tão ardente?

– Não, longe disso. Fiquei atormentada ao ver a distância entre minha ideia e minha pintura. Em cada um dos casos, eu imaginara algo que me foi impossível realizar.

– Não exatamente. Você conseguiu expressar a sombra do seu pensamento. Talvez não mais do que isso. Não tinha habilidade e talento artístico suficientes para dar-lhe forma completa. Mas, para uma menina de colégio, os desenhos são incomuns. Quanto aos pensamentos, são assombrosos. Esses olhos na Estrela da Noite, você talvez os tenha visto em sonho. Como foi capaz de reproduzi-los tão bem, sem fazê-los brilhantes? Porque o planeta acima tolda-lhes os raios. E que significado reside em suas solenes profundezas? E quem lhe ensinou a pintar o vento? Há uma ventania agitando aquele céu, e também no alto desta colina. E onde foi que você viu Latmos? Porque isto aqui é Latmos.* Tome... guarde as pinturas.

Mal eu acabara de dar os laços no portfólio e ele, olhando o relógio, disse, de forma abrupta:

– São nove horas. O que você está pensando, Srta. Eyre, deixando Adèle acordada até tão tarde? Leve-a para a cama.

Adèle foi dar-lhe um beijo antes de sair da sala. Ele tolerou o carinho, mas não pareceu gostar nem um pouco, não mais do que Pilot o teria feito.

– Desejo a todas vocês uma boa noite – disse, fazendo um gesto em direção à porta, como se estivesse cansado de nossa companhia e quisesse que fôssemos embora dali. A Sra. Fairfax recolheu o trabalho de tricô. Eu peguei minha pasta. Nós duas fizemos uma mesura, recebemos em troca um frio cumprimento e saímos.

– E a senhora disse que o Sr. Rochester não tinha nada de peculiar – comentei para a Sra. Fairfax, quando chegamos ao aposento dela, depois de pôr Adèle na cama.

– E tem?

– Acho que sim. Ele é inconstante, um pouco ríspido.

---

*Monte Latmos, região da Ásia Menor onde era venerado o rei Endymion, personagem da mitologia grega. (*N. da T.*)

– É verdade. Sem dúvida, é a impressão que dá a pessoas estranhas. Mas, assim que me acostumei com o jeito dele, não pensei mais no assunto. E, afinal, se for temperamental, tem todo o direito.

– Por quê?

– Em parte, por sua natureza mesmo. E não podemos fazer nada para mudar a natureza das pessoas. E, em parte, porque ele deve viver assolado por pensamentos tristes, o que torna seu espírito assim tão inconstante.

– E qual a causa disso?

– Problemas de família, para começar.

– Mas ele não tem família.

– Não tem agora, mas já teve... ou, pelo menos, teve parentes. Perdeu o irmão mais velho há alguns anos.

– Irmão *mais velho*?

– É. O Sr. Edward Rochester somente há pouco assumiu as propriedades. Há apenas nove anos.

– Nove anos é bastante tempo. Ele era assim tão chegado ao irmão, a ponto de ainda estar inconsolável com a perda?

– Bem, não... talvez não. Acho que houve algum desentendimento entre eles. O irmão, Sr. Rowland Rochester, não era muito justo com o Sr. Edward. E talvez tenha atiçado o pai contra este. O velho cavalheiro gostava de dinheiro, queria muito manter a integridade das propriedades da família. Não queria divisões, mas ao mesmo tempo desejava que o Sr. Edward tivesse uma boa situação, à altura de seu nome. Finalmente, quando ele alcançou a maioridade, parece que foram tomadas algumas providências não muito justas, para grande prejuízo do Sr. Edward. O velho Sr. Rochester e o Sr. Rowland chegaram a um acordo que deixou o Sr. Edward numa situação difícil, no que diz respeito à fortuna. Como era exatamente a situação, eu não saberia dizer, mas sei que para ele foi algo insuportável. O Sr. Edward não perdoa facilmente: ele rompeu com a família e, desde então, há muitos anos, tem levado uma vida incerta. Não creio que tenha passado mais do que quinze dias em Thornfield desde que herdou a propriedade, após a morte do irmão, que não deixou testamento. Não admira que viva evitando este lugar.

– E por que ele o evita?

– Talvez ache que é muito sombrio.

A resposta foi evasiva. Eu teria preferido algo mais claro. Mas a Sra. Fairfax não pôde, ou não quis, me dar maiores explicações sobre a origem e a natureza dos infortúnios do Sr. Rochester. Disse que eram, para ela própria, um mistério, e o que sabia era resultado de mera conjectura. Mas obviamente estava querendo mudar de assunto, o que acabei fazendo.

14

Nos dias que se seguiram, quase não vi o Sr. Rochester. Ele sempre passava as manhãs ocupado com questões de trabalho e, à tarde, costumava receber visitas de cavalheiros de Millcote ou das redondezas, que às vezes ficavam para jantar. Quando ficou bom da torção na perna, voltou a andar a cavalo, dando longos passeios. Imagino que estivesse retribuindo as visitas, uma vez que só voltava tarde da noite.

Nesse meio-tempo, Adèle raramente era chamada a vê-lo. E eu só o via em encontros fortuitos no vestíbulo ou no corredor, nos quais ele às vezes passava por mim com frieza e soberba, apenas olhando-me ou fazendo um leve movimento de cabeça a distância, e em outras sorria e me cumprimentava com a afabilidade de um cavalheiro. Essas mudanças de humor não me ofendiam, pois eu percebia que nada tinham a ver comigo. Os altos e baixos daquelas marés tinham causas inteiramente desconectadas da minha pessoa.

Um dia em que havia uma visita para o jantar, ele mandou buscar meu portfólio, sem dúvida para exibir seu conteúdo. O cavalheiro visitante foi embora cedo, para participar de um evento público em Millcote, segundo me informou a Sra. Fairfax. Mas, como a noite estava fria e chuvosa, o Sr. Rochester não o acompanhou. Pouco depois de o cavalheiro ter saído, a campainha soou. Vieram dizer que eu e Adèle devíamos descer. Escovei os cabelos de Adèle, arrumei-a, e, estando eu própria bem composta no meu vestido estilo Quaker, no qual nada havia a retocar – era tudo tão simples, seco, incluindo os acabamentos de sutache, que não havia como ficar desarrumado –, descemos. Adèle se perguntava se o *petit coffre* afinal chegara. Porque, por algum problema, sua chegada até então sofrera um atraso. Ela foi gratificada: lá estava, sobre a mesa da sala de jantar, uma pequena caixa de papelão. Ela pareceu adivinhar.

– *Ma boîte*! *Ma boîte*! – gritou, correndo em direção à mesa.

– É, aí está sua *boîte*, finalmente. Leve-a para um canto, como uma típica parisiense, e vá se distrair abrindo-a – disse em tom sarcástico a voz do Sr. Rochester, que saía das profundezas de uma enorme poltrona junto à lareira. – Mas atenção – continuou –, não venha me aborrecer com os detalhes do procedimento nem com as condições das entranhas do embrulho. A operação de abertura da caixa deve ser feita em silêncio. *Tiens-toi tranquille, enfant, comprends-tu*?

Adèle nem precisava ter sido alertada. Já se afastara para um sofá segurando seu tesouro e estava ocupada em desfazer o nó do embrulho. Isso feito, e retiradas algumas camadas de papel de seda, ela apenas exclamou:

– *Oh, ciel*! *Que c'est beau*! – e então ficou imóvel, absorta na contemplação.

– A Srta. Eyre está aí? – perguntou o patrão, espichando-se para fora da poltrona e olhando na direção da porta, onde eu estava de pé. – Ah, muito bem, venha até aqui. Sente-se.

Puxou uma cadeira para perto de si.

– Não gosto de barulho de criança – disse – porque, como sou um velho solteirão, não costumo associar esses ruídos a lembranças felizes. Seria intolerável para mim passar uma tarde inteira *tête-à-tête* com um fedelho. Não ponha sua cadeira para longe, Srta. Eyre. Sente-se exatamente onde eu a coloquei... quero dizer, por favor. Vamos acabar com essas formalidades! Eu as esqueço, sempre. Tampouco sou chegado a senhoras idosas e simplórias. Por falar nisso, não posso esquecer a minha. Não devo negligenciá-la. Afinal, ela é uma Fairfax, ou se casou com um. E dizem que são fortes os laços de sangue.

Tocou a campainha e mandou chamar a Sra. Fairfax, que logo chegou, carregando sua cesta de tricô.

– Boa noite, senhora. Mandei chamá-la por razões de caridade. Proibi Adèle de falar comigo sobre os presentes que ganhou e ela está explodindo de felicidade. Queria que a senhora tivesse a bondade de se fazer de interlocutora e escutar seus comentários. Será um dos atos mais benevolentes que terá feito na vida.

De fato, Adèle, assim que avistou a Sra. Fairfax, puxou-a para o sofá e começou a encher-lhe o colo com objetos de porcelana, marfim e cera, o conteúdo de sua *boîte*, enquanto, ao mesmo tempo, despejava sem parar explicações e elogios naquele inglês embolado que era típico dela.

– Agora que já fiz o papel de um bom anfitrião – continuou o Sr. Rochester –, pondo minhas hóspedes para divertir uma à outra, posso me dedicar a meu próprio prazer. Srta. Eyre, chegue sua cadeira um pouco mais perto. Ainda está muito afastada. Não posso vê-la direito sem mudar de posição nesta poltrona tão confortável, e não tenho intenção de fazer isso.

Obedeci, embora tivesse preferido continuar afastada, na penumbra. Mas o Sr. Rochester tinha um jeito tão direto de dar ordens que era impossível não fazer o que ele mandava.

Estávamos, como já disse, na sala de jantar: o lustre que fora aceso para a refeição enchia o salão com uma profusão de luzes; a grande lareira cintilava, vermelha; as cortinas cor de carmim se despejavam, ricas, amplas, em torno dos imponentes janelões e das arcadas ainda mais impressionantes. Tudo estava quieto, exceto pelos sussurros de Adèle (ela não ousava falar alto), e nos intervalos era possível ouvir a chuva invernal caindo lá fora.

O Sr. Rochester, sentado em sua poltrona damasco vermelho, estava diferente da figura que eu vira antes. Já não parecia tão severo – e muito menos sombrio. Havia um sorriso em seus lábios e os olhos brilhavam, não tenho certeza se por causa do vinho ou não, mas talvez fosse. Ele estava, em resumo, com seu humor pós-jantar: mais expansivo e jovial, mais relaxado em relação ao temperamento frio e rígido que exibia de manhã. Mas, ainda assim, havia nele um toque cruel, a cabeça larga aninhada no encosto da poltrona, as feições duras, como se talhadas em granito, e os olhos negros recebendo a luz do fogo; porque ele tinha olhos negros – e bonitos olhos negros – que às vezes apresentavam novas nuances, se não denotando suavidade, pelo menos remetendo a isso.

Ele estivera mirando o fogo durante uns dois minutos, e durante esse tempo eu estivera olhando para ele, quando, de repente, ele se virou e flagrou meu olhar.

– Está me estudando, Srta. Eyre – disse. – Você me acha bonito?

Eu teria, se tivesse tido tempo de pensar, respondido a essa pergunta com algum comentário vago e polido. Mas a resposta escapou da minha boca sem que eu soubesse como:

– Não, senhor.

– Ah! Juro, você é uma pessoa absolutamente singular – disse ele. – Tem o ar de uma pequena *nonnette*. Esquisita, quieta, séria, muito simples, enquanto está aí sentada com as mãos na frente e os olhos baixos, presos no tapete. Isso, quando não está me espiando o rosto, como fez agora há pouco. Porém, quando alguém lhe faz uma pergunta, ou algum comentário ao qual é obrigada a responder, você solta uma resposta que, se não é uma grosseria, é pelo menos um tanto brusca. O que quer dizer com isso?

– Senhor, me perdoe, foi excesso de franqueza. Eu deveria ter dito que não é fácil responder a uma pergunta sobre questões de aparência. Que gosto não se discute. E que a beleza não tem importância, ou algo assim.

– Não devia ter respondido nada disso. Beleza não tem importância! Quer dizer então que, sob o pretexto de suavizar a ofensa anterior, você vem com essa conversa hipócrita? Quero saber que defeitos vê em mim. Acho que tenho todos os membros no lugar e que meu rosto é igual ao de qualquer homem, não é?

– Sr. Rochester, permita, por favor, que eu retire minha resposta anterior. Eu não tinha intenção de fazer qualquer crítica. Falei sem pensar.

– Certo. Foi o que achei. E deve responder por isso. Faça uma crítica da minha pessoa, vamos: acaso não gosta da minha testa?

E ele ergueu os cachos de cabelo que lhe encobriam parcialmente a fronte, mostrando uma testa sólida que evidenciava grande poder intelectual, mas onde faltava um sinal suave de benevolência.

– Agora, me diga: você me acha um tolo?

– Longe disso, senhor. O senhor acharia indelicado de minha parte se, em contrapartida, eu lhe perguntasse se é um filantropo?

– Outra vez! Mais uma estocada, e olhe que ela queria me fazer um agrado. E só porque falei que não gosto de crianças e senhoras... e falemos baixo! Não, senhorita, não sou um filantropo. Mas tenho consciência – e ele bateu na testa proeminente, sinal de que de fato possuía tal faculdade, sendo nele algo conspícuo, que lhe alargava a cabeça – e, além disso, no passado, já fui um homem de coração terno. Quando tinha sua idade, era um rapaz sentimental. Sensível aos fracos, abandonados e infelizes. Mas o destino me bateu bastante desde então. Amassou-me com seu punho e hoje posso me jactar de ser duro e insensível como uma bola de borracha. Permeável ainda, porém, com um ou dois pontos fracos, e com um pouco de sentimento bem lá no fundo. Verdade. Será que ainda sou recuperável?

– Recuperável em que sentido, senhor?

"Sem dúvida, ele bebeu demais", pensei. Não sabia o que responder, diante de sua estranha pergunta. Como poderia saber se ainda seria possível transformá-lo?

– Você parece muito surpresa, Srta. Eyre. E embora tampouco seja atraente, assim como eu não sou bonito, saiba que esse ar de dúvida lhe cai bem. Além disso, é conveniente, porque evita que você fique me espiando com aquele jeito inquiridor e mantém seus olhos ocupados com as flores do tapete. Continue surpresa, portanto. Minha jovem, hoje estou com grande disposição para ser gregário e comunicativo.

E, com essa frase, ergueu-se da poltrona e ficou de pé, o braço encostado no mármore da lareira. Naquela posição, todo o seu corpo, e não apenas o rosto, era visível. Os ombros incrivelmente largos, quase desproporcionais em relação aos quadris. Tenho certeza de que a maioria das pessoas o julgaria um homem feio. E, no entanto, havia em seu porte tamanha imponência, ainda que inconsciente; e em seu aspecto tanta confiança; e um ar de tão completa indiferença a respeito de sua própria aparência; e tamanha crença no poder de suas outras qualidades, intrínsecas ou adquiridas, para contrabalançar a falta de atração pessoal; que, olhando para ele, tendia-se a compartilhar daquela indiferença e, ainda que de forma cega e imperfeita, acreditar nele.

– Estou com grande disposição para ser gregário e comunicativo – repetiu – e foi por isso que mandei chamá-la. O lustre e a lareira não eram boa companhia. Nem Pilot teria sido, porque nenhum deles sabe falar. Adèle seria um pouco melhor, mas ainda muito abaixo do esperado. E a Sra. Fairfax igualmente. Você, estou certo, pode servir muito bem, se quiser. Surpreendeu-me naquela primeira noite em que a chamei aqui. Desde então, tinha quase me esquecido de você: outras ideias haviam desviado meus pensamentos. Mas hoje estou decidido a ficar à vontade, a afastar tudo o que me desagrada, a relembrar o que me dá prazer. Seria muito interessante agora tirar algo de dentro de você, saber mais sobre a sua pessoa. Por isso, fale.

Em vez de falar, eu sorri. E não foi em absoluto um sorriso complacente ou submisso.

– Fale – ordenou ele.

– Sobre o que, senhor?

– Sobre o que quiser. Deixo inteiramente a seu cargo a escolha do assunto e a maneira de tratá-lo.

Sendo assim, sentei-me. E não disse nada. "Se ele espera que eu fale só por falar, ou para me exibir, vai descobrir que procurou a pessoa errada", pensei.

– Está muda, Srta. Eyre.

Eu estava mesmo. Ele inclinou a cabeça em minha direção e, com um olhar impetuoso, pareceu penetrar em meus olhos.

– Teimosa – disse – e emburrada. Ah, faz sentido. Eu fiz meu pedido de maneira absurda, até mesmo insolente. Srta. Eyre, peço-lhe que me perdoe. O fato é que, de uma vez por todas, não desejo tratá-la como a um inferior. Quero dizer – corrigindo-se –, a única superioridade que reivindico é aquela decorrente dos meus vinte anos a mais em termos de idade e um século em matéria de experiência. Esta é legítima, *et j'y tiens*, como diria Adèle. E é em razão dessa superioridade, e de nenhuma outra, que lhe peço a gentileza de conversar um pouco comigo agora e desviar meus pensamentos, que estão cansados de bater na mesma tecla, obsessivos como uma unha que arranhasse.

Ele me dera uma explicação. Quase um pedido de desculpas. E eu não estava insensível àquela condescendência, nem tampouco queria parecer assim.

– Gostaria de lhe distrair, se puder, senhor. Gostaria mesmo. Mas não posso introduzir um tópico, porque não posso saber o que seria do seu interesse. Faça-me perguntas e darei o melhor de mim para responder a elas.

– Bem, em primeiro lugar, você concorda então que tenho o direito de ser um pouco professoral, contundente, talvez às vezes fazendo correções, uma vez que, como disse, sou velho o suficiente para ser seu pai e tenho tido uma série de experiências com inúmeros homens e nações, e atravessado metade do planeta, enquanto você passou a vida toda numa só casa e com as mesmas pessoas?

– Pode agir como quiser, senhor.

– Isso não é resposta. Ou seja, é muito irritante porque é evasiva. Responda com clareza.

– Não creio, senhor, que tenha o direito de mandar em mim, apenas por ser mais velho ou por ter visto melhor o mundo do que eu. O direito à superioridade vai depender do uso que o senhor fez de seu tempo e experiência.

– Hum! Resposta na ponta da língua. Mas não vou admitir isso, pois não se adequaria a meu caso, já que usei muito mal essas duas prerrogativas. Deixando a superioridade fora das discussões, quero então que você concorde em receber ordens minhas de vez em quando, sem ficar zangada ou ofendida pelo meu tom de comando. Concorda?

Eu sorri. E pensei cá comigo que o Sr. Rochester *era mesmo* uma pessoa singular. Ele parecia esquecer que me pagava trinta libras por ano para receber ordens.

– O sorriso está ótimo – disse ele, percebendo num segundo a expressão esboçada em meu rosto. – Mas agora fale.

– Eu estava pensando, senhor, que poucos patrões se dariam ao trabalho de perguntar a seus assalariados se ficariam ou deixariam de ficar zangados ao receber ordens.

– Assalariados? O quê? Então você é minha assalariada? Ah, sim, de fato, eu havia esquecido o pagamento. Bem, então, partindo de um princípio mercenário, concorda em me deixar fazer umas bravatas?

– Não, senhor, não partindo desse princípio. Mas se ficar estabelecido que o senhor desconsiderou a questão do pagamento, e de fato se importa em saber se um subordinado seu se sente bem, então concordo inteiramente.

– E concorda com a abolição de várias frases e formulações convencionais, sem pensar que essa omissão é uma insolência?

– Tenho certeza, senhor, de que jamais confundiria informalidade com insolência. Da primeira, eu até gosto. Quanto à segunda, ninguém nascido livre se submeteria a ela, nem mesmo por dinheiro.

– Tolice! A maioria das pessoas nascidas livres se submete a qualquer situação por dinheiro. Portanto, evite comentários e não faça generalizações a respeito das quais é totalmente ignorante. Contudo, mentalmente eu me congratulo com você por essa resposta, apesar de sua incorreção. Tanto pela maneira como foi enunciada quanto pelo conteúdo do discurso. A maneira foi franca e sincera, o que não é muito comum. Não, ao contrário, o que mais se vê é afetação, frieza ou estupidez, incompreensão e brutalidade em retribuição à candura. Nem uma entre mil preceptoras recém-saídas da escola teria dado uma resposta como essa. Mas não quero ficar exaltando-a. Se você é diferente da maioria, não é mérito seu. Quem fez isso foi a natureza. E depois, no fim das contas, acho que me precipito em minhas conclusões. Pode ser que você seja igual a todo mundo. Pode ter defeitos intoleráveis que contrabalancem alguns pontos positivos.

"Assim como o senhor", pensei. Meus olhos encontraram os dele no instante exato em que eu pensava isso. Ele pareceu ler-me os pensamentos e respondeu como se eu tivesse falado em voz alta:

– É, eu sei, você tem razão – disse. – Eu tenho muitos defeitos também. Sei disso e não pretendo escondê-los, esteja certa. Deus sabe que não devo ser excessivamente exigente com os outros. Tive experiências no passado, uma série de atos, fatos da vida que guardo no coração e que bem poderiam provocar comentários e censuras por parte de meus semelhantes. Quando tinha vinte e um anos, tomei ou fui levado a tomar (porque, como outros pecadores, gosto de botar parte da culpa no destino e nas circunstâncias adversas) o caminho errado, e desde então nunca mais retomei a trilha certa. Eu poderia ter sido uma pessoa muito diferente. Poderia ter sido tão bom quanto você é... mais sábio e talvez mesmo mais puro. Invejo sua paz interior, sua consciência limpa, sua memória intocada. Menina, uma memória sem jaça ou contaminação é um tesouro raro, uma fonte inexaurível na qual podemos nos realimentar. Não é verdade?

– Como era sua memória quando o senhor tinha dezoito anos?

– Naquela época, estava tudo bem. Ela era límpida, salubre. Nenhum jato de água impura a havia transformado em lago pútrido. Aos dezoito anos, eu era como você – era seu igual. A natureza fizera de mim um homem bom, Srta. Eyre. O melhor possível, e você vê que já não sou assim. Você dirá que nada vê: fico feliz ao perceber isso em seus olhos. Cuidado com o que expressa com eles, pois sou rápido em interpretar essa linguagem... Então ouça o que digo: não sou um vilão. Não pense que sou essa encarnação do mal. Mas, por causa mais das circunstâncias do que da minha natureza, sou um simples pecador, acostumado às pequenas dissipações com as quais os ricos e inúteis tentam dar sentido à vida. Você se pergunta por que lhe digo essas coisas? Pois saiba que, em sua vida futura, você se verá transformada no receptáculo involuntário dos segredos daqueles que a cercam: as pessoas perceberão instintivamente, como aconteceu comigo, que não é o seu forte falar de si mesma, mas que é capaz de ouvir nossas indiscrições sem desprezo ou malevolência, com uma simpatia inata, ainda mais reconfortante por ser tão discreta.

– Como o senhor sabe? Como pode adivinhar tudo isso, senhor?

– Sei muito bem. Sendo assim, ajo com tanta liberdade como se estivesse escrevendo meus pensamentos num diário. Você diria que eu devia ter sido mais forte do que as circunstâncias. Devia, sim, devia mesmo. Mas o fato é que não fui. Quando o destino me fez uma falseta, não tive a sabedoria de agir com frieza. Eu me desesperei. E foi aí que me perdi. Agora, quando algum vagabundo me irrita com suas grosserias desprezíveis, não posso jactar-me de ser melhor do que ele:

sou obrigado a admitir que estamos no mesmo nível. Gostaria de ter tido firmeza... Deus sabe quanto! É terrível o remorso quando sucumbimos ao erro, Srta. Eyre. O remorso é o veneno da vida.

– Dizem que o arrependimento é sua cura, senhor.

– Não é, não. A transformação pode ser. Eu poderia mudar, ainda tenho forças para isso, mas de que adianta pensar em tal possibilidade se estou perdido, marcado, amaldiçoado? Além disso, como a felicidade é algo que me foi irrevogavelmente negado, tenho o direito de extrair prazeres da vida. E *vou* fazê-lo, custe o que custar.

– Nesse caso, o senhor se degradará ainda mais.

– Talvez. Mas e daí, se puder obter novos e doces prazeres? E posso obtê-los a toda hora, tão novos e doces quanto o mel que a abelha recolhe no pântano.

– Mas eles lhe darão uma picada. E trarão um gosto amargo, senhor.

– Como sabe? Você nunca os provou. Como parece séria, como está solene! E olhe que é tão ignorante no assunto quanto esta cabeça de camelo – e pegou-a de sobre a lareira. – Você não tem direito de me dar sermão, uma neófita, que mal conhece a vida e seus mistérios.

– Só queria lembrar-lhe suas próprias palavras, senhor. De que os erros lhe trouxeram remorso e que o remorso é o veneno da vida.

– E quem está falando de erros agora? Nem sei se o pensamento que me passou pela cabeça foi de fato um pecado. Creio que foi mais uma inspiração do que uma tentação. Foi algo benigno, reconfortante. Lá vem de novo! Não é algo do demônio, posso lhe garantir. E, se foi, surgiu envolta em luzes como um anjo. Não posso deixar de abrir as portas do meu coração para algo assim.

– Não confie nesse anjo, senhor. Não é de verdade.

– Mais uma vez, pergunto: como sabe? Com que instinto pretende poder distinguir entre um anjo caído no abismo e um mensageiro do trono eterno, entre um guia e um sedutor?

– Julgo por seu semblante, senhor, que parecia torturado quando a ideia lhe voltou à mente. Tenho certeza de que lhe trará mais desgraça se o senhor lhe der ouvidos.

– Que nada, ela traz a mais graciosa mensagem do mundo. Além disso, você não é a guardiã da minha consciência, portanto não se preocupe. Vamos, entre, belo mensageiro!

Ele falava como se conversasse com uma visão, perceptível apenas a seus olhos. E então, cruzando sobre o peito os braços que pouco antes estendera, pareceu envolver o ser invisível.

– Agora – disse, dirigindo-se outra vez a mim –, recebi a peregrina, uma divindade perdida, como eu a vejo. E ela já me fez bem. Meu coração era como um sepulcro. Agora, será um altar.

– Confesso que não estou entendendo nada do que o senhor diz. Não posso continuar conversando, pois o assunto chegou a uma profundidade que não alcanço. Só tenho uma certeza: o senhor disse que não é tão bom quanto gostaria de ser e que se arrepende de suas imperfeições. E isso eu entendo: o senhor disse que uma memória manchada é uma maldição eterna. Acho que se o senhor tentasse com afinco, conseguiria transformar-se em uma pessoa que o senhor próprio aprovaria. E se jurasse a partir de agora corrigir seus pensamentos e ações, em poucos anos teria juntado uma série de recordações puras, imaculadas, às quais poderia recorrer com prazer.

– Muito bem pensado, Srta. Eyre. E, neste exato instante, já estou pavimentando com energia o caminho do inferno.

– Como?

– Estou despejando boas intenções, algo que me parece firme como a rocha. Sem dúvida, vou escolher novas amizades e novos objetivos.

– Melhores do que até aqui?

– Melhores, sim, tanto quanto o mais puro ouro é melhor que o refugo. Você parece não acreditar. Eu próprio não tenho dúvidas. Sei qual é meu objetivo, quais são meus motivos. E neste preciso instante baixo uma lei, tão inalterável quanto as leis dos Medas e dos Persas, pois ambas são corretas.

– Não podem ser, senhor. Porque precisam antes ser implementadas.

– São, sim, Srta. Eyre, embora requeiram um estatuto inteiramente novo. Uma combinação única de circunstâncias demanda uma combinação única de regras.

– Isso me parece uma perigosa máxima, senhor. Vê-se de pronto que é uma lei que trará abusos.

– Que sábia! É verdade. Mas juro pelos deuses da minha casa que não farei tais abusos.

– O senhor é humano e falível.

– Sou, sim. Você também. E daí?

– Quem é humano e falível não deve se arrogar poderes que só cabem à perfeição divina.

– Que poderes?

– O poder de classificar como certa uma linha de ação desconhecida, que não foi sancionada.

– Certa! Você disse a palavra.

– Que *seja* certa, então – disse eu, levantando-me e sabendo que era inútil continuar aquela conversa da qual não estava entendendo nada. Além disso, percebia que o espírito do meu interlocutor era impenetrável, pelo menos naquele momento. Eu me sentia também tomada por uma insegurança, sentimento que costuma acompanhar a certeza da nossa própria ignorância.

– Aonde você vai?

– Vou botar Adèle na cama. Já passou da hora.

– Está com medo de mim, porque estou falando como a Esfinge.

– Sua linguagem é enigmática, senhor. Mas, embora esteja fascinada, não tenho medo.

– Tem, *sim*. Seu amor-próprio teme que cometa um erro.

– Nesse sentido, de fato estou apreensiva. Não gosto de falar tolices.

– Se falasse, você o faria com tal gravidade e quietude que para mim faria sentido. Você nunca ri, Srta. Eyre? Não se dê ao trabalho de responder... Já notei que ri muito raramente. Mas quando o faz é com alegria. Acredite, não é uma pessoa naturalmente austera, assim como eu tampouco sou naturalmente perverso. Acho que a rigidez de Lowood ainda a sufoca. Controla sua expressão, abafa-lhe o som da voz, restringe-lhe os movimentos. E, na presença de um homem – de um irmão, de um pai, de um patrão ou do que quer que seja –, você tem medo de sorrir com excessiva alegria, de falar com demasiada desenvoltura, de se mover rápido demais. Mas, com o tempo, creio que aprenderá a ser natural comigo, da mesma forma como para mim é impossível ser convencional com você. E então sua aparência e seus gestos terão mais vivacidade e variedade do que agora oferecem. De quando em quando, vislumbro um curioso tipo de pássaro por entre as grades da gaiola: um prisioneiro resoluto, inquieto, cheio de vida. Se fosse livre, voaria à altura das nuvens. Você ainda quer ir embora?

– Já são nove horas, senhor.

– Não importa... fique mais um pouco. Adèle ainda não está pronta para ir dormir. Minha posição, Srta. Eyre, com as costas para o fogo e o rosto voltado para a sala, favorece a observação. Enquanto conversava com você, de vez em quando espiava Adèle. Tenho minhas razões para acreditar que ela é uma menina digna de ser estudada, razões que, um dia, dividirei com você... Há cerca de dez minutos, ela tirou de dentro da caixa um vestidinho cor-de-rosa. Seu rosto se iluminou enquanto ela o desdobrava. A galanteria lhe corre nas veias, mescla-se com sua mente, tempera-lhe a medula. "*Il faut que je l'essaie*!", exclamou ela, "*et à l'instant même*!", e saiu correndo da sala. Agora está com Sophie, vestindo-se. Em poucos minutos, reaparecerá. E sei o que verei: uma miniatura de Céline Varens, como ela costumava aparecer na orla de... mas isso não importa. No entanto, meus sentimentos mais ternos sofrerão um choque. É o que pressinto. Portanto, fique, para ver o que vai acontecer.

Logo, os passinhos de Adèle se faziam ouvir no corredor. Ela entrou, transformada, como previra seu tutor. Um vestido de cetim cor-de-rosa, muito curto, e com a saia mais ampla possível, tomara o lugar do vestido marrom que antes ela usava. Uma tiara de botões de rosa emoldurava-lhe a testa. Seus pés estavam cobertos por meias de seda e ela calçava sapatinhos de cetim branco.

– *Est-ce que ma robe va bien*? – perguntou, inclinando-se. – *Et mes souliers? Et mes bas? Tenez, je crois que je vais danser*!

E, abrindo a saia do vestido, bailou pela sala, até que, tendo chegado junto ao Sr. Rochester, rodopiou em torno dele na pontinha dos pés e por fim dobrou um joelho e exclamou:

– *Monsieur, je vous remercie mille fois de votre bonté.*

Em seguida ergueu-se e completou:

– *C'est comme cela que maman faisait, n'est-ce pas, monsieur*?

– Exatamente! – foi a resposta. – E, também *comme cela*, ela enfeitiçou e levou as moedas de ouro inglês de dentro dos meus bolsos ingleses. Já fui ingênuo, Srta. Eyre, ah, fui um jovem muito ingênuo.

Sua pureza primaveril de hoje nada fica a dever à minha pureza de outrora. Hoje, a primavera se foi, mas me deixou nas mãos essa florzinha francesa da qual, em certos momentos, tenho vontade de me livrar. Já não tendo interesse na raiz de onde ela provém; e tendo constatado que esta era de um tipo que só aceita o ouro por adubo, tenho sentimentos contraditórios com relação a seu fruto, principalmente quando tem uma aparência tão artificial, como agora. Mas eu a mantenho, creditando o fato ao princípio da Igreja Católica de expiação dos pecados, grandes ou pequenos, por meio das boas ações. Mas um dia lhe explicarei tudo isso. Boa noite.

15

E o Sr. Rochester, algum tempo depois, explicou mesmo.

Foi em uma tarde na qual, por acaso, nos encontrou, a mim e a Adèle, nos jardins. Enquanto Adèle brincava de peteca com Pilot, ele me chamou para caminharmos, em idas e vindas, ao longo de uma aleia de faias, de onde poderíamos manter a menina sob nossas vistas.

Contou-me, então, que ela era filha de uma francesa, dançarina de ópera, chamada Céline Varens, pela qual ele havia nutrido, no passado, o que chamou de uma *grande passion*. Tal paixão, a própria Céline garantia retribuir com ardor ainda maior. Ele julgou ser para ela um ídolo, apesar de feio: acreditou, como disse, que ela preferia seu *taille d'athlète* à elegância do Apolo Belvedere.

– E então, Srta. Eyre, fiquei tão envaidecido com a preferência daquela sílfide gaulesa por seu gnomo britânico que a instalei em um palacete, dando-lhe um sortimento completo de empregados, carruagem, casacos de pele, diamantes, *dentelles*. Em suma, entrei no conhecido processo de causar a minha própria ruína, como tantos outros tolos. Não tive, sequer, a originalidade de buscar outros caminhos para a vergonha e a destruição; trilhei o velho e surrado caminho, sem me desviar nem uma polegada. E tive, como merecia, o mesmo destino dos outros tolos. Ao chegar uma noite de surpresa à casa de Céline, não a encontrei. Fazia muito calor e eu estava cansado de caminhar pelas ruas de Paris, de maneira que me sentei em seu *boudoir*, feliz em respirar o ar consagrado por sua presença tão recente. Não... Estou exagerando. Nunca achei que dela emanasse virtude ou consagração. O que havia no ar era o perfume que deixara para trás, um misto de almíscar e âmbar, e não um aroma santificado. Quando já começava a sufocar com o cheiro das flores da estufa e dos perfumes borrifados, pensei em ir até a janela e sair para a varanda. Havia, além dos lampiões a gás, a luz do luar. A noite estava muito quieta, serena. Na varanda, havia uma ou duas cadeiras. Eu me sentei, peguei um charuto, como vou fazer agora, se a senhorita me der licença...

E ele fez uma pausa, durante a qual tirou do bolso um charuto, que acendeu. Depois de levá-lo aos lábios, enchendo de puro Havana o ar frio e desprovido de sol, continuou:

– Naquele tempo, eu gostava de bombons, Srta. Eyre, e estava *croquant*. Desculpe a vulgaridade... estava mastigando bombons de chocolate e fumando, alternadamente, enquanto observava os carros que passavam pelas ruas chiques na região da Ópera, quando avistei uma elegante carruagem, conduzida por um par de belos cavalos ingleses, e perfeitamente visível ante as luzes da cidade, nela reconhecendo o carro que havia dado de presente a Céline. Ela voltava: senti meu coração, pressionado contra o gradil de ferro, dar um salto, impaciente. A carruagem parou, como eu esperava, diante do palacete. Minha chama inflamou-se, e essa é uma expressão própria de uma *inammorata* de ópera: embora encoberta por uma capa – acessório desnecessário, aliás, numa noite tão quente de junho –, reconheci-a de imediato pelo pezinho que despontava sob a saia do vestido, enquanto ela pisava os degraus da carruagem. Debruçando-me mais na balaustrada, eu estava a ponto de sussurrar "*Mon ange*" – num tom que, é claro, seria audível somente pelos ouvidos dos amantes –, quando uma figura surgiu da carruagem atrás dela. Também usava uma capa. Mas foi uma bota de esporas que ressoou no chão de pedra. E foi uma cabeça coberta por um chapéu masculino que agora atravessava a *porte cochère* do palacete. Você nunca sentiu ciúmes, sentiu,

Srta. Eyre? Claro que não. Eu nem precisava perguntar. Porque nunca sentiu amor. São sentimentos que ainda está por experimentar. Sua alma ainda se encontra adormecida. Ainda não aconteceu o choque que será capaz de despertá-la. Pensa que toda a existência transcorre num fluxo manso, como aquele que atravessou em sua juventude. Flutuando de olhos fechados, ouvidos surdos, sem ver o faiscar das rochas, ao longe, no leito do rio, nem as ondas que se formam em sua base. Mas eu lhe digo, e preste atenção em minhas palavras, que um dia você cruzará uma passagem difícil, onde todo o fluxo da vida se verá transformado em redemoinho tumultuoso, feito de espuma e troar. Ou você se desfará em pedaços contra as pedras afiadas, ou será erguida e arrastada por alguma onda maior, que a conduzirá a uma corrente mais calma, que é como eu estou agora. Gosto de um dia assim. Gosto daquele céu de aço. Gosto da quietude e da frieza do mundo, sob esse manto de gelo. Gosto de Thornfield, de sua antiguidade, de seu isolamento, das velhas figueiras e espinheiros, de sua fachada cinzenta, das janelas escuras refletindo o céu metálico. E, no entanto, por muito tempo, mal pude suportar a simples lembrança deste lugar, do qual fugia como se fosse uma casa marcada por uma praga. E ainda detesto a...

E, trincando os dentes, ele ficou mudo. Parou de caminhar, batendo com a bota no chão duro. Algum pensamento odioso parecia tê-lo dominado, segurando-o com tal força que não conseguia continuar andando.

Caminhávamos por uma elevação, quando ele parou. A fachada da casa estava à nossa frente. Erguendo o rosto, ele lançou a Thornfield um olhar que eu nunca tinha visto, e que jamais tornei a ver. Dor, vergonha, ira... Impaciência, desgosto, raiva... Tudo junto, em conflito, parecia por um instante fazer estremecer as pupilas dilatadas, sob as sobrancelhas de ébano. Era uma luta selvagem, gigantesca. Mas outro sentimento surgiu e triunfou: dureza e cinismo; algo resoluto, erguido com muita força de vontade; tal sentimento sufocou a paixão e petrificou-lhe o semblante. Ele falou:

– Por um instante fiquei em silêncio, Srta. Eyre, acertando as contas com meu destino. Ele estava bem ali, naquele tronco de figueira, tinha a forma de uma bruxa, como a que apareceu a Macbeth, nos campos de Forres. Você gosta de Thornfield? – perguntou-me, erguendo o dedo. Escreveu no ar um memento, de hieróglifos sombrios, que acompanharam a fachada da casa, entre as fileiras superior e inferior das janelas. – Pois goste, se puder! Goste, se ousar! – "Vou gostar", respondi, "vou ousar gostar." E, então, acrescentou, soturno: – Eu hei de manter minha palavra: não criarei qualquer obstáculo à felicidade, à bondade. Sim, à bondade. Quero ser um homem melhor do que já fui, do que sou. Assim como o gigante de Jó quebrou o encanto, para mim o dardo, a cota de malha, os obstáculos que outros veem como de ferro e metal, parecerão não mais do que palha ou madeira podre.

Adèle agora surgia diante dele, com sua peteca.

– Fora! – gritou, com rudeza. – Afaste-se, criança. Ou vá procurar Sophie.

Continuando a caminhada em silêncio, tentei lembrar-lhe o ponto em que ele interrompera abruptamente a narrativa:

– Mas o senhor saiu da varanda – perguntei – quando a Srta. Varens entrou?

Eu até esperava uma repreensão, por essa minha pergunta feita em má hora. Mas ele, ao contrário, como se despertasse de seu discurso sem sentido, voltou os olhos para mim, e a sombra pareceu deixar-lhe o semblante.

– Ah, eu tinha até me esquecido de Céline! Bem, em resumo: quando vi a mulher que me encantara surgir assim, acompanhada de um cavalheiro, senti como se ouvisse um sibilar. Era a cobra verde do ciúme, erguendo-se e ondulando na varanda, sob a luz do luar, esgueirando-se por entre meu paletó e, em menos de dois minutos, alojando-se bem no meu coração. É estranho! – exclamou, de repente. – É estranho que eu escolha você, uma jovem, como confidente de tudo isso. E mais do que estranho é você me ouvir assim, quieta, como se fosse o fato mais natural do mundo um homem como eu contar histórias de sua amante da ópera para uma garota esquisita e inexperiente! É, mas esta última singularidade explica a primeira, pois, como já lhe disse antes, você, com seu cuidado, gravidade e consideração, foi talhada para ser o recipiente de segredos. Além disso, sei muito bem que tipo de mente é essa que pus em contato com a minha própria. Sei que é incapaz de ser infectada. Bastante peculiar, única mesmo. E, por felicidade, não pretendo magoá-la. Se quisesse, não me custaria nada. Quanto mais nós dois conversarmos, melhor. Porque, se por um lado eu não posso contaminá-la, por outro, você pode me arejar.

E, depois dessa digressão, ele continuou:

– Eu permaneci na varanda. Sem dúvida, eles vão subir ao *boudoir*, pensei. Vou preparar uma emboscada. E assim, enfiando a mão pela janela entreaberta, puxei a cortina, deixando apenas uma pequena abertura, de onde poderia ver tudo. Fechei também o vidro, deixando uma fresta, por onde poderia ouvir os sussurros dos amantes. E tornei a me sentar na cadeira. Assim que o fiz, o casal entrou. Depressa, meus olhos perscrutaram a fresta. A criada de Céline entrou, acendeu um lampião, deixou-o sobre a mesa e saiu. Pude então ver os dois com toda a clareza: ambos tiraram suas capas, e lá estava "a Varens", toda cintilante de cetins e joias – dados por mim, é claro –, e lá estava seu companheiro, com um uniforme de oficial. Eu o conhecia, era um visconde um tanto libertino, um jovem vicioso e estúpido, que eu já conhecera em sociedade, e que jamais pensaria em odiar, uma vez que o desprezava completamente. Ao reconhecê-lo, a dor do ciúme desapareceu de forma instantânea. Porque meu amor por Céline também se extinguira. Uma mulher capaz de me trair com um rival daqueles não era digna de minha luta por ela. Merecia apenas desprezo. Embora menos do que eu, que fora sua vítima. Eles começaram a conversar. E a conversa me fez relaxar completamente. Era frívola, mercenária, impiedosa e sem sentido, parecia feita mais para cansar do que para enraivecer o ouvinte. Havia um cartão meu sobre a mesa. Quando perceberam o cartão, começaram a falar de mim. Nenhum dos dois tinha inteligência ou argúcia para me ofender com destreza, mas me insultaram como puderam, em sua pequenez. Especialmente Céline, que destacou explicitamente meu mau aspecto físico. Minhas deformidades, como chamou. Ela, que costumava elogiar, com grande entusiasmo, o que chamava de minha *beauté mâle*, muito diferente de você, que logo em nossa segunda conversa foi logo me dizendo que não me achava atraente. A diferença me chamou atenção na ocasião e...

E Adèle agora se reaproximava, correndo.

– *Monsieur*, John acaba de vir dizer que seu agente está aí e quer vê-lo.

– Ah, sendo assim, vou resumir a história: abri a janela e entrei no quarto. Liberei Céline de minha proteção. Ordenei-lhe que desocupasse o palacete. Ofereci-lhe uma quantia para as necessidades mais imediatas. Ignorei gritos, histerias, rezas, protestos, convulsões. Marquei um encontro com o visconde no Bois de Boulogne. Na manhã seguinte, tive o prazer de encontrá-lo. Deixei uma bala em um de seus pobres e estiolados braços, fracos como a asa de um franguinho. E saí de lá com a certeza de ter-me livrado de vez da quadrilha inteira. Mas, infelizmente, seis meses antes a Varens tinha tido essa menina, Adèle, a qual alegou que era minha filha. Talvez seja, embora eu não veja qualquer prova disso em seu semblante. Pilot se parece mais comigo do que ela. Alguns anos depois de eu me afastar da mãe, ela abandonou a menina e fugiu para a Itália com um cantor, ou um músico. Até hoje não tomei conhecimento de qualquer pedido, por parte de Adèle, para que eu cuidasse dela, porque não sou seu pai. Mas, como soube que ela estava em situação difícil, tirei a pobre criança do meio da lama em Paris e a trouxe para cá, para crescer saudável, no solo íntegro de uma casa de campo inglesa. A Sra. Fairfax encontrou você, para instruí-la. Mas agora que sabe que ela é a filha temporã e ilegítima de uma corista francesa, talvez tenha uma visão diferente de sua protegida. Talvez em breve você venha a mim com a notícia de que encontrou outro emprego, que me pede, por favor, para encontrar uma nova preceptora.

– Não. Adèle não pode responder pelos pecados da mãe, nem do senhor. Eu me preocupo com ela. E agora que sei quem ela é, de certa forma uma menina órfã, esquecida pela mãe e desprezada pelo senhor, vou me afeiçoar ainda mais a essa menina. Como eu poderia preferir uma garota mimada, filha de família rica, que odiaria a preceptora, em detrimento de uma pequena órfã, que vê em mim sua única amiga?

– É, faz sentido isso que você está dizendo. Bem, preciso entrar agora. E vocês também. Já está escurecendo.

Mas eu ainda fiquei um pouco mais no jardim, com Adèle e Pilot. Brinquei de pique com ela, e também jogamos com a raquete e a peteca. Quando entramos, depois de lhe tirar o casaco e o chapéu, sentei-a no meu colo. Deixei que ficasse ali, tagarelando à vontade. Não reprimi nem as pequenas liberdades e trivialidades em que ela costumava enveredar quando lhe davam excessiva atenção, denotando certa superficialidade de caráter, provavelmente herdada da mãe e dificilmente encontrável na mente dos ingleses. De qualquer maneira, a menina tinha seus méritos. E eu estava disposta a apreciar ao máximo tudo o que havia de bom nela. Busquei em seu rosto e em suas expressões alguma semelhança com o Sr. Rochester, mas nada encontrei. Nenhum traço ou trejeito denunciavam o parentesco. Era pena. Se fosse parecida com ele, ele a veria com melhores olhos.

Só quando me retirei para meu quarto, mais tarde, é que refleti melhor sobre o que o Sr. Rochester me contara. Como ele dissera, não havia nada de muito extraordinário na narrativa em si: a paixão de um inglês rico por uma dançarina francesa e depois a traição dela eram eventos corriqueiros, passíveis de ocorrer em sociedade. Mas havia algo estranho no paroxismo de emoção que o tomara, quando ele narrava seu contentamento com a situação atual, o novo prazer que descobriu em observar o velho casarão e seu entorno. Fiquei pensando sobre isso. Mas, aos poucos, por não encontrar explicação para seu comportamento, comecei a pensar em outra coisa, a meditar sobre as atitudes de meu patrão, como um todo. A confiança que ele considerara correto depositar em mim parecia um tributo à minha discrição. Era como eu encarava tal atitude. Sua postura diante de mim vinha sendo agora mais uniforme do que no início. Eu nunca parecia o estar atrapalhando. Ele não tinha acessos de frieza e altivez. Quando nos encontrávamos por acaso, o encontro parecia agradá-lo. Tinha sempre algo a me dizer e, às vezes, até um sorriso a me oferecer. Quando eu era formalmente chamada à sua presença, sempre era recebida com uma cordialidade que me dava a sensação de ter o poder de diverti-lo, como se aqueles encontros fossem mais para o benefício dele do que para o meu.

Na verdade, eu falava pouco, e achava muito agradável ficar ouvindo-o contar suas histórias. Era da natureza dele ser comunicativo. Sentia prazer em oferecer, a uma mente sem experiência do mundo, vislumbres de suas cenas e seus costumes (não falo de cenas de corrupção e costumes indecentes, mas apenas daqueles derivados de grandes acontecimentos ou novidades). E eu tinha prazer em receber as novas ideias que me eram apresentadas, em compor mentalmente as imagens que ele me revelava, lhe acompanhar o pensamento através de regiões desconhecidas, sem jamais me preocupar ou me assustar com alusões a situações mais nocivas.

A naturalidade com que ele agia me deixava à vontade. A franqueza, tão correta quanto cordial, com que me tratava, aproximava-me dele. De vez em quando, eu sentia como se ele fosse um amigo, e não meu patrão. E, no entanto, ele às vezes agia de modo imperial. Mas eu não me importava. Percebia que era o jeito dele. E ficava tão feliz, tão gratificada, com esse novo interesse surgido em minha vida que deixei de me lamentar por causa dos meus parentes. Meu destino estreito pareceu alargar-se. Os vazios da existência foram preenchidos. Minha saúde melhorou. E eu até engordei, ganhei corpo.

E o Sr. Rochester era feio ante meus olhos, agora? Não, leitor. A gratidão e outras associações, todas prazerosas e benignas, tinham transformado seu rosto no objeto que eu mais gostava de ver. A presença dele numa sala me animava mais do que uma boa lareira acesa. Mas eu não esquecera seus defeitos. Na verdade, não tinha como fazê-lo, pois ele sempre os apresentava a mim. Era orgulhoso, sardônico, rude com os que lhe eram inferiores, de todos os tipos. E lá no fundo eu percebia que a generosidade dele comigo era contrabalançada por sua severidade com muitos outros. Tinha também mudanças de humor, sem motivo algum. Muitas vezes, chamavam-me, a fim de ler para ele, e o encontrava sentado em seu gabinete sozinho, com a cabeça caída sobre os braços cruzados. E, quando erguia o rosto, seu semblante parecia escurecido por uma expressão soturna, quase maligna. Mas eu achava que essas crises de mau humor, essa rispidez, assim como as falhas morais de seu passado (e eu digo *passado*, porque ele agora me parecia mudado), originavam-se em alguma peça cruel que lhe pregara o destino. Acreditava que ele fosse, por natureza, um homem de boa índole, de princípios mais nobres e gostos mais finos do que aqueles que as circunstâncias tinham desenvolvido, a educação instilado e o destino encorajado. Acreditava haver nele excelente potencial. Embora, no momento, esse potencial estivesse estragado ou manchado. Não posso negar que sofria com a dor dele, fosse ela qual fosse, e que teria feito o possível para minimizá-la.

Certa noite, deitada na cama, depois de apagar a vela, fiquei sem poder dormir, só pensando no olhar com que o Sr. Rochester parara no jardim naquele dia, falando sobre como o destino se voltara contra ele, por ousar ser feliz em Thornfield.

"E por que não?", eu me perguntava. "O que será que o afasta assim da casa? Será que em breve irá embora outra vez? A Sra. Fairfax disse que ele nunca ficava aqui mais do que uma quinzena por vez. E já está em Thornfield há oito semanas. Se for mesmo embora, será horrível. E se ficar longe durante toda a primavera, e o verão, e o outono? Como serão sem graça os dias de sol e tempo bom..."

Se adormeci com esses pensamentos, não percebi. Só sei que acordei ouvindo um murmúrio, um som vago, lúgubre, peculiar, que parecia vir de algum ponto bem acima do meu quarto. Lamentei ter apagado a vela – a noite estava tão escura. Meu coração ficou oprimido. Ergui-me, sentei na cama e fiquei escutando. O som parou.

Tentei tornar a dormir, mas meu coração batia com ansiedade. Minha paz interior fora quebrada. O relógio, lá embaixo, no vestíbulo, bateu duas badaladas. Nessa hora, tive a impressão de que algo tocava a porta do meu quarto, como se mãos se apoiassem na madeira, enquanto alguém se arrastava pelo corredor escuro. Cheguei a perguntar:

– Quem está aí? – mas não recebi resposta. E estremeci de medo.

No mesmo instante, pensei que podia ser Pilot, que, quando a porta da cozinha era deixada aberta, subia até a entrada do quarto do Sr. Rochester. Às vezes eu o encontrava lá, de manhã. Essa ideia me acalmou um pouco. E tornei a me deitar. O silêncio me serenou, reinando por toda a casa, e voltei a me sentir sonolenta. Mas estava escrito que eu não conseguiria dormir naquela noite. Mal começara a sonhar e o sonho se desfez, afugentado por um incidente arrepiante.

Uma gargalhada demoníaca – baixa, profunda, como se reprimida – rompeu o silêncio, parecendo ter sido dada bem à porta do meu quarto. A cabeceira da cama ficava perto da entrada e cheguei a pensar que o diabrete estivesse na cama a meu lado, talvez sob o meu travesseiro. Ergui-me na cama, olhei em torno, mas não enxergava nada. Enquanto ainda estava assim, tentando perscrutar o escuro, o som sobrenatural se repetiu. E percebi que vinha de trás da porta. Pensei em levantar e passar a tranca na porta. Mas, antes, tornei a gritar:

– Quem está aí?

Algo soltou um murmúrio, um gorgolejo. E passos arrastados se fizeram ouvir ao longo do corredor, indo em direção à escada que levava ao terceiro andar. Recentemente, fora construída uma porta, para isolar aquela escada. Ouvi-a abrir-se e depois fechar-se. E tudo ficou quieto.

"Seria Grace Poole? E ela estaria possuída por um demônio?", pensei. Eu não podia era continuar ali sozinha. Tinha de ver a Sra. Fairfax. Às pressas, enfiei meu vestido e pus um xale. Com mãos trêmulas, tirei a tranca e abri a porta. No corredor, havia uma vela caída no chão, bem em frente ao meu quarto, ainda acesa. Achei aquilo estranho. E mais estranho ainda foi perceber que o ar estava opaco, como se impregnado de fumaça. Enquanto me decidia se ia para a direita ou para a esquerda, para tentar descobrir de onde vinha a espiral de fumaça, tomei consciência de um forte cheiro de queimado.

Algo estalou. Era uma porta, entreaberta – a porta do quarto do Sr. Rochester. E era de lá que a fumaça saía. Nem pensei mais na Sra. Fairfax, nem em Grace Poole, nem na risada. Em um segundo, estava dentro do quarto dele. Línguas de fogo se erguiam em torno da cama. O cortinado estava em chamas. E, em meio ao fogo e à fumaça, o Sr. Rochester continuava deitado, imóvel, no mais profundo sono.

– Acorde! Acorde! – gritei, enquanto o sacudia. Mas ele se limitou a emitir um murmúrio e se virar na cama. A fumaça parecia tê-lo deixado inerte. Eu não podia perder um segundo. As próprias cobertas já começavam a se incendiar. Corri em busca de seu jarro e bacia. Felizmente, um era fundo e a outra, larga, estando ambos bem cheios d'água. Carreguei-os e despejei a água sobre a cama e seu ocupante, saindo correndo em direção ao meu quarto, de onde trouxe minha própria jarra. Assim, e com a ajuda de Deus, consegui apagar as chamas.

O barulho da água sendo derramada, o estrondo do jarro se quebrando, pois eu o deixei cair assim que o esvaziei, e, sobretudo, o banho que lhe dei, finalmente despertaram o Sr. Rochester. Embora o quarto estivesse novamente às escuras, eu sabia que ele estava acordado. Porque ouvi seus xingamentos fulminantes, ao se ver todo ensopado.

– É uma inundação? – gritou.

– Não, senhor – respondi. – Estava pegando fogo. Por favor, levante-se! O senhor está molhado. Vou buscar uma vela.

– Em nome de todos os duendes da Cristandade, é você, Jane Eyre? – perguntou. – O que diabos fez comigo, sua bruxa, feiticeira? E quem está aqui no quarto, além de você? Vocês fizeram uma conspiração para me afogar?

– Vou buscar uma vela, senhor. E, em nome de Deus, levante-se. Espere um minuto, que vou pegar umas roupas secas. Só então o senhor poderá saber o que ou quem foi.

– Pronto! Já estou de pé. E é bom que você vá logo buscar essa vela! Dê uns dois minutos, até que eu consiga enfiar uma roupa seca, se é que restou alguma... Sim, aqui está, meu roupão. Agora, vá!

Saí correndo. Trouxe a vela comigo, mas esperei um pouco no corredor. Então ele veio tomá-la de minha mão, ergueu-a e examinou a cama, toda escurecida e chamuscada, as cobertas ensopadas, o tapete em torno, boiando.

– O que foi? Quem fez isto? – perguntou.

E eu lhe dei um breve relato do que acontecera: a risada estranha que ouvira no corredor; os passos subindo ao terceiro andar; o cheiro de fumaça e o fogo que me levaram até o quarto dele; a cena com que me deparara e o aguaceiro que despejara sobre ele.

Ele ouviu tudo, com gravidade. Seu rosto, à medida que eu fazia meu relato, ia expressando mais preocupação do que espanto. Quando terminei, ele nada disse a princípio.

– Devo chamar a Sra. Fairfax? – perguntei.

– Sra. Fairfax? Não. Por que diabos a chamaria? O que ela poderia fazer? Deixe-a dormir.

– Então vou buscar Leah e acordar John e sua esposa.

– De jeito algum. Fiquei quieta. Você está com o xale. Se achar que não está bem agasalhada, pode pegar meu casacão, que está ali. Enrole-se nele. E sente-se naquela poltrona. Aqui está, vou colocá-lo em você. Agora, bote os pés para cima, para não se molhar. Vou deixá-la aqui sozinha, por um instante. Tenho de levar a vela. Fique aí até eu voltar. Quieta como um rato. Tenho de dar um pulo ao terceiro andar. Lembre-se: não se mexa, nem chame ninguém.

E saiu. Vi a luz da vela se afastar. Ele caminhou bem de mansinho pelo corredor, abriu, quase sem fazer ruído, a porta que dava para a escada, fechou-a atrás de si, e a última réstia de luz desapareceu. Fui envolvida pela mais absoluta escuridão. Ouvia uns ruídos, mas não conseguia discernir nada. Um tempo enorme se passou. Eu já estava cansada. Fazia frio, apesar do casacão. E, depois, eu não via sentido em ficar ali, já que não pretendia acordar a casa toda. Estava a ponto de desobedecer às ordens do Sr. Rochester, arriscando-me a desagradá-lo, quando a luz da vela bruxuleou ao longe, e ouvi seus passos no corredor. "Espero que seja ele", pensei, "e não coisa pior."

Ele tornou a entrar, pálido, sombrio.

– Descobri tudo – disse, colocando a vela sobre a cômoda. – Foi exatamente o que pensei.

– Como, senhor?

Ele não respondeu. Ficou ali, de braços cruzados, mirando o chão. Depois de alguns minutos, perguntou, com um tom estranho:

– Não estou lembrando... Você disse ter visto alguma coisa quando abriu a porta do quarto?

– Não, senhor. Só vi a vela acesa, no chão.

– Mas ouviu uma gargalhada estranha? Acha que já tinha ouvido esse riso antes ou um som parecido?

– Sim, senhor. Há uma jovem que costura lá em cima, chamada Grace Poole. Ela ri desse jeito. É uma pessoa meio esquisita.

– Isso mesmo. Grace Poole, você adivinhou. Ela é mesmo, como você disse, uma pessoa esquisita. Muito esquisita. Bem, vou pensar melhor no que aconteceu. Enquanto isso, é bom que você seja a única pessoa, além de mim, a saber os detalhes do incidente desta noite. Você não é nenhuma tagarela. Não diga nada. Vou dar uma explicação para justificar isso aqui – e apontou para a cama. – E agora volte para seu quarto. Posso me ajeitar muito bem no sofá da biblioteca pelo resto da noite. São quase quatro horas. Em duas horas, os criados estarão de pé.

– Então, boa noite, senhor – falei e me virei para sair.

Ele pareceu surpreso, o que era uma contradição, já que ele próprio me mandara embora.

– Como? Já vai embora, deixando-me nestas condições?

– O senhor disse que eu podia ir para o meu quarto.

– Mas não sem uma despedida. Não sem uma ou duas palavras de reconhecimento, de simpatia. Em resumo: não com esse jeito frio. Afinal de contas, você salvou minha vida, arrancou-me das garras de uma morte terrível, excruciante! E vai saindo como se fôssemos dois estranhos! Pelo menos, me dê um aperto de mão.

E estendeu a mão. Eu lhe entreguei a minha. Ele a tomou, primeiro com uma, depois com ambas as mãos.

– Você salvou minha vida. Fico feliz em ter uma dívida tão grande com você. Não posso dizer mais nada. Eu não toleraria ser tão alto devedor de qualquer outra pessoa, que não você. Com você é diferente... Não se torna um fardo para mim, Jane.

Fez uma pausa. Continuou me olhando. As palavras davam a impressão de tremer em seus lábios, mas ele pareceu se reprimir.

– Então, boa noite outra vez, senhor. Não há dívida alguma, nem fardo ou obrigação, neste caso.

– Eu sabia – continuou ele – que, de alguma forma, você me faria bem, um dia. Vi isso em seus olhos, na primeira vez em que nos encontramos. Sua expressão e seu sorriso não... – e ele tornou a fazer uma pausa – não... – e ele continuou, depressa – tocaram o mais íntimo de meu coração sem motivo. As pessoas falam de simpatias instantâneas. Falam também de quem tem bom gênio. Há verdade nas mais loucas fábulas. Minha querida salvadora: boa noite, então.

Havia uma estranha energia em sua voz, e um curioso fogo em seu olhar.

– Foi sorte eu estar acordada – falei. E então, quando já me virava para sair, ele disse:

– Mas, então, você vai embora *mesmo*?

– Estou com frio, senhor.

– Frio? Claro, de pé numa poça d'água! Vá, Jane, vá, sim – mas continuava segurando-me a mão, e eu não conseguia soltá-la. Pensei então numa saída.

– Acho que estou ouvindo a Sra. Fairfax, senhor – disse.

– Bem, então vá – e ele largou minha mão. Eu saí.

Tornei a me deitar, mas sabia que não iria dormir. Fiquei navegando, até amanhecer o dia, num mar de ondas inquietas, onde correntes de problemas passavam sob as ondas de felicidade. Às vezes, tinha a impressão de avistar, além das vagas furiosas, a terra firme, doce como as colinas de Beulah. Em outros momentos, uma brisa refrescante me despertava a esperança, levando meu espírito, triunfante, rumo ao meu destino: mas eu não podia alcançá-lo, nem mesmo em fantasia – uma rajada soprava da terra em sentido contrário, afastando-me dali. A razão resistia ao delírio, a análise advertia a paixão. Febril demais para dormir, levantei-me assim que o dia raiou.

16

Passei o dia seguinte a essa noite insone desejando, e ao mesmo tempo temendo, encontrar o Sr. Rochester. Queria ouvir-lhe outra vez a voz, mas temia enfrentar seu olhar. De manhã bem cedo, cheguei a pensar que ele fosse aparecer. Não era hábito seu entrar na sala de aula, mas de vez em quando chegava a dar uma rápida passada lá, e assim, naquela manhã, fiquei achando que viria.

Mas a manhã transcorreu como todas as outras, e nada aconteceu para interromper a tranquila rotina de estudos de Adèle. Somente depois do café ouvi algum movimento no quarto do Sr. Rochester, a voz da Sra. Fairfax, a de Leah e a da cozinheira – quer dizer, da esposa de John – e até mesmo em tom mais baixo a do próprio John. Eram exclamações do tipo "Que milagre o patrão não ter morrido queimado na própria cama!", "É sempre perigoso deixar uma vela acesa na cabeceira à noite", "Foi sorte ele ter tido a presença de espírito de jogar a jarra d'água", "Não entendo como não acordamos" e "Tomara que não se resfrie, dormindo assim, no sofá da biblioteca".

Depois de toda essa confabulação, começou o barulho da arrumação, coisas sendo esfregadas e colocadas no lugar. E quando passei diante do quarto, na hora de descer para a refeição, vi, pela porta entreaberta, que tudo se encontrava outra vez em perfeita ordem. Apenas a cama não tinha mais cortinado. Leah estava de pé, sobre o banco encaixado na janela, esfregando os vidros, que tinham ficado esfumaçados. Cheguei a pensar em conversar com ela, pois tinha curiosidade em saber como estavam interpretando os acontecimentos, mas, ao dar um passo à frente, vi que havia outra pessoa além dela no quarto. E era exatamente Grace Poole.

Lá estava ela, sentada, com um olhar taciturno, sóbria como sempre, em seu vestido marrom, com o avental impecável, o lenço branco, a touca. Estava concentrada no trabalho, que parecia absorver todos os seus pensamentos. No semblante duro, nas feições simples, não havia palidez ou desespero, como se poderia esperar de uma mulher que tivesse cometido uma tentativa de assassinato, e cuja vítima a tivesse perseguido na noite anterior, indo até seus aposentos e acusando-a, como eu imaginava, pelo crime que quisera perpetrar. Fiquei espantada – e confusa. Ela ergueu o rosto, enquanto eu ainda a observava. Nenhum sobressalto, nem qualquer mudança na cor da face que denunciasse emoção, consciência culpada ou medo de ser delatada. Disse apenas "Bom dia, senhorita", com seu jeito habitual, breve e fleumático, pegando nova argola e mais fita e recomeçando a costura.

"Vou testá-la", pensei. "Essa atitude impassível é inexplicável."

– Bom dia, Grace – disse. – Aconteceu alguma coisa aqui? Acho que agora há pouco ouvi os criados fazendo comentários...

– Foi o patrão que estava lendo na cama ontem à noite, adormeceu com a vela acesa e o cortinado pegou fogo. Mas, felizmente, acordou antes que o incêndio se alastrasse para as cobertas ou para a madeira da cama e conseguiu apagar as chamas com a água da jarra.

– Que estranho! – exclamei em voz baixa. E então, olhando-a fixamente: – E o Sr. Rochester acordou alguém? Ninguém ouviu o movimento?

Ela tornou a erguer os olhos e me encarar. Desta vez, havia algo de significativo em seu olhar. Parecia observar-me com cuidado. E afinal respondeu:

– Os quartos dos criados são tão longe, não é, senhorita? Dificilmente eles ouviriam qualquer barulho. Os quartos da Sra. Fairfax e da senhorita são os que ficam mais próximos do quarto do patrão. Mas a Sra. Fairfax garante não ter ouvido nada. Em geral, as pessoas mais velhas têm o sono pesado...

Fez uma pausa, e em seguida acrescentou, parecendo casual, embora ainda em tom significativo:

– Mas a senhorita é jovem, deve ter o sono mais leve. Por acaso ouviu algo?

– Ouvi – respondi, baixando a voz, para que Leah, que continuava limpando os vidros, não ouvisse. – E a princípio pensei que fosse Pilot, mas Pilot não dá risadas. Tenho certeza de que ouvi uma gargalhada, e bastante estranha.

Ela pegou mais uma meada de linha, alisou-a com cuidado, recomeçou a costurar com a mão firme e, então, com toda a compostura, observou:

– Dificilmente o patrão riria numa situação dessas, senhorita. Talvez tenha sido um sonho.

– Eu não estava sonhando – respondi, um pouco exaltada, pois a frieza dela me exasperava. Grace tornou a me encarar. Com o mesmo olhar escrutinador e significativo de antes.

– A senhorita contou ao patrão que escutou uma risada? – perguntou.

– Não tive oportunidade de falar com ele esta manhã.

– E, ao ouvir a risada, a senhorita não pensou em abrir a porta e espiar o corredor?

Parecia estar-me interrogando, como se quisesse extrair de mim alguma informação. Pensei então que, se percebesse que eu desconfiava dela, poderia armar algo contra mim. E achei melhor recuar.

– Ao contrário – falei. – O que fiz foi trancar a minha porta.

– Então não tem o costume de trancar a porta todas as noites, ao deitar?

"Cretina! Está querendo conhecer meus hábitos para fazer algo contra mim!", pensei. A indignação mais uma vez suplantou a prudência. E respondi com rispidez:

– Até hoje, não costumava trancar a porta. Não imaginei que pudesse haver algum perigo ou perturbação aqui em Thornfield Hall. Mas, de agora em diante – e aqui frisei bem as palavras –, vou tomar muito cuidado e adotar todas as precauções antes de me deitar.

– Sábia decisão – disse ela. – A vizinhança aqui é tranquilíssima e nunca ouvi falar de casos de roubos. Mas os armários da casa têm pratarias que valem uma fortuna, como todos sabem. E, para um casarão como este, o número de empregados é pequeno, porque o patrão para pouco aqui. E, quando vem, sendo solteiro, não precisa de muitos empregados. Mas um pouco de precaução não custa nada. Trancando a porta, deixamos de fora qualquer tipo de mal que nos possa estar rondando. Muitas pessoas, senhorita, se fiam demais na Providência Divina. Mas a Providência não dispensa os bens, e Deus abençoa aqueles que os usam com discrição.

E assim ela encerrou seu discurso, discurso, aliás, bastante comprido para Grace, e emitido com a seriedade de uma Quaker.

Eu continuava espantada com o que julgava ser seu sangue-frio e absoluta hipocrisia, quando a cozinheira entrou.

– Sra. Poole – disse, dirigindo-se a Grace –, a comida dos criados já está quase pronta. Não quer descer?

– Não. Ponha, por favor, a minha cerveja preta e um pedaço de torta numa bandeja, que vou levar para comer no quarto.

– Quer carne também?

– Só um pedaço, e um pouquinho de queijo. Mais nada.

– E o sagu?

– Não, agora não. Mais tarde, quando descer, antes da hora do chá, eu mesma faço o meu.

A cozinheira então se virou para mim e disse que a Sra. Fairfax estava à minha espera. E eu saí.

Enquanto comíamos, mal ouvi a explicação da Sra. Fairfax para o incêndio do cortinado, pois não me cansava de pensar no caráter enigmático de Grace Poole. Não entendia o papel dela em Thornfield, nem por que não fora presa naquela manhã ou, no mínimo, demitida. O patrão praticamente se dissera certo de que ela era a culpada. Que razão misteriosa o impedia de acusá-la? E por que pedira que eu mantivesse segredo? Era muito estranho: um cavalheiro corajoso e arrogante parecia estar nas mãos de uma de suas criadas mais humildes. Tão dominado por ela que, mesmo quando a mulher tentara matá-lo, não ousara acusá-la pelo ocorrido, e muito menos puni-la.

Se Grace fosse jovem e bonita, eu teria sido tentada a pensar que o Sr. Rochester a estava protegendo, influenciado por sentimentos mais doces do que a prudência ou o medo. Mas, feiosa e matronal como era a Sra. Poole, a ideia era inadmissível. "No entanto", eu pensava, "ela foi jovem um dia, e seu tempo de juventude coincidiu com a juventude do próprio Sr. Rochester. Certa vez, a Sra. Fairfax me contou que Grace Poole vivia na casa havia muitos anos. Ela não parece ter sido bonita quando jovem, mas talvez tivesse uma personalidade forte e uma originalidade que compensassem outras carências. O Sr. Rochester gosta de pessoas decididas e excêntricas. E pelo menos excêntrica Grace é, sem dúvida. Será que um capricho do passado (algo perfeitamente possível para um homem tão intempestivo e atirado quanto ele) o deixou nas mãos dela? E que, por isso, ela agora exerce sobre ele um poder secreto, resultado de seu pecado, e do qual ele não consegue se livrar?"

Mas, ao chegar a esse ponto da conjectura, pensei na figura quadradona e sem graça da Sra. Poole, com suas feições brutas, e imediatamente pensei: "Não, é impossível!" Ainda assim, a outra voz, aquela que nos fala ao coração, sussurrou dentro de mim: "Mas *você* tampouco é bonita e talvez o Sr. Rochester simpatize com você. Pelo menos, você própria às vezes tem essa impressão. Pense no que aconteceu na noite passada: nas palavras que ele disse, no olhar e na voz dele!"

Eu me lembrava de tudo muito bem – as palavras, o olhar, o tom da voz estavam marcados em mim. Agora eu estava na sala de estudos. Adèle desenhava. Debrucei-me sobre ela e corrigi a posição do lápis. Ela me olhou, com susto.

– *Qu'avez vous, mademoiselle?* – perguntou. – *Vos doigts tremblent comme la feuille, et vos joues sont rouges: mais, rouges como des cerises!*

– Estou acalorada, Adèle, é porque me abaixei!

Ela continuou a desenhar. E eu continuei refletindo.

Tratei de tirar da cabeça aqueles pensamentos que chegara a alimentar a respeito de Grace Poole. Eles me indignavam. Comparei-me com ela e concluí que éramos bem diferentes. Bessie Leaven dizia que eu era quase uma dama. E ela falava a verdade: eu era uma dama mesmo. E agora estava com aspecto muito melhor do que quando Bessie me conhecia. Estava mais corada, de corpo mais cheio, tinha mais vida, mais vivacidade, porque era uma pessoa mais esperançosa e desfrutava de prazeres mais refinados.

"Está anoitecendo", pensei, olhando pela janela. "Não ouvi nem sinal do Sr. Rochester dentro de casa hoje. Mas com toda a certeza vou vê-lo antes que anoiteça. Hoje de manhã, eu temia esse encontro. Mas agora eu o desejo, porque a expectativa tem sido tão grande que já se transformou em ansiedade."

Quando a noite caiu de vez, e Adèle saiu para ir brincar no quarto das crianças com Sophie, meu desejo aumentou ainda mais. Eu prestava atenção no sino tocando, lá embaixo. Ouvia os passos de Leah, subindo com a mensagem. Chegava a pensar ter ouvido os passos do Sr. Rochester, e virava-me na direção da porta, esperando que ela se abrisse e ele entrasse. A porta continuava fechada. Só a escuridão entrava no quarto, penetrando pela janela. Mas ainda não era tarde demais. Às vezes, ele mandava me chamar às sete ou às oito, e o relógio ainda não batera as seis horas. Não, eu não ia me desapontar hoje à noite, logo hoje, que tinha tanto a lhe dizer! Queria abordar outra vez o assunto Grace Poole, só para ver o que ele responderia. Queria perguntar-lhe, sem evasivas, se ele achava mesmo que fora ela quem tentara matá-lo na noite anterior. E, em caso positivo, perguntar-lhe por que mantinha segredo sobre tal crueldade. Não me importaria se minha curiosidade o irritasse. Conhecia bem a técnica de exasperá-lo e adoçá-lo, alternadamente. Sentia grande prazer nisso, e a intuição me fazia parar sempre na hora certa. Nunca ia longe demais, a ponto de parecer provocação. Eu me punha a mim mesma à prova, parando no momento exato. Nem por um segundo deixava de ser respeitosa, tratava-o com a maior propriedade, e, mesmo assim, encarava uma discussão com ele, sem medo, sem me deixar reprimir. Tanto ele quanto eu gostávamos disso.

Ouvi, afinal, passos na escada. Leah apareceu. Mas foi apenas para me dizer que o chá estava servido nos aposentos da Sra. Fairfax. E para lá me dirigi, satisfeita em pelo menos poder descer. Porque assim, imaginei, estaria mais próxima do Sr. Rochester.

– Você deve estar mesmo precisando de um chá – disse a boa senhora, ao me ver. – Comeu tão pouco no almoço. Temo – continuou – que não esteja se sentindo bem hoje. Seu rosto está afogueado, como se estivesse febril.

– Não, estou ótima. Melhor, impossível!

– Então, prove, mostrando que está com apetite. Você pode ir enchendo o bule, enquanto faço esse acabamento na costura?

Quando terminou, levantou-se para fechar a cortina, a qual mantivera erguida, imagino, para aproveitar até a última réstia de luz do dia, que agora desaparecia de todo.

– A noite está aberta – disse, espiando pela janela –, embora eu não veja estrelas. O Sr. Rochester pôde viajar com tempo bom.

– Viajar!? O Sr. Rochester foi a algum lugar? Eu não sabia que ele estava fora.

– Ah, saiu assim que tomou café. Foi para Leas, a propriedade do Sr. Eshton, uns quinze quilômetros adiante de Millcote. Parece que há uma reunião lá. Lorde Ingram, Sir George Lynne, o coronel Dent, entre outros.

– E ele volta ainda hoje?

– Não... e nem amanhã tampouco. Imagino que fique lá por pelo menos uma semana. Quando essas pessoas finas, aristocráticas, se reúnem, estão sempre cercadas de elegância e alegria, usufruindo de tanto prazer e entretenimento que não têm a menor pressa em se separar. Os cavalheiros, então, adoram essas ocasiões. E o Sr. Rochester é tão talentoso, tão interessante quando está em sociedade, que eu o imagino como sendo o predileto de todos eles. As mulheres o apreciam muito. Você talvez não o considere especialmente favorecido em sua aparência, mas suas habilidades, ou talvez mesmo a riqueza e estirpe, parecem compensar inteiramente alguma eventual falha em seu aspecto.

– Há senhoras hospedadas em Leas?

– Há, sim, a Sra. Eshton e suas três filhas, jovens muito elegantes. E há as nobres Blanche e Mary Ingram, que devem estar hoje duas belas mulheres. Blanche, eu vi, mas isso foi há seis ou sete anos, quando ela era uma mocinha de dezoito. Esteve aqui para um baile de Natal que o Sr. Rochester deu. Você precisava ter visto a sala de banquetes naquela noite, lindamente decorada e toda iluminada! Creio que havia umas cinquenta pessoas, entre senhores e senhoras, todos de famílias do condado. E Blanche Ingram foi considerada a mais bela convidada.

– A senhora a viu, então. E como ela era?

– Sim, eu a vi. As portas do salão de banquetes estavam abertas e, como era Natal, os criados tiveram permissão de se reunir no vestíbulo, para ouvir algumas das senhoras cantando e tocando. O Sr. Rochester me convidou a entrar e eu me sentei num canto, de onde fiquei apreciando. Nunca vi uma cena mais bonita. As mulheres estavam lindamente vestidas. Algumas delas – pelo menos as mais jovens – eram muito elegantes. E Blanche Ingram era sem dúvida a rainha.

– E como ela era?

– Alta, com o colo bem-feito, os ombros roliços, o pescoço comprido e gracioso. O rosto moreno, a pele bonita. Feições nobres. E olhos parecidos com os do Sr. Rochester, grandes, negros e brilhantes como duas joias. E tinha os cabelos lindíssimos, negros e muito bem-arrumados. Um coque cheio atrás e, na frente, os mais belos e lustrosos cachos que já vi. Estava toda de branco. Sobre os ombros, trazia uma estola cor de âmbar, debruada, que lhe descia até abaixo dos joelhos. Usava uma flor, também cor de âmbar, na cabeça, o que fazia um bonito contraste com a massa escura dos cabelos.

– Ela deve ter sido muito admirada.

– Claro, sem dúvida. E não apenas pela beleza, mas também por seus dotes. Ela foi uma das damas que cantaram. Foi acompanhada por um cavalheiro ao piano. Ela e o Sr. Rochester cantaram um dueto.

– O Sr. Rochester? Eu não sabia que ele cantava.

– Ah, ele tem um belo tom de voz, baixo. E tem muito bom gosto para a música.

– E a Srta. Ingram, que tom de voz tinha ela?

– Um tom muito bonito, e cheio. Cantava muito bem. Foi uma beleza ouvi-la. E depois ela tocou. Não sei julgar quando uma música é bem executada, mas o Sr. Rochester sabe. E eu o ouvi dizer que ela tocou muito bem.

– E essa dama tão bonita e tão prendada... ela ainda não é casada?

– Parece que não. Acho que nem ela nem a irmã têm grande fortuna. As propriedades de Lorde Ingram estavam comprometidas, e o filho mais velho parece que ficou com tudo.

– Mas é incrível que até hoje nenhum nobre ou cavalheiro rico se tenha encantado por ela. O Sr. Rochester, por exemplo. Ele é rico, não é?

– Ah, claro. Mas a diferença de idade entre eles é grande. O Sr. Rochester tem quase quarenta anos, e ela ainda nem completou vinte.

– E daí? Há casais com diferença de idade ainda maior.

– É verdade. Mas não consigo imaginar o Sr. Rochester tendo uma ideia dessas. E você não está comendo nada... Mal provou a comida, desde que nos sentamos para o chá.

– Não, só estou com sede, não estou com fome. Pode me servir mais uma xícara?

Eu ia recomeçar a falar sobre a probabilidade de um casamento entre o Sr. Rochester e a bela Blanche, quando Adèle entrou e a conversa tomou outro rumo.

Quando me vi novamente sozinha, repassei toda a informação que havia obtido; examinei meu coração, meu íntimo, vasculhando pensamentos e sensações, e, com mãos firmes, trouxe de volta, para o caminho seguro do bom-senso, aquele que vinha vagando por trilhas impensáveis, sem fronteiras.

Em minha defesa, a Memória primeiro se levantou, citando evidências de esperanças, desejos, sentimentos que eu vinha alimentando desde a noite anterior, um estado mental que eu me permitira nas últimas duas semanas. Em seguida, a Razão deu um passo à frente e falou, em seu tom calmo e cristalino, como eu havia rejeitado o real, abraçando o ideal. E meu julgamento foi o seguinte:

Que ninguém mais tolo do que Jane Eyre havia pisado a Terra; que jamais uma idiota mais fantasiosa se alimentara a si própria com as mais doces mentiras, engolindo veneno como se fosse néctar.

"*Você*", disse a mim mesma, "atraindo o interesse do Sr. Rochester? Você, tendo o poder de o satisfazer? Você, sendo para ele de alguma importância? Ora, sua tolice me exaspera! Extraiu prazer de algumas poucas deferências demonstradas – deferências feitas por um cavalheiro de boa família, um homem do mundo, a uma empregada, uma fedelha. Como ousa? Sua pobre estúpida! Será que nem mesmo o sentido de autopreservação foi capaz de a tornar mais sábia? Você ficou repetindo hoje de manhã, para si mesma, a cena de ontem à noite. Pois cubra o rosto, envergonhe-se! Ele elogiou seus olhos, não foi? Sua tola, cega! Erga os olhos e encare sua própria loucura sem sentido! Não faz bem a mulher alguma ser elogiada por seu superior, que não poderá nunca se casar com ela. É loucura para qualquer mulher alimentar dentro de si um amor secreto que, se não correspondido e não revelado, acabará por devorar-lhe a vida. E que, se descoberto e correspondido, acabará por levá-la ao caminho da desgraça, do qual não há volta."

"Ouça, Jane Eyre, eis a sua sentença: amanhã, coloque-se diante do espelho e faça um desenho de si própria, um desenho fiel, sem abrandar qualquer defeito. Não omita nenhum traço mais bruto, não disfarce qualquer irregularidade que lhe desagrade. E depois escreva embaixo: *Retrato de uma preceptora, solitária, pobre e feia.* Em seguida, pegue um pedaço do mais macio marfim – você tem um já preparado em sua caixa de desenho. Pegue sua palheta; misture as tintas mais frescas, mais claras, de melhor qualidade; escolha um de seus melhores pincéis, de pelo de camelo. Desenhe, então, com todo o cuidado, o mais belo rosto que puder imaginar; pinte-o com as sombras mais suaves, as cores mais doces, de acordo com a descrição de Blanche Ingram feita pela Sra. Fairfax; não se esqueça dos cachos, dos olhos amendoados... O quê? Está pensando no Sr. Rochester como modelo? Atenção! Nada de choro! Nada de sentimentalismo ou arrependimento! Só quero bom-senso e afinco. Não esqueça os braços roliços, as mãos delicadas. Não omita o anel de diamante ou o bracelete de ouro. Retrate com fidelidade a roupa, as rendas, o cetim brilhante, a estola graciosa e a rosa cor de ouro. E em seguida escreva: *Blanche, jovem e prendada dama da sociedade.*"

"Sempre que, no futuro, fizer fantasias a respeito do Sr. Rochester, pegue as duas pinturas e as compare. E diga: *O Sr. Rochester provavelmente conquistaria essa nobre senhorita, se assim o desejasse. Como poderia perder tempo com aquela plebeia, indigente e insignificante?*"

"Vou fazer isso", decidi. E só então, ao tomar tal resolução, consegui acalmar-me e adormeci.

Cumpri a promessa. Uma ou duas horas foram suficientes para eu desenhar meu próprio retrato em *crayon*. E em menos de quinze dias completei a miniatura em marfim de uma imaginária Blanche Ingram. Ficou belo, seu rosto, e, se comparado ao desenho em *crayon*, o contraste era tão grande quanto permitiu meu autocontrole. Trabalhar naquelas peças me fez bem: mantive mãos e cabeça ocupadas, além de conseguir concentração e força de vontade para imprimir novos e definitivos sentimentos em meu coração.

Em breve, teria razão para agradecer a mim mesma pela disciplina obtida naquela ocasião, no que diz respeito a sentimentos. Graças a ela, eu seria capaz de suportar os acontecimentos com calma e dignidade. Caso estivesse despreparada, não o teria conseguido, nem mesmo externamente.

17

Uma semana se passou e não tivemos notícia do Sr. Rochester. Dez dias, e nada. A Sra. Fairfax disse que para ela não seria surpresa se ele decidisse ir direto de Leas para Londres e, de lá, para o continente, ficando pelo menos um ano sem mostrar as caras em Thornfield. Em ocasiões anteriores, já fora embora de forma igualmente abrupta e inesperada. Quando ouvi isso, comecei a sentir um frio estranho, uma fraqueza no coração. Para dizer a verdade, eu me permitia experimentar uma extrema sensação de desapontamento. Mas, comprometendo-me de imediato, e procurando recuperar meus princípios, tratei de ordenar os sentimentos e consegui me refazer de forma até surpreendente. Pude, assim, afastar de todo a suposição errada de que o desaparecimento do Sr. Rochester era da minha conta. Não que eu me depreciasse, assumindo uma inferioridade servil; ao contrário, o que eu me dizia era:

"Você não tem nada a ver com o patrão de Thornfield, a não ser receber dele um salário pelas aulas que dá à sua *protégée*, devendo ser grata pela maneira respeitosa com que é tratada, e da qual será merecedora sempre que cumprir seus deveres. Assegure-se de que esta é a única relação entre ele e você. E não o transforme em objeto de seus sentimentos, fantasias, agonias. Ele não pertence ao seu mundo. Atenha-se à sua própria classe e dê-se ao respeito, evitando desperdiçar amor, alma e força onde nada disso é desejado e seria desprezado."

Fui em frente com meus afazeres do dia a dia, com tranquilidade. Mas de vez em quando cruzavam minha mente sugestões vagas, motivos pelos quais deveria ir embora de Thornfield. E, meio sem querer, recortava anúncios e fazia conjecturas sobre um novo emprego. Tais pensamentos, eu não chegava a analisar bem. Se tivessem que evoluir, que evoluíssem.

O Sr. Rochester estava fora havia duas semanas quando chegou uma carta para a Sra. Fairfax.

– É do patrão – disse ela, ao ver o endereço do remetente. – Agora vamos saber se vai voltar ou não.

Enquanto rompia o lacre e lia a mensagem, continuei tomando meu café (estávamos à mesa). Fazia calor e eu atribuí a essa circunstância o abrasamento que de repente me tomou as faces. Mas não conseguia entender por que minhas mãos tremiam e por que, sem querer, eu derramara metade do conteúdo da xícara no pires.

– Bem, às vezes acho que aqui é calmo demais, mas agora temos a chance de conviver com um excesso de movimento, pelo menos por um tempo – disse a Sra. Fairfax, ainda examinando a carta através dos óculos.

Até que me permitisse fazer uma pergunta, ocupei-me em amarrar o laço do avental de Adèle, que estava frouxo. Só depois de servi-la com mais um pãozinho e mais um pouco de leite, é que falei, com a maior casualidade:

– Então, o Sr. Rochester está pretendendo voltar em breve?

– Está, sim... dentro de três dias, diz ele. Isso significa na próxima quinta-feira. E não vem sozinho. Não sei quantos dos hóspedes de Leas vêm junto. Ele deu instruções para que todos os melhores quartos sejam preparados. E para que a biblioteca e as salas de visita sejam limpas. E também para que eu consiga ajudantes de cozinha no George Inn, em Millcote, e onde mais for necessário. As senhoras trarão suas aias e os cavalheiros, seus valetes. Sendo assim, teremos a casa cheia.

E a Sra. Fairfax engoliu correndo o restante do café da manhã, saindo em seguida para cumprir as ordens recebidas.

Os três dias que se seguiram foram, como ela previra, ocupadíssimos. Eu achava que todos os aposentos de Thornfield estavam sempre limpos e arrumados, mas parece que me enganara. Três mulheres foram contratadas para ajudar. E foi um tal de varrer, esfregar, lavar e bater de tapetes, um tira e bota de quadros, um mundo de lustres e espelhos sendo polidos, lareiras sendo acesas nos quartos, cobertores e colchões de pena sendo colocados para tomar ar, como eu jamais vira nem nunca tornaria a ver. Adèle parecia enlouquecida em meio a essa faina. Os preparativos para receber os hóspedes e a perspectiva de sua chegada a deixavam em êxtase. Ela pedia a Sophie que verificasse sua *toilette*, que era como chamava os próprios vestidos; que restaurasse os mais velhos e que ajeitasse e botasse para arejar os novos. Quanto a ela, o que fazia era percorrer os quartos da frente, subir e descer dos estrados das camas e pular nos colchões, almofadas e travesseiros empilhados diante das lareiras acesas. Estava dispensada dos deveres escolares. A Sra. Fairfax me pressionara a dar uma mão no serviço e eu passava os dias na despensa, ao lado dela e da cozinheira, ajudando-a (ou atrapalhando): aprendendo a fazer mostardas, tortas de queijo e pastelaria francesa, amarrando caça ou decorando pratos de sobremesa.

Previa-se que os hóspedes chegassem a Thornfield na quinta-feira à tarde, a tempo de jantar às seis horas. Enquanto isso, não tive tempo para ficar alimentando quimeras. E acho que estive mais contente e ativa do que qualquer outra pessoa na casa, com exceção de Adèle. Apesar disso, de quando em vez, sentia um baque em meu estado de espírito. Mesmo contra minha vontade, penetrava de novo em uma região de dúvidas, presságios e conjecturas sombrias. Isso acontecia, por exemplo, quando via a porta que dava para a escada do terceiro andar (agora sempre trancada) se abrir e dela sair Grace Poole, com sua touca, o avental branco e o lenço; ou quando a via deslizar pelo corredor, o passo manso abafado pelo chinelo de ourela; ou ainda quando a via parar diante de um dos quartos que estavam sendo limpos e dizer algo para a faxineira, sobre como burnir um gradil ou limpar a cornija da lareira, ou ainda como tirar manchas do papel de parede, e depois seguir em seu caminho. Uma vez por dia, ela descia à cozinha, comia, fumava um cachimbo junto à lareira e depois voltava, carregando sua cerveja preta, para um mundo só seu, no covil sombrio do andar de cima. Somente durante uma hora, das vinte e quatro horas do dia, Grace desfrutava da companhia de seus semelhantes. Pelo resto do tempo, ficava trancada em algum daqueles quartos forrados de madeira, de teto baixo, do terceiro andar. Lá, sentava-se e costurava, solitária como uma prisioneira em sua cela.

E o mais estranho é que ninguém, a não ser eu, parecia notar aquele comportamento esquisito, ou se espantar com ele. Ninguém discutia a função de Grace na casa, ninguém lamentava sua solidão e seu isolamento. Cheguei mesmo a ouvir, certa vez, um diálogo entre Leah e uma das faxineiras, a respeito de Grace. Leah dissera algo que não cheguei a escutar e a faxineira comentou:

– Mas ela ganha bem, não ganha?

– Ganha – disse Leah. – Quisera eu ganhar tanto quanto ela. Não que eu tenha do que me queixar, não existe avareza em Thornfield. Mas não chego a ganhar um quinto do salário da Sra. Poole. E ela está poupando. A cada três meses, vai ao banco em Millcote. Aposto como já poupou o suficiente para obter a própria independência, caso um dia queira sair daqui. Mas acho que já se acostumou com este lugar. Além disso, não tem nem quarenta anos, está forte ainda, pode fazer de tudo. Ainda é cedo para se aposentar.

– Eu diria que ela é de grande ajuda – disse a faxineira.

– Ah, ela sabe muito bem o que deve fazer. Ninguém melhor do que ela... – retrucou Leah, com um tom significativo. – E não é qualquer um que concordaria em estar no lugar dela, nem por todo o dinheiro que Grace ganha.

– Não é mesmo! – foi a resposta. – Fico me perguntando se o patrão...

A faxineira ia continuar falando, mas, então, Leah percebeu minha presença e, de imediato, fez um sinal para a outra.

– Ela não sabe? – ouvi a faxineira cochichar.

Leah sacudiu a cabeça e a conversa parou por ali. Foi tudo o que consegui perceber do assunto: havia um mistério em Thornfield. E eu estava propositalmente excluída dele.

A quinta-feira chegou. Todo o trabalho tinha sido terminado na véspera. Os carpetes foram estendidos, os cortinados das camas receberam festões, colchas cintilando de tão brancas foram colocadas, as penteadeiras arrumadas, toda a mobília encerada, os vasos se encheram de flores. Tanto os quartos quanto os salões pareciam faiscar de novos. O vestíbulo também foi arrumado, e tanto o grande relógio, de madeira trabalhada, quanto os degraus e corrimões da escada, foram encerados até estar brilhando como se feitos de vidro. No salão de jantar, o aparador resplandecia com suas louças. E, na sala de visitas e no *boudoir*, vasos com flores exóticas enchiam de colorido todos os cantos.

A tarde chegou. A Sra. Fairfax vestiu seu melhor vestido de cetim preto, calçou luvas e pôs seu relógio de ouro. Cabia a ela receber os convidados, conduzir as damas a seus aposentos. Adèle também se preparou, embora eu achasse que eram mínimas as chances de que fosse apresentada aos convidados logo no primeiro dia. Mas, só para satisfazer-lhe a vontade, deixei que Sophie a vestisse com um de seus vestidos curtos de musselina. Quanto a mim, não via necessidade de qualquer mudança. Não seria chamada a deixar o santuário do meu quarto. Porque era assim que eu o encarava agora, "um refúgio para os momentos turbulentos".

Fora um dia ameno de primavera, um daqueles dias que surgem cintilantes, entre o fim de março e o início de abril, como prenúncios do verão. E agora chegava ao fim. Mas a tarde ainda estava quente e me sentei para trabalhar na sala de estudos com a janela aberta.

– Está ficando tarde – disse a Sra. Fairfax, entrando, nervosa. – Ainda bem que calculei o jantar para uma hora depois do que me pediu o Sr. Rochester. Já são seis e meia. Mandei John até os portões para ver se vem vindo alguém na estrada. Dá para ver a uma longa distância, na direção de Millcote.

E ela caminhou até a janela.

– Aí vem ele! – exclamou. – E então, John – perguntou, debruçando-se no parapeito –, alguma novidade?

– Estão chegando, senhora – foi a resposta. – Estarão aqui dentro de dez minutos.

Adèle correu até a janela. Fui atrás, tomando cuidado para ficar a um canto, oculta pela cortina, de forma que pudesse ver sem ser vista.

Os dez minutos sugeridos por John pareceram longuíssimos, mas afinal ouvimos o barulho das rodas. Quatro cavalos montados surgiram, e atrás deles duas carruagens abertas. Dentro dos veículos, véus e plumas esvoaçavam. Dois dos cavaleiros eram jovens e pomposos. O terceiro era o Sr. Rochester, em seu cavalo negro, Mesrour, com Pilot à frente. E ao lado dele cavalgava uma amazona, ambos vindo juntos à frente dos demais. Seu vestido vermelho de montaria quase tocava o chão, o véu flutuava ao vento. Em meio às dobras do tecido transparente, faiscando através deste, caíam-lhe cachos negros como o ébano.

– A Srta. Ingram! – exclamou a Sra. Fairfax, e desceu correndo para seu posto.

Logo, cavalos e carruagens, tendo chegado diante da casa, fizeram a curva e desapareceram de vista. Adèle agora implorava para descer. Mas, pondo-a no colo, eu a fiz entender que não devia, em hipótese alguma, se apresentar às senhoras, nem agora nem em qualquer outra hora, a não ser que a mandassem chamar expressamente. Expliquei que o Sr. Rochester ficaria muito zangado. Ao me ouvir, ela verteu algumas lágrimas, mas, ao ver que eu continuava séria, consentiu ao menos em enxugar o rosto.

Agora, ouvia-se um alegre burburinho no vestíbulo. Os tons graves dos cavalheiros mesclando-se em harmonia às vozes mais metálicas das senhoras e, acima de todas as outras vozes, o tom sonoro do dono de Thornfield Hall, dando as boas-vindas a seus hóspedes com toda a galanteria. Em seguida, ouviram-se passos leves na escadaria. Depois, rumores no corredor, risinhos alegres, abrir e fechar de portas e, afinal, silêncio.

– *Elles changent de toilettes* – disse Adèle que, com os ouvidos atentos, acompanhava toda a movimentação. Então, suspirou. – *Chez maman, quand il y avait du monde, je le suivais partout au salon et à leurs chambres; souvent je regardais les femmes de chambre coiffer et habiller les dames, et c'était si amusant: comme cela on apprend.*

– Você não está com fome, Adèle?

– *Mais oui, mademoiselle: voilà cinq ou six heures que nous n'avons pas mangé.*

– Bem, então, enquanto as senhoras estão em seus quartos, vou até lá embaixo buscar algo para você comer.

E, saindo de meu esconderijo com todo o cuidado, fui até a escada dos fundos, que levava diretamente à cozinha. Lá, o ambiente era só fogo e confusão. A sopa e o peixe estavam sendo finalizados, e a cozinheira se debruçava sobre seus quitutes num tal frenesi que parecia, ela própria, a ponto de entrar em combustão espontânea. Na saleta dos criados, dois cocheiros e três valetes estavam sentados ou de pé junto ao fogo. As aias, creio, estavam no andar de cima com suas patroas. Os novos empregados, que haviam sido contratados em Millcote, andavam de um lado para o outro. Singrando através desse caos, consegui afinal chegar à despensa. Ali, peguei uma porção de frango, um pãozinho, algumas tortas, dois pratos, garfo e faca. De posse desse farnel, fiz minha retirada. Tinha alcançado o corredor e estava justamente fechando a porta atrás de mim, quando um murmúrio me alertou que as senhoras estavam saindo de seus quartos. Eu não tinha como chegar à sala de estudos sem passar diante de determinadas portas, e isso, correndo o risco de ser flagrada com minha carga de mantimentos. Por isso, fiquei quieta naquela extremidade do corredor, a qual, não tendo janelas, era bastante escura. Mais escura ainda agora, que o sol se pusera.

Aos poucos, as senhoras foram saindo de seus aposentos, uma a uma. Todas pareciam felizes e vaporosas, com seus vestidos que cintilavam mesmo na penumbra. Por um tempo, ficaram reunidas na outra extremidade do corredor, conversando baixinho, porém com vivacidade. Depois, desceram as escadas quase em silêncio, como a neblina que se despeja montanha abaixo. Sua presença coletiva deixara em mim uma impressão de elegância e refinamento, como eu jamais vira.

Encontrei Adèle espiando pela porta da sala de estudos, que ela deixara entreaberta.

– Que lindas damas! – disse, em inglês. – Ah, eu queria tanto ir encontrá-las! Você acha que o Sr. Rochester vai mandar nos chamar depois do jantar?

– Para dizer a verdade, não. O Sr. Rochester tem outras ocupações agora. Não pense mais nas damas, por enquanto. Talvez você possa vê-las amanhã. Aqui está seu jantar.

Como ela estava com muita fome, o frango e as tortas serviram para desviar sua atenção por um tempo. Foi bom que eu tivesse conseguido arrebanhar aqueles suprimentos para ela, para mim e para Sophie, caso contrário talvez ficássemos sem jantar, tão atarefadas estavam as pessoas lá embaixo. Já passava das nove da noite quando as sobremesas foram servidas. E às dez os copeiros ainda estavam correndo de um lado para o outro com as bandejas de café. Deixei Adèle ficar acordada até muito mais tarde do que de hábito, porque ela declarou que não conseguiria dormir com aquele abrir e fechar de portas e aquele vaivém de gente no andar de baixo. Além disso, comentou, poderia ser chamada pelo Sr. Rochester depois de já ter posto a roupa de dormir, "*et alors quel dommage!*".

Contei-lhe histórias, pelas quais se interessou um tempo. Depois, levei-a até o corredor. A lâmpada do vestíbulo estava acesa e ela se divertiu espiando, da balaustrada, os serviçais que passavam de um lado para o outro. Já tarde da noite, surgiu um som de música vindo da sala de visitas, para onde o piano havia sido levado. Adèle e eu nos sentamos num degrau da escada e ficamos ouvindo. Logo, uma voz de mulher se mesclou ao som rico do instrumento. Era uma das damas, que estava cantando, e cantava com enorme doçura. Quando o solo terminou, seguiu-se um dueto e, depois, aplausos. Nos intervalos, ouvia-se o som alegre das conversas. Fiquei ouvindo durante um longo tempo. De repente, descobri que meus ouvidos estavam totalmente voltados para a tarefa de discernir, em meio à profusão de sons, a voz do Sr. Rochester. Quando conseguia fazê-lo, além de ouvir o som que a distância tornava indistinto, procurava discernir também as palavras.

O relógio bateu as onze horas. Olhei para Adèle, cuja cabeça estava apoiada em meu ombro. Como seus olhos começavam a pesar, tomei-a nos braços e levei-a para a cama. Já era quase uma hora da manhã quando homens e mulheres se recolheram para seus quartos.

O dia seguinte amanheceu com o mesmo tempo bom da véspera, e os hóspedes de Thornfield aproveitaram para fazer uma excursão até os arredores. Saíram cedo, ainda de manhã, alguns a cavalo, os demais nas carruagens. Assisti tanto à saída quanto à volta. A Srta. Ingram era, assim como antes, a única mulher numa montaria. E, também como antes, o Sr. Rochester galopava lado a lado com ela. Os dois seguiam um pouco afastados dos demais. Chamei atenção da Sra. Fairfax para o fato, enquanto ela estava a meu lado na janela.

– A senhora disse que dificilmente eles cogitariam se casar – falei –, mas, como vê, ela é, entre todas as damas, a preferida do Sr. Rochester.

– É, devo admitir. Sem dúvida, ele a admira.

– E ela a ele – acrescentei. – Repare como inclina a cabeça em sua direção, como se trocassem segredos. Gostaria de conseguir ver-lhe o rosto, o que ainda não tive oportunidade de fazer.

– Vai vê-la hoje à noite – respondeu a Sra. Fairfax. – Comentei com o Sr. Rochester quanto Adèle gostaria de ser apresentada às senhoras e ele respondeu: "Ah, deixe-a ir até a sala de visitas depois do jantar. E peça à Srta. Eyre que a acompanhe."

– Ele deve ter falado isso por pura educação. Claro que não preciso acompanhá-la – retruquei.

– Bem, eu argumentei que você não estava acostumada a essas reuniões e que provavelmente não ia querer comparecer diante de tanta gente, ainda mais de estranhos. E ele retrucou de imediato: "Bobagem! Se ela disser que não quer ir, diga-lhe que é um desejo expresso meu. E, se insistir em não aparecer, diga que vou apanhá-la e trazê-la à força."

– Ele não vai precisar se dar a esse trabalho – falei. – Se não há outro jeito, irei. Mas não gosto da ideia. A senhora também vai?

– Não. Pedi que o Sr. Rochester me dispensasse, e ele aquiesceu. Mas vou-lhe dizer o que fazer para evitar o constrangimento de uma entrada formal no salão, que é a parte mais desagradável desse tipo de encontro. Vá até a sala de visitas quando esta ainda estiver vazia, antes que as senhoras se levantem da mesa de jantar. Escolha um lugar a um canto, bem discreto. Não vai precisar ficar muito tempo depois que os cavalheiros chegarem, a não ser que o queira. Assim que o Sr. Rochester a vir, você dá uma desculpa e sai. Ninguém vai nem notar.

– A senhora acha que essas pessoas vão ficar aqui por muito tempo?

– Talvez duas ou três semanas, não mais do que isso. Depois do feriado de Páscoa, Sir George Lynn, que recentemente foi eleito representante de Millcote, terá de ir para a capital assumir seu posto. E acho que o Sr. Rochester vai querer acompanhá-lo. Estou até estranhando que ele esteja passando uma temporada tão longa em Thornfield.

Foi com algum tremor que vi se aproximar a hora em que teria de cumprir minha missão na sala de visitas. Adèle passara o dia todo em estado de êxtase, depois de saber que seria apresentada às senhoras naquela noite. E não sossegou enquanto Sophie não deu início ao processo de vesti-la. Então, a importância do ritual a acalmou um pouco e, quando afinal se viu pronta, com o cabelo penteado em cachos perfeitamente sedosos, o vestido de cetim cor-de-rosa, a longa faixa com o laço dado, as meias-luvas de renda, estava tão circunspecta que parecia um juiz. Nem foi preciso adverti-la para que não se desarrumasse. Assim que se viu vestida, sentou-se em sua cadeirinha, tomando cuidado para erguer as saias de cetim, com medo de amassá-las, e prometeu não se mover até eu acabar de me arrumar. Isso foi fácil: num instante, vesti meu melhor vestido (aquele de um cinza-prata, comprado para o casamento da Srta. Temple e nunca mais usado), penteei o cabelo e coloquei meu único enfeite, o broche de pérola. E, então, descemos.

Felizmente havia outra entrada para a sala de visitas, fora a do salão de banquetes, onde todos estavam sentados para jantar. Encontramos a sala vazia. Havia um bom fogo crepitando na imensa lareira debruada de mármore, e velas bruxuleavam no ambiente solitário, em meio aos arranjos de flores que adornavam as mesas.

A cortina vermelha recobria a arcada. Por mais tênue que fosse essa divisão entre o ambiente em que estávamos e o salão de banquetes, os convidados falavam tão baixo que não dava para ouvir nada de sua conversa, apenas um murmúrio.

Adèle, que aparentemente continuava sob o efeito de um espírito de solenidade, sentou-se, muda, no banquinho que indiquei. Afastei-me até um dos bancos encaixados na janela e, pegando um livro sobre uma das mesas, comecei a ler. Adèle trouxe seu banco até junto de mim e, dali a pouco, me tocou o joelho.

– O que é, Adèle?

– *Est-ce que je ne puis pas prendre une seule de ces fleures magnifiques, mademoiselle? Seulement pour completer ma toilette.*

– Você valoriza demais sua *toilette*, Adèle. Mas, está bem: pode usar a flor.

Tirei então uma rosa de um dos jarros e a prendi na faixa de seu vestido. Adèle deu um suspiro de plena satisfação, como se agora sua felicidade estivesse completa. Virei o rosto para esconder um sorriso que não pude reprimir. Era um pouco burlesca, e ao mesmo tempo lamentável, a devoção da pequena parisiense por questões de vestuário.

Agora, ouvia-se um som baixo de pessoas se levantando. A cortina da arcada se abriu. Por trás dela, surgiu o salão de banquetes, com seu candelabro iluminado derramando luz sobre as pratas e os cristais magníficos que cobriam a imensa mesa. Um grupo de senhoras surgiu no umbral. Entraram, e a cortina se fechou.

Eram apenas oito. Mas, ainda assim, quando entraram, deram a impressão de ser em número muito maior. Algumas eram muito altas. Várias estavam vestidas de branco. E todas usavam saias amplas que pareciam aumentar-lhes a circunferência, assim como a névoa faz a lua crescer. Levantei-me, fazendo uma mesura. Uma ou duas responderam ao cumprimento. As outras apenas me olharam.

Elas se espalharam pelo aposento, fazendo lembrar, pela leveza e vivacidade de seus movimentos, um grupo de pássaros de alva plumagem. Algumas se reclinaram nos sofás e otomanas. Outras se debruçaram sobre as mesas, para observar flores ou livros. As demais se reuniram em torno do fogo. Todas falavam no mesmo tom baixo e claro que nelas parecia ser o habitual. Mais tarde eu ficaria sabendo seus nomes, por isso posso mencioná-los logo.

Primeiro, a Sra. Eshton e suas duas filhas. Era evidente que ela fora uma bela mulher, e ainda estava muito bem conservada. Das filhas, a mais velha, Amy, era um tanto baixa: *naïve*, infantil, tanto de rosto quanto de modos, mas com um corpo provocante. O vestido de musselina branca, com faixa azul, caía-lhe muito bem. A mais jovem, Louisa, era mais alta e elegante. Tinha um belo rosto, daquele tipo a que os franceses chamam *minois chiffonné*. Enfim, ambas as irmãs eram muito bonitas.

Lady Lynn era uma senhora gorda e matronal, com seus quarenta anos, muita ereta, de aparência altiva, trajando um rico vestido de cetim furta-cor. Seus cabelos escuros brilhavam sob a sombra de uma pluma azul, coroados por uma tiara de diamantes.

A mulher do coronel Dent era mais discreta, mas achei que tinha mais classe. Seu corpo era esbelto, o rosto pálido e gentil, e tinha uma linda cabeleira. Seu vestido de cetim negro e a estola de renda estrangeira, assim como os enfeites de pérolas, me agradaram mais do que o resplendor de arco-íris da outra.

Mas as três figuras que mais se destacavam – talvez por serem as mais altas – eram a viúva lady Ingram e suas filhas, Blanche e Mary. Eram também as mais altivas entre as presentes. A viúva aparentava ter entre quarenta e cinquenta anos. Ainda era elegante de corpo e seu cabelo (ao menos à luz do candelabro) continuava escuro. Tinha os dentes perfeitos também. Qualquer um a classificaria como uma mulher esplêndida para sua idade. E era mesmo, fisicamente falando. No entanto, havia em seu rosto uma expressão de insuportável soberba. Tinha um perfil romano e um queixo duplo que se juntava ao pescoço, dando a este a aparência de um pilar. Seu semblante parecia não somente inflado e ensombreado pelo orgulho, mas mesmo sulcado por ele. E o queixo era sustentado pelo mesmo sentimento, dando a impressão de se manter erguido de forma até antinatural. Tinha, ainda, um olhar duro e penetrante. Ela me fez lembrar a Sra. Reed. Movia os lábios com afetação ao falar. A voz era profunda, as inflexões pomposas, bastante dogmáticas – em suma, era insuportável.

O vestido vermelho e o turbante indiano rebordado a ouro a investiam, como ela parecia achar, de uma dignidade verdadeiramente imperial.

Blanche e Mary eram da mesma altura – magras e esguias como tulipas. Mary era magra demais para sua altura, mas Blanche se assemelhava a uma Diana. Observei-a, é claro, com especial interesse. Primeiro, queria ver se sua aparência era mesmo o que fora descrito pela Sra. Fairfax. Segundo, precisava descobrir se se encaixava com o quadro em miniatura que eu havia pintado em marfim. E, terceiro – admito! –, queria saber se seria capaz de satisfazer o gosto do Sr. Rochester.

No geral, preenchia os requisitos, tanto da descrição da Sra. Fairfax, quanto do meu quadro. Colo nobre, ombros estreitos, pescoço esguio, olhos escuros, cachos negros. Mas e o rosto? O rosto era igual ao da mãe. Um rosto jovem, ainda não marcado, mas igual. A mesma expressão fechada, o mesmo semblante altivo, o mesmo orgulho. Mas não era um orgulho tão pesado. Ela ria muito. E seu riso era satírico, da mesma forma que a expressão permanente em seus lábios desdenhosos e arrogantes.

Dizem que o gênio é ciente das próprias qualidades. Não sei se a Srta. Ingram era um gênio, mas ciente de si própria ela era, sem dúvida – e como! Começou uma discussão com a simpática Sra. Dent sobre botânica. A Sra. Dent não parecia ter estudado o assunto. Como ela própria disse, simplesmente gostava de flores, "especialmente as mais selvagens". Mas a Srta. Ingram tinha estudado e começou a falar no assunto com ar de grande entendida. Acabei percebendo que ela estava, como se diz, *usando* a Sra. Dent. Aproveitando-se da ignorância desta para se exibir. Podia ter sido mais sutil, mas era maliciosa em seu exibicionismo. Sabia tocar e, quando o fazia, era brilhante. Cantava e tinha uma bela voz. Falava francês com a mãe, fazendo-o com fluência e boa pronúncia.

Mary tinha uma expressão mais doce e franca do que Blanche. Sua feições eram mais suaves e a pele bem mais clara (a Srta. Ingram era morena como uma espanhola). Mas Mary tinha um defeito: seu rosto era inexpressivo, o olhar sem brilho. Nada tinha a dizer e, depois que se sentou, ficou parada como uma estátua num nicho. Ambas as moças estavam vestidas de um branco imaculado.

E, afinal, eu achava que a Srta. Ingram poderia ser um bom par para o Sr. Rochester? Não saberia dizer, não conhecia bem o gosto dele em matéria de mulheres. Se gostasse de porte majestoso, ela era a pessoa certa. Além disso, era prendada, irônica. Acho que a maioria dos homens a admiraria. E que *ele* a admirava, já ficara provado. Para acabar com o último resquício de dúvida, bastava olhá-los juntos.

Você não deve pensar, leitor, que durante todo esse tempo Adèle estava sentada quietinha em seu banco a meus pés. Assim que as damas entraram, levantou-se e caminhou até elas, fazendo uma mesura e dizendo, muito solene:

– *Bonjour, mesdames.*

A Srta. Ingram baixou os olhos para ela com um ar sarcástico e exclamou:

– Mas que bonequinha!

Ao que lady Lynn comentou:

– É a pupila do Sr. Rochester, imagino. A garotinha francesa da qual ele estava falando.

A Sra. Dent, sempre gentil, tomou-a pela mão e lhe deu um beijo, enquanto Amy e Louisa Eshton exclamavam a um só tempo:

– Que graça!

Levaram-na então até um sofá e era ali que estava sentada agora, cercada pelas senhoras, matraqueando sem parar, ora em francês, ora em seu inglês imperfeito, centralizando as atenções, inclusive da Sra. Eshton e de lady Lynn, e sendo mimada por todas, para seu mais absoluto deleite.

Finalmente, o café é trazido e os cavalheiros são chamados. Estou sentada num canto escuro – se é que há um canto escuro nesse aposento tão iluminado –, meio escondida atrás da cortina da janela. A cortina da arcada se abre. Eles entram. Sua aparição coletiva, assim como ocorrera com as damas, é impressionante. Estão todos vestidos de negro. Quase todos são altos, alguns são jovens. Henry e Frederik Lynn chamam a atenção. E o coronel Dent é um militar imponente. O Sr. Eshton, representante do distrito, tem a aparência de um *gentleman*: cabelos brancos, sobrancelhas e bigodes ainda escuros, o que lhe dá a aparência de um *père noble de théâtre*. Lorde Ingram, como suas irmãs, é muito alto. Como elas, é bonito. Mas tem a mesma apatia, o mesmo olhar vazio de Mary. Parece ter mais centímetros de coxas do que vivacidade no sangue ou vigor no cérebro.

E onde está o Sr. Rochester?

Finalmente, ele entra. Não estou olhando na direção da arcada, mas, mesmo assim, percebo sua presença. Tento concentrar a atenção nas agulhas de tricô, nas linhas com as quais estou tecendo uma bolsa; tento pensar apenas no trabalho que tenho nas mãos, enxergar somente as contas cor de prata, as linhas de seda que estão em meu colo. Enquanto isso, vejo-o distintamente e não posso deixar de pensar em nosso último encontro, quando eu acabara de lhe prestar um serviço essencial, e ele me segurava a mão, encarando-me, fitando-me com olhos que revelavam um coração transbordante, prestes a explodir, e com emoções nas quais eu tomava parte. Como estivéramos próximos naquele instante! O que ocorrera desde então, para mudar tanto nossa posição, a minha e a dele? E, no entanto, agora, quão distantes estávamos, quão estranhos éramos um para o outro. Tão estranhos que eu nem esperava que ele caminhasse até mim para me cumprimentar. Não me espantei quando, sem nem me olhar, ele se sentou do outro lado do salão, começando a conversar com algumas das senhoras.

Logo percebi que sua atenção se concentrava nelas e que eu poderia observá-lo sem ser notada. Meus olhos se voltavam para ele, sem querer. As pálpebras se erguiam por conta própria, e as íris nele se fixavam. Eu olhava e sentia um prazer agudo em olhar – um prazer raro, embora doce-amargo. Precioso, mas com uma ponta de agonia. Um prazer como o que o homem morto de sede deve sentir ao perceber que o poço até o qual se arrastou tem a água envenenada, água que ele, mesmo sabendo disso, beberá de qualquer forma.

Uma verdade é que "a beleza está nos olhos de quem vê". O rosto do meu patrão era de um moreno pálido, de formato quadrado, a testa larga, as sobrancelhas grandes e negras, os olhos fundos, as feições brutas, a boca firme, sombria – denotando energia, decisão, vontade –, nada disso era belo, segundo as convenções. Mas, para mim, eram mais do que belos. Transbordavam um interesse, uma influência, capazes de me paralisar – retiravam de mim qualquer vontade, que ficava a ele submetida. Eu não tivera intenção de amá-lo. O leitor sabe bem que eu tentara a custo extirpar de dentro de mim as sementes daquele amor que nascia. E agora, ao revê-lo por um instante, elas reviviam de forma espontânea, em toda a sua força e verdor! Ele me fez amá-lo sem nem ao menos me olhar.

Eu o comparava a seus hóspedes. O que era a graça galante dos Lynn, a lânguida elegância do lorde Lynn, ou mesmo a distinção militar do coronel Dent, se comparadas a seu vigor nato, a seu genuíno poder? Não me importava a aparência dos demais, sua expressão. Sabia que a maioria das pessoas os consideraria bonitos, atraentes, impressionantes. Enquanto ao Sr. Rochester descreveriam como de feições brutas e aparência triste. Eu os observava sorrindo, gargalhando – e aquilo não significava nada para mim. A luz das velas tinha em si tanta alma quanto aqueles sorrisos. O toque da sineta guardava tanto significado quanto as gargalhadas. E então vi o Sr. Rochester sorrir, suas feições se abrandarem, seus olhos se tornarem mais abertos, mais gentis, parecendo emanar raios que eram ao mesmo tempo doces e perscrutadores. Naquele instante, ele conversava com Louisa e Amy Eshton. Eu me perguntava como elas podiam receber com tanta calma um olhar como aquele, que a mim parecia tão penetrante. Esperava que fossem baixar a vista, corar. Mas fiquei satisfeita em ver que nada disso acontecia.

"Ele não significa para elas o que significa para mim", pensei. "Não faz o tipo delas. Mas faz o meu, sem dúvida. Ele é o *meu* tipo. Sinto-me próxima dele, entendo a linguagem de seu rosto, de seus gestos. Embora estejamos separados pela classe e pela riqueza, trago em mim, no coração e na mente, no sangue e nos nervos, algo que me associa a ele. Fui eu mesma quem disse, há poucos dias, que não tinha nada a ver com ele, a não ser receber de suas mãos meu salário? E fui eu que me proibi de pensar nele de outra forma que não como meu patrão? Blasfêmia contra a natureza! Todos os sentimentos bons, verdadeiros, vigorosos que tenho se aglutinam sem querer em torno dele. Sei que devo esconder meus sentimentos, preciso reprimir as esperanças, entender que ele não pode gostar de mim. Dizer que o Sr. Rochester é o meu tipo não significa que eu própria tenha seu poder de influência, seu dom de atrair. Quero dizer apenas que tenho alguns sentimentos e gostos que coincidem com os dele. Tenho, portanto, que repetir o tempo todo que estamos separados para sempre. E, apesar disso, sei que, enquanto pensar e respirar, vou continuar a amá-lo."

O café é servido. Desde que os cavalheiros entraram, as senhoras estão vivazes como passarinhos. A conversa torna-se animada. O coronel Dent e o Sr. Eshton discutem política. As esposas escutam. As duas viúvas orgulhosas, lady Lynn e lady Ingram, confabulam entre si. Sir George – o qual, a propósito, me esqueci de descrever –, um homem grandalhão, com um ar saudável do campo, está num sofá diante delas, xícara de café na mão, e de vez em quando faz um comentário. Frederik Lynn sentou-se ao lado de Mary e está lhe mostrando as belíssimas gravuras de um livro. Ela observa, sorri de vez em quando, mas aparentemente não faz qualquer comentário. O fleumático lorde Ingram debruça-se, de braços cruzadas, sobre o espaldar da cadeira onde está a pequena Amy Eshton. Ela ergue os olhos para ele e matraqueia sem parar. Parece gostar mais dele do que do Sr. Rochester. Henry Lynn instalou-se numa otomana, aos pés de Louisa, e Adèle divide o lugar com ele. Ele tenta conversar em francês com a menina, para grande diversão de Louisa. Com quem irá Blanche Ingram fazer par? Está sozinha de pé, junto à mesa, debruçada sobre um álbum. Parece esperar que alguém venha ter com ela. Mas não vai esperar muito. Ela própria faz sua escolha.

Tendo se afastado dos Eshton, o Sr. Rochester está, assim como ela, de pé, sozinho. Ela se coloca diante dele, do lado oposto da lareira.

– Sr. Rochester, pensei que não gostasse de crianças.

– Não gosto.

– Então, o que o fez tomar a seu cargo uma bonequinha – apontando para Adèle – como essa que aí está? Onde foi que a encontrou?

– Não a encontrei. Ela foi deixada a meus cuidados.

– Devia tê-la mandado para um colégio.

– Não pude. Colégios são caros demais.

– Bem, imagino que tenha uma preceptora para cuidar dela. Agora há pouco, havia uma moça com a menina... Ela saiu? Ah, não, lá está, atrás da cortina. Você lhe paga um salário, naturalmente. Não sai tão ou mais caro? Porque ainda tem de sustentá-las, as duas.

Temi – ou devo dizer esperei? – que aquela menção fizesse o Sr. Rochester olhar em minha direção. E, quase que involuntariamente, encolhi-me ainda mais atrás das sombras da cortina. Mas ele nem voltou os olhos para mim.

– Não pensei no assunto – respondeu, indiferente, olhando para a frente.

– É, vocês, homens, nunca pensam em economia e bom-senso. Devia ouvir mamãe sobre o capítulo preceptoras. Mary e eu tivemos uma dúzia delas, acho. Metade era detestável e as demais, ridículas, mas todas foram um pesadelo. Não é verdade, mamãe?

– Falou comigo, meu bem?

A jovem, assim chamada pela mãe, repetiu a pergunta, agora com uma explicação.

– Ah, querida, não me fale em preceptoras. Essa palavra me deixa nervosa. Sofri o martírio de sua incompetência e capricho. Agradeço aos céus por não precisar mais lidar com elas!

A Sra. Dent inclinou-se então na direção dela e lhe sussurrou algo ao ouvido. Imagino, pela resposta dada, que a tenha lembrado da presença de uma representante da maldita laia.

– *Tant pis*! – disse ela. – Espero que lhe sirva de lição! – e então, num tom mais baixo, mas ainda suficiente para que eu ouvisse: – Eu bem que a vi. Sou uma conhecedora de fisionomias e, na dela, reconheci os piores defeitos de sua classe.

– E quais são, senhora? – indagou, em voz alta, o Sr. Rochester.

– Vou lhe dizer depois, em particular – respondeu ela, sacudindo o turbante três vezes, de forma significativa.

– Mas minha curiosidade não pode esperar. Quero saber agora.

– Pergunte a Blanche. Ela está perto de você.

– Ah, não o mande perguntar a mim, mamãe. Só tenho uma palavra a dizer sobre elas: são maçantes. Não que eu tenha sofrido muito em suas mãos. Sempre conseguia virar o jogo. Quantos truques eu e Theodore não usamos contra nossas Srta. Wilson, Sra. Grey e madame Joubert! Mary estava sempre com sono e não participava das tramas. O mais divertido foi com madame Joubert. A Srta. Wilson era uma pobre tola, sem o menor humor, que vivia choramingando, e nem havia graça em tentar algo contra ela. A Sra. Grey era ríspida, insensível, nada era capaz de afetá-la. Mas a pobre madame Joubert! Ainda posso vê-la, louca de raiva, quando conseguíamos tirá-la do sério, derramando nosso chá, esmigalhando o pão com manteiga, jogando os livros para o alto ou tocando "música" com as réguas, a carteira, a grade e os ferros da lareira. Theodore, você se lembra daqueles dias felizes?

– Ah, claro – balbuciou lorde Ingram. – A pobre velha costumava gritar "Crianças bandidas!". Então nós lhe chamávamos a atenção, dizendo que era uma presunção ela querer nos ensinar coisas, ela, que era muito mais ignorante do que nós.

– Isso mesmo. E, Tedo, lembra que eu o ajudei a delatar, e a perseguir, seu tutor, o Sr. Vining, o pároco-de-araque, como o chamávamos? Ele e a Srta. Wilson tomaram a liberdade de se apaixonar um pelo outro, ou pelo menos Tedo e eu achávamos isso: nós flagrávamos olhares ternos e suspiros, que interpretávamos como sinais de *la belle passion*, e eu prometi a você que logo todo mundo ficaria sabendo. Usávamos isso para proveito próprio. E a querida mamãe, quando descobriu o que se passava, chegou à conclusão de que era de natureza imoral. Não é verdade, mamãe?

– Claro, minha querida. E eu estava certa. Podem acreditar: há milhares de razões pelas quais não se pode, nas casas decentes, tolerar ligações entre preceptoras e tutores, nem por um segundo. Primeiro...

– Ah, mamãe, não vá enumerá-las! Por favor, poupe-nos. *Au reste*, todos nós as conhecemos: perigo de mau exemplo para as crianças inocentes; distrações e consequente negligência quanto aos deveres dos envolvidos; aliança mútua; tal associação e confiança, acompanhadas de insolência, resultando em motim e caos completo. Não é isso mesmo, baronesa Ingram, de Ingram Park?

– Você está certíssima, minha florzinha. Aliás, como sempre.

– Então, nada mais precisa ser dito. Vamos mudar de assunto.

Amy Eshton, não tendo ouvido ou assimilado a última frase, comentou, com sua vozinha infantil:

– Louisa e eu costumávamos desafiar nossa preceptora. Mas ela era uma criatura tão boa que suportava tudo. Nada a tirava de si. Jamais se zangava conosco. Não é verdade, Louisa?

– É, nunca. Nós podíamos fazer o que quiséssemos, bagunçar-lhe a escrivaninha e as pastas de trabalho, virar-lhe as gavetas de cabeça para baixo. Era tão boazinha, não nos negava nada.

– Imagino – disse a Srta. Ingram, torcendo a boca com sarcasmo. – Agora vamos ter um resumo de todas as preceptoras existentes. Para evitar isso, mais uma vez sugiro uma mudança de assunto. Sr. Rochester, não concorda comigo?

– Senhora, eu lhe dou meu apoio neste como em qualquer outro assunto.

– Então cabe a mim o ônus de ir em frente. *Signor* Eduardo, está propenso a cantar esta noite?

– *Donna* Bianca, estarei, se assim me for solicitado.

– Então, *signor*, eu lhe ordeno que carregue os pulmões e quaisquer outros órgãos vocais, a fim de utilizá-los em meu real serviço.

– Quem não seria o Rizzio de uma tão divinal Mary?*

– Um figo para Rizzio! – exclamou ela, balançando a cabeça cheia de cachos, enquanto se encaminhava ao piano. – Acho que o violinista David deve ter sido um rapaz insípido. Gosto mais do cruel Bothwell.** Para mim, um homem não é nada se não tiver em si uma pitada demoníaca. A história pode dizer o que quiser de James Hepburn, mas tenho certeza de que ele era um herói-bandido, selvagem e corajoso, ao qual eu não titubearia em dar minha mão.

– Senhores, estão ouvindo? Então, qual dos senhores se parece mais com Bothwell? – exclamou o Sr. Rochester.

– Acho que a escolha recai em você – disse o coronel Dent.

– Ah, que honra, fico-lhe muito grato – foi a resposta.

A Srta. Ingram, que acabara de se sentar, com toda a graça, ao piano, espalhando as saias com um ar de rainha, começou a tocar um belo prelúdio. Enquanto o fazia, ainda falava. Estava em seu apogeu nessa noite. Tanto suas palavras quanto sua atitude pareciam ter por

---

*David Rizzio, cortesão italiano e secretário particular da rainha Mary Stuart, da Escócia, assassinado em 1566, a mando do segundo marido da soberana, Henry Stuart. (*N. da T.*)

**James Hepburn, conde de Bothwell, terceiro marido de Mary Stuart. (*N. da T.*)

objetivo suscitar não só a admiração, mas também o espanto, dos presentes. Queria sem dúvida fazer com que soassem impressionantes e ousadas.

– Ah, estou cansada desses homens de hoje! – exclamou, os dedos correndo pelo instrumento. – São uns tolos, sem qualquer graça, incapazes de dar um passo do lado de fora dos portões dos seus papais. Não podem andar sem antes obter a permissão e a proteção das mamães, são criaturas tão absorvidas no cuidado de suas próprias belas faces, e de suas mãos alvas, e de seus pés delicados, como se um homem tivesse que ser bonito! Como se a beleza não fosse uma prerrogativa da mulher, sua herança legítima, seu legado. Acho que uma mulher feia é uma nódoa na bela face da criação. Mas quanto aos cavalheiros, que eles possuam apenas força e valor. Que seu lema seja: caçar, atirar e lutar. O resto não importa. Esse seria meu princípio, se eu fosse um homem.

Depois de uma pausa, e como ninguém fizesse qualquer comentário, continuou:

– Se algum dia me casar, quero que meu marido seja não um rival, mas alguém que me realce. Não quero competidores perto do trono. Exijo as homenagens todas para mim. Sua devoção não deverá ser dividida entre mim e a imagem que ele próprio vê no espelho. Agora, Sr. Rochester, cante, que vou tocar para você.

– Sou todo obediência – foi a resposta.

– Aqui vai então uma canção de piratas. Eu gosto de piratas, você sabe. Por isso, cante *con spirito.*

– Uma ordem da Srta. Ingram seria capaz de infundir espírito numa caneca de leite.

– Então, cuidado. Se não me agradar, vou lhe envergonhar mostrando como as coisas *devem* ser feitas.

– Isso é oferecer um prêmio à incapacidade. Agora, tenho certeza de que estou fadado a falhar.

– *Gardez-vous en bien*! Se falhar, o castigo será proporcional.

– A Srta. Ingram deveria ser magnânima, pois tem o poder de infligir um castigo que nenhum mortal seria capaz de suportar.

– É? Pois explique-se! – ordenou a jovem.

– Perdão, senhora. Não darei explicações. Seu próprio bom-senso lhe dirá que um mero cenho franzido de sua parte equivale à pena capital.

– Cante! – disse ela. E, mais uma vez tocando as teclas do piano, começou a acompanhá-lo, com grande vivacidade.

"Agora é hora de ir embora", pensei. Mas a voz que encheu a sala naquele instante me paralisou. A Sra. Fairfax dissera que o Sr. Rochester possuía uma bela voz. E tinha mesmo – uma voz melodiosa, um baixo vigoroso, no qual jogava os próprios sentimentos, a própria força. Buscando um caminho entre o ouvido e o coração, e ali despertando estranhas sensações. Esperei até expirar a última vibração, até que a conversa recomeçasse, depois de uma pausa. Saí, então, de meu canto e deixei o salão pela porta lateral, que felizmente ficava próxima. Dali, um corredor estreito levava ao vestíbulo. Ao atravessá-lo, percebi que meu cadarço desamarrara. Parei para reatá-lo, ajoelhando-me ao pé da escadaria. Ouvi a porta do salão de banquetes se abrir. Um cavalheiro saiu. Erguendo-me de súbito, vi-me face a face com ele. Era o Sr. Rochester.

– Como vai? – perguntou.

– Estou muito bem, senhor.

– Por que não veio falar comigo no salão?

Pensei que poderia devolver-lhe a mesma pergunta. Mas não tomaria tal liberdade. E respondi:

– Não queria incomodá-lo, senhor, já que parecia tão ocupado.

– O que tem feito durante minha ausência?

– Nada em especial. Ensinado a Adèle, como de hábito.

– E ficado muito mais pálida do que era, como pude notar à primeira vista. O que está acontecendo?

– Nada, em absoluto, senhor.

– Pegou algum resfriado naquela noite em que quase me afogou?

– Não, de jeito algum.

– Volte para a sala de visitas. Está saindo cedo demais.

– Estou cansada, senhor.

Ele me olhou por um instante.

– E um pouco deprimida – acrescentou. – O que é? Diga-me.

– Nada... Nada, senhor. Não estou deprimida.

– Pois afirmo que está. Tão deprimida que mais algumas palavras e as lágrimas aflorarão a seus olhos. Na verdade, já estão aí, flutuando, cintilando. Uma pérola se desprendeu do cílio e caiu no tapete. Se tivesse tempo, e se não estivesse morto de medo de que algum criado passasse e visse, eu saberia o que tudo isso significa. Bem, boa noite, eu a dispensarei. Mas saiba que, enquanto os hóspedes continuarem aqui, quero que esteja sempre presente na sala de visitas. É meu desejo, não deixe de cumpri-lo. E agora, vá. Mande Sophie vir buscar Adèle. Boa noite, meu... – ele parou, mordendo os lábios. E, com um gesto abrupto, afastou-se de mim.

18

Dias alegres foram aqueles em Thornfield Hall. E muito ocupados, também. Muito diferentes dos três primeiros meses de quietude, monotonia e solidão que eu passara sob seu teto. Todos os sentimentos ruins pareciam ter sido varridos da casa, todas as associações infelizes, dissipadas. Por toda parte, havia movimento e vida, o dia inteiro. Era impossível atravessar os corredores, antes tão silenciosos, ou entrar num dos quartos da frente, antes vazios, sem cruzar com uma prestativa aia ou um aprumado valete.

A cozinha, a copa dos mordomos, a saleta dos criados, a entrada do vestíbulo, todos estavam sempre cheios. E os salões só ficavam vazios quando o céu azul e o sol cintilante de primavera chamavam os hóspedes para os campos. Mesmo quando o tempo piorava, e chovia por dias seguidos, a umidade jamais superava a alegria. Eram realizados jogos dentro de casa, dos mais variados e animados tipos, à espera de que se pudessem de novo aproveitar as atividades ao ar livre.

Fiquei me perguntando o que fariam numa noite em que alguém propôs uma nova brincadeira: falaram em "brincar de charada", e eu, na minha ignorância, não conhecia o termo. Os criados foram chamados, as mesas da sala de jantar arrastadas, as luzes trocadas de lugar, e as cadeiras colocadas em semicírculo diante da arcada. Enquanto o Sr. Rochester e os outros cavalheiros orientavam tais mudanças, as damas subiam e desciam as escadas, chamando pelas aias. A Sra. Fairfax foi chamada para dar informações a respeito do estoque de xales, vestidos, panos de cortina de todo tipo, disponíveis na casa. Alguns guarda-roupas do terceiro andar foram vasculhados e de dentro deles surgiram brocados e anáguas de arame, paletós de cetim, vestidos negros, lapelas de renda, que foram trazidos para baixo nos braços das aias. Em seguida, foi feita uma seleção e as peças escolhidas levadas para o *boudoir* que havia dentro da sala de visitas.

Enquanto isso, o Sr. Rochester tornara a reunir as damas em torno dele e estava selecionando quem iria participar de seu grupo.

– A Srta. Ingram fica comigo, é claro – disse, chamando depois as senhoritas Eshton e a Sra. Dent. Então, olhou para mim. Por acaso eu estava por perto, ajudando a encaixar o fecho do bracelete da Sra. Dent, que se abrira. – Quer participar? – perguntou.

Balancei a cabeça. Ele não insistiu, como cheguei a temer que fosse acontecer. Deixou que eu me retirasse calmamente para um canto, onde costumava me sentar.

Ele e suas ajudantes foram então para trás da cortina da arcada. O outro grupo, liderado pelo coronel Dent, sentou-se nas cadeiras colocadas em semicírculo. Um dos cavalheiros, o Sr. Eshton, chegou a me olhar, parecendo a ponto de me chamar para participar. Mas lady Ingram refutou a ideia de imediato.

– Não – ouvi-a dizer. – Ela parece estúpida demais para participar de um jogo desse tipo.

A essa altura, um sino tocou e a cortina se abriu. Sob a arcada, envolta numa túnica branca, surgiu a figura corpulenta de Sir George Lynn, o qual fora escolhido pelo Sr. Rochester. Atrás dele, havia um grande livro aberto sobre uma mesa. A seu lado, estava Amy Eshton, vestida com a capa do Sr. Rochester, ela própria segurando um livro nas mãos. Alguém tocou insistentemente o sino. Então, Adèle, que fizera questão de ser uma das ajudantes do guardião, deu um passo à frente e espalhou em torno de si as flores que trazia numa cesta. Surgiu em seguida a magnífica figura da Srta. Ingram, vestida de branco, com um véu na cabeça e uma tiara de rosas em torno da testa.

A seu lado, vinha o Sr. Rochester. Juntos, aproximaram-se da mesa e se ajoelharam, enquanto a Sra. Dent e Louisa Eshton tomavam seus lugares atrás deles. Encenaram então uma apresentação, muda, na qual foi fácil reconhecer a pantomima de um casamento. Quando acabou, o coronel Dent, depois de ficar cochichando com os outros participantes de seu grupo durante dois minutos, exclamou:

– Noiva! – e o Sr. Rochester fez uma mesura. A cortina se fechou.

Houve um longo intervalo antes que tornasse a se abrir. Quando isso aconteceu, surgiu um cenário bem mais elaborado do que o anterior. A sala de visitas, como já disse antes, ficava dois degraus acima do nível do salão de banquetes. Acima dos degraus, um ou dois metros sala adentro, estava colocada no chão uma grande bacia de mármore, que reconheci como um dos ornamentos da estufa, onde normalmente ficava, cheia de exóticos peixinhos dourados – e de onde fora transportada, não com pouco esforço, por causa de seu tamanho e peso.

Sentado no tapete, ao lado da bacia, estava o Sr. Rochester, envolto em xales, com um turbante na cabeça. Seus olhos escuros, a pele trigueira e as feições selvagens combinavam perfeitamente com o traje. Parecia um emir do Oriente, vítima ou algoz de um estrangulamento com corda de arco. Em seguida, surgiu a Srta. Ingram. Ela, também, estava vestida à maneira oriental. Uma estola vermelha atada à cintura; um lenço bordado preso em torno da testa; os braços bem-feitos à mostra, um deles erguido, sustentando um cântaro, graciosamente equilibrado sobre a cabeça. Tanto nas roupas quanto nas feições, tanto no corpo como na expressão, lembrava uma princesa israelita dos tempos patriarcais. Este era, sem dúvida, o personagem que queria representar.

Aproximou-se da bacia e sobre esta se debruçou, a fim de encher o cântaro. Recolocou-o sobre a cabeça. O personagem que se encontrava junto ao poço agora parecia dirigir-se a ela, fazendo-lhe uma pergunta. Num instante, ela baixou o cântaro que carregava e deu de beber ao homem. Este, então, tirou de dentro das vestes um baú, abriu-o e mostrou magníficos braceletes e brincos. Ela pareceu muito admirada. Ajoelhando-se, o homem deitou o tesouro a seus pés. Incredulidade e satisfação surgiram no olhar e nos gestos da moça.

O estranho colocou-lhe braceletes nos braços, pendurou brincos em suas orelhas. Eram Eliezer e Rebeca – só faltavam os camelos.

O grupo que fazia a adivinhação ficou deliberando durante um tempo. Não pareciam chegar a um consenso a respeito da cena apresentada. O coronel Dent, que era o porta-voz, pediu um "quadro geral". E a cortina tornou a se fechar.

Quando foi aberta pela terceira vez, só se via uma parte da sala de visitas, o restante estando escondido atrás de uma tela ou cortina escura, que fora pendurada. A bacia de mármore desaparecera. Em seu lugar, havia uma mesa de madeira e uma cadeira de cozinha, ambos iluminados por uma luz tênue, que emanava de uma lanterna de osso. As velas de cera tinham sido todas apagadas.

Em meio a essa cena lúgubre, um homem estava sentado, com as mãos cruzadas sobre os joelhos, os olhos fixos no chão. Reconheci o Sr. Rochester, apesar do disfarce, do rosto sombrio, da roupa desfeita (o casaco pendendo de um dos braços, como se tivesse sido arrancado de seus ombros com um safanão), da expressão de preocupação e desespero, dos cabelos em desalinho. Quando ele se moveu, ouviu-se um ruído de correntes: trazia grilhões nos pulsos.

– Cárcere!* – exclamou o coronel Dent. A charada foi decifrada.

Depois de um longo intervalo, em que os participantes vestiram suas roupas normais, eles reapareceram na sala de jantar. O Sr. Rochester de braço com a Srta. Ingram. Ela o cumprimentava por sua atuação.

– Sabe – dizia –, dos três personagens, o que mais gostei foi o que fez por último. Se você tivesse alguns anos a menos, que galante salteador de estrada não daria!

– Meu rosto ainda está com fuligem? – perguntou ele, virando o rosto para a moça.

– Não, saiu tudo. Que pena! Nada combina mais com seu rosto do que essa maquiagem de rufião.

– Então você queria um herói salteador?

---

*Em inglês, *bridewell* é cárcere, palavra que se compõe de *bride* (noiva) e *well* (poço). (*N. da T.*)

– Um herói salteador inglês seria a melhor coisa, depois de um bandido italiano. E este último só perderia para um pirata do Mediterrâneo!

– Bem, seja eu o que for, lembre-se de que você é minha esposa. Nós nos casamos há apenas uma hora, na presença de todas essas testemunhas.

Ela deu uma risadinha e corou.

– Bem, Dent – continuou o Sr. Rochester –, agora é sua vez.

Enquanto o outro grupo se retirava, ele e os seus tomaram lugar nas cadeiras. A Srta. Ingram sentou-se do lado direito do líder. As outras adivinhadoras sentaram-se ao lado dele e dela. Eu já não estava interessada nos atores. Já não esperava com ansiedade que a cortina se abrisse. Minha atenção agora se concentrava nos espectadores. Meus olhos, antes fixos no vão sob a arcada, agora eram atraídos de forma irresistível para o semicírculo de cadeiras. Que charada prepararam o coronel Dent e seu grupo, que palavras escolheram, como se fantasiaram, nem consigo lembrar. Mas recordo bem as deliberações que se seguiam às cenas: vejo o Sr. Rochester virar-se para a Srta. Ingram e ela para ele. Vejo-a inclinando a cabeça em sua direção, até os cachos negros tocarem-lhe os ombros, roçarem-lhe de leve o rosto. Ouço seus sussurros. Lembro-me da troca de olhares. Chego mesmo, às vezes, a recordar algum detalhe do espetáculo em si.

Já lhe contei, leitor, que eu aprendera a amar o Sr. Rochester. Não poderia desamá-lo agora, só por perceber que ele já não prestava atenção em mim (eu podia passar horas em sua presença, sem que ele desse mostras de me ver). Não podia desamá-lo agora, só porque o via dar toda a atenção a uma grande dama, que me desprezava a ponto de evitar tocar-me com a barra da saia ao passar por mim. Uma dama que, quando por acaso me fitava por um segundo, desviava o olhar, como se eu não fosse digna sequer de ser observada. Não podia desamá-lo agora, por ter certeza de que eles logo se casariam (pois via, todos os dias, no semblante dela, uma calma certeza quanto a isso) e porque era testemunha de que ele lhe fazia a corte. E, se essa corte tinha um estilo displicente, em que ele parecia mais ser caça do que caçador, ao mesmo tempo havia nessa displicência um charme irresistível e cativante.

Mesmo em tais circunstâncias, nada seria capaz de amenizar ou matar o amor que eu sentia, o que só me provocava desespero. Havia ali, como o leitor constatará, muita razão para despertar ciúmes. Isso, se uma mulher de minha posição tivesse a presunção de ficar enciumada de alguém como a Srta. Ingram. Mas eu não sentia ciúme, ou só raramente. A natureza do sentimento que experimentava não podia ser definida por tal palavra. A Srta. Ingram estava aquém do ciúme. Ela era um ser inferior demais para despertar esse sentimento. Perdoe-me o aparente paradoxo. Sei o que estou dizendo. Ela era muito exibida, mas não era verdadeira. Tinha bela aparência, lindas roupas, mas era pobre de espírito e, por natureza, tinha o coração estéril. Nada germinava de forma espontânea naquele solo. Nenhum fruto natural se deliciava com seu frescor. Ela não era uma pessoa boa. Não era original. Apenas repetia frases que aprendia nos livros. Jamais oferecia, ou tinha, uma opinião própria. Falava com ênfase e sentimento, mas desconhecia as sensações de simpatia e compaixão. Não havia nela nem ternura nem verdade. A todo momento, a Srta. Ingram se traía, dando vazão a uma antipatia gratuita que desenvolvera por Adèle, afastando-a com uma frase brusca se a menina por acaso se aproximava dela. Às vezes, ordenava que saísse da sala, e sempre a tratava com frieza e rispidez. Outros olhos, além dos meus, observavam essas manifestações de caráter e o faziam com muita atenção, sagacidade e agudeza. Sim, eram os olhos do futuro noivo, do próprio Sr. Rochester, que pareciam observar sem descanso a sua pretendida. E foi dessa sagacidade, dessa atitude cautelosa, da perfeita consciência do defeito alheio, da óbvia ausência, da parte dele, de paixão por ela, enfim – foi daí que nasceu a minha dor infinda e excruciante.

Eu via que ele se casaria com ela, por questões de família, talvez por motivos políticos. Por causa de sua posição social, das conexões que ela lhe traria. Sentia que ele não a amava, e que as qualificações dela eram muito pobres para ganhar dele tal tesouro. Esse era o ponto – era aí que o nervo exposto sentia o toque, era onde a febre se alimentava: *ela não fora capaz de conquistá-lo.*

Caso tivesse vencido de pronto, e ele se prostrasse a seus pés com toda a sinceridade, eu teria coberto o rosto, virado para trás, e (no sentido figurado) eles estariam mortos para mim. Se a Srta. Ingram fosse uma mulher nobre e bondosa, se fosse aquinhoada com força, fervor, doçura, bom-senso, eu me teria visto lutando entre duas dores – o ciúme e a desesperança. Então, mesmo com o coração destroçado, seria capaz de admirá-la. Admitiria suas qualidades e ficaria quieta pelo resto dos meus dias. E, quanto mais absoluta fosse sua superioridade, mais profunda teria sido minha admiração, mais tranquila e genuína minha aquiescência. Mas, ao contrário, assistir aos esforços da Srta. Ingram tentando fascinar o Sr. Rochester; assistir a suas repetidas tentativas vãs, enquanto ela própria percebia que falhava; vê-la lançar-se em empreitadas que não surtiam efeito e fingir acreditar que acertara o alvo, enquanto orgulho e autocomplacência rejeitavam cada vez com mais veemência aquilo de que ela procurava se convencer – assistir a *isso* era estar submetida, a um só tempo, a uma pressão incessante e a uma tortura impiedosa.

Porque, ao vê-la falhar, eu percebia como podia ter sido bem-sucedida. Flechas que eram lançadas o tempo todo sobre o peito do Sr. Rochester, e que caíam a seus pés sem tocá-lo, poderiam, eu sabia, se atiradas por mãos mais firmes, ter atingido de forma certeira seu coração orgulhoso, levando amor a seus olhos e doçura ao rosto sardônico. Ou, melhor ainda, sem qualquer arma, uma estratégia silenciosa poderia ter levado à conquista.

"Por que ela não consegue influenciá-lo mais, tendo o privilégio de estar tão perto dele?", eu me perguntava. "Está claro que não o ama de verdade, com uma afeição verdadeira. Se o fizesse, não precisaria forjar sorrisos tão lânguidos, lançar olhares tão constantes, pôr ares tão elaborados, fazer tantos gracejos. Acho que ela seria capaz de se aproximar mais dele se simplesmente se sentasse a seu lado e ficasse quieta. Já vi no rosto do Sr. Rochester uma expressão bem diferente desta que o endurece agora, enquanto ela está próxima. Mas naquela ocasião foi algo espontâneo. Não partiu de artes da conquista, de manobras calculadas. É preciso apenas aceitá-lo, responder a suas perguntas sem pretensão, dirigir-se a ele quando necessário, mas sem afetação. E assim fazer com que se torne mais gentil, menos carrancudo, aquecendo-o como um raio de sol. Como será que ela fará para agradá-lo quando estiverem casados? Acho que não vai dar certo. E, no entanto, poderia dar. Sua esposa poderia, acredito nisso piamente, ser a mais feliz das mulheres sobre a terra."

Até agora, nada disse contra o Sr. Rochester, sobre seu projeto de se casar por causa de interesse e conexões. Fiquei surpresa ao descobrir que tais eram suas intenções. Julgava-o incapaz de se deixar influenciar por motivos tão corriqueiros em sua busca por uma esposa. Mas, quanto mais analisava a posição, a educação dos pretendentes, menos me sentia apta a fazer julgamentos a respeito dele ou da Srta. Ingram, culpando-os por agir de acordo com princípios que lhes tinham sido incutidos, sem sombra de dúvida, desde a infância. Todos de sua classe obedeciam a tais princípios. Imagino, portanto, que tivessem razões para agir assim, razões que me escapavam. Eu achava que, se fosse um homem como ele, só tomaria por esposa alguém que pudesse amar. A obviedade disso era tamanha, e tão grande a vantagem para o marido, que na certa havia argumentos contrários, os quais eu ignorava. Senão, o mundo inteiro agiria como eu gostaria de agir.

Mas em outros pontos, também, eu começava a desculpar mais e mais meu patrão. Esquecia-lhe os defeitos, para os quais estivera outrora tão atenta. Antes, encarregava-me de analisar todos os seus traços de caráter, pesando os bons e os ruins. Com base nessa comparação, formava um julgamento justo. Agora, já não via nada de ruim. O sarcasmo que antes assustava, a dureza que já me chocara, agora eram meros condimentos de um prato escolhido. Sua presença era tão pungente que a ausência era sentida como algo comparativamente insípido. Quanto àquele algo indefinido – seria uma expressão sinistra ou lamuriosa, de desejo ou de desprezo? – que surgia de quando em quando em seu rosto, ante os olhos de uma observadora atenta, e em seguida desaparecia em suas profundezas, que me inspirava temor e espanto, com a sensação de estar vagando à beira da cratera de um vulcão, sentindo o chão subitamente estremecer e se abrir; esse algo, eu às vezes ainda sentia, com o coração aos pulos, mas não com os nervos apáticos. Em vez de evitá-lo, eu queria apenas ousar adivinhar o que era. E considerava a Srta. Ingram uma mulher feliz, porque teria um dia a oportunidade de penetrar naquele abismo sem pressa, de explorar-lhe os segredos e analisar sua natureza.

Enquanto isso, enquanto eu pensava apenas em meu patrão e sua futura noiva – prestando atenção em nada além deles, ouvindo sua conversa e levando em consideração somente os movimentos que faziam –, os demais convidados se ocupavam com os próprios interesses e prazeres. As senhoras Lynn e Ingram continuavam com sua conversa solene, na qual ambas balançavam os turbantes, as quatro mãos dadas em gestos de surpresa, ou mistério, ou horror, de acordo com o tema sobre o qual versava a intriga que as ocupava, como se fossem duas gigantescas bonecas. A suave Sra. Dent dialogava com a bem-humorada Sra. Eshton. E às vezes as duas me lançavam uma palavra cortês ou um sorriso. Sir George Lynn, o coronel Dent e o Sr. Eshton discutiam política, ou questões nacionais, ou ainda negócios. Lorde Ingram flertava com Amy Eshton. Louisa tocava e cantava para e com uma das senhoritas Lynn. E Mary Ingram escutava, lânguida, o discurso da outra. Às vezes, todos eles, como se ensaiados, suspendiam suas falas só para observar os dois atores principais. Porque, afinal de contas, o Sr. Rochester e – por estar tão ligada a ele – a Srta. Ingram eram a vida e a alma da festa. Se ele se ausentava da sala por um tempo, um desânimo palpável parecia cair sobre o espírito dos convidados. Quando voltava, dava novo impulso à vivacidade da conversa.

A falta que ele fazia foi especialmente sentida no dia em que precisou ir a Millcote a negócios, voltando somente à noite. A tarde estava úmida. Por isso, fora adiada uma caminhada que os convidados tinham planejado fazer até um acampamento de ciganos, que dias antes fora armado numa localidade perto de Hay. Alguns dos homens foram para os estábulos. Os mais jovens, ao lado das moças, estavam jogando na sala de bilhar. Os nobres Ingram e Lynn buscaram refúgio num solitário jogo de cartas. Blanche Ingram, depois de recusar, com evidente mau humor, as tentativas das senhoras Dent e Eshton de entabular uma conversa, primeiro cantarolou umas melodias sentimentais ao piano, depois pegou um romance na biblioteca e se atirou num sofá, a fim de enfrentar, com a ajuda da ficção, as horas de tédio provocadas por aquela ausência. O salão e a casa estavam silenciosos. Apenas de quando em quando ouvia-se, vindo do andar superior, o barulho feito pelos jogadores de bilhar.

Já estava quase anoitecendo, e o relógio avisara que era quase hora de se vestir para o jantar, quando a pequena Adèle, ajoelhada aos meus pés na sala de visitas, de repente exclamou:

– *Voilà monsieur Rochester, qui revient!*

Eu me virei e a Srta. Ingram levantou do sofá de um salto. Todos os outros interromperam o que estavam fazendo. Ao mesmo tempo, ouviu-se um rumor de rodas, um bater de cascos de cavalos na areia molhada. Uma carruagem se aproximava.

– O que será que deu nele para voltar para casa com tanto estilo? – perguntou a Srta. Ingram. – Saiu daqui montando Mesrour, o cavalo negro, não foi? E Pilot estava com ele... O que será que fez com os animais?

Ao dizer isso, debruçou-se de tal maneira, com seu vestido amplo, sobre a janela, que eu fui obrigada a me encolher até quase quebrar a espinha. Em sua ânsia, ela a princípio nem notara minha presença, mas, ao me ver, deu um muxoxo e se deslocou para outra janela. A carruagem parou. O cocheiro tocou a sineta da porta e um cavalheiro, vestido com trajes de viagem, saltou. Mas não era o Sr. Rochester. Era um homem alto, muito bem-vestido – um estranho.

– Que provocação! – exclamou a Srta. Ingram. – Sua macaquinha! – dirigindo-se a Adèle. – Quem lhe fez ir até a janela e dar um alarme falso? – e me lançou um olhar furioso, como se a culpa fosse minha.

Ouviram-se vozes no vestíbulo, e logo o novo hóspede entrou. Fez uma mesura para lady Ingram, como se percebesse que ela era a senhora mais velha ali presente.

– Parece que cheguei num momento inconveniente, senhora – disse. – Soube que o Sr. Rochester está ausente. Mas estou vindo de uma longa jornada e, como me considero um velho conhecido, acho que posso me instalar aqui até que ele volte.

Era bem-educado. Seu sotaque me pareceu um pouco incomum, não exatamente o de um estrangeiro, mas tampouco o de um inglês. Parecia ser mais ou menos da idade do Sr. Rochester, algo entre trinta e quarenta anos. O rosto era um tanto amarelado, mas, fora isso, tinha um bom aspecto, pelo menos à primeira vista. Só que, num exame mais detalhado, era possível detectar algo mais em seu rosto que desagradava. Ou que não chegava a agradar. Suas feições eram comuns, mas não relaxadas. Os olhos, grandes e bem-feitos, pareciam sem vida, ausentes – pelo menos, foi o que me pareceu.

O som da sineta marcando a hora de se vestir para o jantar dispersou os convidados. E só voltei a vê-lo depois da refeição. Então, já parecia bem à vontade. Mas gostei ainda menos de sua fisionomia. Pareceu-me, a um só tempo, inquieta e sem alma. Seu olhar vagava, sem motivo. Isso lhe dava uma aparência estranha, que eu não me lembrava de jamais ter visto. Embora fosse um homem atraente e bem-apessoado, ele me provocava repulsa. Não havia força naquela pele macia, no rosto oval e cheio. Nenhum pensamento expresso na testa estreita e lisa. Nenhuma vontade nos olhos castanhos, vazios.

Sentada no meu canto habitual, eu o observava enquanto a luz do candelabro junto à lareira incidia diretamente sobre ele – porque ele ocupava a cadeira mais próxima do fogo e se chegava mais e mais para perto, como se estivesse com frio – e o comparava ao Sr. Rochester. Acho, e falo com deferência, que o contraste não poderia ser maior do que aquele entre o maneirismo de um ganso e o poder de um falcão; entre a fragilidade de um carneiro e a esperteza de seu cão guardião, de pelo rústico e olhar agudo.

Ele se referira ao Sr. Rochester como a um velho amigo. Seria uma amizade curiosa, aquela. Um perfeito exemplo da velha máxima de que "os opostos se atraem".

Dois ou três dos cavalheiros se sentaram perto dele, enquanto eu, do outro lado do salão, pescava fragmentos da conversa. A princípio, não consegui entender sobre o que falavam, porque a conversa de Louisa Eshton e Mary Ingram, que estavam sentadas perto de mim, tornava ainda mais fragmentadas as frases que de quando em quando chegavam até meus ouvidos. As duas estavam falando sobre o forasteiro. Classificavam-no de "homem bonito". Louisa chamou-o de "um amor de criatura", acrescentando que o estava "adorando". E Mary comentou que "sua boca pequena e o nariz bem talhado" eram um charme.

– E que semblante doce ele tem! – exclamou Louisa. – Tão suave. Não tem aquelas irregularidades que eu detesto. E o sorriso e o olhar são tão plácidos!

E então, para meu grande alívio, o Sr. Henry Lynn chamou-as para um outro ponto da sala, a fim de discutirem o adiamento da excursão para Hay.

Agora, eu podia me concentrar no grupo junto à lareira, e descobri que o novo hóspede se chamava Sr. Mason. Soube então que acabara de chegar à Inglaterra, vindo de algum país de clima quente. Era por isso, sem dúvida, que seu rosto estava tão amarelado e ele se sentava tão perto da lareira, além de usar um capote dentro de casa. A certa altura, a palavra Jamaica foi pronunciada, assim como Kingston, Spanish Town e outras, indicando que ele vivera nas Índias Ocidentais. E não foi sem surpresa que fiquei sabendo que fora justamente lá que conhecera o Sr. Rochester. Ele comentou que seu amigo detestava o calor, os furacões e as temporadas de chuva naquela região. Eu sabia que o Sr. Rochester fora um grande viajante. A Sra. Fairfax me tinha dito isso. Mas pensei que ele se tivesse atido ao continente europeu e não que viajara para paragens tão distantes.

Pensava assim quando um incidente, um tanto inesperado, interrompeu minhas divagações. O Sr. Mason, tremendo a cada vez que alguém abria a porta, pediu mais carvão para o fogo da lareira, uma vez que a lenha já se queimara por inteiro, embora ainda houvesse brasas bem acesas. O criado que trouxe o carvão, ao sair, parou ao lado da cadeira do Sr. Eshton e lhe disse algo em voz baixa. Distingui as palavras "senhora" e "muito agitada".

– Diga que ela será amarrada no tronco se não for embora daqui – retrucou o magistrado.

– Não... não faça isso! – intrometeu-se o coronel Dent. – Não a mande embora, Eshton. Podemos chegar a um acordo. É melhor consultar as senhoras.

E, falando em voz alta, continuou:

– Senhoras, ouvi que estavam planejando ir a Hay para visitar um acampamento de ciganos. O criado Sam está dizendo que uma das bruxas está agora no hall de serviço, insistindo em ser trazida à presença "das pessoas finas", para ler-lhes a sorte. As senhoras gostariam de recebê-la?

– Ora, coronel! – bradou lady Ingram. – Não acredito que o senhor vá encorajar esse tipo de impostura. Mande-a embora imediatamente, sem dúvida!

– Mas não consigo convencê-la a ir-se, senhora – argumentou o criado. – Nem eu, nem os outros empregados. A Sra. Fairfax está lá agora mesmo, tentando persuadi-la. Mas ela se sentou junto ao fogo e diz que nada a fará levantar-se enquanto não tiver permissão para vir até aqui.

– E o que quer? – perguntou a Sra. Eshton.

– Quer "ler a sorte dos senhores". É o que diz, senhora. E jura que precisa e que irá fazê-lo.

– Como ela é? – perguntaram as Srtas. Eshton, em coro.

– É uma criatura horrorosa, senhorita, e preta como um tição.

– Então ela é mesmo uma adivinha! – disse Frederick Lynn. – Vamos deixá-la entrar, claro!

– Vamos, sim – concordou o irmão. – Seria uma pena deixarmos passar uma chance dessas de nos divertirmos.

– Meus jovens, o que vocês têm em mente? – perguntou a Sra. Lynn.

– Não posso admitir que tomemos uma atitude tão esdrúxula – intrometeu-se a duquesa Ingram.

– De fato, mas a senhora pode, sim, e *irá* admitir – anunciou a voz altiva de Blanche, que se virava no banquinho do piano. Até então, estivera sentada ali em silêncio, aparentemente examinando as partituras musicais. – Tenho curiosidade de ouvir alguém ler a minha sorte. Sendo assim, Sam, mande a mulher entrar.

– Minha querida Blanche, lembre-se de que...

– Eu sei. Vou me lembrar de tudo o que você sugerir. Mas quero satisfazer minha vontade. Rápido, Sam!

– Sim! Sim! Sim! – ecoaram todos os jovens presentes, rapazes e moças. – Deixem-na entrar. Vai ser muito divertido!

O criado continuava indeciso.

– Ela tem um aspecto horrível – disse.

– Vá logo! – gritou a Srta. Ingram. E o homem saiu.

A excitação tomou conta do ambiente. Uma torrente de gracejos e pilhérias estava sendo dita quando Sam voltou.

– Agora ela diz que não virá – falou. – Alega que não é sua missão se apresentar perante "a gente vulgar", palavras dela. Quer que eu a coloque num aposento, para que os interessados em se consultar sejam levados até ela, um a um.

– Está vendo, princesinha Blanche – começou lady Ingram –, ela já está abusando. Eu bem que avisei, meu anjo, e, além disso...

– Claro, leve-a para a biblioteca – cortou o "anjo". – Tampouco é minha missão ouvir o que ela tem a dizer perante a gente vulgar. Quero-a em privacidade. A lareira da biblioteca está acesa?

– Sim, senhorita... Mas a mulher parece tão espalhafatosa...

– Cale-se, seu idiota! E faça o que estou mandando.

De novo, Sam saiu. E, de novo, a sala foi invadida por uma onda de animação, expectativa e mistério.

– Agora, ela está pronta – anunciou o criado, ao reentrar no salão. – E quer saber quem será o primeiro a se consultar.

– Acho que é melhor eu ir, antes de permitir que qualquer uma das senhoras vá – ofereceu-se o coronel Dent.

– Diga-lhe, Sam, que é um cavalheiro que irá.

Sam foi e voltou.

– Ela manda dizer que não quer cavalheiro algum. Que eles não precisam se preocupar em ir até lá, e nem as... – e ele acrescentou, parecendo conter uma risadinha – ...nem as senhoras. Ela só quer conversar com as moças solteiras.

– Meu Deus, como é exigente! – exclamou Henry Lynn.

A Srta. Ingram se ergueu, solene:

– Eu vou primeiro – anunciou, num tom que mais parecia o do comandante de um destacamento de assalto, à frente de seus soldados.

– Ai, querida, meu benzinho, por favor, pense bem! – foi a súplica de sua mãe. Mas a moça passou por ela em silêncio, atravessou a soleira da porta que fora aberta pelo coronel Dent e se dirigiu à biblioteca.

Seguiu-se um comparativo silêncio. Lady Ingram considerou "*le cas*" suficiente para retorcer as mãos – e foi o que se pôs a fazer. A Srta. Mary, por sua vez, disse que nunca apreciara aventuras. Amy e Louisa Eshton trincavam os dentes, estremecendo.

Os minutos escoaram devagar. Quinze se passaram antes que a porta da biblioteca se abrisse. A Srta. Ingram voltou e atravessou o arco da porta.

Será que ia rir? Será que levaria na brincadeira? Todos os olhares se dirigiram a ela com curiosidade, e ela os recebeu com contrariedade e frieza. Não parecia nem excitada, nem feliz. Caminhou até seu lugar e ficou em silêncio.

– E então, Blanche? – perguntou lorde Ingram.

– O que ela disse, minha irmã? – indagou Mary.

– O que você achou? Como se sentiu? Ela é mesmo uma adivinha? – ecoaram as Srtas. Eshton.

– Olhem, meus amigos, por favor – disse a Srta. Ingram –, não fiquem me pressionando. Pelo visto, seus sentidos de fantasia e credulidade são facilmente excitáveis. Pela importância que todos vocês, incluindo minha boa mãe, estão dando ao assunto, parecem acreditar piamente que temos uma bruxa de verdade sob nosso teto, com ligação direta com o além. O que vi foi só uma cigana vagabunda. Ela praticou, como boa mercenária, a ciência da leitura de mão e me disse o que essa gente normalmente diz. Minha curiosidade está satisfeita. E agora acho que o Sr. Eshton faria muito bem em mandá-la atar ao tronco amanhã, como havia ameaçado.

Dito isso, pegou um livro e se recostou na cadeira, recusando-se a continuar a conversa. Fiquei a observá-la por quase meia hora: durante todo esse tempo, não virou uma só página do livro e seu rosto parecia cada vez mais sombrio, insatisfeito, demonstrando um crescente desapontamento. A mim me pareceu, pelo longo tempo em que exibiu a expressão taciturna, que dera extrema importância ao que ouvira, embora tentasse demonstrar o contrário.

Nesse meio-tempo, Mary Ingram, Amy e Louisa Eshton declaravam que tinham vontade de ir, mas que não ousavam ir sozinhas. Teve início uma negociação entre a médium e o embaixador, Sam. Depois de muitas idas e vindas, quando imagino que as pernas de Sam já estivessem doendo de tanto andar, foi afinal dada permissão, por parte da feiticeira, para que as três se apresentassem juntas.

A conversa delas não foi tão quieta quanto a da Srta. Ingram. Ouvíamos risinhos histéricos e gritinhos vindos da biblioteca. Ao fim de cerca de vinte minutos, entraram pela porta correndo, como se estivessem morrendo de medo.

– Ela é mesmo muito fora do comum! – disseram, falando todas ao mesmo tempo. – Fez cada revelação... Sabe tudo sobre nós!

E se atiraram, arquejantes, nas cadeiras a que os cavalheiros as conduziram.

Pressionadas a dar mais detalhes, contaram que a mulher lhes falara de coisas que haviam feito e dito quando eram crianças. Ela descrevera livros e enfeites que elas guardavam em suas penteadeiras, além de lembranças que haviam recebido de diferentes pessoas. Garantiram que ela chegara mesmo a lhes adivinhar os pensamentos, sussurrando, no ouvido de cada uma, o nome da pessoa de quem elas mais gostavam no mundo, e revelando-lhes aquilo que mais queriam saber.

Nesse ponto, os rapazes insistiram, pedindo detalhes sobre essa história dos nomes, mas delas só obtiveram em troca rubores, exclamações, tremores e gracejos. As mais velhas, enquanto isso, ofereciam-lhes sais e as abanavam com os leques. E repetiram a cantilena sobre seus conselhos não terem sido ouvidos. Os homens mais velhos riam, enquanto os mais jovens se apressavam em cuidar das senhoritas.

Em meio ao tumulto, e enquanto meus olhos e ouvidos estavam inteiramente concentrados na cena que se descortinava à minha frente, ouvi um pigarro bem junto de mim. Virei-me e vi Sam.

– Por favor, senhorita, a cigana declara que há uma jovem no salão que ainda não foi vê-la, e garante que não sairá enquanto não tiver conversado com todas. Imaginei que só podia ser a senhorita, pois não há mais ninguém aqui. Que devo dizer a ela?

– Ah, pode deixar que eu vou, sem dúvida – respondi. Estava feliz por aquela oportunidade inesperada de aplacar minha curiosidade, que era grande. Escapuli da sala sem que ninguém percebesse – porque todos estavam reunidos em torno das três jovens – e fechei devagar a porta atrás de mim.

– Se a senhorita preferir, espero no vestíbulo. Se ela a assustar, será só me chamar que eu entro.

– Não, Sam, pode voltar para a cozinha. Não tenho o menor medo.

E não tinha mesmo. Mas estava, sim, bastante interessada e muito excitada.

19

Tudo parecia tranquilo na biblioteca quando entrei, e a profetisa – se profetisa era – estava sentada, muito bem composta, numa poltrona ao lado da lareira. Usava capa vermelha e chapéu preto, um chapéu cigano de abas largas, atado ao queixo por um pedaço de lenço. Havia um toco de vela apagado sobre a mesa. Ela estava debruçada na direção da lareira, parecendo ler, com a ajuda do fogo, um livrinho preto, semelhante a um livro de orações. Lia murmurando as palavras, como as velhas costumam fazer. Não se deteve com minha chegada. Parecia querer terminar um parágrafo.

Fiquei de pé sobre o tapete, aquecendo as mãos, que tinham ficado muito frias por eu ter estado sentada longe da lareira no salão. Eu estava absolutamente calma. Ela fechou o livro e, bem devagar, ergueu os olhos. A aba do chapéu deixava seu rosto semiencoberto, mas, mesmo assim, pude ver que era um rosto estranho. Tudo ali era castanho e negro: cachos como os de um duende saíam de sob a fita branca que lhe atava o queixo, quase cobrindo-lhe as faces. Seus olhos encontraram os meus de imediato, com uma expressão direta e altiva.

– E então? Quer que leia sua sorte? – perguntou, com uma voz tão firme quanto o olhar, tão dura quanto suas feições.

– Para mim tanto faz, dona. Faça o que lhe aprouver. Mas devo lhe avisar: não acredito em nada.

– É muita desfaçatez sua dizer isso. Mas eu já esperava. Percebi por sua maneira de andar, no minuto em que atravessou a porta.

– Foi mesmo? Tem bom ouvido.

– Tenho. E também bons olhos, e raciocínio rápido.

– Precisa de tudo isso em seu ofício.

– Verdade. Principalmente quando encontro fregueses como você. Por que não estremece?

– Porque não estou com frio.

– Por que não está pálida?

– Porque não estou doente.

– E por que não se consulta comigo?

– Porque não sou tola.

A velha abafou uma gargalhada sob o chapéu e o lenço. E tirou do bolso um cachimbo preto e curto que, após acender, se pôs a fumar. Depois de se deleitar por um tempo com esse sedativo, endireitou-se, tirou o cachimbo da boca e, com os olhos fixos no fogo, disse, com muita firmeza:

– Você tem frio. Você está doente. Você é tola.

– Prove-o – falei.

– Vou fazê-lo, em poucas palavras. Você tem frio, porque está sozinha. Nada toca o fogo que tem dentro de si. Está doente, porque os melhores sentimentos, os mais nobres e os mais doces que podem ser dedicados a um homem, são mantidos longe de você. E é tola, porque, por mais que sofra, nada faz para que ele se aproxime, nem dá um passo para ir a seu encontro.

Tornou a botar o cachimbo preto na boca, voltando a fumar com vigorosas baforadas.

– Você poderia dizer isso a praticamente qualquer uma que, como bem sabe, vive sozinha como empregada numa grande mansão.

– Poderia dizê-lo a qualquer pessoa. Mas, no caso das outras, seria a verdade?

– Sim, em circunstâncias como a minha.

– É verdade, em *suas* circunstâncias. Mas mostre-me outra pessoa vivendo a mesma situação.

– Poderia mostrar-lhe milhares.

– Não poderia, não. Você não sabe, mas tem uma situação mui to peculiar. Muito próxima da felicidade. Ao alcance da mão. Os elementos estão todos prontos. Só é preciso um movimento para combiná-los. O acaso os deixou meio afastados. Mas se eles se unirem por um instante, o resultado será alvissareiro.

– Não compreendo enigmas. Nunca desvendei uma adivinhação em toda a minha vida.

– Se quiser que eu fale com mais clareza, mostre-me a palma de sua mão.

– E para isso devo depositar prata nela?

– Claro

Dei-lhe um *shilling*. Ela enfiou a moeda num pé de meia que tirou do bolso e, depois de amarrá-lo, enfiou-o lá de volta. Então, pediu-me que estendesse a mão. Eu o fiz. Ela aproximou o rosto da palma e observou-a, sem tocá-la.

– É perfeita demais – disse. – Não posso adivinhar nada olhando uma palma assim, quase sem linhas. Além do mais, o que há numa palma de mão? O destino não está escrito nela.

– Acredito no que diz.

– Não – continuou ela –, está escrito na face. Na fronte, em torno dos olhos, nos olhos propriamente ditos, nas linhas da boca. Ajoelhe-se e erga o rosto.

– Ah, agora você está sendo verdadeira – falei, enquanto obedecia. – Estou começando a acreditar em você.

Ajoelhei-me diante dela. A mulher avivou o fogo e uma chama se espichou das brasas remexidas. Mas, pela posição em que estava sentada, a luz deixou seu rosto oculto pelas sombras. O meu, ela iluminou.

– Eu me pergunto com que sentimentos veio até mim esta noite – disse, depois de me examinar por um tempo. – E me pergunto que sentimentos abriga no coração durante todas as horas em que fica no salão, com aquela gente fina se movimentando à sua frente, como sombras diante da lanterna mágica. Há tão pouca empatia entre você e eles que é como se fossem mesmo apenas sombras, sem materialidade.

– Eu me sinto cansada, sonolenta às vezes. E só raramente triste.

– Então tem alguma esperança secreta que a alimenta e dá prazer, sussurrando-lhe o futuro?

– Não. O máximo de expectativa que tenho é poupar algum dinheiro e um dia abrir uma escola, numa casa alugada por mim.

– É pouco para alimentar um espírito. E enquanto está sentada no banco junto à janela? Como vê, conheço seus hábitos...

– Deve ter ficado sabendo pelas criadas.

– Ah, você se acha esperta. Bem, talvez tenha mesmo. Para falar a verdade, sou conhecida de uma delas, a Sra. Poole...

Fiquei de pé ao ouvir aquele nome.

"Então é isso!", pensei, "Há mesmo feitiçaria nessa história!"

– Calma, não se assuste! – continuou a estranha. – Ela é uma boa pessoa, a Sra. Poole. Muito quieta, discreta. Perfeitamente confiável.

Mas, como eu ia dizendo, enquanto está sentada no banco junto à janela, você só pensa na sua futura escola? Não tem qualquer interesse nas pessoas que ocupam os sofás e as poltronas à sua frente? Não há sequer um rosto digno de ser observado? Uma figura cujos movimentos siga com um mínimo de curiosidade?

– Gosto de observar todos os rostos, todas as figuras.

– Mas nunca escolhe uma, entre todas as outras... ou talvez duas?

– Sim, faço isso com frequência. Quando os gestos ou olhares de um dos pares dá a impressão de contar uma história. Gosto de observá-los assim.

– Qual a história que mais gosta de ouvir?

– Ah, não tenho muita escolha. Em geral, elas giram em torno de um só tema: fazer a corte. E acabar em um casamento desastroso.

– E você gosta desse tema tão monótono?

– Não me importo. Para mim nada significa.

– Nada? Quando uma dama, jovem e cheia de vida e saúde, charmosa, bela, cercada de bom nome e fortuna, senta-se e sorri diante de um cavalheiro que você...

– Que eu o quê?

– Que você conhece... e que provavelmente admira.

– Não conheço bem esses cavalheiros. Troquei apenas algumas palavras com um deles. Quanto a admirá-los, alguns, de meia-idade, eu considero respeitáveis e imponentes, e outros, mais jovens, acho bonitos, atraentes, vivazes. Mas tenho certeza de que são os perfeitos receptáculos para aqueles sorrisos que lhes são endereçados, sem que eu tenha nada a ver com isso.

– Não conhece bem os cavalheiros daqui? Mal trocou algumas palavras com um deles? Você diria isso do dono da casa?

– Ele não está aqui hoje.

– Que profunda observação! E muito engenhosa! Ele foi a Millcote esta manhã e vai voltar hoje à noite ou amanhã. Será que essa simples circunstância o exclui da lista de cavalheiros que você conhece, fazendo-o desaparecer?

– Não. Mas não posso entender o que o Sr. Rochester tem a ver com o tema discutido aqui.

– Eu estava falando de jovens sorrindo diante de cavalheiros. E ultimamente tantos sorrisos foram dirigidos aos olhos do Sr. Rochester que dariam para encher duas xícaras com eles, a ponto de transbordar. Você nunca notou?

– O Sr. Rochester tem o direito de se divertir na companhia de seus convidados.

– Isso não está em discussão. Mas acaso você não notou que, de todas as histórias sobre casamento contadas aqui, o Sr. Rochester é o protagonista da mais óbvia e mais gritante?

– A ansiedade do ouvinte ativa a língua do narrador – disse, mais para mim mesma do que para a cigana, que, com sua conversa estranha, voz e atitude, parecia me envolver em uma espécie de sonho. Dos lábios dela, saía uma frase atrás da outra, sem que eu esperasse, até que me vi completamente envolta numa teia de mistificação. E já me perguntava que espírito invisível estivera rondando meu coração, de forma a saber tudo o que ia nele, a cada vez que pulsava.

– A ansiedade do ouvinte! – repetiu ela. – Sim, o Sr. Rochester tem ficado sentado horas e horas, os ouvidos atentos aos lábios fascinantes que se concentravam em lhe dizer coisas. E o Sr. Rochester parecia tão receptivo e tão grato pelo tempo que lhe era devotado. Você então não notou?

– Grato! Não me lembro de ter detectado qualquer sinal de gratidão no rosto dele.

– Detectado! Então, admite que observou. E o que detectou, se não foi gratidão?

Não respondi.

– Você viu amor. Não foi? E, visualizando o futuro, viu-o casado, tendo ao lado uma esposa feliz?

– Humpf! Não exatamente. Seus poderes de bruxa às vezes lhe falham.

– Então o que diabos você viu?

– Não importa. Vim aqui perguntar, não confessar. É fato conhecido que o Sr. Rochester vai se casar?

– Sim. E com a bela Srta. Ingram.

– Em breve?

– É o que indicam as aparências. E sem dúvida serão muito felizes, embora você duvide disso, com uma audácia que está a clamar por um castigo. Ele só pode amar uma jovem tão bonita, nobre, inteligente e bem-dotada. E ela provavelmente ama também, senão ao homem, pelo menos ao bolso. Sei que tem as propriedades do Sr. Rochester na mais alta estima. Embora agora há pouco eu tenha dito a ela, e Deus me perdoe por isso!, algo a respeito desse assunto que a deixou muito preocupada. Vi os cantos de sua boca caírem de forma instantânea. Eu deveria avisar a seu pretendente para tomar cuidado. Se aparecer outro, com ainda mais propriedades... Ele está perdido.

– Mas, dona, não estou aqui para ouvir a sorte do Sr. Rochester. Vim ouvir a minha própria. E não ouvi nada até agora.

– Seu futuro ainda é incerto. Quando lhe examinei o rosto, um traço contradizia o outro. A sorte a premiou com um quinhão de felicidade, isso eu sei. Já o sabia antes mesmo que você entrasse aqui. Ela a pôs a seu lado, com todo o cuidado. Eu a vi fazer isso. Agora, você só precisa esticar o braço e pegá-lo. Mas, se fará ou não, é o problema que estou tentando analisar. Ajoelhe-se de novo no tapete.

– Não demore. O fogo me incomoda.

Ajoelhei. Ela não se inclinou em minha direção, apenas me olhou, recostada na cadeira. E começou a murmurar:

– A chama brilha nos olhos. Os olhos cintilam como orvalho. São suaves, cheios de sentimento. Riem do meu jargão. São suscetíveis. Uma impressão segue-se a outra, em sua clara esfera. Quando ela para de sorrir, são tristes. Uma lassitude inconsciente pesa sobre as pálpebras. Isso significa melancolia, que vem da solidão. Esquivam-se de mim. Não querem mais ser escrutinados. Parecem negar, com uma expressão de descaso, a verdade das descobertas que já fiz. Desdenhando do fardo de sensibilidade e dor. Seu orgulho e discrição confirmam minha opinião. Os olhos concordam.

"Quanto à boca, às vezes ela se compraz, sorrindo. Foi feita para conceder tudo aquilo que o cérebro se empenha em esconder. Mas eu diria que ficaria silenciosa a respeito de tudo o que o coração experimenta. Móvel, flexível, não foi feita para se comprimir no silêncio eterno da solidão. É uma boca que nasceu para falar muito e rir mais ainda, para ter a afeição humana de seu interlocutor. As feições também são propícias.

"A maior ameaça à boa sorte é sua fronte. A fronte parece dizer: 'Posso viver sozinha, se as circunstâncias e o amor-próprio assim o solicitarem. Não devo vender a alma para ter prazer. Tenho dentro de mim um tesouro que nasceu comigo, que me manterá viva mesmo que todas as delícias me sejam negadas, ou se me forem oferecidas a um preço que não posso pagar.' A testa declara: 'A razão se mantém firme, segurando as rédeas, e não deixará que os sentimentos se libertem, conduzindo-me ao abismo. As paixões podem açoitar com fúria, pagãs que são. E os desejos podem imaginar o que quiserem. Mas a razão terá a última palavra, sempre, e dará sempre o último voto. Ventos, terremotos, fogo, tudo pode passar, que eu continuarei seguindo a voz tênue que interpreta os ditames da consciência.'

"Muito bem, testa. Sua declaração será respeitada. Já tracei meu plano – o plano certo, devo dizer – e com ele atendi aos clamores da consciência, aos conselhos da razão. Sei o quão cedo a juventude irá se esvair, a pujança fenecer, caso, na taça do prazer oferecida, haja uma única chama de remorso ou vergonha. E não quero sacrifício, dor, dissolução – não é do meu gosto. Quero nutrir, não definhar; quero despertar gratidão, não lágrimas de sangue – ou de sal; minha colheita deve ser feita de sorrisos e ternura. Isso me basta. Estou mergulhada numa espécie de delírio. E gostaria de estender este momento *ad infinitum*. Mas não ouso fazê-lo. Até aqui, fui a senhora de mim mesma. Tenho agido como me prometi que agiria. Mas talvez agora seja tentada para além das minhas forças. Levante-se, Srta. Eyre, pode ir, 'a peça terminou'."

Onde eu estava? Estaria desperta ou adormecida? Sonhara? Sonhava, ainda? A voz da mulher se transformara. Sua pronúncia, seus gestos, tudo me era familiar como meu próprio rosto no espelho. Como se ela falasse pela minha boca. Levantei-me, mas não saí. Fiquei olhando. Remexi o fogo, tornei a olhar. Mas ela baixara ainda mais o chapéu e o lenço, enquanto voltava a dizer que eu fosse embora. As chamas iluminavam-lhe a mão estendida. Agora mais alerta, apta a novas descobertas, eu reparava naquela mão. Não era a mão gasta de uma velha, era como a minha, cheia, flexível, com dedos bem cuidados e torneados; um largo anel cintilava no dedo mínimo.

Inclinando-me, observei-o e, ao fazê-lo, vi-me diante de uma pedra preciosa que já vira centenas de vezes. Tornei a olhar para aquele rosto, que já não se escondia; o chapéu estava torto, o lenço frouxo, e a cabeça se inclinava para a frente.

– E então, Jane? Você me reconhece? – perguntou uma voz familiar.

– Só queria que tirasse a capa vermelha, para que eu...

– Mas a corda deu um nó. Ajude-me.

– Corte-a, senhor.

– Está bem. Aí está... fora com isso! – E o Sr. Rochester se livrou de seu disfarce.

– Senhor, que ideia estranha!

– Mas muito bem executada, não acha?

– Com as senhoritas, creio que se saiu muito bem.

– Mas não com você?

– Não foi o papel de uma cigana que o senhor interpretou para mim.

– E foi o papel de quem? De mim mesmo?

– Não. De alguém desconhecido. Resumindo, acho que tentou ver se me pegava. Ficou dizendo coisas sem sentido, para ver se eu dizia também. Não é direito, senhor.

– Você me perdoa, Jane?

– Não vou responder, primeiro quero pensar melhor. Se, ao refletir, concluir que não disse nenhum absurdo, vou tentar perdoá-lo. Mas não foi direito.

– Mas você foi perfeitamente correta. Muito cuidadosa, muito sensível.

Refleti e concluí que, de modo geral, fora mesmo. Senti-me reconfortada. Na verdade, eu estivera em guarda durante todo o tempo da entrevista. Suspeitava de algum truque. Conhecia os ciganos e sabia que adivinhas não costumam falar do jeito que aquela mulher falava. Além disso, prestara atenção em sua voz fingida, em seu esforço para esconder o próprio rosto. Mas o que me passara pela cabeça fora Grace Poole – aquele enigma vivo, mistério dos mistérios, como eu a considerava. Jamais imaginara que fosse o Sr. Rochester.

– E então – continuou ele –, em que está pensando? E o que significa esse belo sorriso?

– Estou imaginando coisas e também parabenizando a mim mesma, senhor. Posso ir agora?

– Não, fique mais um pouco. E me conte o que as pessoas estão fazendo lá no salão.

– Discutindo sobre a cigana, aposto.

– Sente-se. Conte-me o que falaram de mim.

– É melhor eu não me demorar, senhor. Já deve passar das onze horas... Ah, Sr. Rochester, sabe que chegou um estranho depois que o senhor saiu esta manhã?

– Um estranho? Não. Quem poderá ser? Não estou esperando ninguém. E ele já se foi?

– Não. Disse que o conhecia há muitos anos e que podia tomar a liberdade de ficar aqui até que o senhor voltasse.

– Que diabo! E ele disse seu nome?

– O nome dele é Mason, senhor. E ele vem das Índias Ocidentais. De Spanish Town, na Jamaica, acho.

O Sr. Rochester estava perto de mim. Ele me tomara a mão, como se fosse me levar até uma cadeira. Quando falei, senti que apertava meu pulso, como numa convulsão. O sorriso se lhe congelou nos lábios. Um espasmo parecia ter cortado-lhe a respiração.

– Mason! Índias Ocidentais! – num tom em que parecia estar imitando a voz de um autômato. – Mason! Índias Ocidentais! – repetiu. E repetiu as palavras três vezes, sílaba por sílaba, enquanto seu rosto ficava pálido como as cinzas. Parecia fora de si.

– O senhor está se sentindo mal? – perguntei.

– Jane, é um golpe... é um golpe, Jane! – murmurou.

– Apoie-se em mim, senhor.

– Jane, você já me ofereceu seu ombro antes. Faça-o de novo agora.

– Sim, senhor. E pode segurar meu braço.

Ele sentou-se, fazendo-me sentar a seu lado. Apertava e esfregava minha mão, enquanto me encarava com um olhar de preocupação e medo.

– Minha pequena amiga – disse. – Quisera estar numa ilha tranquila, somente com você. Sem problemas, sem perigos, sem recordações horríveis.

– Posso ajudá-lo de alguma forma? Eu daria tudo para ser-lhe útil.

– Se precisar de ajuda, é a você que vou pedir. Prometo.

– Obrigada. E agora diga se há algo que eu possa fazer.

– Vá até a sala de jantar e pegue para mim, Jane, uma taça de vinho. Eles devem estar ceando agora. E me diga se Mason está com eles e o que estão fazendo.

Eu fui. Estavam todos na sala de jantar, como o Sr. Rochester dissera. Não estavam sentados à mesa; a ceia fora servida no aparador. Cada um pegara o que lhe convinha e estavam espalhados pela sala, de pé, em grupos, com pratos e copos na mão. Todos pareciam muito alegres. A conversa era sobre temas gerais e as risadas animadas. O Sr. Mason estava junto da lareira, conversando com o coronel e com a Sra. Dent, parecendo o mais satisfeito de todos. Enchi uma taça de vinho (vi que a Srta. Ingram me olhava com o cenho franzido enquanto eu fazia isso: achava que eu estava tomando liberdades, aposto), e voltei para a biblioteca.

O Sr. Rochester já não estava pálido como antes, agora demonstrava firmeza. Tomou a taça da minha mão.

– À sua saúde, espírito servidor! – disse. E bebeu o vinho de um gole, entregando-me a taça. – O que eles estão fazendo, Jane?

– Rindo e conversando, senhor.

– Não estão com aspecto grave e misterioso, como se tivessem ouvido algo estranho?

– De jeito nenhum. Estão na maior alegria.

– E Mason?

– Estava rindo também.

– Se todas aquelas pessoas entrassem aqui e cuspissem em mim, o que você faria, Jane?

– Eu os expulsaria, senhor, se pudesse.

Ele deu um risinho.

– Mas se eu fosse até eles, e eles apenas me olhassem com frieza e cochichassem entre si com desdém, depois saíssem e me deixassem sozinho. E aí? Você sairia com eles?

– Acho que não. Teria mais prazer em continuar a seu lado.

– Para me confortar?

– Sim, para confortá-lo, se pudesse.

– E se eles a condenassem por ficar do meu lado?

– Eu provavelmente não entenderia tal condenação. E, caso entendesse, não daria a mínima.

– Quer dizer que ousaria confrontá-los por minha causa?

– Ousaria fazê-lo por qualquer amigo que mereça meu apoio. Como o senhor merece, claro.

– Volte à sala de jantar. Vá até junto de Mason sem chamar atenção e sussurre-lhe que o Sr. Rochester chegou e gostaria de vê-lo. Traga-o até aqui e então se vá.

– Sim, senhor.

Fiz o que ele mandou. Todos me olharam quando atravessei a sala. Procurei o Sr. Mason, dei-lhe o recado e saí à sua frente. Conduzi-o até a biblioteca e depois subi para o meu quarto.

Bem tarde, quando já estava na cama havia muito tempo, ouvi os hóspedes se recolhendo em seus quartos. Escutei distintamente a voz do Sr. Rochester, dizendo:

– Por aqui, Mason. Seu quarto é este aqui.

Falava num tom alegre. Aquela descontração me pacificou. E logo adormeci.

20

Eu me esquecera de fechar as cortinas, o que sempre fazia, e também de baixar as persianas. Por isso, quando a lua, que naquela noite era cheia (e era bela, a noite), começou a se deslocar no céu acima do meu quarto, seus raios se despejaram sobre mim, fazendo com que eu despertasse. Acordada no meio da noite, olhei para seu disco de prata, claro como um cristal. Era bela, mas muito solene. Ergui-me um pouco na cama e estiquei o braço para fechar a cortina.

Deus do céu! Que grito!

A noite – e com ela o silêncio e tudo o mais – fora rasgada em duas por um som agudo, selvagem, estridente, que percorreu Thornfield Hall de fora a fora.

Minha pulsação parou. Meu coração também. O braço estendido ficou paralisado. O grito morreu a distância e não se repetiu. Nenhum ser que tivesse emitido tal urro seria capaz de repeti-lo em seguida. Nem mesmo o mais selvagem condor dos Andes conseguiria, por duas vezes seguidas, soltar um guincho tão terrível, de seu espaço por entre as nuvens. O ser que acabara de dar aquele grito precisaria recuperar-se antes de fazê-lo outra vez.

Viera do terceiro andar, de algum lugar acima de mim. E de cima – sim, do quarto que ficava bem acima do meu – vinha agora um som de luta. Uma luta encarniçada, pelo que o barulho revelava. E uma voz abafada gritou:

– Socorro! Socorro! Socorro – três vezes seguidas. – Ninguém vai acudir?

E então, enquanto os rumores de luta continuavam, a voz disse:

– Rochester! Rochester! Pelo amor de Deus, acuda!

A porta de um dos quartos se abriu. Alguém correu pelo vestíbulo. Passos de outra pessoa foram ouvidos no andar de cima e algo caiu ao chão. Em seguida, silêncio.

Eu tinha enfiado uma roupa, embora tremesse da cabeça aos pés. Saí do quarto. Os hóspedes estavam todos acordados. Em cada quarto, ouviam-se gritos, murmúrios de pavor. As portas se abriam, uma atrás da outra. As pessoas espiavam para o corredor, que em pouco tempo estava repleto de gente. Tanto homens quanto mulheres tinham pulado de suas camas. "O que houve?", "Alguém está ferido?", "O que está acontecendo?", "Acendam a luz!", "Está pegando fogo?", "Foi um ladrão?", "Para onde vamos correr?" Eram as perguntas, disparadas de todos os lados. Não fosse pela luz da lua e todos estariam mergulhados em total escuridão. Corriam de um lado para o outro. Reuniam-se. Alguns se batiam, mulheres soluçavam. A confusão era total.

– Onde raios está Rochester? – indagou o coronel Dent. – Na cama, não está.

– Aqui, aqui – gritou uma voz. – Acalmem-se todos, por favor! Já estou indo!

E a porta ao fim do corredor se abriu, dela surgindo o Sr. Rochester com uma vela na mão. Vinha do andar de cima. Uma das mulheres correu direto para ele. Ele a segurou pelo braço. Era a Srta. Ingram.

– Que coisa horrível foi essa que aconteceu? – perguntou ela. – Fale! Não esconda nada de nós!

– Por favor, não precisam me jogar ao chão, nem me estrangular – disse ele, porque as Srtas. Eshton já também o cercavam, enquanto as duas viúvas se penduravam nele como náufragos num barco.

– Chega! Por favor! – gritou. – Foi apenas um ensaio de *Muito barulho por nada*. Senhoras, contenham-se, caso contrário, posso ficar perigoso.

E a expressão dele era mesmo selvagem. Seus olhos negros disparavam faíscas. Controlando-se com enorme esforço, acrescentou:

– Uma criada teve um pesadelo. Foi só isso. É uma pessoa descontrolada, muito nervosa. Com certeza confundiu o próprio sonho com uma aparição ou algo parecido. E, aterrorizada, teve um ataque. Agora, gostaria que todos vocês voltassem para seus quartos, porque, enquanto a casa estiver nesta confusão, ela não poderá ser atendida. Cavalheiros, façam a gentileza de dar o exemplo para as senhoras. Srta. Ingram, tenho certeza de que não falhará e mostrará superioridade diante de terrores fúteis. Amy e Louisa, voltem para seus ninhos como duas pombinhas, que é o que são. Senhoras – dirigindo-se às viúvas –, se continuarem neste corredor frio vão pegar um resfriado, com toda a certeza.

E foi assim, alternando aconselhamento e ordens de comando, que ele conseguiu mandar todos de volta para seus aposentos. Não esperei ordem alguma e voltei para meu quarto em silêncio, como em silêncio o deixara.

Mas não fui para a cama. Ao contrário, comecei a me vestir. Os sons que ouvira após o grito e as palavras proferidas, provavelmente, só tinham sido escutados por mim, pois vinham do aposento bem acima do meu. Por causa disso, eu tinha certeza de que não fora nenhum pesadelo de criada o que espalhara terror pela casa. A explicação dada pelo Sr. Rochester não passara de uma desculpa para acalmar os hóspedes. Vestida, portanto, eu estaria pronta para alguma emergência. Depois que me aprontei, fiquei sentada durante muito tempo perto da janela, observando os campos silenciosos e banhados pela luz prateada da lua, esperando não sei bem o quê. Tinha a impressão de que algo aconteceria depois daquele grito, da luta e do chamado.

Mas não. A calma voltou. Aos poucos, todos os murmúrios e movimentos se acabaram, e Thornfield voltou a mergulhar numa quietude de deserto. O sono e a noite pareciam ter retomado seu reinado. Enquanto isso, a lua descia no céu. Estava a ponto de se esconder. Como era desagradável ficar sentada no escuro e no frio, decidi deitar-me na cama, mesmo vestida. Saí de junto da janela e caminhei com cuidado pelo tapete. Quando me abaixava para tirar os sapatos, alguém bateu à porta, bem de mansinho.

– Estão precisando de mim? – perguntei.

– Você está acordada? – perguntou a voz que eu esperava ouvir, isto é, a do meu patrão.

– Sim, senhor.

– Está vestida?

– Estou.

– Então venha aqui fora, sem fazer ruído.

Obedeci. O Sr. Rochester estava de pé no corredor, segurando uma vela.

– Preciso de você – disse –, venha comigo. Mas venha devagar e não faça barulho.

Meus chinelos eram finos. Podia pisar no assoalho com a suavidade de um gato. Ele atravessou o corredor e subiu as escadas, parando no corredor escuro, de teto baixo, do malfadado terceiro andar. Eu o segui e parei de pé, a seu lado.

– Você tem uma esponja em seu quarto? – perguntou ele, num sussurro.

– Tenho sim, senhor.

– E tem sais? Sais curativos?

– Sim.

– Então volte e vá pegá-los.

Voltei a meu quarto, peguei a esponja na cômoda, os sais em minha gaveta e retornei ao andar de cima. Ele estava esperando, com uma chave na mão. Aproximando-se de uma das portas baixas, de madeira escura, enfiou-a na fechadura. Então parou e se virou para mim:

– Você não passa mal ao ver sangue, passa?

– Acho que não. Mas nunca experimentei.

Senti um arrepio ao responder. Mas não me senti enregelar, nem a ponto de desmaiar.

– Dê-me sua mão – disse ele. – Não podemos correr o risco de um desmaio.

Ele sentiu meus dedos.

– Quentes e firmes – falou. E enfiou a chave na porta.

Vi um quarto que me lembrava de já ter visto antes, no dia em que a Sra. Fairfax me mostrou toda a casa: suas paredes eram forradas de tapeçaria, mas uma delas estava enrolada, revelando uma passagem secreta. Essa porta encontrava-se aberta e de lá de dentro vinha uma luminosidade. Ouvi então um rosnado, um grunhido, parecido com o de cães brigando. O Sr. Rochester, abaixando a vela, dirigiu-se a mim:

– Espere um minuto – e entrou para o outro aposento. Foi recebido com uma gargalhada. Alta, a princípio, mas terminando baixa e lenta, como era característico em Grace Poole. Então *ela* estava ali. O Sr. Rochester arrumou algo lá dentro, sem fazer barulho, enquanto uma voz se dirigia a ele, falando baixinho. Em seguida, saiu, fechando a porta atrás de si.

– Venha cá, Jane – disse, e eu dei a volta na cama, cujo enorme dossel deixava quase todo o quarto fora do meu campo de visão. Havia uma poltrona ao lado da cabeceira da cama. Nela, vi um homem sentado, todo vestido, com a exceção do sobretudo. Estava imóvel, com os olhos fechados. A cabeça pendia para trás. O Sr. Rochester aproximou a vela de seu rosto e reconheci o rosto pálido e aparentemente sem vida do forasteiro, o Sr. Mason. Notei também que de um dos lados, e num dos braços, suas roupas estavam encharcadas de sangue.

– Segure a vela – disse o Sr. Rochester. Eu a peguei. Ele trouxe uma bacia d'água que estava sobre uma cômoda. – Agora segure isto também.

Obedeci. Ele pegou a esponja, umedeceu-a e passou no rosto que parecia sem vida. Depois, pediu a garrafa com meus sais e a aplicou às narinas do homem. Logo, o Sr. Mason abriu os olhos. Gemeu. O Sr. Rochester abriu a camisa do homem ferido, cujo ombro e braço tinham sido enfaixados. Aplicou a esponja nos ferimentos, de onde o sangue escorria sem parar.

– Há risco imediato? – murmurou o Sr. Mason.

– Não, que bobagem! Foi só um arranhão. Não se impressione, meu caro. Aguente firme! Vou buscar um médico para você agora mesmo. De manhã, você poderá ser levado, espero. Jane? – continuou.

– Sim?

– Vou ter de deixá-la aqui com este senhor durante cerca de uma hora, talvez duas. Terá de conter o sangue com a esponja quando estiver minando, como estou fazendo. Se ele ficar fraco, dê-lhe um copo d'água e faça-o cheirar os sais. Mas não dirija a palavra a ele sob hipótese alguma. E, Richard, você estará correndo perigo de vida se ficar falando. Se abrir a boca e se agitar, não respondo pelas consequências.

Mais uma vez, o pobre homem gemeu. Dava a impressão de temer mover-se. O medo, de morrer ou de qualquer outra coisa, parecia paralisá-lo. O Sr. Rochester me entregou a esponja, agora empapada de sangue, e comecei a fazer como ele fizera.

Meu patrão me observou por um instante e depois disse:

– Lembre-se: nada de conversa! – e saiu do quarto.

Tive uma sensação estranha quando a chave girou na fechadura e ouvi seus passos se afastando, até que o som morresse.

Ali estava eu, no terceiro andar, trancada em uma de suas celas assombradas. À minha volta, a noite. Diante de meus olhos e mãos, um espetáculo feito de palidez e sangue. Separada de mim por uma simples porta, uma assassina. E isso era o pior – o resto, eu podia suportar. Mas estremecia ao pensar em Grace Poole se atirando sobre mim.

Mas precisava cumprir minha obrigação. Ficar olhando para aquele rosto cadavérico – seus lábios azulados, imóveis, proibidos de se abrirem, seus olhos, ora fechados, ora abertos, vagando pelo quarto, fixando-se em mim, mas sempre trazendo a mesma expressão de terror. Tinha de mergulhar, vez após a vez, minhas mãos na bacia cheia de água e sangue, e limpar o ferimento de onde o sangue não parava de escorrer. Sentir a luz da vela ir se extinguindo aos poucos, as sombras se adensando nas tapeçarias à minha volta, tornando o dossel sobre a imensa cama cada vez mais negro. E estremecer ao olhar para o enorme guarda-roupa na parede oposta, cujas doze portas, numa concepção incomum, traziam as cabeças dos doze apóstolos dentro de quadros, enquanto acima se erguia um crucifixo de ébano, com um Cristo agonizante.

Dependendo do bruxulear da vela, e das alterações na luminosidade, ou o barbudo Lucas parecia inclinar a cabeça; ou a cabeleira de São João dava a impressão de esvoaçar, ou o rosto maléfico de Judas parecia querer saltar do painel, ganhar vida, fazendo surgir o arquitraidor, o próprio Demônio, na figura de seu subordinado.

Em meio a tudo isso, eu ouvia, além de ver. Escutava os ruídos da besta selvagem, da figura nefasta que estava trancada no aposento contíguo. Mas, desde a entrada do Sr. Rochester no quarto, ela parecia ter sido dominada. Durante toda a noite, ouvi apenas três sons, com grandes intervalos entre eles: um estalo, o recomeçar momentâneo do barulho canino, como um rosnado, e um profundo gemido humano.

E então foram meus próprios pensamentos que começaram a me assombrar. Que crime era aquele, que mantinha a casa como refém, sem que pudesse ser revelado ou punido por seu dono? Que mistério era esse que explodia, ora em fogo, ora em sangue, em meio às horas mortas da madrugada? Que criatura era aquela que, sob a máscara de uma mulher comum, emitia os sons de um demônio debochado ou de um pássaro predador gritando por sua presa?

E esse homem sobre o qual me debruçava esse forasteiro de aspecto simples e pacífico, como se envolvera na teia do horror? E por que a fúria recaíra sobre ele? O que o fizera vir até aqui, a essa parte da casa, em plena madrugada, quando todos devíamos estar dormindo? Eu ouvira o Sr. Rochester apontar para ele um quarto no andar de baixo. Então, o que o trouxera até aqui? E por que estava assim tão quieto, como se conformado com o que lhe acontecera? Por que se submetia a todo o clima de segredo que o Sr. Rochester lhe impunha? E *por que* todo esse segredo? Um hóspede fora ultrajado, a própria vida do Sr.

Rochester fora posta em risco no passado, e ambos os acontecimentos eram por ele escondidos, escamoteados! Além disso, eu notara que o Sr. Mason parecia submisso diante do Sr. Rochester, que este último tinha total ascendência sobre o outro – as poucas palavras que ouvira me asseguravam isso. Era evidente que, ao se conhecerem no passado, essa ascendência se formara. Por que, então, o Sr. Rochester ficara lívido ao ser informado da presença do Sr. Mason na casa? A simples menção do nome desse indivíduo – um homem que agora se submetia a suas ordens como se fosse uma criança – tinha sido suficiente para deixar o Sr. Rochester abalado, como um carvalho atingido em cheio por um raio.

Ah, eu não conseguia esquecer seu olhar, sua palidez, ao exclamar "Jane, é um golpe... é um golpe, Jane!". Não podia esquecer como seu braço tremia ao se apoiar em meu ombro. E não era por uma razão tão banal que estremecia daquela forma o espírito resoluto e a compleição vigorosa de Fairfax Rochester.

"Quando será que ele vai chegar?", eu me perguntava, enquanto a noite seguia seu curso lento, e enquanto meu paciente se esvaía em sangue, gemendo. Nem o dia, nem o socorro chegavam. Várias vezes eu já levara água aos lábios pálidos de Mason; várias vezes já lhe dera os sais para cheirar. Meus esforços eram vãos. Não sei se pelo sofrimento físico ou moral, ou se pela perda de sangue, ou ainda se pelo três fatores combinados, ele estava cada vez mais prostrado. Gemia e parecia tão fraco, perdido e fora de si, que cheguei a temer que estivesse morrendo. E eu não podia sequer falar com ele.

A vela afinal apagou-se. Quando isso aconteceu, notei uma luminosidade se esgueirando pelas cortinas da janela. A alvorada se aproximava. E então ouvi o latido de Pilot lá fora, bem longe, em seu canil no jardim. E senti a esperança voltar. Não sem razão: em cinco minutos, o ruído da chave e a fechadura se abrindo me disseram que a vigília estava terminada. Não durara mais do que duas horas. Mas a mim me pareceram semanas.

O Sr. Rochester entrou, e com ele o médico que fora buscar.

– Vamos, Carter, seja rápido. Você não tem mais do que meia hora para fechar a ferida, fazer os curativos e levar o paciente embora.

– Mas ele pode ser removido, senhor?

– Sem dúvida. Não foi nada sério. Ele está nervoso, precisa ser reconfortado. Vamos, ao trabalho.

O Sr. Rochester abriu a pesada cortina e subiu as persianas, deixando entrar a luz do dia. Senti-me reconfortada em ver como a manhã já avançara: tiras avermelhadas tingiam o céu a leste. Em seguida, aproximou-se de Mason, do qual o médico já cuidava:

– E então, meu caro, como está?

– Temo que ela tenha acabado comigo – foi a resposta, num sussurro.

– O que é isso? Coragem! Em duas semanas, você não terá mais sequelas. Perdeu um pouco de sangue, mas foi só isso. Carter, diga a ele que não há risco algum.

– Posso garantir que não há – disse Carter, que acabara de desatar as bandagens. – Só lamento não ter podido chegar aqui antes. Assim, ele não teria perdido tanto sangue. Mas o que foi isso? Além de cortado, o ombro está rasgado. Este ferimento não foi feito com faca. Parece ter sido feito com dente!

– Ela me mordeu – murmurou o homem. – Saltou sobre mim como um tigre na hora em que Rochester arrancou-lhe a faca da mão.

– Você não devia ter afrouxado a mão, tinha de agarrá-la e imobilizá-la de imediato – disse o Sr. Rochester.

– Mas, naquelas circunstâncias, o que eu podia fazer? – retrucou Mason. – Foi apavorante! – acrescentou, estremecendo. – Eu não esperava. A princípio, ela parecia tão quieta...

– Eu bem que lhe avisei – foi a resposta do Sr. Rochester. – Disse que tomasse cuidado quando chegasse perto dela. Além disso, você podia ter esperado até amanhã, para que eu fosse junto. Foi uma tolice tentar vê-la esta noite, e ainda por cima sozinho.

– Pensei que poderia ajudar.

– Pensou! Pensou! Você me faz perder a paciência! Bem, mas já sofreu as consequências por não ter-me escutado. Não vou falar mais nada. Vamos, Carter, ande logo. Daqui a pouco vai amanhecer e preciso tirá-lo daqui.

– Imediatamente, senhor. Já fiz o curativo no ombro. Mas preciso dar uma olhada no outro ferimento, no braço. Acho que ela o mordeu ali também.

– Ela chupou o sangue. Disse que queria secar meu coração – falou Mason.

Vi o Sr. Rochester estremecer. Seu rosto se desfigurou, com uma expressão singular que misturava nojo, horror, ódio. Mas ele se limitou a dizer:

– Fique quieto, Richard, pare de dizer asneiras. Não repita isso.

– Quisera poder esquecer – foi a resposta.

– Vai esquecer, quando estiver longe daqui. Quando voltar para Spanish Town, vai pensar nela como alguém que está morto e enterrado. Ou não vai pensar, simplesmente.

– Será impossível esquecer esta noite!

– Nada é impossível. Seja forte, homem! Há duas horas, você dizia que estava morrendo, e agora fala sem parar. Pronto, aí está: Carter terminou, ou está quase terminando. Vou deixá-lo em condições apresentáveis num instante. Jane! – e ele se virou para mim, pela primeira vez desde que voltara. – Pegue esta chave. Vá até meu quarto e abra a primeira gaveta do guarda-roupa. Pegue uma camisa e uma gravata limpas e traga-as aqui. Rápido!

Eu fui. Procurei a gaveta mencionada, tirei as roupas e voltei.

– Agora – disse ele – vá para o outro lado da cama, enquanto o vestimos. Mas não quero que se vá. Pode ser que ainda precise de você.

Obedeci.

– Alguém já estava de pé quando você desceu, Jane?

– Não, senhor. Estava tudo quieto.

– Vamos levá-lo com todo o cuidado, Dick. Será melhor para você, e também para a pobre criatura que está aí dentro. Já me esforcei muito para evitar uma exposição, e não será agora que isso vai acontecer. Tome aqui, Carter, ajude-o a vestir o paletó. Onde você deixou o sobretudo? Não pode viajar quase dois quilômetros sem ele, com esse frio que está fazendo. Está em seu quarto? Jane, corra até os aposentos do Sr. Mason, é a porta seguinte à minha, e pegue o sobretudo que está lá.

Mais uma vez, corri para baixo e, novamente, voltei, carregando um pesado sobretudo debruado de pele.

– Agora, tenho mais uma tarefa para você – disse meu incansável patrão. – Precisa ir de novo até meu quarto. Que bom que você tem um andar de felino, Jane! Um mensageiro com sapatões de madeira não daria certo aqui. Quero que abra a gaveta do meio da minha cômoda e pegue um frasco e um pequeno copo que encontrará lá dentro. Vá, depressa!

Mais uma vez, fui e voltei, trazendo os objetos pedidos.

– Ótimo! Agora, doutor, tomarei a liberdade de administrar uma dose eu mesmo, sob minha responsabilidade. Comprei este estimulante de um charlatão italiano que conheci em Roma... Um sujeito que você, Carter, teria posto para correr. Não é um produto que possa ser usado indiscriminadamente, mas é muito bom em determinadas ocasiões. Como agora, por exemplo. Jane, pegue um pouco d'água.

Ele me estendeu o copinho e eu o enchi até a metade com água da jarra.

– Assim está bem. Agora, umedeça a boca do frasco.

Fiz o que o Sr. Rochester mandou, enquanto ele media 12 gotas de um líquido vermelho, que estendeu a Mason.

– Beba, Richard. Vai lhe recobrar o ânimo durante mais ou menos uma hora.

– Mas... não vai me fazer mal? É inflamatório?

– Beba, beba!

O Sr. Mason obedeceu, porque obviamente não tinha como resistir. Agora, estava vestido. Continuava pálido, mas já não estava ensanguentado e sujo. O Sr. Rochester deixou que se sentasse por uns três minutos depois de ter bebido o líquido. E então tomou-o pelo braço.

– Agora estou certo de que já consegue se levantar – disse. – Vamos, tente.

O paciente se ergueu.

– Carter, pegue-o pelo outro braço. Anime-se, Richard. Vamos, comece a andar. Isso!

– Estou mesmo me sentindo melhor – comentou o Sr. Mason.

– Tenho certeza de que está. Agora, Jane, vá na frente, em direção à escada dos fundos. Destranque a porta do corredor lateral e diga ao cocheiro que está à espera no jardim... ou do lado de fora, porque pedi que ele não entrasse com a carruagem para não fazer barulho... diga-lhe que se apronte, que já estamos chegando. Ah, Jane, se encontrar alguém pelo caminho, venha até o pé da escada e pigarreie.

A essa altura, já eram cinco e meia da manhã e o sol ia surgir a qualquer instante. Mas a cozinha ainda continuava silenciosa e às escuras. A porta do corredor lateral estava fechada. Destranquei-a tentando fazer o mínimo de ruído. No jardim, tudo era quietude, mas os portões estavam abertos e, do lado de fora, havia uma carruagem com os cavalos arreados e um cocheiro em seu assento. Aproximei-me dele e disse que o cavalheiro desceria a qualquer momento. Ele assentiu. Então, olhei em torno e escutei com atenção. A quietude da manhã continuava. Nos quartos dos criados, as cortinas estavam fechadas. Passarinhos pipilavam nas árvores do pomar, cujos galhos, cheios de brotos, pendiam como guirlandas brancas a um canto do jardim. De tempos em tempos, dava para ouvir o rumor dos cavalos nos estábulos. No mais, tudo era silêncio.

Os cavalheiros afinal surgiram. Mason, apoiado pelo Sr. Rochester e pelo médico, parecia andar com relativa facilidade. Ajudaram-no a subir na carruagem. Carter subiu junto.

– Cuide bem dele – disse o Sr. Rochester para este último – e mantenha-o em sua casa até que ele melhore. Em um dia ou dois, irei até lá ver como estão as coisas. Richard, como você está?

– O ar puro me faz bem, Fairfax.

– Deixe a janela do lado dele aberta, Carter. Não está ventando... Bem, adeus, Dick.

– Fairfax...

– O que é?

– Faça com que cuidem bem dela. Que seja tratada com a máxima ternura possível... – e ele parou de falar, prorrompendo em soluços.

– Farei o melhor que puder. Tenho feito e continuarei fazendo – foi a resposta. Ele fechou a porta da carruagem e o veículo se pôs em marcha.

– Mas bem queria que Deus desse um fim a tudo isto! – acrescentou o Sr. Rochester enquanto passava a tranca nos pesados portões.

Em seguida, começou a andar de cabeça baixa, com ar distraído, em direção a um portão que levava ao pomar. Pensando que ele não precisava mais de mim, virei-me para tornar a entrar em casa. Porém, mais uma vez, ouvi sua voz:

– Jane!

Meu patrão abrira o portão do pomar e estava de pé, junto a ele, esperando por mim.

– Venha tomar um pouco de ar fresco – disse. – Essa casa é uma masmorra. Você não concorda?

– A mim, parece-me uma mansão esplêndida, senhor.

– É a inexperiência que lhe tolda os olhos – retrucou –, e você a enxerga através de um véu encantado. Não percebe que o dourado é apenas betume, as sedas são teias de aranha; não vê que o mármore não passa de uma sórdida lápide e que a madeira polida é só refugo, casca. Mas, muito ao contrário, *aqui* – e ele apontou para o pomar florido onde acabáramos de penetrar – tudo é real, doce e puro.

Começou a caminhar por uma aleia bordeada, de um dos lados, por buxos, macieiras, pereiras e cerejeiras, e, do outro, por toda a sorte de flores tradicionais, goivos, cravos, prímulas e amores-perfeitos, misturados a artemísias, rosas amarelas e outras ervas de cheiro. Exalavam frescor, porque à sucessão de dias chuvosos de abril seguira-se uma adorável manhã de primavera: o sol despontava a leste, no céu rajado, seus raios incidindo sobre as árvores do pomar, úmidas de orvalho, e iluminando também as aleias por entre as plantas.

– Jane, você quer uma flor?

E apanhou uma rosa em botão, a primeira a seu alcance, oferecendo-a a mim.

– Obrigada, senhor.

– Gosta do alvorecer, Jane? Aquele céu, com suas nuvens altas, esgarçadas, que na certa desaparecerão assim que o dia esquentar... e essa atmosfera plácida, como um bálsamo, gosta disso, Jane?

– Sim, muito.

– Foi uma noite estranha para você, Jane.

– Sim, foi.

– E deixou-a pálida... Sentiu medo quando a deixei sozinha com Mason?

– Tive medo de que alguém saísse daquele outro quarto.

– Mas eu tinha trancado a porta... Levei a chave no bolso. Teria sido um pastor descuidado se tivesse deixado uma ovelha, minha ovelha de estimação, tão perto do covil do lobo, sem qualquer proteção. Não havia perigo para você.

– E Grace Poole vai continuar morando aqui?

– Ah, vai! Não se preocupe com ela. Tire essa história do seu pensamento.

– Mas me parece que a vida do senhor está em perigo com ela aqui.

– Não tenha medo. Pode deixar que vou me cuidar.

– O perigo que percebeu na noite passada já desapareceu?

– Não posso ter certeza enquanto Mason continuar na Inglaterra. E nem mesmo depois disso. Viver, para mim, Jane, é equilibrar-me na borda de uma cratera que pode estrondar e cuspir fogo a qualquer instante.

– Mas o Sr. Mason me pareceu um homem facilmente maleável. Sem dúvida, o senhor tem grande ascendência sobre ele. Ele jamais o desafiará ou tentará lhe fazer mal.

– Ah, isso não. Mason não me desafiaria. Nem me faria mal intencionalmente. Mas, sem querer, poderia, de uma hora para outra, com uma única palavra, acabar, se não com minha vida, pelo menos com minha felicidade.

– Peça-lhe que seja cauteloso, senhor. Fale a ele de seus temores, mostrando-lhe como evitar riscos.

Ele soltou uma risada irônica, pegando minha mão com um gesto brusco. Da mesma forma abrupta, eu a retirei.

– Se fosse assim tão simples, onde estaria o perigo? Desaparecido, em um segundo. Desde que conheço Mason, sempre precisei apenas dizer "Faça isso" e ele fazia. Mas, neste caso, não lhe posso dar ordens. Não posso dizer-lhe "Cuidado para não me ferir, Richard", pela simples razão de que preciso mantê-lo ignorante de que me ferir é possível. Agora você parece confusa. E vou deixá-la ainda mais. Afinal, você é ou não é minha pequena amiga?

– Estou pronta a servi-lo, senhor, e a obedecê-lo em tudo o que seja correto.

– Certo. Estou vendo que sim. Vejo uma alegria genuína em seu porte e em seu semblante, no rosto e nos olhos, quando está me ajudando, me obedecendo, trabalhando para mim. Quando está a meu lado, fazendo aquilo que definiu como "*o que seja correto*". Mas se eu lhe mandasse fazer algo que você considerasse errado, já não haveria tanta presteza, tanta boa vontade, animação e vivacidade no olhar. Minha amiga então me viraria as costas, pálida, silenciosa, e diria: "Não, senhor. Isso é impossível. Isso não posso fazer, porque é errado." E ficaria irredutível. Portanto, você também tem poder sobre mim, tem a capacidade de me ferir. E, contudo, não ousaria mostrar-lhe em que ponto sou vulnerável, caso contrário, por mais fiel e amiga que seja, você se voltaria contra mim.

– Se o medo que sente do Sr. Mason é tão grande quanto o que sente de mim, senhor, então sua segurança é total.

– Deus queira! Venha, Jane, sente-se aqui sob esta árvore.

Era uma árvore abobadada, junto ao muro coberto de hera. Sob ela, havia um banco rústico. O Sr. Rochester sentou-se nele, deixando lugar para mim a seu lado. Mas eu continuei de pé.

– Sente-se – disse ele –, o banco dá para dois. Não está com medo de se sentar a meu lado, está? Por acaso isso é errado, Jane?

Em resposta, sentei-me. Senti que recusar seria uma tolice.

– E agora, minha pequena amiga, enquanto o sol sorve o orvalho, enquanto as flores deste velho jardim despertam e desabrocham, e os pássaros vão buscar nos milharais alimento para seus filhos, e as abelhas matutinas se põem a trabalhar, vou-lhe contar uma história, que deverá encarar como se tivesse acontecido com você mesma. Mas, antes, olhe para mim e mostre-me que está à vontade, que não teme haver algo de mal em eu lhe pedir que fique aqui, nem em você ficar.

– Não, senhor, estou muito bem.

– Bem, Jane, então vamos recorrer à fantasia: imagine que você já não é mais uma moça bem criada e disciplinada, mas sim um jovem selvagem, mimado desde pequeno. Imagine-se vivendo em um país distante. E suponha que tivesse cometido um erro mortal, não importa de que natureza nem quais seus motivos, mas um erro que irá persegui-lo pelo resto da vida. Mas preste atenção: não estou falando de um *crime*. Não falo de derramamento de sangue ou qualquer outro delito desse tipo, que tornam seu autor passível de punição por lei. A palavra que usei foi *erro*. Com o passar do tempo, as consequências de sua ação se tornam insuportáveis. Você adota medidas para obter um alívio. Medidas não usuais, embora nada fora da lei ou imputável. Mas, mesmo assim, continua infeliz. Pois a esperança o abandonou nos confins do mundo. Seu sol do meio-dia é toldado por um eclipse, que você sabe irá continuar a encobri-lo até que caia a noite. Associações amargas e vis são o único alimento de sua memória. Você anda de um lado para outro, buscando no exílio um pouco de sossego, buscando felicidade no prazer, quero dizer, no prazer puramente sensual, fazendo como os tolos, que reprimem os sentimentos. Um dia, com o coração cansado e a alma enfraquecida, você volta para casa, depois de anos de banimento. Conhece uma pessoa – como ou onde, não importa. E essa nova amizade tem as qualidades de pureza e bondade que você buscou por vinte anos, sem jamais ter encontrado. São qualidades puras, saudáveis, sem qualquer mácula. A companhia dessa pessoa o deixa revigorado, refeito. Você se sente bem como nos velhos tempos, tomado por sentimentos mais puros, desejos mais elevados. Tem vontade de recomeçar sua vida, de passar os dias que lhe restam de uma maneira que valha mais a pena para o ser humano. A fim de alcançar tal objetivo, será possível justificar que você transponha um obstáculo convencional, um impedimento que nem sua consciência glorifica nem seu julgamento aprova?

Ele fez uma pausa, à espera de uma resposta. E o que eu poderia dizer? Ah, se algum espírito bom pudesse me sussurrar uma resposta! Vã aspiração! O vento oeste murmurava nas heras em torno de mim, mas nenhum Ariel tomou-lhe o sopro para o transformar em palavras. Os pássaros cantavam no alto das árvores, mas seu canto, embora doce, era inarticulado.

Novamente, o Sr. Rochester fez a pergunta:

– Será que o homem errante e pecador, agora arrependido e desejoso de viver em paz, pode ser justificado se desafiar a opinião do mundo inteiro, com o objetivo de se unir a essa nova pessoa, tão gentil, graciosa e genial, garantindo assim a própria paz de espírito e definitiva regeneração?

– Senhor – respondi –, a paz de um errante e a regeneração de um pecador não devem jamais calcar-se em outro ser humano. Homens e mulheres morrem. Filósofos falham em sua sabedoria, cristãos, em sua bondade. Se alguém que o senhor conhece sofreu e errou, deve recorrer ao Alto, e não a seus iguais, em busca de força para se transformar e alívio para suas feridas.

– Mas e o instrumento? O instrumento! Deus age através de um instrumento. Eu próprio, e agora lhe falando sem parábolas, tenho sido um homem errante, mundano, de vida dissipada. E acredito que encontrei o instrumento para minha cura em...

Ele fez uma pausa. Os pássaros continuavam cantando, as folhagens sussurrando. Cheguei a me perguntar por que não se calavam para ouvir a revelação que viria. Mas teriam tido de esperar muito, pois por intermináveis minutos se estendeu a pausa. Afinal, ergui o rosto para aquele que antes falava: e vi que me olhava com olhos ansiosos.

– Minha querida amiga – disse, com um tom subitamente diverso. Sua expressão também mudara, perdera toda a suavidade e seriedade, tornara-se outra vez dura, sarcástica. – Você já percebeu que tenho um pendor pela Srta. Ingram. Acha que se eu me casasse com ela, ela me regeneraria só por vingança?

E se levantou no mesmo instante, caminhando até a outra ponta da aleia. Quando voltou, assobiava uma canção.

– Jane, Jane – disse, parando à minha frente –, você está muito pálida depois dessa noite de vigília. Não me culpa por perturbar assim o seu sono?

– Culpá-lo? Não, senhor.

– Então, aperte minha mão para que eu acredite. Que dedos gelados! Estavam mais quentes ontem à noite quando os toquei junto àquele quarto secreto. Jane, você faria uma nova vigília, se eu pedisse?

– Sempre que for necessário, senhor.

– Por exemplo, na noite anterior a meu casamento. Tenho certeza de que não conseguirei dormir. Promete que vai ficar a noite toda de pé, só para me fazer companhia? Para você, poderei falar sobre a mulher amada. Porque agora você a viu, você a conhece.

– Sim, senhor.

– Ela é uma pessoa especial, não é, Jane?

– Sim, senhor.

– Uma mulher dominadora, Jane, muito dominadora. Alta, morena, viçosa. Com cabelos como devem ter tido as damas de Cartagena. Meu Deus! Lá estão Dent e Lynn nos estábulos! Vamos, atravesse os arbustos e entre pela portinhola.

E saímos, eu para um lado, ele para o outro. Ainda o ouvi dizer, todo alegre:

– Mason ganhou de todos vocês esta manhã. Foi embora antes que o dia clareasse. Eu levantei às quatro horas para me despedir dele.

21

Pressentimentos são estranhos – como as afinidades e os sinais. E os três combinados criam um mistério para o qual o ser humano ainda não tem resposta. Nunca na vida ri dos pressentimentos, porque eu própria já os tive. Acredito que os casos de afinidade existem (quando, por exemplo, parentes, ainda que vivendo distantes um do outro, sem qualquer contato, têm, apesar de tamanha separação, uma unidade que prova a origem comum), casos que desafiam a compreensão humana. E os sinais podem ser, pelo que sei, afinidades entre a natureza e o homem.

Quando eu era menina, com meus seis anos, certa noite ouvi Bessie Leaven dizer a Martha Abbot que sonhara com uma criança; e que sonhar com criança era sem dúvida sinal de problema, ou para a própria pessoa ou para alguém próximo. Essa crendice podia ter desaparecido completamente da minha memória não fosse por uma circunstância subsequente que a fixou em minha mente. No dia seguinte, Bessie precisou tirar licença e ir para casa, pois recebeu a notícia da morte de sua irmãzinha.

Ultimamente, eu vinha pensando muito naquele incidente, porque rara fora a noite da semana anterior em que eu não sonhara com uma criança: às vezes, ela corria para me abraçar; às vezes, eu a embalava no colo ou a via brincar com as margaridas de um jardim ou, ainda, molhar as mãozinhas na água. Numa noite, era uma criança chorando, na noite seguinte, uma que ria. Em um sonho, eu a abraçava; no outro, ela fugia de mim. Mas, fosse qual fosse o estado de espírito da aparição, e tivesse o aspecto que tivesse, a criança não deixou de surgir em meus sonhos nem por uma vez durante sete noites seguidas, assim que eu adormecia.

Não me agradava a repetição da mesma ideia, essa inusitada recorrência de uma única imagem. E à medida que chegava a hora de me deitar eu ia ficando nervosa, pois sabia que o momento da visão se aproximava. Fora justamente pela companhia dessa criança-fantasma que eu acordara na noite do grito. E foi na tarde do dia seguinte que fui chamada aos aposentos da Sra. Fairfax, porque alguém queria falar comigo. Chegando lá, encontrei um homem à minha espera, com a aparência de ser o criado de um cavalheiro. Estava vestido de luto fechado e o chapéu que segurava nas mãos era rodeado por uma tira de crepe preto.

– Imagino que a senhorita não se lembre de mim – disse, erguendo-se assim que entrei. – Meu nome é Leaven. Eu era o cocheiro da Sra. Reed quando a senhorita vivia em Gateshead, oito ou nove anos atrás, e continuo sendo.

– Ah, Robert! Como vai você? Lembro-me muito bem. Às vezes você me deixava dar uma volta no pônei da Srta. Georgiana. E como vai Bessie? Você não é marido dela?

– Sou, sim. Minha esposa está muito bem, obrigado. Tivemos mais um bebê há dois meses – agora são três e tanto a mãe quanto o filho estão passando otimamente.

– E todos na casa estão bem, Robert?

– Lamento não poder dar-lhe boas notícias sobre eles, senhorita. Na verdade, não estão nada bem... Estão passando um mau momento.

– Espero que não tenha morrido ninguém – falei, observando sua roupa preta. Ele olhou para a tira de crepe no chapéu e respondeu:

– O Sr. John morreu no apartamento dele em Londres. Fez uma semana ontem.

– O Sr. John?

– Sim.

– E como a mãe dele está suportando uma dor dessas?

– Pois é, Srta. Eyre, não é um infortúnio qualquer. Ele viveu uma vida dissoluta. Nos últimos três anos, entregou-se a hábitos estranhos, e sua morte foi um choque.

– Eu tinha sabido, por Bessie, que ele não andava bem.

– Não andava bem? Ele não poderia estar pior. Arruinou a saúde e as propriedades, andando na companhia dos piores homens e mulheres. Afundou-se em dívidas e foi parar na cadeia. A mãe o ajudou a sair por duas vezes, mas, assim que se via livre, ele voltava para as más companhias. Tinha a cabeça fraca. Os escroques com quem andava o enganavam de um jeito que é difícil de acreditar. Voltou a Gateshead há cerca de três semanas e queria que a senhora passasse tudo para o nome dele. Ela se recusou: está muito mudada, por causa das extravagâncias dele. E então o Sr. John foi embora, e a notícia seguinte que chegou foi a de sua morte. Como morreu, só Deus sabe. Dizem que se matou.

Fiquei muda. As notícias eram assustadoras. Robert Leaven recomeçou a falar:

– A senhora tem estado muito doente, ela própria, também. Engordou muito, mas isso não a deixou forte. E, com a fortuna decrescendo, o medo da pobreza estava acabando com ela. A notícia da morte de John, e a maneira como ocorreu, foi algo muito repentino. Resultado: ela teve um derrame. Ficou três dias sem falar. Mas na terça-feira passada se recuperou um pouco. Parecia querer dizer algo e não parava de murmurar, enquanto fazia sinais para minha mulher. Mas foi só ontem de manhã que Bessie finalmente conseguiu entender que ela estava pronunciando o nome da senhorita: "Traga Jane Eyre. Quero falar com ela." Bessie não tem certeza se ela está conseguindo raciocinar direito, ou se não diz coisa com coisa. Mas conversou com a Srta. Eliza e com a Srta. Georgiana, aconselhando que mandassem chamá-la. A princípio, as duas moças nada fizeram. Mas a mãe delas começou a ficar tão inquieta, repetindo o tempo todo "Jane, Jane", que elas afinal consentiram. Saí de Gatesehad ontem. E, se a senhorita puder aprontar-se logo, seria bom se saíssemos amanhã de manhã bem cedo.

– Está bem, Robert, eu estarei pronta. Acho que devo ir, sim.

– Também acho, senhorita. Bessie disse que tinha certeza de que não recusaria. Mas imagino que tenha de pedir licença para se ausentar.

– Sim, e farei isso agora mesmo.

Mandando-o para os aposentos dos criados e deixando-o aos cuidados da mulher de John e do próprio John, saí à procura do Sr. Rochester.

Ele não estava em nenhum dos aposentos do andar inferior. Não estava no jardim, nem nos estábulos ou nos campos. Perguntei à Sra. Fairfax se ela o tinha visto. Sim: acreditava que estava jogando bilhar com a Srta. Ingram. E para o salão de bilhar eu fui. De lá, vinham o ruído das bolas se chocando e o murmúrio de vozes, as vozes do Sr. Rochester, da Srta. Ingram, das duas Srtas. Eshton e de seus admiradores, todos envolvidos no jogo. Seria preciso coragem para interromper um grupo tão alegre. Mas meu objetivo era de natureza inadiável e, por isso, aproximei-me de meu patrão, que estava ao lado da Srta. Ingram. Ela se voltou assim que me aproximei, olhando-me altiva, seus olhos parecendo dizer "O que será que essa criatura desprezível quer agora?". E, quando falei baixinho "Sr. Rochester", ela fez um gesto como se estivesse a ponto de me expulsar dali. Lembro-me bem de sua aparência naquela hora. Estava muito graciosa e chamava a atenção: usava um vestido matinal de crepe azul-rei, com uma tira de gaze azul trançada nos cabelos. Parecia animadíssima com o jogo, e nem a irritação e o orgulho diminuíram a expressividade de seu traje soberbo.

– Essa pessoa está procurando por você? – perguntou ao Sr. Rochester. E ele virou-se para ver quem era "essa pessoa". Deu um sorrisinho curioso, uma de suas expressões estranhas e enigmáticas, e pôs de lado o taco, seguindo-me para fora do salão.

– Sim, Jane? – indagou, encostando-se à porta da sala de estudos, depois de fechá-la atrás de si.

– Se me permite, senhor, preciso tirar uma licença de uma ou duas semanas.

– Mas... para fazer o quê? Ir aonde?

– Ver uma senhora doente que mandou me chamar.

– Que senhora doente? Onde ela vive?

– Em Gateshead, no condado de...

– Condado de...? Fica a centenas de quilômetros daqui! Quem é essa senhora que manda chamar alguém para vê-la de tão longa distância?

– O sobrenome dela é Reed, senhor. Sra. Reed.

– Reed de Gateshead? Havia um Reed de Gateshead que era um magistrado.

– Ela é a viúva dele, senhor.

– E que relação tem você com ela? Como a conhece?

– O Sr. Reed era meu tio... irmão de minha mãe.

– Duvido! Você nunca me contou nada disso. Sempre afirmou que não tinha parentes.

– Nenhum parente de verdade, senhor. O Sr. Reed está morto e sua viúva me expulsou de casa.

– Por quê?

– Porque eu era pobre, um estorvo para ela. E porque não gostava de mim.

– Mas e os descendentes de Reed? Você deve ter primos. Ontem mesmo, George Lynn estava falando de um Reed de Gateshead, que, segundo ele, era o mais rematado canalha da cidade. E a Srta. Ingram mencionou uma Georgiana Reed, não sei de onde, que chamou atenção pela beleza uma ou duas temporadas atrás, em Londres.

– John Reed também está morto, senhor. Ele se destruiu e quase acabou com a família também. Parece que cometeu suicídio. A notícia deixou a mãe em estado de choque, e ela teve um ataque apoplético.

– E em que você poderá ajudar? É absurdo, Jane! Jamais me passaria pela cabeça percorrer centenas de quilômetros para ir ter com uma senhora que provavelmente já estará morta quando chegar lá. Além disso, você própria disse que ela a expulsou.

– É verdade, senhor, mas isso foi há muito tempo. Tudo era muito diferente naquela época. Hoje, eu não me sentiria bem se deixasse de cumprir um desejo dela.

– E quanto tempo vai ficar lá?

– O mínimo possível, senhor.

– Prometa que não passará de uma semana.

– Não posso dar-lhe minha palavra, pois poderia ser obrigada a quebrar a promessa.

– Mas, de todo modo, *voltará*. Não será induzida, sob qualquer pretexto, a tornar a morar com ela de forma permanente, não é?

– Ah, não! Com toda a certeza vou voltar, quando tudo estiver bem.

– E quem irá acompanhá-la? Não pode viajar centenas de quilômetros sozinha.

– Não, senhor. Ela mandou um cocheiro me pegar.

– E é uma pessoa confiável?

– Sim, senhor, ele trabalha para a família há dez anos.

O Sr. Rochester ficou pensando.

– E quando você quer ir?

– Amanhã de manhã cedo, senhor.

– Bem, vai precisar de algum dinheiro. Não pode viajar sem dinheiro, e duvido de que tenha muita coisa. Ainda não lhe paguei seu salário. Quanto você tem no mundo, Jane? – perguntou, sorrindo.

Abri a bolsa. Uma bolsinha de nada.

– Cinco *shillings*, senhor.

Ele me tomou a bolsa, derramou as moedas na palma da mão e sacudiu-as, parecendo divertir-se com isso. E logo tirou a própria carteira do bolso.

– Aí está – disse, estendendo-me uma nota.

Era uma nota de cinquenta libras, e ele me devia apenas quinze. Disse-lhe que não tinha troco.

– Não quero troco. Você sabe disso muito bem. São seus salários.

Recusei-me a aceitar mais do que tinha a receber. Primeiro, ele ralhou comigo, mas depois, como se algo lhe ocorresse de repente, disse:

– Está bem, está bem! É melhor mesmo não lhe dar tudo agora. Com cinquenta libras na mão, é bem possível que ficasse fora uns três meses. Tome essa nota de dez. Não é suficiente?

– É, sim, mas agora o senhor me deve cinco libras.

– Então, volte para buscá-las. Sou seu banqueiro, por causa de quarenta libras.

– Sr. Rochester, gostaria de aproveitar a oportunidade para mencionar um outro assunto, relacionado a negócios.

– Relacionado a negócios? Estou curioso para saber o que é.

– O senhor me informou há pouco tempo que em breve se casará.

– Sim, e daí?

– Nesse caso, senhor, Adèle deverá ser mandada para uma escola. Tenho certeza de que o senhor achará isso necessário.

– Para afastá-la de minha noiva, que, caso contrário, seria capaz de esmagá-la com grande entusiasmo, não é? Sua sugestão faz sentido. Sem dúvida, como lembrou, Adèle precisará ir para uma escola. E, com isso, você terá de ir direto para... o inferno?

– Espero que não, senhor. Mas sei que precisarei procurar emprego em outro lugar.

– Mas é claro! – exclamou ele, com a voz esganiçada e fazendo uma careta grotesca, mas ao mesmo tempo cômica. E, por alguns minutos, ficou me observando.

– E imagino que a velha Sra. Reed, ou as senhoritas, filhas dela, receberão um pedido para que procurem uma colocação para você.

– Não, senhor. Não tenho com meus parentes uma relação que justifique eu lhes pedir ajuda para encontrar um emprego. Eu colocaria um anúncio.

– Você seria capaz até de escalar as pirâmides do Egito! – exclamou ele. – Colocaria um anúncio por sua própria conta e risco! Talvez tivesse sido melhor dar-lhe apenas uma libra em vez de dez. Jane, devolva-me nove libras. Tenho algo em que empregar esse dinheiro.

– Pois eu também tenho, senhor – retruquei, escondendo a bolsa atrás das costas. – Não posso abrir mão dessa quantia de jeito algum.

– Pequena avarenta! – disse. – Como se recusa a atender um pedido meu de dinheiro? Dê-me então cinco libras, Jane.

– Nem cinco *shillings*, senhor. Nem cinco *pence*.

– Mas deixe-me apenas dar uma olhada no dinheiro.

– Não, não. Não confio no senhor.

– Jane!

– Sim?

– Prometa-me uma coisa.

– Prometerei qualquer coisa que achar que poderei cumprir.

– Não ponha anúncio algum. Deixe o assunto comigo que, quando chegar a hora, eu encontrarei uma colocação para você.

– Ficarei feliz em fazê-lo, senhor, se, em troca, o senhor me prometer que Adèle estará perfeitamente segura e longe daqui antes que sua noiva entre nesta casa.

– Muito bem, muito bem! Eu lhe dou minha palavra. Você vai amanhã, então?

– Sim, senhor. Amanhã bem cedo.

– E virá até a sala de visitas após o jantar?

– Não, senhor. Tenho de fazer a mala.

– Então eu e você precisamos dizer adeus por um tempo?

– Creio que sim, senhor.

– E como as pessoas agem ao se despedirem? Ensine para mim. Não estou muito habituado a essas situações.

– Elas dizem "Até logo" ou qualquer outra expressão de despedida que seja de sua preferência.

– Então, diga-o.

– Até logo, Sr. Rochester. Por enquanto.

– E que devo responder?

– O mesmo, se quiser.

– Até logo, Srta. Eyre. Por enquanto. E isso é tudo?

– Sim.

– Isso me parece um tanto mesquinho, seco e pouco amigável. Gostaria de algo mais. Queria acrescentar um elemento ao ritual. Um aperto de mão, por exemplo. Mas, não... Isso tampouco me satisfaria. Então você não fará nada além desse "até logo", Jane?

– É o suficiente, senhor. Há tanto desejo de boa sorte contido numa só palavra, desde que dita com o coração, do que em uma torrente delas.

– Pode ser. Mas ainda assim é frio, e vazio: "Até logo."

"Quanto tempo ele vai continuar aí parado, encostado à porta", eu me perguntava. "Estou começando a entrar em pânico." Então a sineta para o jantar soou e ele saiu correndo, sem pronunciar nem mais uma sílaba. Não o vi mais durante o resto do dia e, na manhã seguinte, parti antes que ele se levantasse.

Chegamos aos portões de Gateshead às cinco da tarde do dia 1º de maio. Entrei nos aposentos do porteiro antes de ir até a casa. Tudo estava muito limpo e arrumado. Os janelões ornados com cortininhas brancas. O chão sem uma só mancha. O gradil e os ferros da lareira burnidos, brilhantes, o fogo crepitando. Bessie estava sentada na sala, ninando o recém-nascido, e Robert e sua irmã brincavam a um canto.

– Deus a abençoe! Eu sabia que viria! – exclamou ela ao me ver.

– Sim, Bessie – falei, depois de dar-lhe um beijo –, e espero que não seja tarde demais. Como está a Sra. Reed? Espero que ainda esteja viva.

– Sim, está viva, sim. E até recuperou um pouco da lucidez e da calma. O médico disse que ela ainda pode viver uma ou duas semanas. Mas duvida de que possa se salvar.

– Ela tem falado de mim?

– Hoje de manhã mesmo falou de você, desejando que chegasse logo. Mas agora está dormindo, ou pelo menos estava há dez minutos, quando entrei na casa. Em geral, passa a tarde toda numa espécie de letargia, acordando lá pelas seis, sete horas da noite. Descanse aqui por uma hora, que depois subirei com você.

Robert entrou e Bessie, colocando o bebê no berço, foi até a porta recebê-lo. Depois, insistiu para que eu tirasse o chapéu e tomasse uma xícara de chá. Disse que eu estava pálida e parecia cansada. Fiquei feliz em aceitar a hospitalidade. E deixei que Bessie me aliviasse do cansaço da jornada com a mesma passividade com que a deixava tirar-me a roupa quando era pequena.

O passado me voltou à lembrança enquanto a observava andando de um lado para outro, arrumando a bandeja de chá com sua melhor louça, cortando o pão e a manteiga, assando um bolo e, enquanto fazia tudo isso, dando de vez em quando uns empurrões e tapinhas em Robert e Jane, exatamente como fazia comigo em meu tempo de criança. Bessie mantivera o temperamento forte, bem como as maneiras ágeis e a boa aparência.

Assim que o chá ficou pronto, fiz menção de me aproximar da mesa. Mas ela mandou que esperasse, sempre no tom imperativo que era sua característica. Disse que eu seria servida junto à lareira. E colocou à minha frente uma mesinha redonda, com a xícara e o prato para a torrada, exatamente da mesma forma como fazia quando me dava o lanche em separado, no quarto das crianças. Sorrindo, aquiesci, também como nos velhos tempos.

Ela perguntou se eu estava feliz em Thornfield Hall e quis saber como era minha patroa. Quando lhe contei que só havia um patrão, perguntou se era um homem bom e se eu gostava dele. Contei-lhe que era um homem bastante feio, mas que era um cavalheiro. Que me tratava bem e eu estava satisfeita. Em seguida, falei sobre os hóspedes que estavam na casa nos últimos tempos, e Bessie ouviu todos os detalhes com grande interesse. Era o tipo de assunto de que gostava.

Uma hora se passou nessa conversa. Bessie então me devolveu meu chapéu e outros pertences, e eu a acompanhei em direção ao vestíbulo da casa principal. Fora ela, também, que me acompanhara quando, nove anos antes, eu descera a aleia frontal que agora subia. Numa manhã escura, enevoada e crua de janeiro, eu deixara aquele teto hostil, com o coração desesperado e amargo – com uma sensação de banimento, de rejeição mesmo – e buscara abrigo na fria Lowood, tão distante e tão desconhecida. Agora, o mesmo teto hostil se erguia à minha frente. Eu ainda não sabia o que me aguardava. E meu coração continuava oprimido. Ainda me sentia como uma caminhante diante do imenso mundo. Mas tinha um pouco mais de firmeza e confiança em mim mesma, em meus dons, e era muito menor o temor que sentia face à opressão. A ferida aberta provocada por meus erros agora estava praticamente curada. E a chama do ressentimento, extinta.

– Espere na sala de chá – disse Bessie, que ia à frente, enquanto atravessávamos o vestíbulo. – As senhoritas estarão lá.

Num instante, eu entrava na sala mencionada. Lá estavam todas as peças do mobiliário, exatamente iguais àquelas que ali se encontravam na manhã em que fui apresentada ao Sr. Brocklehurst: o mesmo tapete que ele pisara ainda cobria o chão. Observando as estantes, pensei ter distinguido os dois volumes da *História dos pássaros britânicos*, de Bewick, ocupando seu lugar na terceira prateleira, assim como as *Viagens de Gulliver* e *As mil e uma noites*, logo acima. Os objetos inanimados não tinham mudado. Mas os seres vivos haviam sofrido tal transformação que mal era possível reconhecê-los.

Duas jovens estavam diante de mim. Uma, muito alta – quase tão alta quanto a Srta. Ingram –, e muito magra também, com o rosto lívido e o semblante severo. Havia um traço ascético em sua aparência, reforçado pela simplicidade da saia de corte reto, o vestido de lã negra, a sóbria gola de linho, o cabelo repartido deixando a testa à mostra e o colar que mais parecia o de uma freira, de contas de ébano terminando com um crucifixo. Soube logo que era Eliza, embora houvesse pouca semelhança entre a menina que fora e aquela figura esguia e sem cor.

A outra sem dúvida era Georgiana, mas não a que eu conhecera: a menina de onze anos, magra, que parecia uma fada. Era, sim, uma jovem em flor, bem roliça, a pele como porcelana, com feições bonitas e bem proporcionadas, lânguidos olhos azuis e o cabelo louro encaracolado. O tecido de seu vestido também era negro, mas inteiramente diferente do da irmã – muito mais vaporoso e bonito –, tão charmoso quanto o da outra era puritano.

Em cada uma das irmãs havia um traço da mãe – e apenas um. A mais velha, magra e pálida, tinha os olhos amarelados; a mais nova e exuberante, tinha o mesmo contorno da face e o queixo, talvez um pouco suavizado, mas ainda assim dando inegável dureza a suas feições, que sem ele seriam voluptuosas.

Ambas as damas se levantaram quando entrei, dirigindo-se a mim como "Srta. Eyre". O cumprimento de Eliza foi lacônico e seco, sem um sorriso. Em seguida, ela tornou a se sentar e fixou os olhos no fogo, parecendo ter esquecido a minha pessoa. Georgiana acrescentou ao seu "Como vai?" uma série de lugares-comuns a respeito de minha viagem, do tempo e de temas afins, tudo dito com voz arrastada e acompanhado de olhares furtivos, que me examinavam de alto a baixo, ora fixando-se nas dobras de meu casaco de lã castanho, ora demorando-se no debruado simples de meu chapéu camponês. Jovens são especialistas em deixar claro que estão desdenhando de você, mesmo sem pronunciar uma só palavra. É uma certa maneira altiva de olhar, certa frieza nos modos, certo desprezo no tom de voz que expressam com perfeição os sentimentos em questão, sem comprometê-las como o fariam um gesto ou uma palavra mais rude.

Mas um sorriso zombeteiro, fosse escancarado ou sutil, já não tinha sobre mim o poder de antes. Quando me sentei entre minhas primas, eu mesma me surpreendi em ver como me sentia à vontade diante do total desprezo de uma e das atenções um pouco sarcásticas da outra. Nem Eliza era capaz de me mortificar, nem Georgiana de me deixar irritada. A verdade é que eu tinha outros assuntos com que me preocupar. Nos últimos meses, tinham surgido dentro de mim sentimentos tão mais fortes do que elas seriam capazes de provocar, dores e prazeres tão mais agudos e delicados do que elas jamais teriam podido infligir, que aquela atitude não me atingia, nem para o bem, nem para o mal.

– Como está a Sra. Reed? – perguntei, encarando Georgiana com toda a serenidade, enquanto esta pareceu estacar diante da pergunta direta, como se eu estivesse tomando uma liberdade inesperada.

– A Sra. Reed? Ah, sim, mamãe, você quer dizer. Ela está muito mal. Não creio que possa vê-la hoje à noite.

– Eu lhe agradeceria muito se você subisse e dissesse a ela que estou aqui.

Georgiana quase deu um salto, arregalando os olhos azuis.

– Sei que ela tem manifestado o desejo expresso de me ver – acrescentei – e não seria bom adiar, por mais tempo do que o estritamente necessário, o momento de atendê-la.

– Mamãe não gosta de ser incomodada à noite – ressaltou Eliza. Eu então me levantei e, tirando o chapéu e as luvas, mesmo sem ser convidada a fazê-lo, anunciei que iria até a cozinha falar com Bessie e pedir-lhe que se certificasse se a Sra. Reed me receberia ou não naquela mesma noite. Fui e, assim que encontrei Bessie e a vi subir para fazer o que eu pedira, passei a tomar outras providências. Antes, eu sempre me recolhia diante da arrogância. Se tivesse acontecido um ano antes, sendo recebida como acabara de ser, eu teria decidido ir embora de Gateshead na manhã seguinte. Mas agora via que agir assim seria uma bobagem. Eu fizera uma viagem de centenas de quilômetros para ver minha tia e precisava ficar ali até que ela melhorasse – ou morresse. Quanto ao orgulho ou à tolice de suas filhas, devia pô-los de lado, não pensar mais no assunto. Por isso, dirigi-me à governanta. Pedi-lhe que me arrumasse um quarto, disse-lhe que provavelmente ficaria por uma ou duas semanas, ordenei que levassem meu baú para os aposentos e ia subindo eu própria quando encontrei Bessie no corredor.

– A senhora está acordada – falou –, e eu lhe disse que você estava aqui. Venha, vamos ver se ela vai reconhecê-la.

Eu não precisava ser guiada até o quarto tão conhecido, para onde tantas vezes fora levada nos velhos tempos, para castigos ou reprimendas. Fui na frente de Bessie. Abri a porta devagar. Havia um abajur aceso na mesa, pois já anoitecia. Lá estava a enorme cama de dossel, com os cortinados cor de âmbar, como antigamente. Lá estava também a penteadeira, a poltrona e o banquinho, no qual centenas de vezes eu fora obrigada a me ajoelhar, para pedir perdão por ofensas que não cometera. Olhei para um dos cantos do quarto, quase esperando encontrar a forma comprida do chicote que costumava ficar pendurado ali, sempre pronto a saltar como um demônio sobre minha palma trêmula ou sobre minhas costas encolhidas. Aproximei-me da cama. Abri o cortinado e me debrucei sobre os travesseiros altos.

Lembrava-me muito bem do rosto da Sra. Reed e, ansiosa, busquei a imagem conhecida. É tão bom que o tempo abrande os desejos de vingança e cale as manifestações de raiva ou aversão. Eu deixara aquela mulher em meio a ódio e amargura, mas agora voltava sem nenhuma outra emoção que não uma espécie de piedade por seu enorme sofrimento, além de uma grande vontade de esquecer e perdoar todas as ofensas, de me reconciliar e dar um amistoso aperto de mão.

O rosto tão conhecido estava lá: duro, incansável como sempre. E também o olhar que nada abrandava, além da fronte levemente erguida, imperial e despótica. Quantas vezes não despejaram sobre mim ameaças e ódio! E como ressurgiam em mim as recordações dos terrores e sofrimentos infantis, agora que tornava a vê-los! Mesmo assim, inclinei-me e a beijei. Ela me olhou.

– É Jane Eyre? – perguntou.

– Sim, tia. Como vai a senhora?

Um dia eu prometera que jamais tornaria a chamá-la de tia. Mas achei que não seria pecado esquecer minha jura naquele momento. Meus dedos envolveram sua mão, pousada sobre a coberta. Se a mão tivesse apertado a minha com ternura, eu viveria o momento com uma satisfação verdadeira. Mas naturezas duras não são facilmente maleáveis, nem antipatias naturais rapidamente vencidas. A Sra. Reed retirou a mão e, virando o rosto para o outro lado, comentou que a noite estava muito quente. E tornou a me olhar com uma tal expressão de frieza que entendi que sua opinião sobre mim, assim como seus sentimentos, não tinham mudado nem jamais mudariam. Percebi, por aquele olhar de pedra – opaco, desprovido de ternura, indissolúvel em lágrimas –, que ela estava decidida a me considerar má, até o fim. Acreditar-me boa não lhe daria prazer, apenas mortificação.

Senti dor, depois senti raiva. E então me veio uma determinação de subjugá-la, de lhe ser superior, apesar de sua natureza e de sua vontade. Meus olhos se tinham enchido de lágrimas, exatamente como quando eu era criança. Mas eu as retive. Peguei uma cadeira e trouxe-a até perto da cama, sentando-me e inclinando-me na direção de minha tia.

– A senhora mandou me chamar – disse – e aqui estou. É minha intenção permanecer até que me diga o que deseja.

– Ah, sim, claro! Você viu minhas filhas?

– Sim.

– Bem, então diga-lhes que quero você aqui até que eu esteja em condições de discutir algumas questões em que tenho pensando. Hoje está tarde e não consigo me lembrar bem do que quero dizer. Mas havia algo, sim, que eu queria... deixe-me ver...

O olhar perdido e a expressão transformada me mostraram como sua compleição vigorosa agora estava arruinada. Virando-se na cama, inquieta, ela repuxava os lençóis. Meu cotovelo, apoiado no cobertor, o prendia. Ela se irritou de imediato.

– Sente-se! – exclamou. – Não me amole prendendo a roupa de cama. Você é Jane Eyre?

– Sou Jane Eyre.

– Tive mais problemas com aquela menina do que qualquer um possa imaginar. Foi um estorvo que me deixaram nas mãos. E quantos aborrecimentos me trazia, a cada dia e a cada hora, com sua natureza incompreensível, suas mudanças súbitas de humor, e aquele jeito estranho, permanente, de ficar observando as pessoas! Devo dizer que certa vez ela falou comigo como se fosse louca, ou como um demônio. Nenhuma criança seria capaz de falar ou agir daquela forma. Fiquei feliz quando a mandei embora daqui. O que fizeram com ela em Lowood? Houve uma epidemia de febre e muitas alunas morreram. Ela não morreu. Mas eu disse que morreu, sim. Eu bem queria que tivesse morrido.

– É um desejo estranho, Sra. Reed. Por que a odeia tanto assim?

– Sempre tive raiva da mãe dela. Era a única irmã de meu marido, que a adorava. Ele foi contra a atitude da família, que a deserdou quando ela se casou com um homem de classe mais baixa. E quando veio a notícia de sua morte, ele chorou como um tolo. E mandou buscar a criança, embora eu recomendasse que contratasse uma babá para cuidar dela. Eu a odiei desde o primeiro dia em que meus olhos a viram: aquela pequena doentia, lamuriante, apavorada. Chorava a noite toda no berço – não gritando, como uma criança normal, mas choramingando e murmurando. Reed tinha pena. Costumava ir niná-la e cuidar dela como se fosse uma filha. Tentava fazer com que meus filhos fossem amigos da pequena mendiga. Mas meus queridos não podiam tolerá-la, e Reed ficava furioso com eles por causa disso. Quando já estava muito doente, mandava levá-la a todo momento até sua cama. E, uma hora antes de morrer, fez-me prometer que manteria a criatura. Preferia mil vezes ter de cuidar de uma criança abandonada num orfanato. Mas meu marido era um fraco, naturalmente fraco. John não se parece em nada com o pai, e fico feliz que seja assim. John se parece comigo e com meus irmãos, especialmente Gibson. Ah, eu só gostaria que ele parasse de me atormentar com suas cartas pedindo dinheiro! Não tenho mais dinheiro para lhe dar, estamos ficando pobres. Preciso mandar embora metade dos criados e fechar parte da casa ou vendê-la. Mas nunca vou me submeter a isso... Só que... como vamos fazer? Dois terços da minha renda pagam os juros das dívidas. John não para de jogar e vive perdendo, pobrezinho! Vive cercado de trapaceiros. Está no fundo do poço, sua aparência é assustadora. Sinto vergonha por ele quando o vejo.

Ela estava ficando cada vez mais agitada.

– Acho que é melhor deixá-la agora – falei para Bessie, que estava do outro lado da cama.

– Talvez seja melhor mesmo. Mas às vezes ela fala desse jeito, durante a noite. De manhã costuma estar mais calma.

Eu me levantei.

– Pare! – gritou a Sra. Reed. – Tem mais ainda: ele me ameaça... não para de me ameaçar com a própria morte ou com a minha. Às vezes sonho com ele e vejo-o com uma enorme ferida na garganta, ou com o rosto inchado e enegrecido. Cheguei a uma estranha encruzilhada. Meus problemas são terríveis. O que devo fazer? Como arranjar dinheiro?

Bessie agora tentava convencê-la a tomar uma poção sedativa. Com alguma dificuldade, acabou conseguindo. Logo depois a Sra. Reed se acalmou, terminando por mergulhar num estado de torpor. Saí do quarto.

Mais de dez dias se passaram até que eu voltasse a conversar com minha tia. Alternava delírios e letargia. E o médico proibiu tudo o que pudesse provocar agitação. Enquanto isso, eu convivia da melhor forma possível com Georgiana e Eliza, que foram muito frias comigo de início. Eliza era capaz de passar metade do dia costurando, lendo ou escrevendo, sem dirigir uma palavra sequer, nem a mim nem a sua irmã. Georgiana podia ficar uma hora inteira conversando com seu canário, sem tomar conhecimento de minha pessoa. Mas eu não me sentiria perdida por falta de afazeres ou distração. Trouxera comigo meu material de desenho, e ele me serviu para os dois objetivos.

De posse de um estojo de lápis e algumas folhas de papel, sentava-me longe delas, perto de uma janela, e me distraía fazendo esboços que representavam as cenas que se iam formando no caleidoscópio interminável da minha imaginação: um pedaço de mar entre duas rochas; uma lua se erguendo, com um navio passando diante dela; um apanhado de taboas ou plantas d'água, entre as quais surgia a cabeça de uma ninfa, coroada com flores de lótus; um elfo sentado num ninho de pardal, sob o galho florido de um pilriteiro.

Certa manhã, tive vontade de esboçar um rosto. Não sabia ao certo que tipo de rosto seria. Peguei um lápis preto macio, fiz a ponta bem fina e comecei a trabalhar. Logo, traçara no papel uma testa larga e proeminente, assim como o contorno inferior de um maxilar quadrado. Gostei daquele esboço. Meus dedos continuaram a trabalhar para encher o contorno com feições. Sobrancelhas bem marcadas, retas, deviam ser traçadas sob uma testa como aquela. Depois surgiu, naturalmente, um nariz bem definido, de linha reta e narinas largas. Seguiu-se uma boca flexível, nem um pouco fina. E um queixo firme, com uma covinha bem no meio. É claro que eram necessários bigodes negros, além de cabelos de azeviche, cheios nas têmporas e com ondas surgindo acima da testa. E agora, os olhos: eu os deixara para o fim, porque sabia que seriam trabalhosos. Desenhei-os bem grandes, bem delineados, com cílios compridos e escuros, e íris grandes e brilhantes. "Muito bom, mas ainda falta algum detalhe", pensei, enquanto observava o desenho. "É preciso um pouco mais de força e alma." E escureci os traços, para que a luz do desenho fosse realçada – um ou dois toques precisos e o resultado foi perfeito. Ali estava, um rosto amigo diante dos meus olhos. Que importância tinha agora que aquelas duas jovens voltassem as costas para mim? Continuei olhando-o. Sorri diante da semelhança. Estava completamente absorta e satisfeita.

– É o retrato de alguém que você conhece? – perguntou Eliza, que se aproximara de mim sem que eu notasse. Respondi que era apenas um rosto de fantasia, enquanto me apressava em remexer as outras folhas de desenho. É claro que estava mentindo. Era na verdade uma representação bastante fiel do Sr. Rochester. Mas que significado poderia ter para ela, ou para qualquer outra pessoa além de mim? Georgiana também se aproximou para olhar. Os outros desenhos lhe agradaram muito, mas o retrato ela descreveu como de "um homem feio". Ambas pareceram espantadas com minha habilidade. Ofereci-me para fazer retratos das duas. E, uma de cada vez, elas posaram para um desenho a lápis. Então Georgiana foi buscar o próprio álbum. Prometi que lhe faria uma aquarela, e isso a deixou imediatamente de bom humor. Propôs que fôssemos dar um passeio nos jardins. Em menos de duas horas de caminhada, já estávamos no terreno das confidências: ela me fez uma descrição minuciosa do maravilhoso verão passado em Londres dois anos antes, da admiração que provocara, da atenção recebida, e chegou a me dar exemplos da impressão que causara. Ao longo da tarde e da noite, esses exemplos foram aumentando. Ela me relatou detalhes de conversas, representou cenas românticas, e assim o dia transcorreu, como uma novela sentimental para mim representada.

A cada dia que passava, novas histórias eram contadas, mas o tema era sempre o mesmo – ela própria, seus amores e seus infortúnios. O estranho é que nunca mencionou a doença da mãe, a morte do irmão ou as perspectivas sombrias da família. Sua mente parecia inteiramente concentrada em reminiscências do passado de felicidade e em aspirações que sucederiam as dissipações. Passava cinco minutos por dia no quarto da mãe doente, e mais nada.

Eliza falava pouco. Não parecia ter tempo para conversa. Nunca vi uma pessoa tão ocupada quanto ela, mas, ao mesmo tempo, era difícil dizer o que fazia, descobrir os resultados de tamanha diligência. Ela usava um alarme para acordar todos os dias de manhã. Não sei o que fazia antes do café, mas depois da refeição seu tempo era dividido em porções regulares, cabendo a cada hora uma tarefa diferente. Três vezes por dia, dedicava-se a estudar um pequeno livro, o qual, mediante uma inspeção, descobri tratar-se do Livro Universal de Orações. Perguntei-lhe uma vez o que a atraía tanto naquele volume e ela respondeu: "A Rubrica".* Ela dedicava ainda três horas por dia a bordar, com linha de ouro, a beirada de uma toalha vermelha e quadrada, imensa como um tapete. Em resposta a minhas perguntas a respeito do assunto, informou-me que a toalha serviria para cobrir o altar de uma igreja construída recentemente perto de Gateshead. Duas horas por dia eram separadas para que escrevesse em seu diário; outras duas para trabalhar na horta; e uma para examinar a própria contabilidade. Ela não parecia interessada em companhia, nem em

*Nota em letras vermelhas num breviário ou missal. (*N. da T.*)

conversa. E nada a aborrecia mais do que qualquer incidente que a obrigasse a alterar seus horários.

Certa noite, mais disposta para a conversação do que o habitual, Eliza me disse que a conduta de John e a ameaça de sua família ficar arruinada tinham sido para ela motivo de grande aflição. Mas agora, garantiu, já se pacificara e tomara uma resolução. A própria fortuna, ela conseguira salvar. E, quando a mãe morresse – e ela admitia, com a maior tranquilidade, que a possibilidade de recuperação era mínima –, Eliza se dedicaria a um projeto pelo qual ansiava há muitos anos: buscar um local de retiro onde ninguém perturbasse seus hábitos rígidos, e onde pudesse estar a salvo de qualquer intervenção das frivolidades do mundo. Perguntei se Georgiana a acompanharia. É claro que não. Georgiana e ela nada tinham em comum, sempre fora assim. E não havia motivo para que a irmã fosse obrigada a conviver com ela. Georgiana tomaria o próprio rumo e ela, Eliza, tomaria o seu.

Georgiana, enquanto não estava me fazendo suas confidências, passava o dia atirada no sofá, reclamando do tédio que era aquela casa e torcendo para que a tia Gibson mandasse convidá-la para uma temporada na capital. Seria muito melhor, dizia, se pudesse ficar longe dali por um mês ou dois, "até que tudo estivesse terminado". Não lhe perguntei o que queria dizer com "tudo estar terminado", mas imagino que se referisse à esperada morte da mãe e os subsequentes, e sombrios, ritos funerários. Eliza não dava atenção às lamúrias e à indolência da irmã, nem mesmo quando essas aconteciam bem à sua frente. Mas um dia, quando fechava seu livro de contabilidade e se preparava para começar a bordar, ela de repente nos surpreendeu:

– Georgiana, você é o animal mais fútil e absurdo que já existiu na face da Terra! Não tinha o direito de ter nascido, porque não dá sentido à vida. Em vez de lutar com suas forças, como faria uma pessoa normal, só se baseia na força alheia, atrás da qual esconde a própria tibieza. E será um ser maltratado, miserável, rejeitado, caso ninguém se habilite a carregá-la nas costas como um fardo. Para você, a vida tem de ser o cenário de permanente mudança e excitação, caso contrário o mundo é uma masmorra. Você precisa ser admirada, cortejada e elogiada o tempo todo. E tem de ter para si muita música, dança e vida em sociedade, para não morrer de tédio. Será possível que não possua um mecanismo interno que a possa tornar independente dos esforços e da vontade dos outros? Pegue um dia: divida-o em partes. Para cada parte, estabeleça uma tarefa a ser cumprida. Não deixe nem um quarto de hora ocioso, nem dez minutos, nem cinco. Inclua cada instante do dia e desempenhe cada uma das tarefas com todo o método, com rígida regularidade. O dia estará terminado antes mesmo que se dê conta de que ele começou. E você não estará em dívida com ninguém, por ter ocupado todas as suas horas. Não terá precisado buscar a companhia de quem quer que seja, nem conversa, simpatia ou apoio. Em resumo, terá vivido como deve viver um ser independente. Ouça meu conselho: é o primeiro e o último que lhe dou. Você não deve depender de mim nem de ninguém, aconteça o que acontecer. Se não me der ouvidos e continuar vivendo como vive agora, em meio a ócio, desejo e lamúria, terá de arcar com as consequências de sua idiotice, por piores que sejam. Estou-lhe dizendo com toda a franqueza. E ouça, porque embora eu não pretenda jamais tornar a falar no assunto, agirei de acordo. Depois da morte de mamãe, lavarei as mãos em relação a você. No instante em que o caixão dela baixar à sepultura da igreja de Gateshead, você e eu viveremos separadas como se jamais nos tivéssemos conhecido. Não deve pensar que, por termos nascido dos mesmos pais, vou deixar que me prenda nem mesmo pelo mais tênue dos laços. Ouça bem: se a raça humana inteira desaparecesse, e só sobrássemos nós duas sobre a face da Terra, eu a deixaria sozinha no velho mundo e seguiria para o novo.

E ela cerrou os lábios.

– Você podia ter-se poupado o trabalho de fazer esse discurso – respondeu Georgiana. – Todo mundo sabe que é a criatura mais egoísta e mesquinha que já existiu. *Conheço* muito bem o ódio rancoroso que alimenta em relação a mim. Tive uma pequena amostra dele com aquilo que você me fez em relação ao lorde Edwin Vere. Você não ia suportar que eu lhe fosse superior, que tivesse um título de nobreza e fosse recebida nos círculos onde não pode nem sonhar em pisar. Por isso, agiu como uma espiã, uma informante, e arruinou meus planos para sempre.

Georgiana tirou o lenço e assoou o nariz durante uma hora depois disso. Eliza continuou sentada, fria e impassível, concentrada em suas tarefas.

Algumas pessoas fazem pouco dos sentimentos verdadeiros e generosos. Mas ali estavam duas naturezas, uma delas de mordacidade intolerável, a outra de desprezível sensaboria, às quais tais sentimentos faziam falta. Sentir sem antes julgar é sem dúvida algo vazio, mas julgar sem sentimento é um quinhão amargo e áspero demais para ser tragado por um ser humano.

Foi uma tarde chuvosa, em que ventou muito. Georgiana caiu no sono no sofá, enquanto lia um romance. Eliza se foi, para participar da celebração de um dia santo na nova igreja, porque em matéria de religião ela era de um rígido formalismo. Não havia tempo ruim que a impedisse de cumprir o que considerava seus deveres de devoção. Com chuva ou com sol, ia três vezes à igreja todos os domingos, e, durante a semana, sempre que havia preces.

Achei que seria melhor eu subir e dar uma olhada no estado da doente, que estava praticamente desassistida. Os criados lhe davam apenas a mínima atenção necessária: a enfermeira contratada, como não era vigiada, escapulia do quarto sempre que podia. Bessie era dedicada, mas tinha a própria família para cuidar e só de vez em quando subia para vê-la. Como imaginava, encontrei a doente sozinha. A enfermeira não estava. A paciente jazia quieta na cama, em estado letárgico, o rosto pálido afundado no travesseiro. O fogo morria na lareira. Avivei as chamas, rearrumei as cobertas e, por um tempo, fiquei olhando para aquela que não podia me ver. Então, afastei-me até a janela.

A chuva batia com força nos vidros e o vento soprava furioso. "Essa que aí está", pensei, "em breve estará onde as intempéries não a poderão alcançar. Para onde irá seu espírito – o mesmo que ainda luta por deixar o corpo material – quando estiver afinal liberto?"

Refletindo sobre esse grande mistério, lembrei-me de Helen Burns e de suas últimas palavras, de sua fé, da doutrina sobre a igualdade entre as almas desencarnadas. Ouvia em pensamento o som de sua voz, e ainda podia ver na memória sua palidez, sua aparência espectral, o rosto encovado e o olhar sublime, deitada no leito de morte, pedindo para voltar ao seio do Pai, quando uma voz débil murmurou atrás de mim:

– Quem está aí?

Sabia que a Sra. Reed não falava havia muitos dias. Será que se recuperava? Fui até junto dela.

– Sou eu, tia Reed.

– Quem... eu, quem? – disse ela. – Quem é você? Não é uma das Gibson. E, no entanto, reconheço esse rosto, e os olhos e a testa me são familiares. Você se parece... você se parece com Jane Eyre!

Não falei nada. Tinha medo de provocar um choque ao revelar minha identidade.

– E, contudo – continuou –, temo que seja um engano. Minha mente está confusa. Eu queria ver Jane Eyre e, por isso, estou enxergando uma semelhança onde talvez não exista. Além disso, ela deve ter mudado muito em oito anos.

Fiz-lhe ver, então, com toda a delicadeza, que eu era mesmo a pessoa que ela supusera. Vendo que me entendia, e que parecia estar bastante lúcida, expliquei-lhe que Bessie mandara o marido me buscar em Thornfield.

– Sabe? Estou muito doente – disse ela, afinal. – Agora há pouco eu tentava me virar e descobri que não conseguia mover sequer um membro. É como se precisasse aliviar a mente antes de morrer. Coisas às quais não damos atenção quando estamos bem de saúde ganham outra dimensão quando chega uma hora como esta que enfrento. A enfermeira está aqui no quarto? Ou você está sozinha?

Assegurei-lhe que estávamos sós.

– Bem, por duas vezes eu lhe fiz um mal, do qual agora me arrependo. A primeira foi ao quebrar a promessa feita a meu marido, de criá-la como se fosse minha filha. A segunda... – e ela parou. – Afinal de contas, talvez não tenha muita importância – murmurou para si mesma – e pode ser que eu ainda melhore. É tão penoso me humilhar assim diante dela.

Fez um esforço para mudar de posição, mas não conseguiu. Seu rosto se transformou. Parecia experimentar alguma sensação interior, talvez o prenúncio do fim que se aproximava.

– Bem, preciso acabar logo com isto. É a eternidade que tenho diante de mim. É melhor contar-lhe tudo. Vá até minha cômoda e pegue uma carta que encontrará lá.

Obedeci a suas instruções.

– Agora, leia a carta.

Era uma mensagem curta, que dizia o seguinte:

Senhora,

Gostaria de pedir-lhe a gentileza de me enviar o endereço de minha sobrinha, Jane Eyre, e de me enviar notícias dela. Tenho a intenção de escrever a ela em breve, convidando-a para vir ter comigo na Ilha da Madeira. Graças à Divina Providência, obtive uma boa situação, por meio do meu trabalho. E, sendo um homem solteiro e sem filhos, gostaria de adotá-la ainda em vida, a fim de que ela possa herdar todos os bens que eu venha a deixar.

Com a minha gratidão,

John Eyre, Ilha da Madeira.

Datava de três anos antes.

– Por que eu nunca soube de nada disso? – perguntei.

– Porque eu a odiava e desprezava demais para lhe ajudar de alguma forma a obter prosperidade. Não podia esquecer sua conduta comigo, Jane... A fúria com que um dia se voltou contra mim. O tom com que declarou que me abominava mais do que a qualquer outro ser vivente. O olhar e a voz, impróprios para uma criança, com que afirmou que sentia nojo só de pensar em meu nome, a maneira como disse que eu a tratava com a mais vil crueldade. Nunca pude esquecer minhas sensações enquanto você deixava fluir todo o veneno que lhe ia na alma. Tive medo, como se um animal que tivesse ferido ou espancado me olhasse com olhos humanos e me amaldiçoasse com a voz de um homem... Água! Preciso de água! Depressa!

– Cara Sra. Reed – falei, enquanto lhe dava de beber –, não pense mais nesses acontecimentos, tire-os de sua mente. Perdoe-me pelas palavras irascíveis. Eu era uma criança. Oito, nove anos se passaram desde então.

Ela não pareceu ouvir o que eu dizia. Mas quando acabou de engolir o gole d'água que lhe dava, retomou o fôlego e continuou:

– Pois saiba que eu não pude esquecer. E, por isso, me vinguei. Você ser adotada por seu tio, alçada a uma posição de fortuna e conforto, era algo para mim intolerável. Escrevi para ele. Disse que lamentava desapontá-lo, mas que Jane Eyre estava morta: falecera de tifo em Lowood. Agora, faça o que quiser. Escreva e desminta essa afirmação – exponha minha falsidade, quando bem entender. Acho que você nasceu para o meu tormento: meus últimos momentos são marcados pela recordação de um pecado que, não fosse por você, eu jamais teria sido tentada a cometer.

– Se ao menos a senhora pudesse parar de pensar nisso, tia, se me olhasse com ternura, com um sentimento de perdão...

– Você é uma pessoa má – continuou ela –, de uma forma que até hoje não consegui compreender. Como pôde, durante nove anos, ser tão paciente e cordata diante de qualquer tratamento, para depois, aos dez, se transformar em um espírito de tamanha violência, é algo que jamais entenderei.

– Não sou tão má quanto a senhora pensa. Sou temperamental, mas não vingativa. Muitas vezes, quando era pequena, pensei em como teria podido amá-la se a senhora deixasse. Da mesma forma como agora desejo uma reconciliação. Queria que me desse um beijo, tia.

Aproximei o rosto de seus lábios. Mas ela não me tocou. Reclamou que eu a estava sufocando, ao me debruçar sobre a cama, e tornou a pedir água. Quando voltei a recostá-la na cama, porque eu a erguera nos braços para lhe dar de beber, apertei sua mão gelada na minha. Os dedos trêmulos fugiram ao meu toque, enquanto os olhos esgazeados evitavam os meus.

– Pois saiba que, amando-me ou odiando-me – falei, afinal –, a senhora tem o meu perdão. Peça agora pelo perdão de Deus. E fique em paz.

Pobre sofredora! Agora era tarde para que pudesse mudar sua maneira de pensar. Ela, que me detestara por toda a vida, também me odiava na hora da morte.

A enfermeira chegou, seguida de Bessie. Ainda fiquei durante mais de uma hora no quarto, esperando enxergar nela algum gesto de conciliação. Mas ela não o fez. Mergulhara rapidamente num estupor, e sua mente não voltou a exibir qualquer lucidez. À meia-noite, ela morreu. Eu não estava presente para lhe fechar os olhos. Nem suas filhas. Vieram nos avisar na manhã seguinte, quando tudo já estava terminado. Seu corpo já fora preparado. Eliza e eu fomos vê-la. Georgiana, que desatara num pranto convulso, disse que não tinha coragem de ir. E lá estava, rígida e imóvel, a forma que um dia fora a robusta e ativa Sarah Reed: os olhos de pedra estavam encobertos pelas pálpebras, mas a testa e os traços fortes ainda passavam a impressão de sua alma inexorável. Aquele corpo era para mim um objeto estranho e solene. Olhei-o sem melancolia ou dor. Nem suavidade ou doçura, compaixão, esperança ou brandura, nada disso ele inspirava. Apenas uma angústia terrível pela mágoa daquela mulher – não por minha perda –, uma tristeza sombria, sem lágrimas, e um sentimento de temor diante de uma morte assim.

Eliza observou a mãe com toda a calma. Depois de alguns minutos em silêncio, comentou:

– Com sua compleição, poderia ter vivido até uma idade avançada. O sofrimento lhe encurtou a vida.

E então, por um instante, a sombra de um esgar estremeceu seus lábios, mas logo foi sustado. E ela, virando-se, saiu do quarto, seguida por mim. Nenhuma de nós vertera uma só lágrima.

22

O Sr. Rochester me dera licença de apenas uma semana, mas um mês se passou antes que eu pudesse deixar Gateshead. Gostaria de ter ido embora logo após o enterro, mas Georgiana me pediu que eu ficasse até que ela pudesse ir para Londres, para onde finalmente fora convidada por seu tio, o Sr. Gibson, que viera cuidar dos funerais da irmã e resolver questões de família. Georgiana disse que morria de medo de ficar sozinha com Eliza. Desta, não recebia nem apoio em seu desalento, nem consolo para seus medos, nem ajuda nos preparativos. Sendo assim, suportei o melhor que pude as lamentações egoístas e as lamúrias de sua mente fraca, ajudando-a a costurar roupas e arrumar malas. É verdade que, enquanto eu trabalhava, ela ficava sem fazer nada. E eu pensava comigo mesma: "Se você e eu tivéssemos de viver juntas, prima, as coisas seriam bem diferentes desde o início. Eu não me submeteria mansamente a carregar pedra sozinha. Faria com que você também tivesse sua parte no trabalho, obrigando-a a cumprir suas tarefas, caso contrário, elas ficariam por fazer. Também insistiria para que você se compusesse e parasse com essa lamúria sem fim, em parte insincera, ditas por dizer. Mas, como nossa relação é bastante transitória, e ocorre num momento de pesar, aceito ser tão cordata e paciente."

Finalmente, despedi-me de Georgiana. Mas agora era Eliza quem pedia que eu ficasse mais uma semana. Seus planos exigiam dela todo o tempo e atenção, explicou. Preparava-se para ir para algum lugar não revelado e passava o dia todo no quarto, com a porta trancada, enchendo baús, esvaziando gavetas, queimando papéis, e sem falar com ninguém. Queria, portanto, que eu tomasse conta da casa, recebesse as visitas e respondesse às mensagens de condolências.

Certa manhã, anunciou-me que eu já podia ir.

– E devo dizer – completou – que lhe sou muito grata por sua boa vontade e discrição. Há uma diferença enorme entre conviver com uma pessoa como você e conviver com Georgiana. Na vida, você faz sua parte e não é um estorvo para ninguém. Amanhã, viajo para o continente, onde viverei numa instituição religiosa perto de Lisle, um convento de freiras, como você chamaria. Lá estarei em quietude, sem ser molestada. Pretendo devotar meu tempo a estudar os dogmas e o sistema de trabalho da religião católica. Tenho a impressão de que é a igreja mais apta a operar com toda a ordem e decência, na qual muito provavelmente irei abraçar o catolicismo e vestir o hábito de freira.

Não expressei surpresa diante dessa revelação, nem tampouco tentei dissuadi-la de seu intento. "A vocação lhe cai muito bem", pensei. "Que seja feliz com ela."

Quando nos despedimos, ela disse:

– Minha prima Jane Eyre, adeus. Desejo-lhe felicidades. Você tem juízo.

E eu retruquei:

– Não posso dizer que você não o tem, Eliza. Mas o seu juízo estará, dentro de um ano, encerrado em um convento na França. Como isso não é da minha conta, faça o que for melhor para você. Não posso dizer que me importo.

– Você está no seu direito – disse ela. E, com essas palavras, nos separamos.

Como não pretendo tornar a mencionar nem ela nem sua irmã nestas páginas, devo acrescentar que Georgiana fez um casamento vantajoso com um homem mais velho e muito rico; e que Eliza de fato se tornou freira, sendo hoje em dia a madre superiora do convento onde foi noviça e para o qual doou toda a sua fortuna.

Eu não sabia como as pessoas se sentem quando estão voltando para casa depois de uma ausência, seja ela longa ou curta, pois jamais experimentara tal sensação. Lembrava apenas o que acontecia quando era criança e voltava para Gateshead após uma caminhada: era repreendida por estar com a roupa úmida e aspecto lúgubre. Lembrava também quando caminhava de volta da igreja para Lowood, tremendo de frio e fome e sabendo que, ao chegar, não iria saciar nem um nem outro. Esses caminhos de volta nada tinham de prazeroso para mim. Nenhum magneto me atraía para determinado ponto, aumentando sua força à medida que eu me aproximava. A volta para Thornfield seria uma sensação inteiramente nova.

A jornada tinha tudo para ser tediosa – muito tediosa. Quase oitenta quilômetros num dia, o pernoite numa estalagem, outros oitenta quilômetros no dia seguinte. Durante as primeiras doze horas, eu só pensava na Sra. Reed, em seus últimos instantes de vida. Via-lhe a face desfigurada e pálida, ouvia sua voz estranhamente alterada. Relembrava o dia do funeral, o caixão, o carro fúnebre, a longa fila de criados e moradores das terras, todos vestidos de preto (o número de parentes é que era pequeno), a cova aberta, o silêncio na igreja, a cerimônia solene. Depois, pensei em Eliza e Georgiana: imaginava esta última como o centro das admirações num salão; a outra, sozinha na cela de um convento. E refletia sobre as peculiaridades tão diferentes de cada uma. A chegada à cidade grande, com o anoitecer, me distraiu de tais pensamentos. E a noite me trouxe reflexões bem diversas: deitada na cama estranha, comecei a pensar no que me esperava.

Estava voltando a Thornfield. Mas por quanto tempo continuaria lá? Não muito, disso tinha certeza. Quando estava fora, recebera notícias da Sra. Fairfax. Os hóspedes tinham ido embora. O Sr. Rochester viajara para Londres três semanas antes, mas estaria de volta dentro de mais quinze dias. A Sra. Fairfax acreditava que ele fora tratar dos papéis para o casamento, já que revelara a intenção de comprar uma nova carruagem. Ela continuava achando estranha a ideia de o Sr. Rochester se casar com a Srta. Ingram, mas, pelo que todos comentavam, e pelo que ela própria tinha visto, o enlace ia mesmo acontecer em breve. "Você seria a mais absurda incrédula se duvidasse", disse eu a mim mesma em pensamento. "Não há qualquer dúvida."

A questão que se seguiu foi: "Para onde vou?" Sonhei com a Srta. Ingram durante toda aquela noite. Num vívido sonho matinal, via-a fechando os portões de Thornfield na minha cara e me apontando um outro caminho. O Sr. Rochester só observava, com os braços cruzados, rindo e parecendo debochar tanto dela quanto de mim.

Eu não comunicara à Sra. Fairfax a data exata da minha chegada. Não queria que mandassem carro ou carruagem me buscar em Millcote. Tinha a intenção de vencer a distância a pé, sozinha, com toda a tranquilidade. E foi com toda a calma, depois de deixar meu baú aos cuidados do rapaz da estrebaria, que saí da estalagem, a George Inn, às seis horas de uma tarde de junho, e peguei a velha estrada para Thornfield. Uma estrada que serpenteava entre os campos e que era quase deserta.

Não fazia uma tarde clara e esplendorosa de verão, mas o tempo estava bom e a temperatura, amena. Os camponeses remexiam no feno ao longo da estrada. E o céu, embora nublado, trazia bons auspícios: seu azul, ou as partes onde se via azul, era suave e a camada de nuvens, alta e esgarçada. A oeste, sinal de calor: não havia qualquer halo que prenunciasse chuva, era como se uma fogueira tivesse sido acesa e um altar ardesse por trás do véu marmóreo do vapor, emitindo raios de um vermelho dourado.

Eu me sentia feliz à medida que avançava. Tão feliz que num dado momento cheguei a parar e me perguntei qual o motivo de tanta felicidade. Ouvi a voz da razão, dizendo que não era para minha casa que eu voltava, nem para um lugar onde ficaria em sossego, nem tampouco para os braços de amigos que me esperavam ansiosos. "O doce sorriso de boas-vindas da Sra. Fairfax, sem dúvida", pensei, "e a pequena Adèle batendo palminhas e correndo para mim. Mas você sabe muito bem que está pensando em outra pessoa, e essa pessoa não está pensando em você."

Mas a juventude não é teimosa? E a inexperiência não nos deixa cegos? E os dois me diziam que era um grande prazer ter o privilégio de olhar outra vez para o Sr. Rochester, mesmo que ele não me olhasse de volta. E retrucavam: "Vamos, rápido! Fique ao lado dele enquanto pode. Porque dentro de poucos dias, no máximo algumas semanas, terá de se afastar para sempre!" E eu então sufocava uma nova agonia – um sentimento que me via incapaz de suportar – e apertava o passo.

Há um burburinho,* também, nos campos de Thornfield: os camponeses estão largando o trabalho e voltando para casa, com seus ancinhos às costas, neste instante em que estou chegando. Restam apenas mais uma ou duas plantações para eu atravessar, e então cruzarei a estrada e alcançarei os portões. Como estão pejadas de rosas as sebes! Mas não tenho tempo de colhê-las, quero estar logo em casa. Passei junto a uma roseira brava, derramando galhos e flores por cima do caminho. Avistei os degraus de pedra. E vi o Sr. Rochester ali sentado, com um caderno e um lápis na mão, escrevendo.

Bem, ele não é um fantasma. E, no entanto, cada nervo do meu corpo se contrai. Por um instante, fico completamente fora de controle. O que significa isso? Não esperava tremer tanto assim quando o visse, nem perder a voz ou a capacidade de me mover, diante dele. Vou me afastar assim que tiver condições de mover um músculo. Não vou fazer esse papel de tola! Há outro caminho para a casa. Mas não adiantaria, nem que eu conhecesse outros vinte caminhos diferentes, porque ele acabava de me ver.

---

*Em inglês, *making hay* representa um jogo de palavras, já que *hay* também significa feno. (*N. da T.*)

– Olá! – grita, pondo de lado o caderno e o lápis. – Aí está você! Vamos, entre, por favor!

Imagino que eu tenha entrado. De que jeito, não sei. Mal conseguindo coordenar os movimentos e tentando a todo custo parecer calma. Tento, sobretudo, controlar os músculos do rosto, que se movem contra a minha vontade, lutando para expressar aquilo que estou decidida a esconder. Mas como uso um véu, que está baixado, ele me ajudará a me comportar com decência e compostura.

– Então é Jane Eyre? Você está vindo de Millcote? E a pé? Ah, sei, é só mais um de seus truques. Em vez de pedir uma carruagem e vir fazendo barulho por caminhos e picadas, como o comum dos mortais, prefere se esgueirar para dentro de sua casa na hora do crepúsculo, exatamente como se fosse um sonho ou uma sombra. O que diabos andou fazendo durante o mês todo?

– Eu estava com minha tia, senhor, que morreu.

– Resposta típica de um lunático. Que os anjos me protejam! Ela vem do outro mundo... da terra dos mortos. E me diz uma coisa dessas ao surgir diante de mim assim, na penumbra do crepúsculo! Se tivesse coragem, eu lhe tocaria, para ver se é feita de sombra ou substância, oh, duende, mas prefiro mil vezes segurar na mão o fogo-fátuo azulado de um pântano – disse. E, depois de uma pausa: – Folgada! Ficar longe de mim um mês inteiro. Aposto que já me esqueceu.

Eu sabia que sentiria prazer em reencontrar meu patrão, apesar do medo de que logo ele deixasse de sê-lo e apesar da certeza de nada significar para ele. Mas havia no Sr. Rochester (pelo menos, era como eu pensava então) um tal poder de distribuir felicidade que, para um pássaro estranho e perdido como eu, bicar umas poucas migalhas que ele distribuísse já era uma festa. Sua última frase fora para mim um bálsamo. Parecia significar que era importante para ele saber se eu o havia esquecido ou não. Além disso, referira-se a Thornfield como minha casa... Ah, quem dera!

Ele não se levantou do banco, e eu não tinha a menor vontade de seguir caminho. Perguntei-lhe então se não fora a Londres.

– Fui. Imagino que soube disso por uma notícia de segunda mão.

– Foi a Sra. Fairfax quem me contou, numa carta.

– E acaso ela lhe informou o que fui fazer?

– Ah, sim. Todos sabem qual era seu objetivo.

– Você precisa ver a carruagem, Jane, e me dizer se está mesmo à altura da Sra. Rochester. Verá se ela não vai ficar parecendo a rainha Bodicea,* ao se recostar naquele estofado vermelho. Eu só gostaria, Jane, de ser uma pessoa um pouco melhor e assim me tornar o par perfeito para ela pelo resto da vida. Mas venha cá, você, que é meio fada: não poderia me dar um amuleto ou uma poção, algo assim, para me transformar num homem bonito?

– Isso estaria além do poder da magia, senhor – respondi, acrescentando, em pensamento: "Um olhar amoroso é o melhor amuleto que existe. Para um olhar assim, você é lindo. Ou melhor: sua força tem um poder que vai muito além da beleza."

Muitas vezes, o Sr. Rochester lera meus pensamentos com uma precisão que para mim era incompreensível. Mas, naquela hora, não pareceu prestar atenção sequer em minha resposta vocal. Apenas ficou me olhando, com um sorriso que era só dele, e que exibia em raras ocasiões. Parecia julgar tal sorriso algo muito especial para momentos banais. Transmitia um sentimento que era como o calor do sol – e era com este que agora me banhava.

– Pode ir, Jane – disse, abrindo espaço para eu passar diante do banco. – Vá para casa e descanse seus pezinhos cansados num lugar aconchegante.

Eu só podia obedecê-lo, sem falar nada. Não havia razão para mais conversa. Contornei o banco sem mais palavra, decidida a deixá-lo ali em paz. Mas um impulso me reteve, uma força me fez voltar-me. E eu disse – ou algo disse por mim, e apesar de mim:

– Obrigada, Sr. Rochester, por tanta gentileza. Sinto uma estranha felicidade em estar aqui outra vez. Onde quer que o senhor esteja, será minha casa. Minha única casa.

E saí dali tão depressa que nem mesmo ele teria sido capaz de alcançar-me se tivesse tentando. A pequena Adèle quase ficou doida

*Bodicea ou Boudicca, rainha do povo Iceni, uma tribo celta, que se levantou contra a dominação romana no ano de 61 d.C. (*N. da T.*)

ao me ver. E a Sra. Fairfax recebeu-me com a ternura de sempre. Leah sorriu para mim e até Sophie me concedeu um animado "*bonsoir*". Fiquei muito contente. Não há alegria maior do que ser amado por seus semelhantes e sentir que sua presença os deixa mais confortáveis.

Naquela noite, fechei os olhos para o futuro. E cerrei os ouvidos para a voz que teimava em me alertar para a separação e a tristeza que me esperavam. Quando acabamos de tomar o chá e a Sra. Fairfax se pôs a tricotar, quando tomei meu lugar perto dela, com Adèle se aninhando a meus pés, e quando uma sensação mútua de afeição tomou conta de nós, envolvendo-nos como um halo dourado, fiz uma prece silenciosa para que não nos separássemos tão cedo. Mas ao ver o Sr. Rochester entrar de repente e, diante daquela reunião tão amigável, nos olhar enternecido, dizendo que a Sra. Fairfax devia estar feliz em ter de volta sua filha adotiva e que Adèle estava "*prête à croquer sa petite maman Anglaise*", cheguei a ter esperanças de que ele, mesmo depois de casado, nos mantivesse às três sob sua proteção e não nos exilasse de sua presença solar.

Uma quinzena de dúbia calma se seguiu à minha chegada a Thornfield Hall. Nada mais se falou a respeito do casamento do patrão e tampouco vi quaisquer preparativos para o evento. Quase todos os dias, perguntava à Sra. Fairfax se ouvira falar de alguma decisão sobre o assunto. Mas ela sempre respondia que não. Contou-me que um dia chegou a perguntar ao Sr. Rochester quando é que ele traria a noiva para casa, mas que ficou sem saber o que pensar porque ele respondeu com uma piada e um de seus olhares engraçados. Algo me surpreendeu: não havia idas e vindas, nem qualquer visita a Ingram Park. Verdade que a propriedade dela ficava a mais de trinta quilômetros dali, na fronteira com outro condado. Mas o que é a distância diante de um amor ardente? Para um cavaleiro tão hábil e incansável quanto o Sr. Rochester, seria apenas a cavalgada de uma manhã. Comecei então a alimentar esperanças que não tinha o direito de ter: de que o noivado tivesse sido rompido; de que os rumores fossem um engano; de que uma das partes houvesse mudado de ideia. Costumava escrutinar o rosto de meu patrão para ver se detectava tristeza ou raiva. Mas nunca o vira tão desanuviado, tão livre de sentimentos ruins. Se, nos momentos em que eu e minha pupila estávamos a seu lado, eu sentia algum desânimo ou desalento, ele se tornava ainda mais esfuziante. Nunca me chamou tantas vezes à sua presença, nunca foi mais gentil comigo do que naquela época, e nunca – eis, por fim! – eu o amei tanto.

23

Era um verão esplendoroso na Inglaterra. Os dias se sucediam com céu do azul mais puro, com o sol mais radiante, como é raro ver em nossa terra tão batida pelas águas. Era como se dias típicos da Itália tivessem vindo do sul como um bando de pássaros migrantes, que descansassem suas asas nas colinas de Albion. O feno já fora todo colhido. Os campos em torno de Thornfield, com a vegetação nova, eram verdejantes. Os caminhos muito brancos, crestados pelo sol. E as árvores viviam seu apogeu. Troncos e sebes, com as folhas maduras, de coloração escura, contrastavam com o matiz azulado dos prados, pejados de luz.

Na véspera do solstício de verão, Adèle, cansada de passar quase o dia todo catando morangos silvestres em Hay-Lane, fora para cama ao anoitecer. Vi-a cair no sono e, saindo do quarto, decidi ir até o jardim.

Era a hora mais doce, "o dia tendo esvaído seu fogo férvido" e o orvalho deitando gotas frias sobre o verão absoluto. No ponto em que o sol se pusera em solidão, sem o contorno pomposo das nuvens, o céu era de uma cor púrpura solene, queimando, em sua luz de chama e rubi, a colina mais alta e se espalhando, para cima e para os lados, numa coloração cada vez mais esmaecida em direção ao infinito. O céu de leste também tinha seu próprio charme, um azul profundo, assim como sua modesta pedra preciosa, uma estrela solitária que se levantava. Logo, exibiria a lua, mas esta o horizonte ainda escondia.

Caminhei um pouco pelo terraço. Mas de repente, um aroma conhecido – de charuto – veio de uma das janelas. Vi, a pouca distância, o vão aberto da biblioteca. Sabia que dali alguém poderia me observar, por isso, afastei-me em direção ao pomar. Nenhuma fresta tornava possível descortinar aquele terreno bem abrigado e paradisíaco. De um dos lados, o espaço era separado do terraço por um muro alto e, do outro, uma cerca-viva o separava do gramado. Ao fundo, havia apenas uma sebe e, adiante, os campos desertos. Um caminho sinuoso, bordejado de loureiros e terminando num suntuoso castanheiro, em torno do qual fora erguido um banco de madeira, levava a essa sebe. Ali, era possível passear sem ser visto. Eu tinha a impressão de que poderia ficar naquele lugar para sempre, sentindo tão doce orvalho, cercada por tal crepúsculo, envolta em tamanho silêncio. Mas, enquanto trilhava a aleia de frutas e flores ao fundo do pomar, já banhada, nesse ponto mais aberto, pela luz da lua que surgia, parei, de súbito – não por causa de um som ou visão, mas, mais uma vez, pela presença de uma fragrância.

Roseira-brava, artemísia, jasmim, cravo e rosa faziam seu noturno sacrifício em favor do incenso: e esse novo aroma não era de folha nem de flor. Era – e eu o sabia muito bem – o cheiro do charuto do Sr. Rochester. Olhei em torno e apurei os ouvidos. Via as árvores carregadas de frutas maduras. Ouvia o rouxinol cantando num galho a quase cem metros dali. Nenhuma forma visível se mexendo, nem tampouco o som de passos. Mas o aroma se tornava mais forte. Precisava sair daquele lugar. Corri para o portão que dava para o bosque e vi o Sr. Rochester entrando. Esgueirei-me para um lado, oculta pela escuridão de piche. Ele não vai ficar aqui muito tempo. Logo voltará para o lugar de onde veio e, se eu conseguir permanecer bem quieta, não me verá.

Mas não. Ele gosta do anoitecer tanto quanto eu, e acha esse velho pomar igualmente atraente. Continua passeando, ora erguendo os galhos do pé de groselha para espiar as frutas que os fazem pender, grandes como ameixas, ora se inclinando sobre um ramo de flores e inalando o aroma das pétalas pesadas de orvalho. Um inseto continua voejando em torno de mim. Agora, pousa sobre uma planta aos pés do Sr. Rochester. Ele o vê e se curva para observá-lo melhor.

"Agora ele está de costas para mim", pensei, "e ocupado. Talvez, se pisar bem de leve, eu possa escapar daqui sem que me veja."

Movi-me por entre os arbustos, temendo que o ruído das pedrinhas do caminho me denunciasse. O Sr. Rochester estava de pé a um ou dois metros do ponto por onde eu teria de passar. O inseto parecia entretê-lo. "Acho que vou conseguir", concluí. Quando cruzava a sombra dele, estendida sobre o jardim pela luz da lua que ainda não se erguera de todo, meu patrão disse baixinho, sem se virar:

– Jane, venha só ver esse bichinho.

Eu não fizera qualquer ruído. Ele não tinha olhos nas costas. Será que sua sombra possuía sentidos? Minha primeira reação foi de susto, mas depois me aproximei.

– Olhe para as asas – disse ele. – Ele me lembra um inseto das Índias Ocidentais. É raro encontrar um viajante noturno como esse, e tão grande, aqui na Inglaterra. Ah, aí vai! Voou!

O inseto desapareceu. Eu já ia me afastando também, mas o Sr. Rochester me seguiu e quando chegamos ao portão falou:

– Volte. Numa noite linda assim é um pecado ficar dentro de casa. E é claro que não se pode nem pensar em ir para a cama quando o sol poente ainda se encontra com a lua que nasce.

Um dos meus defeitos é que, embora minha língua tenha quase sempre uma resposta pronta para tudo, em algumas ocasiões ela me deixa completamente muda. E o lapso sempre ocorre em momentos de crise, quando uma palavra simples ou desculpa plausível seriam o suficiente para me tirar de uma situação difícil. Eu não achava boa ideia passear sozinha com o Sr. Rochester pelo pomar escuro àquela hora, mas não conseguia pensar em uma alegação para ir embora dali. Assim, segui-o com passos lentos, o pensamento concentrado na busca de uma desculpa. Ele, porém, parecia tão circunspecto e solene que fiquei envergonhada por nutrir sentimentos ambíguos. A maldade – se maldade, presente ou possível, havia – parecia estar só em mim. A mente dele estava serena, inconsciente de tudo.

– Jane – recomeçou, assim que entramos na aleia de loureiros, rumo à sebe com o castanheiro imenso –, Thornfield é um lindo lugar no verão, não é?

– Sim, senhor.

– Imagino que você tenha de alguma forma se apegado a esta casa. Você, que tem um bom olho para as belezas naturais e que sempre se envolve com o que lhe é próximo.

– De fato, eu me apeguei a este lugar.

– E, embora eu não consiga entender bem o porquê, vejo que também se apegou àquela bobinha da Adèle, assim como à tão simplória Sra. Fairfax, não é verdade?

– É, sim. Sinto afeição pelas duas, embora de maneiras diferentes.

– E ficaria triste em se separar delas, não ficaria?

– Sim.

– Que pena! – disse ele, suspirando.

E depois de uma pausa:

– É assim, a vida. Mal você se adapta a um lugar e já surge uma voz lhe chamando para outro, lembrando-lhe que as horas de repouso se acabaram.

– Devo me mudar, senhor? – perguntei. – Devo deixar Thornfield?

– Creio que sim, Jane. Sinto muito, minha pequena Jane, mas acho que de fato precisará fazê-lo.

Aquilo foi um rude golpe. Mas não me deixei prostrar.

– Bem, senhor, estarei pronta assim que chegue a ordem de ir embora.

– Já chegou. Preciso dá-la esta noite.

– Então o senhor vai mesmo se casar?

– E-xa-ta-men-te. Pre-ci-sa-men-te. Com sua habitual perspicácia, você acertou na mosca.

– E será em breve, senhor?

– Muito em breve, minha... quero dizer, Srta. Eyre. E você com certeza se lembra muito bem, Jane, de quando eu, ou a boataria vigente, lhe comuniquei que era minha intenção apertar meu pobre pescoço de solteiro no sagrado laço do matrimônio e, resumindo, tomar a mão da Srta. Ingram... Ela tem um braço e tanto, mas isso não vem ao caso... as pessoas nunca se cansam de algo tão sensacional quanto a minha bela Blanche. Bem, como eu ia dizendo... Ouça, Jane! Você não está virando o rosto para procurar mais insetos, está? Aquilo era apenas uma joaninha, criança, voando de volta para casa. Gostaria de lhe lembrar que você foi a primeira a me dizer, com a discrição que tanto admiro, com a agudeza, a prudência e a humildade que combinam tão bem com sua posição de responsabilidade e independência, que, se porventura eu me casasse com a Srta. Ingram, tanto você quanto Adèle teriam de ir embora daqui. Não tecerei comentários sobre a calúnia contra o caráter da minha amada, contida em tal afirmação. Tentarei não pensar nessa frase, Jane, quando você estiver longe. Apenas ressaltarei sua veracidade. Ela é tal que fiz dela meu mote de ação. Adèle deve mesmo ser mandada para um colégio. E quanto a você, Srta. Eyre, terá de assumir uma nova posição.

– Claro, senhor, porei imediatamente um anúncio no jornal. E, enquanto isso, imagino que... – e eu ia dizer "imagino que possa continuar aqui, até encontrar um novo lugar para morar", mas parei, sentindo que não devia me arriscar a pronunciar uma frase tão longa, pois perdera o controle sobre minha voz.

– Dentro de um mês, espero estar-me casando – continuou o Sr. Rochester – e, nesse ínterim, eu mesmo vou procurar um emprego e um abrigo para você.

– Obrigada, senhor. Lamento estar-lhe causando tanto...

– Ah, não precisa se desculpar! Acredito que quando um empregado cumpre bem seus deveres, como você fez, tem o direito de demandar do empregador uma pequena ajuda que este lhe possa dar sem problemas. Na verdade, já soube, através da minha futura sogra, de um lugar que, creio, lhe servirá muito bem. Será para cuidar da educação das cinco filhas da Sra. Dionysius O'Gall, de Bitternutt Lodge, em Connaught, na Irlanda. Acho que você vai adorar a Irlanda. Dizem que são pessoas muito calorosas.

– É muito distante, senhor.

– Não importa... Uma garota sensata como você não vai se assustar com viagem ou distância.

– A viagem, não, mas a distância. E, além disso, o mar será uma barreira entre mim e...

– E o quê, Jane?

– E a Inglaterra. E Thornfield. E…

– Sim?

– E *o senhor.*

Falei aquilo quase de forma involuntária e foi também contra minha vontade que as lágrimas transbordaram dos meus olhos. Foi um pranto silencioso, eu não costumava soluçar. Pensar na Sra. O'Gall e em Bitternutt Lodge me gelou o coração, mais ainda quando imaginei no mar de sal e espuma que me separaria do meu patrão, a cujo lado eu caminhava agora. E muito mais ainda quando pensei no oceano de distância – fortuna, posição social, normas – que havia entre mim e aquele que eu inevitavelmente amava.

– É muito distante... – repeti.

– É, sim, sem dúvida. E quando você chegar a Bitternutt Lodge, em Connaught, na Irlanda, eu jamais tornarei a vê-la, Jane. Isso é certo. Jamais vou a Irlanda, pois pessoalmente não tenho muito interesse nesse país. Mas nós fomos bons amigos, não fomos, Jane?

– Sim, senhor.

– E quando amigos estão para se separar, eles gostam de passar juntos as horas que lhes restam. Venha! Vamos ficar uma boa meia hora conversando sobre os detalhes da partida e da viagem, enquanto as estrelas cintilam no infinito lá em cima. Ali está o castanheiro, com seu banco e suas velhas raízes. Venha, vamos sentar-nos em paz por esta noite, já que estamos fadados a nunca mais ver um ao outro.

Ele me sentou e tomou lugar a meu lado.

– É uma grande distância até a Irlanda, Jane, e lamento ter de mandar minha pequena amiga numa viagem tão cansativa. Mas, como não há outra solução melhor, o que fazer? Você se sente como se tivesse comigo uma forma de parentesco? Acredita nisso, Jane?

Àquela altura, eu já não podia me arriscar a responder. Meu coração tinha parado de bater.

– Porque – continuou ele – às vezes tenho um sentimento curioso em relação a você. Especialmente quando está tão perto de mim, como agora. Sinto como se houvesse um elo inextricável entre nós, uma estranha corda, presa sob as costelas do lado esquerdo do meu peito, ligada a outra corda semelhante no mesmo ponto do seu corpinho. Se aquele Canal tempestuoso e mais trezentos quilômetros de terra se interpuserem entre nós, a corda será arrancada. E tenho a sensação esquisita de que vou sangrar por dentro. E quanto a você... ah, você me esqueceria.

– Isso *nunca*, senhor. O senhor sabe que... – mas não consegui concluir a frase.

– Jane, está ouvindo um rouxinol cantando no bosque? Ouça!

Ao ouvir, comecei a soluçar convulsivamente. Não tinha mais como segurar o que sentia. Tive que ceder, e a tristeza fazia meu corpo se sacudir dos pés à cabeça. Quando finalmente consegui falar, foi apenas para expressar o desejo de nunca ter nascido e de jamais ter vindo para Thornfield.

– Por que lamenta ter de ir embora daqui?

A veemência da emoção, insuflada pelo amor e a dor que me consumiam, tomando conta de mim, lutava por governar, predominar, superar, viver, crescer e afinal reinar. E foi ela quem falou:

– Lamento ter de deixar Thornfield. Eu amo este lugar. E se amo é porque aqui vivi uma vida plena e maravilhosa, pelo menos por um tempo. Não fui pisoteada. Não fui petrificada. Ninguém me condenou a viver junto a pessoas de mente inferior, excluída do mínimo contato com tudo o que é maior, brilhante e energético. Pude conversar face a face com aquilo que reverencio, com aquilo que me dá prazer... com uma mente original, vigorosa e aberta. Conheci o senhor, Sr. Rochester. E é com terror e angústia que recebo a notícia de que preciso ir embora para sempre. Entendo que é inevitável partir. Mas é como entender que é inevitável morrer.

– E onde você vê essa inevitabilidade? – perguntou ele, de repente.

– Onde? Foi o senhor que a colocou diante de mim.

– De que forma?

– Na forma da Srta. Ingram. Uma mulher nobre e bela... sua noiva.

– Minha noiva! Que noiva? Não tenho noiva alguma!

– Mas terá.

– Sim... terei! Terei! – disse entre dentes.

– Então preciso partir. Foi o senhor próprio quem falou.

– Não. Você precisa ficar! Juro... e cumprirei o juramento.

– Mas agora eu lhe digo que devo ir! – retruquei, a emoção me tomando. – Acha que vou ficar, sabendo que já não vou significar nada para o senhor? Pensa que sou um autômato? Uma máquina sem sentimentos? Que posso suportar ver minha única migalha de pão ser tirada da boca, a gota-d'água derramada do copo? Acha que, só por ser pobre, obscura, feiosa e baixinha, sou uma pessoa sem alma e sem coração? Está enganado! Tenho tanta alma quanto o senhor... e muito mais coração! E se Deus me tivesse presenteado com mais beleza e fortuna, eu teria feito com que fosse tão difícil para o senhor me deixar quanto é para mim deixá-lo. Não me dirijo ao senhor agora através de normas e convenções, nem mesmo através da carne mortal. É meu espírito que se dirige ao seu. Como se ambos tivessem cruzado o limite da morte e estivéssemos, aos pés de Deus, como iguais... que é o que somos!

– Que é o que somos! – repetiu o Sr. Rochester. – É isso – acrescentou, abraçando-me, aninhando-me em seu peito e pressionando os lábios nos meus – é isso, Jane!

– É, sim – falei – e ao mesmo tempo não é. Porque o senhor é um homem comprometido, ou é como se fosse, ligado a uma pessoa que lhe é inferior, uma pessoa pela qual não tem qualquer amizade, muito menos amor verdadeiro. Porque já o vi muitas vezes desfazendo dela. Uma união assim, eu desprezo. Por isso, sou melhor do que o senhor... E agora deixe-me ir!

– Para onde, Jane? Para a Irlanda?

– Sim... para a Irlanda. Já expressei o que sentia. Agora, posso ir para qualquer lugar.

– Jane, aquiete-se. Não lute tanto, como um pássaro selvagem que, em desespero, perde a plumagem ao se debater.

– Não sou pássaro. E nenhum ninho me envolve. Sou um ser humano livre e independente, que agora, por vontade própria, vai deixá-lo.

Com novo esforço, consegui desvencilhar-me e me pus de pé diante dele.

– É por vontade própria que você decidirá seu destino – disse ele. – Eu lhe ofereço meu coração, minha mão e a metade de todas as minhas posses.

– Isso é uma farsa, a qual só pode me fazer rir!

– Jane, aquiete-se por um instante. Você está perdendo o controle. Eu me aquietarei também.

Uma brisa percorreu a aleia dos loureiros, vindo balançar os galhos do castanheiro. Passou e se foi, para longe, muito longe, perdeu-se na distância e morreu. O canto do rouxinol foi a única voz a se fazer ouvir naquele instante. E, tornando a ouvi-lo, recomecei a chorar. O Sr. Rochester continuava sentado, quieto, olhando para mim com um olhar grave e terno. Só depois de algum tempo falou. Disse, afinal:

– Venha aqui para junto de mim, Jane. Vamos explicar tudo, entender um ao outro.

– Nunca mais irei para junto do senhor. Já me libertei, e não há volta.

– Mas, Jane, estou lhe pedindo para ser minha mulher. É com você, e só você, que pretendo me casar.

Fiquei em silêncio. Achei que ele estava debochando de mim.

– Venha, Jane... Venha aqui.

– Sua noiva está entre nós.

Ele se ergueu e, dando um passo à frente, me alcançou.

– Minha noiva está aqui – disse, puxando-me para si – porque aqui está minha igual, minha alma gêmea. Jane, você quer se casar comigo?

Continuei sem responder, ainda tentando me desvencilhar de seu abraço. Continuava incrédula.

– Duvida de mim, Jane?

– Completamente.

– Não acredita em mim?

– Em absoluto.

– Sou então, para você, um mentiroso? – perguntou, num tom passional. – Minha pequena cética, você *acabará* por se convencer. Que amor eu sinto pela Srta. Ingram? Nenhum: e isso você sabe muito bem. Que amor sente ela por mim? Nenhum, tampouco, como eu pude tristemente provar. Fiz com que chegassem aos ouvidos dela rumores de que minha fortuna não era nem um terço do que se pensava e, depois disso, fui até lá para ver o resultado. E este foi só frieza, tanto da parte dela quanto da parte da mãe. Eu não iria, não poderia, me casar com a Srta. Ingram. A você, essa pessoa estranha, quase extraterrena!, a você, sim, eu amo mais do que a mim mesmo.

E é a você, mesmo pobre e obscura, feiosa e baixinha, que peço que me aceite como seu marido.

– Mas eu?! – exclamei. Com aquela franqueza e mesmo falta de educação, eu começava a acreditar que ele estava sendo sincero. – Eu, que não tenho um amigo no mundo a não ser o senhor, se é que é meu amigo, e nem um *shilling* além do dinheiro que o senhor próprio me deu?

– Você, Jane. É você que quero para mim, só para mim. Você aceita? Diga que sim, vamos, depressa.

– Sr. Rochester, deixe-me observar seu rosto. Vire-se na direção da lua.

– Por quê?

– Quero observar-lhe as feições. Vire-se!

– Aí está! Não lerá mais do que conseguiria ler numa página rasgada e amassada. Mas leia. E depressa, porque isso me faz sofrer!

O rosto dele, bastante vermelho, denotava enorme agitação, com traços muito expressivos e os olhos apresentando um estranho brilho.

– Ah, Jane, está me torturando! – exclamou. – Com esse olhar de escrutínio, mas também de crença e generosidade, você me tortura.

– Como posso fazê-lo? Se o senhor é sincero, se sua oferta é verdadeira, meus únicos sentimentos em relação ao senhor devem ser de gratidão, devoção. Não poderia torturá-lo.

– Gratidão! – disse ele. E acrescentou, transtornado: – Jane, aceite-me, depressa! Diga, Edward – chame-me por meu nome de batismo, Edward –, eu me casarei com você.

– Está falando sério? É verdade que me ama? Que quer sinceramente que eu seja sua esposa?

– Sim. E, se for necessário um juramento, eu juro.

– Então eu me casarei com o senhor.

– Com você, Edward... minha querida esposa!

– Com você, meu querido Edward!

– Então venha aqui, para junto de mim, de verdade – disse ele. E, num tom mais profundo, sussurrando ao meu ouvido, com o rosto encostado ao meu: – Faça minha felicidade, que eu farei a sua.

Depois de algum tempo, acrescentou:

– E que Deus me perdoe! Que homem algum se intrometa comigo. Eu a tenho, e não vou deixá-la ir-se!

– Não há ninguém para se meter, senhor. Não tenho parentes que possam interferir.

– Não, isso é o de menos – respondeu. Se eu não o amasse tanto, teria notado que seu tom e olhar de júbilo tinham um aspecto selvagem. Mas, sentada a seu lado, salva do pesadelo da partida, chamada ao paraíso daquela união, só pensava na poção que me tinha sido dada a beber num fluxo abundante. E ele me perguntava, seguidas vezes "Está feliz, Jane?", e eu respondia, uma e outra e mais outra vez "Sim!".

Diante disso, ele murmurava:

– Tudo vai se harmonizar, tem de se harmonizar. Afinal, eu não a encontrei perdida, com frio e sem aconchego? E não me comprometo a cuidar dela, a lhe dar carinho e calor? Não há amor em meu coração e constância em minhas resoluções? Tudo isso contará diante do tribunal de Deus. Sei que o Senhor condena o que faço. Ante o julgamento do mundo, eu lavo as mãos. O julgamento dos homens, a esse eu desafio!

Mas o que acontecera com a noite? A lua ainda não desaparecera do céu e já estávamos cercados pela escuridão. Eu mal podia ver o rosto de meu patrão, embora estivéssemos tão próximos. E o que afligia o castanheiro? Ele gemia e se contorcia, enquanto o vento cantava sobre o caminho de loureiros e vinha nos bater.

– Precisamos entrar – disse o Sr. Rochester –, o tempo está mudando. Eu poderia ficar sentado aqui com você até de manhã, Jane.

"E eu com o senhor", pensei. Teria dito a frase, mas nesse instante uma faísca forte e brilhante surgiu da nuvem para a qual eu olhava, e houve um estrondo, seguido de um ruído repicado, bem próximo. Só pensei em esconder os olhos no ombro do Sr. Rochester.

A chuva caiu. Ele correu comigo pela mão, através da aleia, através do jardim, até dentro de casa. Mas já estávamos encharcados ao cruzar a porta. Ele tirava meu xale e sacudia a água dos meus cabelos, no vestíbulo, quando a Sra. Fairfax surgiu. Num primeiro instante, eu não a vi, nem tampouco o Sr. Rochester. A lâmpada estava acesa. O relógio batia a meia-noite.

– Corra para tirar essa roupa molhada – disse ele –, mas, antes que se vá, boa noite, boa noite, minha querida.

E me deu muitos beijos. Quando ergui o rosto, desvencilhando-me de seus braços, lá estava a viúva – pálida, grave, como hipnotizada. Limitei-me a sorrir para ela e corri escada acima. "Outra hora, explico", pensei. Mas, quando cheguei ao quarto, incomodou-me a ideia de que ela pudesse interpretar mal, ainda que momentaneamente, o que vira. Porém, a felicidade logo sobrepujou quaisquer outros sentimentos. Forte como o vento que soprava, profunda e próxima como o trovão, firme e frequente como a luz dos raios, desfeita em cataratas como a chuva que duraria duas horas ininterruptas, eu não experimentava medo algum, quase nenhuma reverência. Por três vezes, o Sr. Rochester veio bater à porta do meu quarto, para perguntar se eu estava bem e me tranquilizar. Aquilo era força e conforto contra qualquer mal.

Antes que me levantasse da cama de manhã, a pequena Adèle veio correndo a meu quarto me contar que o grande castanheiro no fundo do pomar fora atingido por um raio durante a noite e se partira em dois.

24

Enquanto me levantava da cama e me vestia, fiquei pensando no que acontecera e me perguntando se não fora um sonho. Não podia ter certeza até reencontrar o Sr. Rochester e ouvir dele palavras de amor e promessas.

Arrumando o cabelo, olhei meu rosto no espelho e vi que já não era feio: havia esperança em seu aspecto, vivacidade em sua cor, e os olhos pareciam ter encontrado a fonte dos prazeres, extraindo do brilho de suas águas raios de luz. Muitas vezes, no passado, eu temera estar diante de meu patrão, por achar que meu aspecto não lhe agradaria, mas agora sabia que podia erguer o rosto para ele, sem que minhas feições o decepcionassem. Tirei da gaveta um vestido de verão limpo, embora simples, e o coloquei. Nunca um enfeite me caíra tão bem, porque jamais fora usado em momento de tamanha felicidade.

Não me surpreendi, descendo para o vestíbulo, ao ver que uma cintilante manhã de junho se seguira à tempestade noturna. E ao sentir, através da vidraça aberta, a brisa fresca e perfumada. A natureza parecia festejar aquele instante em que eu me sentia tão feliz. Uma mendiga e seu filho – ambos pálidos, vestidos em andrajos – vinham subindo o caminho da entrada. Desci e lhes dei todo o dinheiro que por acaso tinha na bolsa, três ou quatro *shillings*. Bons ou maus, eles precisavam partilhar meu regozijo. As gralhas piavam e pássaros mais joviais cantavam, mas nada era mais alegre e musical do que meu coração.

Quando espiava pela janela, a Sra. Fairfax me surpreendeu, perguntando, com expressão séria e voz grave:

– Srta. Eyre, não vai tomar café?

Durante a refeição, esteve calada e fria comigo. Mas naquele momento eu não podia esclarecer o que se passara. Precisava esperar que meu patrão desse as explicações. Ela também precisava esperar. Comi o que pude e depois subi correndo as escadas. Encontrei Adèle saindo da sala de estudos.

– Aonde você vai? Está na hora da aula.

– O Sr. Rochester me mandou para o quarto das crianças.

– Onde está ele?

– Ali – e apontou a sala de onde acabara de sair. Eu entrei e lá estava ele.

– Venha me dar bom dia – disse. Feliz, fui a seu encontro. Agora não era mais um cumprimento frio ou mesmo um aperto de mão que eu recebia, mas um abraço e um beijo. Era tudo natural. Parecia muito apropriado ser tão amada e acariciada por ele.

– Jane, você parece desabrochar, tão sorridente e bonita – disse. – Está linda nesta manhã. É mesmo você, aquele duende pálido? Cor de semente de mostarda? Essa mocinha reluzente, de lábios rosados e covinhas no rosto, com os cabelos castanhos e sedosos, e esses olhos acastanhados e radiantes? (Eu tinha olhos verdes, leitor, mas você precisa desculpar o engano; imagino que para ele meus olhos tivessem adquirido nova cor.)

– Sim, sou eu, Jane Eyre, senhor.

– Logo será Jane Rochester. Dentro de quatro semanas, Jane. Nem um dia a mais. Está ouvindo?

Eu ouvia e mal podia compreender. Estava tonta. A sensação que aquela declaração me provocara era mais forte do que alegria, era algo que paralisava e me deixava sem ação. Era quase medo, acho.

– Você estava tão corada e agora ficou pálida, Jane. Por que isso?

– Por causa desse novo nome, Jane Rochester. Parece tão estranho.

– Sim, Sra. Rochester – disse ele –, a jovem Sra. Rochester, a noivinha Fairfax Rochester.

– Não pode ser, senhor. Não soa apropriado. Os seres humanos não podem receber tamanha felicidade no mundo. E eu não nasci diferente do restante dos meus semelhantes. Imaginar essa possibilidade é como penetrar num conto de fadas... num sonho.

– Sonho que posso e vou realizar. E vamos começar hoje. Nesta manhã, escrevi para o meu banqueiro em Londres para que me mande algumas joias que estão guardadas no cofre. São heranças das damas de Thornfield. Dentro de um dia ou dois, espero poder despejá-las em seu colo, pois quero que tenha todos os privilégios e atenções que eu daria a uma nobre com quem fosse me casar.

– Ah, senhor, não se incomode com joias. Não gosto nem de ouvir falar delas. Joias para Jane Eyre soam como algo estranho e antinatural. Prefiro não tê-las.

– Quero eu mesmo colocar o colar de diamantes em torno de seu pescoço e a tiara em sua testa, o que lhe cairá muito bem. Porque a natureza nela imprimiu a marca da nobreza, Jane. E encaixarei os braceletes nesses pulsos elegantes e encherei seus dedos de fada com anéis.

– Não, senhor! Pense em outras coisas, fale de outros assuntos, bem diversos. Não se dirija a mim como se eu fosse uma beldade. Sou apenas a preceptora, sóbria e feiosa.

– Você é uma beldade para meus olhos, uma beldade como meu coração sempre quis, delicada e diáfana.

– Baixinha e insignificante, quer dizer. Está sonhando, senhor... ou estará zombando? Por favor, ironia, não!

– Farei com que o mundo reconheça que é uma beldade – continuou ele, enquanto eu ficava cada vez mais sem graça com o rumo que a conversa tomava. Achava que ele estava iludindo a si próprio, ou querendo iludir a mim. – Vestirei minha Jane com cetins e rendas, cumularei seus cabelos de rosas, cobrirei o rosto que mais amo com o mais raro dos véus.

– E então já não me reconhecerá, senhor. Porque não serei mais sua Jane Eyre, mas sim uma macaquinha vestida de palhaço, uma bufona com um penacho emprestado. Seria mais fácil vê-lo, Sr. Rochester, fazendo malabarismos num palco do que eu vestida como uma dama da corte. Eu não digo que o senhor é bonito, embora o ame de todo o coração. Mas é justamente por amar que não o fico bajulando. Portanto, não me bajule.

Mas ele nem pareceu ouvir o que eu disse.

– No mesmo dia, vou levá-la de carruagem até Millcote, para que escolha alguns vestidos. Como já lhe falei, nos casaremos dentro de quatro semanas. O casamento será discreto, na igrejinha ali de baixo. E então eu a levarei imediatamente para a cidade. Depois de uma breve temporada lá, levarei meu tesouro para regiões que ficam mais perto do sol: os vinhedos da França e as planícies da Itália. E ela verá tudo o que há de antigo e de moderno, e provará, também, das delícias das cidades. E aprenderá, por comparação, a dar valor a si mesma.

– Vou viajar? E com o senhor?

– Vai viajar para Paris, Roma e Nápoles. E Florença, Veneza e Viena. Todos os lugares que conheci no exterior tornarão a ser percorridos, agora por você. Em todos os pontos em que pisei os pés, você deverá pisar também seus pezinhos de sílfide. Há dez anos, percorri a Europa num momento de insanidade, tendo por companheiros o desgosto, o ódio e a revolta. Agora, pretendo revisitá-la curado, limpo, tendo a meu lado um anjo para me confortar.

Ri ao ouvi-lo dizer isso.

– Não sou um anjo – garanti – e jamais serei. Serei sempre eu mesma. Sr. Rochester, não deve esperar, nem buscar, nada de celestial de minha parte. Porque não o terá, como eu também não o terei do senhor. Nem tampouco tenho essa expectativa.

– E que expectativa tem de mim?

– Que continue, por um tempo, exatamente como agora. Mas por pouco tempo. Logo, se tornará mais frio e em seguida cheio de caprichos. E então se comportará de forma severa, e eu terei um trabalho danado para o satisfazer. Mas, quando afinal se acostumar comigo, talvez goste de mim de novo. Mas veja bem, eu disse *gostar*, não *amar*. Imagino que seu amor se evapore dentro de seis meses, no máximo. Já notei, em livros escritos por homens, que esse é o período máximo ao fim do qual desaparece o ardor do marido. Mas, passado esse tempo, como amiga e companheira, espero jamais me tornar algo desagradável para meu querido patrão.

– Desagradável! Gostar de você de novo! Acho que vou gostar de você sempre e sempre. E a forçarei a admitir que não apenas *gosto* de você, mas que a *amo*, com verdade, fervor e constância.

– Mas o senhor não admite que é cheio de caprichos?

– Com mulheres que me agradam apenas por seus belos rostos, que não têm nem alma nem coração, com essas sou, sim, um verdadeiro demônio. Isso acontece quando elas abrem diante de mim uma perspectiva de superficialidade, trivialidade, talvez até de idiotice, grosseria e mau humor. Mas para um olhar aberto e uma língua eloquente, para uma alma feita de chama, um caráter que não se deixa alquebrar, ao mesmo tempo sutil e estável, amável e consistente, aí sou eternamente terno e fiel.

– E algum dia já se deparou com um caráter desse tipo? Já amou alguém assim?

– Estou amando agora.

– E antes de mim: será que estou mesmo à altura desse seu padrão, que é tão alto?

– Nunca encontrei ninguém como você. Jane, você me agrada e me domina. Parece se sujeitar e gosto da impressão que dá, de ser cordata. Mas, enquanto enrolo no dedo o macio fio de seda, ele de repente me faz estremecer o braço, o coração. Sou influenciado... conquistado. E essa influência se dá com tal doçura que eu não saberia explicar. A conquista é como uma magia, da qual não tenho como escapar. Por que você está rindo, Jane? O que significa essa transformação em seu rosto, essa mudança inexplicável, quase sobrenatural?

– Estava pensando, senhor, e, por favor, me desculpe, foi um pensamento involuntário, estava pensando em Hércules e Sansão, e naquelas que os encantaram...

– Estava, é? Sua bruxinha...

– Não fale mais, senhor. Não está sendo razoável. Assim como aqueles senhores não agiram de forma razoável. Mas, fossem eles casados, e sua severidade como maridos se equipararia à mansidão demonstrada como pretendentes. Temo que o mesmo aconteça com o senhor. E me pergunto o que dirá quando, daqui a um ano, eu lhe pedir um favor que não seja de sua conveniência ou prazer.

– Peça-me algo agora, Jane... a mínima coisa. Quero ouvir uma súplica.

– Pois pedirei, senhor. Na verdade, tenho um desejo.

– Então fale! Mas se erguer o rosto e sorrir assim, vou concordar antes mesmo de saber qual o pedido. E assim farei papel de tolo...

– Não, de jeito algum. O que peço é só o seguinte: não mande buscar as joias, e não me coroe de rosas. Seria o mesmo que mandar bordar a ouro esse lenço comum que leva no bolso.

– Seria como "dourar o mais puro ouro". Está bem: seu desejo será atendido... por enquanto. Vou cancelar a ordem que enviei ao banqueiro. Mas você não pediu nada. Pediu apenas que um presente fosse suspenso. Tente outra vez.

– Bem, senhor, então, gostaria que tivesse a bondade de me satisfazer a curiosidade, que tem sido grande.

Ele pareceu inquieto.

– O quê? O que é? – disse, depressa. – Curiosidade é um sentimento perigoso. Ainda bem que não fiz nenhum juramento de que atenderia qualquer desejo.

– Mas não há perigo algum no que quero saber.

– Fale, Jane. Mas eu preferiria que, em vez de uma pergunta, talvez o pedido para que eu revele um segredo, seu desejo fosse o de receber metade das minhas terras.

– Oh, rei Xerxes!* O que eu faria com metade de suas terras? Acha que estou atrás de um bom investimento em propriedades? Preferiria

*No original, *Abassuerus*, nome equivalente a Xerxes, rei da Pérsia. (*N. da T.*)

mil vezes ter sua confiança plena. Se me admitir em seu coração, como me excluirá de suas confidências?

– Você será bem-vinda a todas as minhas confidências, desde que valham a pena, Jane. Mas, pelo amor de Deus, não deseje receber um fardo inútil. Não anseie por veneno... e não se transforme numa rematada Eva em minhas mãos!

– Por que não, senhor? O senhor agora há pouco dizia quanto gosta de ser conquistado, como lhe agrada a persuasão. Não acha que eu poderia tirar vantagem dessa confissão e começar a treinar e a pedir – mesmo que chorando e me zangando – apenas para experimentar meus poderes?

– Não me arriscaria a deixá-la fazer tal experimento. Vá em frente, faça suas conjecturas, e acabemos logo com isso.

– Mesmo, senhor? O senhor desiste rápido. Suas sobrancelhas se tornaram da grossura dos meus dedos, e a fronte me lembra um verso espantoso sobre "a pira azulada de um trovão". Será que é esse aspecto que terá no dia do casamento, senhor?

– Se o *seu* aspecto for esse de agora, eu, como cristão, vou acabar desistindo de desposar o que não passa de um duende, um espírito do fogo. Mas... o que você quer saber, coisinha, vamos, diga logo!

– Vejam só, já está sendo pouco polido. Mas eu gosto mais de rudeza do que de bajulação. Prefiro ser uma *coisinha* do que um anjo. Eis o que quero perguntar: por que se esforçou tanto para me fazer acreditar que queria se casar com a Srta. Ingram?

– Ah, então é só isso? Graças a Deus não é nada mais complicado – e agora ele já desanuviava o semblante, sorrindo e me olhando, passando a mão pelos meus cabelos como se aliviado por se livrar de um grande perigo. – Acho que posso confessar, embora saiba que você vai ficar indignada, Jane. E olhe que eu já vi o que um espírito do fogo é capaz de fazer quando está indignado. Você parecia cintilar sob a luz da lua ontem à noite, enquanto praguejava contra o destino e proclamava ser minha igual. Por falar nisso, foi de você, Jane, que partiu a proposta.

– É claro que foi. Mas vamos ao ponto, por favor, senhor: e a Srta. Ingram?

– Bem, fingi estar cortejando a Srta. Ingram porque queria deixá-la louca de amor por mim, como eu estava por você. E sabia que o ciúme seria o melhor aliado com o qual contar para obter tais fins.

– Muito bem! Então o senhor é pequeno, nem um milímetro maior do que a ponta do meu dedo mínimo. Foi uma tremenda vergonha, um verdadeiro escândalo agir desse jeito. Então não se importou nem um pouco com os sentimentos da Srta. Ingram, senhor?

– Os sentimentos dela se resumem a um só: orgulho. E para este é necessário humildade. Você sentiu ciúmes, Jane?

– Isso não vem ao caso, Sr. Rochester. Não é do seu interesse conhecer a resposta. Mas me responda francamente ainda uma pergunta: não acha que a Srta. Ingram vai sofrer por causa de seus falsos galanteios? Será que não vai se sentir desprezada e abandonada?

– Impossível! Ao contrário. Como já lhe disse, foi ela quem desistiu de mim. Ao saber da minha insolvência, sua chama esfriou, ou melhor, extinguiu-se num segundo.

– O senhor tem uma mente muito peculiar, Sr. Rochester. Temo que, em determinadas questões, seus princípios sejam bastante excêntricos.

– Meus princípios jamais foram adestrados, Jane. Talvez se tenham desvirtuado por falta de acompanhamento.

– Agora, outra vez falando sério: será que posso usufruir da enorme felicidade que me foi ofertada, sem temer estar causando a outra pessoa o mesmo sofrimento que antes me afligia?

– Pode, sim, minha boa menina. Não há mais ninguém no mundo que sinta por mim um amor tão puro quanto o seu. Essa união tão feliz, Jane, juro, se baseia na minha crença em sua afeição.

Virei o rosto para a mão que estava pousada em meu ombro e a beijei. Eu o amava muito – mais do que seria capaz de dizer, mais do que pode ser expresso em palavras.

– Faça mais um pedido – disse ele, após um tempo. – Tenho prazer em ouvir seus desejos, e em satisfazê-los.

Eu já estava com o pedido na ponta da língua.

– Quero que comunique suas intenções à Sra. Fairfax, senhor. Ontem à noite, no vestíbulo, ela nos viu e ficou chocada. Gostaria que lhe desse explicações antes que eu torne a encontrá-la. Fico envergonhada de saber que estou sendo mal interpretada por uma pessoa tão bondosa.

– Vá até o quarto e ponha seu chapéu – disse ele. – Quero que me acompanhe até Millcote agora de manhã. E, enquanto estiver se arrumando, vou esclarecer tudo com a velha senhora. Será que ela pensou, Jane, que você tivesse dado o mundo em troca do amor, e o perdido?

– Acho que pensou que eu tivesse esquecido minha condição. E a do senhor.

– Condição! Sua condição é dentro do meu coração e pisando a cabeça daqueles que ousarem insultá-la, agora ou em qualquer momento. Vá!

Logo, eu estava vestida. E, quando ouvi o Sr. Rochester sair dos aposentos da Sra. Fairfax, fui correndo até lá. A velha senhora estivera lendo o livro das Escrituras – a lição do dia. A Bíblia estava aberta à sua frente, com seus óculos em cima. Mas essa ocupação, interrompida pela chegada do Sr. Rochester, fora agora deixada de lado. Os olhos dela, fixos na parede nua, expressavam a surpresa de uma mente mansa que acaba de ser sacudida por eventos inesperados. Ao ver-me, levantou-se. Teve de se esforçar para sorrir, começando a esboçar algumas palavras de congratulações, mas o sorriso morreu-lhe nos lábios e a sentença ficou inacabada. Recolocou os óculos, fechou a Bíblia e arrumou a cadeira junto à mesa.

– Fiquei tão atônita – começou – que mal sei o que dizer, Srta. Eyre. Não foi um sonho, foi? Às vezes, quando estou só, cochilo e acabo imaginando coisas que não aconteceram. Já passei por isso várias vezes, a ponto de ver meu querido marido, que já morreu há quinze anos, vir sentar-se a meu lado e me chamar pelo nome, Alice, como costumava fazer. Agora diga-me: é mesmo verdade que o Sr. Rochester a pediu em casamento? Não ria de mim. Mas tenho a impressão de que ele entrou aqui há uns cinco minutos e disse que dentro de um mês você será a esposa dele.

– Foi o que disse para mim – respondi.

– Disse? E você acreditou nele? E aceitou o pedido?

– Sim.

Ela me olhou, fascinada.

– Eu jamais poderia imaginar. Ele é um homem orgulhoso. Todos os Rochester são assim. O pai dele, então, gostava muito de dinheiro. Ele próprio sempre foi considerado um homem parcimonioso. Então ele quer se casar com você?

– Foi o que me disse.

Ela me olhou de cima a baixo. Li em seus olhos que não via em mim nenhum charme especial capaz de resolver aquele enigma.

– É algo que me escapa! – continuou. – Mas deve ser verdade, uma vez que você própria confirma. Não sei dizer o que vai acontecer, isso não sei mesmo. Igualdade de posição social e fortuna em geral são aconselháveis nesses casos. E há vinte anos de diferença de idade entre vocês. Ele podia ser seu pai!

– Não, de jeito algum, Sra. Fairfax! – exclamei, intrigada. – Ele nada tem a ver com meu pai! Ninguém que nos tenha visto juntos pensaria isso, nem por um segundo. O Sr. Rochester tem a aparência, e posso mesmo dizer que ele é, igual a um homem de vinte e cinco anos.

– É mesmo por amor que ele vai se casar com você?

Fiquei tão magoada com seu ceticismo e frieza que as lágrimas brotaram dos meus olhos.

– Lamento entristecê-la – disse a viúva –, mas você é muito jovem, tem pouca experiência com os homens, e eu gostaria de adverti-la a respeito de certas situações. Diz o velho ditado que "nem tudo o que reluz é ouro". E, nesse caso, temo que a verdade seja um pouco diferente do que é a sua, ou mesmo a minha, expectativa.

– Por quê? Será que sou algum monstro? – indaguei. – Acha impossível que o Sr. Rochester nutra por mim uma afeição sincera?

– Não, você é ótima. E se refinou muito nos últimos tempos. Eu diria que o Sr. Rochester gosta de você. Sempre notei que você era uma espécie de bichinho de estimação para ele. Houve momentos em que, por me preocupar com seu bem-estar, eu me incomodei com essa preferência explícita, chegando a pensar em deixá-la de sobreaviso. Mas não queria insinuar nada. Sabia que uma ideia assim seria chocante, poderia talvez ofendê-la. Você era uma pessoa tão discreta, modesta e sensível, esperei que fosse capaz de cuidar de si própria.

Ontem à noite, nem sei lhe dizer quanto sofri quando procurei você por toda a casa, sem encontrá-la, nem ao patrão. E então, à meia-noite, vi-a entrando em casa com ele.

– Bem, agora chega – interrompi, impaciente. – Já é suficiente saber que está tudo bem.

– Espero que tudo esteja bem, no fim – disse ela. – Mas, acredite, você precisa ter cuidado. Tente manter o Sr. Rochester a distância. Não confie nele, nem em si própria. Cavalheiros da estirpe dele não costumam se casar com preceptoras.

Eu estava ficando cada vez mais furiosa. Felizmente, Adèle entrou correndo.

– Deixe-me ir também! Deixe-me ir a Millcote! – gritou. – O Sr. Rochester não quer deixar. Mas há espaço suficiente na carruagem nova. Implore a ele que me deixe ir, *mademoiselle*!

– Vou fazer isso, Adèle – disse, saindo depressa dali com ela, feliz por me afastar de minha sombria monitora. A carruagem estava pronta. Vinha sendo trazida para a frente da casa, enquanto meu patrão andava de um lado para o outro na calçada, com Pilot atrás dele.

– Adèle pode nos acompanhar, não pode?

– Eu já disse a ela que não. Não quero fedelhos! Só quero você.

– Por favor, deixe-a vir, Sr. Rochester! Será melhor assim.

– Melhor, nada! Ela iria nos atrapalhar.

Ele era peremptório, tanto no olhar quanto na voz. As advertências da Sra. Fairfax, assim como suas dúvidas, pesavam sobre mim. Um sentimento impalpável e indefinido acossava minha esperança. Eu já não parecia ter ascendência sobre ele. Estava a ponto de aquiescer mecanicamente, mas ele próprio, ao me ajudar a subir na carruagem, observou meu rosto e disse:

– O que há? Todo aquele sol desapareceu. Quer mesmo que a pirralha vá junto? Vai ficar zangada se ela for deixada para trás?

– Gostaria muito, sim, senhor, que ela fosse.

– Então vá correndo pegar seu chapéu e volte como um raio! – gritou ele para Adèle.

Esta obedeceu-o num segundo.

– Afinal, uma simples manhã não vai fazer muita diferença – disse ele –, quando pretendo em breve tê-la só para mim: seus pensamentos, sua conversa, sua companhia, pelo resto da vida.

Assim que foi erguida para dentro da carruagem, Adèle se pôs a me beijar em agradecimento. Mas logo foi tirada dali e colocada no outro canto do banco, ao lado do Sr. Rochester. A menina olhou para o ponto onde eu me sentava. Com um vizinho como o seu, não poderia nem se mexer. Com o humor que o Sr. Rochester estava, ela não teria coragem de cochichar um único comentário para ele, muito menos pedir-lhe alguma informação.

– Deixe que Adèle se sente aqui a meu lado – pedi. – Aí onde está, ela com certeza vai perturbá-lo, senhor. Há lugar para ela aqui.

Ele me entregou a menina, como se fosse um cachorrinho.

– Vou mandá-la logo para o colégio – falou. Mas agora estava sorrindo.

Adèle ouviu o comentário e me perguntou se teria de ir para o colégio "*sans mademoiselle*".

– Sim – respondeu ele. – Sem dúvida *sans mademoiselle*. Porque vou levar *mademoiselle* para a lua e lá, num daqueles vales brancos, em meio aos picos dos vulcões, acharei uma caverna. E *mademoiselle* e eu – só eu, mais ninguém – viveremos juntos para sempre.

– Mas lá ela não vai ter nada para comer. Vai matá-la de fome! – retrucou Adèle.

– Eu a alimentarei com maná, de manhã à noite. As planícies e colinas da lua estão repletas de maná, Adèle.

– Mas ela vai querer se aquecer. Como vai fazer para acender um fogo?

– O fogo jorra das montanhas lunares. Quando ela estiver com frio, eu a levarei a um pico e a porei na beira de uma cratera.

– *Oh, qu'elle y sera mal, peu confortable!* E suas roupas, elas se gastarão. Como fará para comprar roupas novas?

O Sr. Rochester pareceu embatucar. Pigarreou.

– Como você faria, Adèle? Ponha seu cérebro para funcionar. Será que uma nuvem branca ou rosada serviria de vestido? E que poderíamos cortar um pedaço do arco-íris para fazer uma estola?

– Ela está muito melhor como está agora – concluiu Adèle, depois de refletir durante algum tempo. – Além disso, ia acabar se cansando de viver sozinha com o senhor na lua. Se eu fosse *mademoiselle*, jamais aceitaria ir.

– Mas ela aceitou. E me deu sua palavra de que irá.

– Mas vocês não vão conseguir chegar lá. Não há estrada para a lua. É tudo ar. E nem você, nem ela sabem voar.

– Olhe só aquele campo, Adèle! – Estávamos agora fora dos portões de Thornfield, rolando suavemente pela estrada que levava a Millcote. A poeira assentara por causa da tempestade, e os galhos e troncos das árvores que ladeavam o caminho brilhavam, verdejantes, lavados pela chuva. – Por aquele campo, eu caminhava certa noite há cerca de duas semanas. Foi ao fim daquele dia em que você me ajudou a arrumar o feno na pradaria. Como estava exausto de trabalhar com o ancinho, sentei-me num banco, para descansar. E ali, tirei um lápis e um caderno e comecei a escrever sobre um infortúnio que me aconteceu há muito tempo e sobre meus desejos de dias melhores. Escrevia rápido, porque a luz do dia morria, quando algo surgiu e parou a dois metros de mim. Ergui os olhos. Era uma coisinha com um véu diáfano que lhe cobria o rosto. Fiz sinal para que se aproximasse. Logo, aquilo estava de pé no meu colo. Não pronunciei uma única palavra, nem a coisa tampouco. Mas aquilo parecia capaz de ler pensamentos, pois leu o meu. E o que nos dissemos, em silêncio, foi o seguinte:

"Ela me disse que era uma fada, vinda da Terra dos Elfos, e que seu destino era me fazer feliz. Que eu devia ir com ela para longe do mundo normal, rumo a um lugar deserto – como a lua, por exemplo – e apontou com a cabeça em direção ao astro que surgia no céu, acima de Hayhill. Foi ela quem me contou da caverna de alabastro e do vale de prata onde iríamos viver. Respondi que queria, sim, ir com ela. Mas fiz-lhe ver, da mesma forma como você fez há pouco comigo, que não tenho asas para voar.

"'Ah', retrucou a fada, 'isso não significa nada! Aqui está um talismã que vai acabar com todas as suas dificuldades.' E ela apresentou um belíssimo anel de ouro. 'Coloque-o', disse, 'no quarto dedo de minha mão esquerda e eu serei sua, e você será meu. E deixaremos a terra, e construiremos nosso paraíso muito longe daqui.' E tornou a fazer um gesto em direção da lua. O anel, Adèle, está no bolso da minha calça, disfarçado em uma moeda de uma libra. Mas logo pretendo trocá-la outra vez por um anel."

– Mas o que *mademoiselle* tem a ver com tudo isso? Não estou ligando para a fada. Você disse que seria *mademoiselle* quem o levaria para a lua.

– É que *mademoiselle* é uma fada – retrucou ele, num sussurro cheio de mistério. Nessa hora, eu disse à menina que não ligasse para as invenções dele. E ela, de sua parte, manifestou seu genuíno ceticismo francês, chamando o Sr. Rochester de "*un vrai menteur*" e garantindo que não dava a mínima para seus "*contes de fée*" e que "*du reste, il n'y avait pás de fées, et quand même il y en avait*". Ela estava segura de que essas fadas jamais apareceriam para ele, nem lhe dariam anéis, nem muito menos se ofereceriam para ir viver com ele na lua.

A hora que passamos em Millcote foi muito embaraçosa para mim. O Sr. Rochester me obrigou a ir a uma loja de artigos de seda, onde fui obrigada a escolher meia dúzia de vestidos. Eu estava detestando aquilo e implorava que deixássemos para outro dia. Não, ele queria que tudo fosse feito logo. Através de sussurros enérgicos, acabei conseguindo que a meia dúzia se transformasse em apenas dois. Mas ele fez questão de escolhê-los pessoalmente. Com grande ansiedade, acompanhei enquanto seus olhos passeavam pelas vitrines elegantes. Até que ele se fixou em uma rica seda cor de ametista e num soberbo cetim cor-de-rosa. Em nova série de sussurros, disse-lhe que, mesmo que me comprasse um vestido de ouro e um chapéu de prata, eu jamais os usaria se a escolha fosse dele. Com imensa dificuldade, porque ele era teimoso como uma mula, convenci-o a trocar por um sóbrio cetim negro e por uma seda cor de pérola. Ele disse que "por enquanto, ia deixar passar", mas que em breve queria me ver "brilhando como um balcão de teatro".

Foi um alívio tirá-lo da loja de artigos de seda, assim como de uma joalheria. Quanto mais coisas ele comprava para mim, mais ruborizada eu ficava, tomada por um sentimento de incômodo e humilhação. Assim que reentramos na carruagem e tornei a me sentar, esfalfada e febril, lembrei algo que, em meio ao turbilhão de acontecimentos, bons ou ruins, esquecera completamente – a carta de meu tio, John Eyre, para a Sra. Reed, falando de sua intenção de me adotar e me fazer sua herdeira. "Seria, mesmo, um alívio", pensei, "se eu tivesse um dinheiro só meu, ainda que pouco. Não poderia suportar ser vestida pelo Sr. Rochester como se fosse uma boneca, nem me sentar como uma segunda Danaé,* com uma chuva de ouro caindo à minha volta. Assim que chegar em casa, vou escrever para a Ilha da Madeira e contar a meu tio John que estou para me casar e revelar com quem. Tendo ao menos a perspectiva de um dia poder contribuir para a fortuna do Sr. Rochester, fica menos doloroso para mim aceitar ser sustentada por ele."

Aliviada por essa ideia, que pus em ação naquele mesmo dia, recobrei a coragem de olhar meu patrão e meu amado nos olhos, os quais vinha evitando. Ele sorriu. Ocorreu-me que aquele sorriso era como o de um sultão que, num momento de felicidade, mirasse sua escrava coberta de joias e pedrarias. Apertei com força a mão dele, que vinha buscando a minha, e em seguida a soltei, deixando-a rubra com a pressão do meu toque apaixonado.

– Não precisa me olhar desse jeito – falei –, porque, se o fizer, só vou usar os meus velhos vestidos de Lowood até o final desta história. Vou me casar com este vestido de riscado lilás. O senhor pode fazer uma roupa com a seda cor de pérola e usar o cetim preto para uma infinidade de coletes.

Ele deu um risinho, enquanto esfregava as mãos:

– Ah, como é interessante vê-la e ouvi-la! – exclamou. – É tão original. E provocadora. Não trocaria essa inglesinha nem por todo o harém do Grande Turco, com suas mulheres de belas formas e olhos de gazela!

A alusão ao mundo oriental tornou a me irritar.

– Não tenho a menor intenção de ser parte do seu harém – falei. – Portanto, não me considere como tal. Se tiver alguma fantasia desse tipo, pode sair trotando, agora mesmo, em direção aos bazares de Istambul, e gastar na compra de escravas todo esse dinheiro que parece disposto a usar com tanta facilidade por aqui.

---

*Danaé, filha de Acrisios, rei de Argos, seduzida por Zeus depois que este se disfarça em chuva de ouro. (*N. da T.*)

– E o que você faria, Jane, enquanto eu estivesse barganhando por um lote de corpos sensacionais e belos olhos negros?

– Estaria me preparando para me tornar uma missionária e pregar a liberdade para essas pobres moças que são escravas, incluindo as do seu harém. Se conseguir ser admitida lá, vou provocar um motim. E o senhor, seu magnata emplumado, logo estará em nossas mãos. E não o libertarei enquanto não tiver concordado em assinar um tratado, o mais liberal jamais firmado por um déspota.

– Eu me deixaria ser preso por você, Jane.

– Eu não teria piedade, Sr. Rochester, nem mesmo se o senhor suplicasse me olhando desse jeito. Esse olhar só me dá a certeza de que, seja qual for o tratado que assine sob coerção, a primeira atitude que terá, ao ser libertado, será violar-lhe as regras.

– Ora, Jane, mas o que você quer? Temo que pense em me submeter a alguma cerimônia particular além daquela que teremos diante do altar. Imagino que nela você vá estipular termos peculiares. E quais serão eles?

– Só quero uma mente livre, senhor. E que não seja pressionada por obrigações. Lembra-se do que falou sobre Céline Varens? Sobre os diamantes e casacos com que a presenteou? Não serei sua Céline Varens inglesa. Continuarei me comportando como a preceptora de Adèle. Com isso, terei direito a meu salário e aos aposentos, além de trinta libras por ano. Vou compor meu próprio guarda-roupa com esse dinheiro, e o senhor não terá de me dar nada, a não ser...

– A não ser o quê?

– Atenção. Se, em troca, eu lhe der a minha, estaremos quites.

– Bem, em matéria de impertinência e orgulho, você é inigualável.

Estávamos agora chegando a Thornfield. No instante em que cruzávamos os portões, ele me perguntou:

– Você jantaria comigo esta noite?

– Não, obrigada, senhor.

– E por que esse "não, obrigada", se é que posso perguntar?

– Nunca antes jantei com o senhor. E não vejo razão para fazê-lo agora, pelo menos até que...

– Até o quê? Você é a rainha das frases inacabadas.

– Até que não possa mais resistir.

– Acha que estará jantando ao lado de um ogro ou de um monstro, em cuja companhia vai estar morrendo de medo?

– Tenho uma opinião formada sobre esse assunto, senhor. Quero deixar tudo como está, por mais um mês.

– Você precisa abrir mão de sua função de preceptora imediatamente.

– Com todo o respeito, senhor, devo dizer que não vou fazê-lo. Continuarei exatamente como antes. Ficarei longe do senhor ao longo de todo o dia, como estou acostumada a fazer. À noite, poderá mandar chamar-me, se assim lhe convier, que eu irei. Mas em outros momentos do dia, não.

– Ah, Jane, estou precisando de um charuto ou de uma pitada de rapé para aguentar tudo isso, "*pour me donner une contenance*", como diria Adèle. E, infelizmente, não estou nem com minha caixa de charutos, nem com meu estojo de rapé aqui. Agora ouça bem: por enquanto, sua tiranazinha, você ganhou, mas logo quem vai ganhar sou eu. E assim que a tiver em minhas mãos, bem presa, vou simplesmente amarrá-la, no sentido figurado, é claro, com uma corrente igual a esta aqui – e apontou a corrente do relógio. – Isso mesmo, sua magrela. Vou colocar você no bolso ou não me chamo Rochester!

Disse isso enquanto me ajudava a descer da carruagem. Em seguida, virou-se para erguer Adèle, e eu saí marchando para dentro de casa e subi direto para meu quarto.

À noite, ele de fato mandou chamar-me. Eu preparara algo para mantê-lo ocupado. Não queria passar a noite numa conversa *tête-à-tête* com ele. Lembrei-me de sua bela voz. Sabia que ele gostava de cantar, pois quem canta bem em geral gosta. Eu não me destacava como cantora, nem como instrumentista, como ele próprio já dissera. Mas gostava de ouvir uma boa apresentação. Assim que o crepúsculo, a hora do romance, começou a deitar suas sombras azuladas e estrelas sobre a gelosia, eu me levantei, abri o piano e lhe pedi, pelo amor de Deus, que cantasse algo para mim. Ele retrucou que eu era uma feiticeira caprichosa e que preferia cantar em outra hora. Mas eu argumentei que não havia hora melhor do que aquela.

Ele me perguntou se eu gostava de sua voz.

– Muito – respondi. Não queria ficar insuflando-lhe a vaidade ainda mais, porém, só daquela vez, e por uma boa causa, achei melhor estimulá-la.

– Então, Jane, terá de me acompanhar ao piano.

– Está bem, senhor. Vou tentar.

Eu bem que tentei, mas logo fui empurrada do banco, sendo chamada de "pequena trapalhona". Tirando-me dali, que era exatamente o que eu queria, ele tomou meu lugar e pôs-se a acompanhar a si próprio, porque tocava tão bem quanto cantava. Aconcheguei-me no banco junto à janela. E ali, enquanto observava as árvores imóveis e o gramado ensombrecido, deixei-me levar pela doce melodia, cuja letra dizia assim:

O mais puro amor
Que o coração já abrigou
Em suas profundezas
Percorreu as veias, num átimo,
Ao ser derramado.

Sua chegada era, a cada dia,
Minha esperança,
Sua partida, meu tormento
E se acaso seus passos tardavam
O gelo em minhas veias derramava.

Eu sonhava que seria
Uma bênção infinita se,
Amando, amado fosse
E era isso o que buscava,
Em cega ansiedade.

Mas o caminho entre nós
Era longo e deserto
E tão perigoso quanto as vagas
De espuma
Rolando sobre o mar.

E, assombrado, como se percorresse
Perigosos caminhos
De deserto ou floresta, lá ia eu
Porque Poder, Direito, Mágoa e Fúria
Nos separavam.

Mas perigos enfrentei,
Saltei obstáculos,
Desafiei augúrios,
E tudo o que em nosso caminho estava,
Atravessei, intrépido.

E vi o arco-íris
Se estender à minha frente
E voei, como num sonho,
Porque diante dos meus olhos
Estava a criança de Luz.

Ainda toldada pelas sombras
Do sofrimento, hoje
A solene alegria reluz
E não me importa agora
Se, densa e escura, sobrevier a dor.

Que importa,
Neste doce momento,
Se tudo por que lutei
For manietado
Pela chaga da vingança?

Embora saiba que
Ódio e Soberba irão me derrubar
O Direito me cobrar
E o Poder, de cenho franzido,
Jurar sua inimizade eterna.

Minha amada me deu
Sua mão pequenina,
Com nobreza e fé, e jurou
Pelos sagrados laços do matrimônio
Que haverão de nos entrelaçar.

Minha amada jurou e o selou com um beijo,
Que a meu lado estará,
Na vida e na morte,
E eis, então, a bênção infinita,
Porque, amando, também amado sou.

Ao terminar, ergueu-se e caminhou até mim, e vi seu rosto em brasa, os olhos de falcão faiscando, a paixão e a ternura tomando-o inteiro. Por um instante, titubeei, mas em seguida me compus. Não queria uma cena romântica, uma demonstração ousada. E estava a ponto de viver ambas. Precisava de uma arma de defesa e recorri à língua. Assim que ele chegou junto a mim, perguntei, com aspereza com quem ele estava pretendendo se casar agora.

– É uma estranha pergunta para ser feita por minha querida Jane.

– Mesmo? Pois eu a considero natural e necessária – retruquei. Ele falara de sua mulher morrendo com ele. O que queria dizer com tal ideia pagã? *Eu* não tinha a menor intenção de morrer com ele. Disso, podia estar certo.

Ele então rebateu, dizendo que tudo o que queria, tudo o que esperava, era que eu pudesse viver a seu lado.

– Morte não é para alguém como você – acrescentou.

– É claro que é. Tenho todo o direito de morrer quando chegar a minha hora. Mas não pretendo que esse momento chegue tão cedo, nem tenho intenção de me tornar uma *sati*.*

– Você me perdoa, então, pela ideia egoísta, e comprova seu perdão com um beijo de reconciliação?

– Não. Prefiro que me dispense.

*Viúva hindu que é cremada na pira do marido. (*N. da T.*)

Nessa altura, ouvi-o classificando-me de "cabecinha dura", antes de acrescentar:

– Qualquer outra mulher se teria derretido ao ouvir tais versos feitos em sua homenagem.

Confirmei que era mesmo dura por natureza, e bastante insensível, como ele teria muitas oportunidades de constatar. E que, além do mais, estava decidida a mostrar-lhe algumas asperezas do meu caráter antes que o prazo de quatro semanas se esgotasse. Ele teria, assim, a oportunidade de conhecer muito bem o tipo de barganha em que se metera, com tempo suficiente para voltar atrás.

– Será que não pode ficar quieta e conversar racionalmente?

Respondi que ficaria quieta, se assim me aprouvesse. E quanto a conversar racionalmente, achava que era o que já estava fazendo.

Ele se agitou, fez cara de nojo, pareceu impaciente.

"Ótimo", pensei. "Pode sapatear e fumegar à vontade. Tenho certeza de que esta é a melhor maneira de lidar com você. Amo-o mais do que poderia expressar, mas não vou me deixar levar pelo sentimento. Com a lança da palavra espirituosa, hei de mantê-lo na beira do abismo. E, também, manterei intacta a necessária distância entre nós, que é para o nosso bem."

Acabei por deixá-lo profundamente irritado. Então, quando ele acabara de se retirar para o outro canto da sala, eu me levantei e disse, com a mesma forma natural e respeitosa de sempre:

– Gostaria de lhe desejar uma boa noite, senhor.

E escapuli pela porta lateral, desaparecendo dali.

Esse sistema, então experimentado, continuei empregando durante todo o período de quarentena. E com absoluto sucesso. Sem dúvida, o Sr. Rochester ficava irritado e ríspido. Mas, em geral, eu percebia que estava se divertindo e que, se eu tivesse exibido uma submissão de cordeiro, um comportamento de rolinha, isso, mesmo alimentando seu despotismo, lhe teria agradado menos, a ele e a seu bom-senso.

Na presença das outras pessoas eu me comportava como antes, com toda a deferência e respeito. E de mim não era exigido qualquer outro tipo de conduta. Apenas nas reuniões noturnas é que eu o frustrava e afligia. Ele continuava a me mandar chamar toda noite, assim que o relógio batia as sete horas. Mas, quando eu aparecia diante dele, não recebia um tratamento carinhoso como "amor" ou "querida". O máximo que me era concedido eram expressões como "bonequinha desaforada", "duende malicioso", "diabrete" ou "bruxinha". No lugar de carícias, caretas. Em vez de aperto de mão, um beliscão no braço. No lugar de beijo no rosto, um puxão de orelha. Mas, tudo bem. Por enquanto, eu sem dúvida preferia esses gestos bruscos a algo mais terno. Notei que a Sra. Fairfax aprovava minha conduta. Sua ansiedade em relação a mim desaparecera. Com isso, eu tinha uma garantia de que estava agindo certo. Enquanto isso, o Sr. Rochester dizia que eu estava acabando com ele e me ameaçava com as piores vinganças no futuro próximo. Ante essas ameaças, eu abafava o riso. "Se posso mantê-lo sob controle agora", pensava, "vou poder fazer o mesmo daqui para a frente. E, se um truque perder a validade, inventarei outro."

Mas admito que não era tarefa fácil. Às vezes, teria preferido agradá-lo em vez de desafiá-lo. Meu futuro marido se tornava tudo no mundo para mim. Mais do que tudo, ele era quase a esperança do paraíso. Meu patrão se interpunha entre mim e qualquer pensamento religioso, como um eclipse que obstrui para o homem a visão do sol. Não conseguia, àquela altura, enxergar Deus através de Sua criatura. A esta, eu idolatrava.

25

O mês de fazer a corte se esgotara: começava a contagem de suas últimas horas. Nada evitaria a chegada do dia que se aproximava – o dia do casamento. E tudo estava pronto. Eu, pelo menos, nada mais tinha a fazer. Lá estavam meus baús, arrumados, trancados, encordoados, arrumados em linha junto à parede do meu quarto. Amanhã, a essa mesma hora, eles estariam muito longe dali, na estrada para Londres. E, assim como eles, eu – ou melhor, não propriamente eu, mas uma tal Jane Rochester, uma pessoa que por enquanto eu desconhecia. Apenas as etiquetas de identificação ainda precisavam ser colocadas. Lá estavam elas, quatro quadradinhos de papel, sobre a escrivaninha. O Sr. Rochester as subscrevera do próprio punho: "Sra. Rochester, Hotel..., Londres", era o que estava escrito em cada uma delas. Mas eu não tinha coragem de afixá-las, nem de pedir a alguém que o fizesse. Sra. Rochester! Aquela pessoa não existia. Só nasceria no dia seguinte, em algum momento depois das oito da manhã. E eu queria esperar até ter certeza de que ela de fato viera ao mundo, antes de lhe atribuir todas aquelas propriedades. Já bastavam as roupas que se dizia pertencerem a ela, penduradas no closet em frente à escrivaninha, e que tinham substituído meu velho vestido preto de Lowood e meu chapéu de palha. Porque a mim é que não pertenciam aquele vestido de casamento, cor de pérola, e o véu vaporoso, ali pendurados. Fechei o closet para não olhar mais para seu conteúdo estranho, espectral. Que, àquela hora – nove da noite –, parecia cintilar de forma ainda mais fantasmagórica em meio à penumbra dos meus aposentos. "Vou deixá-lo aqui, sozinho, esse sonho branco", pensei. "Estou febril, ouço os arrufos do vento. Vou lá fora para senti-lo."

Não era apenas a correria dos preparativos que me deixava febril. Nem tampouco a antecipação de uma grande mudança, uma nova vida que deveria começar no dia seguinte. Ambas as circunstâncias contribuíam, sim, para minha agitação, deixavam-me excitada a ponto de sair para os jardins escuros àquela hora da noite. Mas havia uma terceira causa, ainda mais forte, para minha inquietação.

Eu guardava no coração uma sensação estranha, uma ansiedade. Algo ocorrera que eu não podia compreender. Ninguém tomara conhecimento ou fora testemunha do fato, apenas eu. Acontecera na noite anterior. Agora, o Sr. Rochester estava fora. Ainda não voltara. Questões de negócios tinham exigido sua presença em duas ou três fazendas a quase cinquenta quilômetros de distância, questões que ele precisava resolver pessoalmente, antes da planejada viagem ao exterior. Eu aguardava sua volta, ansiosa por me livrar do peso que tinha na mente, buscando uma solução para aquele enigma. Espere, leitor, até que ele chegue. Quando eu contar para ele meu segredo, você também ouvirá a confidência.

Fui até o pomar, empurrada àquele abrigo pelo vento, que soprara o dia todo, com força, vindo do sul, sem contudo trazer uma só gota de chuva. Com o cair da noite, em vez de diminuir, pareceu soprar ainda mais forte, com um troar profundo. As árvores se deixavam dobrar numa só direção, sem se contorcer, sem que seus galhos voltassem à posição original nem uma única vez, tão contínuo era o sopro que as empurrava na direção norte. As nuvens eram levadas de um polo a outro, rolando depressa, massa sobre massa. Nenhuma nesga de céu era visível naquela noite de julho.

Senti certo prazer em correr ao vento, concentrando minha inquietação na força daquela ventania sem medida. Tomando a aleia dos loureiros, olhei para os restos do grande castanheiro: lá estava o tronco, negro e retorcido, partido em dois, num arquejar medonho. As duas partes não tinham sido separadas uma da outra, pois estavam presas à base firme, às fortes raízes. Mas toda a vitalidade fora destruída. A seiva já não podia circular e os galhos imensos estavam mortos. No próximo inverno, as tempestades com certeza iriam fazê-los ir ao chão. Por ora, contudo, ainda se podia dizer que formavam uma árvore. Uma ruína, mas uma ruína integral.

"Vocês fizeram bem em se agarrar um ao outro", falei, em pensamento, como se aqueles monstros fossem seres humanos e pudessem me ouvir. "Apesar de assim destroçados e crestados, ainda há dentro de vocês, creio, um resto de vida, subindo das raízes, com sua força e fé. Jamais tornarão a ter folhas verdes, nem verão pássaros fazendo ninhos e cantando em seus galhos. O tempo do prazer e do amor para vocês está acabado. Mas não parecem desolados. Pois cada um tem no outro um amigo em quem se apoiar em meio à decomposição."

Enquanto olhava para eles, a lua surgiu por um instante no céu, por trás da árvore partida. Sua circunferência estava vermelha, enevoada. Pareceu lançar sobre mim um olhar encantado, temeroso, antes de se enterrar outra vez no seio profundo de uma nuvem. O vento diminuiu por um instante, em torno de Thornfield. Mas lá longe, sobre a floresta e as águas, ouvia-se um gemido melancólico, algo triste de se ouvir. E recomecei a correr.

Andei de um lado para outro no pomar, catando as maçãs que coalhavam o gramado, em torno das raízes das árvores. Em seguida, ocupei-me em separar as boas das podres. Levei-as para casa e coloquei-as na despensa. Segui então para a biblioteca, onde me certifiquei de que a lareira estava acesa porque, embora fosse verão, sabia que em uma noite sombria como aquela o Sr. Rochester ia gostar de encontrar um ambiente aconchegante quando entrasse em casa. O fogo fora alimentado e queimava bem. Coloquei a poltrona dele perto do canto da chaminé. Empurrei a mesa até junto dela. Baixei a cortina, mandei buscar velas, deixando-as prontas para serem acesas.

Mais inquieta do que nunca, não consegui me sentar ao finalizar tais tarefas, nem mesmo ficar dentro de casa. Um pequeno relógio na biblioteca, assim como o velho carrilhão do vestíbulo soaram, simultaneamente, as dez horas.

"Como está ficando tarde!", pensei. "Vou até os portões. De vez em quando a lua aparece, terei como enxergar o caminho. Pode ser que ele esteja chegando. Se for encontrá-lo lá, serão alguns minutos a menos de suspense."

O vento uivava nas árvores altas que cercavam os portões. Mas a estrada, até onde eu podia ver, para a direita e para a esquerda, estava quieta e solitária. Com a exceção da sombra das nuvens que a cruzava a intervalos, quando a lua aparecia de relance, seu leito era uma só linha pálida, sem variações.

Uma lágrima pueril me toldou o olho enquanto eu observava a estrada, uma lágrima de desapontamento e impaciência. Envergonhada, limpei o rosto. Continuei lá. A lua se escondeu completamente, deixando descer sobre si uma grossa cortina de nuvens. A noite ficou ainda mais escura. A chuva vinha com o vento.

"Queria tanto que ele chegasse! Queria tanto, tanto!", exclamei, tomada por estranhos presságios. Esperava sua chegada para antes da hora do chá. Agora, já estava escuro. O que será que o retinha? Será que acontecera um acidente? O evento da noite anterior voltava à minha mente. Eu o interpretava como uma premonição de desastre. Temia que minhas esperanças fossem grandes demais para se realizarem. Eu fora tão feliz nos últimos tempos que imaginava ter chegado a hora de a sorte me abandonar.

“Bem, não posso voltar para casa”, pensei. “Não posso ficar sentada junto à lareira, enquanto ele está aqui fora, enfrentando as intempéries. Prefiro cansar as pernas a machucar o coração. Vou sair ao encontro dele.”

E fui. Saí andando depressa, mas não cheguei a ir muito longe. Mal caminhara quatrocentos metros e ouvi um tropel de cascos. Um cavaleiro se aproximava, a todo galope. A seu lado, um cão. Fora com os pressentimentos ruins! Era ele. Lá estava, montado em Mesrour, seguido por Pilot. Ele me viu. A lua acabara de abrir um espaço azul no céu e nele flanava, com seu halo brilhante. O Sr. Rochester tirou o chapéu, fazendo uma mesura. Corri a seu encontro.

– Vejam só! – exclamou, estendendo a mão para mim, enquanto se inclinava na sela. – Você não pode viver sem mim, isso está muito claro. Pise no estribo e me dê as duas mãos. Venha, monte!

Obedeci. A felicidade me fez ágil. Pulei na garupa. Um beijo apaixonado foi o que recebi de boas-vindas, e uma exclamação de triunfo, que engoli sem reclamar.

– Algo aconteceu, Jane, para que você viesse até aqui me encontrar, a uma hora dessas? Algo errado?

– Não, mas achei que você não chegava nunca. Não pude aguentar ficar esperando em casa, ainda mais com todo esse vento e essa chuva...

– Vento e chuva, mesmo! Você está pingando como uma sereia. Ponha meu casaco sobre os ombros. Parece febril, Jane. Suas faces e mãos estão pegando fogo. Torno a perguntar: há algo errado?

– Não, agora não. Já não estou nem temerosa, nem infeliz.

– Então esteve uma coisa e outra?

– Um pouco. Vou contar-lhe tudo, senhor, tim-tim por tim-tim. E aposto que vai rir das minhas inquietações.

– Vou rir de você depois de amanhã. Enquanto isso, não ouso fazê-lo. Minha recompensa ainda não está garantida. É você quem está aqui, a mesma que ao longo do último mês foi mais escorregadia do que uma enguia e mais difícil do que uma roseira brava? Eu não podia tocar-lhe com um dedo que era picado. E agora parece que recolhi um carneirinho perdido em meus braços. Você saiu do cercado e foi atrás do seu pastor, não foi, Jane?

– Eu o queria. Mas não fique se gabando. Aqui estamos, em Thornfield. Agora, deixe-me descer.

Ele me pôs no chão. Enquanto John levava seu cavalo, seguiu-me pelo vestíbulo adentro, mandando que eu fosse correndo vestir uma roupa seca e voltasse para encontrá-lo na biblioteca. Quando eu já me preparava para subir as escadas, ele me parou e me fez prometer que não demoraria. Em cinco minutos, eu estava de volta. Encontrei-o jantando.

– Sente-se e me faça companhia, Jane. Graças a Deus, esta é a última refeição que fará em Thornfield em muito tempo.

Sentei-me perto dele, mas disse que não queria comer nada.

– Está ansiosa por causa da viagem, Jane? É a perspectiva de ir para Londres que lhe tira o apetite?

– Não consigo enxergar minhas perspectivas esta noite, senhor. E mal sei o que me vai na cabeça. Tudo na vida parece tão irreal.

– Exceto eu. Sou bem material. Pode me tocar...

– O senhor é o que há de mais fantasmagórico. O senhor parece um sonho.

Ele estendeu a mão, rindo.

– E isso? É um sonho? – perguntou, aproximando-a dos meus olhos. Ele tinha a mão torneada, muscular, vigorosa, e um braço comprido e forte.

– É. Embora eu a toque, é, ainda assim, um sonho – respondi, afastando-lhe a mão do meu rosto. – O senhor já acabou de jantar?

– Sim, Jane.

Toquei a sineta e mandei que levassem embora a bandeja. Quando estávamos novamente a sós, avivei o fogo e em seguida sentei-me num banco, aos pés do meu patrão.

– Já é quase meia-noite – falei.

– Sim, Jane. Mas lembre-se: você prometeu fazer uma vigília a meu lado, na noite da véspera do nosso casamento.

– Prometi. E vou cumprir, pelo menos por uma ou duas horas. Não estou com a menor vontade de ir para a cama.

– Você já acabou de se arrumar?

– Já, senhor.

– Eu também – disse ele. – Fiz todos os acertos. Amanhã, meia hora depois de voltarmos da igreja, deixaremos Thornfield.

– Tudo bem, senhor.

– Com que sorriso extraordinário você exclamou esse "tudo bem", Jane! E como suas faces estão rosadas! E que brilho estranho têm seus olhos. Você está bem?

– Creio que sim.

– Crê! O que há, afinal? Diga-me o que está sentindo.

– Não poderia, senhor. Nenhuma palavra seria capaz de descrever o que sinto. Gostaria que este momento não terminasse nunca. Quem sabe que estranho destino nos reservará o próximo?

– Isso é cisma sua, Jane. Anda muito excitada, ou talvez se tenha fatigado demais.

– E o senhor, sente-se calmo e feliz?

– Calmo? Não. Mas feliz, sim, do fundo do meu coração.

Ergui os olhos para observar os sinais de felicidade em seu rosto. Estava corado e ardente.

– Faça sua confidência, Jane – disse ele. – Alivie sua mente de qualquer peso que a oprima, dividindo-o comigo. De que tem medo? Que eu não seja um bom marido?

– Isso nem passa pela minha cabeça.

– Está apreensiva com a nova esfera social na qual está prestes a entrar? Com a nova vida que passará a viver?

– Não.

– Você me intriga, Jane. Seu aspecto e olhar são de uma insolência infeliz, que me causa dor e perplexidade. Quero uma explicação.

– Então ouça, senhor. Estava fora de casa ontem à noite, não estava?

– Estava, sei disso muito bem. E há pouco você se referiu a algo que aconteceu na minha ausência. Provavelmente nada importante. Mas, em resumo, isso a perturbou. Pois me conte o que foi. A Sra. Fairfax talvez lhe tenha dito alguma coisa. Ou ouviu alguma conversa das criadas? Seu amor-próprio, tão sensível, por acaso foi ferido?

– Não, senhor.

O relógio da sala bateu a meia-noite. Esperei que cessasse seu toque agudo e que o carrilhão terminasse suas batidas roucas, reverberantes. Então, prossegui:

– Ontem durante todo o dia estive ocupada e muito feliz na minha faina sem fim. Porque não estou, como parece pensar, preocupada com a mudança na esfera social. Acho maravilhosa a perspectiva de viver a seu lado, porque o amo. Não, por favor, não me acaricie agora, deixe-me continuar, sem que nada me desvie a atenção. Ontem, eu acreditava na Providência Divina, achava que tudo se conjugava para o seu bem e para o meu. Fazia um belo dia, caso o senhor se lembre, o céu limpo e o ar parado não incitavam de forma alguma apreensões a respeito da segurança de sua jornada. Caminhei um pouco pelo pátio depois do chá, pensando no senhor. Sentia-o tão próximo de mim que era mesmo como se não estivesse fora. Pensava na vida que tinha à minha frente – *sua vida*, senhor –, uma existência maior e mais ampla do que a minha, assim como as profundezas do mar são superiores ao leito estreito de um riacho. E me perguntava por que os moralistas classificam o mundo de um lugar deserto e melancólico. Porque, para mim, ele parecia desabrochar como uma rosa. Quando o sol caía, esfriou bastante e o céu se encheu de nuvens. Então, eu entrei. Sophie me chamou ao andar de cima para ver meu vestido de casamento, que acabara de ser entregue. E, embaixo dele, dentro da caixa, encontrei seu presente: o véu que, em sua extravagância principesca, o senhor mandou de Londres, na certa decidido a me fazer usar aquela peça cara, já que me recusava a usar joias. Sorri ao desdobrá-lo, já pensando em como iria debochar de seu gosto aristocrático e de seu esforço para mascarar sua noiva plebeia e tentar transformá-la numa igual. Pensei em lhe mostrar a mantilha simples de renda com que pensava cobrir a cabeça na cerimônia e perguntar-lhe se não a achava boa o suficiente para uma mulher que não lhe traria nem fortuna, nem beleza, nem relações importantes. Já podia ver sua expressão. E ouvir sua resposta impetuosa, esbravejando, altaneiro, que não tem a menor necessidade de aumentar riqueza nem de elevar sua condição casando-se com uma fortuna ou com um nome.

– Como você me conhece bem, sua bruxinha! – interrompeu o Sr. Rochester. – Mas o que foi que você achou no véu, além dos bordados? Encontrou veneno ou um punhal, para estar com esse aspecto tão deprimido?

– Não, não senhor. Além da delicadeza e da riqueza do tecido, não encontrei nada além do orgulho da família Fairfax Rochester. E isso não me assustou, porque já estou acostumada à visão de tal demônio. Mas, senhor, à medida que escurecia, o vento começou a soprar. Soprou muito forte na noite passada, embora não tanto quanto agora, mas tinha então um tom melancólico, muito mais lúgubre. Eu lamentava que o senhor não estivesse em casa. Vim até este aposento e a visão de sua poltrona vazia e da lareira apagada me deu um arrepio. Pouco depois, fui para a cama, mas não conseguia dormir. Estava tomada por uma sensação de ansiedade. A ventania, num crescendo, trazia aos meus ouvidos o som de um lamento. A princípio não pude discernir se vinha de dentro ou de fora da casa, mas eu o ouvia claramente, a intervalos, e cada vez mais triste. Afinal pensei que devia ser um cão uivando lá fora. Fiquei feliz quando cessou. Ao adormecer, continuei no sono com aquela sensação de viver uma noite escura e tempestuosa. Continuei também com aquele anseio de estar a seu lado e sentindo a existência de uma estranha barreira entre nós. Num primeiro momento do sono, sonhei que percorria uma estrada sinuosa. Em torno de mim, a mais absoluta escuridão. A chuva me chicoteava. Eu levava no colo uma criança, uma criança bem pequena, frágil e novinha demais para andar, e que estremecia em meus braços, chorando baixinho em meu ouvido. Eu achava que o senhor estava na estrada, mas muito à minha frente, e fazia um esforço enorme para alcançá-lo, para gritar seu nome e pedir que parasse. Mas meus movimentos eram vacilantes e minha voz saía falhada, inarticulada. E, enquanto isso, o senhor se afastava cada vez mais.

– E esses sonhos ainda lhe pesam no espírito agora, Jane, quando estou a seu lado? Menina nervosa! Deixe de lado esses temores e augúrios e se concentre na verdadeira felicidade. Você diz que me ama, Jane. Sim, isso eu não esqueço. E isso você não pode negar. *Essas* palavras não morreram em seus lábios, inarticuladas. Eu as ouvi com toda a clareza e suavidade. Achei-as talvez um pouco solenes, mas, ainda assim, doces como música. "Acho maravilhosa a perspectiva de viver a seu lado, Edward, porque o amo." Você me ama, Jane? Diga de novo.

– Amo, senhor. Amo de todo o coração.

– Bem – disse ele, após alguns minutos de silêncio –, é estranho, mas essa frase penetrou meu coração de forma dolorosa. E por quê? Parece-me que a disse com veemência quase religiosa e me olhou há pouco com uma fé, uma verdade e uma devoção sublimes. É como se um espírito estivesse a meu lado. Seja má, Jane. Você sabe fazê-lo muito bem. Ponha um daqueles seus sorrisos velados, provocantes. Diga que me detesta, provoque-me, deixe-me inquieto. Faça o que quiser, menos mexer comigo assim. Prefiro ser exasperado do que me emocionar.

– Vou mexer com o senhor e inquietá-lo bastante, assim que tiver terminado minha história. Ouça até o fim.

– Pensei que já tivesse terminado, Jane. Pensei que a razão de sua melancolia fosse o sonho.

Balancei a cabeça.

– Então há algo mais? Não posso acreditar que seja importante. Antes de mais nada, já vou avisando que estou incrédulo. Vamos, prossiga.

– Tive outro sonho, senhor. Sonhei que Thornfield estava em ruínas, transformada num refúgio de morcegos e corujas. Acho que de toda a parte da frente só restava a fachada vazia, muito alta e parecendo extremamente frágil. Era uma noite de lua e eu andava pelo interior da casa, onde o capim crescera. Ali, esbarrei numa lareira de mármore e no fragmento de uma cornija, que caíra. Ainda carregava nos braços, envolta num xale, a mesma criança e, por mais que seu peso me retardasse os passos, eu precisava mantê-la comigo. Ouvi o galope de um cavalo lá longe, na estrada. Tinha certeza de que era o senhor. E sabia que estava indo embora, por muitos anos e para um país distante. Eu escalava a frágil fachada, em desespero, perigosamente, na ânsia de, lá de cima, poder vê-lo. Mas as pedras rolavam de sob meus pés, as hastes em que me apoiava cediam, a criança se agarrava a meu pescoço, aterrorizada, quase a ponto de me estrangular. Afinal, eu conseguia chegar lá em cima. O senhor era apenas um ponto na estrada branca e ia ficando cada vez menor. O vento soprava com tal fúria que eu não conseguia ficar de pé. Sentei-me na beirada estreita, aninhando no colo a criança apavorada. O senhor tomou uma curva. Inclinei-me para olhar uma última vez. A parede desabou. Estremeci. A criança rolou de meu colo, eu perdi o equilíbrio e caí. Então acordei.

– Bem, Jane, agora chega.

– Isso é só o prefácio, senhor. A história ainda vai começar. Ao acordar, senti um brilho diante dos olhos. E pensei: "Ah, amanheceu!" Mas estava enganada. Era apenas a chama de uma vela. Sophie, imaginei, tinha entrado no quarto. Havia uma vela acesa na penteadeira e a porta do closet, onde antes de deitar eu pendurara o vestido de casamento e o véu, estava aberta. Ouvi um ruído lá dentro. E perguntei: "Sophie, o que está fazendo?" Não tive resposta. Mas uma figura emergiu de lá. Pegou a vela, ergueu-a e inspecionou as roupas penduradas. "Sophie! Sophie!", tornei a gritar. Ainda o silêncio. Ergui-me na cama, inclinei-me para a frente: então a surpresa e em seguida a perplexidade me tomaram. Meu sangue congelou nas veias, porque, Sr. Rochester, não era Sophie, não era Leah, não era a Sra. Fairfax. Não era nem mesmo... bem, não sei, ainda não tenho certeza, mas acho que não... aquela mulher estranha, Grace Poole.

– Deve ter sido uma delas – interrompeu ele.

– Não, senhor. Posso lhe garantir que não. A figura que tinha à minha frente era alguém a quem nunca vi antes aqui em Thornfield. Sua altura e sua silhueta me eram absolutamente estranhas.

– Descreva-a, então, Jane.

– Parecia uma mulher, senhor, alta e espadaúda, com cabelos negros e cheios, descendo até as costas. Não sei que roupa usava, mas sei que era uma veste branca e comprida. Não saberia dizer se era um vestido, um lençol ou uma mortalha.

– E você viu o rosto dela?

– A princípio, não. Até que ela pegou o véu e tirou-o de onde estava. Ergueu-o e ficou observando-o por muito tempo. Então colocou-o sobre a própria cabeça e se virou para o espelho. Nesse instante, vi claramente o reflexo daquele rosto no vidro escuro e oblongo.

– E como ele era?

– Medonho, apavorante, foi o que me pareceu. Nunca vi um rosto como aquele, senhor! Era pálido e tinha um aspecto selvagem. Gostaria de poder apagar da mente a imagem daqueles olhos vermelhos, daquele rosto inchado e sombrio.

– Os fantasmas costumam ser pálidos, Jane.

– Mas esse, senhor, era arroxeado. Os lábios intumescidos, escuros, a fronte sulcada, os cílios negros erguidos sobre os olhos arregalados, tintos de sangue. Devo lhe dizer o que ela me pareceu?

– Sim.

– Um vampiro.

– Ah! E o que foi que você fez?

– Senhor, ela tirou o véu da própria cabeça e rasgou-o em dois. Depois, atirou os pedaços ao chão e os pisoteou.

– E então?

– Então afastou a cortina da janela e olhou para fora. Talvez tenha visto que amanhecia porque pegou a vela e desapareceu pela porta. Quando passava ao lado de minha cama, ainda parou. Aqueles olhos de fogo me olharam. Ela aproximou a vela do meu rosto e ali a soprou, apagando-a. E eu desmaiei. Pela segunda vez na vida, apenas pela segunda vez, perdi a consciência, por puro terror.

– Quem estava com você quando voltou a si?

– Ninguém, senhor. Já era dia alto. Levantei-me, molhei a cabeça e o rosto, bebi água. Embora me sentisse fraca, sabia que não estava doente. E não queria que ninguém, exceto o senhor, soubesse o que eu vira. Agora, por favor, diga-me: quem e o que era aquela mulher?

– O produto de um cérebro excitado demais. Não há dúvida quanto a isso e preciso ter muito cuidado com você, meu anjo. Nervos como os seus não foram feitos para um tratamento brusco.

– Por favor, senhor, acredite, meus nervos não têm problema algum. O que vi foi real. Tudo o que lhe contei de fato aconteceu.

– E os sonhos que teve antes? Foram reais também? Thornfield Hall é uma ruína? E obstáculos intransponíveis nos separam? E acaso estou a ponto de deixá-la, sem uma lágrima, sem um beijo, sem uma palavra sequer?

– Ainda não.

– Mas irei fazê-lo? Ora, mal está começando o dia que irá nos unir para sempre. E assim que estivermos unidos para sempre, garanto que esses terrores mentais não tornarão a acontecer.

– Terrores mentais, senhor?! Ah, eu gostaria de acreditar que eles são apenas isso. Gostaria mais do que nunca, agora. Pois se nem o senhor é capaz de me explicar o mistério daquela terrível aparição...

– E se não posso, Jane, é porque deve ter sido mesmo um sonho.

– Mas, senhor, quando me levantei de manhã e tentei me convencer disso, olhando em torno e buscando encontrar conforto e coragem no aspecto familiar do meu próprio quarto, lá estava, no tapete, o objeto que tornava tal hipótese uma mentira: o véu rasgado ao meio, de cima a baixo!

Vi que o Sr. Rochester tomou um susto, estremeceu. Rapidamente, envolveu-me em seus braços.

– Graças a Deus! – exclamou. – Se algum ser maligno chegou perto de você ontem à noite, apenas o véu foi atingido. Ah, quando penso o que poderia ter acontecido!

Ofegante, ele me puxou para si com tanta força que mal pude respirar. Depois de alguns minutos de silêncio, continuou, já num tom alegre:

– Bem, Jane, vou lhe explicar tudo. Foi metade sonho, metade real. De fato, e disso não duvido, uma mulher entrou em seu quarto. E essa mulher foi, só pode ter sido, Grace Poole. Você mesma diz que ela é uma pessoa estranha. E bem sabe que tem toda a razão em chamá-la assim, pelo que fez comigo e com Mason, não é? Em estado de torpor, meio dormindo, meio acordada, você a viu entrar e fazer tudo o que fez. Mas, em seu estado febril, quase em delírio, tomou-a por alguém diferente, um demônio. O cabelo longo e desgrenhado, a face inchada e escurecida, a altura excessiva, tudo isso foi produto de sua imaginação. O resultado de um pesadelo. O ato rancoroso de rasgar o véu foi real e é bem típico dela. Sei que vai perguntar por que mantenho aqui uma mulher como ela. Quando completarmos um ano e um dia de casados, eu lhe contarei tudo. Mas agora, não. Pronto, está satisfeita, Jane? Você aceita a solução que dei para o mistério?

Refleti e, para dizer a verdade, ela me pareceu a única explicação plausível. Satisfeita eu não me sentia, mas, apenas para agradá-lo, fingi que estava. E admito que me sentia aliviada. Por isso, minha resposta foi um sorriso de contentamento.

– Sophie não dorme com Adèle no quarto das crianças? – perguntou-me, ao me ver acender a vela.

– Sim, senhor.

– E há lugar para você ao lado de Adèle na cama. Deve dividi-la com ela, Jane. Não duvido de que o incidente que relatou vai deixá-la nervosa; por isso, acho melhor não dormir sozinha. Prometa que vai para o quarto das crianças.

– Farei isso com prazer, senhor.

– E tranque a porta por dentro, bem trancada. Acorde Sophie quando subir, sob o pretexto de lhe pedir para acordá-la de manhã. Tem de estar pronta e de café tomado antes das oito. E agora chega de pensamentos sombrios. Mande-os embora, Jane. Está ouvindo como o vento amansou? E a chuva não está mais batendo nos vidros. Olhe só – e ele ergueu a cortina –, a noite está linda!

Estava mesmo. Metade do céu estava limpo, sem uma só nódoa. As nuvens, levadas pelo vento, que agora soprava do oeste, se acumulavam a leste em longas colunas cor de prata. E a lua brilhava, serena.

– Então – perguntou o Sr. Rochester, fitando-me com um olhar perscrutador –, como está minha pequena Jane agora?

– A noite está serena, senhor. E eu também.

– E não vai sonhar com dor nem separação. Mas sim com um amor feliz e uma união abençoada.

A previsão se cumpriu apenas em parte. De fato, não sonhei com dor, mas tampouco sonhei com alegria. Porque não consegui pregar olho. Com a pequena Adèle em meus braços, fiquei observando seu sono infantil, tão tranquilo, inocente e desprovido de paixão, enquanto esperava o dia amanhecer. Tudo em mim estava desperto, em grande excitação. E, assim que o sol surgiu, também me levantei. Adèle se agarrou a mim enquanto eu me afastava. Lembro-me de a ter beijado ao desprender-lhe os bracinhos que envolviam meu pescoço. E de ter chorado, tomada por estranha emoção, afastando-me em seguida por temer que os soluços acabassem por despertá-la de vez. Ela era como um símbolo da minha vida passada. E ele, aquele a cujo encontro eu ia agora, era a representação adorada, porém assustadora, do futuro que eu desconhecia.

26

Sophie me chamou às sete, para me vestir. Ela parecia muito ciosa de sua tarefa, tão ciosa que o Sr. Rochester começou a ficar impaciente com a demora e mandou perguntar por que eu não descia. Ela estava prendendo o véu (aquele simples de renda, no fim das contas) ao meu cabelo com um broche. Assim que pude, desvencilhei-me dela.

– Espere! – gritou em francês – Olhe-se no espelho. Você não deu nem uma espiada.

Já na porta, virei-me: o que vi foi uma figura vestida e de véu, tão diferente daquela pessoa com que estava acostumada que me senti como se diante de uma estranha.

– Jane! – gritou uma voz, enquanto eu descia correndo. Fui recebida ao pé da escadaria pelo Sr. Rochester.

– Atrasada! – disse. – Estou fumegando de impaciência e você demorando desse jeito!

Conduziu-me à sala de jantar e, depois de me examinar de cima a baixo, disse que eu estava "linda como um lírio e que não era apenas o orgulho de sua vida, mas também o desejo de seus olhos". Em seguida tocou a sineta, dizendo que eu só tinha dez minutos para tomar café. Um dos empregados contratados recentemente apareceu.

– John já está preparando a carruagem?

– Sim, senhor.

– Já desceram a bagagem?

– Estão descendo agora, senhor.

– Vá até a igreja. Veja se o Sr. Wood, o clérigo, e o secretário já estão lá. E volte para me dizer.

A capela, como o leitor deve saber, ficava a pouca distância dos portões. Logo, o criado estava de volta.

– O Sr. Wood está na sacristia, senhor, vestindo a sobrepeliz.

– E a carruagem?

– Os cavalos estão sendo arreados.

– Não vamos precisar dela para ir à igreja. Mas quero que esteja pronta quando voltarmos, com todas as caixas e malas arrumadas e amarradas, e o cocheiro no banco, à espera.

– Sim, senhor.

– Jane, você está pronta?

Levantei-me. Não havia pajens, nem damas de honra, nem parentes que estivessem à espera para participar da marcha nupcial. Éramos apenas o Sr. Rochester e eu. A Sra. Fairfax estava de pé no vestíbulo quando passamos. Pensei em falar com ela, mas uma mão de ferro me puxou. Fui quase arrastada, num passo apressado que mal conseguia acompanhar. Só de olhar a expressão do Sr. Rochester, já sabia que ele não toleraria nem um segundo de atraso, fosse qual fosse o motivo. Perguntei-me se algum outro noivo já tivera uma aparência como aquela, parecendo tão decidido, severo e resoluto. E se alguém já exibira, mesmo sob uma expressão tão fechada, olhos tão faiscantes e apaixonados.

Não saberia dizer se o dia estava bonito ou não. Quando pegamos a aleia que ia dar nos portões, não olhei nem para o chão nem para o céu. Meu coração estava em meus olhos e estes pareciam cravados na figura do Sr. Rochester. Queria enxergar aquele algo invisível no qual, enquanto caminhávamos, ele mantinha preso seu olhar firme e feroz. Queria entender o pensamento cuja força ele parecia enfrentar e à qual resistia.

Na porta da igreja, ele parou. Só então notou que eu estava sem fôlego.

– Estou sendo cruel com meu amor? – perguntou. – Vamos parar um pouco. Apoie-se em mim, Jane.

E agora, sim, posso lembrar a velha construção cinzenta, a casa de Deus, que se erguia à minha frente em toda a sua calma, a gralha que voava em torno do campanário, o recorte do céu matinal por trás. Tenho também alguma recordação dos montes relvados dos túmulos e tampouco esqueço dois estranhos que passeavam pelas aleias do cemitério, lendo os dizeres gravados nas lápides recobertas de limo. Prestei atenção neles porque, ao nos ver, eles foram para trás da igreja. E imaginei que fossem entrar pela porta lateral, para assistir à cerimônia. Mas o Sr. Rochester não os viu. Ele olhava ansioso para o meu rosto, que, devo admitir, tinha ficado pálido. Eu sentia a fronte úmida, os lábios e as faces frios. Quando me recobrei, o que não tardou a acontecer, ele me conduziu com toda a gentileza em direção à porta da igreja.

Entramos na capela, simples e quieta. No altar modesto, o clérigo nos aguardava, vestido com sua sobrepeliz branca, tendo ao lado o secretário. Tudo estava imóvel. Apenas num dos cantos remotos do templo, duas sombras se moviam. Minha conjectura provava-se correta: os dois estranhos tinham entrado antes de nós e agora estavam parados perto do jazigo dos Rochester, de costas para nós, observando através do gradil o velho túmulo de mármore manchado, onde um anjo de joelhos guardava os restos mortais de Damer de Rochester, morto em Marston Moor, na época das guerras civis, e de sua esposa, Elizabeth.

Tomamos nossos lugares diante do gradil do altar. Entreouvindo passos leves às minhas costas, espiei com o canto do olho: um dos estranhos, um cavalheiro, se aproximava pela nave da capela. A cerimônia começou. Vieram as explicações sobre o sentido do matrimônio e, então, o clérigo deu um passo à frente. Inclinando-se na direção do Sr. Rochester, prosseguiu:

– Peço-vos, a ambos, porque a isso haveis de responder quando chegar o Dia do Juízo Final e forem revelados os segredos de todos os corações, que, se algum entre vós souber de impedimento pelo qual vós não possais se unir pelos sagrados laços do matrimônio, fale agora ou se cale para sempre. Deveis saber que todos aqueles que ao casar desobedecem a sagrada Palavra de Deus jamais a ele se integrarão, nem terão seu matrimônio reconhecido legalmente.

Fez então uma pausa, como era de praxe. Quando uma voz responde a uma sentença como essa? Uma vez, talvez, a cada cem anos. E o clérigo, que sequer erguera os olhos do livro, e que sustara a respiração apenas por um instante, já ia recomeçar. Sua mão já se erguia em direção ao Sr. Rochester, e seus lábios se entreabriam para perguntar "Recebereis essa mulher como sua legítima esposa?", quando uma voz, bem próxima e clara, disse:

– O casamento não pode continuar. Eu declaro que existe um impedimento.

O clérigo ergueu os olhos para o autor da frase e permaneceu mudo. O secretário também. O Sr. Rochester fez um pequeno movimento, como se tivesse sentido um tremor de terra sob os pés. Firmando o pé, e sem virar-se para trás, ele disse:

– Prossiga.

Um profundo silêncio se seguiu àquela palavra, dita por ele num tom firme, mas baixo. E então o Sr. Wood falou:

– Não posso prosseguir sem investigar o que foi dito e determinar se foi falso ou verdadeiro.

– A cerimônia já foi sustada – insistiu a voz atrás de nós. – Estou em condições de provar minha alegação. Existe um impedimento insuperável para este casamento.

O Sr. Rochester ouviu, mas não deu atenção. Continuava rígido, inflexível, sem fazer qualquer outro movimento, apenas segurando-me a mão. Que força e calor havia naquele aperto de mão! E quão pálida como o mármore estava agora sua fronte larga e firme. E como faiscavam os olhos, ainda alertas, mas trazendo no fundo um brilho selvagem.

O Sr. Wood parecia perdido.

– E qual é a natureza do impedimento? – perguntou. – Talvez possa ser esclarecido, explicado?

– Duvido – foi a resposta. – Já disse que é insuperável e sei o que estou dizendo.

O estranho deu um passo à frente, apoiando-se no gradil. E prosseguiu, pronunciando cada palavra de forma clara e firme, embora não em tom alto:

– Trata-se simplesmente da existência de um casamento prévio. O Sr. Rochester tem uma esposa, que está viva.

Diante daquelas palavras, pronunciadas em voz baixa, meus nervos vibraram como jamais um trovão os fizera vibrar; meu sangue sentiu-lhes a violência sutil, como nunca sentira, nem no frio nem no fogo; mas controlei-me e não havia perigo de desmaiar. Olhei para o Sr. Rochester e fiz com que ele olhasse para mim. Seu rosto era uma máscara de pedra. Os olhos eram centelha, mas também chumbo. Ele nada desmentia. Mas parecia disposto a desafiar tudo. Sem dizer palavra, sem sorrir, sem parecer reconhecer em mim um ser humano, limitou-se a me puxar pela cintura para junto de si.

– Quem é você? – perguntou ao intruso.

– Meu nome é Briggs, procurador da Rua..., em Londres.

– E me acusa de ter uma esposa?

– Eu gostaria de relembrá-lo da existência de sua mulher, senhor, a qual é reconhecida por lei, se não pelo senhor.

– E diga-me, por favor, onde está ela, qual seu nome, parentesco e local de moradia.

– Certamente – e o Sr. Briggs, com toda a calma, tirou do bolso um papel e leu, num tom oficial e anasalado: – "Afirmo e dou fé, neste dia 20 de outubro do ano de ... (uma data de quinze anos antes), que Edward Fairfax Rochester, de Thornfield Hall, condado de..., e da herdade de Ferndean, em..., Inglaterra, casou-se com minha irmã, Bertha Antoinetta Mason, filha de Jonas Mason, mercador, e de Antoinetta Mason, sua esposa, uma mestiça, na igreja de..., em Spanish Town, na Jamaica. O registro do casamento, do qual tenho uma cópia, pode ser encontrado no livro dessa igreja. Assinado: Richard Mason."

– Isso, caso o documento seja genuíno, prova que fui casado, mas não que a mulher mencionada como minha esposa continua viva.

– Estava viva, três meses atrás – retrucou o advogado.

– Como sabe?

– Tenho uma testemunha do fato, uma testemunha que nem mesmo o senhor será capaz de contradizer.

– Apresente-a, então. Ou vá para o inferno!

– Vou apresentar, sim. Ele está aqui mesmo. Sr. Mason, tenha a gentileza de dar um passo à frente.

Ao ouvir aquele nome, o Sr. Rochester trincou os dentes. Começou também a tremer violentamente. Tão próxima a ele como eu estava, podia sentir o movimento de fúria ou desespero que o sacudia inteiro. O segundo estranho, que até então se mantivera a distância, agora se aproximava. Foi um rosto pálido que surgiu por sobre o ombro do advogado – sim, era mesmo Mason. O Sr. Rochester virou-se e o encarou. Seus olhos eram, como já disse aqui, muito negros. Mas agora tinham em seu brilho uma faísca avermelhada, ou melhor, sangrenta. O rosto estava ruborizado; as faces morenas e a fronte pálida tinham recebido o fluxo que jorrava do coração. Ele se moveu, ergueu o braço forte – e poderia ter atingido Mason, tê-lo atirado para fora da igreja, deixado-o sem ar com a pujança de seu soco –, mas Mason deu um pulo para trás e gritou: "Por Deus!" E o desprezo esfriou o Sr. Rochester, o ódio murchou como se tocado pela peste, e ele se limitou a perguntar:

– O que *você* tem a dizer?

Uma resposta inaudível escapou dos lábios brancos de Mason.

– Que o diabo o carregue se não conseguir responder direito! Pergunto mais uma vez: o que *tem* a dizer?

– Senhor... senhor – interrompeu o clérigo – não se esqueça de que está em local sagrado. – E em seguida, virando-se para Mason, perguntou, com toda a delicadeza: – O senhor tem mesmo conhecimento sobre se a esposa desse senhor está viva ou morta?

– Coragem! – pediu o advogado – Vamos, fale.

– Ela está vivendo em Thornfield Hall – disse Mason, num tom mais articulado. – Eu a vi no último mês de abril. Sou irmão dela.

– Em Thornfield Hall! – exclamou o clérigo. – É impossível! Moro há muitos anos na vizinhança, senhor, e nunca ouvi falar de uma Sra. Rochester em Thornfield Hall!

Vi um sorriso melancólico se formar nos lábios do Sr. Rochester. E então ele murmurou:

– Não, por Deus! Tomei todos os cuidados para que ninguém ficasse sabendo... que ouvisse falar dela com esse nome.

Por dez minutos, ele meditou em silêncio, como se conversasse consigo mesmo. Então tomou sua resolução e a anunciou.

– Basta! Deve ser como uma explosão, como a bala saindo do cano. Wood, feche o livro e tire sua sobrepeliz. John Green – virando-se para o secretário –, pode ir embora: não vai haver mais casamento.

O homem obedeceu. E o Sr. Rochester continuou, com uma dureza incansável:

– Bigamia é uma palavra pavorosa! E, contudo, eu pretendia ser um bígamo. Mas o destino manobrou contra mim, ou talvez tenha sido a Providência, que me pôs à prova, talvez pela última vez. Admito que, neste instante, sou pouco melhor do que um demônio. E, como meu pastor aqui me diria, sei que mereço o julgamento mais severo por parte de Deus, o fogo eterno, a danação. Cavalheiros, meu plano foi por água abaixo! O que esse advogado e seu cliente disseram é verdade. Eu me casei e a mulher que desposei está viva. Você disse que nunca ouviu falar de uma mulher naquela casa, Wood. Mas ousaria dizer que muitas vezes deu ouvidos aos murmúrios sobre uma louca misteriosa que vive lá, trancada e vigiada. Alguns lhe devem ter dito que ela é minha meia-irmã bastarda. Outros, que é minha amante rejeitada. Pois deixe-me agora informá-lo de que ela é minha esposa, a mulher com quem me casei há quinze anos. Bertha Mason é seu nome. Irmã desse personagem resoluto que aqui está, com seus lábios trêmulos e sua face lívida, mostrando quão bravo um homem é capaz de ser. Acalme-se, Dick, não tenha medo de mim. Seria mais fácil bater numa mulher do que em você. Bertha Mason é louca. Vem de uma família de loucos. Idiotas e maníacos que atravessam três gerações! Sua mãe, uma mestiça, era não só louca como bêbada. Foi o que descobri depois de me casar com a filha, porque, antes, eles eram ciosos dos segredos da família. Bertha, como uma boa filha, reproduziu a mãe em ambos os aspectos. Eu tinha uma parceira charmosa, pura, sábia, discreta. Vocês podem bem imaginar o homem feliz que era. Vivi cenas maravilhosas! Ah, vocês não podem saber como minha experiência foi boa. Mas não lhes vou dar maiores detalhes. Briggs, Wood, Mason, peço a todos que venham até a casa e conheçam a paciente da Sra. Poole, aquela que é *minha esposa*! Verão com que tipo de pessoa fui levado a me casar e julgarão se eu tinha ou não o direito de tentar romper o pacto, de buscar a simpatia de alguém que fosse minimamente humano. Esta moça – e ele me olhou, antes de continuar – não sabia de nada, conhecia tanto quanto você, Wood, o lamentável segredo. Achava que era tudo correto e legal e jamais sonhou que pudesse se ver presa a uma união de mentira com um canalha corrupto, já compromissado com uma parceira malévola, embrutecida e louca! Vamos, sigam-me todos vocês!

Sempre me segurando com força pela mão, ele saiu da igreja. Os três cavalheiros nos seguiram. Diante da porta da casa, encontramos a carruagem.

– Leve-a de volta para a cocheira, John – disse o Sr. Rochester com frieza. – Hoje ela não será necessária.

Quando entramos, a Sra. Fairfax, Adèle, Sophie e Leah vieram nos cumprimentar.

– Fora daqui, todas vocês! – gritou meu patrão. – Fora com suas congratulações! Quem quer saber delas? Eu é que não... Estão vindo com quinze anos de atraso!

Passou por elas e subiu as escadas, sempre segurando-me pela mão, e ainda instando os cavalheiros a segui-lo, no que eles obedeciam. Chegamos ao alto da primeira escadaria, atravessamos o corredor e subimos ao terceiro andar. A porta baixa, de madeira escura, que foi aberta pela chave mestra do Sr. Rochester, nos levou ao aposento com as tapeçarias, a imensa cama e o guarda-roupa pintado.

– Você conhece este lugar, Mason – disse nosso guia. – Foi aqui que ela o mordeu e apunhalou.

Ergueu uma das tapeçarias, revelando a porta secreta: esta ele também abriu. Num quarto sem janelas, havia um fogo aceso, atrás de uma grade alta e maciça. Do teto, pendia uma lâmpada, presa a uma corrente. Grace Poole estava inclinada sobre o fogo, parecendo cozinhar algo numa panela. Na penumbra, a um canto do quarto, uma figura se movia de um lado para o outro. O que era, se besta ou ser humano, era impossível dizer à primeira vista. A criatura parecia arrastar-se, de quatro. Agarrava-se e rosnava como estranho animal selvagem, mas estava coberta de panos e os cabelos vastos e negros, com tintas grisalhas, desgrenhados como uma juba, lhe cobriam a cabeça e o rosto.

– Bom dia, Sra. Poole! – exclamou o Sr. Rochester. – Como vai? E como está seu encargo hoje?

– Vamos indo, senhor, obrigada – respondeu Grace, erguendo a panela fervente e descansando-a sobre a chapa de ferro. – Está inquieta, mas não raivosa.

Um grito forte pareceu desmenti-la: a hiena de roupa se levantou, imensa, nas patas traseiras.

– Ah, senhor, ela o está vendo! – exclamou Grace. – É melhor sair daqui.

– É só por um instante, Grace. Deixe-me ficar um pouco.

– Mas tome cuidado, senhor! Pelo amor de Deus, tome cuidado!

A maníaca soltou um grito. Afastou os cabelos do rosto e mirou os visitantes com um olhar selvagem. Reconheci de imediato aquele rosto arroxeado, aquelas feições intumescidas. A Sra. Poole deu um passo à frente.

– Saia da minha frente – disse o Sr. Rochester, empurrando-a para um lado. – Ela não está com nenhuma faca, está? E eu estou alerta.

– Nunca se sabe o que ela tem nas mãos, é tão astuciosa. Ao comum dos mortais é impossível desvendar suas manhas.

– É melhor sairmos daqui – sussurrou Mason.

– Vá para o inferno! – bradou seu cunhado.

– Cuidado! – gritou Grace. Os três homens recuaram ao mesmo tempo. O Sr. Rochester me puxou para trás de si. A louca deu um salto e o apertou pelo pescoço, aproximando os dentes de seu rosto. Eles lutaram. Ela era uma mulher alta, quase da estatura do marido, além de corpulenta. Exibia uma força de homem durante a luta. Mais de uma vez, chegou a quase dominá-lo, por mais atlético que ele fosse. O Sr. Rochester poderia tê-la vencido com um golpe, mas não queria bater. Apenas se engalfinhava com ela. Acabou por imobilizar-lhe os braços. Grace Poole lhe passou então uma corda e ele amarrou seus braços atrás das costas. Em seguida, com ajuda de mais corda, atou-a uma cadeira. Toda a operação se desenrolou em meio aos gritos mais agudos e a arrancos convulsos. O Sr. Rochester virou-se então para os espectadores. Olhou-os com um sorriso a um só tempo mordaz e desolado.

– Isto aqui é *minha esposa* – disse. – Eis o único laço conjugal que me será destinado. Aí está a ternura com que haverei de preencher minhas horas de lazer. E *esta* é aquilo que eu desejava – e pousou a mão em meu ombro –, esta jovem que aqui está, tão quieta e grave diante da boca do inferno, assistindo, com toda a compostura, aos estertores de um demônio. Eu a queria só para variar, depois de tamanha fúria. Wood e Briggs, observem a diferença! Comparem esses olhos claros com aquelas postas de sangue que ali estão; esse rosto com aquela máscara; essa forma e aquele monturo. E então me julguem, sacerdote de Deus e homem da lei que são, mas não se esqueçam do julgamento a que vocês próprios serão submetidos um dia. E agora vão embora daqui. Preciso trancar minha prenda.

Saímos todos. O Sr. Rochester ainda ficou um instante para trás, a fim de dar algumas ordens a Grace Poole. O advogado se dirigiu a mim enquanto descíamos as escadas.

– A senhora, madame – disse –, não tem culpa de nada. Seu tio ficará feliz em sabê-lo, se é que ainda está vivo, quando o Sr. Mason retornar à Ilha da Madeira.

– Meu tio? O que tem ele? O senhor o conhece?

– O Sr. Mason o conhece. O Sr. Eyre é o representante da empresa dele em Funchal, há muitos anos. Quando seu tio recebeu sua carta anunciando a planejada união com o Sr. Rochester, o Sr. Mason, encontrando-se na Madeira em tratamento de saúde, antes de voltar à Jamaica, por acaso hospedava-se com ele. O Sr. Eyre então mencionou o assunto, pois sabia que meu cliente conhecia um senhor de nome Rochester. E o Sr. Mason, surpreso e chocado, como a senhora bem pode imaginar, revelou-lhe toda a verdade. Seu tio é um homem doente, lamento informar-lhe. E estando sua doença, a tísica, em estágio avançado, não creio que ainda se possa recuperar. Como não podia ele próprio vir à Inglaterra para salvá-la dessa situação, implorou ao Sr. Mason que corresse de volta para evitar que o falso casamento se concretizasse. E me pediu que lhe desse assistência legal. Fiz o que pude e dou graças por não ter chegado tarde demais. A senhora também deve dar graças. Se não estivesse tão certo de que seu tio estaria morto quando a senhora chegasse à Ilha da Madeira, eu lhe recomendaria ir embora com o Sr. Mason. Mas, do jeito como estão as coisas, talvez seja melhor ficar na Inglaterra mesmo, aguardando notícias sobre o Sr. Eyre ou talvez dele próprio. Ainda temos algo mais a resolver aqui? – perguntou, virando-se para o Sr. Mason.

– Não, não. Vamos embora – foi a resposta, carregada de ansiedade. E sem nem mesmo esperar para se despedir do Sr. Rochester, os dois saíram pela porta do vestíbulo. O clérigo ainda ficou mais uns minutos, para trocar algumas palavras, de censura e reprovação, com o membro de sua paróquia. Isso feito, foi-se também.

Ouvi-o sair, de pé diante da porta entreaberta do meu quarto, onde me refugiara. Com a casa vazia, tranquei a porta, para não deixar ninguém entrar, e comecei – não a chorar, não a me lamentar, porque estava calma demais para isso –, mas a tirar, mecanicamente, meu vestido de noiva, trocando-o pelo vestido de lã, que usara na véspera pensando que era a última vez. Sentei-me. Sentia-me fraca, cansada. Estendi os braços sobre a mesa, neles enterrando a cabeça. E comecei a pensar. Até então, apenas ouvira, vira e me movera, seguindo de um lado para outro, sendo conduzida e assistindo a tudo o que se desenrolava diante dos meus olhos. Mas agora, eu *pensava*.

A manhã se passara em meio a uma certa calma, à exceção da cena com a lunática. O diálogo na igreja fora em voz relativamente baixa. Não houvera uma explosão passional, uma altercação aos gritos, uma briga, um desafio. Tampouco houvera lágrimas, soluços. Apenas algumas palavras tinham sido pronunciadas, uma objeção ao casamento fora enunciada em tom contido. Meia dúzia de perguntas, curtas e diretas, haviam sido feitas pelo Sr. Rochester. Dadas as respostas e explicações, tudo fora esclarecido. Meu patrão então admitira tudo, com franqueza. A prova viva fora exibida. Os intrusos saíram, e tudo se acabara.

Eu estava em meu quarto, como sempre – sozinha, e à minha volta nada mudara. Eu não fora espancada, nem queimada ou mutilada. E, contudo, onde estava a Jane Eyre do dia anterior? O que acontecera com sua vida? Quais eram suas perspectivas?

A Jane Eyre que fora uma mulher ardente, cheia de expectativa – a quase noiva – era agora outra vez uma jovem fria e solitária. Sua vida perdera o brilho, seu futuro era desolador. Em pleno verão, descera sobre ela o rigor do inverno. Ventos de uma tempestade de neve lhe dançavam à volta, apesar da temporada estival. O gelo congelara as maçãs maduras, a ventania despetalava as rosas em botão. Sobre os campos de feno e milho a geada descera, enrijecendo tudo. As aleias, que ainda na véspera desabrochavam em flores, agora estavam cobertas de gelo. E as florestas, que apenas doze horas antes estavam vívidas de folhas e fragrâncias como os bosques dos trópicos, agora se estendiam brancas, desérticas, sem vida, como os pinheirais da invernosa Noruega. Todas as minhas esperanças estavam mortas, esmagadas por um único golpe, como o golpe de espada que, numa só noite, assassinou os recém-nascidos do Egito. Pensei nos sonhos que acalentara, antes tão viçosos e promissores: jaziam imóveis, lívidos, como corpos frios que jamais tornarão à vida. Pensei em meu amor, aquele sentimento que pertencia a meu patrão, que ele próprio criara:

estremecia em meu coração, como uma criança doente e desesperada no fundo do berço. Já não poderia buscar consolo nos braços do Sr. Rochester, já não poderia tentar encontrar calor em seu coração. Ah, nunca, jamais poderia voltar para ele. A fé fora esmagada, a confiança destruída. O Sr. Rochester já não significava para mim o mesmo que antes. Porque não era a pessoa que eu julgara que fosse. Não diria que ele agira com maldade. Não afirmaria que me havia traído. Mas o atributo de uma verdade sem mácula já não existia nele e, portanto, eu precisava afastar-me de sua presença. *Disso* estava certa. Quando, como e para onde, não saberia dizer. Mas ele próprio, e quanto a isso eu não tinha dúvida, me mandaria embora de Thornfield. Ao que parecia, não podia nutrir por mim uma afeição verdadeira. Tudo não passara de uma paixão volátil. Agora proibida. Por isso, ele não ia me querer mais. Agora, eu devia evitar até mesmo cruzar seu caminho. A própria visão da minha pessoa deveria ser, para ele, algo odioso. Ah, como eu fora cega! E como fora fraca em minha conduta!

Com o rosto enterrado nos braços, continuava de olhos fechados. Em torno de mim, a escuridão parecia tomar tudo, enquanto as reflexões fluíam, igualmente sombrias. Largada, sem vontade ou fibra, era como se eu me tivesse estirado no leito seco de um rio imenso e ouvisse o estrondo da torrente despencando montanha abaixo. Não tinha força para me levantar ou fugir. Continuava imóvel, desejando a morte. Apenas uma ideia vívida ainda se movia dentro de mim: a lembrança de Deus. Esta trazia uma prece não dita, cujas palavras iam e vinham dentro de minha mente inerte, como algo que pedisse para ser sussurrado, sem contudo encontrar energia para tal.

"Não Vos afasteis de mim, porque o mal se aproxima, e não há ninguém a quem eu possa recorrer."

Estava perto. Como eu não fizera aos Céus nenhum pedido para impedi-la, como não juntara as mãos em prece, nem me pusera de joelhos, e nem sequer movera os lábios, ela chegou. Com estrondo, a torrente se despejou sobre mim. A absoluta consciência da minha vida destroçada, do amor perdido, das esperanças acabadas, da fé assassinada, tudo isso me envolveu e me engoliu, como uma massa enorme. É impossível descrever a amargura desse instante. Em verdade, "as águas me tomaram a alma e eu mergulhei no mais profundo lodaçal, perdi o pé e desapareci nas profundezas, e a torrente me engolfou".

27

Em algum momento durante a tarde ergui a cabeça e, observando em volta, vi que o sol poente deslizava na parede e começava a desaparecer. Perguntei então a mim mesma: "O que vou fazer?"

Mas a resposta dada por minha mente – "Deixar Thornfield imediatamente" – foi tão abrupta, e tão temida, que me recusei a ouvi-la. Argumentei que ainda não era hora de tolerar tais palavras. "Não ser a esposa de Edward Rochester é o menor dos meus infortúnios", pensei. "Ter acordado de todos os sonhos mais lindos, ter-me visto face a face com o vazio, são horrores que posso tolerar. Mas deixá-lo para sempre, instantânea e irrevogavelmente, isso é para mim intolerável. Não posso fazê-lo."

Mas em seguida uma voz dentro de mim retrucou que podia, sim, e que precisava fazê-lo. Eu lutava com minha própria resolução. Queria ser fraca, para poder fugir àquele sofrimento ainda maior que via à minha frente. E a Consciência, transformada em tirana, agarrava a Paixão pela garganta, dizendo que mal começara a pisar na ferida e jurando que, com sua mão de ferro, haveria de atirá-la em profundezas ainda maiores, de agonias insondáveis.

"Deixe que alguém me tire daqui, então", eu clamava. "Deixe que outra pessoa venha me ajudar!"

"Não, você é que precisa sair por si própria, ninguém pode ajudá-la. Você mesma terá de arrancar de si um olho, a mão direita. Seu coração será a vítima e sua própria mão há de ser o sacerdote a transfixá-lo."

Ergui-me, de um salto, subitamente aterrorizada por aquela solidão, que um juiz tão implacável assombrava, e pelo silêncio horrível, que uma voz tão impiedosa preenchia. Ao ficar de pé, senti a cabeça rodar. Percebi então que estava tonta de excitação e também de inanição. Nem pão nem água tinham passado por meus lábios durante todo o dia, pois eu não chegara a tomar café. E foi nesse momento, com uma pontada estranha, que percebi que nenhuma mensagem me fora mandada, para perguntar como eu estava, durante todo o tempo em que permanecera trancada ali. Nem mesmo a pequena Adèle viera bater à porta. Nem a Sra. Fairfax me procurara. "Os amigos sempre abandonam aqueles que foram esquecidos pela sorte", murmurei, enquanto destrancava a porta e saía para o corredor. Tropecei num obstáculo. Minha cabeça ainda rodava, meus olhos estavam turvos, minhas pernas fracas. Custei um pouco a me recobrar. Cheguei a cair, mas não no chão: um braço estendido me agarrou. Ergui o rosto e vi que estava sendo sustentada pelo Sr. Rochester, sentado numa cadeira diante da porta do meu quarto.

– Finalmente você saiu – disse. – Estou aqui há muito tempo à sua espera, e à escuta. Mas não ouvi sequer um murmúrio, nem um soluço. Mais cinco minutos daquele silêncio de morte e eu teria arrombado a porta como se fosse um ladrão. Então está me evitando, não é? Trancou-se para chorar sozinha! Melhor seria se tivesse vindo até mim e me censurado com toda a veemência. Você é passional. Eu esperava uma cena qualquer. Estava preparado para uma torrente de lágrimas. Só queria que ela se derramasse em meu peito. E quem a recebeu foi o chão insensível ou seu lenço encharcado. Mas... estou enganado. Você não chorou nem uma gota! Vejo o rosto pálido, os olhos baços, mas não há qualquer traço de lágrima. Imagino, então, que seu coração estava chorando sangue. E então, Jane? Nem uma palavra de censura? Nem amargura ou mordacidade? Nada que possa ferir sentimentos, trespassar a paixão? Você continua aí sentada, onde eu a coloquei, e me fita com esse olhar cansado, passivo. Jane, nunca foi minha intenção feri-la desse modo. Um homem que tivesse uma ovelhazinha de estimação, que a tratasse como uma filha, que lhe desse de comer em sua mesa e de beber em seu copo, e que por algum engano a visse ser morta pelo açougueiro, esse homem não amaldiçoaria a própria sorte mais do que eu. Será que algum dia poderá me perdoar?

E eu o perdoei ali mesmo, leitor, naquele instante e lugar. Havia um remorso tão profundo em sua expressão, tamanha piedade no tom de voz e uma energia tão máscula em seus gestos. Além disso, havia um amor de tal forma imutável em seu olhar e semblante que eu o perdoei completamente. Não em palavras, não de forma explícita, mas no fundo do coração.

– Sabe que sou um canalha, não sabe, Jane? – perguntou, ansioso, na certa imaginando que meu silêncio e quietude eram resultado não de força de vontade, mas de fraqueza.

– Sim, senhor.

– Então me diga isso, aberta e francamente. Não me poupe.

– Não posso. Estou cansada e tonta. Preciso de água.

Ele soltou uma espécie de suspiro soluçado e, tomando-me nos braços, levou-me escada abaixo. A princípio, não percebi para que quarto me levava. Meu olhar estava turvo. Depois de um tempo, senti o calor revigorante de uma lareira. Porque, embora fosse verão, eu me sentira enregelada em meu quarto. Meu patrão me deu vinho para beber. Eu o bebi e melhorei. Em seguida, ele me deu algo de comer, e logo eu estava recuperada. Vi que me encontrava na biblioteca, sentada na poltrona dele, e que ele continuava a meu lado. "Se pudesse morrer agora, sem dor, seria bom para mim", pensei. "Assim, evitaria ter de destroçar meu próprio coração, afastando-o do Sr. Rochester. Preciso deixá-lo, é o que parece. Mas não quero e não posso deixá-lo."

– Como está, Jane?

– Bem melhor, senhor. Logo estarei recuperada.

– Tome mais um gole de vinho, Jane.

Obedeci. Então, ele depôs a taça na mesa e se postou à minha frente, olhando-me com toda a atenção. De repente, virou-se, com uma exclamação surda, cheia de uma emoção de algum tipo. Andou depressa pela sala e depois voltou. Inclinou-se sobre mim como se fosse me beijar. Mas eu lembrei que, agora, as carícias estavam proibidas. Virei o rosto e o afastei de mim.

– O que é isso? – exclamou, ríspido. – Ah, já sei! Não pode beijar o marido de Bertha Mason, não é? Considera que meus braços e abraços já têm dono!

– Seja como for, nenhum lugar ou direito me cabe, senhor.

– Por que, Jane? Vou lhe poupar a resposta, responderei por você... É porque eu já tenho uma esposa, será essa a sua resposta. Não estou certo?

– Sim.

– Se é isso que pensa, deve ter uma estranha opinião da minha pessoa. Deve pensar que sou um libertino esperto, um sujeito rasteiro e vulgar que simulou um amor desinteressado só para arrastá-la a uma armadilha muito bem preparada, a fim de lhe arrancar a honra e acabar com seu amor-próprio. O que diz disso? Estou vendo que não pode dizer nada. Em primeiro lugar, ainda está fraca, e já precisa fazer o maior esforço só para respirar. Em segundo lugar, ainda não se acostumou à ideia de me fazer acusações e me insultar, e, além disso, as comportas das lágrimas estão abertas e elas cairiam em torrentes se você falasse demais. E você não tem qualquer desejo de me admoestar, de me censurar, de fazer uma cena. Sabe que *falar* não adianta nada. Está é imaginando o que irá *fazer*. Eu conheço você. E estou em guarda.

– Não pretendo fazer nada contra o senhor – falei. E a voz trêmula me alertou que eu devia mesmo falar pouco.

– Não no sentido que *você* dá à palavra, mas no sentido que *eu* dou, você está, sim, planejando me destruir. Já deu a entender que sou um homem casado e que, sendo casado, vai fugir de mim, desaparecer da minha frente. Assim como agora há pouco se recusou a me dar um beijo. Tem a intenção de se transformar numa completa estranha para mim. De viver sob este teto apenas como preceptora de Adèle. E se algum dia eu lhe dirigir uma palavra amigável, se algum dia você tornar a nutrir um sentimento amigável em relação a mim, então dirá: "Aquele homem quase me fez tornar-me sua amante. Devo ser, para ele, como pedra e gelo." E pedra e gelo você será.

Pigarreei e, tentando manter a voz firme, respondi:

– Tudo à minha volta se transformou, senhor. Sem dúvida, devo mudar também. E, para evitar altos e baixos nos meus sentimentos, assim como uma luta permanente com as recordações e associações, só há uma saída: Adèle precisa ter uma nova receptora.

– Ah, sim, Adèle irá para a escola. Já acertei isso. Tampouco tenho a intenção de torturá-la com as associações e recordações de Thornfield Hall, este lugar maldito, esta tenda de Achan,* esta masmorra ofensiva, que deixa entrever por suas frestas o horror dos mortos-vivos, este inferno estreito habitado por um único demônio que, sozinho, é pior do que uma legião inteira desses que imaginamos. Não deve ficar aqui, Jane, nem eu tampouco. Foi um erro ter trazido você para Thornfield Hall, sabendo que era um lugar assombrado. Dei ordens para que a maldição deste lugar fosse ocultada de você, antes mesmo de conhecê-la. Temia que Adèle nunca pudesse ter uma preceptora se esta descobrisse a verdade sobre o lugar onde estava, e meus planos me impediam de levar a louca para outro lugar, embora eu tenha uma casa antiga, Ferndean Manor, ainda mais retirada e escondida do que esta aqui, onde ela poderia ter ficado em toda a segurança. O que me impediu foi o excesso de escrúpulo, por saber que o lugar, no coração de uma floresta, seria completamente insalubre. É provável que aquelas paredes úmidas logo me livrassem desse fardo. Mas cada vilão tem seu vício, e o meu não é uma tendência a cometer assassinatos indiretos, nem mesmo para acabar com alguém a quem odeio tanto.

"Mas tentar esconder a mulher louca de você foi como cobrir uma criança e colocá-la para dormir embaixo de um pé de planta peçonhenta: este lugar está envenenado, e sempre esteve. Pretendo fechar Thornfield Hall. Vou mandar pregar a porta da frente e cobrir com tábuas as janelas laterais. Darei duzentas libras por ano à Sra. Poole para viver com *minha esposa*, que é como você chama aquela feiticeira. Grace faz qualquer trabalho por dinheiro e vai mandar buscar o filho, que é porteiro no Asilo de Grimsby, para lhe fazer companhia. Assim, terá a quem pedir ajuda nos momentos de crise, já que *minha esposa* é dada a queimar pessoas em suas camas à noite, a apunhalá-las, a arrancar-lhes a carne com os dentes, deixando os ossos de fora.

– Senhor – interrompi-o –, está sendo inflexível com aquela pobre mulher. Fala dela com ódio, com uma antipatia vingativa. Isso é cruel. Ela não tem culpa de ser louca.

---

*Personagem bíblico que foi morto a pedradas por seus crimes. (*N. da T.*)

– Jane, minha queridinha, e é assim que vou chamá-la, porque é o que você é, não sabe o que está dizendo. Mais uma vez, julga-me mal. Não é por ser louca que a odeio. Se você fosse louca, acha que eu haveria de odiá-la?

– Para dizer a verdade, acho.

– Pois está enganada, nada sabe sobre mim, e tampouco sobre o tipo de amor de que sou capaz. Cada átomo de sua carne me é caro como se fosse parte do meu próprio corpo. Na dor e na doença seria a mesma coisa. Sua mente é meu tesouro e, se ela se degradasse, ainda assim continuaria sendo. Se você ficasse possessa, meus braços a conteriam, não uma camisa de força. Se me agarrasse, ainda que em fúria, isso teria um encanto. Se saltasse sobre mim com a mesma ferocidade que aquela mulher saltou hoje de manhã, eu a receberia com um abraço, ainda que firme, a fim de contê-la. Não recuaria com nojo, como fiz diante dela. E, em seus momentos de quietude, não deixaria que ninguém além de mim velasse por você. Debruçar-me-ia sobre você com toda a ternura do mundo, mesmo que não me desse em troca sequer um sorriso. E jamais me cansaria de olhá-la nos olhos, mesmo que estes não tivessem um só vislumbre de reconhecimento da minha pessoa. Mas por que estou falando tudo isso? Antes falava de tirá-la de Thornfield Hall. Saiba que está tudo pronto para sua partida: você irá amanhã. Só lhe peço que suporte ficar sob este teto por mais uma noite, Jane. E então, adeus para todos os terrores e misérias, de uma vez por todas! Tenho um lugar que será um santuário seguro, longe de todas as reminiscências odiosas, das intrusões indesejáveis, e até mesmo da falsidade e da calúnia.

– E deve levar Adèle com o senhor – tornei a interromper. – Ela lhe fará companhia.

– O que quer dizer, Jane? Já lhe disse que Adèle será mandada para uma escola! Que história é essa de ter por companhia uma criança que não é nem minha filha? A filha bastarda de uma dançarina francesa? Por que fica me importunando e falando sobre ela? E por que está sugerindo que devo ter Adèle por companhia?

– O senhor falou de um local retirado. Lugares retirados, assim como a solidão, são maçantes. Maçantes demais para o senhor.

– Solidão! Solidão! – repetiu, irritado. – Estou vendo que preciso esclarecer as coisas. Não sei que expressão misteriosa de esfinge é essa que se forma em seu rosto. *Você* é que vai repartir minha solidão comigo. Está entendendo?

Balancei a cabeça. Era preciso muita coragem para fazer ao menos aquele gesto mudo, porque o Sr. Rochester estava cada vez mais excitado. Estivera andando rápido, de um lado para outro, e então parou, como se fulminado. Olhou-me por um longo tempo, com uma expressão dura. Virei o rosto, fixando os olhos na lareira e tentando manter-me calma, aparentar autocontrole.

– E então vamos ao temperamento encrencado de Jane – disse afinal, com uma voz mais calma do que sua aparência fazia esperar. – O carretel de seda desenrolou-se com toda a suavidade até agora. Mas sempre soube que de repente surgiria um nó e um problema. Aí está. Vamos, então, à agonia, à exasperação, ao problema interminável! Por Deus! Eu queria ter uma fração da força de Sansão para desfazer esse nó!

Ele recomeçara a falar, mas logo tornou a se calar e parou de andar, agora bem junto de mim.

– Jane, você vai ouvir a voz da razão, não vai? – inclinou-se, aproximando os lábios do meu ouvido. – Porque, se não o fizer, eu tentarei pela força.

Sua voz era ríspida. O semblante, de um homem que está a ponto de romper um laço insuportável e mergulhar de cabeça na anarquia mais selvagem. Senti que, se deixasse escoar mais um minuto, mais um ímpeto daquele frenesi, já não seria capaz de contê-lo. O presente – os segundos que passavam – era tudo o que eu tinha para tentar retê-lo. Qualquer movimento de repulsão, de escape ou medo teria selado meu destino, e o dele. Mas eu não tinha medo, medo algum. Sentia um poder interior. Algo me influenciava por dentro, e me sustinha. A crise era perigosa. Mas não deixava de ter seu charme. É assim, talvez, que deve se sentir o índio, ao deslizar com sua canoa sobre as corredeiras. Tomei-lhe as mãos crispadas, afrouxei a tensão dos dedos e lhe disse, com toda a suavidade:

– Sente-se. Vou conversar com você o tempo que quiser e ouvirei tudo o que tem a dizer, por mais absurdo que seja.

Ele se sentou. Mas não teve chance de falar de imediato. Eu vinha lutando há algum tempo com as lágrimas. Fizera um enorme esforço para reprimi-las, pois sabia que ele não gostaria de me ver chorar. Mas agora achava que chegara a hora de deixá-las fluir livremente. Se ele se importasse com elas, tanto melhor. E comecei a chorar sem freios.

Logo, ouvi-o pedir que me controlasse. Respondi que não podia fazê-lo, uma vez que ele próprio estava tão excitado.

– Mas não estou zangado, Jane. Apenas a amo demais. E você transformou seu rostinho pálido numa tal máscara de aço, com um olhar tão resoluto e frio, que mal posso suportar. Vamos logo, enxugue esses olhos.

A voz doce anunciava que ele se controlara. E eu, em consequência, me acalmei também. Agora ele tentava encostar a cabeça no meu ombro, mas não permiti. Em seguida, tentou puxar-me para si. Não.

– Jane! Jane! – exclamou, com uma tristeza tão aguda, que me fez estremecer inteira. – Não me ama, então? Era apenas minha posição, e o papel de esposa, aquilo a que você dava valor? E agora, que sabe que não posso ser seu marido, foge do meu afago como se eu fosse um sapo ou um macaco.

Aquelas palavras me feriram. E, no entanto, o que poderia responder? Talvez não devesse mesmo fazer nem dizer nada. Mas estava tão torturada por um sentimento de remorso que precisava tentar colocar um pouco de bálsamo na ferida que provocara.

– Eu o amo, *sim* – disse –, e mais do que nunca. Mas não devo demonstrá-lo, nem posso me permitir isso. E esta é a última fez que lho confessarei.

– A última vez, Jane? O que está dizendo? Acha que pode viver a meu lado e me ver todos os dias e, ainda assim, ser sempre fria e distante, embora me ame?

– Não, senhor. Estou certa de que é impossível. Por isso mesmo, só há uma saída. Mas o senhor ficará furioso se eu mencioná-la.

– Pois mencione! Se eu explodir, você sempre terá o recurso de chorar.

– Preciso deixá-lo, Sr. Rochester.

– Por quanto tempo, Jane? Por alguns minutos, enquanto penteia os cabelos, que, aliás, estão desfeitos, e enquanto lava o rosto, que tem uma aparência febril?

– Devo deixar Adèle e Thornfield. Preciso me afastar do senhor para sempre. Devo recomeçar minha vida em meio a rostos estranhos, num lugar desconhecido.

– É claro. Eu próprio disse que devia fazê-lo. Vou ignorar essa história de se afastar de mim. O que quer dizer é que precisa se tornar parte de mim. Quanto a uma nova vida, tudo bem. Você será minha mulher. Não sou casado. Será a Sra. Rochester e, tanto nominal quanto virtualmente, serei apenas seu, enquanto vivermos. Deve ir para uma propriedade que tenho no sul da França: uma vila de paredes caiadas à beira do Mediterrâneo. Lá viverá uma vida feliz, resguardada e inocente. Não tenha medo de que eu queira induzi-la a erro e transformá-la em minha amante. Por que está balançando a cabeça? Jane, precisa ser razoável, caso contrário, garanto, vou acabar me descontrolando outra vez.

Sua voz estava trêmula, as mãos também. As narinas amplas apresentavam-se dilatadas. Os olhos em brasa. Mesmo assim, tomei coragem e falei:

– Senhor, sua mulher está viva. Esse é um fato que foi reconhecido esta manhã pelo senhor mesmo. Se eu fosse viver a seu lado como o senhor quer, seria, sim, sua amante. Afirmar o contrário é um sofisma. É falso.

– Jane, não sou um homem de temperamento calmo. Está se esquecendo disso: meu pavio é curto. Não sou uma pessoa fria, sou emocional. Tenha compaixão por mim e por você e ponha a mão em meu pulso: sinta como está batendo e... preste atenção!

Ele arregaçou as mangas, estendendo os braços para mim. O sangue lhe fugia das faces e dos lábios, estes iam ficando lívidos. Eu me sentia imensamente infeliz. Deixá-lo assim tão agitado, por demonstrar uma resistência que ele abominava, era algo cruel. Mas ceder a seus argumentos era outra história. E fiz aquilo que os seres humanos fazem quando se veem diante de uma situação extrema: busquei ajuda em algo maior do que o homem.

– Deus, por favor, me ajude! – foi o pedido involuntário que me saiu dos lábios.

– Sou um idiota! – gritou o Sr. Rochester de repente. – Fico o tempo todo dizendo para ela que não sou casado e não explico o porquê. Esqueço que ela nada sabe sobre o caráter daquela mulher ou sobre as circunstâncias que cercaram a minha união infernal com ela. Ah, estou certo de que Jane vai concordar com minha opinião quando souber tudo o que sei! Ponha sua mão na minha, Jane, apenas para eu ter certeza de que está aqui, não só pela visão, mas também pelo tato. E em poucas palavras vou lhe explicar a real situação de tudo. Está me ouvindo?

– Sou toda ouvidos, senhor. Por horas, se necessário for.

– Só preciso de alguns minutos. Jane, alguma vez já ouviu falar ou soube que eu não sou o primogênito na família? E que tive um irmão mais velho?

– Lembro que a Sra. Fairfax me disse isso, uma vez.

– E soube também que meu pai era um homem seguro e avarento?

– Ouvi falar de algo assim.

– Bem, Jane, assim sendo, foi decisão dele manter nossa propriedade unificada. Meu pai não tolerava a ideia de que ela fosse dividida, a fim de me deixar uma porção das terras. E decidiu que tudo ficaria para meu irmão, Rowland. Porém, era para ele intolerável saber que tinha um filho pobre. Tornou-se necessário, então, que eu me casasse com uma mulher rica. Logo, ele começou a procurar uma parceira para mim. O Sr. Mason, fazendeiro e comerciante das Índias Ocidentais, era seu velho conhecido. Meu pai estava certo de que ele tinha vastas e reais possessões. Investigou. Descobriu que o Sr. Mason possuía um filho e uma filha. E, através do próprio Sr. Mason, ficou sabendo que este estava disposto a dar à filha um dote no valor de trinta mil libras. Foi o suficiente. Ao sair da universidade, fui mandado à Jamaica, para desposar a noiva que me tinha sido arranjada. Meu pai nada me falou sobre o dinheiro. Disse-me apenas que a Srta. Mason era conhecida em Spanish Town por sua beleza. E isso não era mentira. Achei-a uma bela mulher, com o mesmo tipo de Blanche Ingram: alta, morena e majestosa. Sua família tinha interesse em mim, pois eu era de boa estirpe. E ela também tinha. Foi-me apresentada em festas, nas quais estava esplendidamente vestida. Poucas vezes fiquei a sós com ela, e mal tivemos chance de conversar. Ela me adulava, toda coquete, usando seu charme e suas prendas para me conquistar. Todos os homens em seu círculo pareciam admirá-la e me invejar. Fiquei deslumbrado, sentia-me estimulado. Todos os meus sentidos estavam em êxtase. E, sendo inexperiente, ignorante e rústico, pensei amá-la. As rivalidades idiotas da sociedade, a lascívia, a cegueira e a precipitação da juventude acabam por levar um homem a se comprometer. Os parentes dela me encorajavam. Os rivais me açulavam. Ela me seduzia. E o casamento se deu antes mesmo que eu abrisse os olhos. Ah, não sinto o menor respeito por mim mesmo quando penso nisso! A agonia do autodesprezo me toma inteiro. Nunca amei, nunca estimei, não cheguei sequer a conhecer bem aquela mulher. Não estava certo da existência de uma única virtude em sua natureza. Não percebera nem modéstia nem benevolência, nem candura ou refinamento em sua mente e maneiras. E, ainda assim, casei-me com ela. Cabeça dura, toupeira miserável que eu era! Não podia ser mais inocente... Mas preciso ter em mente a pessoa a quem estou me dirigindo.

"Jamais vi a mãe de minha noiva. Imaginei que estivesse morta. Quando a lua de mel acabou, descobri o meu erro. Ela era louca e estava trancafiada num asilo. E havia, ainda, um irmão mais novo, que também era doente mental. O mais velho, aquele que você conheceu (e o qual não consigo odiar, embora abomine seus parentes, porque ele, por mais fraco que seja, tem demonstrado continuamente sua afeição pela irmã demente, além de ter tido no passado uma lealdade canina para comigo), talvez um dia fique também como os outros. Meu pai e meu irmão Rowland sabiam de tudo. Mas só pensavam nas trinta mil libras e acertaram tudo pelas minhas costas.

"Foram descobertas terríveis. Mas, apesar da traição de me ter escondido tudo, eu não teria deixado que isso fosse razão para condenar minha mulher, nem mesmo quando ela começou a exibir uma natureza inteiramente avessa à minha, gostos detestáveis para mim e uma mente estreita, simplória e singularmente incapaz de se interessar por assuntos mais elevados, de se expandir um pouco. Depois que descobri isso, não pude mais passar nem um momento de relaxamento a seu lado. Era impossível sustentar uma conversa agradável, porque, a cada vez que eu iniciava um assunto, ela rebatia com comentários grosseiros, perversos ou imbecis. Mesmo quando percebi que não poderia ter sossego em casa, porque nem os empregados conseguiam tolerar as explosões dela, ou o constrangimento provocado por suas ordens absurdas e contraditórias, mesmo assim, tentei me controlar. Evitava censurá-la, reprimia as admoestações. Procurava remoer meu arrependimento e minha infelicidade em segredo. Tentava conter a extrema antipatia que crescia em mim.

"Jane, vou poupá-la dos detalhes abomináveis. Algumas palavras fortes serão suficientes para expressar o que tenho a dizer. Vivi com essa mulher que está no andar de cima durante quatro anos, e durante esse tempo ela sem dúvida me pôs à prova: seu temperamento foi piorando com uma rapidez espantosa. Seus vícios cresceram e se multiplicaram. Eram tantos que somente com crueldade se poderia enfrentá-los, e eu não queria ser cruel. Que intelecto tacanho tinha ela, e que índole terrível! E que maldição me anunciava aquela índole! Bertha Mason, filha de sangue de uma mãe infame, arrastava-me por todas as agonias horríveis e degradantes que um homem pode enfrentar diante de uma mulher ao mesmo tempo irascível e libertina.

"Nesse meio-tempo, meu irmão morreu e, ao fim dos quatro anos, meu pai também estava morto. Agora, eu era rico, embora fosse rigorosamente indigente: porque a natureza mais grosseira, impura e depravada que jamais conhecera estava associada a mim, sendo considerada, pela lei e pela sociedade, parte do meu ser. E eu não tinha como me libertar dela por meio de qualquer procedimento legal, porque os médicos agora haviam descoberto que *minha mulher* era louca. Seus excessos tinham contribuído para, de forma prematura, nela plantar os germes da insanidade. Jane, você não está gostando de minha narrativa. Parece doente... Será que devo deixar para continuar num outro dia?

– Não, senhor. Termine-a agora. Tenho pena do senhor, muita pena.

– Pena, Jane, quando vem de determinadas pessoas pode até ser um tributo insultuoso e daninho, que podemos, com toda a justiça, atirar de volta na cara daqueles que o oferecem. Mas isso se aplica à pena que se associa a corações calejados e egoístas. É uma dor híbrida surgida diante da desgraça alheia, mesclada a um desprezo por aqueles que a provocam. Não é essa a compaixão que vem de você, Jane. Não é esse o sentimento que permeia todo o seu rosto neste instante, que quase lhe transborda dos olhos, que parece a ponto de lhe arrancar do peito o coração, que faz sua mão tremer dentro da minha. Sua pena, minha querida, é a mãe dolorosa do amor. É de sua angústia que nasce a paixão divina. Eu a aceito, Jane. Que essa filha venha, livre: meus braços hão de recebê-la.

– Agora, senhor, por favor, prossiga. O que fez quando descobriu que ela estava louca?

– Estive à beira do desespero, Jane. O que me restava de autoestima foi o que me impediu de cair definitivamente no abismo. Aos olhos do mundo, eu estava sem dúvida alguma coberto pela mais vil desonra. Mas decidi ser limpo aos meus próprios olhos. E até o fim me recusei a me deixar contaminar por seus crimes, procurando manter-me afastado de suas loucuras. Ainda assim, para a sociedade meu nome e minha pessoa estavam associados a ela. Eu continuava vendo-a e escutando-a todos os dias. Respirava o mesmo ar que ela, que horror! Além disso, lembrava-me de que um dia fora seu marido. E essa recordação era para mim, como continua sendo até hoje, absolutamente odiosa. Sabia também que, enquanto ela vivesse, eu não poderia ter outra esposa, uma pessoa melhor. Embora fosse cinco anos mais velha – a família e o pai dela tinham mentido até a respeito desse detalhe –, ela parecia ter tudo para viver tanto quanto eu, pois era de compleição forte, em contraste com a mente fraca. Diante disso, aos vinte e seis anos, eu perdera toda a esperança.

"Certa noite, fora acordado pelos gritos dela (desde que o médico a declarara louca, ela vivia trancada). Era uma noite escaldante das Índias Ocidentais, uma daquelas noites que em geral precedem um furacão. Não conseguindo dormir, levantei-me e abri a janela. O ar era como um sopro sulfúrico e não consegui obter dele nenhum alívio refrescante. Os mosquitos começaram a voejar pelo quarto. O mar, cujo barulho eu podia ouvir da janela, troava como o som de um terremoto. Havia, sobre ele, grossas nuvens negras. A lua se punha por entre as ondas, larga e avermelhada, como uma bala de canhão. Deixava um último rastro de sangue sobre uma terra que estremecia ante a perspectiva da tempestade. A cena e a atmosfera tiveram uma influência sobre mim, em meus ouvidos ainda ecoavam os gritos e as maldições da maníaca. Num dado momento, ela gritou meu nome com um ódio tão demoníaco, e usando uma tal linguagem, de que nem a mais confessa meretriz seria capaz. Embora estivesse dois quartos adiante do meu, pude ouvi-la com clareza, porque seus gritos atravessavam com facilidade as paredes finas daquela casa das Índias Ocidentais.

"'Esta vida', disse a mim mesmo, afinal, 'é o inferno. Tal é o ar que respiro, e tais são os sons que enchem este poço sem fim! Tenho o direito de fugir daqui, se puder fazê-lo. Os sofrimentos desta casa maldita vão acabar pesando-me a alma como já o fazem com a carne. Não tenho medo da danação eterna. Não há futuro pior do que este presente. Que eu possa ir embora daqui, em busca de Deus!'

"Gritei isso enquanto me punha de joelhos, destrancando o baú onde estavam guardadas várias pistolas carregadas. Estava decidido a me matar. Mas a ideia só se manteve por um instante. Não sendo insano, a crise de desespero puro e absoluto, que levara ao desejo de autodestruição, desapareceu em um segundo.

"Um vento fresco soprou sobre o oceano, vindo da Europa, e varreu o aposento. A tormenta desabou, escorreu, ribombou, relampejou e purificou o ar. Foi então que tomei uma decisão. Enquanto caminhava por entre o laranjal encharcado em meu jardim, em meio aos pés de abacaxi e às romãzeiras pejadas de chuva, e enquanto o amanhecer refulgente dos trópicos se inflamava à minha volta, eu, Jane, escute bem, tomei uma decisão. Foi a própria Sabedoria que me consolou naquele momento, indicando-me o caminho certo a ser seguido.

"O doce vento europeu ainda soprava e refrescava as folhas, e o Atlântico troava em sua liberdade gloriosa. Meu coração, que por muito tempo estivera seco e árido, tornara a palpitar, todo o meu ser clamava por renovação, minha alma tinha sede de água pura. Senti a esperança renascer, percebi que a salvação era possível. De uma arcada florida ao fundo do jardim, observei o mar, de um azul mais profundo do que o céu. O velho mundo estava além. E tudo clareou para mim.

"'Vá', disse a Esperança, 'vá viver na Europa novamente. Lá, ninguém conhece seu nome manchado, ninguém sabe o fardo que carrega. Pode levar a louca com você para a Inglaterra. Confiná-la com todo o cuidado e precaução em Thornfield. E viajar por onde quiser, livre, e formar novos laços, se lhe aprouver. Essa mulher, que tanto tem abusado de você, enlameando seu nome, ultrajando sua honra e lhe desgraçando a juventude, não é sua esposa, nem tampouco você é marido dela. Faça com que seja cercada do devido cuidado e já terá feito tudo o que Deus e a humanidade exigem de você. Que a identidade dela, assim como a ligação com você, seja relegada ao esquecimento. Não deve falar sobre ela a nenhum ser humano. Coloque-a em segurança e conforto, envolva-lhe a degradação em segredo – e deixe-a.'

"E foi precisamente o que fiz. Meu pai e meu irmão não tinham comunicado meu casamento a seus conhecidos. Eu próprio lhes pedira segredo já na minha primeira carta após o casamento, ao começar a experimentar o desgosto de suas consequências e percebendo o verdadeiro caráter da família, bem como o futuro sombrio que se descortinava à minha frente. Pouco depois, a conduta infame da mulher que meu pai escolhera para mim era tal que ele passou a se envergonhar de tê-la como nora. Longe de querer divulgar o enlace, empenhou-se então em escondê-lo, tanto quanto eu.

"E mandei-a para a Inglaterra. Foi uma viagem apavorante a que fiz, carregando tal monstro comigo no navio. Foi um alívio quando afinal chegamos a Thornfield e vi-a instalada com toda a segurança no quarto do terceiro andar, cujo compartimento secreto ela tem por jaula – a masmorra de um diabrete – lá se vão dez anos. Foi difícil encontrar alguém para cuidar dela, já que esse alguém teria de ser da mais absoluta confiança. E seus ataques de loucura poderiam acabar por revelar meu segredo. Além disso, ela ainda tinha alguns intervalos de lucidez, às vezes durando semanas, durante os quais se dedicava a me insultar. Finalmente, contratei Grace Poole, vinda do Asilo de Grimsby. Ela e o médico, Carter, que fez curativo nos ferimentos de Mason, naquela noite em que ele foi ferido e ficou apavorado, eram as duas únicas pessoas a quem eu confiava meu segredo. A Sra. Fairfax talvez tenha desconfiado, mas nunca soube de nada ao certo. Grace provou ser, no geral, uma boa acompanhante. Mas, em parte por uma falha sua, aparentemente incurável, e que parece ser comum em sua profissão, às vezes ela se descuida da vigilância e se deixa tapear. A louca é tão sedutora quanto maligna. Sempre tem sucesso quando tenta tirar vantagem dos lapsos temporários de sua guardiã. Fez isso quando conseguiu esconder a faca com que apunhalaria o irmão; fez isso duas vezes ao conseguir roubar a chave da cela e sair à noite. Na primeira dessas ocasiões, tentou queimar-me em minha cama; na segunda, fez-lhe aquela visita assombrosa. Agradeço à Providência Divina, que cuidou de você, que ela tenha descontado seu ódio no véu, que talvez lhe tenha provocado reminiscências do próprio casamento. Nem gosto de pensar no que poderia ter acontecido. Quando penso na coisa que me voou na garganta hoje de manhã, com seu rosto sombrio e sanguíneo, espiando o ninho da minha pombinha, meu sangue gela.

– E o que o senhor fez – perguntei, enquanto ele fazia uma pausa – depois que a trancou aqui? Para onde foi?

– O que fiz, Jane? Transformei-me em fogo-fátuo. Para onde fui? Saí pelo mundo, selvagem como um espírito. Percorri o continente, todos os países, sempre sozinho. Minha ideia fixa era encontrar uma mulher, boa e inteligente, a quem pudesse amar. Um contraste em relação à fúria que deixara em Thornfield.

– Mas o senhor não podia se casar.

– Estava decidido e convencido de que podia, e devia. Minha intenção inicial não era enganar, como enganei a você. Queria contar toda a história e fazer minha proposta abertamente. A mim me parecia rigorosamente racional que me considerasse livre para amar e ser amado. Nunca duvidei de que uma mulher pudesse ser capaz de compreender meu caso e me aceitar, apesar da maldição que me pesava sobre os ombros.

– E então, senhor?

– Quando faz muitas perguntas, Jane, você sempre me dá vontade de sorrir. Arregala os olhos como um pássaro faminto e de vez em quando faz um movimento agitado, como se as respostas com palavras não estivessem fluindo na velocidade adequada para você, como se quisesse ler o que me vai no coração. Mas, antes de continuar, diga-me o que quis dizer com esse "E então, senhor?". É uma expressão que usa sempre. E que muitas vezes já me levou a ficar falando sem parar. Não sei direito por quê.

– O que quero dizer é "E o que aconteceu? Como o senhor agiu? No que deu tudo isso?".

– Certo! Mas o que quer saber agora?

– Se o senhor encontrou ou não o que procurava. E se a pediu em casamento. E o que ela respondeu.

– Posso lhe dizer se encontrei ou não alguém que me agradou, e se a pedi em casamento. Mas o que ela respondeu é algo que ainda está para ser gravado no livro do Destino. Durante dez anos vaguei, mudando de uma cidade para outra: ora em São Petersburgo, ora em Paris, às vezes em Roma, Nápoles, Florença. Tendo dinheiro bastante e um passaporte com um sobrenome tradicional, podia escolher com quem me dar nas sociedades. Nenhuma porta estava fechada para mim. Busquei meu ideal de mulher entre damas inglesas, condessas francesas, *signores* italianas, *gräfinnen* alemãs. Nada encontrei. Às vezes, por um momento fugidio, tinha a impressão de ter capturado um olhar, ouvido um tom de voz, vislumbrado uma forma que anunciavam a realização de meu sonho. Mas acabava me decepcionando. Você não deve pensar que o que eu procurava era a perfeição, de mente ou corpo. Buscava apenas alguém que combinasse comigo, uma antípoda àquela mulher selvagem. Mas busquei em vão. Entre todas, jamais encontrei uma a quem teria pedido em casamento, mesmo que fosse um homem livre, escolado que estava quanto aos riscos, aos horrores, aos ódios de uma relação imperfeita. O desapontamento me deixou inquieto. Tentei me entregar à vida desregrada, embora não à devassidão, algo que odiava e odeio. Porque esse era o atributo de minha Messalina das Índias e o desgosto que sua recordação causava me retinha, mesmo no prazer. Qualquer satisfação que beirava a orgia me aproximava dela e de seus vícios, e eu refugava.

"E, contudo, não conseguia viver só. Tentei, então, a companhia de amantes. A primeira que escolhi foi Céline Varens, outro daqueles passos cuja recordação faz um homem se censurar. Você já sabe quem ela foi e como terminou minha ligação com ela. A ela, seguiram-se outras duas: uma italiana, Giacinta, e uma alemã, Clara. Ambas consideradas bem bonitas. Mas o que significava para mim aquela beleza depois de algumas semanas? Giacinta era inescrupulosa e violenta. Cansei-me dela em três meses. Clara era honesta e quieta. Mas era também obtusa, bronca, sem qualquer sensibilidade. Não era do meu gosto. Fiquei aliviado quando lhe dei uma boa soma em dinheiro para que iniciasse um negócio, podendo assim livrar-me dela de forma decente. Mas, Jane, vejo por sua expressão que não está formando uma opinião muito favorável de mim. Acha que sou insensível, um devasso sem princípios, é isso?

– Já não gosto do senhor como gostei em outros momentos, senhor. Por acaso não pensou nem por um minuto que era errado viver dessa forma, saindo de uma amante para outra? Fala do assunto como se fosse algo inevitável.

– Para mim, foi. Mas eu não gostava disso. Era uma existência rastejante, e eu não gostaria de um dia voltar a viver assim. Ter uma amante só não é pior do que comprar uma escrava: ambas em geral têm, por natureza, uma posição inferior. E conviver com pessoas inferiores é degradante. Hoje, detesto pensar no tempo em que passei com Céline, Giacinta e Clara.

Senti que ele falava a verdade. E concluí que se eu própria esquecesse os princípios que me tinham sido ensinados e fosse, sob qualquer pretexto, justificativa ou mesmo tentação, tornar-me a sucessora daquelas pobres moças, um dia ele também me encararia com o mesmo sentimento que agora profanava a memória delas. Não disse isso em voz alta. Senti-lo foi o suficiente. A conclusão ficou marcada em meu coração, para que no futuro me servisse de alento em momentos difíceis.

– E agora, Jane, por que você não pergunta "E então, senhor?". Ainda não acabei. Você está com um olhar grave. Vejo que continua me censurando. Mas deixe-me terminar. Em janeiro passado, livre das amantes, cheio de tristeza e amargura como resultado da vida solitária e sem sentido que vinha levando, corroído pela decepção, com raiva dos homens e especialmente das mulheres, pois começava a achar que a ideia de uma mulher intelectual, fiel e amorosa não passava de um sonho e, também, por causa de compromissos de negócios, acabei por voltar à Inglaterra.

"Numa tarde fria, vinha pela estrada em direção a Thornfield Hall. Lugar odioso! Não esperava encontrar aqui nem paz, nem prazer. Numa cerca em Hay Lane, vi uma figurinha sentada, sozinha e quieta. Passei por ela sem lhe dar mais atenção do que dei ao salgueiro que se erguia à sua frente, na estrada. Não tive qualquer pressentimento sobre o que significaria para mim. Nenhum aviso interno de que ali estava, disfarçada naquela figura humilde, a juíza da minha vida, meu gênio do bem e do mal. De nada desconfiei, nem mesmo quando, com o acidente de Mesrour, ela veio até mim e me ofereceu ajuda. Uma criatura infantil e magrela! Era como se um passarinho saltasse a meus pés e se oferecesse para me carregar em suas pequenas asas. Fiquei irritado. Mas ela não desistiu. Ficou ali parada, com uma estranha perseverança, olhando-me e falando com uma espécie de autoridade. Eu precisava de ajuda, ela estava ali para isso. E ajudado eu fui.

"Assim que me encostei ao ombro frágil, algo novo, um fluido, uma sensação de frescor, tomou conta de mim. Fiquei satisfeito em saber que aquele elfo voltaria, que pertencia à minha casa lá embaixo, ou não teria podido deixá-lo escapar por entre meus dedos e desaparecer para trás da cerca, sem lamentá-lo. Ouvi quando você entrou em casa naquela noite, Jane. Embora provavelmente não imaginasse que eu pensava em você, eu a observava. E no dia seguinte continuei observando, escondido, durante meia hora, enquanto você brincava com Adèle no corredor. Lembro que era um dia de nevasca e você não podia ir para o jardim. Eu estava em meu quarto. Deixara a porta entreaberta. Podia tanto ouvir quanto espiar. Adèle exigia sua atenção. Mas percebi que seus pensamentos estavam longe dali. Ainda assim, era muito paciente com ela, minha pequena Jane. Conversou com a menina, distraindo-a por um longo tempo. Quando afinal ela foi embora, você se entregou completamente aos sonhos. Começou a andar bem devagar pelo corredor. De vez em quando, ao passar por uma janela, espiava a neve caindo lá fora. Ouvia o soluço do vento e logo recomeçava a caminhar e a divagar. Acho que aqueles sonhos não eram sombrios. Uma luz de prazer de vez em quando cintilava em seus olhos, uma suave excitação lhe tomava o rosto, e nelas nada havia de amargo, bilioso ou paranoico. Ao contrário, seu aspecto revelava os doces sonhos da juventude, quando o espírito segue, nas asas do desejo, o voo da esperança em direção a um ideal de paraíso. A voz da Sra. Fairfax, falando a uma criada no corredor, a fez despertar. E que sorriso curioso você dedicou a si mesma, Jane! Havia muito significado naquele sorriso. Era sagaz e parecia desdenhar das próprias divagações. Como se dissesse: "Essas visões são todas lindas, mas não posso esquecer que são irreais. Tenho na mente um céu cor-de-rosa e um Éden florido, mas, do lado de fora, o que me espera é um caminho duro, cercado de tempestades." E você desceu correndo as escadas e pediu à Sra. Fairfax para fazer algo, acho que as contas da semana. Fiquei danado ao ver que a perdera de vista.

"Impaciente, esperei que anoitecesse, para poder chamá-la à minha presença. Suspeitava de que você tivesse uma personalidade inteiramente nova e fora do comum para mim. Queria aprofundar-me nela, conhecê-la melhor. Você entrou na sala com uma expressão que era, a um só tempo, tímida e independente. Estava vestida com formalidade, como está agora. Fiz com que falasse. Logo, percebi que apresentava estranhos contrastes. Seus modos e sua roupa pareciam obedecer às regras. Seu ar às vezes era tímido, de alguém refinado por natureza, mas desacostumado ao trato social, parecendo temer chamar excessivamente a atenção por uma palavra precipitada ou incorreta. E, no entanto, quando eu lhe fazia uma pergunta, você erguia o queixo em desafio e encarava seu interlocutor com um olhar rútilo. Havia, em cada expressão sua, penetração e poder. Diante de perguntas mais diretas, você dava respostas prontas, acabadas. Logo, pareceu acostumar-se comigo. Creio que percebeu haver uma empatia entre você e seu patrão sombrio e rude, Jane. Foi impressionante ver quão depressa pareceu ficar à vontade, tranquila. Por mais que eu vociferasse, você não demonstrava qualquer surpresa, nem medo ou incômodo, nenhum desprazer diante do meu mau humor. Apenas me olhava e de vez em quando sorria com aquela graça simples e ao mesmo tempo sagaz que nem sei descrever. Fiquei de imediato satisfeito e estimulado com o que via. Gostava do que já tinha visto e queria ver ainda mais. E, no entanto, por muito tempo tratei-a com distanciamento, raramente buscando sua companhia. Eu era um intelectual refinado e queria prolongar ao máximo a satisfação dessa nova e estimulante amizade. Além disso, ainda me assombrava a ideia de que se colhesse a flor sem cuidado ela feneceria, que seu frescor e doce atração desapareceriam. Ainda não sabia que esses predicados não eram transitórios, mas sim apenas o reflexo de uma pedra preciosa e indestrutível. Queria também descobrir se viria atrás de mim se eu a desprezasse, mas você não veio. Ficou na sala de estudos, tão quieta e imóvel quanto a mesa ou o cavalete. Se por acaso eu a encontrava, você passava direto, sem demonstrar qualquer reconhecimento além do sinal de devido respeito. Nesses dias, você, Jane, costumava ter uma expressão pensativa. Não de desalento, pois não é doentia. Tampouco de euforia, pois a vida não lhe trazia esperança ou prazer. Eu me perguntava o que achava de mim, ou mesmo se pensava em mim. Para descobrir a resposta, recomecei a lhe dar atenção. Vi alegria em seu olhar e cordialidade em suas maneiras, ao conversar comigo. Notei que era sociável. Era o silêncio da sala de estudos e o tédio de sua vida que a deixavam sombria. E me permiti o prazer de ser gentil com você. A gentileza logo fez nascer a emoção: a expressão de seu rosto se abrandou, seu tom ficou mais suave. Eu gostava de ouvir meu nome ser pronunciado por seus lábios daquela maneira feliz, agradecida. Nessa época, costumava aproveitar cada chance de encontrá-la, Jane. Havia em seus modos uma hesitação singular. Olhava-me com uma ponta de preocupação, de dúvida: não sabia se eu faria o papel de patrão severo ou se seria o amigo benigno. Mas àquela altura eu já gostava demais de você para simular o primeiro. E, quando estendia a mão com cordialidade, era tal o desabrochar e o iluminar-se de seu rosto jovem e sôfrego, que eu às vezes precisava me esforçar para não puxá-la de imediato para junto do meu coração.

– Não vamos mais falar daquele tempo, senhor – interrompi, tentando enxugar as lágrimas furtivas que me surgiam nos olhos. O que ele dizia era para mim uma tortura. Eu sabia bem o que devia fazer, e logo faria. Aquelas reminiscências, aquelas revelações sobre os sentimentos dele, só serviam para tornar tudo ainda mais difícil.

– Não, Jane – retrucou ele –, não há necessidade de falar do passado quando o presente é muito mais seguro e o futuro ainda mais brilhante, não é mesmo?

Dei de ombros ao ouvir aquela frase sedutora.

– Você agora está entendendo como ficou toda a história, não está? – continuou. – Depois de passar a mocidade e parte da vida adulta imerso na mais absoluta miséria e na mais pungente solidão, pela primeira vez tenho alguém a quem posso amar de verdade. Encontrei *você*. Você é minha afinidade, meu melhor lado, meu anjo bom. Estou ligado a você por laços muito fortes. Acho-a boa, talentosa, adorável. Uma paixão fervorosa e solene surgiu em meu coração. Ela se inclina para você, traz você para o centro e para a fonte da vida, envolve minha existência em torno de você e, através de uma chama pura e poderosa, nos funde, a você e a mim, num só ser.

"Foi por sentir e saber isso que decidi me casar com você. Alegar que eu já tinha uma esposa seria uma tolice. O que eu tinha, e agora você sabe bem, era um horripilante demônio. Foi errado da minha parte tentar enganá-la. Mas eu temia a teimosia que é parte do seu caráter. Tinha medo dos velhos preconceitos. Queria ter você segura comigo, antes de qualquer conversa. Isso foi uma covardia. Eu deveria ter apelado à sua nobreza e magnanimidade, antes de mais nada, como estou fazendo agora. Descortinando para você toda a minha vida, em agonia, descrevendo-lhe minha fome e minha sede por uma existência mais elevada, que valesse a pena, mostrando-lhe não minha *resolução*, porque essa palavra é fraca, mas minha *decisão* inenarrável de amá-la com fidelidade e plenitude, sendo em troca amado da mesma forma. Eu já deveria ter-lhe pedido que aceitasse meu juramento de fidelidade e me desse o seu. Jane, faça-o agora.

Uma pausa.

– Por que está em silêncio, Jane?

Eu estava vivendo um dilema. Sentia minhas estranhas como se esmagadas por mãos de ferro. Momento terrível, tão cheio de luta, negror e fogo! Nenhum ser humano no mundo poderia desejar mais do que eu ser amada daquela forma. Aquele que amava era alguém a quem eu rigorosamente idolatrava. E eu precisava renunciar ao amor e ao ídolo. Uma expressão sombria resumia meu dever intolerável: "Vá embora!"

– Jane, você está entendendo o que quero de você? Somente esse juramento: "Eu serei sua, Sr. Rochester."

– Sr. Rochester, eu *não serei* sua.

Outro longo silêncio.

– Jane! – recomeçou ele, com uma ternura que me destroçou, deixando-me petrificada, tornada gelo, porque eu sabia que aquela voz arfante era o sinal do leão que se alçava. – Jane, você quer dizer que pretende seguir para o seu lado e que eu devo seguir para outro?

– Sim.

– Jane – (inclinando-se para me abraçar) –, está falando sério?

– Sim.

– E agora? – e me beijou com suavidade, na testa e na face.

– Sim – respondi, libertando-me rapidamente de seu jugo.

– Ah, Jane, mas isso é terrível. É... é uma maldade. Não seria maldade me amar.

– Mas obedecer-lhe seria.

Um olhar selvagem lhe ergueu a sobrancelha e perpassou-lhe o semblante. Ele se levantou, mas ainda disfarçava. Pus a mão no encosto da cadeira para me amparar. Eu tremia, morria de medo – mas estava decidida.

– Um momento, Jane. Pense na vida horrível que levarei quando você se for. Toda a felicidade terá ido embora junto com você. O que restará, então? A única mulher que tenho é a maníaca que está lá em cima. Eu seria como um daqueles corpos que estão no cemitério da igreja. O que farei, Jane? Em quem buscarei companhia e um pouco de esperança?

– Faça como eu. Entregue-se a Deus. Acredite no Paraíso. Espere que lá aconteça um reencontro.

– Então você não vai ceder?

– Não.

– Então vai me condenar a uma vida miserável e a morrer amaldiçoado? – ele aumentava o tom da voz.

– Eu o aconselho a viver uma vida sem pecado e desejo que tenha uma morte tranquila.

– Então vai arrancar de mim o amor e a inocência? Vai me mandar de volta à luxúria em busca de paixão, ao vício como paixão única?

– Sr. Rochester, não lhe desejo isso, assim como não o desejo a mim mesma. Nós nascemos para lutar e suportar, você e eu. Faça isso. Vai me esquecer antes que eu o esqueça.

– Falando assim, faz de mim um mentiroso. Mancha minha honra. Eu declarei que não vou mudar. E você diz na minha cara que devo mudar em breve. E a distorção em seu julgamento, a perversidade em suas ideias estão evidentes em sua conduta! É melhor levar uma criatura ao desespero mais absoluto do que desobedecer meras leis humanas, cuja transgressão não faria mal a ninguém? Afinal, você não tem parentes nem conhecidos a quem temer por ir viver comigo.

Aquilo era verdade. E, enquanto ele falava, minha consciência e minha razão se tornaram meus próprios inimigos, acusando-me de criminosa por resistir. Falavam quase tão alto quanto o Sentimento, embora este gritasse em mim. "Ah, aceite", dizia. "Pense na desgraça dele. No perigo. Pense em que estado ficará se for deixado sozinho. Lembre-se de sua natureza explosiva. Lembre-se da inquietação que se seguirá ao desespero. Console-o, salve-o, ame-o. Diga-lhe que o ama e que será dele. Quem no mundo se importa com *você*? E quem ficará ofendido com o que ele fizer?"

Mas, ainda assim, a resposta era inabalável. "*Eu* me importo comigo mesma. E quanto mais solitária, sem amigos e sem sustento, mais eu me respeito. Respeitarei a lei de Deus, que foi sancionada pelo homem. Obedecerei aos princípios aprendidos quando eu estava sã, e não louca, como estou agora. Leis e princípios não foram feitos para os tempos em que não há tentação. Foram feitos para momentos como este agora, quando corpo e alma se levantam em motim contra seu rigor. Coercivos eles são, e invioláveis devem ser. Se eu os pudesse romper segundo minha conveniência pessoal, que sentido teriam? Eles têm um sentido – nisso, sempre acreditei. E se não puder crer neles agora é porque estou insana, porque corre fogo em minhas veias, porque meu coração bate tão forte e tão depressa que nem posso acompanhar. Opiniões preconcebidas, determinações passadas são tudo com que posso contar nesta hora. São nelas que finco meus pés."

Foi o que fiz. O Sr. Rochester, lendo meu semblante, viu qual era minha decisão. Sua fúria chegou ao ápice. Ele precisava entregar-se a ela, acontecesse o que acontecesse. Atravessou a sala e me agarrou o braço, enquanto me tomava pela cintura. Parecia me devorar com seu olhar alucinado. Naquele instante, eu me sentia fisicamente incapaz, como um galho sendo jogado na fogueira. Mentalmente, minh'alma ainda me pertencia, e nela estava a certeza da minha segurança. E essa mesma alma tinha um intérprete, um intérprete inconsciente, mas ainda assim fiel, que eram meus olhos. Meus olhos se ergueram para ele. E enquanto eu mirava aquele rosto duro dei um suspiro involuntário. A força com que ele me segurava me fazia sentir dor, e minha força se exauria.

– Nunca – disse ele, trincando os dentes –, nunca houve no mundo algo ao mesmo tempo tão frágil e tão indomável. Ela é como um graveto em minhas mãos – e ele me sacudia com toda a força. – Eu seria capaz de vergá-la com a pressão de um dedo. Mas de que isso adiantaria, de que serviria se eu a quebrasse e esmagasse? Observem esses olhos: vejam tudo o que deles emana de resoluto, bravio e livre, desafiando-me com algo que é mais do que coragem, é um triunfo invencível. Nada que eu faça com seu invólucro será suficiente para alcançá-la, a essa criatura bela e selvagem! Se a casca tênue for rasgada e desfeita por mim, meu ultraje apenas servirá para que a prisioneira fuja. Eu seria o conquistador do invólucro, mais nada. Mas seu conteúdo escaparia rumo ao infinito, antes que eu pudesse me pronunciar senhor dessa propriedade de barro. E é a você, espírito, com sua vontade e energia, com sua virtude e pureza, que quero. Não apenas sua carcaça. Por vontade própria, você poderia vir até mim e se aninhar suavemente em meu coração. Mas, à força, escapará como uma essência e desaparecerá enquanto inalo sua fragrância. Ah, venha, Jane, venha!

Ao dizer isso, ele me soltou, limitando-se a me olhar. Àquele olhar era muito mais difícil resistir do que ao punho que me segurava. Mas somente uma tola teria sucumbido naquela hora. Eu lhe afrontara e desafiara a fúria. Agora devia enfrentar-lhe a piedade. Caminhei até a porta.

– Está indo embora, Jane?

– Sim, senhor.

– Vai me abandonar?

– Vou.

– Não vai mais voltar? Não será meu conforto e minha salvação? Meu amor profundo, minha mágoa alucinada, a prece mais sentida, nada disso tem significado para você?

Sua voz tinha um tom patético que eu não podia suportar. Quão difícil foi, para mim, manter-me firme! E dizer:

– Estou indo embora.

– Jane!

– Sr. Rochester!

– Vá, então... Eu lhe dou minha permissão. Mas lembre-se: vai deixar para trás um homem consumido em angústia. Suba até seu quarto. Pense no que eu disse e, Jane, analise o meu sofrimento... Pense em mim!

E, virando-se, atirou-se no sofá.

– Ah, Jane! Minha esperança... meu amor... minha vida! – foram as palavras que escaparam de seus lábios, em aflição. E então soltou um soluço profundo.

Eu já estava junto à porta. Mas, leitor, retracei meus passos. Voltei da mesma forma como me afastara. Ajoelhei-me junto a ele. Virei-lhe o rosto, enterrado na almofada, em minha direção. Dei-lhe um beijo na face, enquanto lhe afagava os cabelos.

– Deus o abençoe, meu querido patrão – disse. – Deus o guarde de todo o mal e de tudo o que for errado, orientando-o e iluminando-o, recompensando-o pela ternura com que me tratou.

– O amor da pequena Jane teria sido a maior recompensa – respondeu ele. – Sem ele, meu coração se partiria. Mas Jane há de me dar seu amor. Sim, com nobreza e generosidade.

O rosto dele se tornou rubro. De seus olhos saíram chispas de fogo. Pôs-se de pé. Tentou me abraçar, mas eu escapei e saí da sala.

"Adeus!", foi o grito que deu meu coração enquanto eu me afastava. E o desespero acrescentou: "Adeus para todo o sempre!"

NAQUELA NOITE, nem pensei em dormir. Mas fui acometida de um torpor assim que deitei na cama. Transportei-me em pensamento às cenas da minha infância. Sonhei que estava no quarto vermelho, em Gateshead. Que a noite era escura e minha mente era oprimida pelos mais estranhos pavores. A mesma luz que tantos anos antes me assustara a ponto de desmaiar, relembrada por essa visão, parecia galgar trêmula as paredes, estabelecendo-se no centro do teto. Ergui a cabeça e olhei: os telhados se dissolviam em nuvens, altas e escuras. Era um brilho semelhante ao que a lua imprime à bruma quando está prestes a trespassá-la. Eu a via vindo, movida por uma curiosa antecipação. Como se alguma sentença fosse aparecer escrita em seu disco. Nunca um luar surgiu com tal força de dentro de uma nuvem, como a mão que penetra suas dobras de chumbo e as afasta. Mas não surgiu como lua e sim com forma humana, brilhando no azul, inclinando seu semblante glorioso sobre a terra. E ela me olhou e olhou. Falou a meu espírito. Imensamente distante era seu tom, e contudo tão próximo, como se sussurrasse em meu coração.

"Minha filha, fuja da tentação."

"Eu o farei, mãe."

Foi o que respondi ao despertar do transe, como se de um sonho. Ainda não amanhecera, mas as noites de julho são curtas. A aurora surge pouco depois da meia-noite. "Não é cedo demais para começar a tarefa que tenho a cumprir", pensei. E me levantei. Já estava vestida, pois só tirara os sapatos. Sabia onde encontrar, em minhas gavetas, alguma roupa íntima, um pingente, um anel. Enquanto tateava por esses objetos, toquei as contas do colar de pérolas que o Sr. Rochester insistira em me dar de presente alguns dias antes. Larguei-o. Não me pertencia. A noiva quimérica se dissolvera no ar. Fiz um embrulho com os outros pertences e pus no bolso minha bolsinha, contendo vinte *shillings*, que era tudo o que eu tinha. Amarrei o chapéu sob o queixo, prendi o xale com um alfinete, peguei o embrulho e meus sapatos, que ainda não iria calçar, esgueirando-me para fora do quarto.

"Adeus, doce Sra. Fairfax!", sussurrei, ao passar por sua porta. "Adeus, minha querida Adèle!", disse, espiando em direção ao quarto das crianças. Não podia sequer cogitar entrar no quarto para abraçá-la. Precisava enganar ouvidos muito atentos. Que talvez, naquele mesmo instante, estivessem à escuta.

Teria passado diante do quarto do Sr. Rochester sem parar. Mas, quando me vi diante do umbral da porta, meu coração pareceu sustar suas batidas, e meus pés o acompanharam. Ali dentro, ninguém dormia. Seu ocupante andava de um lado para o outro. A todo momento suspirava, enquanto estive ouvindo. Ali estava, naquele quarto, o paraíso – um paraíso temporário – para mim, se eu assim o escolhesse. Tudo o que precisava fazer era entrar e dizer "Sr. Rochester, vou amá-lo e viver a seu lado pela vida inteira, até a morte", e então uma torrente de êxtase me chegaria aos lábios. Pensei nisso.

O patrão querido, que não conseguia dormir, esperava com impaciência o amanhecer. Mandaria me chamar pela manhã. Eu já estaria longe. Faria com que me seguissem, mas seria tarde. Ele se sentiria traído, seu amor rejeitado. Sofreria. Talvez até se desesperasse. Pensei nisso, também. Minha mão se aproximou da maçaneta. Mas eu a recolhi e segui em frente.

Com tristeza imensa, desci a escada. Sabia o que tinha a fazer e o fiz, mecanicamente. Procurei a chave da porta lateral na cozinha. Procurei também uma lamparina a óleo e uma pena. Pinguei óleo na chave e na fechadura. Peguei também um pouco de água e pão, pois talvez tivesse de andar muito. Não podia perder as forças, abaladas pelos últimos acontecimentos. Tudo isso fiz sem ruído. Abri a porta, saí e fechei-a devagar. A aurora começava a tingir os jardins. Os portões imensos estavam fechados e trancados. Mas a portinhola de um deles estava apenas encostada. Foi por ela que saí. A esta, fechei também. E lá estava eu, fora de Thornfield.

A menos de duzentos metros dali, atravessando os campos, havia uma estrada que seguia na direção contrária a Millcote. Uma estrada que eu jamais trilhara, mas que sempre avistava, perguntando-me aonde ia dar. Foi para lá que segui. Não podia me permitir pensar em nada. Não podia pensar nem no passado, nem no futuro. O primeiro era uma página tão doce, e ao mesmo tempo tão triste, que ler uma só linha de suas páginas acabaria com minha coragem e energia. E a última era um imenso vazio, semelhante à terra devastada, ao fim do dilúvio.

Atravessei campos e sebes e trilhas até o sol nascer. Acho que era uma bela manhã de verão. Sei que meus sapatos, que eu calçara assim que deixara a casa, logo estavam úmidos de orvalho. Mas eu não via nem o sol nascente, nem o belo céu, nem o despertar da natureza.

Aquele que atravessa um lindo cenário em direção ao cadafalso tampouco pensa nas flores que lhe sorriem no caminho, mas sim no bloco de madeira e no fio da lâmina; no estraçalhar de carne e veias; na terra que o haverá de engolir ao fim de tudo. E eu só pensava na dor da fuga, em como iria vagar sem teto e, com imensa agonia, em tudo o que estava deixando para trás. Agora eu pensava nele: em seu quarto, observando o sol nascer. Na esperança de que logo eu surgisse e dissesse que ficaria a seu lado, que seria sua. Era o que eu queria. Ofegava, pensando em voltar. Ainda não era tarde demais. Ainda havia tempo de poupá-lo da dor e da aflição. Até aquele momento, minha fuga, eu sabia, ainda não fora descoberta. Seria só voltar e ser aquela que o haveria de confortar, seu orgulho, a redentora de sua miséria, talvez até de sua ruína. Ah, o temor de que ele abandonasse a si próprio era muito maior do que o de meu abandono – e como me agulhava! Era como uma lança denteada que se cravasse em meu peito. Ela me rasgava se eu tentava arrancá-la. E me feria quando a lembrança a fazia enterrar-se ainda mais fundo. Os pássaros começaram a cantar nas moitas e nos bosques. Os pássaros são fiéis a seus pares. São símbolos do amor. E o que era eu? Entre a dor do meu coração e o esforço desesperado de ser fiel aos princípios, eu me abominava. Não tinha o consolo da autoaprovação. Nem mesmo do amor-próprio. Eu ferira, magoara e deixara meu patrão. Era, a meus olhos, uma pessoa detestável. E, no entanto, não podia voltar, nem um só passo. Talvez fosse Deus que me fizesse ir em frente. A dor e a paixão toldavam-me a vontade, sufocavam-me a consciência. Eu chorava loucamente, enquanto seguia em meu caminho solitário. Rápido, rápido, seguia como num delírio. Uma fraqueza, que surgia de dentro de mim, alcançou-me os membros e caí ao chão. Fiquei ali por uns minutos, pressionando o rosto contra a relva. Tinha medo – ou esperança – de morrer ali. Mas logo ergui o rosto, rastejei e por fim me pus de pé, outra vez determinada a alcançar a estrada.

Quando lá cheguei, fui forçada a descansar um pouco sob os arbustos. E enquanto descansava ouvi o som de rodas. Um coche se aproximava. Levantei-me e fiz sinal com a mão. A carruagem parou. Perguntei para onde estava indo, e o cocheiro disse o nome de um lugar muito distante, onde eu tinha certeza de que o Sr. Rochester não conhecia ninguém. Perguntei quanto era a passagem. O cocheiro disse que custava trinta *shillings*. Respondi que só tinha vinte. Bem, ele podia dar um jeito. Acabou me deixando entrar, já que o veículo estava vazio. Entrei. A porta se fechou e o coche seguiu viagem.

Caro leitor, não quero que sinta o que eu sentia nessa hora! Que seus olhos jamais deitem lágrimas tão tormentosas, sofridas, brotadas do coração quanto eram as minhas naquele instante. Que seus lábios jamais façam aos Céus um apelo e uma prece tão desesperançados e agônicos quanto aqueles que passaram por meus lábios. E que você nunca tema ser o instrumento do mal, como eu fui, para a pessoa que mais ama.

28

Dois dias são passados. É uma noite de verão. O cocheiro me deixou em um lugar chamado Whitcross: disse que não poderia me levar mais longe pela quantia proposta, por sinal todo o dinheiro que eu possuía. A essa hora, o coche já deve estar a mais de um quilômetro daqui. Estou sozinha. E acabo de me dar conta de que me esqueci de tirar meu embrulho do guarda-volumes do coche, onde o colocara por segurança. E lá se foi ele, para sempre. Agora, não possuo mais nada.

Whitcross não é uma cidade, não chega sequer a ser uma aldeia. É apenas uma coluna de pedra no ponto em que quatro caminhos se cruzam. Pintada de branco para, imagino, ser mais facilmente avistada a distância e no escuro. Há quatro tabuletas no alto dessa coluna: a cidade mais próxima fica a quinze quilômetros de distância, pelo que está escrito numa delas. A mais distante fica a quase trinta. Pelos nomes dessas cidades, que são conhecidas, descubro em que condado me encontro. É no interior da região norte, lugar de charnecas e cercado de montanhas. Isso eu posso ver. Atrás de mim, e também para os lados, há imensos urzais e, ao fundo do grande vale em que me encontro, bem longe, cadeias de montanhas. Parece ser uma região pouco populosa e não vejo ninguém passando pelas estradas. Os caminhos se alongam rumo a leste, oeste, norte e sul, em leitos brancos, largos, desertos, atravessando a charneca. A urze alta e selvagem cresce até a beira dessas estradas. Mas talvez aparecesse um viajante. E eu não queria que ninguém me visse naquela hora. Um estranho se perguntaria o que eu fazia ali, em pé diante do poste de sinalização, obviamente perdida, sem ação. Talvez me fizesse perguntas. E eu não saberia responder a não ser dizendo coisas que soariam inacreditáveis e suspeitas. Nenhum laço me prende à sociedade humana nesse instante; nada me atrai ou chama para o seio dos meus semelhantes. Ninguém que me visse agora me dedicaria um pensamento terno ou um desejo de boa sorte. Não tenho parentes, mas apenas a mãe universal, a Natureza. E é em seu seio que buscarei repouso.

Embrenhei-me na charneca. Caminhei por um trecho de vegetação alta que margeava a urze acastanhada. Fui andando com a vegetação escura pela altura dos joelhos, seguindo as curvas da picada, até encontrar um rochedo, de granito escurecido pelo musgo, sob o qual me sentei. Por toda parte à minha volta, a urze era alta. O rochedo protegia minha cabeça. Acima dele, o céu. Algum tempo se passou até que eu me tranquilizasse, mesmo naquele lugar tão ermo. Temia que houvesse gado feroz por perto ou que algum caçador ou ladrão me descobrisse. Se alguma lufada de vento varria os campos, eu erguia os olhos, temendo ser algum boi em disparada. Se uma lavandeira piava, imaginava ser o assobio de um homem. Mas quando vi que meus temores eram infundados, enquanto a calma e o silêncio profundo da noite me envolviam, terminei por me acalmar. Até então, não havia pensado. Apenas ouvia, olhava, temia. Agora, readquiria a faculdade da reflexão.

O que ia fazer? Aonde iria? Ah, perguntas intoleráveis! Pois se não podia fazer nada, nem ir a lugar algum! Um longo caminho separava meu corpo trêmulo, meu terror, de qualquer habitação humana. E eu dependia de uma caridade fria se quisesse ter algum tipo de abrigo. Claro que isso incluiria uma simpatia relutante, talvez um sentimento de repulsa, antes que eu pudesse me fazer ouvir, contar minha história, ter um pouco de alívio.

Corri a mão pela relva: a gramínea estava seca e ainda morna pelo calor do dia de verão. Olhei para o céu: estava limpo; uma estrela benigna cintilava bem acima da borda da ravina. O orvalho começava a cair, mas com doçura. Não havia brisa. A Natureza me parecia bondosa e gentil. Tinha a impressão de que ela me amava, por marginal que eu fosse. E eu, que dos homens podia esperar apenas desconfiança, rejeição e insulto, apeguei-me a ela com ânsia filial. Naquela noite, ao menos, seria sua hóspede, sua criança. Minha Mãe me abrigaria sem cobrar nada. Eu tinha ainda um pedaço de pão, que comprara em uma das cidades por onde passáramos, com uma moedinha que encontrara ao acaso – meu último tostão. Vira umas frutinhas silvestres, uvas-do-monte, por entre as urzes, cintilando como contas, e apanhara um bocado. Foi o que comi, juntamente com o pão. Minha fome, antes aguda, se não foi saciada ao menos foi aplacada com essa refeição frugal de ermitão. Fiz minhas preces e, ao terminar, escolhi meu leito.

Junto ao rochedo, a gramínia crescia alta. Quando pisei nela, meus pés afundaram. A vegetação que me cercava era compacta, deixando entrar o ar da noite apenas por uma abertura estreita. Dobrei o xale e me cobri com ele. Fiz de uma parte mais alta do terreno, coberta de limo, meu travesseiro. Desse jeito, não sentia frio, pelo menos no começo da noite.

Meu descanso poderia ter sido abençoado, não fosse pela tristeza no coração. As feridas abertas, sangrando, as cordas destroçadas. Meu coração tremia só de pensar no Sr. Rochester e em seu destino. Sentia por ele uma amarga pena. E ansiava por ele, incessantemente. Impotente como um pássaro com as duas asas quebradas, que ainda estremecia suas plumas na tentativa vã de vê-lo.

Desgastada pela tortura de tais pensamentos, pus-me de joelhos. A noite caíra por completo, com o céu repleto de estrelas. Era uma noite boa, calma. Serena demais para se ter o medo por companhia. Sabemos que Deus está em toda parte. Mas sem dúvida sentimos Sua presença com mais nitidez quando a grandeza de Sua obra está à nossa volta. E era no céu limpo, onde Seus mundos rolam em silêncio, que eu lia com clareza Sua infinitude, onipotência e onipresença. Eu me pusera de joelhos para orar pelo Sr. Rochester. Erguendo o rosto, com meus olhos turvos pelas lágrimas, observei a via-láctea. Reconhecendo-a, e pensando nos incontáveis sistemas que se espraiam no espaço, em suaves traços de luz, senti toda a força de Deus. Sem dúvida Ele iria velar por aquilo que criara. Concluí que a terra não se acabaria nunca, nem as almas que ela abriga. E transformei minha prece em agradecimento: a Fonte da Vida era também o Salvador dos espíritos. O Sr. Rochester estava em segurança. Estava nas mãos de Deus, e por Deus seria guardado. Tornei a me aninhar no chão, e logo já dormia o sono do esquecimento.

Mas, quando o dia amanheceu, a Consciência me despertou. Quando os pássaros já haviam deixado seus ninhos e as abelhas voejavam em busca de mel antes que o orvalho secasse; quando as longas sombras da manhã se esgarçavam, deixando entrever o sol, banhando a terra e o céu, levantei-me e olhei em torno.

Era um dia perfeito, quente, sem vento. A charneca parecia um deserto dourado. O sol estava por toda parte. Desejei viver nele, me fundir a ele. Vi um lagarto correr sobre o rochedo, enquanto uma abelha zunia em torno das uvas-do-monte. Quisera eu tornar-me uma abelha ou um lagarto, para ali encontrar alimento e abrigo. Mas eu era um ser humano, e tinha necessidades próprias de um ser humano. Não podia continuar ali, onde nada havia que me sustentasse. Ergui-me. Olhei para trás, para a cama em que me deitara. Sem qualquer esperança no futuro, só queria isso, que meu Criador tivesse requisitado minha alma naquela noite, enquanto eu dormia. Se assim fosse, meu corpo cansado, absolvido pela morte de novas lidas do destino, só teria de se desfazer mansamente, mesclando-se em paz com o solo daquele deserto. Mas eu continuava viva, e a vida, com suas necessidades e dores e responsabilidades, me chamava. O fardo precisava ser carregado, as necessidades satisfeitas, o sofrimento enfrentado, as responsabilidades assumidas. E eu saí dali.

De volta à encruzilhada de Whitcross, tomei uma estrada no sentido contrário ao do sol, que, agora alto, fervia. Foi a única razão da minha escolha. Andei durante muito tempo e, quando já começava a achar que não poderia mais seguir em frente, que sucumbiria à fadiga que me tomava inteira e à apatia que envolvia meu corpo e meu coração, quando já pensava em sentar-me sobre uma pedra e descansar, ouvi o som de um sino. O sino de uma igreja.

Virei-me na direção do som e ali, em meio às românticas colinas, que eu já não observava fazia uma hora, vi uma aldeia e uma torre. Todo o vale à minha direita era formado de pastos, plantações de milho e floresta. Uma faixa cintilante ziguezagueava por entre os vários matizes de verde, o milharal suave, a floresta sombria, a pastagem clara e ensolarada. O som de rodas na estrada à minha frente me chamou a atenção e vi uma carroça, muito carregada, subindo a ladeira. Ali perto, vi também duas vacas e seu boiadeiro. Eu precisava seguir lutando, continuar vivendo, como todo mundo.

Eram duas da tarde quando entrei no vilarejo. Ao fundo de sua única rua havia uma pequena loja com pães e bolos na vitrine. Eu daria tudo por um pedaço de pão. Com isso, recuperaria ao menos um pouco de energia, sem a qual era muito difícil prosseguir. Assim que me vi entre meus semelhantes, quis outra vez ter alguma força e algum vigor. Achei que seria degradante desmaiar de fome no meio da rua do vilarejo. Será que eu não tinha nada que pudesse oferecer em troca de um daqueles pães? Refleti. Tinha um lencinho de seda atado ao pescoço. Tinha minhas luvas. Não sabia direito como homens e mulheres agiam em situações de penúria extrema. Não tinha certeza se um daqueles artigos seria aceito. Provavelmente não. Mas precisava tentar.

Entrei na loja. Lá estava uma mulher. Vendo uma pessoa vestida de forma decente, uma dama, conforme supôs, dirigiu-se a mim com civilidade. No que poderia servir-me? Fiquei morrendo de vergonha. Minha língua se recusava a fazer o pedido que eu ensaiara. Não tinha coragem de lhe oferecer as luvas usadas, o lenço amassado. Além disso, sentia que isso seria absurdo. Limitei-me a pedir licença para me sentar um pouco, dizendo estar muito cansada. Desapontada ao ver que eu não era uma freguesa, ela aquiesceu com frieza. Apontou uma cadeira. Afundei nela. Sentia uma vontade enorme de chorar, mas, consciente de quão sem sentido seria uma manifestação dessas, contive-me. Pouco depois, perguntei-lhe se havia "alguma costureira ou faxineira na cidade".

"Sim, há duas ou três", respondeu. Tantas quantas eram necessárias para a cidade.

Refleti. A questão era aquela. Eu estava frente a frente com a Necessidade. Não tinha recursos, nem amigos, nem um tostão. E então? Precisava arrumar um emprego. Onde?

– A senhora sabe de algum lugar nas vizinhanças que esteja precisando de uma criada?

Não, ela não sabia.

– Qual é a principal atividade nesta cidade? Em que ramo trabalha a maioria das pessoas?

– Alguns trabalham nas fazendas, a maioria é empregada na fábrica de agulhas do Sr. Oliver, e outros ainda trabalham na fundição.

– O Sr. Oliver aceita mulheres?

– Não, a fábrica é trabalho para homem.

– E o que fazem as mulheres?

– Não sei – foi a resposta. – Umas fazem uma coisa, outras fazem outra. Os pobres vão vivendo como podem.

Ela parecia cansada de tantas perguntas. E, de fato, que direito tinha eu de importuná-la assim? Um ou dois fregueses entraram na loja. Evidentemente, a cadeira ocupada por mim estava fazendo falta. Saí dali.

Segui pela rua, olhando para as casas à direita e à esquerda. Não conseguia pensar em nenhum pretexto ou desculpa para entrar em qualquer uma delas. Vaguei pela aldeia, indo e voltando, por uma hora ou mais. Completamente exausta, morrendo de fome, entrei por uma ruela lateral e me sentei junto a um muro. Mas, muitos minutos depois, lá estava eu de novo de pé, outra vez procurando por alguém que pudesse me dar ao menos uma informação. Ao fundo da ruela lateral havia uma bela casa, com um jardim na frente, bem cuidado e florido. Parei ali. Que direito tinha de bater à porta ou de sequer tocar naquela maçaneta tão brilhante? Que interesse poderiam ter os habitantes daquele lar em me ajudar? Ainda assim, aproximei-me e bati. Uma jovem de olhar doce, vestida com muito apuro, abriu a porta. Com a voz que se pode esperar de um coração destroçado, de alguém que perdeu toda a esperança – uma voz baixa e gaguejante –, perguntei-lhe se não precisavam de uma criada.

– Não – disse ela. – Nós não temos criadas.

– Poderia me dizer onde eu conseguiria qualquer tipo de emprego? – prossegui. – Sou estranha aqui, não conheço ninguém. Estou precisando de trabalho, seja ele qual for.

Mas não era da conta dela se preocupar comigo, pensar em algum emprego para mim. Além disso, a seus olhos, toda aquela história, assim como a personagem, devia parecer muito implausível. Balançou a cabeça, dizendo lamentar "não poder dar nenhuma informação". E a porta branca se fechou. Com delicadeza, é verdade, mas se fechou. Se ela a tivesse mantido aberta por um pouco mais de tempo, creio que lhe teria implorado por um pedaço de pão. Porque já não aguentava mais.

Não ia conseguir andar de volta através do vilarejo sórdido, onde, além de tudo, não havia qualquer perspectiva de ajuda. Melhor seria desviar-me e entrar na floresta, cuja sombra espessa parecia convidativa, chamando-me a descansar. Mas estava tão tonta, fraca e faminta que o instinto me fez continuar vagando por ali, em busca de alimento. Não haveria paz, nem descanso, enquanto aquele abutre, a fome, continuasse me bicando e me cravando suas garras.

Eu me aproximava das casas. Depois me afastava. Tornava a me aproximar e acabava indo embora, sempre premida pela consciência de não ter o direito de pedir, de não poder esperar que se interessassem por meu destino. Enquanto isso, a tarde avançava, e eu ali, vagando, como um cão abandonado. Ao cruzar um campo, avistei a torre da igreja. Fui em sua direção. Perto do pátio da igreja, em meio a um jardim, avistei uma casa pequena, porém sólida, que com toda a certeza era a casa do pastor. Lembrei que, quando estranhos chegam a um lugar onde não conhecem ninguém, e estão à procura de emprego, às vezes pedem ao pastor que os apresente e ajude. É função do pároco ajudar, ou pelo menos aconselhar, aqueles que estão tentando ajudar a si próprios. Eu tinha uma espécie de direito de procurar ajuda ali. E assim, renovando minha coragem, e reunindo o pouco de força que me restava, fui até lá. Alcancei a casa e bati à porta. Uma senhora a abriu e eu perguntei se ali era a residência do pastor.

– Sim.

– E o pastor está?

– Não.

– Será que ele vai voltar logo?

– Não, ele viajou.

– Foi para muito longe?

– Não muito, uns cinco quilômetros daqui. Vieram chamá-lo porque o pai dele morreu. Ele está na localidade de Marsh End agora e deve ficar lá por pelo menos uns quinze dias.

– Tem alguma senhora na casa?

– Não, a única mulher aqui sou eu. Sou a governanta.

E assim, leitor, não tive coragem de pedir a ajuda de que tão desesperadamente necessitava. Não tinha como mendigar. E então me afastei.

Mais uma vez tirei o lenço, mais uma vez pensei nos pães expostos na lojinha. Ah, eu só queria uma migalha! Apenas um naco para aplacar a fome que me roía! Tornei a olhar na direção da aldeia. Voltei a encontrar a loja, e entrei. Embora lá dentro houvesse outras pessoas além da dona do lugar, perguntei se ela "me daria um pãozinho em troca daquele lenço".

Ela me olhou com ar suspeito. Respondeu que "não, nunca vendia nada assim".

À beira do desespero, pedi a metade de um bolo. Ela tornou a recusar. "Como podia saber onde eu arrumara aquele lenço?", indagou.

– A senhora ficaria com minhas luvas?

– Não! O que vou fazer com elas?

Não é fácil ficar descrevendo esses detalhes, leitor. Alguns dizem que há prazer em repisar as experiências tristes do passado. Mas, ainda hoje, mal posso suportar o relato do que aconteceu naquela ocasião: a degradação moral, misturada ao sofrimento físico, forma uma recordação horrível demais para se lidar com ela. Eu não culpava aqueles que me repeliam. Sabia que aquilo era o esperado, quase inevitável. Um mendigo é quase sempre objeto de suspeita. Um mendigo bem-vestido não pode ser diferente. Na verdade, o que eu pedia era emprego. Mas a quem interessaria me dar emprego? Certamente não àquelas pessoas, que me viam pela primeira vez e que nada sabiam sobre o meu caráter. Quanto à mulher que não quis ficar com meu lenço em troca de pão, bem, ela estava certa, porque a oferta lhe parecera estranha e a troca, desvantajosa. Vou agora fazer um resumo. Não aguento mais esse assunto.

Pouco antes do anoitecer passei diante da sede de uma fazenda, onde, junto à porta, estava sentado o fazendeiro, comendo seu lanche de pão com queijo. Parei e disse:

– O senhor me daria um pedaço de pão? Estou faminta.

Ele me olhou surpreso. Mas, sem responder, cortou uma fatia do próprio pão e deu para mim. Imagino que não me tenha tomado por mendiga, mas sim como uma espécie de dama excêntrica, que se interessara por seu pão preto. Assim que me afastei, sentei-me para comer.

Não tinha a menor esperança de encontrar um lugar onde dormir, por isso, procurei na floresta um abrigo, como fizera antes. Mas a noite foi agitada, meu sono entrecortado. O solo era úmido, o ar, frio. Além disso, mais de uma vez ouvi estranhos passando por perto e em várias ocasiões tive de mudar de lugar. Não tinha a menor sensação de segurança e tranquilidade. Quase de manhãzinha começou a chover. E choveu durante todo o resto do dia. Não me peça, leitor, para fazer uma descrição minuciosa daquele dia. Como antes, tentei encontrar trabalho. Como antes, fui repelida. Como antes, morri de fome. Somente uma vez passou algo de comer por meus lábios: foi na porta de um chalé, quando vi uma garotinha se preparando para atirar um resto de mingau aos porcos.

– Você me daria isso? – perguntei.

Ela me olhou.

– Mãe! – gritou. – Há uma mulher aqui pedindo para eu lhe dar esse resto de mingau.

– Bem, querida – respondeu a voz lá de dentro –, se ela for uma mendiga, então dê. O porco não quer comer isso.

A menina esvaziou a vasilha na concha da minha mão e eu devorei o mingau com a maior voracidade.

Quando a noite chuvosa começou a cair, parei numa vereda solitária que vinha trilhando havia mais de uma hora.

"Estou perdendo as forças", disse, para mim mesma. "Acho que não consigo dar nem mais um passo. Será que vou passar mais uma noite como uma marginal? Será que vou ter de deitar a cabeça no chão molhado, enquanto a chuva cai? Acho que não me resta mais nada. Quem me abrigaria? Mas será tão terrível, com este sentimento de fome, fraqueza, frio, este senso de desolação, a prostração, a desesperança. Quem sabe não morrerei durante a noite? E por que não me conformo com a ideia da morte? Por que continuo lutando para manter uma vida que perdeu o sentido? Porque sei, ou imagino, que o Sr. Rochester continua vivo. Só por isso, morrer de fome e de frio é um destino que não posso aceitar passivamente. Ah, Deus! Amparai-me um pouco mais! Ajudai-me! Dai-me uma luz!"

Meus olhos turvos percorreram o entorno, escuro e brumoso. Vi que me afastara muito da aldeia, que a perdera de vista. Até as plantações nos arredores do vilarejo tinham desaparecido. Mais uma vez, tomando picadas e cruzando caminhos, fora parar no meio da charneca. E agora, apenas a campina, tão selvagem e improdutiva quanto a gramínea rala que a recobria, estava entre mim e a colina sombria.

"Bem, é melhor que eu morra ali do que no meio da rua ou numa estrada movimentada", pensei. "Antes minha carne ser arrancada dos ossos por gralhas e corvos – se é que há corvos aqui – do que ter meu corpo aprisionado num caixão e apodrecer numa cova rasa."

E assim me virei em direção à colina. Alcancei-a. Só me restava agora encontrar uma depressão do terreno onde pudesse me deitar, para me sentir, se não segura, ao menos escondida. Mas toda a superfície da árida região parecia lisa. A única variação era de cor: verde, onde o musgo crescia sobre o charco; preto, onde o solo seco só guardava a morte. Como escurecia cada vez mais, eu ainda conseguia enxergar as nuances, mas apenas como meras alterações de luz e sombra, pois as cores se esbatiam com o anoitecer.

Meus olhos ainda vagavam pela colina sombria até os limites da charneca, que desapareciam em meio ao cenário mais selvagem, quando, num pontinho quase apagado, longe, em meio às urzes e às montanhas, brilhou uma luz. "É fogo-fátuo", pensei a princípio, esperando que logo desaparecesse. Mas a luz continuou cintilando, estável, sem aumentar nem diminuir. "Será, então, uma fogueira que acabaram de acender?", perguntei-me. Observei para ver se aumentava. Mas, não. Não aumentava, nem diminuía. "Pode ser uma vela, numa casa", concluí. "Mas, se for, jamais conseguirei alcançá-la. Está longe demais. E, mesmo que estivesse próxima, de que adiantaria? Eu bateria na porta apenas para vê-la se fechar outra vez."

E me deixei cair naquele ponto onde estava, afundando o rosto no chão. Fiquei imóvel por um tempo. O vento da noite soprava sobre a colina, passando por mim e indo morrer a distância, com um gemido. A chuva caía com força, molhando-me até os ossos. Eu poderia ter continuado imóvel e me deixado envolver pelo frio – pelo bem-vindo torpor da morte. Não teria doído nada. Mas a carne viva em mim ainda estremecia ante aquela influência gelada. Mais uma vez, ergui-me.

A luz ainda estava lá, com seu brilho mortiço, porém contínuo, visível através da chuva. Tentei recomeçar a andar. Arrastei meus pés exaustos, devagar. Fui subindo a colina em diagonal, através de um charco que teria sido impossível atravessar no inverno, e que, mesmo no verão, era um solo encharcado e instável. Por duas vezes, caí. Mas sempre me levantava e me recompunha. Aquela luz era minha esperança. Precisava alcançá-la.

Depois de atravessar o charco, vi uma linha clara cruzando a charneca. Aproximei-me e vi que era uma picada ou um caminho. Levava direto à luz, que agora cintilava de uma espécie de outeiro, em meio a densas árvores, aparentemente abetos, cuja forma e folhagem eu podia distinguir no lusco-fusco. À medida que me fui aproximando, minha estrela desapareceu. Algum obstáculo se colocara entre mim e ela. Estendi os braços para sentir a escuridão à minha frente e pude discernir as pedras brutas de um muro baixo; acima dele, havia algo que me pareceram estacas; e, entre elas, uma cerca-viva, alta e espinhenta. Segui em frente. Mais uma vez, um objeto de cor clara me chamou a atenção: era um portão, uma portinhola. Moveu-se nas dobradiças assim que a toquei. De cada um dos lados erguia-se uma vegetação densa e escura, fossem azevinhos ou teixos.

Atravessando o portão e o bosque de arbustos, surgiu à minha frente a silhueta de uma casa, baixa, escura e comprida. Mas a luz-guia não brilhava em parte alguma. Tudo era escuridão. Será que seus habitantes já tinham ido dormir? Eu temia que sim. Procurando uma porta, dobrei uma esquina: e lá estava outra vez o brilho amigo, por trás dos painéis em losango de uma janela de gelosia, a menos de meio metro do chão, tornada ainda menor por estar envolta em hera ou outra planta trepadeira, cujas folhas aderiam ao pedaço da parede onde estava incrustada. Era uma abertura tão pequena e estreita que não havia necessidade de cortina ou persiana. Quando me abaixei e afastei a folhagem, pude ver tudo lá dentro. Via com clareza um aposento com o chão encerado e cuidadosamente limpo; uma cômoda de nogueira, com pratos de estanho arrumados em fileiras, refletindo o brilho avermelhado do fogo. Via também um relógio, uma mesa de pinho claro, algumas cadeiras. A vela, cujos raios tinham sido meu farol, estava sobre essa mesa. E, à luz dessa vela, uma mulher, um tanto rústica, mas escrupulosamente limpa como tudo à sua volta, tricotava uma meia.

Observei todos aqueles objetos superficialmente, pois neles nada havia de extraordinário. Mas havia um grupo mais interessante junto à lareira, sentado diante do fogo que o banhava em seu calor róseo. Duas jovens graciosas, sem dúvida alguma de alta classe, ali estavam, uma delas numa cadeira de balanço, a outra num banquinho baixo. Ambas exibiam luto fechado nos vestidos de crepe e bombazina, o que concedia uma sombria solenidade a seus belos pescoços e rostos. Um cão *pointer*, grande e velho, descansava a cabeçorra sobre os joelhos de uma das moças; no colo da outra, aninhava-se um gato preto.

Era um lugar estranho aquela cozinha humilde para tais ocupantes! Quem seriam? Não podiam ser as filhas da senhora que estava à mesa, porque esta parecia muito rústica, e elas eram só delicadeza e educação. Eu jamais vira aqueles rostos. E, contudo, enquanto as observava, sentia-me íntima de cada traço em seus semblantes. Não poderia dizer que eram bonitas, pois eram pálidas e graves demais para isso. Como ambas se concentravam em ler um livro, pareciam pensativas e até mesmo severas. Numa estante entre elas havia uma segunda vela e dois grossos volumes, que a toda hora as jovens consultavam, comparando-lhes o texto, ao que parecia, com o que estava escrito nos livros menores que tinham nas mãos, como se consultassem um dicionário para fazer uma tradução. A cena era silenciosa, as figuras pareciam sombras e o aposento iluminado, uma pintura. Tamanho era o silêncio que eu podia ouvir as brasas caindo da grade da lareira e a engrenagem do relógio gemendo em seu canto sombrio. Cheguei mesmo a ter a impressão de ouvir o tilintar das agulhas com que a mulher tecia. Quando, então, uma voz quebrou a quietude, pude ouvi-la com toda a clareza.

– Ouça, Diana – disse uma das estudantes –, Franz e o velho Daniel estão juntos na noite, e Franz está contando o sonho que o fez despertar aterrorizado. Ouça!

E em voz baixa, leu algo, que não consegui compreender. Era uma língua desconhecida, nem francês nem latim. Se grego ou alemão, eu não saberia dizer.

– É forte – disse, ao terminar. – Eu gosto.

A outra moça, que erguera a cabeça para ouvir a irmã, repetiu, com os olhos fixos no fogo, um dos versos recitados. Um dia, eu saberia que língua e que livro eram aqueles. Por isso, vou reproduzir aqui o tal verso. Embora, ao ouvi-lo pela primeira vez, ele me soasse um tanto metálico, além de sem sentido:

Da trat hervor Einer, anzusehen wie die Sternen Natcht.

– Lindo! Lindo! – exclamou a moça, seus olhos negros e profundos cintilando. – É como se eu estivesse vendo um arcanjo, poderoso e sombrio, bem na minha frente. Um único verso vale por centenas de páginas de linguagem empolada. "*Ich wäge die Gedanken in der Schale meines Zornes und die Werke mit dem Gewichte meines Grimms.*" Adoro isso!

E ambas tornaram a ficar em silêncio.

– Há algum país onde falam desse jeito? – perguntou a senhora, desviando o olhar do trabalho que fazia.

– Claro, Hannah. É um país muito maior do que a Inglaterra, onde eles só falam assim.

– Pois não vejo como possam se entender uns aos outros. Mas imagino que se uma de vocês fosse lá entenderia tudo o que dizem.

– Talvez pudéssemos entender um pouco, mas não tudo. Não somos tão sabidas como você pensa, Hannah. Não falamos alemão e não conseguimos ler se não tivermos um dicionário para nos ajudar.

– E o que vocês ganham com isso?

– Pretendemos um dia ensinar... Pelo menos alguns elementos, como se diz. E então teremos mais dinheiro do que temos hoje.

– Podem divagar se quiserem, mas chega de tanto estudo. Já tivemos o suficiente por esta noite.

– É, acho que sim. Eu, pelo menos, estou cansada. E você, Mary?

– Estou morta. Afinal de contas, não é fácil aprender uma língua só com a ajuda de um dicionário, sem ter um professor.

– É mesmo. Ainda mais uma língua tão áspera e tão gloriosa como o alemão. Quando será que St. John vai chegar?

– Ele não demora. São quase dez horas – ela olhava o pequeno relógio de ouro que tirara da cintura. – Chove muito. Hannah, você faria a gentileza de ir ver como está o fogo na sala de visitas?

A mulher se levantou. Abriu a porta, através da qual vislumbrei um corredor. Logo, ouvi-a remexendo o fogo na outra sala. Depois de um tempo, voltou.

– Ah, crianças! – disse. – É tão triste para mim ir até aquela sala agora. Tudo parece tão solitário, com aquela cadeira vazia, encostada na parede.

E ela enxugou os olhos com o avental. As duas moças, antes já muito graves, agora pareciam tristes.

– Mas ele está num lugar melhor – continuou Hannah. – Não devíamos desejar que ainda estivesse aqui. Além disso, ninguém pode desejar uma morte mais serena do que a dele.

– É verdade mesmo que ele nunca falou de nós? – perguntou uma das moças.

– Não houve tempo, filha. Ele se foi assim, num minuto, seu pai. Tinha andado meio adoentado na véspera, mas nada importante. E, quando o Sr. St. John perguntou se ele queria que mandássemos buscar uma de vocês duas, ele riu. No dia seguinte, e isso foi há duas semanas, acordou com a cabeça um pouco pesada. Foi se deitar e nunca mais acordou. Já estava enrijecendo quando o irmão de vocês entrou no quarto e o encontrou. Ah, crianças! E assim lá se foi o último de sua raça, porque vocês e o Sr. St. John são muito diferentes daqueles que não estão mais aqui, embora sua mãe também fosse chegada aos livros. Ela era exatamente igual a você, Mary. Diana já é mais parecida com o pai.

Para mim as duas moças eram tão parecidas que eu não conseguia entender onde a velha criada (porque eu concluíra que ela era uma governanta) via a diferença. Ambas tinham boa compleição e silhueta esbelta. Ambas tinham rostos que denotavam distinção e inteligência. Uma delas, é verdade, tinha o cabelo um pouco mais escuro do que a outra, e havia também uma diferença na maneira como se penteavam. Os cachos castanho-claros de Mary estavam repartidos e trançados; o cabelo um pouco mais escuro de Diana cobria-lhe a nuca em grossos anéis. O relógio bateu as dez horas.

– Vocês vão querer tomar a ceia, imagino – disse Hannah –, e o Sr. St. John também, quando chegar.

E ela saiu para preparar a refeição. As jovens se levantaram. Pareciam prontas a se retirar para a sala de visitas. Até aquele instante, eu estivera tão absorta observando-as, sua aparência e o assunto de que tratavam me tinham interessado de tal forma que chegara quase a esquecer minha triste situação. Agora, ela me voltava à mente. E me parecia ainda mais desoladora e desesperada, em comparação. Achava impossível conseguir comover os habitantes daquela casa com meus problemas. Fazê-los acreditar na verdade das minhas mágoas e necessidades. Induzi-los a conceder descanso a meus pés cansados. Quando me dirigi à porta e bati, hesitante, encarava esta última ideia como uma simples quimera. Hannah veio abrir.

– O que você quer? – perguntou, com voz surpresa, enquanto me escrutinava sob a luz da vela que tinha nas mãos.

– Posso falar com a sua patroa?

– Primeiro, tem de me dizer o que quer falar com elas. De onde você veio?

– Sou uma forasteira.

– E o que quer aqui a uma hora dessas?

– Quero abrigo por uma noite, em algum lugar, fora da casa, e um pedaço de pão para comer.

Desconfiança, o sentimento que eu mais temia, surgiu no semblante de Hannah.

– Vou dar-lhe um pedaço de pão – disse, depois de uma pausa. – Mas não podemos deixá-la dormir aqui. Não é apropriado.

– Por favor, deixe-me falar com a sua patroa.

– Não, não deixo não. O que elas poderiam fazer por você? Você não devia estar andando por aí a essa hora. O tempo está horrível.

– Mas para onde irei se a senhora me mandar embora? E o que hei de fazer?

– Ah, aposto como sabe muito bem aonde ir e o que fazer. Mas cuidado para não fazer nada de errado, viu? Tome, aqui está uma moeda. Agora, vá.

– Uma moeda não é suficiente para me alimentar. E não tenho mais forças para continuar andando. Não feche a porta. Não, por favor, pelo amor de Deus!

– Eu preciso, a chuva está caindo aqui dentro...

– Chame as duas moças. Quero falar com elas.

– Não, não vou fazer isso. Você não é quem parece ser, caso contrário, não faria tanto barulho assim. Vamos, vá embora!

– Mas vou morrer se a senhora me mandar embora!

– Não vai, não. Temo que tenha algum plano em mente, com essa história de aparecer na casa das pessoas a esta hora da noite. Se tiver cúmplices, arrombadores ou algo assim, por aqui por perto, fique sabendo que não estamos sozinhas na casa. Temos um cavalheiro aqui, e cães, e armas.

E, dizendo isso, a valente governanta fechou a porta e trancou-a por dentro.

Foi esse o clímax. Uma pontada de dor, um sentimento do mais puro desespero, tomou meu coração. Eu estava absolutamente exaurida. Incapaz de dar um passo que fosse. Caí sentada no degrau da porta. Gemi, torci as mãos, caí num pranto repleto da mais genuína angústia. Ah, o espectro da morte! A hora final, que se aproximava, trazendo o horror. Isolada, banida da companhia de meus semelhantes. Sem ao menos a âncora de uma esperança, toda a minha força se esvaía, ao menos por um instante. Mas ainda consegui me recuperar.

– Não posso simplesmente me deixar morrer – falei. – Eu acredito em Deus. Devo esperar em silêncio pela vontade Dele.

Não apenas pensei, disse em voz alta essas palavras. E, fazendo um último esforço para guardar no coração toda a miséria que sentia, fiquei ali, quieta, muda.

– Todos morrem um dia – disse uma voz suave perto de mim –, mas nem todos estão condenados a encontrar um destino prematuro e tão sofrido como seria o seu, se perecesse de fome.

– Quem ou o que está falando? – perguntei, aterrorizada por aquele som inesperado, incapaz de encarar aquilo como esperança de ajuda. Havia uma silhueta ali perto, mas era-me impossível distingui-la na escuridão da noite, ainda mais com meus olhos turvos. Com uma pancada forte e insistente, a pessoa que acabara de chegar bateu na porta.

– É você, Sr. St. John? – gritou Hannah.

– Sim, sou eu. Abra, rápido!

– Ah, deve estar molhado e com frio, com uma noite horrível como esta! Vamos, entre, suas irmãs já estavam preocupadas com o senhor, e temo que haja pessoas más por aí pelos caminhos. Apareceu aqui uma mendiga... pois olhe, ela não foi embora! Continua aí. Levante-se, vamos. Que vergonha! Suma daqui!

– Quieta, Hannah! Quero conversar com a mulher. Você já cumpriu seu dever, deixando-a do lado de fora. Agora deixe que eu cumpra o meu, colocando-a para dentro. Eu estava aqui perto e ouvi a conversa de vocês. Acho que este é um caso especial. Devo pelo menos examiná-lo melhor. Levante-se, minha jovem, e entre comigo.

Com dificuldade, obedeci. E logo estava dentro daquela cozinha brilhante, diante da lareira, tremendo e zonza. Consciente do meu aspecto horrível, desgrenhada, batida pelas intempéries. As duas jovens, o Sr. St. John, a velha governanta, todos olhavam para mim.

– Quem é, St. John? – ouvi alguém perguntar.

– Não sei dizer. Encontrei-a na porta – foi a resposta.

– Está pálida – disse Hannah.

– Pálida como a cinza ou a morte – alguém retrucou. – Vai desmaiar. Vamos sentá-la.

De fato, minha cabeça rodava. E caí. Mas uma cadeira me amparou. Ainda estava consciente, mas naquele momento não conseguiria falar.

– Talvez um pouco d'água lhe faça bem. Hannah, vá buscar. Mas ela está um fiapo. Tão magrinha, e tão pálida!

– Parece um espectro!

– Estará doente ou apenas faminta?

– Faminta, acho. Hannah, isso aí é leite? Passe para mim, e também um naco de pão.

Diana (eu sabia que era ela por causa dos cachos que se derramavam, toldando-me a visão da lareira, enquanto ela se inclinava sobre mim) trouxe um pouco de pão, embebeu-o no leite e colocou-o em meus lábios. Seu rosto estava bem junto ao meu. Vi que havia compaixão nele, assim como preocupação em seu respirar ofegante. E essas emoções estavam ainda em suas palavras simples, mas que eram para mim como um bálsamo:

– Vamos, tente comer.

– Sim, vamos. Tente – completou Mary, em tom gentil. Enquanto isso, tirou meu chapéu encharcado e me ergueu o rosto. Provei o quinhão que me ofereciam, a princípio titubeante, mas logo com avidez.

– Não dê muito de uma só vez. Faça-a parar – intercedeu o irmão. – Já é o bastante – e afastou a caneca de leite e o prato com o pão.

– Só um pouquinho mais, St. John... repare nos olhos ávidos dela.

– Não, agora não, minha irmã. Vamos ver se ela já consegue falar. Pergunte-lhe como se chama.

Senti que já conseguiria falar e respondi.

– Meu nome é Jane Elliott.

Na esperança de não ser descoberta, decidi usar um nome falso.

– E onde mora? Onde estão seus parentes?

Balancei a cabeça.

– Fale sobre você.

De alguma forma, agora que eu cruzara aquela porta, agora que estava frente a frente com os donos do lugar, já não me sentia uma marginal, largada pelo mundo. Decidi que não me apresentaria como uma mendiga, mas que seria eu mesma. Começava a me reconhecer outra vez. Mas quando o Sr. St. John pediu que falasse sobre mim, estava fraca demais para responder. E, após uma breve pausa, disse:

– Senhor, não estou em condições de lhe dar detalhes agora.

– Mas o que, então, espera que eu faça por você?

– Nada – respondi. Minhas forças eram suficientes apenas para respostas curtas. Diana tomou a palavra.

– Quer dizer que já lhe demos aquilo de que necessitava e que podemos mandá-la embora agora para a charneca e a noite chuvosa?

Encarei-a. Possuía um semblante expressivo, que misturava poder e bondade. E tomei coragem. Respondendo a seu olhar de compaixão com um sorriso, disse:

– Vou confiar em vocês. Sei que, fosse eu um cão vadio, não me poriam pela porta afora numa noite como esta. Sendo assim, não temo. Façam comigo o que quiserem, e como quiserem. Mas não me peçam para falar mais. Estou sem ar. Sinto um espasmo quando falo.

Os três pareciam fascinados e me olhavam mudos.

– Hannah – disse o Sr. St. John afinal –, deixe-a sentada aí por um tempo. E não lhe faça perguntas. Daqui a dez minutos, dê a ela o resto do leite e do pão. Mary e Diana, vamos até a sala de visitas discutir esse assunto.

E saíram. Logo, uma das moças voltou, eu não saberia dizer qual. Eu fora envolvida por uma espécie de estupor, sentada ali junto ao fogo. Falando baixinho, ela deu ordens a Hannah. E então, com a ajuda da criada, fui levada escada acima. Minhas roupas encharcadas foram retiradas. Dentro em pouco eu estava deitada numa cama quente e confortável. Agradeci a Deus, sentindo, em meio à mais absoluta exaustão, uma felicidade imensa. E adormeci.

29

A lembrança dos três dias e noites que se seguiram é bastante difusa para mim. Posso recordar algumas sensações que tive nesse ínterim. Mas os pensamentos eram vagos e as ações nulas. Sei que estive numa cama estreita, num pequeno quarto. Eu parecia estar enraizada naquela cama. Ficava ali imóvel, como uma pedra. Tinha a impressão de que morreria se alguém tentasse me virar. Não tinha qualquer noção de tempo, nem sequer percebia as mudanças do alvorecer ao meio-dia, e do meio-dia até o crepúsculo. Percebia quando alguém entrava ou saía do aposento. Podia até discernir quem era. Entendia o que a pessoa falava enquanto estava de pé à minha frente. Mas não conseguia responder. Abrir os lábios ou mover um dos membros era para mim impossível. Hannah, a criada, era a visitante mais frequente. Eu me perturbava quando entrava. Tinha a sensação de que ela me queria longe dali. Que não entendia a mim ou às circunstâncias. Que me via com preconceito. Diana e Mary apareciam no quarto uma ou duas vezes por dia. E, junto à minha cama, sussurravam palavras como estas:

– Foi bom nós a termos acolhido.

– É verdade. Se tivesse sido deixada na rua, com toda a certeza teria sido encontrada morta à nossa porta na manhã seguinte. Fico me perguntando o que terá enfrentado.

– Deve ter passado muita necessidade... para estar assim, pobrezinha, tão pálida, emaciada, sem rumo.

– E, pela maneira de falar, ela não é alguém sem educação. Tem uma pronúncia de pessoa refinada. E aquelas roupas encharcadas que tiramos dela eram novas, de boa qualidade.

– Tem um rosto peculiar. Por mais encovado e estranho que seja, é agradável. Quando estiver bem de saúde, reabilitada, aposto como terá uma fisionomia bem simpática.

Nunca, naqueles diálogos, ouvi uma única palavra de arrependimento por me terem acolhido, nem tampouco de aversão ou suspeita contra mim. Aquilo me confortou.

O Sr. St. John veio ao meu quarto apenas uma vez. Olhou para mim e comentou que aquele estado de letargia era o resultado do excesso de fadiga. Disse achar desnecessário chamar um médico. Tinha certeza de que a natureza se encarregaria do restante. Comentou ainda que meus nervos tinham sido testados ao máximo e que eu precisava continuar adormecida por enquanto. Não havia doença. E calculava que, assim que começasse, minha recuperação seria rápida. Emitiu tais opiniões em voz baixa e, depois de uma pausa, acrescentou, no tom de um homem desacostumado a comentários expansivos:

– É uma fisionomia fora do comum. Nada há nela de vulgaridade ou degradação.

– Muito ao contrário – acrescentou Diana. – Para dizer a verdade, St. John, meu coração me diz que ela é uma pobre alma. Espero que possamos ajudá-la de forma permanente.

– Isso será muito difícil – foi a resposta. – Você verá que ela é uma jovem que teve algum desentendimento com seus parentes e que, provavelmente, fugiu deles de forma intempestiva. Talvez possamos mandá-la de volta, se não for muito obstinada. Mas, pelos traços de seu rosto, duvido que seja uma pessoa de trato fácil.

E ficou me observando durante alguns minutos, antes de continuar:

– Parece uma moça sensível, mas não é bonita.

– Ela está doente, St. John.

– Doente ou não, sempre será uma moça feiosa. A graça e a harmonia da beleza aí estão em falta.

No terceiro dia, eu estava melhor. No quarto, já podia falar, mover-me, erguer-me na cama e me virar. Hannah me trouxera mingau e torrada no que era, imagino, a hora do jantar. Eu comera com avidez: a comida estava boa, já sem aquele gosto horrível que a febre me deixara na boca. Quando ela saiu, sentia-me comparativamente forte, revigorada. De repente, estava cansada de ficar deitada, precisava me mexer. Queria levantar. Mas o que poderia vestir? Tinha apenas minhas roupas encharcadas e sujas, com as quais dormira no chão e caíra no charco. Teria vergonha de aparecer diante de meus benfeitores vestida assim. Mas fui poupada de tal humilhação.

Numa cadeira ao lado da cama estavam meus pertences, limpos e secos. Meu vestido de seda preto fora pendurado. As manchas da sujeira do pântano tinham sido retiradas. As pregas formadas pela umidade, passadas. Estava tudo muito decente. Até meus sapatos e meias tinham sido limpos e estavam bem apresentáveis. Eu tinha como me lavar no próprio quarto e podia também pentear e escovar os cabelos. Ao final de um cansativo processo, durante o qual eu parava para descansar a cada cinco minutos, consegui me aprontar. Minhas roupas estavam frouxas em mim, porque eu emagrecera muito. Mas procurei disfarçar usando um xale, este também perfeitamente limpo, já sem nenhum vestígio da sujeira, sem qualquer traço da desordem que eu detestava e que me fizera sentir degradada. E foi assim que desci a escadaria de pedra, apoiando-me no corrimão, e atravessei um corredor, indo afinal dar na cozinha.

O aposento estava envolto na fragrância de pão recém-feito e no calor de um fogo generoso. Hannah assava pães. O preconceito, como se sabe, é mais difícil de erradicar de um coração que nunca foi fertilizado pela educação. Ali, ele cresce, firme como hera sobre pedra. Hannah tinha sido fria comigo a princípio. Mais tarde, começara a relaxar um pouco. E quando me viu, composta e vestida com decência, chegou a sorrir.

– Mas... você se levantou! – disse. – Então, é porque está melhor. Pode sentar-se na minha cadeira, perto do fogo, se quiser.

E apontou para uma cadeira de balanço. Obedeci. Ela andava de um lado para o outro, observando-me de vez em quando com o canto do olho. Depois, virando-se em minha direção, enquanto tirava alguns pães do forno, perguntou, de chofre:

– Você costumava mendigar antes de aparecer aqui?

Por um instante, senti-me ofendida. Mas logo, vendo que a raiva seria algo inútil, e que eu devia mesmo ter parecido uma mendiga aos olhos dela, respondi com toda a calma, embora com certa firmeza:

– Engana-se ao pensar que sou uma mendiga. Não é o que sou. Sou tão mendiga quanto você ou suas jovens patroas.

Depois de uma pausa, ela disse:

– Não estou entendendo. Você parece que não tem casa, nem metal. Não é isso mesmo?

– A falta de casa e de metal – imagino, queira dizer dinheiro – não significa que a pessoa é mendiga.

– Você é uma pessoa letrada? – perguntou ela, após mais uma pausa.

– Sim, sou.

– Mas esteve na escola?

– Estudei numa escola ao longo de oito anos.

Ela arregalou os olhos.

– Então como não consegue se sustentar?

– Eu sempre me sustentei. E tenho esperanças de que tornarei a fazê-lo em breve. O que vai fazer com essas groselhas? – perguntei, quando a vi carregar uma cesta cheia das frutas.

– Vou fazer tortas.

– Passe-as para mim, para que eu possa picá-las.

– Não, não quero que faça nada.

– Mas preciso fazer algo. Por favor, passe-as para mim.

Ela obedeceu. E ainda me trouxe uma toalha limpa para eu forrar meu vestido, "para não manchar".

– Vejo por suas mãos que não está acostumada a fazer serviços da criadagem – comentou. – Por acaso você era costureira?

– Não, não era. Mas agora não importa o que fui. Não se preocupe mais comigo. Conte-me como se chama esta propriedade.

– Alguns a chamam de Marsh End, outras de Moor House.

– E o cavalheiro que mora aqui se chama St. John?

– Não. Ele não mora aqui. Só está passando um tempo conosco. A casa dele é na paróquia, em Morton.

– Aquela cidadezinha perto daqui?

– Sim.

– E o que ele faz?

– Ele é o pastor.

Lembrei-me da resposta da governanta, na paróquia, quando pedi para falar com o pastor.

– Então aqui é a casa do pai dele?

– Sim, o velho Sr. Rivers, pai dele, vivia aqui, assim como, antes dele, seu avô e seu bisavô.

– Então o nome do cavalheiro é Sr. St. John Rivers?

– Sim, St. John é seu nome de batismo.

– E as irmãs chamam-se Diana e Mary Rivers?

– Isso mesmo.

– E o pai deles está morto?

– Morreu há três semanas, de derrame.

– E eles não têm mãe?

– Este mês faz um ano que a senhora faleceu.

– Você está há muito tempo com a família?

– Ah, sim, estou aqui há trinta anos. Fui babá dos três.

– Isso prova que tem sido uma criada honesta e dedicada. É o que diria de você, apesar de ter tido a incivilidade de me chamar de mendiga.

Ela tornou a me olhar com grande surpresa.

– Acho que me enganei completamente a respeito da senhora. Mas há tanta maldade por aí. A senhora queira me perdoar.

– E apesar de ter querido me botar pela porta afora – continuei, com certa severidade –, numa noite em que não faria isso nem a um cão.

– É, admito que fui severa. Mas o que eu podia fazer? Minha preocupação não era comigo, era com as crianças. Pobrezinhas! Ninguém é capaz de tomar conta delas como eu. Às vezes, tenho de ser um pouco ríspida.

Mantive um silêncio grave durante alguns minutos.

– A senhora não deve me julgar mal – insistiu ela.

– Mas julgo – retruquei. – E vou dizer-lhe o porquê: não tanto porque me recusou abrigo, ou por me ter olhado como a uma impostora, mas sim por ter condenado o fato de eu não ter nem casa, nem "metal". Algumas das melhores pessoas com as quais já convivi não têm um tostão. Se você fosse uma verdadeira cristã, não consideraria a pobreza um crime.

– Não vou mais fazer isso. O Sr. St. John vive me dizendo o mesmo. Sei que estou errada. Mas agora que a senhora está assim, decente, já faço um juízo muito melhor da senhora.

– Por ora, está bem – falei. – Vou perdoá-la. Vamos trocar um aperto de mão.

Ela me estendeu sua mão farinhenta e áspera. Outro sorriso, mais aberto, iluminou-lhe o rosto rude. E daquele momento em diante nos tornamos amigas.

Hannah parecia extremamente disposta a conversar. Enquanto eu picava as frutas, e ela fazia a massa para as tortas, deu-me todos os detalhes sobre os patrões mortos e as "crianças", que é como chamava os mais jovens.

O velho Sr. Rivers, disse ela, era um homem simples, embora fosse um cavalheiro, pertencente a uma família muitíssimo antiga. Marsh End pertencia aos Rivers desde que fora construída, e isso, segundo ela, "há uns duzentos anos". Mas a casa era humilde e até pequena se comparada com a mansão do Sr. Oliver, no vale de Morton. Ela se lembrava bem do pai de Bill Oliver, e ele era um operário, fabricante de agulhas, quando os Rivers já eram nobres, naquela época dos Henriques, e qualquer um podia tirar a prova se desse uma olhada nos registros da igreja de Morton. Mas, apesar disso, o velho patrão era um homem como outro qualquer, um homem comum. Gostava de caçar e de plantar, atividades desse tipo. Já a senhora era diferente. Adorava ler e estudava um bocado. E os "meninos" tinham saído a ela. Não há nem jamais houve alguém como eles por aquelas bandas, continuou. Sempre gostaram de ler, todos os três, praticamente desde que aprenderam a falar. E sempre souberam o que queriam. O Sr. St. John, quando cresceu, foi para a universidade e se tornou pastor. As meninas, assim que terminaram a escola, começaram a procurar emprego como preceptoras, porque disseram que o pai delas, muitos anos antes, perdera uma quantia imensa de dinheiro para um homem no qual confiara, tendo ido à falência. E, como agora ele já não era mais rico nem tinha condições de lhes dar fortunas, elas tinham de se sustentar. Durante um longo período, passaram muito pouco tempo em casa, e só estavam ali por algumas semanas por causa da morte do pai. Mas gostavam muito de Marsh End e de Morton, e daqueles pântanos e colinas. Já tinham morado em Londres e em outras cidades grandes, mas sempre diziam que não havia lugar algum como a velha casa delas. E eram tão simpáticas uma com a outra, não brigavam nunca. Ela nunca tinha visto uma família tão unida.

Quando terminei de picar as groselhas, perguntei onde estavam as duas jovens e o irmão delas.

– Foram a Morton, dar uma caminhada. Mas vão voltar daqui a meia hora para o chá.

E, de fato, dali a meia hora eles voltaram. Entraram pela porta da cozinha. O Sr. St. John, ao me ver, limitou-se a fazer uma mesura e foi em frente. As duas jovens pararam. Mary, em poucas palavras e com suavidade, expressou seu prazer em ver que eu já estava em condições de descer. Diana me tomou a mão. E balançou a cabeça.

– Você devia ter esperado eu dar meu consentimento, antes de descer – disse. – Ainda está tão pálida! E tão magra! Pobrezinha... pobre menina.

A voz de Diana soava para mim como o arrulho de uma pomba. Seus olhos me faziam bem. Seu rosto me parecia encantador. O rosto de Mary também era inteligente, suas feições igualmente bonitas. Mas a expressão era mais reservada e os gestos, embora gentis, mais distantes. Diana falava com certa autoridade. Era, sem dúvida, voluntariosa. Eu, por minha natureza, sentia-me inclinada a obedecer a uma pessoa como ela, pois minha consciência e meu amor-próprio me permitiam ceder a uma personalidade forte assim.

– E o que está fazendo? – continuou ela. – Seu lugar não é aqui. Mary e eu gostamos de nos sentar na cozinha, às vezes, porque temos toda a liberdade aqui em casa. Mas você é uma visita e por isso deve ir para a sala.

– Estou muito bem aqui.

– Não está, não. Hannah está lhe enchendo os ouvidos e cobrindo-a de farinha.

– E, além disso, o fogo aqui está quente demais para você – intercedeu Mary.

– É verdade – disse a irmã. – Vamos, seja obediente.

E, sempre segurando-me a mão, ajudou-me a levantar e me levou para a sala.

– Sente-se aqui – disse, conduzindo-me ao sofá – enquanto nos aprontamos para o chá. É mais um privilégio fazermos exercício na nossa terra pantanosa e prepararmos nosso próprio chá quando Hannah está assando pão, preparando bebida, lavando ou passando roupa.

E ela fechou a porta, deixando-me só com o Sr. St. John, que estava sentado do outro lado da sala, com um livro ou um jornal nas mãos. Examinei primeiro a sala de visitas, depois seu ocupante.

A sala era comparativamente pequena, mobiliada com simplicidade, mas muito confortável, estando limpa e bem-arrumada. As cadeiras antiquadas brilhavam e a mesa de nogueira parecia um espelho. Alguns retratos antigos e estranhos, de homens e mulheres de outros tempos, decoravam as paredes manchadas. Uma cômoda, com portas de vidro, continha livros e um aparelho de louça antigo. Não havia ornamentos supérfluos na sala, nem tampouco móveis modernos, exceto por um par de caixas de costura e uma carteira feminina de pau-rosa numa mesinha lateral. Tudo, incluindo os tapetes e as cortinas, parecia antigo, mas bem cuidado.

O Sr. St. John – sentado tão imóvel quanto as figuras nos quadros das paredes, lábios trancados e olhos fixos no jornal à sua frente – era fácil de examinar. Se fosse uma estátua, em vez de um homem, não poderia ser mais fácil. Era jovem – teria talvez vinte e oito, trinta anos –, alto e magro. Seu rosto chamava a atenção: era como um rosto grego, de feições muito puras. Tinha o nariz reto, clássico. A boca e o queixo eram atenienses. É raro o rosto de um inglês se parecer tanto quanto o dele com os rostos da Antiguidade. Não admira que se tivesse chocado com minhas feições irregulares, sendo as dele tão harmoniosas. Os olhos eram graúdos e azuis, com cílios castanhos. A testa larga, branca como marfim, era parcialmente encoberta por anéis de cabelos, que lhe caíam em desalinho.

É uma descrição suave, não é verdade, leitor? Contudo, aquele a quem descrevo dificilmente poderia ser associado à palavra "suave", nem tampouco a uma natureza impressionável, maleável ou plácida. Mesmo imóvel como estava agora, tinha qualquer coisa nas narinas, na boca e na fronte que denotava inquietude, ou dureza, ou ansiedade. Não me dirigiu uma única palavra, nem ao menos um olhar, até que suas irmãs voltaram. Diana, que passava de um lado para outro, preparando a mesa de chá, no caminho me deu um bolinho, assado na parte externa do forno.

– Coma logo – disse –, porque deve estar faminta. Hannah disse que só tomou um mingau, desde a hora do café.

Não recusei, porque meu apetite de fato fora despertado. O Sr. Rivers agora fechava o livro e se aproximava da mesa. Ao sentar-se, fixou os olhos azuis, dignos de um quadro, em mim. Era um olhar direto, sem cerimônia, um olhar interrogativo e decidido, provando que, até então, ele o mantivera desviado de mim, a estranha, não por hesitação, mas de propósito.

– Você está com muita fome – disse ele.

– Estou, sim senhor.

Era esse – e sempre fora, por instinto – o meu jeito. Reagia às frases lacônicas e diretas com respostas igualmente lacônicas e diretas.

– Foi bom que a febre baixa a mantivesse sem comer muito nos últimos três dias. Se aplacasse a fome com muita avidez, a princípio, teria sido perigoso. Agora já pode comer à vontade, mas não deve abusar.

– Espero não precisar comer à sua custa por muito tempo, senhor – foi minha resposta um tanto inábil, quase grosseira.

– Não – retrucou ele com frieza –, assim que nos indicar o endereço de seus parentes, escreveremos a eles, para que possa voltar para casa.

– Isso, devo dizer-lhes com toda a franqueza, é algo que não poderei fazer. Não tenho nem casa, nem parentes.

Os três me fitaram, mas não com desconfiança. Senti que não havia suspeição, e sim curiosidade, em seus olhares. Falo especialmente das duas jovens. O olhar de St. John, embora muito direto no sentido literal, no sentido figurativo era de difícil definição. Ele parecia usar os olhos mais como instrumentos para perscrutar os pensamentos alheios do que como agentes reveladores dos seus próprios. A combinação de agudez e reserva parecia destinada a embaraçar, mais do que a confortar.

– Está querendo dizer que vive completamente isolada e não conhece ninguém?

– Sim. Não tenho laços com nenhum ser humano. E nem sequer um pertence sob qualquer teto em toda a Inglaterra.

– É uma posição muito singular em sua idade!

Notei que o olhar dele se prendera em minhas mãos, cruzadas sobre a mesa à minha frente. Perguntei-me o que estaria procurando ali. As palavras dele logo me deram a resposta.

– Nunca se casou? É uma solteirona?

Diana caiu na risada.

– Mas ela não deve ter mais do que dezessete ou dezoito anos, St. John!

– Vou fazer dezenove. Mas não sou casada, não.

Senti o rosto em fogo. Recordações amargas e inquietantes tinham sido evocadas com aquela referência a casamento. Todos notaram meu embaraço e minha emoção. Diana e Mary me salvaram virando o rosto, para não continuar observando a forma como eu corava. Mas o irmão, mais frio, manteve o olhar, até que o embaraço por ele provocado resultou não apenas em cor, mas também em lágrima.

– Onde fica o último lugar onde morou? – perguntou ele.

– Está sendo muito inquisitivo, St. John – sussurrou Mary. Mas ele se inclinara sobre a mesa e demandava uma resposta, cravando-me outra vez seu olhar firme e penetrante.

– Os nomes do lugar e da pessoa com quem vivia são meus segredos – respondi, concisa.

– Segredo que você tem todo o direito de manter, tanto de St. John, quanto de qualquer outra pessoa que a venha questionar – intercedeu Diana.

– É, mas se nada sei de você e de sua história, não poderei ajudá-la – disse ele. – E você precisa de ajuda, não precisa?

– Preciso, senhor. E o que tenho buscado é algum verdadeiro filantropo que me arranje um trabalho que eu possa desempenhar e uma remuneração suficiente para suprir minhas mínimas necessidades.

– Não sei se sou um verdadeiro filantropo. Mas gostaria muito de poder ajudá-la, de fazer o possível para que alcance um objetivo tão honesto. Primeiro, diga-me o que está acostumada a fazer e o que sabe fazer.

Eu acabara de dar um gole no chá. A bebida me refizera um pouco. Como o vinho fez ao gigante, aquele chá me dava novo tônus aos nervos, permitindo-me encarar com firmeza o jovem juiz.

– Sr. Rivers – falei, olhando-o nos olhos de forma direta, como ele fizera comigo –, o senhor e suas irmãs me fizeram um enorme favor, o maior que alguém pode fazer a seu semelhante. Com sua nobre hospitalidade, salvaram-me da morte. Tal benefício concede a vocês um poder ilimitado sobre minha gratidão, assim como, até certo ponto, sobre minha confiança. Vou contar-lhes, até onde posso, a história desta andarilha que acolheram, mas direi apenas aquilo que não possa comprometer minha própria paz de espírito, minha segurança, moral e física, e a segurança alheia.

"Sou uma órfã, filha de um clérigo. Meus pais morreram quando eu era muito pequena. Fui criada como dependente de uma família e educada numa instituição de caridade. Posso até lhes dizer o nome desse estabelecimento, onde passei seis anos como aluna e dois como professora: é o Asilo de Órfãs de Lowood, no condado de.... Já ouviu falar dele, Sr. Rivers? E de seu tesoureiro, o reverendo Robert Brocklehurst?

– Já ouvi falar do Sr. Brocklehurst e já estive na escola.

– Saí de Lowood há cerca de um ano, para me tornar preceptora. Consegui um bom emprego e estava muito feliz. Mas fui obrigada a abandonar esse lugar, quatro dias antes de vir dar aqui. A razão para minha partida não posso, nem devo, revelar. Seria inútil, perigoso e não pareceria crível. Não sou culpada de nada. Sou tão inocente quanto qualquer um de vocês. Infeliz, estou. E continuarei assim por algum tempo, porque a catástrofe que me fez ir embora da casa onde encontrara o paraíso foi de natureza atípica e espantosa. Ao partir, só levei em conta duas coisas: rapidez e segredo. Para garantir a ambas, fui obrigada a deixar para trás todos os meus pertences, com a exceção de um pequeno embrulho. Mas, em minha pressa e perturbação, esqueci esse embrulho na carruagem que me deixou em Whitcross. Cheguei então a essa região, destituída de tudo. Dormi duas noites ao ar livre e por dois dias andejei sem receber abrigo. Durante todo esse tempo, só comi bem pouco em duas ocasiões. E foi quando já estava a ponto de sucumbir de fome, exaustão e desespero que o senhor, Sr. Rivers, evitou que eu morresse em sua porta e me acolheu sob seu teto. Sei tudo o que suas irmãs fizeram por mim desde então, porque nunca estive totalmente insensível durante o meu torpor, e sou-lhes muito grata por sua compaixão espontânea, genuína e benigna, assim como sou grata ao senhor por sua caridade evangélica.

– Não a faça falar mais, St. John – intercedeu Diana, quando fiz uma pausa. – É óbvio que ainda não está em condições de se alterar assim. Venha, Srta. Elliott, sente-se aqui no sofá.

Tive um estremecimento involuntário ao ouvir aquele sobrenome. Esquecera-me dele. O Sr. Rivers, ao qual nada escapava, notou-o de imediato.

– Você disse que seu nome é Jane Elliott, não é isso? – perguntou.

– Foi o que disse. E é esse o nome pelo qual acho conveniente ser chamada. Mas não é meu nome verdadeiro e, por isso, ao ouvi-lo, tomei um susto.

– Não vai nos dizer seu verdadeiro nome?

– Não. O que mais temo é ser descoberta. Prefiro omitir qualquer detalhe que possa levar a isso.

– Você tem toda a razão, estou certa – disse Diana. – Agora, meu irmão, por favor, deixe-a em paz um pouco.

Mas depois de refletir durante algum tempo, o Sr. St. John recomeçou a falar, tão imperturbável e arguto quanto antes.

– Quer dizer então que não quer ser dependente de nossa hospitalidade. O que quer é dispensar, o mais breve possível, a compaixão de minhas irmãs e, acima de tudo, minha *caridade*. Sim, porque percebi bem a diferença que estabeleceu; e não a culpo, você está certa. Quer então ser independente de nós?

– Quero. Foi o que disse. Gostaria apenas que me indicassem um trabalho, ou uma forma de encontrar trabalho. É tudo o que quero. Em seguida, podem me mandar embora. Não me importo de ir para o chalé mais humilde. Mas, até que isso aconteça, gostaria de ter a permissão de vocês para ficar. Tremo só em pensar nos horrores de me ver sem teto, sem nada.

– Claro que você vai ficar aqui – disse Diana, passando a mão em minha testa.

– Claro que vai – ecoou Mary, com seu jeito reservado, porém sincero.

– Como vê, minhas irmãs terão prazer em mantê-la aqui – disse o Sr. St. John –, assim como teriam prazer em cuidar de um pássaro ferido que uma ventania invernal tivesse atirado através da janela. Quanto a mim, sinto-me mais inclinado a ajudar a senhorita a se manter, o que pretendo de fato fazer. Mas saiba que minha esfera de conhecimento é pequena. Não passo de um pároco de uma região pobre. Minha ajuda será humilde. Se sua tendência for desprezar as ofertas pequenas, deve buscar uma ajuda mais substancial do que aquela que tenho a lhe oferecer.

– Ela já disse que está disposta a fazer qualquer trabalho honesto de que seja capaz – intercedeu Diana em meu favor. – E você sabe bem, St. John, que ela não tem outra opção. Terá de lidar com pessoas tão duras quanto você.

– Posso trabalhar como costureira. Posso trabalhar como operária. Posso ser uma criada ou uma babá, se não arranjar nada melhor.

– Muito bem – disse o Sr. St. John, com certa frieza. – Se é esse seu espírito, prometo que vou ajudá-la, mas na hora e do jeito que eu próprio determinar.

E ele tornou a abrir o livro que estivera lendo antes do chá. Logo, retirei-me, porque tinha falado muito e ficado fora da cama pelo máximo de tempo que minha saúde naquela ocasião podia suportar.

30

Quanto mais eu conhecia os ocupantes de Moor House, mais gostava deles. Em poucos dias, já recuperara a saúde a ponto de conseguir ficar sentada o dia todo, às vezes mesmo de andar. Podia estar ao lado de Diana e Mary enquanto estas trabalhavam, conversando com elas e ajudando-as nas tarefas quando me permitiam. O prazer desse contato era revigorante, um prazer que eu experimentava pela primeira vez – o de uma perfeita conjugação de gostos, sentimentos e princípios.

Gostava do mesmo tipo de leitura que elas. O que as encantava, encantava a mim também. O que elas aprovavam, eu reverenciava. Amavam aquela casa tão retirada. E eu também admirava sua estrutura antiga, cinzenta, acanhada, com o telhado baixo e as janelas de gelosia, as paredes descascadas, a aleia cercada de abetos centenários, de troncos tortos, crescidos ao vento das montanhas; seu jardim, escurecido pelos teixos e azevinhos, onde só cresciam flores silvestres. Viam em tudo isso um encanto poderoso e permanente. Amavam a charneca arroxeada que cercava a casa, e o vale fundo aonde ia dar o caminho de pedrinhas que saía do portão, serpenteando a princípio por entre touceiras de samambaias e depois cortando os campos de pastagem mais selvagens que jamais cercaram uma propriedade, pastos que alimentavam um rebanho de carneiros cinzentos, com seus cordeirinhos de cara suja. Adoravam aquele cenário com todo o coração. Eu compreendia tal sentimento, sua força e verdade. Percebia o fascínio daquele lugar, a natureza sagrada de sua solidão. Meus olhos se regozijavam com a visão de descampados e colinas, das colorações silvestres se comunicando com vales e elevações através do musgo, da gramínea, da relva salpicada de flores, das samambaias brilhantes, dos ricos penhascos de granito. Tais detalhes tinham para mim o mesmo significado que possuíam para elas: eram doces e puras fontes de prazer. A ventania que batia ou a brisa suave, os dias de tempo feio ou sereno, as horas do amanhecer ou do crepúsculo, o luar ou as noites toldadas pelas nuvens, tudo isso tinha para mim, naquelas regiões, a mesma atração que exercia sobre elas, encantando-me os sentidos com a mesma magia que elas viam.

Dentro de casa, também concordávamos em tudo. As duas eram mais cultas e fizeram mais leituras do que eu, mas com grande interesse eu enveredava pelo caminho da sabedoria que elas tinham trilhado antes de mim. Devorava os livros que me emprestavam. E era com grande satisfação que, à noite, discutia aquilo que lera durante o dia. As opiniões combinavam, os pensamentos se igualavam. Resumindo, coincidíamos de forma perfeita.

Se em nosso trio havia alguém superior, essa líder era Diana. Fisicamente, era muito melhor do que eu. Era bonita, vigorosa. Em seu espírito selvagem havia uma corrente de vida, de fluxo permanente, de tal maneira que me despertava a fantasia, embora fosse para mim algo incompreensível. Quando caía a noite, eu podia falar um pouco, mas assim que se escoava o primeiro instante de fluidez e vivacidade, preferia ficar sentada num banco aos pés de Diana, a cabeça pousada sobre seus joelhos, escutando a ela e a Mary, alternadamente, enquanto discursavam sobre o tópico que eu havia levantado. Diana se ofereceu para me ensinar alemão. Eu gostava de aprender com ela. E percebia que ela se comprazia em se saber boa professora. Da mesma forma que a mim agradava ser a aluna. Nossas naturezas se completavam e o resultado disso foi o surgimento de uma forte afeição mútua. As duas descobriram que eu sabia desenhar e imediatamente colocaram a meu dispor seus lápis de cor. Meu talento, nesse aspecto, era maior do que o delas, o que as deixou surpresas e encantadas. Mary ficava me olhando desenhar, depois tomava lições. E era uma aluna dócil, inteligente e assídua. Assim, com nós três nos entretendo mutuamente, passaram-se os dias e, como os dias, as semanas.

Quanto ao Sr. St. John, a intimidade que surgira de forma tão natural entre mim e suas irmãs não se estendeu a ele. Uma das razões para o distanciamento que prevalecia entre nós era o fato de ele pouco parar em casa. Grande parte de seu tempo era devotada à visita de pobres e doentes das redondezas.

O mau tempo não era capaz de detê-lo nessas empreitadas pastorais. Chovesse ou fizesse sol, assim que terminava seu estudo matinal, ele pegava o chapéu e, acompanhado pelo cão *pointer* Carlo, que pertencera a seu pai, saía para a missão de amor e dever – não sei qual das duas palavras ele empregaria. Às vezes, quando o tempo estava muito ruim, as irmãs o repreendiam. E então, com um sorriso peculiar, mais solene do que alegre, ele dizia:

– Se eu deixar que uma lufada de vento ou uns pingos de chuva me mantenham afastado de tarefas tão fáceis, como vou me preparar para o futuro ao qual me proponho?

Em geral, a resposta de Diana e Mary a essa pergunta era um suspiro, às vezes seguido de um momento de reflexão preocupada.

Mas, além de suas ausências frequentes, havia ainda outra barreira a impedir nossa amizade: ele parecia ser um tipo reservado, de natureza reflexiva e mesmo taciturna. Embora zeloso de suas obrigações ministeriais, irreprochável em seus hábitos e em sua vida, não parecia desfrutar de serenidade espiritual e alegria interior, esperadas recompensas de todo cristão e filantropo sincero. De vez em quando, à noite, sentado junto à janela, com seus papéis espalhados na escrivaninha, ele parava de ler ou escrever, descansava o queixo em uma das mãos e começava a pensar não sei em quê. Só sei que eram pensamentos perturbadores e isso eu podia dizer pelo brilho de seu olhar, pela pupila que se dilatava.

Acho, acima de tudo, que a natureza não era para ele a fonte de prazer que era para suas irmãs. Certa vez, e apenas uma vez que eu tivesse ouvido, ele comentou sobre a magia das montanhas, sobre a afeição inata que sentia por aquele lugar de paredes escuras que era seu lar. Mas havia mais melancolia do que satisfação em seu tom de voz e em suas palavras. E ele não parecia nunca interessado em passear pela charneca em busca de silêncio, jamais buscava fora de casa as inúmeras possibilidades de prazer que os campos podiam dar.

Sendo tão pouco comunicativo, levei algum tempo até conseguir decifrar-lhe a mente. Primeiro, observei sua força, ao vê-lo pregando na igreja de Morton. Gostaria de poder reproduzir aquele sermão, mas não conseguiria. Creio que tampouco saberia descrever o efeito que teve sobre mim.

Começou calmo e, na verdade, no que diz respeito à emissão e ao tom de voz, continuou calmo até o fim. Um zelo fervoroso, embora sufocado, começou a se esboçar no enunciado de algumas palavras, desembocando numa linguagem nervosa. Esta ganhou força, uma força comprimida, condensada, controlada. Minha alma se emocionou e minha mente se surpreendeu com o poder daquele pregador. Mas nem uma nem outra se pacificou. Ao longo de toda a pregação, o que senti foi amargura. A ausência de uma gentileza capaz de consolar. Alusões rígidas às doutrinas calvinistas – escolha, predestinação, reprovação – também eram frequentes. E cada referência a essas questões era pronunciada como uma sentença do Juízo Final. Quando ele terminou, em vez de estar-me sentindo melhor, mais calma e mais iluminada por suas palavras, o que experimentei foi uma tristeza difícil de expressar. Parecia-me – e não sei se o efeito nos outros era o mesmo – que a eloquência dele derivava de uma profundidade permeada de desapontamento, na qual se moviam aflitivos impulsos de desejos insaciados, de aspirações inquietantes. E tive certeza de que St. John Rivers – tão zeloso, puro e consciencioso como era – ainda não encontrara a paz de Deus que perpassa a verdadeira compreensão. Nisso ele era como eu, pensei, eu e o velado arrependimento por ter perdido meu ídolo e meu paraíso – arrependimento ao qual não me vinha referindo, mas que me perseguia e tiranizava sem piedade.

Um mês inteiro se passou. Diana e Mary precisavam ir embora de Moor House e retomar suas vidas, trabalhando como preceptoras numa grande e sofisticada cidade no sul da Inglaterra, onde cada uma delas tinha emprego com famílias riquíssimas e bem postas, para as quais ambas não passavam de empregadas comuns, sem que fossem apreciadas suas excelentes qualidades inatas. Lá, eram reconhecidas apenas pelas aptidões adquiridas, da mesma forma que uma cozinheira ou copeira é apreciada por desempenhar bem suas tarefas. O Sr. St. John ainda não me falara nada a respeito do emprego que me prometera. O tempo urgia, e eu precisava encontrar logo uma ocupação. Certa manhã, quando me vi sozinha com ele na sala de visitas, ousei aproximar-me do recesso junto à janela onde sua escrivaninha, mesa e cadeira formavam uma espécie de escritório. Já ia dizer algo, embora não soubesse muito bem o quê, pois sempre tive dificuldade com naturezas frias como a dele, quando o próprio Sr. St. John me salvou, erguendo a cabeça e dizendo:

– Vai me fazer uma pergunta?

– Sim, gostaria de saber se o senhor já soube de algum serviço que eu possa me oferecer para fazer.

– Encontrei, ou pelo menos divisei, um serviço para você há cerca de três semanas. Mas como você parecia tão útil e feliz aqui, como minhas irmãs obviamente se afeiçoaram a você e obtiveram grande prazer a seu lado, achei que seria inconveniente interromper esse convívio antes que elas próprias fossem obrigadas a deixar Marsh End.

– E elas vão daqui a três dias, não é? – indaguei.

– Sim. E, quando forem, terei de retornar à paróquia de Morton. Hannah irá comigo. E esta velha casa será fechada.

Esperei alguns instantes, imaginando que ele fosse continuar falando. Mas ele dava a impressão de ter enveredado por outra linha de pensamento. Seu olhar parecia abstrair-se de mim e de meu negócio. Fui obrigada a chamá-lo de volta ao tema, que em mim provocava grande interesse e ansiedade.

– Qual era o emprego que tinha em vista, Sr. Rivers? Espero que a demora não crie obstáculo para eu assegurá-lo.

– Ah, não, porque é um tipo de emprego que só depende de mim, para dá-lo, e de você, para aceitá-lo.

Fez nova pausa. Parecia relutante em continuar e fui ficando impaciente. Depois que fiz um ou dois movimentos irrequietos, fixando em seu rosto meus olhos ávidos e perscrutadores, ele percebeu isso, sem que eu precisasse dizer uma só palavra ou causar algum melindre.

– Não precisa ter pressa, meu bem – disse ele. – Vou dizer-lhe com toda a franqueza que não tenho nada de qualificado ou lucrativo a oferecer. Antes de maiores explicações, lembre, por favor, que desde o início adverti que, caso a ajudasse, teria de fazê-lo como se fosse o roto ajudando o esfarrapado. Sou um homem pobre. Depois que paguei as dívidas de meu pai, descobri que o único patrimônio que me resta é esta granja caindo aos pedaços, a fileira de abetos lá atrás e a extensão de charneca, com seus teixos e azevinhos. Sou desconhecido. Rivers é um sobrenome tradicional, mas dos três únicos descendentes da família duas ganham o pão entre estranhos e o terceiro se considera um forasteiro em sua terra natal, não apenas na vida, como também na morte. Sim, e se considera, ou deve considerar-se, honrado por isso. E tudo o que almeja é transpor o dia em que a dor da separação dos seus entes queridos esteja sobre seus ombros, o dia em que ouvir Aquele que é o Chefe Maior da Igreja na qual é militante bradar "Levanta-te e segue-me!".

St. John falava como se pronunciasse um sermão, com voz calma e profunda. Sem corar, mas com o olhar cintilante. Continuou:

– E como sou eu próprio pobre e desconhecido, só lhe posso oferecer um emprego pobre e obscuro. Talvez até mesmo *você* o considere degradante, pois agora percebo que tem o que se poderia chamar de hábitos refinados. Seus gostos tendem ao ideal, e dá mostras de ter convivido com pessoas bem-educadas. Mas creio que nenhum serviço degrada, desde que possa nos tornar melhores. Acho que quanto mais árido e deserto for o solo que o cristão deva arar, e quanto mais raro o fruto obtido, maior será a honra. Eis, sob tais circunstâncias, o destino do pioneiro. E os primeiros pioneiros do Evangelho foram os Apóstolos, sendo seu capitão o próprio Jesus, nosso Redentor.

– Sim? – falei, depois que ele fez nova pausa. – Pode prosseguir.

St. John ficou me olhando antes de continuar. Na verdade, parecia ler meu semblante, com toda a calma, como se as linhas e feições fossem letras numa página. As conclusões a que chegou após esse escrutínio ele expressou em seguida, na seguinte observação:

– Acredito que irá aceitar o posto que lhe vou oferecer. E que ficará nele por um tempo. Mas não de forma definitiva. Não mais do que eu suportaria continuar com a vida estreita, tranquila e reclusa dos que trabalham no interior da Inglaterra. Há em sua natureza um componente que despreza a passividade, tanto quanto há na minha, embora de um tipo diferente.

– Por favor, explique-se – supliquei, quando ele fez nova pausa.

– Vou me explicar. E você verá quão humilde é a proposta, quão trivial e obscura. Não vou ficar muito tempo em Morton, agora que meu pai está morto e que sou dono do meu próprio nariz. Devo ir embora dentro de no máximo um ano. Mas, enquanto ainda estiver aqui, vou fazer o possível para melhorar o lugar. Quando vim para cá há alguns anos, não havia nem escola em Morton. As crianças pobres não tinham qualquer perspectiva de melhorar de vida. Eu criei uma escola para os meninos. Estou pensando em abrir uma segunda, para as meninas. Aluguei uma casa com esse propósito e ela possui, anexo, um chalé com dois quartos, destinado à professora. O salário seria de trinta libras por ano. A casa já está mobiliada, de forma muito simples, mas satisfatória. Os móveis foram cortesia de uma dama, Srta. Oliver, a filha única do homem mais rico desta região, o Sr. Oliver, proprietário de uma fábrica de agulhas e de uma fundição de ferro, que fica no vale. Essa mesma senhorita vai pagar educação e roupa para uma órfã do asilo, sob a condição de que ela ajude a professora, fazendo serviços menores e cuidando da escola e da casa anexa, uma vez que as tarefas ligadas ao ensino impedirão a professora de fazê-los. Você aceitaria ser essa professora?

Ele fez a pergunta de forma abrupta. Parecia talvez esperar que eu ficasse indignada e rejeitasse a proposta com desdém. Desconhecendo meus pensamentos e sensações, embora adivinhasse alguns, ele não sabia como eu iria encarar tudo aquilo. Era de fato uma oferta humilde, mas era um posto discreto, e eu precisava de abrigo seguro; era tarefa árdua, mas, em compensação, se comparada a um emprego de preceptora numa casa de família rica, era algo independente. E, depois do que me acontecera, eu tinha pavor só de pensar em trabalhar para estranhos. A oferta era simplória, mas não indigna, não mentalmente degradante. E eu tomei minha decisão.

– Eu lhe agradeço a oferta, Sr. Rivers, e a aceito de todo o coração.

– Mas você entendeu bem do que se trata? – insistiu ele. – É uma escola pública. Suas alunas serão só meninas pobres, filhas de empregados, no máximo filhas de pequenos fazendeiros. Só o que poderá lhes ensinar é a tecer, costurar, ler, escrever e contar. O que fará você com tanto conhecimento que acumula? Que destino dará à maior parte de sua mente, a seus sentimentos e gostos?

– Vou guardá-los para uma futura ocasião em que sejam necessários.

– Compreende então o que tem pela frente?

– Sim.

Agora ele sorria. E não era um sorriso triste ou amargo, mas sim de satisfação. Parecia muito agradecido.

– E quando poderá começar a trabalhar?

– Vou me mudar para a nova casa amanhã. Poderei abrir a escola já na semana que vem, se o senhor achar conveniente.

– Muito bem. Assim está ótimo.

Ele se levantou e atravessou a sala. De pé, parado, tornou a olhar para mim. Balançou a cabeça.

– O que o senhor desaprova, Sr. Rivers? – perguntei.

– Você não vai ficar em Morton muito tempo. Não, não vai, não.

– Por quê? Que razão tem o senhor para dizer isso?

– Posso ler em seus olhos. O que vejo não é a promessa de uma vida serena e imutável.

– Não sou ambiciosa.

Ele se surpreendeu com a palavra. E disse:

– Não. Por que você falou em ambição? Quem é ambicioso aqui? Eu sei que sou. Mas como descobriu?

– Eu estava falando de mim mesma.

– Bem, se não é ambiciosa, é... – e ele fez nova pausa.

– O quê?

– Eu ia responder "passional", mas pensei que talvez você me interpretasse mal e ficasse ofendida. O que quero dizer é que as afeições e simpatias humanas têm grande poder sobre você. Tenho certeza de que não se contentará em passar a vida em solidão, dedicando suas horas úteis a um trabalho monótono, sem qualquer estímulo. Assim como eu, tampouco, seria capaz disso – acrescentou, enfático. – Viver enterrado no meio deste brejo, cercado de montanhas... Minha natureza, aquela que Deus me deu, não suporta isso. Minhas aptidões, feitas para propósitos divinais, ficam assim paralisadas, inúteis. Agora você vê como estou me contradizendo, eu, que prego a satisfação com um destino humilde, que justifico até mesmo a vocação de lenhadores e carregadores de água, pois todo trabalho é feito a serviço de Deus. Eu, um pastor ordenado, quase enlouqueço em minha inquietação. Bem, mas propensões e princípios devem ser conciliados, de alguma forma.

E ele saiu da sala. Naqueles minutos, eu aprendera mais sobre sua pessoa do que durante um mês inteiro. Mas St. John continuava me intrigando.

Diana e Mary foram ficando cada vez mais silenciosas e tristonhas à medida que se aproximava o dia de irem embora para longe de casa e do irmão. As duas se esforçavam para agir como de hábito. Mas a tristeza com a qual lutavam não era daquelas que se consiga dominar ou ocultar. Diana alegava que seria uma separação diferente das outras, porque, no que dizia respeito a St. John, seria uma separação de muitos anos. Talvez definitiva.

– Ele vai se sacrificar pelos objetivos que vem almejando há muito tempo – explicou ela. – São afeições e sentimentos ainda mais poderosos. St. John parece um homem quieto, Jane, mas uma febre o consome. Eu ou você podemos achá-lo gentil, mas em algumas questões ele é tão inexorável quanto a morte. E o pior é que minha consciência não me permitiria tentar dissuadi-lo de sua decisão. Não posso, nem por um segundo, culpá-lo. Porque é uma decisão certa, nobre e cristã. E, contudo, ela me deixa arrasada!

E enquanto falava as lágrimas lhe saltavam dos olhos. Mary inclinou-se ainda mais sobre a costura que tinha nas mãos.

– Já não temos mais nosso pai. E em breve perderemos também nossa casa e nosso irmão – murmurou.

Nesse instante, ocorreu um incidente, como se o destino tentasse provar a verdade do velho ditado que diz que "desgraça pouca é bobagem", fato que só veio aumentar a tristeza de última hora das duas moças. St. John entrou lendo uma carta. E disse:

– Nosso tio John morreu.

As duas moças tomaram um susto. Não estavam chocadas ou aterrorizadas. A notícia parecia ser encarada por elas mais com gravidade do que com aflição.

– Morreu? – repetiu Diana.

– Sim.

Ela lançou um olhar indagador ao rosto do irmão.

– E agora? Como vai ser? – perguntou baixinho.

– Como vai ser o quê, Di? – respondeu ele, mantendo o rosto impassível, como se feito de mármore. – Como vai ser o quê? Leia.

E atirou a carta no colo dela. Diana olhou a mensagem e passou-a para Mary. Esta leu-a em silêncio e devolveu-a ao irmão. Todos os três se entreolharam e sorriram – um sorriso cansado, triste.

– Amém! Nós continuamos vivos – disse Diana afinal.

– Seja como for, nossa situação não melhorou em nada – acrescentou Mary.

– E isso só nos faz pensar em como poderia ter sido – disse o Sr. Rivers –, em quão grande é o contraste entre uma situação e outra.

Ele dobrou a carta, trancou-a na escrivaninha e saiu.

Durante alguns minutos, ninguém disse nada. Então, Diana virou-se para mim:

– Jane, você deve estar-se perguntando sobre o que são esses nossos mistérios e pensando que somos uns desalmados, por não nos comovermos com a morte de um parente tão próximo como um tio. Mas nós nunca o vimos ou conhecemos. Ele era irmão de nossa mãe. Meu pai e ele brigaram há muitos anos. Foi por sugestão dele que meu pai arriscou nossas propriedades em um negócio especulativo, que acabaria por arruiná-lo. Os dois trocaram acusações. Afastaram-se, com muita raiva um do outro, e jamais se reconciliaram. Meu tio depois se envolveu em negócios bem mais prósperos. Parece que juntou uma fortuna de vinte mil libras. Nunca se casou e não tinha outros parentes tão próximos quanto nós. Meu pai sempre alimentou a esperança de que ele se redimisse de seus erros deixando-nos de herança sua fortuna. Aquela carta nos informou que ele deixou todos os seus bens para um parente mais distante e apenas trinta guinéus para ser dividido entre nós três, para a compra de três anéis de luto. Claro que ele tinha todo o direito de agir como bem entendesse. Mas por um segundo se tem uma esperança ao receber uma notícia assim. Mary e eu poderíamos considerar-nos ricas se tivéssemos mil libras cada uma. E para St. John igual soma teria sido muito útil, por todo o bem que ele seria capaz de fazer com ela.

Dada a explicação, houve uma mudança de assunto, que jamais tornaria a ser abordado pelo Sr. Rivers e suas irmãs. No dia seguinte eu saí de Marsh End e fui para Morton. Diana e Mary partiram para a distante cidade de B..., no dia depois desse. E, ao fim de uma semana, o Sr. Rivers e Hannah seguiram viagem para a paróquia. E a velha granja foi fechada.

31

Minha casa, então, quando finalmente posso dizer que tenho um lar, é um chalé. Um reduzido aposento de paredes caiadas e chão de terra batida, contendo quatro cadeiras de madeira pintada e uma mesa, um relógio, uma cômoda com dois ou três pratos e travessas, além de um conjunto de chá em barro esmaltado. No andar de cima, um quarto com as mesmas dimensões da cozinha, com uma cama de pinho e um gaveteiro pequeno, mas grande demais para ser preenchido por meu escasso guarda-roupa, embora a generosidade dos amigos o tenha acrescido de um modesto estoque de pertences mais necessários.

É noite. Mandei embora, após dar-lhe uma laranja por pagamento, a jovem órfã que me serve de criada. Estou sentada sozinha no meio da sala. Hoje de manhã foi aberta a escola pública. Tenho vinte alunas. Mas só três sabem ler. Nenhuma delas consegue escrever ou contar. Algumas são capazes de tecer, outras, poucas, sabem costurar um pouco. Falam com o sotaque típico da região. Por enquanto, elas e eu temos grande dificuldade em nos entender. Algumas das alunas têm maneiras grosseiras, rudes, intratáveis, sendo também ignorantes. Mas outras são dóceis, mostrando interesse e disposição em aprender, o que me agrada. Não posso esquecer que essas camponesas rudes são feitas de carne e osso, exatamente como as meninas da mais refinada genealogia. E que as sementes da qualidade, do refinamento, da inteligência e da bondade podem perfeitamente existir em seus corações, da mesma forma que nos das meninas bem-nascidas. Meu dever será desenvolver tais sementes. Com toda a certeza, vou encontrar alguma satisfação nessa tarefa. Não espero grande felicidade na vida que vejo à minha frente. Mas, sem dúvida, se conseguir me concentrar e exercer minha força de vontade como pretendo, vou conseguir levar a vida, dia após dia.

Ficara eu exultante, realizada, contente, durante as horas passadas naquela escola pobre e humilde, ao longo da manhã e da tarde? Se não quiser enganar-me, devo responder *não*. Na verdade, estava desolada. Sentia-me, por mais idiota que seja, sim, degradada. Perguntava-me se não dera um passo que me fazia descer, em vez de subir, na escala social. Ficara assombrada com a ignorância, a pobreza, a rudeza de tudo o que vira e ouvira à minha volta. Mas não devo desprezar-me ou detestar-me por tais sentimentos. Sei que são errados, e isso já é um grande passo. Preciso lutar para vencê-los. Amanhã, tenho certeza, vou melhorar um pouco. E, dentro de algumas semanas, talvez possa tê-los superado completamente. É possível até que, dentro de alguns meses, vendo o progresso e a mudança para melhor em minhas alunas, meu desgosto se transforme em júbilo.

Enquanto isso, deixe-me fazer a mim mesma uma pergunta: o que é melhor? Ter sucumbido à tentação, ter dado ouvidos à paixão e, sem luta, sem resistência, deixar-me afundar na armadilha de seda; adormecer em meio às flores; acordar cercada pela luxúria de uma vila ao sul, num lugar de clima quente; estar agora vivendo na França, como amante do Sr. Rochester; delirando com seu amor? Porque, sim, sem dúvida, a princípio ele me teria amado muito. Ele me amava, *sim*, e ninguém jamais me amará como ele o fez. Jamais tornarei a conhecer as homenagens que se prestam às belas, jovens e graciosas, até porque nunca parecerei exibir tais predicados para quem quer que seja. Ele gostava de mim, orgulhava-se mim, mais do que qualquer outro homem seria capaz. Mas que fantasia é essa, e o que estou pensando? O que me perguntava era o que é melhor sentir, afinal? É melhor ser a escrava de um paraíso louco em Marselha – por um momento, cega pelo prazer enganador e, no instante seguinte, sufocando em amargas lágrimas de vergonha e remorso – ou ser uma professora de escola pública, livre e honesta, em um vale cercado de brisa e montanhas, no saudável coração da Inglaterra?

Sim. Agora sei que estou certa ao escolher a lei e os princípios, desprezando as ofertas insanas de um momento febril. Deus me levou à escolha correta. E agradeço à Providência Divina por ter-me guiado!

Terminando assim minhas reflexões noturnas, levantei-me, fui até a porta e olhei lá fora o crepúsculo de um dia de colheita e os campos silenciosos em torno do meu chalé, o qual ficava a uns setecentos metros de distância da cidade. Os pássaros davam seus derradeiros pios...

E o ar era suave, o orvalho como um bálsamo.

Enquanto olhava, acreditei estar feliz e me surpreendi ao descobrir que estivera chorando. E por quê? Por causa da lei que me obrigara a deixar meu patrão; porque jamais tornaria a vê-lo; pela fúria fatal e pela dor desesperada, consequências da minha partida, que podia agora afastá-lo do caminho do bem, a um ponto irrecuperável. Ao pensar nisso, dei as costas para a beleza do céu que cobria a solidão do vale de Morton. E digo *solidão* porque naquele trecho que para mim se descortinava não havia nenhuma construção a não ser a igreja e a casa da paróquia, um pouco escondidas em meio às árvores, e lá longe os telhados de Vale Hall, a propriedade onde o rico Sr. Oliver vivia com a filha. Cobri os olhos com as mãos, encostando a cabeça na moldura de pedra da porta. Mas logo um barulho perto da portinhola que separava meu pequeno jardim dos prados me fez erguer o rosto. Um cão, o velho Carlo, o *pointer* do Sr. Rivers, empurrava o portão com o focinho, enquanto o Sr. St. John em pessoa estava debruçado sobre a madeira, com os braços cruzados. Tinha o cenho franzido e me olhava fixamente, quase com contrariedade. Convidei-o a entrar.

– Não, não vou poder ficar. Apenas vim trazer um pequeno embrulho que minhas irmãs lhe deixaram. Acho que contém uma caixa com tinta, lápis e papel.

Aproximei-me para pegar a caixa. Era um presente de boas-vindas. Quando cheguei perto, tive a impressão de que ele me analisava o rosto com austeridade. Sem dúvida, meus olhos ainda estavam úmidos de lágrimas.

– Achou o primeiro dia de trabalho mais difícil do que imaginava?

– Não, não, ao contrário. Creio que com o tempo vou dar-me muito bem com as alunas.

– Mas talvez as instalações... seu chalé, a mobília... sejam abaixo de suas expectativas. São, na verdade, muito simples, mas... – e eu o interrompi:

– Meu chalé é limpo e bem vedado a chuva e vento. A mobília é suficiente e confortável. Tudo o que vejo só me suscita gratidão, nunca desalento. Não sou, em absoluto, uma dessas pessoas fúteis, capazes de lamentar a ausência de tapetes, sofás ou baixelas de prata. Além disso, há apenas cinco semanas eu não tinha nada. Era uma marginal, uma mendiga, vagando por aí. Agora tenho conhecidos, um lar e um trabalho. Agradeço por Deus ter sido tão bom comigo, pela generosidade dos meus amigos, por tudo o que tenho recebido. Não posso me queixar.

– Mas sente-se solitária e oprimida, não é? Essa casinha aí atrás de você é escura e vazia.

– Mal tive tempo de usufruir da sensação de tranquilidade, quanto mais de me incomodar com a solidão.

– Muito bem. Espero que esteja contente como diz. De qualquer forma, seu bom-senso lhe dirá que ainda é muito cedo para ceder ao temor vacilante da mulher de Ló. O que você deixou para trás, antes que eu a conhecesse, não posso saber. Mas aconselho-a a resistir com toda a firmeza à tentação que a faz olhar para o passado. Concentre-se em sua carreira presente, ao menos por alguns meses.

– É exatamente o que pretendo fazer – respondi. E St. John continuou:

– É um trabalho duro controlar os anseios da natureza, contrariar nossas inclinações. Mas pode ser feito, e digo isso por experiência própria. Deus nos deu, de certa forma, o poder de moldar nosso próprio destino. Mesmo quando nossas energias parecem requisitar um alimento que não podem ter, quando nosso desejo tenta nos levar a um caminho que não podemos trilhar, isso não quer dizer que precisamos morrer de inanição, entregando-nos ao desespero. O que temos a fazer é buscar um outro alimento, tão forte quanto o fruto proibido que nosso espírito ansiava por provar, só que talvez mais puro. E talhar para nossos pés aventurosos um caminho tão largo e reto quanto aquele que o destino nos impediu de trilhar, ainda que mais árduo.

"Eu mesmo, há um ano, sentia-me miserável, por acreditar que cometera um erro ao me tornar pastor. Os deveres monótonos da profissão me deixavam mortalmente cansado. Ansiava por uma vida mais ativa e mundana, pelas tarefas mais excitantes da vida de escritor, pelo destino de um artista, um autor, um orador, qualquer atividade que não a de um pastor. Sim, sob minha sobrepeliz, batia o coração de um político, de um soldado, de alguém que ansiava por glória, fama e poder. E eu cismava: minha vida estava tão errada que, se não a mudasse, seria preferível morrer. Depois de uma temporada de luta interna e negror, uma luz brilhou, como um alívio. Minha existência mesquinha expandiu-se, transformando-se numa planície sem fronteiras. Meus poderes ouviram um chamado do Paraíso para alçar voo, muniram-se de força, abriram as asas e partiram rumo ao infinito. Deus me reservara uma missão. E, para desempenhá-la bem, eu precisaria de sabedoria e força, de coragem e eloquência, as melhores qualidades do soldado, do estadista e do orador. Porque todas essas qualidades se concentram no bom missionário.

"E foi em um missionário que decidi me transformar. Daquele momento em diante, meu estado d'alma se modificou. Os grilhões que me prendiam os sentidos soltaram-se e dissolveram-se, deixando apenas a dor torturante de suas marcas, mas que o tempo haverá de curar. Meu pai se opôs à minha decisão. Mas desde sua morte deixei de ter esse obstáculo. Assim que alguns assuntos forem resolvidos, e encontrado um substituto para a paróquia de Morton, assim que os últimos laços sentimentais forem contornados, e superados os derradeiros conflitos da fraqueza humana, sobre os quais sei que hei de vencer, porque *jurei* que o faria, partirei da Europa rumo ao Oriente.

Disse tudo isso no tom enfático, embora controlado, que lhe era peculiar. Ao terminar, olhava não para mim, mas na direção do sol que se punha, o qual eu também observava. Estávamos ambos de costas para o caminho que levava ao portão. Não ouvíamos nenhum som de passos na trilha, com seu capim crescido. O murmúrio das águas no vale era o único som a preencher a cena naquele momento. Não admira que ambos nos assustássemos quando uma voz muito alegre e doce como um sino de prata exclamou:

– Boa tarde, Sr. Rivers. E boa tarde, velho Carlo. Seu cão está sendo mais rápido em reconhecer os velhos amigos do que o senhor próprio. Ele ergueu as orelhas e abanou o rabo quando eu ainda estava lá embaixo, e o senhor ainda continua de costas para mim.

Era verdade. Embora o Sr. Rivers tivesse se assustado com o som daquela voz musical, como se um trovão ribombasse acima de sua cabeça, ele continuava, ao fim da frase, na mesma posição em que estava antes: os braços sobre o portão e o rosto virado na direção do oeste. Afinal, ele se voltou, com uma deliberação estudada. Era como se tivesse surgido a seu lado uma aparição. Ali, a um metro dele, estava uma figura toda vestida de branco, uma figura jovem e graciosa. Fornida, mas de contorno elegante. E quando, após acariciar Carlo, ela se ergueu, jogando para trás o longo véu, o que surgiu sob os olhos dele foi um rosto de beleza perfeita. Beleza perfeita é uma expressão forte. Mas não vou retirá-la, porque o termo se justifica, no caso: eram as feições mais doces que o clima temperado de Albion* jamais moldou, de cores mais puras do que a rosa ou o lírio e do que sua brisa úmida e seus céus vaporosos poderiam gerar e emoldurar. Nada lhe faltava em encanto, nem qualquer defeito era perceptível. A jovem tinha feições finas e harmônicas; olhos com a forma e a cor que vemos nas mais belas pinturas, grandes, escuros e profundos. Cílios longos e sombreados lhe envolviam os olhos de um suave fascínio. As sobrancelhas bem desenhadas lhe clareavam o semblante. A fronte branca e lisa era daquelas que dão às beldades mais vivazes a serenidade de seus raios e matizes. As faces eram ovais, frescas, de pele suave. A boca, rubra, carnuda, de doce desenho. Os dentes perfeitos e brilhantes. O queixo com uma covinha. E, em torno, o ornamento das mais ricas e generosas tranças. Todos esses detalhes que, combinados, formam o ideal da beleza perfeita, estavam ali. Fiquei extasiada, enquanto olhava aquela criatura. Admirava-a profundamente. A natureza sem dúvida a fizera num momento de glória. E, deixando de lado sua tendência a presentear como uma madrasta, dera-se àquela filha dileta com a generosidade de uma avó.

O que pensaria St. John desse anjo na terra? Era o que eu naturalmente me perguntava ao vê-lo virar-se para olhá-la. E, também naturalmente, buscava em seu semblante uma resposta para minha pergunta. Ele já desviara os olhos daquela Peri e concentrava o olhar num mero tufo de margaridas brancas que crescia junto ao portão.

– A tarde está linda, mas já passou da hora para a senhorita estar caminhando sozinha – disse ele, esmagando com o pé o tufo de flores.

---

*Albion – nome celta da Grã-Bretanha. Usado, na linguagem poética, para designar ilha ou a Inglaterra em particular. (*N. da T.*)

– Ah, é que só esta tarde eu voltei para casa, vindo de S... – e ela mencionou o nome de uma cidade grande, a mais de trinta quilômetros de distância. – E como papai me contou que o senhor havia aberto a escola e que a nova professora tinha chegado, então, terminado o chá, pus o chapéu e desci o vale correndo para conhecê-la. É essa, então? – e apontou para mim.

– É – respondeu St. John.

– A senhorita crê que vai gostar de Morton? – perguntou ela, com tom e modos tão simples e diretos que me agradaram, embora me parecessem um pouco infantis.

– Espero que sim. Tudo me leva a crer que vou gostar.

– Achou as alunas interessadas, como esperava?

– Bastante.

– E gostou de sua casa?

– Sim, muito.

– Espero tê-la mobiliado bem.

– Ah, sem dúvida que sim.

– E espero também ter feito a escolha certa ao apontar Alice Wood para ajudá-la.

– Pode estar certa de que sim. Ela é dócil e aprende fácil – respondi, enquanto concluía: aquela, então, era a Srta. Oliver, a herdeira, que pelo visto fora favorecida não só pelo dom da fortuna como também pelo da beleza! E eu me perguntava que feliz combinação não teria alinhado os planetas no momento de seu nascimento.

– De vez em quando irei até lá para ajudá-la nas aulas – acrescentou. – Vou poder mudar de ares, vindo visitá-la de vez em quando. Gosto de mudar de ares. Ah, Sr. Rivers, estive tão contente durante minha visita a S... Na noite passada, quer dizer, nesta madrugada, fiquei dançando até as duas da manhã. O regimento está aquartelado lá desde que ocorreram as desordens. E os oficiais são os rapazes mais agradáveis do mundo. Junto deles, nossos jovens mercadores de tesouras e amoladores de facas são uma vergonha.

Pareceu-me que o lábio inferior do Sr. St. John descaía, enquanto o superior se contorcia por um instante. A boca parecia sob pressão e a parte inferior de seu rosto estava especialmente rígida e quadrada, enquanto a jovem lhe dava tais informações, rindo. Ele ergueu o olhar, antes preso nas margaridas, e encarou-a. Era um olhar sério, indagador e significativo. Em troca, ela tornou a rir. E a risada lhe fez bem, realçando-lhe as faces rosadas, as covinhas, os olhos cintilantes.

Enquanto ele continuava mudo e grave, a jovem voltou a se abaixar para acariciar Carlo.

– O pobre Carlo gosta de mim – disse. – *Ele* não é tão durão e distante com seus amigos. E, se soubesse falar, garanto que não estaria mudo.

Enquanto ela dava tapinhas na cabeça do cachorro, inclinando-se com uma graça espontânea diante de seu dono, jovem e austero, vi algo se iluminar no rosto de St. John. Notei quando seus olhos solenes se dissolveram num fogo súbito, brilhando sob uma emoção irresistível. Assim, suavizado e corado, ele agora parecia tão belo, para um homem, quanto a jovem, para uma mulher. Seu peito se alargou, como se o coração imenso, cansado da opressão despótica, se expandisse, contra sua vontade, e fizesse um esforço vigoroso rumo à liberdade. Mas percebi que ele o conteve, como um cavaleiro resoluto conteria seu corcel inquieto. E não respondeu, nem com palavras nem com gestos, aos acenos que lhe eram feitos.

– Papai reclama que o senhor não vem mais nos visitar – continuou a Srta. Oliver, erguendo o olhar. – Agora, é um estranho em Vale Hall. Ele está sozinho hoje à noite, e não anda muito bem. Não quer voltar comigo e lhe fazer uma visita?

– Não é uma hora adequada para ir incomodar o Sr. Oliver – respondeu St. John.

– Hora adequada? Mas se estou dizendo que é! É justamente esta a hora que papai mais gosta de companhia. Quando o trabalho acaba e ele já não tem os negócios a ocupá-lo. Vamos, Sr. Rivers, *por favor*, venha. Por que é sempre tão tímido e taciturno?

E ela preencheu o hiato provocado pelo silêncio dele dando, ela própria, uma resposta:

– Eu tinha esquecido! – exclamou, balançando a linda cabecinha coberta de cachos, como se estivesse chocada consigo mesma. – Sou tão tonta e desmiolada! *Por favor*, perdoe-me. Tinha esquecido completamente que o senhor tem uma forte razão para estar indisposto e não querer conversa. Diana e Mary foram embora, Moor House foi fechada, e, por isso, o senhor está muito sozinho. Ah, tenho uma pena enorme do senhor. Mas venha, faça uma visita ao papai.

– Não, hoje não, Srta. Rosamond, hoje não.

O Sr. St. John falou quase como se fosse um autômato. Só ele próprio sabia quanto lhe custava aquela recusa.

– Bem, se o senhor é tão obstinado, vou deixá-lo. Não posso ficar mais tempo. O orvalho está começando a cair. Boa noite, então!

E ela estendeu a mão. Ele mal a tocou.

– Boa noite – repetiu, numa voz baixa e oca, como um eco. Ela já se virava, mas voltou.

– O senhor está bem? – perguntou. Tinha razão em perguntar. O rosto dele tornara-se tão branco quanto seu vestido.

– Muito bem – foi a resposta. E, com uma mesura, afastou-se do portão. Ela foi para um lado, ele para o outro. Por duas vezes, a jovem ainda se voltou na direção dele, enquanto flanava pela pradaria, como se fosse uma fada. Mas ele, com seu passo firme, não se virou uma única vez.

Essa demonstração do sofrimento e do sacrifício alheios me preencheu os pensamentos, desviando-os da reflexão exclusiva sobre mim mesma. Diana Rivers descrevera o irmão como "tão inexorável quanto a morte". Não fora um exagero.

32

Continuei com o trabalho na escola pública da forma mais ativa e confiante que pude. No início, foi de fato um trabalho árduo. Apesar dos meus esforços, custou-me muito conseguir compreender a natureza das minhas alunas. Sem qualquer instrução, de sentidos tão entorpecidos, elas me pareciam irrecuperáveis em sua estupidez. À primeira vista, essa estupidez me pareceu comum a todas. Mas logo vi que estava enganada. Havia diferenças entre elas, da mesma forma como acontece entre pessoas de melhor nível. E, quando comecei a conhecê-las melhor, e elas a mim, essas diferenças rapidamente se acentuaram. Assim que o espanto delas comigo, em relação a minha maneira de falar, minhas regras e meus modos, diminuiu, fiz com que algumas daquelas moças tão rústicas se transformassem em jovens com algum refinamento. Algumas pareciam agradecidas e muito amigáveis. E, dentre estas, descobri exemplos de pessoas dotadas de uma polidez natural, de respeito por si próprias e também de grande capacidade, podendo conquistar não só minha boa vontade, mas também admiração. Logo essas moças tinham desenvolvido um prazer em se esmerar em seus trabalhos, em se manter asseadas, em aprender as lições com regularidade, em agir sempre com boas maneiras. A rapidez do progresso delas chegava às vezes a me surpreender, e isso me enchia do mais genuíno orgulho. Além disso, comecei a me afeiçoar a algumas delas, e elas a mim. Havia, no grupo, várias filhas de fazendeiros, em sua maioria jovens já crescidas, que sabiam ler, escrever e costurar. A elas, eu ensinava noções de gramática, geografia, história e trabalhos manuais mais refinados. Encontrei muitas de ótimo caráter, desejosas de informação e dispostas a melhorar de vida, e cheguei a passar muitas tardes agradáveis em suas casas. Seus pais, fazendeiro e esposa, costumavam me cumular de atenção. Eu ficava feliz em aceitar aquelas gentilezas tão simples e retribuía com consideração e um cuidado com seus sentimentos, aos quais eles não pareciam estar acostumados. Isso os encantava e lhes fazia bem, pois, ao mesmo tempo que os engrandecia aos seus próprios olhos, tornava-os merecedores do mérito de receber um tratamento diferenciado.

Eu sentia que começava a ser muito querida na vizinhança. Aonde quer que fosse, ouvia por todo lado saudações cordiais, sendo bem-vinda com sorrisos amigáveis. Viver assim entre pessoas que nos admiram, mesmo os admiradores sendo trabalhadores, é como "sentar-se ao sol, calmo e doce". Sob raios assim, sentimentos de serenidade costumam nascer e desabrochar dentro de nós. Durante esse período da minha vida, era mais comum que meu coração se enchesse de gratidão do que de desalento. Porém, para lhe contar toda a verdade, leitor, devo dizer que em meio a essa calma, a essa existência útil, depois de um dia passado no honorável exercício de ensinar a minhas alunas, e ao fim de uma noite desenhando ou lendo, sozinha e satisfeita, o que me ocorria é que eu vivia os mais estranhos sonhos. Sonhos muito coloridos, agitados, tempestuosos, cheios de fantasia e inquietações. Sonhos nos quais, em meio a cenas incomuns, pejadas de aventura, riscos e romantismo, eu tornava a rever o Sr. Rochester, sempre durante uma crise terrível. E, então, a sensação de estar em seus braços, de ouvir-lhe a voz, encarar seus olhos, tocar-lhe as mãos e as faces, de amá-lo e de ser amada por ele renovava, com a mesma força e o mesmo calor de antes, a esperança de passar a vida a seu lado. Então eu me lembrava de onde estava, da vida que levava. Erguia-me e, tremendo e soluçando, encontrava a cama nua, sem cortinado. Nesse momento, a noite escura e silenciosa era a testemunha do meu desespero, da paixão que transbordava em mim. No dia seguinte, às nove horas, eu estava abrindo a escola, pontualmente. Tranquila, composta, preparada para os deveres do dia.

Rosamond Oliver cumpriu sua promessa de vir me visitar. Em geral, aparecia na escola durante sua cavalgada matinal. Chegava montada em seu pônei, seguida por uma criado vestido de libré, também a cavalo. Difícil imaginar algo mais encantador do que sua figura, de traje vermelho, com o quepe de amazona em veludo preto acima dos lindos cachos de cabelos, que lhe beijavam as faces e lhe caíam aos ombros. Era assim que ela entrava na construção rústica, flanando por entre as jovens alunas extasiadas. Em geral, chegava na hora em que o Sr. Rivers estava dando sua lição diária de catecismo. E temo que o olhar da visitante se cravava como uma lança no coração do pastor. Uma espécie de instinto parecia alertá-lo de que ela estava chegando, mesmo quando não a via. E quando ele estava olhando em outra direção, e ela surgia na porta, seu rosto ficava vermelho; as feições de mármore, embora se recusassem a relaxar, mudavam incrivelmente, deixando entrever um fervor reprimido, mais poderoso do que a força do músculo ou do olhar poderia revelar.

É claro que ela estava ciente do próprio poder. Na verdade, ele não escondia nada dela, nem poderia. Apesar de seu estoicismo cristão, assim que ela entrava e se dirigia a ele, sorrindo com alegria, charme e mesmo demonstrando interesse, as mãos de St. John tremiam e seus olhos cintilavam. Ele parecia dizer, com seu olhar triste e resoluto, mesmo que não o fizesse em palavras: "Eu amo você e sei que você me quer. Não é o medo do fracasso que me retém. Se lhe desse meu coração, acho que você o aceitaria. Mas meu coração já está comprometido no altar sagrado, cercado de fogo. Logo, ele será apenas um sacrifício consumado."

E então ela fazia beicinho, como uma criança desapontada. Uma nuvem parecia toldar-lhe o semblante tão cheio de vivacidade. Apressava-se em retirar a mão da dele, dando as costas, com ar petulante, àquele cujo aspecto era, a um só tempo, de herói e mártir. St. John, sem dúvida, teria dado a vida para ir atrás dela, chamá-la, para retê-la, enquanto a jovem se afastava. Mas seria incapaz de dar uma chance à bem-aventurança de seu amor, esperança do paraíso verdadeiro e eterno. Além disso, não poderia aprisionar tudo o que sua natureza abrangia – o peregrino, o ambicioso, o poeta, o pastor – dentro dos limites de uma única paixão. Não poderia renunciar, nem jamais seria capaz de fazê-lo, à vastidão de seu trabalho missionário, em troca do abrigo e da paz de Vale Hall. E de tal forma aprendi a perscrutar-lhe a mente que, apesar de toda a sua reserva, um dia tive a audácia de me oferecer para ser sua confidente.

A Srta. Oliver costumava me honrar com visitas frequentes ao meu chalé. Eu aprendera muito sobre seu caráter, que não tinha mistério ou disfarces. Ela era vaidosa, mas não insensível. Exigente, mas de forma alguma uma egoísta incurável. Tinha sido muito mimada desde pequena, mas isso não chegara a estragá-la. Era impetuosa, mas bem-humorada. Fútil – pois não podia evitar quando, a cada olhada ao espelho, via como era adorável, mas não afetada. Era generosa com suas posses e desconhecia o orgulho da riqueza. Era ingênua. Razoavelmente inteligente, alegre, vivaz e superficial. Em resumo, era uma pessoa encantadora mesmo para um observador frio, do mesmo sexo que ela, como eu. Mas não chegava a ser excepcionalmente interessante ou impressionante. Tinha, por exemplo, um tipo de mentalidade muito diferente da das irmãs de St. John. Eu gostava dela quase tanto quanto gostava de minha pupila Adèle, exceto pelo fato de que uma criança, a quem ensinamos e de quem cuidamos, nos evoca mais afeição do que uma pessoa igualmente atraente, mas que já conhecemos adulta.

Ela desenvolvera uma fantasia a meu respeito. Dizia que eu era igual ao Sr. Rivers, embora, precisava admitir, "não tão bonita". Dizia que eu "era graciosa e tinha uma boa alma, mas que ele era um anjo". E acrescentava que eu era boa, inteligente, discreta e firme como ele. Que era uma *lusus naturae*, na qualidade de professora da escola pública. E que tinha certeza de que meu passado, se fosse revelado, daria um romance.

Certa noite, quando ela, com seu jeito meio infantil e espontâneo, embora não ofensivo, remexia na cômoda e na gaveta da mesa da minha pequena cozinha, achou dois livros franceses, um volume de Schiller e uma gramática e um dicionário de alemão, além do meu material de pintura e de alguns esboços. Entre estes, um desenho a lápis de uma bela jovem parecendo um querubim, feito no período da escola, e várias paisagens, reproduzindo o Vale de Morton e a charneca em torno. Primeiro, ela ficou muito surpresa e, em seguida, encantada.

Perguntou se fora eu a autora dos desenhos, se sabia falar francês e alemão. Disse que eu era um amor, que era um milagre! Que desenhava melhor do que o professor que tivera na escola primária em S... E perguntou se eu não queria desenhar o seu retrato, para que ela pudesse mostrar ao pai.

– Com prazer – respondi. E me vi tomada por uma espécie de furor artístico, só de pensar em copiar uma modelo tão perfeita e radiante. Nesse dia, ela usava um vestido de seda azul-marinho, que lhe deixava os braços e o colo nus. Seu único ornamento eram as tranças castanhas, que se derramavam sobre os ombros em ondas de natural encantamento. Peguei uma folha de papel especial e, com todo o cuidado, fiz um esboço. Prometi a mim mesma o prazer de colori-lo. E, como estava ficando tarde, disse que ela teria de voltar outro dia para posar para mim.

Ela falou tanto de mim para o pai que no dia seguinte, ao cair da tarde, o próprio Sr. Oliver veio acompanhá-la. Era um homem alto, robusto, de meia-idade e cabelos grisalhos, junto ao qual sua linda filha ficava parecendo uma flor desabrochada ao lado de uma velha torre. Ele me pareceu um tanto taciturno, e mesmo soberbo. Mas foi gentil comigo. Adorou o esboço que eu fizera de Rosamond e disse que eu precisava finalizar o retrato. Insistiu, também, para que eu fosse a Vale Hall no dia seguinte.

E eu fui. Era uma residência espaçosa, atraente, exibindo inúmeras evidências da riqueza de seu dono. Rosamond parecia imensamente contente por eu estar lá. O pai dela foi muito afável. E quando, após o chá, começamos a conversar, expressou sua aprovação entusiástica do meu trabalho na escola de Morton, dizendo apenas temer, por tudo o que vira e ouvira, que eu fosse qualificada demais para o posto e em breve o trocasse por outro melhor.

– É verdade – disse Rosamond. – Ela pode perfeitamente ser preceptora na casa de uma família aristocrática, papai.

Pensei comigo mesma que preferia mil vezes estar onde estava a viver em meio a uma família de alta classe. O Sr. Oliver falou do Sr. Rivers – da família Rivers, em geral – com grande respeito. Disse que era um sobrenome muito tradicional na região. Que seus antepassados tinham sido muito ricos. E que, antigamente, toda Morton pertencia a eles. Disse ainda que continuava achando que qualquer membro daquela família poderia, se quisesse, casar-se com uma pessoa da melhor extração. Comentou achar uma pena que um jovem tão talentoso e educado manifestasse o desejo de ir embora e se tornar missionário. Era, em sua opinião, como jogar a vida fora. Assim, tudo indicava que o pai de Rosamond tampouco faria qualquer objeção a um casamento dela com St. John. Estava claro que o Sr. Oliver considerava o jovem clérigo um bom partido, de família tradicional e com uma profissão respeitável o suficiente para compensar a falta de fortuna.

Num dia 5 de novembro, um feriado, minha jovem criada, depois de me ajudar a limpar a casa, tinha ido embora, satisfeita com o pagamento de um *penny* que eu lhe dera. Tudo estava limpo e arrumado, o chão varrido, a grade da lareira burnida, as cadeiras bem enceradas. Eu própria também me arrumara e tinha a noite livre para usufruí-la como bem entendesse.

Durante uma hora, ocupei-me com a tradução de algumas páginas em alemão. Depois, peguei minha palheta e meus lápis e decidi me dedicar à atividade mais prazerosa, por ser mais fácil, de terminar o retrato de Rosamond Oliver. A cabeça já estava pronta. Tinha apenas de pintar o fundo e de esbater as cortinas; precisava, ainda, dar um toque de carmim aos lábios carnudos; um ou outro cacho para acrescentar aos cabelos, escurecer a sombra dos cílios acima dos olhos azuis. Estava absorta no delinear desses detalhes quando, após uma rápida batida na porta, St. John Rivers entrou.

– Vim ver como está passando seu feriado – disse. – Espero que não apenas entregue a reflexões. Ah, vejo que não. Ótimo. Enquanto desenha, não se sente só. Está vendo? Ainda desconfio de você, embora esteja saindo-se muito bem. Mas eu lhe trouxe um livro, para alegrar sua noite – e ele depôs sobre a mesa uma publicação. Era poesia, uma daquelas produções genuínas que faziam a alegria do público naquela época – a era de ouro da literatura moderna. Que pena! Os leitores de hoje são muito menos favorecidos. Mas, coragem! Não vou fazer uma pausa para acusar ou me queixar. Sei que a poesia não morreu, nem o gênio desapareceu. Nem tampouco Mamon sobrepujou a um ou a outro, prendendo-os ou matando-os. Ambos continuarão existindo e um dia teremos de novo sua presença, liberdade e força. Anjos poderosos, eles estão seguros no Paraíso! E sorriem quando as almas sórdidas triunfam e os delicados choram por sua destruição. A poesia destruída, o gênio banido? Não! Não, mediocridade: não deixe que a inveja a faça pensar assim. Eles não apenas vivem como reinam e se fortalecem. E sem sua divina influência, espalhada por toda parte, você estaria no inferno, o inferno de sua própria pequenez.

Enquanto eu perscrutava com ansiedade as belas páginas de *Marmion* (pois era *Marmion* o livro), St. John se inclinou para examinar meu desenho. De repente, seu corpo esguio se endireitou. Ele nada disse. Ergui o rosto e o observei. Desviou os olhos. Eu sabia muito bem o que ele estava pensando, podia ler o que lhe ia no coração. Estava, portanto, mais calma e mais fria do que ele naquele instante. Tinha por enquanto uma vantagem sobre St. John e tive vontade de ajudá-lo, se pudesse.

"Mesmo com tanta firmeza e autocontrole", pensei, "ele está exigindo demais de si mesmo. Guarda todos os sentimentos e é agulhado por dentro. Nada expressa, confessa ou compartilha. Tenho certeza de que lhe faria bem falar um pouco sobre a doce Rosamond, com a qual acha que não deve se casar. Vou fazê-lo falar."

Comecei:

– Sente-se, Sr. Rivers.

Mas ele respondeu, como sempre, dizendo que não ia poder se demorar.

"Muito bem", respondi mentalmente, "pode ficar de pé, se quiser. Mas estou decidida a não deixá-lo ir embora, por enquanto. A solidão lhe faz tanto mal quanto a mim. Vou tentar descobrir a fonte secreta da sua confidência, buscar uma nesga nesse peito de pedra, através da qual conseguirei extrair uma gota que seja do bálsamo da compaixão."

– Acha que o retrato está parecido? – perguntei, de chofre.

– Parecido? Parecido com quem? Eu não olhei direito.

– Olhou, sim, Sr. Rivers.

Ele tomou novo susto diante da minha franqueza repentina. Ficou me olhando, assombrado.

"Ah, isso ainda não é nada", murmurei internamente. "Não vou me deixar acuar por seus modos rígidos. Estou preparada para ir até o fim." E continuei:

– O senhor observou o quadro com muita atenção. Mas não vou me importar se quiser dar mais uma olhada – e ergui o desenho, colocando-o nas mãos dele.

– É uma pintura muito bem executada – disse ele –, muito delicada, com um colorido claro. Muito graciosa e bem desenhada.

– É, sim. Tudo isso eu sei. Mas e quanto à semelhança? Com quem se parece?

Depois de alguma hesitação, ele respondeu:

– Com a Srta. Oliver, creio.

– Claro. E agora, para premiá-lo por ter adivinhado, vou prometer que lhe farei uma duplicata perfeita deste quadro, desde que o senhor admita que gostaria de recebê-la. Não quero desperdiçar meu tempo e trabalho para lhe oferecer algo ao qual não dê valor.

Ele continuava olhando para o quadro. E, quanto mais olhava, mais o segurava com força e mais parecia cobiçá-lo.

– É igual! – murmurou. – Os olhos estão bem-feitos: a cor, a luz, a expressão, tudo perfeito. E sorri!

– Ter uma duplicata dele seria para o senhor um conforto ou um transtorno? Diga-me! Quando estiver em Madagascar, ou no Cabo, ou na Índia, não seria um consolo ter consigo essa lembrança? Ou será que olhar para ela traria recordações que só o deixariam inquieto e infeliz?

Agora ele erguia os olhos, de modo furtivo. Encarou-me, titubeante, perturbado. E tornou a olhar para o quadro.

– Que eu gostaria de tê-lo, não tenho dúvida. Agora, se seria prudente e sábio, isso é outra questão.

Como eu tinha certeza de que Rosamond realmente gostava dele, e de que o pai dela não se oporia ao casamento, e tendo uma visão menos exaltada das coisas do que St. John, estava firmemente decidida a promover aquela união. A mim me parecia que se ele se tornasse o administrador da grande fortuna do Sr. Oliver, faria tanto bem quanto se fosse desgastar seu gênio e sua força em alguma paragem, sob o sol tropical. E foi com isso em mente que respondi:

– Pelo que tenho notado, seria mais prudente e sábio que o senhor tomasse para si a própria modelo, de uma vez por todas.

A essa altura, ele já se sentara. Depusera o quadro na mesa à sua frente e, segurando a cabeça entre as mãos, observava-o. Vi que não ficara nem ofendido nem irritado com minha audácia. Notei mesmo que ver o assunto abordado assim com tanta franqueza – assunto que para ele era quase impensável – era algo que começava a lhe dar um novo prazer, deixava-o aliviado. As pessoas muito reservadas em geral precisam de uma discussão franca a respeito de seus sentimentos e dores, mais do que aquelas que são expansivas. O estoico de aparência rígida é, afinal de contas, humano. E penetrar de chofre, com boas intenções, no "mar silencioso" de suas almas costuma desarmá-los.

– Tenho certeza de que ela gosta do senhor – continuei, de pé, atrás da cadeira dele. – E o pai dela o respeita. Além do mais, ela é uma doce criatura, embora um pouco superficial. Mas creio que o senhor tem profundidade de pensamento suficiente para dois. Devia casar-se com ela.

– Ela *gosta* de mim? – perguntou ele.

– Não tenho dúvida. Mais do que de qualquer outra pessoa. Fala sempre no senhor. Não há assunto que a agrade mais, nem que seja nela tão frequente.

– Fico feliz em ouvir isso – disse. – Muito feliz. Pode continuar falando, por quinze minutos – e tirou o relógio, colocando-o sobre a mesa para contar o tempo.

– Mas de que adianta continuar – perguntei – se o senhor provavelmente está preparando um golpe duro em resposta, forjando uma nova cadeia para acorrentar o próprio coração?

– Não imagine gestos assim tão duros. Pense em mim como se me entregando, rendendo, que é o que faço agora: o amor humano se expande como uma fonte descoberta em minha mente, inundando com seu líquido doce todos os campos que tenho arado com tanto cuidado, sempre cultivando as sementes das boas intenções, dos planos altruístas. E agora os campos são invadidos por essas águas de néctar, e suas sementes são inundadas e maculadas por seu delicioso veneno. Já posso ver a mim mesmo estirado numa otomana na sala de visitas de Vale Hall, junto à minha noiva Rosamond Oliver. Ela está falando, com sua voz dulcíssima, inclinando-se sobre mim e me olhando com os olhos que sua mão de artista talentosa copiou tão bem. E sorrindo para mim com aqueles lábios de coral. Ela me pertence, e eu a ela, e esta vida e este mundo são para mim suficientes. Psiu! Não diga nada, meu coração se regozija, meus sentidos estão em êxtase, deixe que o tempo que marquei escoe em paz.

Eu lhe fiz a vontade. O relógio continuava trabalhando. Ele tinha a respiração ofegante, sufocada. Eu continuava de pé, muda. Em meio a esse silêncio, o quarto de hora escoou. Ele tornou a guardar o relógio, depôs o quadro na mesa, levantou-se e ficou de pé no meio da sala.

– Pronto – disse. – Um pequeno espaço foi concedido para o delírio e a fantasia. Encostei o rosto no seio da tentação, pousei a nuca, por vontade própria, sobre seu buquê de flores. Testei de seu cálice. O colo queima. Há uma vespa no buquê. O vinho é amargo. Suas promessas são vãs, o que ela oferece é falso. Tudo isso eu vejo e sei.

Eu o olhava estupefata.

– É estranho – continuou – que embora eu ame Rosamond com loucura, com toda a intensidade de uma primeira paixão, cujo objeto é de beleza, graça e fascínio incomuns, é estranho que ainda assim tenha a consciência, serena e imaculada, de que ela não seria uma boa esposa para mim. De que não é a companheira perfeita. Sei que eu descobriria isso logo no primeiro ano do casamento. E que, a esses doze primeiros meses de enlevo, seguir-se-ia uma vida inteira de arrependimento. Tenho plena consciência disso.

– De fato, é estranho! – não pude deixar de exclamar.

– Ao mesmo tempo que algo dentro de mim é extremamente sensível aos encantos dela, outra parte percebe com agudeza seus defeitos. E eles são de tal natureza que não se adequariam àquilo que aspiro, nem contribuiriam em nada para minhas realizações. Rosamond, uma sofredora, uma trabalhadora, uma mulher apóstola? Rosamond, a mulher de um missionário? Nunca!

– Mas o senhor não precisa ser um missionário. Poderia abrir mão desse plano.

– Abrir mão? O quê? De minha vocação? Do meu trabalho maior? Da construção, em vida, do paraíso que quero alcançar? Minhas esperanças de constar entre aqueles que subjugaram suas ambições pela glória de melhorar seus semelhantes, de levar o conhecimento onde há ignorância, de substituir a guerra pela paz, prisão por liberdade, crendice por religião e o medo do inferno pelo anseio do paraíso? É disso que devo abrir mão? Tais planos me são mais caros do que o sangue que corre em minhas veias. São por eles que anseio e é para eles que vivo.

Depois de uma longa pausa, falei:

– E a Srta. Oliver? O senhor não se importa com sua decepção e sua dor?

– A Srta. Oliver está sempre rodeada de pretendentes e admiradores. Em menos de um mês, minha imagem se apagará de sua mente. Ela me esquecerá. E, provavelmente, casar-se-á com alguém que a fará mais feliz do que eu faria.

– O senhor fala com frieza, mas sofre com o conflito. Está definhando.

– Não. Se emagreço um pouco é por causa da ansiedade a respeito do futuro, ainda incerto, e da minha partida, sempre sendo adiada. Hoje de manhã mesmo recebi a notícia de que meu sucessor, o qual venho aguardando há tanto tempo, não poderá vir substituir-me em menos de três meses. E que talvez esses três meses se transformem em seis.

– O senhor estremece e fica vermelho toda vez que a Srta. Oliver entra na sala de aula.

Mais uma vez, ele pareceu surpreso. Não imaginava que uma mulher pudesse abordar tais assuntos com um homem. Mas eu me sentia perfeitamente à vontade. Sempre que me deparava com mentes fortes, refinadas e discretas, fossem de homens ou mulheres, não sossegava enquanto não ultrapassava os limites da reserva convencional, as barreiras da confidência, e conquistava um lugar no cerne do coração dessas pessoas.

– Você é *sem dúvida* diferente – disse ele. – E nem um pouco tímida. Há algo de bravo em seu espírito, assim como em seu olhar penetrante. Mas devo dizer que está, de certa forma, interpretando errado minhas emoções. Elas não são tão profundas e potentes como pensa. Você credita a mim uma afinidade maior do que na verdade tenho. Quando coro, e quando estremeço diante da Srta. Oliver, não sinto pena de mim mesmo, mas sim desprezo por minha fraqueza. Sei que ela é ignóbil: mera febre da carne e não, posso lhe garantir, uma verdadeira convulsão da alma. *Esta* é firme como uma rocha e repousa no fundo do mais calmo dos mares. Reconheça-me como quem realmente sou: um homem frio e duro.

Sorri, incrédula.

– Você ouviu minha confidência num momento de turbulência – continuou ele – e agora ela está à sua disposição. Em meu estado original, sem o invólucro limpo de sangue com o qual o cristianismo recobre a deformidade humana, sou apenas isto: um homem frio, duro e ambicioso. Apenas a afeição natural, entre todos os sentimentos, tem um poder permanente sobre mim. Mas é a razão, e não o sentimento, aquilo que me guia. Minha ambição não tem limites. Meu desejo, insaciável, é alçar voo, fazer mais do que os outros. Admiro a resignação, a perseverança, o trabalho, o talento, pois esses são os meios através dos quais o homem alcança seus objetivos e se lança a uma posição elevada. Observo sua carreira com interesse, porque vejo que é uma mulher diligente, disciplinada e enérgica. E não por sentir compaixão por aquilo que você sofreu e ainda sofre.

– O senhor se descreve como se fosse um mero filósofo pagão – falei.

– Não. Há uma diferença entre mim e os filósofos deístas. Eu acredito. Creio no Evangelho. Você errou seu epíteto. Não sou um pagão, mas um filósofo cristão, um seguidor da seita de Jesus. Como Seu discípulo, adoto Sua doutrina pura, compassiva e benigna. É o que prego, é o que quero ensinar. Desde que a religião me conquistou, quando jovem, é assim que tem cultivado minhas qualidades. Da menor semente, a afeição natural, transformou-se numa árvore frondosa, a filantropia. Das raízes selvagens dos valores humanos, evoluiu para o verdadeiro senso da justiça divina. Da ambição de ter poder e fama para meu pobre eu alquebrado, formou-se a ambição de espalhar a Palavra do Senhor, de obter vitórias para a glória da Cruz. É o que a religião fez comigo. Transformou a matéria-prima original em algo melhor, podando e treinando a natureza. Mas não conseguiu erradicá-la. Nem tampouco isso ocorrerá "até que esse mortal alcance a imortalidade".

Dito isso, ele pegou o chapéu, que estava sobre a mesa ao lado da palheta, e olhou mais uma vez para o quadro.

– Ela é mesmo linda – murmurou. – Não é à toa que recebeu o nome de Rosa do Mundo!

– E não quer que eu faça uma réplica para o senhor?

– *Cui bono*? Não.

E cobriu o quadro, para protegê-lo, com uma folha de papel fino que costumo usar para descansar a mão quando estou pintando. O que viu de repente naquele papel em branco, não sei dizer. Mas algo prendeu-lhe a atenção. Ele o puxou de repente. Olhou o canto. Depois lançou-me um olhar peculiar, embora incompreensível, um olhar que parecia me investigar inteira, corpo, rosto, roupa. Um olhar rápido, inquisidor, agudo como um raio. Seus lábios se entreabriram, como quem vai falar. Mas ele reprimiu a frase, fosse qual fosse.

– O que há? – perguntei.

– Nada, absolutamente nada – foi a resposta. E, recolocando o papel fino no lugar, vi que ele rasgou um pedacinho da margem, enfiando-o dentro da luva. Em seguida, com um aceno brusco e um "boa tarde", desapareceu.

"Bem!", exclamei, usando a expressão da região, "aí tem dente de coelho!"

E eu própria fui avaliar o papel. Mas nada vi, a não ser algumas manchas de tinta, dos meus testes de cor. Fiquei por um ou dois minutos tentando entender o mistério. Mas, achando-o insolúvel, e certa de que não teria importância, deixei-o para lá. E logo o esqueci.

33

Assim que o Sr. St. John saiu, começou a nevar. E a nevasca continuou por toda a noite. No dia seguinte, um vento frio trouxe nova tempestade e, ao anoitecer, o vale já estava tão coberto de neve que já era quase impossível atravessá-lo. Fechei as persianas e forrei a porta com uma manta para evitar que os flocos penetrassem pela fresta de baixo, além de avivar o fogo. Depois de ficar por mais de uma hora sentada diante da lareira ouvindo os sons abafados da nevasca lá fora, acendi uma vela, peguei o volume de *Marmion* e comecei a ler:

Com o dia posto sobre a encosta de Norham
E sobre o rio Tweed, largo e profundo,
E sobre a solidão das montanhas Cheviot
As torres maciças, a guarda do cárcere
As paredes circundantes que as esbatiam
Brilhavam com seu lustre amarelo

Logo, mergulhada na música, esqueci a tormenta.

Ouvi um barulho. Pensei que fosse o vento, batendo na porta. Não. Era St. John Rivers, que, erguendo a tranca, entrou, fugindo da nevasca, da escuridão, e se colocou de pé à minha frente. O casacão que lhe cobria o corpo alto estava branco como uma geleira. Fiquei logo consternada, pois não esperava visita alguma naquela noite, com o vale intransponível.

– O que aconteceu? – perguntei – Alguma notícia ruim?

– Não. Como você se alarma com facilidade! – foi a resposta dele, enquanto tirava o casaco e o pendurava atrás da porta, ao mesmo tempo que recolocava a manta, arrancada quando ele entrara. Bateu com as botas no chão, para tirar a neve.

– Vou sujar seu chão imaculado – disse –, mas deve me perdoar desta vez.

E em seguida aproximou-se do fogo.

– Foi um trabalhão para chegar aqui, posso lhe garantir – disse, enquanto aquecia as mãos diante do fogo. – Com uma lufada, fui enterrado quase até a cintura. Ainda bem que a neve é macia.

– Mas por que o senhor veio?

– É uma pergunta pouco hospitaleira para se fazer a um visitante. Mas, já que a fez, devo responder simplesmente que preciso falar com você. Cansei dos meus livros mudos e dos meus quartos vazios. Além disso, desde ontem estou vivendo aquela excitação em geral vivida por uma pessoa que ouviu metade de uma história e que está impaciente para ouvir o restante.

E sentou-se. Lembrei-me de sua estranha atitude da véspera e comecei a temer que estivesse perturbado. Contudo, se fosse um caso de insanidade, ele era um louco frio e controlado: nunca vira aquele belo rosto parecer tão moldado em mármore como parecia agora, enquanto ele tirava o chapéu molhado pela neve e recebia, na fronte e nas faces pálidas, a luz do fogo, que me revelava traços de pesar e preocupação ainda mais nítidos. Esperei que dissesse algo que eu pudesse compreender. Mas ele pusera a mão no queixo e o dedo sobre os lábios. Estava pensando. Ocorreu-me que sua mão parecia tão gasta quanto o rosto. E senti-me envolver por uma inesperada onda de comiseração, que me fez dizer:

– Seria bom se Diana ou Mary pudessem vir morar com o senhor. É horrível viver assim tão sozinho. E o senhor se descuida inteiramente da própria saúde.

– Não, de jeito algum – rebateu ele –, eu me cuido sempre que necessário. Estou bem agora. O que está vendo de errado em mim?

Disse isso de forma displicente, com uma indiferença abstrata, demonstrando que minha preocupação parecia aos olhos dele algo supérfluo. Fiquei muda.

Ele continuava passando os dedos sobre o lábio superior, com o olhar vagueando de forma sonhadora na direção do fogo. Só para ter algo que dizer, perguntei-lhe se não estava sentindo um vento entrando pela porta atrás dele.

– Não, não! – respondeu, de forma brusca.

"Bem", pensei, "se não quer falar, então que fique quieto. Vou deixá-lo sozinho agora e voltar para o meu livro."

Avivei a vela e recomecei a ler *Marmion*. Logo, ele se mexeu. Meus olhos não paravam de observar-lhe os movimentos. Tirou do bolso um livrinho de couro e dali uma carta, que leu em silêncio, antes de dobrá-la e tornar a guardá-la, pondo-se a meditar. Era inútil tentar ler com aquela figura à minha frente. Nem eu conseguiria ficar calada, estando tão impaciente. Ele podia brigar comigo, se quisesse, mas eu ia falar.

– Tem tido notícias de Diana e Mary?

– Não desde aquela carta que lhe mostrei na semana passada.

– E quanto a seus planos, houve alguma mudança? Não vai mesmo poder ir embora da Inglaterra antes do que esperava?

– Temo que não. Seria muita sorte se isso acontecesse.

Como não estava tendo muito sucesso, decidi mudar de campo. Achei que seria melhor falar da escola e das alunas.

– A mãe de Mary Garrett está melhor, e a garota voltou à escola esta manhã. E, na próxima semana, terei quatro alunas novas, de Foundry Close. Iam começar hoje, mas foi impossível por causa da nevasca.

– Mesmo?

– O Sr. Oliver vai financiar duas delas.

– Vai?

– E está planejando fazer uma reforma geral na escola para o Natal.

– Eu sei.

– Foi sugestão do senhor?

– Não.

– E de quem foi então?

– Da filha dele, acho.

– É típico dela. Uma moça tão bondosa.

– É verdade.

Mais uma vez, seguiu-se um silêncio. O relógio bateu as oito horas. Isso pareceu despertá-lo. Descruzou as pernas, sentou-se bem ereto e virou-se para mim:

– Largue o livro um momento e chegue mais perto do fogo – disse.

Perguntando-me o que aconteceria, e sem encontrar resposta, obedeci.

– Há meia hora – disse ele – falei da impaciência por ouvir o restante de uma história. Pensando bem, acho que serei mais exato se assumir o papel de narrador, deixando a você o de ouvinte. Antes de começar, devo adverti-la de que a história soará um tanto conhecida a seus ouvidos. Mas velhos detalhes costumam ganhar um frescor quando passam por novos lábios. Além disso, seja ela antiga ou nova, a história pelo menos é curta.

“Há vinte anos, um pobre coadjutor, não importa seu nome, apaixonou-se pela filha de um homem rico. Ela se apaixonou por ele e com ele se casou, contrariando os conselhos dos parentes e sendo deserdada após o casamento. Antes que dois anos se passassem, os dois, marido e mulher, estavam mortos e enterrados lado a lado. Vi-lhes o túmulo, está num imenso cemitério que fica junto à catedral sombria da cidade operária e superpopulosa de... O casal deixou uma filha, que, desde seu nascimento, foi entregue aos braços da Caridade – esse braço quase tão frio quanto a nevasca que hoje enfrentei. A Caridade levou a menina enjeitada para a casa de seus ricos parentes maternos. Ela foi criada por uma tia por afinidade chamada – passarei a dar os nomes, agora – Sra. Reed de Gateshead. Você ouviu um ruído? Imagino que tenha sido apenas um gato arranhando os caibros no telhado da escola aí do lado. Era um celeiro antes da reforma, e os celeiros estão sempre cheios de ratos. Mas, continuando: a Sra. Reed cuidou da órfã durante dez anos. Se estava feliz ou não ao lado dela, eu não saberia dizer, pois isso nunca me disseram. Mas, ao fim desse período, a garota foi transferida para um lugar que você conhece, e que não é outro senão a escola de Lowood, na qual você própria residiu por tanto tempo. Parece que lá a carreira dela foi honrada: de aluna, tornou-se professora, como você – e é curioso ver como há coincidências nos dois casos. Ela saiu de lá para ser preceptora. Nisso, também, o destino de vocês duas se parece. E foi dar aulas à protegida de um tal Sr. Rochester.

– Sr. Rivers! – interrompi.

– Posso imaginar o que está sentindo – disse ele –, mas contenha-se por um instante. Estou quase terminando. Ouça-me até o fim. Do caráter do Sr. Rochester, nada sei. Só sei que ele ofereceu um casamento honroso a essa jovem e que em pleno altar ela descobriu que ele tinha uma esposa, ainda viva, embora louca. Que atitude ele tomou e que propostas fez depois disso são meras conjecturas. Mas quando a notícia se espalhou e foi necessário procurar a preceptora para ouvi-la, descobriu-se que ela havia desaparecido. Ninguém conseguiu saber como, quando, nem para onde. Deixara Thornfield à noite. Todas as buscas provaram-se inúteis. Os campos foram varridos de fora a fora. Nenhum vestígio ou informação puderam ser obtidos a respeito dela. E, no entanto, era uma questão da mais séria urgência que ela fosse encontrada. Foram colocados anúncios em jornais. Eu mesmo recebi uma carta do Sr. Briggs, um advogado, comunicando os detalhes que acabo de relatar. Não é uma história estranha?

– Apenas diga-me uma coisa – falei – e já que o senhor sabe tanto, com toda a certeza *poderá* responder: o que aconteceu com o Sr. Rochester? Como e onde ele está? O que está fazendo? Ele está bem?

– Ignoro tudo o que diz respeito ao Sr. Rochester. Na carta ele não foi mencionado, mas apenas a tentativa fraudulenta e ilegal que perpetrou. Você devia, sim, perguntar o nome da preceptora, assim como a natureza dos acontecimentos que tornam o aparecimento dela fundamental.

– Então ninguém foi a Thornfield Hall? Ninguém viu como está o Sr. Rochester?

– Acho que não.

– Não escreveram para ele?

– Claro que sim.

– E o que ele disse? E com quem estão as cartas dele?

– O Sr. Briggs dava a entender que a carta em resposta a suas perguntas não fora respondida pelo Sr. Rochester, mas sim por uma senhora, cujo nome é Alice Fairfax.

Eu me sentia gelada, infeliz. Meus piores temores talvez fossem verdade. Muito provavelmente o Sr. Rochester deixara a Inglaterra e mergulhara, em desespero, em algum covil que antes frequentava no continente. Que droga para curar seus sofrimentos, que objeto para suas paixões não buscara ali? Eu nem ousava responder a tal pergunta. Ah, meu pobre patrão, aquele que um dia fora quase meu marido, aquele a quem eu chegara a chamar tantas vezes de "meu querido Edward!".

– Ele deve ter sido um homem mau – observou o Sr. Rivers.

– O senhor não o conhece, por isso não manifeste opinião sobre ele – retruquei, com ternura.

– Muito bem – foi a resposta, mansa. – Na verdade, minha mente tem outras ocupações. Tenho de terminar minha história. Já que você não vai perguntar qual o nome da preceptora, eu mesmo terei de dizê-lo. Veja! Eu o tenho escrito aqui – e é sempre mais satisfatório ter dados importantes assim escritos, o preto no branco.

E ele tornou a tirar do bolso o caderninho de anotações, abrindo-o e perscrutando-o. De uma de suas páginas, surgiu um pedaço de papel, meio rasgado. Reconheci-lhe a textura e as manchas de tinta azul-marinho, vermelho e de laca: era o pedaço arrancado da margem do papel que cobria meu desenho. Ele se levantou e o estendeu para mim. E eu li, traçado com tinta indiana, com minha própria letra, as palavras *Jane Eyre* – resultado sem dúvida de alguma distração.

– Briggs me escreveu a respeito de uma tal Jane Eyre – disse ele –, e os anúncios buscavam uma tal Jane Eyre. Eu conhecia uma Jane Elliott. Confesso que tinha minhas suspeitas, mas foi só ontem à tarde que elas se transformaram em certeza. Você assume o nome e abre mão do *nome falso*?

– Sim, sim. Mas onde está o Sr. Briggs? Talvez ele tenha mais notícias sobre o Sr. Rochester.

– Briggs está em Londres. Estou certo de que ele nada sabe sobre o Sr. Rochester. Não é no Sr. Rochester que ele está interessado. Você se concentra em detalhes tolos e esquece o que é essencial. Não pergunta por que o Sr. Briggs está atrás de você, o que queria de você.

– Bem, e o que ele queria?

– Queria apenas lhe dizer que seu tio, o Sr. Eyre da Ilha da Madeira, morreu. E que lhe deixou todas as suas propriedades e que agora você é uma pessoa rica. É só isso. Mais nada.

– Eu... rica?

– Sim, você. Rica. Uma herdeira e tanto.

Seguiu-se um silêncio.

– Você terá de provar sua identidade, é claro – continuou St. John após algum tempo. – Mas isso não será problema. E poderá tomar posse de tudo, imediatamente. Sua fortuna está investida nos fundos ingleses. O Sr. Briggs está com o testamento e todos os documentos necessários.

Ali estava uma nova carta desvirada! É um acontecimento bom, leitor, sair num segundo da indigência para a riqueza – muito bom. Mas não é algo que se possa compreender e em consequência dele se regozijar, assim de uma hora para outra. Acho que há outros acontecimentos na vida capazes de trazer uma emoção muito maior. *Aquilo* era real, uma questão mundana, nada tinha de espiritual. Todas as associações eram portanto sólidas e sóbrias, assim como suas manifestações. Ninguém salta e grita de alegria ao saber que tem uma fortuna. O que se faz é começar a pensar nas responsabilidades, nos negócios. Sobre uma base de satisfação surgem certas preocupações graves e nós nos contemos, refletindo sobre nossa sorte com um semblante solene.

Além disso, palavras como Herança e Legado vêm sempre junto com outras como Morte e Funeral. Meu tio estava morto, e ele era o único parente que eu tinha. Desde que soubera de sua existência, vinha alimentando a esperança de um dia encontrá-lo. Agora, isso seria impossível. Além disso, aquele dinheiro vinha apenas para mim. Não para mim e uma família feliz, mas para mim, esse ser sozinho. Era uma grande dádiva, sem dúvida. Ser independente seria algo glorioso. Sim, é claro que sim. Mas era justamente *isso* que me pesava o coração.

– Finalmente, está erguendo o rosto – disse o Sr. Rivers. – Pensei que a Medusa a tivesse olhado, e você se estivesse transformando em pedra. Talvez agora me pergunte qual a quantia a que tem direito.

– E quanto é?

– Ah, uma bobagem! Nada que valha a pena mencionar... Acho que algo em torno de vinte mil libras. Mas o que é isso, afinal?

– Vinte mil libras?

Ali estava uma nova razão de espanto. Eu calculava algo em torno de quatro ou cinco mil libras. Fiquei sem fala por um instante. O Sr St. John, a quem eu nunca vira rir, agora estava rindo.

– Bem – disse –, se você tivesse cometido um crime, e eu lhe tivesse dito que o crime fora descoberto, acho que não estaria com uma expressão mais espantada.

– É uma soma muito alta. Será que não houve engano?

– Não há engano algum.

– Talvez o senhor tenha lido errado os números. Talvez sejam duas mil libras.

– Está escrito por extenso, não em algarismos. São vinte mil.

Mais uma vez senti-me como uma pessoa que não é glutona e que está sentada numa mesa de banquete, coberta de pratos capazes de alimentar cem pessoas. O Sr. Rivers agora se levantava e vestia o casacão.

– Se não estivesse uma noite tão terrível, eu mandaria Hannah para lhe fazer companhia. Você parece tão melancólica, aqui sozinha. Mas Hannah, pobre mulher! Não conseguiria vencer a nevasca como eu fiz. As pernas dela não são compridas como as minhas. Por isso, sou obrigado a deixá-la sozinha com suas dores. Boa noite.

Ele já levantava a tranca da porta. De repente, ocorreu-me um pensamento.

– Espere um instante! – gritei.

– Sim?

– Fico me perguntando como foi que o Sr. Briggs escreveu para o senhor a meu respeito. Como ele o conhecia e como poderia imaginar que o senhor, vivendo em lugar tão ermo, seria capaz de ajudar a descobrir meu paradeiro.

– Ah, eu sou um pároco – respondeu ele –, e os párocos em geral são procurados em assuntos como esse.

E mais uma vez ele mexeu na tranca.

– Não, essa explicação não me satisfaz! – exclamei. De fato, havia algo naquela resposta rápida e lacônica que, em vez de ajudar, despertava ainda mais a minha curiosidade. – É tudo muito estranho – insisti. – Preciso saber um pouco mais.

– Em outra ocasião.

– Não, hoje mesmo! Esta noite!

E, quando St. John se virou em minha direção, eu me interpus entre ele e a porta. Ele pareceu bastante sem graça.

– O senhor não vai sair daqui enquanto não tiver me contado tudo – falei.

– Por enquanto, prefiro não dizer mais nada.

– Mas vai dizer! Precisa dizer!

– Seria melhor que Diana ou Mary lhe informassem.

É claro que essas objeções só fizeram aguçar ainda mais minha ansiedade. Eu precisava ser atendida, e sem demora. E foi o que disse a ele.

– Mas já lhe disse que sou um homem severo – argumentou o Sr. Rivers. – E difícil de ser persuadido.

– Pois eu também sou uma mulher severa. E impossível de ser levada à desistência.

– Além disso – continuou ele –, sou uma pessoa fria. Não me deixo contaminar por nenhum estado de fervor.

– Se estou em fogo, o fogo pode derreter o gelo. O calor da lareira derreteu toda a neve do seu casaco. Por causa disso, a neve derretida escorreu no chão, tornando-o igual ao de uma rua movimentada. Como sei que o senhor espera ser perdoado por ter sujado minha cozinha, diga-me, em troca, aquilo que preciso saber.

– Bem, sendo assim – disse –, eu me rendo, não à sua ansiedade, mas à sua perseverança. Água mole em pedra dura. Além disso, um dia você vai acabar sabendo. É melhor agora do que mais tarde. Seu nome é Jane Eyre, não é?

– Isso já ficou estabelecido.

– Mas o que você não sabe é que tenho o mesmo sobrenome que você. Meu nome de batismo é St. John Eyre Rivers, sabia?

– Não diga! Agora estou me lembrando de ter visto a letra "E" entre suas iniciais nos livros que tantas vezes me emprestou. Mas nunca perguntei qual era esse nome do meio. Mas o que significa isso, então? Não me diga que...

E eu me calei. Não ousava acalentar, quanto mais expressar, a ideia que me surgira na mente por um segundo, como uma possibilidade forte e real. As circunstâncias se intercruzavam, se encaixavam nos lugares. A cadeia que até então formara um amontoado caótico agora se esticava, e cada elo era visível, cada conexão completa. Eu sabia, por instinto, a resposta para tudo, antes que St. John dissesse uma única palavra. Mas não posso esperar que o leitor tenha a mesma percepção intuitiva. Por isso, vou repetir a explicação.

– O sobrenome de minha mãe era Eyre. Ela possuía dois irmãos. Um clérigo, que se casou com a Srta. Jane Reed de Gateshead, e um comerciante de Funchal, na Ilha da Madeira, John Eyre. O Sr. Briggs, sendo o advogado do Sr. Eyre, escreveu-me em agosto último para me informar sobre a morte de nosso tio, e para dizer que ele deixara sua fortuna para a filha órfã de seu irmão, preterindo-nos em razão de um desentendimento, jamais perdoado, entre ele e meu pai. Há algumas semanas ele tornou a escrever, para me comunicar que a herdeira estava desaparecida e perguntar se eu sabia de seu paradeiro. Um nome, escrito sem querer num pedaço de papel, foi o que me fez encontrá-la. O restante, você sabe.

Mais uma vez, ele se preparou para sair. Mas eu me encostei na porta.

– Sua mãe era irmã do meu pai?

– Sim.

– Ela, então, era minha tia?

Ele aquiesceu.

– Meu tio John era o seu tio John? Você, Diana e Mary são os filhos dele, e eu sou a filha do irmão dele?

– Sem dúvida.

– Vocês três, então, são meus primos. Metade do nosso sangue vem da mesma fonte?

– Sim, nós somos primos.

Observei seu rosto. Então eu encontrara um irmão, alguém de quem podia me orgulhar, alguém a quem podia amar. E também duas irmãs, cujas qualidades eram tantas que, quando eu as conhecia apenas como estranhas, mesmo assim já me inspiravam afeição e admiração genuínas. Aquelas duas moças, às quais eu vira, agachadas, através da janela da cozinha de Moor House, com uma mistura amarga de interesse e desespero, eram da minha família. E aquele jovem cavalheiro que me encontrara quase à morte em sua porta era sangue do meu sangue. Que descoberta gloriosa para uma pobre jogada fora! Isso sim era riqueza! Riqueza para o coração, essa mina das mais puras e benignas afeições. Aquilo era uma bênção, uma alegria vívida e brilhante, diferente do prazer que o ouro traz, prazer que é sem dúvida bem-vindo, mas cujo peso requer uma gravidade. Agora eu batia palmas, na mais súbita alegria, meu pulso disparava, minhas veias palpitavam.

– Ah, estou tão, tão feliz! Muito feliz! – exclamei.

St. John sorriu.

– Eu não disse que você estava deixando de lado pontos essenciais em função de tolices? – perguntou. – Ficou séria quando lhe contei que tinha ganhado uma fortuna. E agora, sem motivos, está toda alegre.

– Mas *o que* está dizendo? Você pode achar que não há motivo. Já tem suas irmãs e está pouco ligando para uma prima. Mas eu não tenho ninguém. E de repente três parentes – ou dois, se não quiser que eu conte você – aparecem na minha vida, já adultos. Ah, vou repetir: estou muito, muito feliz!

Andei de um lado para o outro do aposento. Sentia-me sufocar pelos pensamentos que surgiam, com uma rapidez que me impedia de acompanhá-los e compreendê-los. Pensamentos sobre como seria, e o que aconteceria, dali por diante. Olhei para a parede nua: ela me pareceu um céu repleto de estrelas, cada uma surgindo e brilhando para o meu prazer. Aquelas mesmas pessoas que tinham salvado a minha vida, e a quem eu já amava, embora nada lhes pudesse dar, agora eu poderia ajudar. Eles passavam um aperto, eu poderia libertá-los; estavam separados, eu poderia reuni-los; a riqueza e a independência que eram minhas podiam ser deles também. Não éramos quatro? Vinte mil libras divididas em partes iguais dariam cinco mil para cada um – o que era mais do que suficiente. Justiça seria feita e a felicidade mútua estaria assegurada. Agora, a fortuna já não me pesava. Agora, não era apenas dinheiro, era um legado de vida, esperança e felicidade.

Não sei que aparência eu tinha enquanto todos esses pensamentos me varriam a mente como uma tempestade. Mas logo notei que o Sr. Rivers colocara uma cadeira atrás de mim e, com toda a gentileza, tentava fazer com que eu me sentasse. Pediu também que me acalmasse. Não dei a mínima para sua insinuação de que eu estaria divagando, afastei-lhe a mão e voltei a caminhar de um lado para o outro.

– Escreva amanhã mesmo para Diana e Mary – falei – e diga-lhes que voltem para casa imediatamente. Diana já disse que se consideraria rica se tivesse mil libras, portanto, com cinco mil ela viverá muito bem.

– Diga-me onde posso pegar para você um copo d'água – intercedeu St. John. – Você precisa fazer um esforço e se acalmar.

– Bobagem! E que espécie de efeito a herança terá sobre você? Será que vai mantê-lo na Inglaterra, será que vai convencê-lo a se casar com a Srta. Oliver e viver em paz como qualquer mortal?

– Você está delirando. Sua cabeça parece confusa. Temo que tenha dado a notícia de forma abrupta. Esse estado de excitação está acima de suas forças.

– Sr. Rivers! Está fazendo com que eu perca a paciência! Estou sendo perfeitamente racional. O senhor é que não está me entendendo, ou finge não entender.

– Talvez se você se explicar um pouco melhor, eu possa compreender.

– Explicar? O que há para explicar? Não é possível que não perceba que vinte mil libras, a soma em questão, divididas igualmente entre o sobrinho e as três sobrinhas do nosso tio, darão cinco mil libras para cada um! O que quero é que escreva para suas irmãs e diga-lhes que a fortuna foi deixada para elas.

– Você quer dizer para você.

– Já disse qual é a minha visão da história: seria incapaz de tomar outra atitude. Não sou tão egoísta e injusta, ou mesmo ingrata com meus amigos. Além disso, estou decidida a ter uma família e parentes. Gosto de Moor House e quero viver lá. Gosto de Diana e Mary e estarei ligada a elas pelo resto da vida. Ficarei mais do que satisfeita com cinco mil libras. Seria para mim algo tormentoso e opressivo possuir vinte mil libras. Fortuna, aliás, que jamais poderia ser minha por justiça, embora o seja pela lei. Abro mão para vocês, portanto, daquilo que seria supérfluo para mim. Não quero que haja qualquer oposição, nem discussão sobre o assunto. Vamos entrar num acordo e decidir a questão logo.

– Seu ato é fruto de um primeiro impulso. Precisa de alguns dias para analisar a questão, e só então sua palavra poderá ser considerada válida.

– Ah, se a sua dúvida é sobre a minha sinceridade, estou tranquila. Quanto à justiça da questão o senhor concorda?

– *De fato*, vejo uma certa justiça. Mas isso viria contrariar inteiramente os costumes. Além disso, toda a fortuna é sua por direito. Meu tio ganhou esse dinheiro por seu próprio esforço e tinha liberdade para escolher seu herdeiro. Escolheu você. A justiça permite que a fortuna seja sua. Pode, com a consciência tranquila, ficar com tudo para si.

– Para mim – retruquei –, é tanto uma questão de sentimento quanto de consciência. Preciso satisfazer meus sentimentos, o que raramente tenho oportunidade de fazer. Mesmo que o senhor argumente e recuse e me aborreça por um ano inteiro, ainda assim não pretendo abrir mão do delicioso prazer que vislumbrei: o prazer de cumprir, em parte, uma imensa obrigação e de ganhar amigos pela vida inteira.

– Está dizendo isso agora – argumentou St. John –, porque não sabe o que é possuir riqueza e usufruir dela. Não tem noção da importância que vinte mil libras dariam para você. Do lugar que isso lhe garantiria na sociedade. Das perspectivas que se abririam. Você não pode...

– E o senhor – interrompi – não pode imaginar quanto anseio pelo amor de irmão e irmã. Nunca tive um lar, nem irmãos ou irmãs. Agora posso e vou tê-los. Não está relutante em me aceitar, em me receber, está?

– Jane, serei seu irmão, e minhas irmãs serão suas irmãs também, sem que haja necessidade desse sacrifício dos seus direitos.

– Irmão? Sim, vivendo a uma distância de milhares de léguas! Irmãs? Sim, trabalhando como escravas no meio de gente estranha! Eu, riquíssima, cercada pelo ouro que não fiz por merecer. E vocês sem um tostão. É essa a famosa igualdade e fraternidade? A união inquebrantável, a ligação mais visceral?

– Mas, Jane, suas aspirações por laços familiares e felicidade doméstica podem ser alcançadas de outra forma. Você pode se casar.

– Outra bobagem! Casar! Não quero me casar e nunca hei de fazê-lo.

– Está falando demais. Tais afirmações intempestivas são uma prova de que está sob forte excitação.

– Não estou falando demais. Sei o que sinto e a aversão que toma conta de mim ante a simples ideia de casamento. Ninguém se casaria comigo por amor. E não quero ser tratada como um mero negócio. Tampouco quero me unir a um estranho, a alguém diferente de mim, por quem não sentirei a menor empatia. Quero estar entre meus semelhantes, aqueles que pensam como eu. Diga de novo que será meu irmão. Fiquei muito feliz quando o senhor disse essas palavras. Repita-as, por favor, se puder fazê-lo com sinceridade.

– Acho que posso. Sei que sempre amei minhas irmãs, e sei em que se baseia meu afeto por elas: é no respeito ao seu valor e na admiração por seus talentos. Você também tem princípios e inteligência. Seus gostos e hábitos são parecidos com os de Diana e Mary. Sua presença sempre me foi agradável. Em várias ocasiões, encontrei um alívio salutar ao conversar com você. Sinto que será fácil abrir lugar para você em meu coração, como minha terceira e mais nova irmã.

– Obrigada. Por ora, estou contente. Agora, é melhor o senhor ir porque, se ficar mais, vai acabar me irritando com mais uma manifestação tola de escrúpulos.

– E a escola, Srta. Eyre? Imagino que agora teremos de fechá-la.

– Não, vou continuar trabalhando como professora até que o senhor encontre uma substituta.

St. John sorriu em aprovação. Apertamos as mãos e ele saiu.

Não preciso narrar em detalhes as batalhas que se seguiram e os argumentos que usei, até que tudo estivesse resolvido e a herança dividida como eu queria. Meu objetivo era difícil. Mas como estava absolutamente resolvida; e como meus primos acabaram percebendo que eu não mudaria de ideia quanto à divisão da fortuna; e, também, como no fundo eles próprios viam uma certa justiça na minha intenção; e, por último, como eles teriam feito o mesmo se estivessem no meu lugar – acabaram consentindo em pôr a questão em julgamento. Os juízes escolhidos foram o Sr. Oliver e um advogado habilitado. Ambos foram da mesma opinião que eu: e eu saí ganhando. Os documentos de transferência foram preparados e St. John, Diana, Mary e eu recebemos nossa parte na herança.

34

O Natal se aproximava quando tudo foi acertado: era tempo de férias. Fechei a escola de Morton, mas tomei cuidado para que, de minha parte, aquela separação não fosse algo infecundo. A boa sorte costuma abrir a mão e o coração de forma estupenda. E dar um pouco daquilo que recebemos com tanta abundância é construir um canal para a manifestação de sentimentos incomuns. Há algum tempo eu sentia que muitas das minhas alunas, pessoas tão rústicas, gostavam de mim de verdade. E quando nos separamos essa sensação foi confirmada: elas manifestaram sua afeição com sincera ênfase. Senti-me muito gratificada em ver que realmente conquistara um lugar naqueles corações simplórios. E prometi que no futuro não se passaria uma semana sem que eu aparecesse para visitá-las e dar-lhes uma hora de aula na escola.

O Sr. Rivers, que viera para assistir às aulas, agora dadas para sessenta moças, saiu comigo. Tranquei a porta e fiquei de pé, com a chave na mão, trocando algumas palavras de adeus com meia dúzia das minhas melhores alunas. Eram as moças mais decentes, respeitáveis, modestas e bem informadas que se poderia encontrar entre os camponeses da Inglaterra. E isso é dizer muito. Porque, afinal, os camponeses ingleses já são os mais bem-educados, polidos e orgulhosos de toda a Europa. Desde aquela época, tenho visto *paysannes* e *Bäuerinnen*, e mesmo os melhores entre eles me pareceram ignorantes, rudes e estúpidos se comparados às jovens de Morton.

– Você se sente recompensada pela temporada em que trabalhou? – perguntou o Sr. Rivers, assim que as moças se foram. – Não lhe dá prazer essa consciência de que fez o bem em vida?

– Sem dúvida.

– E olhe que você trabalhou por alguns meses. Uma vida inteira devotada à tarefa de regenerar seus semelhantes não seria uma boa causa?

– Sim – admiti –, mas eu não poderia fazer isso para sempre. Quero também aproveitar meus dons, assim como cultivar aqueles de outras pessoas. Quero usufruí-los agora. Não relembre os deveres da escola nem a meu corpo nem a minha alma. Estou de férias e quero aproveitar ao máximo.

Ele fez um ar grave.

– E agora? Qual é o súbito desejo que tomará conta de você? O que pretende fazer?

– Quero ter uma vida ativa, o mais ativa possível. E o primeiro pedido que lhe faço é que libere Hannah e contrate outra pessoa para ajudá-lo.

– Quer ficar com ela?

– Sim, quero que venha comigo para Moor House. Diana e Mary chegarão dentro de uma semana e quero que tudo esteja em ordem antes disso.

– Entendo. Pensei que você fosse fazer uma viagem. Mas é melhor assim: Hannah ficará com você.

– Diga-lhe que esteja pronta amanhã, então. E aqui está a chave da escola. A chave do meu chalé eu lhe darei de manhã.

Ele a pegou.

– Está muito alegre nessa despedida – disse. – Não entendo por que esse coração tão leve. Não sei que tipo de ocupação pretende dar a si mesma em substituição a suas tarefas aqui. Qual o objetivo, o sentido, a ambição de sua vida agora?

– Meu primeiro objetivo será o de fazer uma *faxina completa*. Entende o verdadeiro sentido dessa expressão? Uma *faxina completa* em Moor House, em cada canto da casa. Depois, quero esfregá-la toda com cera, óleo e um número indefinido de panos, até que fique brilhando outra vez. O terceiro objetivo é consertar cada cadeira, mesa, cama e tapete, com uma precisão matemática, e depois ir quase à falência de tanto comprar carvão e turfa para acender as lareiras em todos os aposentos. Finalmente, nos dois dias anteriores à chegada de suas irmãs, Hannah e eu nos dedicaremos a bater ovos, a catar groselhas, a moer especiarias, a preparar bolos de Natal, a picar os ingredientes para tortas de hortelã e a praticar outros ritos culinários solenes que mal podem ser descritos para pessoas não iniciadas como o senhor. Meu propósito é, em suma, ter tudo absolutamente perfeito e pronto quando

Diana e Mary chegarem na próxima quinta-feira. E minha ambição é dar a elas belíssimas boas-vindas quando estiverem aqui.

St. John deu um sorrisinho. Mas ainda parecia insatisfeito.

– Por ora, está tudo muito bem – disse –, mas, falando sério, acho que quando esse primeiro momento de excitação estiver terminado, você terá ambições mais altas do que a felicidade doméstica é capaz de suprir.

– Mas isso é o melhor que há no mundo! – interrompi.

– Não, Jane, não é. Este mundo não é um lugar apenas para usufruir prazer. Não tente transformá-lo nisso. Nem tampouco em lugar de repouso. Não se torne uma pessoa indolente.

– Não, ao contrário, pretendo ser uma pessoa muito ocupada.

– Jane, eu lhe perdoo, por enquanto. Vou dar-lhe dois meses para que aproveite sua nova posição e para que se divirta com a descoberta tardia dessas relações. Mas, *então*, espero que lance o olhar para além de Moor House e Morton, da calma egoísta do convívio com irmãs e do conforto luxurioso da vida em sociedade. Espero que suas poderosas energias tornem a mexer com você.

Olhei-o, surpresa.

– St. John – falei –, acho que é quase uma maldade sua falar assim. Estou disposta a me sentir tão feliz quanto uma rainha, e o senhor já me quer deixar inquieta! Com que objetivo?

– Com o objetivo de transformar em saldo positivo os dons que Deus lhe deu. E dos quais Ele um dia sem dúvida lhe pedirá contas. Jane, vou acompanhá-la de perto, e com grande ansiedade, estou-lhe avisando. E tente conter esse fervor desproporcional com o qual se dedica aos mais banais prazeres domésticos. Não se atenha com tanta tenacidade aos meros laços da carne. Guarde sua constância e seu ardor para causas mais apropriadas. Evite desperdiçá-los com objetivos tolos e transitórios. Está me ouvindo, Jane?

– Sim, como se o senhor estivesse falando grego. Acho que tenho uma boa razão para me sentir feliz, e feliz *ficarei*. Adeus!

E feliz fiquei em Moor House, enquanto trabalhava duro. Assim como Hannah. Ela se mostrou encantada em ver como eu me tornava uma pessoa jovial no meio de uma casa de pernas para o ar. Em como sabia varrer, espanar, limpar e cozinhar. E, depois de um ou dois dias da maior bagunça feita por nós, foi mesmo uma delícia ver aos poucos a ordem emergindo do caos. Antes, eu estivera em S... para comprar algumas mobílias novas. Meus primos tinham me dado *carte blanche* para fazer as alterações que quisesse e uma determinada soma fora separada para esse fim. A sala de visitas e os quartos eu deixei como eram, porque achei que Diana e Mary teriam maior prazer em reencontrar os velhos ambientes, com suas mesas, cadeiras e camas, do que em dar com um espetáculo das mais exóticas inovações. Mas, mesmo assim, achei que algumas novidades eram necessárias, para que a volta delas tivesse a emoção que eu almejava. Comprei tapetes e cortinas escuros, elegantíssimos, selecionei algumas antiguidades, entre enfeites de porcelana e bronze, troquei capas, espelhos, os estojos de toucador nas penteadeiras e, assim, consegui meu objetivo: tudo parecia cuidado, mas não excessivamente novo. Uma saleta e um dos quartos eu remobiliei inteiramente, com móveis de mogno envelhecido e forro vermelho. Pus lona no corredor e carpetes nas escadas. Quando tudo estava pronto, pensei que Moor House, tão modestamente arrumada e limpa por dentro, formava um perfeito contraste com a paisagem desértica e batida pelo vento invernal lá fora.

A desejada quinta-feira afinal chegou. Elas eram esperadas ao anoitecer, por isso, quando a tarde começou a cair, as lareiras foram acesas em cima e embaixo. A cozinha estava perfeitamente arrumada. Hannah e eu nos vestíramos, e tudo estava pronto.

St. John chegou primeiro. Eu pedira que ele ficasse longe de casa até que tudo estivesse arrumado. E, de fato, a simples ideia da faina, ao mesmo tempo sórdida e trivial, que acontecia entre aquelas quatro paredes foi suficiente para mantê-lo a distância. Foi encontrar comigo na cozinha, onde eu acompanhava a preparação dos bolos para o chá, que estavam assando. Aproximando-se do fogo, perguntou:

– E então, satisfeita com o trabalho de cuidar da casa?

Minha resposta foi convidá-lo a me acompanhar em uma inspeção geral, para ver os resultados do meu trabalho. Com alguma dificuldade, consegui convencê-lo a fazer o giro comigo. Quando abria as portas, St. John se limitava a espiar. E quando já percorrêramos a casa de cima a baixo, ele comentou que devia ter sido um trabalho fatigante proceder a mudanças tão consideráveis num período tão curto de tempo. Mas não disse uma só palavra que indicasse deleite com as melhorias de seu lar.

Aquele silêncio me desconcertou. Pensei que talvez as mudanças tivessem perturbado velhas lembranças que ele alimentava. Um tanto cabisbaixa, perguntei se era esse o caso.

– Não, em absoluto – disse, garantindo que, ao contrário, eu tinha respeitado escrupulosamente cada associação. Mas temia que eu estivesse dando mais atenção ao assunto do que este merecia. Quantos minutos, por exemplo, eu devotara à arrumação daquele quarto onde estávamos? E perguntou se, por falar nisso, eu saberia dizer onde estava determinado livro.

Mostrei-lhe o volume na estante. Ele o pegou e, afastando-se para seu habitual recesso junto à janela, pôs-se a ler.

Agora, leitor, devo dizer: não gostei nada daquilo. St. John era um bom homem, mas eu começava a acreditar que ele falara a verdade ao se definir como uma pessoa severa e fria. As humanidades e amenidades da vida não tinham para St. John qualquer atração, seus serenos prazeres, qualquer encanto. Ele vivia, sem dúvida, apenas para almejar tudo o que há de bom e grandioso. E jamais relaxava, nem admitia que outros à sua volta o fizessem. Enquanto observava sua fronte majestosa, pálida e imóvel como se talhada em pedra, e suas feições finas, também fixas, compreendi de repente que ele jamais daria um bom marido. Seria um desafio terrível ser sua esposa. Compreendi, de forma instintiva, a natureza de seu amor pela Srta. Oliver. Concordei com ele que não passava de um amor dos sentidos. Agora entendia por que ele se desprezava pelo fervor que ela lhe causava. E como lutava para apagar e destruir tal sentimento. E, ainda, por que estava seguro de que esse sentimento jamais traria a felicidade dele ou dela. Percebi que aquele homem era feito da matéria com a qual a natureza forja os heróis – cristãos ou pagãos –, os que fazem as leis, os estadistas, os conquistadores: uma base sólida sobre as quais se apoiam grandes interesses. Mas uma base que, junto a uma lareira, quase sempre se transforma numa coluna fria, sombria e deslocada.

"Esta sala não é seu lugar", pensei, "lugares como a costa do Himalaia, a floresta de Caffre ou mesmo os pântanos infectos da Costa da Guiné lhe assentam melhor. Tem razão em esquivar-se da calma vida doméstica. Não é seu elemento. Ali, suas faculdades se estagnariam, não poderiam desenvolver-se, sobressair-se. Somente em cenários de conflito e perigo, onde a coragem precisa ser provada, a energia exercitada e a força desafiada, é que ele poderá se expressar e se mover, como superior e líder. Aqui, neste lugar, uma criança feliz se daria melhor do que St. John. Ele tem razão em escolher a carreira de missionário. Agora, eu entendo."

– Estão chegando! Estão chegando! – gritou Hannah, escancarando a porta da sala de visitas. No mesmo instante, o velho Carlo começou a latir, na maior alegria. Corri para fora. Já estava escuro. Mas dava para ouvir perfeitamente o rumor de rodas. Hannah logo acendeu um lampião. O veículo parou junto ao postigo. O cocheiro abriu a porta. E as duas figuras tão conhecidas, uma depois da outra, saltaram. Num minuto, meu rosto estava colado a seus chapéus, em contato primeiro com a face macia de Mary, depois com os cachos soltos de Diana. Elas riram, me beijaram e depois a Hannah. Acariciaram Carlo, que estava quase louco de alegria. Perguntaram, ansiosas, se tudo estava bem. E, asseguradas da resposta afirmativa, correram para dentro de casa.

Estavam enrijecidas pela longa e desconfortável viagem desde Whitcross e geladas por causa do ar frio da noite. Mas a expressão de felicidade delas cresceu assim que se colocaram diante do fogo. Enquanto o cocheiro e Hannah carregavam os baús, ambas perguntaram por St. John. Nesse momento, ele surgiu vindo da sala de visitas. Ambas se atiraram ao mesmo tempo em torno de seu pescoço. Ele deu em cada uma um beijo calmo, disse em voz baixa algumas palavras de boas-vindas, ficou um pouco ali de pé ouvindo a conversa delas e então, dando a entender que esperava que elas fossem encontrá-lo depois na sala de visitas, retirou-se, como quem vai para um refúgio.

Eu acendera as velas para levá-las para o andar de cima, mas Diana primeiro quis dar algumas ordens ao cocheiro. E só então me seguiu.

Ficaram ambas encantadas com as reformas e a nova decoração em seus quartos. Com as cortinas e os tapetes novos, com os vasos de porcelana colorida. E expressaram sua gratidão sem comedimento. Tive o prazer de perceber que meu trabalho cumprira à perfeição o desejo delas, acrescentando um vívido encanto à alegria de sua volta ao lar.

Foi uma noite deliciosa. Minhas primas, felicíssimas, foram tão eloquentes em seus comentários e narrativas que essa fluência contrabalançou a casmurrice de St. John. Ele estava sinceramente feliz em ver as irmãs, mas não compartilhava de toda aquela demonstração de fervor e alegria. O acontecimento do dia – a volta de Diana e Mary – era algo que o agradava. Mas o que acompanhava esse acontecimento, o alegre tumulto, a tagarelice do reencontro, tudo isso o aborrecia. Notei que ansiava por um amanhã mais calmo. No momento em que a noite de celebração estava no auge, cerca de uma hora depois do chá, ouviu-se uma batida na porta. Hannah entrou dizendo que "um rapaz pobre" tinha vindo, naquela hora imprópria, "pedir ao Sr. Rivers que lhe fosse ver a mãe, que estava tendo uma hemorragia".

– Onde ela mora, Hannah?

– Acima de Whitcross Brow, a uns seis quilômetros daqui, e isso atravessando o pântano e a charneca.

– Diga a ele que já vou.

– Tenho certeza de que é melhor o senhor não ir. Não há estrada pior para se percorrer nesta escuridão. Não existe sequer uma trilha atravessando o charco. Além disso, está uma noite horrível, com o vento mais gelado que se possa imaginar. É melhor o senhor dizer que irá até lá de manhã.

Mas ele já estava no corredor, vestindo o casacão. E, sem fazer qualquer objeção, sem um murmúrio, saiu. Eram nove horas. Ele não voltaria antes da meia-noite. Estaria cansado e faminto, porém muito mais feliz do que ao partir, pois teria cumprido uma obrigação. Teria realizado um trabalho, sentido sua própria força ao insistir e fazê-lo, e assim estaria mais em paz consigo mesmo.

Temo que o restante da semana lhe tenha testado a paciência. Era a semana de Natal. Não nos concentramos numa só tarefa, e sim nos dedicamos a uma espécie de feliz dissipação doméstica. O ar da charneca, a liberdade da casa, a perspectiva de prosperidade tinham sobre o espírito de Diana e Mary o efeito de um elixir. De manhã à noite, estavam felizes. Não paravam de falar. E seu discurso, original, sarcástico e energético, encantava-me de tal forma que eu não trocava uma conversa com elas por nada no mundo. St. John não repreendia nossa vivacidade. Mas fugia dela. Raramente estava em casa. Sua paróquia era grande, a população bastante espalhada, e durante o dia ele se ocupava visitando os pobres e os doentes dos diferentes distritos.

Certa manhã durante o café, depois de olhar para ele com ar pensativo durante algum tempo, Diana lhe perguntou se seus planos "não tinham mudado".

– Não mudaram e não vão mudar – foi a resposta. E, em seguida, informou-nos que sua partida da Inglaterra estava agora definitivamente acertada para o ano seguinte.

– E quanto a Rosamond Oliver? – perguntou Mary, as palavras parecendo lhe terem escapado dos lábios, pois, assim que emitiu a frase, fez um gesto como se quisesse recolhê-las. St. John estava com um livro nas mãos; era seu costume antissocial ler durante as refeições. Ele o fechou e ergueu o olhar.

– Rosamond Oliver está para se casar com o Sr. Granby, um dos mais estimáveis e bem relacionados cavalheiros residentes em S..., neto e herdeiro de Sir Frederic Granby. Foi o pai dela quem me contou, ontem.

As irmãs se entreolharam e em seguida olharam para mim. Nós três o fitamos. Tinha a serenidade de um espelho.

– O noivado deve ter sido acertado muito de repente – disse Diana. – Eles não podem se conhecer há muito tempo.

– Conhecem-se há apenas dois meses. Encontraram-se em outubro, no baile do condado em S... Mas quando não há obstáculos a uma união, e é este o caso, e onde a conexão é totalmente desejável, não há necessidade de adiamentos. Eles se casarão em breve, em S... Place, residência que Sir Frederic vai ceder aos noivos e que será reformada para recebê-los.

Na primeira vez em que me vi a sós com St. John depois desse comunicado, senti-me tentada a perguntar se a notícia não o perturbara. Mas ele parecia tão avesso a qualquer manifestação de simpatia que tive vergonha até daquela que já lhe manifestara no passado, quanto mais de lhe oferecer novo alento. Além disso, tinha perdido um pouco a prática de conversar com ele. Ele se tornara outra vez muito reservado, e minha franqueza parecia incapaz de penetrar aquele gelo. St. John não cumprira a promessa de me tratar como a uma irmã. A toda hora, fazia distinções entre nós, o que não contribuía em nada para aumentar nossa cordialidade. Resumindo, agora que eu era oficialmente sua parente e vivia sob o mesmo teto que ele, a distância entre nós parecia aumentar se comparada a meus tempos de professora da escola pública. Quando eu lembrava quão profundamente penetrara em suas confidências, mal podia compreender sua presente frieza.

Por isso, foi com grande surpresa que o vi de repente erguer o rosto da escrivaninha sobre a qual estava inclinando e me dizer:

– Como vê, Jane, a batalha foi travada e a vitória está assegurada.

Atônita com aquelas palavras, fiquei muda por um instante. Depois de alguma hesitação, respondi:

– Mas o senhor tem certeza de que não é como aqueles conquistadores cujo triunfo lhes sai caro demais? Acaso isso não irá arruiná-lo?

– Acho que não. E, se fosse, não significaria muito. Jamais serei chamado a travar outra luta. Os acontecimentos do conflito foram decisivos. Meu caminho agora está livre. E agradeço a Deus por isso.

E, dito isso, voltou a seus papéis e a seu silêncio.

Nossa alegria mútua – isto é, minha, de Diana e Mary – transformou-se numa felicidade calma, e retomamos nossos hábitos e estudos. St. John passou a ficar mais tempo em casa. Sentava-se conosco na mesma sala, às vezes os quatro juntos. Enquanto Mary desenhava, Diana lidava com um curso de leitura enciclopédica no qual se concentrava, para meu espanto e admiração, eu me esfalfava com o alemão e St. John se dedicava a algum saber místico que só ele compreendia, o aprendizado de uma língua oriental qualquer, a qual considerava, para seus planos, indispensável saber.

Era assim que ele se apresentava, sempre quieto e absorto, sentado em seu canto. Mas seus olhos azuis tinham o hábito de se desprender da gramática exótica e vagar pela sala, às vezes fixando-se em nós com grande curiosidade. Quando era flagrado, rapidamente se desviava. Mas dali a pouco voltava a nos sondar. Eu me perguntava o que significaria aquilo. E me perguntava, também, a razão da grande alegria por ele manifestada todas as vezes em que eu fazia minha visita semanal à escola de Morton. Mais intrigada ainda ficava quando, em dias feios, com muita neve ou chuva ou vento forte, as irmãs dele me pediam que não fosse, e ele invariavelmente fazia pouco do mau tempo, insistindo para que eu fosse e cumprisse meus deveres sem ligar para a força dos elementos.

– Jane não é a frágil que vocês querem fazer dela – dizia. – Pode muito bem enfrentar uma ventania, uma chuvarada ou alguns flocos de neve, assim como qualquer um de nós. Ela tem uma compleição ao mesmo tempo saudável e elástica. Está mais apta a suportar variações climáticas do que as pessoas mais robustas.

Certa tarde, porém, pedi licença para ficar em casa, pois estava de fato muito resfriada. As duas irmãs foram a Morton em meu lugar. Fiquei sentada, lendo Schiller, enquanto ele decifrava seus pergaminhos orientais. No momento em que larguei uma tradução para começar a fazer um exercício, calhou de meu olhar ir na direção dele. E então me vi sendo detidamente observada por aquele par de vigilantes olhos azuis. Não sei há quanto tempo estava assim me olhando, sem parar. Mas era um olhar tão agudo, e ao mesmo tempo tão frio, que por um segundo tive uma sensação ruim, como se estivesse sentada na sala ao lado de um ser sobrenatural.

– O que está fazendo, Jane?

– Estudando alemão.

– Quero que pare de aprender alemão e aprenda hindustânico.

– Não está falando sério, está?

– Mais sério do que nunca. E vou-lhe dizer por quê.

Começou então a explicar que o hindustânico era a língua que ele próprio estava estudando. E que, à medida que avançava, esquecia o que havia aprendido no começo. Seria, portanto, de grande ajuda se eu pudesse estudar com ele, pois, com uma aluna a quem repetir os elementos da língua, teria a oportunidade de fixá-los melhor. Comentou ainda que chegara a ficar na dúvida entre mim e suas irmãs, mas que se decidira por mim porque eu era a que tinha maior capacidade de concentração. Será que eu não lhe faria esse favor? Garantiu que meu sacrifício não duraria muito porque agora só faltavam três meses para sua partida.

Não era fácil dizer não a St. John. Dava para perceber que qualquer impressão que nele se fazia, fosse de dor ou prazer, ficava gravada de forma profunda e permanente. Quando Diana e Mary voltaram, a primeira encontrou sua aluna agora transformada em aluna do irmão. Diana riu, e tanto ela quanto Mary concordaram que St. John jamais teria sido capaz de convencê-las a dar tal passo. E ele respondeu com mansidão.

– Eu sabia disso.

Descobri que ele era um mestre muito paciente, muito tolerante, mas também bastante exigente. Esperava muito de mim. E quando cumpri suas expectativas ele me deu, a seu modo, sinais claros de aprovação. Aos poucos, desenvolveu sobre mim uma influência que me tirou a liberdade de pensamento: seus elogios e sua atenção me restringiam mais do que sua indiferença. Já não conseguia conversar ou rir abertamente quando ele estava por perto, porque um instinto desagradável e implacável me lembrava que a vivacidade não me caía bem, ao menos a mim, aos olhos dele. De tal forma eu me convencera de que somente estar atarefada e séria era algo aceitável, que na presença dele não conseguia agir de outro modo. Era como se ele me tivesse enfeitiçado. Quando St. John dizia "vá", eu ia; quando dizia "venha", eu vinha; "faça isso", eu fazia. Mas não gostava daquela servidão. E muitas vezes desejei que ele tivesse continuado a me ignorar.

Certa noite, na hora de deitar, as irmãs dele e eu nos acercamos para lhe desejar boa-noite. Ele beijou cada uma delas, como fazia sempre, e, também como era seu costume, apertou minha mão. Diana, que naquela noite estava num humor muito jovial (*ela* não era controlada pelo temperamento dele; porque o dela, à própria maneira, era tão forte quanto), exclamou:

– St. John! Você diz que considera Jane sua irmã, mas não a trata como tal. Deveria beijá-la também!

E me empurrou na direção dele. Achei que Diana estava fazendo uma provocação e me senti desconfortável e confusa. Enquanto me sentia assim, St. John inclinou a cabeça. Seu rosto grego se pôs na altura do meu, seus olhos me observaram com agudeza – e ele me beijou. Não existem beijos de pedra ou beijos de gelo, mas se existissem eu diria que o beijo de meu primo era dessa natureza. Mas existem beijos experimentais, e aquele era um deles. Depois de dado, ele me observou para ver o resultado. Não foi grande coisa. Tenho certeza de que não corei. Talvez tenha ficado um pouco pálida, pois tinha a impressão de que aquele beijo selava minha prisão. Depois disso, ele nunca mais deixou de cumprir a cerimônia, e a gravidade e aquiescência com as quais eu me submetia pareciam ter para ele certo encanto.

Quanto a mim, a cada dia me empenhava mais em agradá-lo. Mas, para isso, precisava, também a cada dia, recalcar minha própria natureza, sufocar minhas aptidões, modificar o sentido original de meus gostos, forçar a mim mesma a adotar objetivos para os quais não tinha uma vocação natural. Ele queria me educar para uma elevação que eu jamais alcançaria. E eu me torturava o tempo todo tentando ter as aspirações que ele estabelecera para mim. Era tão impossível quanto tentar corrigir minhas feições para transformá-las em seu rosto clássico, dar a meus olhos esverdeados a tintura azul profunda e o brilho solene dos olhos dele.

Mas não era só sua ascendência sobre mim que me mantinha tensa. Nos últimos tempos, era habitual eu ter uma aparência triste. Um sentimento ruim se aferrara a meu coração, extraindo dele toda a alegria, um sentimento de incerteza.

Talvez você, leitor, pense que eu tivesse esquecido o Sr. Rochester, em meio às mudanças que me haviam trazido um lar e fortuna. Mas não, nem por um momento. A lembrança dele continuava comigo, pois não era um vapor que o calor do sol pudesse dispersar, nem tampouco uma efígie de areia que os ventos fossem capazes de desfazer. Era um nome gravado numa placa, destinado a durar tanto tempo quanto o mármore em que fora talhado. A ânsia por saber o que acontecera com ele me perseguia. Depois de ir a Morton, ao voltar a meu chalé, todas as noites eu ficava pensando no assunto. E agora, em Moor House, eram esses mesmos pensamentos que levava para a cama, noite após noite.

Ao longo da minha correspondência obrigatória com o Sr. Briggs a respeito do testamento, eu fizera algumas perguntas sobre a atual residência do Sr. Rochester e seu estado de saúde. Mas, como St. John já havia aventado, o Sr. Briggs não sabia de nada. Escrevi então para a Sra. Fairfax em busca de informações. Calculei que assim com certeza minhas dúvidas seriam elucidadas. Acreditava que minhas indagações teriam uma resposta. Qual não foi a minha surpresa quando quinze dias se passaram sem resposta alguma. Passados dois meses, enquanto dia após dia eu via o correio chegar sem trazer nada para mim, comecei a sentir enorme ansiedade.

Escrevi outra vez. Havia a possibilidade de que minha carta anterior tivesse extraviado. Ao esforço renovado seguiu-se nova esperança, que brilhou durante algumas semanas e, assim como antes, enfraqueceu e morreu. Nenhuma linha, nenhuma palavra chegava até mim. Quando seis meses de vã expectativa se passaram, minha esperança se esvaiu de todo e me vi cercada de negror.

A meu redor, a bela primavera cintilava, mas eu não podia aproveitar. O verão se aproximava. Diana tentava me animar. Dizia que eu parecia doente e desejava me levar para o litoral. Mas St. John se opôs. Disse que eu não precisava de divertimento, mas sim de ocupação. Que minha vida atual era sem sentido, que eu devia ter um objetivo. E, para suprir tais deficiências, imagino, prolongou minhas lições de hindustânico, exigindo ainda mais de mim. E eu, como uma tola, não conseguia – jamais consegui – desobedecê-lo.

Certo dia, eu chegara para a aula com o moral mais baixo do que nunca. A causa da depressão era um sério desapontamento. Hannah me dissera de manhã que havia uma carta para mim e, quando eu descera para pegá-la, certa de que eram afinal as notícias que havia tanto tempo esperava, descobri que era um bilhete de negócios do Sr. Briggs, totalmente sem importância. A descoberta amarga me fizera chorar. E agora, diante dos caracteres e arabescos feitos por algum escriba indiano, meus olhos tornavam a ficar marejados.

St. John chamou-me para ler a seu lado. Ao tentar fazê-lo, minha voz me falhou. E as palavras se perderam em meio aos soluços. Estávamos apenas eu e ele na sala de visitas. Diana estava praticando música e Mary no jardim. Era um belo dia de maio, claro, ensolarado e com brisa suave. Meu companheiro não expressou surpresa ante aquela emoção, nem perguntou qual era a causa. Limitou-se a dizer:

– Vamos esperar alguns minutos, Jane, até que você se controle.

Enquanto eu procurava sufocar o ataque de choro o mais rápido possível, ele ficou sentado quieto, inclinado sobre a mesa, pacientemente me observando como se fosse um médico que, com o saber da ciência, entende a crise do doente. Assim que controlei os soluços, enxuguei os olhos e tartamudeei que não me sentia muito bem naquela manhã, recomecei a leitura, conseguindo completá-la a contento. St. John então pôs de lado os livros dele e os meus, trancou a escrivaninha e disse:

– Agora, Jane, você vai dar uma volta. Comigo.

– Vou chamar Diana e Mary.

– Não. Só quero uma companhia esta manhã, e é você. Vista-se. Saia pela porta da cozinha. Pegue a estrada que leva a Marsh Glen. Encontro-a daqui a pouco.

Não sou de meio-termo. Nunca na vida fui de meio-termo ao lidar com pessoas de caráter positivo, severo, antagônico ao meu, que oscila entre a absoluta submissão e a revolta determinada. Sempre me submeti até o momento da explosão, que vem às vezes com veemência vulcânica. E como as circunstâncias então não me inclinavam à revolta, obedeci cuidadosamente às instruções de St. John. Em dez minutos, estava percorrendo a estradinha rústica do vale, lado a lado com ele.

Soprava uma brisa vinda do oeste. Perpassava as colinas, trazendo com ela o doce aroma da charneca e dos juncos. O céu era de um azul imaculado. O riacho que cortava a ravina, cheio pelas chuvas da primavera, se espraiava, claro, captando os raios dourados de sol e os matizes azuis do firmamento. À medida que caminhávamos, saímos da trilha e pisamos um chão recoberto de musgo macio e verde, cor de esmeralda, pontilhado de florezinhas brancas e de botões amarelos em forma de estrela. Em torno de nós, a quietude das montanhas, porque o vale as cortava bem ao meio.

– Vamos descansar aqui – disse St. John, assim que alcançamos os primeiros grupos de rochas que ladeavam uma espécie de passagem, atrás da qual o riacho se transformava em cachoeira. Adiante, a montanha, livre de musgo e flores, tinha por roupagem apenas a charneca e a rocha viva, o que tornava o rústico em selvagem e o fresco em agreste. Ali, a montanha se transformava no último refúgio da solidão e do silêncio.

– E tornarei a vê-la – disse ele em voz alta – em sonhos, quando adormecer junto ao Ganges. E, também, na hora mais remota, quando um sono de outra natureza se apoderar de mim, à beira de um rio ainda mais escuro!

Estranhas palavras para um estranho amor. A paixão de um patriota austero por sua terra natal. E ele se sentou. Durante meia hora, nada dissemos. Nem ele a mim, nem eu a ele. Depois desse intervalo, St. John recomeçou:

– Jane, vou partir daqui a seis semanas. Reservei um lugar num navio mercante das Índias que zarpa no dia 20 de junho.

– Deus há de protegê-lo, pois o senhor está indo para trabalhar em Seu nome – falei.

– Sim, e essa é minha glória e alegria. Sou o servo do Mestre infalível. Não estou indo sob orientação humana, sujeito a leis imperfeitas e ao controle errático dos meus semelhantes. Meu rei, meu advogado, meu capitão é o Todo-Poderoso. E para mim é algo estranho que todos à minha volta não queiram também se alistar sob a mesma bandeira e empreender a mesma luta.

– Nem todos têm o poder do senhor. Seria tolice para os fracos tentar marchar com os fortes.

– Não estou falando dos fracos, nem sequer penso neles. Refiro-me àqueles que são dignos do trabalho, que têm competência para desenvolvê-lo.

– Esses são poucos e difíceis de encontrar.

– É verdade. Mas, quando encontrados, é correto instigá-los, exigir deles, exortá-los a empreender o esforço, mostrar-lhes quais são seus dons e por que lhes foram dados: para que ouvissem a mensagem do paraíso, e para receber, diretamente de Deus, um lugar no exército dos escolhidos.

– Se eles forem realmente qualificados para essa tarefa, será que seus corações não serão os primeiros a avisá-los sobre ela?

Eu sentia como se um encantamento aos poucos me cercasse, fosse tomando conta de mim. Tremia à espera da palavra que seria declarada de súbito, provocando uma concentração do encanto.

– E o que diz *o seu* coração? – perguntou St. John.

– Meu coração está mudo. Está mudo – respondi, num transe.

– Então devo falar por ele – continuou aquela voz profunda, incansável. – Jane, venha comigo para a Índia. Venha como minha companheira e ajudante de trabalho.

O vale e o céu pareciam girar. As montanhas se expandiam! Era como se eu tivesse ouvido um chamado dos Céus, como se um mensageiro espectral, como aquele da Macedônia, tivesse enunciado "Vinde ajudar-nos!". Mas eu não era um apóstolo, não podia erguer tal escudo, não podia atender a tal chamado.

– Por favor, St. John! Tenha piedade!

Eu apelava a alguém que, ao fazer aquilo que considerava seu dever, não demonstrava nem piedade nem remorso. E ele continuou:

– Deus e a natureza criaram você para ser a esposa de um missionário. Você foi aquinhoada com dons intelectuais, não pessoais: é feita para o trabalho, não para o amor. A esposa de um missionário é o que você deve ser – e será. Você haverá de ser minha. Eu a requisito, não para meu prazer, mas para trabalhar a serviço da Providência.

– Não sou talhada para isso. Não tenho vocação – falei.

Ele calculara que eu faria essas duas objeções. Não ficou irritado. Na verdade, enquanto se inclinava no rochedo atrás de si e cruzava os braços, com o rosto muito sério, percebi que se preparava para uma longa contenda, tendo reunido paciência suficiente para aguentar até o fim. Parecia resolvido, contudo, a só sair dali com a vitória.

– A humildade, Jane – continuou –, é o terreno propício às virtudes cristãs. Você diz que não é talhada para esse trabalho. E quem é? E quem, entre aqueles que foram verdadeiramente chamados, se achava digno dessa convocação? Eu, por exemplo, nada mais sou do que cinza e pó. Com São Paulo, descobri que sou o maior dos pecadores, mas não deixo que essa consciência da vilania me abata. Conheço meu Criador. Sei que Ele, além de grande, é justo. E se Ele escolheu este instrumento frágil para desempenhar uma tarefa importante é porque irá, através da sua Divina Providência, suprir a inadequação dos meios para que cheguemos ao fim. Pense como eu, Jane, e confie em mim. É no Rochedo dos Tempos que quero que você se ampare. Não duvide: ele há de suportar o peso de sua fraqueza humana.

– Não compreendo a vida missionária. Jamais estudei trabalhos missionários.

– Nesse ponto, eu, com toda a humildade, posso dar-lhe o apoio de que precisa. Posso estabelecer tarefas para você, hora a hora. Ficar a seu lado o tempo todo. Ajudá-la a todo momento. Isso eu faria no início. Logo, porque conheço seu poder, você já estaria tão forte e apta quanto eu, e já não precisaria mais de ajuda.

– Mas meu poder... será que foi feito para uma tarefa assim? Não consigo sentir isso. Nada responde ou desperta dentro de mim quando o senhor fala. Não sinto qualquer alento ou o coração alerta, nenhuma voz de incentivo e júbilo. Ah, quem me dera eu pudesse lhe fazer ver como minha mente é um calabouço sombrio, com um único medo preso em suas profundezas: o medo de me deixar convencer e assumir uma missão que não posso cumprir.

– Tenho uma resposta para você. Ouça. Eu a venho observando desde que nos conhecemos. Fiz de você minha aluna ao longo de dez meses. Nesse período, eu a pus à prova de diversas maneiras. E o que foi que vi e percebi? Na escola pública, vi que podia desempenhar muito bem trabalhos que eram alheios a seus hábitos e inclinações. Percebi que fazia isso com tato e capacidade. Saía-se vencedora quando assumia o controle. Na calma com que recebeu a notícia de que estava rica, pude perceber que tem a mente livre do vício de Demas,* que o lucro não tem sobre você qualquer poder. Na presteza resoluta

*Demas, personagem bíblico, companheiro do apóstolo São Paulo, mas que depois renegou sua fé. (*N. da T.*)

com que a vi dividir sua fortuna em quatro partes, ficando com apenas uma delas e abrindo mão das outras três sob a alegação de uma justiça abstrata, observei que sua alma é daquelas que se expandem sobre a chama do sacrifício. Descobri em você as qualidades que procuro, na maneira cordata com que, ante uma sugestão minha, concordou em se submeter às aulas sobre um assunto que interessava a mim e dispensou o estudo do assunto que era do seu interesse, e na assiduidade com que se dedicou a ele, enfrentando, com energia e bom humor incansáveis, suas dificuldades. Jane, você é dócil, diligente, desinteressada, fiel, constante e corajosa. É também muito gentil e heroica. Confie em si mesma, porque tenho em você uma fé irrestrita. Como professora nas escolas indianas, e ajudando às mulheres indianas, sua contribuição terá para mim um valor inestimável.

Em torno de mim, como que um sudário de ferro se fechava. A persuasão avançava, com seus passos lentos, decididos. Fechei os olhos quanto pude, percebendo que essas últimas palavras abriam aos poucos o caminho que antes parecia bloqueado. Meu trabalho, que antes se me afigurava tão vago e difuso, à medida que ele prosseguia ganhava contornos definidos. St. John esperava por uma resposta. Pedi quinze minutos para pensar.

– Muito bem – animou-se ele. E, levantando-se, caminhou um pouco pela trilha, antes de se sentar num montículo da charneca, onde ficou quieto.

"*Posso*, de fato, fazer o que ele me pede. Sou obrigada a reconhecer isso", refleti. "Isto é, se a vida me poupar. Não creio que durasse muito vivendo sob o sol indiano. E daí? Ele pouco se importa. Quando chegar a minha hora, St. John se resignará e me encaminhará, com toda a serenidade e a santidade, ao Deus que me deu a vida. Tudo está muito claro para mim. Indo embora da Inglaterra, eu estaria deixando uma terra amada, porém vazia, porque o Sr. Rochester não está aqui. E, mesmo que estivesse, que diferença isso faria para mim? O que devia agora era viver sem ele. E não havia nada mais absurdo do que seguir pela vida, dia após dia, como se esperasse alguma modificação impossível nas circunstâncias, capaz de me unir a ele novamente. Claro, como St. John disse um dia, que eu precisava buscar outro interesse na vida para substituir o que estava perdido. Não seria a tarefa que ele agora me oferecia a mais gloriosa que o ser humano podia adotar e Deus conceder? Por seus objetivos nobres e resultados sublimes, não seria essa missão a mais adequada para preencher o vazio criado pelas afeições desfeitas e pelas esperanças destruídas? Acho que devo dizer *sim* e, no entanto, estremeço. É pena! Se me unir a St. John, estarei abrindo mão de metade de mim. Se for para a Índia, terei uma morte prematura. E como será preenchido o intervalo entre a Inglaterra e a Índia, e depois, entre a Índia e a morte? Ah, sei muito bem! Tudo está muito claro para mim. Esforçando-me ao máximo para agradar a St. John, até o limite do suportável, findarei por *conseguir* fazê-lo, alcançando todos os limites de sua expectativa. Se for *mesmo* com ele, se fizer *mesmo* o esforço que St. John requer de mim, com toda a certeza hei de conseguir fazê-lo. Deporei tudo sobre o altar do sacrifício: meu coração, minhas entranhas, a vítima por completo. Ele jamais me amará. Apenas me aprovará. E eu lhe mostrarei energias que ele sequer pode supor, recursos dos quais nem suspeita. Sim, posso trabalhar tão duro quanto ele e, como ele, sem me queixar.

"Dizer sim, então, a seu pedido é algo possível. Exceto por um detalhe, um pequeno e terrível detalhe. É que ele me pede para ser sua esposa e para mim ele não tem o coração de um marido, não mais do que esse rochedo imenso que está à minha frente, cortado pelas águas do rio que despencam no despenhadeiro. Ele me elogia como um soldado o faria a uma boa arma, e isso é tudo. Se não me casasse com ele, isso não me incomodaria. Mas será que conseguirei deixar que ele complete seu plano com toda a frieza, conduzindo-me à cerimônia no altar? Poderei receber dele a aliança nupcial, suportar todas as formas de amor, pois não duvido de que ele as cumprisse rigorosamente, mesmo sabendo estar ausente em espírito? Poderei suportar a consciência de que cada gesto de ternura feito por ele será apenas um sacrifício em nome de um princípio? Não. Tal martírio seria monstruoso. Jamais me submeteria a isso. Como sua irmã, poderia acompanhá-lo, mas não como sua mulher. E é isso que lhe direi.

Olhei na direção do montículo. Lá estava ele, sentado, imóvel como uma coluna. Virou o rosto em minha direção. Seus olhos cintilavam, argutos, atentos. Pôs-se de pé e veio até mim.

– Estou pronta para ir para a Índia, desde que vá como uma mulher livre.

– Sua resposta requer um comentário – disse ele. – Ela não está clara.

– Até agora o senhor tem sido meu irmão adotivo. E eu, sua irmã adotiva. Vamos continuar assim. Não devemos nos casar.

Ele balançou a cabeça.

– A fraternidade adotiva não funcionará nesse caso. Se você fosse minha irmã de verdade, seria diferente. Eu a levaria e não precisaria de uma esposa. Mas, do jeito que as coisas são, ou nossa união é consagrada e selada pelos laços do matrimônio, ou não poderá existir. Obstáculos práticos impedem qualquer outra alternativa. Não percebe, Jane? Pense um instante: seu agudo bom-senso há de guiá-la.

E eu pensei. Mas meu bom-senso só me levava à conclusão de que nós não nos amávamos como homem e mulher. E que, portanto, não devíamos nos casar. E foi o que disse:

– St. John, eu o encaro como a um irmão. E o senhor a mim como uma irmã. Vamos continuar assim.

– Não podemos, não podemos – foi a resposta, cheia de determinação. – Não daria certo. Você disse que iria comigo para a Índia. Lembre-se: foi isso que você disse.

– Sob certa condição.

– Bem, bem, vamos ao ponto, então: você não tem objeção quanto a ir embora comigo da Inglaterra e a cooperar no meu futuro trabalho. Aliás, já pôs a mão na massa, e muito bem. E é consistente demais para retirá-la. Você só tem um objetivo para levar em consideração, que é o de fazer o trabalho da melhor forma possível. Simplifique seus interesses, sentimentos, pensamentos, desejos e anseios complicados. Concentre todas as considerações num só propósito: o de alcançar, com toda força, o objetivo de cumprir a missão do nosso Mestre maior. Para fazer isso, precisa de um coadjutor – não de um irmão, pois este é um laço muito tênue –, de um marido. Eu tampouco preciso de uma irmã. Uma irmã poderia a qualquer momento se afastar de mim. Quero uma esposa, uma companheira a qual possa influenciar de forma eficiente pela vida afora, mantendo-a a meu lado até a hora da morte.

Estremeci ao ouvir aquilo. Sentia como se ele me penetrasse os ossos, me imobilizasse os membros.

– Então procure outra pessoa, St. John, não a mim. Busque alguém que possa combinar com o senhor.

– Alguém que combine com meus objetivos, você quer dizer. Alguém que combine com minha vocação. Mais uma vez, devo dizer-lhe que não é a pessoa particular, insignificante – apenas um ser humano, com seus sentidos egoístas –, a quem quero desposar. É a missionária.

– Darei ao missionário minhas energias, pois é o que ele busca, mas não a mim mesma. Fazer isso seria dar, além da noz, a casca. E esta última para ele não tem qualquer serventia. Por isso, devo retê-la comigo.

– Você não pode, nem deve. Pensa que Deus se satisfará com meia oferenda? Que aceitará um sacrifício mutilado? É a causa de Deus que advogo e é sob Seus parâmetros que a requisito. Não posso aceitar, em nome Dele, uma aliança partida. Ela deve ser integral.

– Ah, mas eu darei meu coração a Deus – falei. – Sei que *o senhor* não o quer.

Não vou jurar, leitor, que não havia um quê de sarcasmo reprimido, tanto no tom com que emiti essa frase, quanto nos sentimentos que a acompanhavam. Até então, eu temera St. John em silêncio, porque não conseguia compreendê-lo. Ele me mantivera num estado de terror respeitoso, pelo fato de me deixar em dúvida. Quanto dele era santo, quanto era mortal, até então eu não soubera dizer. Mas as revelações daquela nossa conversa me permitiam agora processar mentalmente uma análise de sua natureza. Eu enxergava-lhe as falhas, compreendendo-as. Entendia que estando ali, sentada naquela charneca diante daquele belo homem, estava em frente a alguém tão pecador quanto eu. Caíra o véu de seu despotismo e sua dureza. Ao sentir nele essas características, senti também sua imperfeição, e isso me deu coragem. Estava diante de um igual, de alguém com quem podia discutir, de alguém ao qual poderia resistir, se quisesse.

Ele ficara em silêncio depois que emiti a última frase, e eu agora erguia os olhos e ousava encará-lo. Seu olhar, preso ao meu, expressava ao mesmo tempo surpresa e dúvida. "Estará ela sendo sarcástica, e sendo sarcástica *comigo*?", parecia dizer. "O que significa isso?"

– Não devemos esquecer que esta é uma questão solene – disse ele afinal –, sobre a qual não podemos nem pensar nem falar de forma ligeira sem cair em pecado. Tenho certeza, Jane, de que você está sendo sincera quando diz que dará o coração a Deus. É o que mais desejo. Assim que tirar do homem e fixar no Criador seu coração, verá que a evolução do reino espiritual na Terra será seu único deleite e objetivo. Estará disposta a fazer o que for preciso para alcançar esse fim. Verá que ímpeto será dado aos meus e aos seus esforços a união física e mental do matrimônio, a única união que dá um caráter de permanente harmonia aos destinos e aos desejos dos seres humanos. E então, superados todos os pequenos caprichos, todas as dificuldades triviais e delicadezas de sentimento, todos os escrúpulos a respeito de natureza, profundidade, força ou ternura da mera inclinação pessoal, você abraçará essa união de imediato.

– Será? – retruquei, lacônica. E observei-lhe as feições, belas em harmonia, mas de formidável estranheza em sua fria imobilidade. A testa, enérgica, mas fechada. Os olhos, brilhantes e profundos, mas não suaves. A figura imponente. E tentei me imaginar sendo *sua esposa*. Ah, aquilo jamais seria possível! Como sua ajudante, companhia, tudo bem. Seria capaz de cruzar oceanos a seu lado como tal, de enfrentar o sol tórrido do Oriente, de percorrer os desertos asiáticos naquela missão. Admirar-lhe e incentivar-lhe a coragem, a devoção, o vigor. Seria capaz também de me acomodar com doçura ante sua masculinidade. De sorrir, sem me perturbar, perante sua permanente ambição. De discriminar o cristão do homem, de estimar profundamente um e perdoar à vontade o outro. Sofreria muito, sem dúvida, se me unisse a ele apenas dessa forma. Meu corpo estaria carregando um fardo terrível, mas meu coração e minha mente estariam livres. Ainda me restaria meu próprio eu intocado ao qual recorrer. Meus sentimentos sem grilhões, aos quais me dedicar nos momentos de solidão. Haveria recessos em minha mente que seriam só meus, aos quais ele jamais teria acesso. E ali cresceriam, frescos e abrigados, sentimentos que nenhuma austeridade seria capaz de aprisionar, que jamais poderiam ser esmagados por sua marcha hostil. Mas, como sua mulher – o tempo todo a seu lado, reprimida, observada –, forçada a manter sempre baixa a chama da minha própria natureza, a sufocá-la e a jamais soltar um gemido, mesmo que essa chama me consumisse por dentro –, *isto*, sim, seria insuportável.

– St. John! – exclamei, ao chegar a esse ponto de minha reflexão.

– Sim? – respondeu ele, com frieza.

– Repito que concordo em ir com o senhor como ajudante-missionária, mas não como sua esposa. Não posso me casar com o senhor e me tornar parte de sua vida.

– Mas precisa tornar-se parte de mim – respondeu ele –, caso contrário, toda a negociação será vã. Como poderia eu, um homem com menos de trinta anos, levar comigo uma garota de dezenove, a não ser que sejamos casados? Como poderíamos viver para sempre juntos, às vezes sozinhos nos lugares mais ermos, às vezes em meio a tribos selvagens, sem ser marido e mulher?

– Sem problema algum – respondi –, exatamente como seria se eu fosse sua irmã verdadeira, ou se fosse um homem, um clérigo como o senhor.

– É sabido que você não é minha irmã. Não posso apresentá-la como tal. Fazer isso iria acabar levantando suspeitas a respeito de nós. Quanto ao resto, embora você tenha o cérebro vigoroso de um homem, tem o coração de uma mulher. E, assim, não daria certo.

– Daria, sim – afirmei, com certo desdém. – Daria perfeitamente certo. Tenho um coração de mulher, mas não no que diz respeito ao senhor. Em relação ao senhor, o que nutro é um fiel companheirismo, a franqueza digna de um colega soldado. E mais, fidelidade, fraternidade, o que quiser. Sinto o respeito e a submissão de um neófito diante de seu sacerdote. Nada mais do que isso. O senhor não precisa ter medo.

– É o que quero – disse ele, como se falasse para si. – É exatamente o que quero. E há outros obstáculos no caminho: eles precisam ser vencidos. Jane, você não se arrependeria de se casar comigo, pode estar certa. Repito: *precisamos* casar-nos. Não há outra maneira. E, sem dúvida alguma, depois do casamento surgiria amor suficiente para tornar essa união algo correto, mesmo aos seus olhos.

– Desprezo a ideia que o senhor faz do amor – falei quase sem querer, levantando-me e postando-me diante dele, com as costas contra o rochedo. – Desprezo esse sentimento falso que oferece. Sim, St. John, e desprezo-o por oferecê-lo.

Ele me olhou fixamente, trancando os lábios com força. Não sei se estava surpreso ou com raiva. Não era fácil dizer o que lhe ia na mente, pois St. John controlava a expressão do próprio rosto à perfeição.

– Não esperava ouvir essa expressão de você – disse. – Acho que não fiz nem falei nada para merecer desprezo.

Seu tom gentil me tocou e seu jeito superior e calmo me fez estremecer.

– Perdoe-me as palavras, St. John. Mas a culpa é sua por eu me ter exaltado. O senhor introduziu um assunto a respeito do qual temos opiniões muito diferentes. Um assunto que, entre nós, jamais deveria ser discutido. A simples menção da palavra "amor" é uma espécie de pomo da discórdia entre nós. Se a realidade nos exigisse, o que seria de nós? Como nos sentiríamos? Meu querido primo, abandone essa ideia de casamento... Esqueça-a.

– Não – retrucou. – É um esquema que venho acalentando há muito tempo, e o único que me permitirá alcançar meu objetivo maior. Mas não vou pressioná-la mais, por ora. Amanhã, viajo para Cambridge. Tenho alguns amigos lá, dos quais quero me despedir. Estarei ausente por duas semanas. Aproveite esse período para refletir sobre minha proposta. E não se esqueça de que, se rejeitá-la, não estará rejeitando a mim, mas a Deus. Através dos meus meios, Ele está abrindo para você uma nobre carreira. Somente como minha esposa poderá abraçá-la. Caso se recuse a me desposar, limitar-se-á eternamente a um caminho de conforto egoísta e obscuridade estéril. E estremeça perante a ideia de que se colocará ao lado daqueles que desprezaram a fé, sendo piores do que os infiéis!

Terminando de dizer isso, deu-me as costas e mais uma vez...

Mirou o rio, mirou a colina.

Mas agora os sentimentos estavam trancados em seu coração. Eu já não era digna de escutá-los. Enquanto caminhava ao lado de St. John de volta para casa, senti, por suas feições duras, o que ele sentia em relação a mim. O desapontamento de uma natureza austera e despótica, que encontrara resistência onde esperava submissão. A desaprovação diante de um julgamento audacioso e ponderado, fruto de sentimentos e visões que ele não tinha o poder de modificar. Em resumo, como homem, gostaria de ter podido me convencer a obedecer. Era apenas como verdadeiro cristão que ainda admitia, com toda paciência, minha atitude perversa, e só por isso ainda me dava tempo para reflexão e arrependimento.

Naquela noite, depois de beijar as irmãs, ele achou conveniente se esquecer até mesmo de me dar um aperto de mão e saiu da sala em silêncio. Eu, que embora não o amasse pensava sentir por ele uma forte amizade, fiquei ofendida com aquela atitude. Tão ferida que as lágrimas me afloraram aos olhos.

– Vejo que você e St. John andaram discutindo, Jane, durante o passeio pela charneca – disse Diana. – Mas vá falar com ele. Está fazendo hora no corredor, à sua espera. Vocês vão fazer as pazes.

Eu não era de ter orgulho diante de circunstâncias assim. Sempre preferira me sentir feliz do que digna. Corri atrás dele. Estava parado ao pé da escada.

– Boa noite, St. John – falei.

– Boa noite, Jane – repetiu, com toda a calma.

– Então me dê um aperto de mão – acrescentei.

Que toque frio e frouxo senti nos dedos! Ele estava profundamente incomodado com o episódio daquela tarde. Nenhuma cordialidade seria capaz de abrandá-lo, nenhuma lágrima, de comovê-lo. Não havia possibilidade de uma reconciliação feliz, de um sorriso de alento, uma palavra generosa. Porém, como cristão, ele era paciente e calmo. E quando lhe pedi que me perdoasse, respondeu que não tinha o costume de alimentar lembranças desagradáveis; e que nada havia a perdoar, uma vez que ele não fora ofendido.

E com essa resposta afastou-se. Eu preferia que ele tivesse me dado um tapa.

35

Ele não viajou para Cambridge no dia seguinte, como dissera que faria. Adiou a viagem por uma semana e durante esse tempo me fez ver a punição severa que um homem rígido, consciencioso, porém implacável como ele, era capaz de infligir a alguém que o houvesse ofendido. Sem fazer qualquer gesto de aberta hostilidade, nem emitir uma palavra de censura, conseguiu me fazer ciente, o tempo todo, de que já não era merecedora de seus favores.

Não que St. John nutrisse um espírito anticristão de vingança, nem que fosse capaz de erguer a mão contra mim, ainda que tivesse poder para isso. Tanto por natureza quanto por princípio, ele era muito superior à satisfação mesquinha da vingança. Perdoara-me por ter dito que o desprezava e a seu amor, mas não esquecera minhas palavras. Eu sentia pelo seu olhar, quando se voltava para mim, como se essas palavras estivessem sempre escritas no ar, entre mim e ele. Elas ressoavam em minha voz ao lhe alcançar os ouvidos e ecoavam de volta quando ele respondia, sempre que eu dizia alguma coisa. St. John não se abstinha de me dirigir a palavra. Chegava mesmo a me chamar de manhã para sentar a seu lado na escrivaninha. Temo que o homem cruel dentro dele sentia um prazer, não compartilhado por seu lado cristão, em utilizar todos os talentos que possuía, enquanto agia e falava de forma aparentemente casual, para extrair de cada ato e cada frase o espírito de interesse, a aprovação, que em tempos passados dera um certo charme austero a seu linguajar e comportamento. Na verdade, para mim ele já não era feito de carne e osso, mas sim de pedra. Seus olhos não passavam de uma gema azul, fria e brilhante. A língua era apenas um instrumento que falava, nada mais.

Tudo isso me torturava, uma tortura refinada e interminável. Dentro de mim, fervia um fogo lento feito de indignação e sofrimento, que me martirizava e esmagava. Agora eu entendia que, se me casasse com ele, aquele homem tão cheio de bondade, puro como seu próprio coração sombrio, seria capaz de me matar sem extrair de mim uma única gota de sangue, e também sem sentir qualquer resquício de culpa. Entendi isso com clareza principalmente quando tentei uma reconciliação com ele. Fui recebida de forma impiedosa. *Para St. John*, nosso estranhamento não era um incômodo, nem tampouco ele ansiava por um entendimento. E embora, em mais de uma ocasião, minhas lágrimas fartas manchassem o livro sobre o qual nos debruçávamos, isso não produziu nele o menor efeito. Era como se seu coração fosse mesmo feito de pedra ou metal. E, enquanto isso, ele se mostrava mais afável do que nunca com as irmãs. Talvez temendo que a simples frieza não fosse suficiente para me convencer de que eu me encontrava completamente banida, acentuava bem o contraste. E tenho certeza de que não agia por maldade, mas por princípio.

Na véspera de sua partida, ao vê-lo caminhando no jardim ao pôr do sol, lembrando-me de que éramos parentes e que um dia ele salvara minha vida, decidi fazer uma última tentativa de reconquistar-lhe a amizade. Saí e me aproximei dele, que estava de pé, encostado ao portão. Fui direta ao ponto:

– St. John, estou muito infeliz porque o senhor ainda está zangado comigo. Vamos ser amigos.

– Espero que já sejamos amigos – foi a resposta inflexível, enquanto ele continuava, como fazia antes de minha aproximação, observando a lua que surgia no céu.

– Não, St. John, atualmente não somos. E o senhor sabe disso muito bem.

– Não somos? Você está errada. De minha parte, não lhe desejo nenhum mal, apenas o bem.

– Acredito no senhor, St. John, pois estou certa de que seria incapaz de desejar mal a alguém. Mas, como sou sua parente, gostaria de ter mais afeição do que a filantropia geral que o senhor dedica aos estranhos.

– Claro – disse ele. – Seu desejo é razoável, e estou longe de considerá-la uma estranha.

A frase, dita num tom frio e tranquilo, me mortificou e frustrou. Se tivesse me deixado levar pela raiva e pelo orgulho, teria me afastado dali imediatamente. Mas algo dentro de mim era mais forte do que esses sentimentos. Eu venerava o talento e os princípios de meu primo. Considerava sua amizade inestimável. Perdê-la era algo que me ameaçava muito. Eu não desistiria assim tão facilmente.

– Será que precisamos separar-nos desta forma, St. John? E quando for para a Índia, acaso me deixará assim, sem uma palavra mais terna do que as que pronunciou até agora?

Agora ele desprendia o olhar da lua e me encarava.

– Quando eu for para a Índia estarei deixando você, Jane? O quê? Quer dizer então que não irá mesmo comigo para a Índia?

– O senhor disse que eu não poderia ir se não nos casássemos.

– E vai, sim, se casar comigo! Continua apegada a sua resolução?

Você sabe, leitor, o terror que as pessoas frias são capazes de imprimir a perguntas como essa? E quanto o ódio delas nos toma como uma avalanche? E como seu desprazer se parece com o mar congelado se quebrando?

– Não, St. John, não me casarei com o senhor. Continuo, sim, decidida.

A avalanche estremecia e se movia um pouco mais adiante, mas ainda não desabara de todo.

– Mais uma vez: por que essa recusa?

– Antes – respondi – era porque o senhor não me amava. E hoje a resposta é: porque já quase me odeia. Se aceitasse me casar, o senhor me mataria. Já está me matando agora.

Os lábios e a face dele ficaram brancos, muito brancos.

– *Eu a mataria*? *Eu a estou matando*? Suas palavras são impróprias: são violentas, inverídicas e nada femininas. Denunciam um estado mental infeliz. E merecem estrita reprovação. Seriam indesculpáveis, mas é dever do homem perdoar seu semelhante ainda que setenta e sete vezes.

O jogo estava terminado. Enquanto tentava apagar da mente dele os traços da minha ofensa anterior, eu pisara naquela superfície dura e nela imprimira uma marca ainda mais profunda. Agora, era uma queimadura.

– Sei agora que vai me odiar de verdade – falei. – É inútil tentar me reconciliar com o senhor. Vejo que fiz um inimigo para sempre.

Essas novas palavras abriram nova ferida. E ainda pior, porque elas roçavam a verdade. Os lábios pálidos estremeceram, num breve espasmo. Eu conhecia o ferro que estava afiando. Meu coração se contraiu.

– O senhor interpreta mal minhas palavras – falei, enquanto lhe tomava as mãos. – Não tinha intenção de ofendê-lo, nem de fazê-lo sofrer... Não tinha mesmo.

Ele sorriu um sorriso amargo e, com firmeza, tirou a mão de entre as minhas. Depois de uma longa pausa, disse:

– Devo presumir, então, que agora você reafirma sua ameaça e que não irá mesmo comigo para a Índia?

– Sim, irei, mas apenas como sua assistente – respondi.

Seguiu-se outro longo silêncio. Que luta gigantesca se travava nele, entre a Natureza e a Graça, eu não saberia dizer. Chispas singulares cintilavam em seus olhos e sombras estranhas lhe toldavam o rosto. Afinal, ele falou:

– Já lhe provei antes o absurdo que seria uma jovem solteira de sua idade acompanhar um homem solteiro como eu numa viagem ao exterior. E já lhe provei isso em termos que, supus, deveriam ter feito com que você não voltasse a tocar no assunto. O simples fato de que tenha tornado a falar nisso só me faz lamentar. Por você.

Eu o interrompi. Aquela crítica velada me deu coragem imediata.

– Mantenha o bom-senso, St. John. O que está dizendo não faz sentido. O senhor finge estar chocado com o que falei. Mas não está chocado, porque, com sua mente superior, não pode ser tão tolo a ponto de não compreender o que quero dizer. E vou repetir: serei sua auxiliar, sua coadjutora, se quiser, mas sua mulher nunca.

– Uma mulher coadjutora, não sendo minha esposa, é algo para mim inaceitável. Portanto, a conclusão é de que você não poderá ir comigo. Mas, se estiver sendo sincera em sua oferta, poderei, enquanto estiver por aqui, falar com algum missionário casado cuja esposa precise de uma auxiliar. Sua fortuna é suficiente para lhe dar independência. E assim poderá ser poupada da desonra de quebrar uma promessa e desertar das fileiras que se disse disposta a integrar.

Como o leitor sabe muito bem, eu jamais dera minha promessa formal de que integraria tais fileiras. E aquela linguagem era dura demais, despótica demais para a ocasião. Eu respondi:

– Não há aqui qualquer desonra, nem quebra de promessa, nem muito menos deserção. Não tenho a menor obrigação de ir para a Índia, ainda mais acompanhando estranhos. A seu lado, eu seria capaz de ir, porque o admiro e confio no senhor, além de amá-lo como uma irmã. Mas estou convencida de que, fosse ao lado de quem fosse, não sobreviveria por muito tempo naquele clima.

– Ah, então está com medo por si própria! – disse ele, contorcendo os lábios.

– Estou. Deus não me deu a vida para que a jogasse fora. E fazer o que o senhor está pedindo seria, começo a me convencer, equivalente a cometer suicídio. Além disso, antes de deixar a Inglaterra, preciso estar absolutamente certa de que não sou mais necessária aqui.

– O que quer dizer?

– Seria inútil tentar explicar. Uma questão há muito tempo me vem torturando e não posso ir para lugar algum enquanto não tiver esclarecido certas dúvidas.

– Sei bem para onde seu coração se volta e a que você se apega. O interesse de que fala é ilegal e amaldiçoado. Há muito que já devia tê-lo esmagado. E agora está corando só de mencionar o assunto. Estará falando do Sr. Rochester?

Era verdade. E meu silêncio foi uma confissão.

– Vai procurar o Sr. Rochester?

– Preciso descobrir o que aconteceu com ele.

– Só me resta, então – disse ele –, lembrar-me de você em minhas orações e pedir a Deus com fervor que a ilumine, para que não se perca no caminho. Pensava ter identificado em você um dos escolhidos. Mas Deus não vê o que o homem vê. Que seja feita a vontade Dele.

E St. John abriu o portão, atravessando-o e descendo o vale. Logo, já sumira de vista.

Ao voltar para a sala de visitas, encontrei Diana de pé junto à janela, parecendo muito pensativa. Diana era muito mais alta do que eu. Colocou a mão em meu ombro e, inclinando-se, examinou-me o rosto.

– Jane – disse –, está tão pálida e agitada. Tenho certeza de que algo aconteceu. Diga-me o que há entre você e St. John. Estive observando-os daqui da janela, ao longo da última meia hora. Perdoe-me por espioná-los assim, mas por muito tempo tive uma impressão que nem saberia descrever. St. John é um homem tão estranho...

Ela fez uma pausa. Eu nada disse. E Diana recomeçou:

– Tenho certeza de que meu irmão nutre em relação a você uma visão peculiar. Ele a tem tratado com uma distinção e um interesse que não costuma dedicar a mais ninguém. Com que objetivo? Gostaria que ele a amasse... Ele a ama, Jane?

Pousei sua mão fria em minha testa quente.

– Não, Di. De forma alguma.

– Então por que a segue com os olhos, requisita-a a toda hora para estar a sós com ele e a mantém sempre a seu lado? Mary e eu concluímos que está querendo se casar com você.

– E quer. Ele me pediu em casamento.

Diana bateu palmas.

– É exatamente o que achávamos e o que esperávamos! E você vai se casar com ele, não vai, Jane? E então ele ficará na Inglaterra.

– Longe disso, Diana. A única razão para ele ter me pedido em casamento é que quer uma coadjutora para sua missão na Índia.

– O quê? Ele quer que você vá com ele para a Índia?

– Sim.

– Mas isso é loucura! – exclamou ela. – Você não sobreviveria três meses, tenho certeza. Você não irá de jeito algum! Você não aceitou, aceitou, Jane?

– Eu recusei seu pedido de casamento.

– E isso o deixou furioso?

– Muito. Temo que jamais me perdoará. Mas eu me ofereci para acompanhá-lo como irmã.

– Foi uma loucura de sua parte fazer isso. Pense no que seria: na fadiga incessante, fadiga capaz de matar uma pessoa forte, quanto mais a você, que é frágil. St. John, e você o conhece bem, a obrigaria a fazer o impossível. Ao lado dele, você não teria permissão para descansar nas horas mais quentes. E infelizmente, Jane, já notei que faz tudo o que ele pede. Fico impressionada em saber que conseguiu recusar esse pedido de casamento. Você não o ama, não é, Jane?

– Não como marido.

– E ele é um rapaz tão bonito.

– E eu sou tão feiosa. Está vendo, Di? Jamais daria certo.

– Feiosa! Você? De jeito algum. Você é bonita demais, e boa demais, para ser torrada viva em Calcutá.

E mais uma vez ela pediu que eu afastasse completamente a ideia de viajar com o irmão.

– É o que terei de fazer. Porque há pouco, quando repeti a proposta de viajar com ele apenas como ajudante, ele se disse chocado com minha permissividade. Pareceu achar que eu estava propondo uma relação imprópria. Como se eu não o tivesse encarado, desde o princípio, como um irmão, que é o que continuo fazendo.

– Por que diz que ele não a ama, Jane?

– Você deveria ouvi-lo falar do assunto. Explicou repetidas vezes que não é ele, mas sua missão, que precisa de mim. Disse também que fui feita para o trabalho, não para o amor. O que é verdade, sem dúvida. Mas, em minha opinião, se não fui feita para o amor, não fui feita para o casamento. Não seria estranho, Di, viver ao lado de um homem que a considera um mero instrumento de trabalho?

– Insuportável. Antinatural. Está fora de questão!

– No entanto – continuei –, apesar de ter por ele apenas uma afeição fraterna, se fosse forçada a me casar, sou capaz de imaginar o inimaginável, o inconcebível, uma espécie de amor estranho e torturante por ele, já que St. John é tão talentoso e tem uma aura tão heroica, não apenas na aparência, mas também na linguagem e nos modos. Nesse caso, meu fardo se tornaria ainda mais pesado. Porque ele não quer que eu o ame. E se eu manifestasse algum sentimento, St. John me faria ver que é algo supérfluo, indesejável para ele e inadequado para mim. Sei que faria isso.

– E apesar de tudo ele é um bom homem – disse Diana.

– Ele é um homem bom, sim. Mas despreza, sem piedade, os sentimentos das pessoas comuns, porque só consegue enxergar seus objetivos grandiosos. Por isso, é melhor que as pessoas simplórias se mantenham a distância, caso contrário, em sua marcha, ele passa por cima delas. Aí vem ele! Vou deixá-la, Diana.

E corri escada acima, ao vê-lo entrar no jardim.

Mas fui obrigada a estar com ele outra vez, durante o jantar. Estava circunspecto como sempre. Pensei que mal fosse me dirigir a palavra, e achava também que desistiria da ideia do casamento. Mas o que se passou a seguir mostrou que eu estava errada nos dois pontos. St. John se dirigiu a mim exatamente como vinha fazendo nos últimos tempos: com extrema polidez. Sem dúvida, invocara a ajuda do Espírito Santo para controlar a raiva que eu provocara e agora se convencia de que me havia perdoado outra vez.

Para a leitura noturna, antes das orações, selecionou o capítulo vinte e um da Revelação. Era sempre agradável ouvir de seus lábios as palavras da Bíblia. Nunca sua voz soara ao mesmo tempo tão doce e veemente, nunca seus gestos foram tão impressionantes em sua nobre simplicidade, do que ao mencionar os oráculos de Deus. Naquela noite, sua voz ganhava um tom mais solene, os gestos se tornavam mais teatrais, enquanto ele estava sentado em meio a seu círculo doméstico, com a lua de maio brilhando através das cortinas e tornando quase dispensável a luz da vela sobre a mesa. Ali estava ele, sentado, inclinado sobre o exemplar grande e antigo da Bíblia, descrevendo através de suas páginas a visão do novo Paraíso e da nova Terra, contando como Deus lidaria com o homem, como enxugaria as lágrimas de seus olhos, prometendo que não mais haveria morte, nem dor, nem pranto, porque tudo isso era passado.

As palavras que vieram a seguir me tocaram especialmente. Ainda mais porque senti, pela sutil, mínima alteração em seu tom de voz, que ao falar ele voltara os olhos para mim:

– "Aquele que vencer haverá de herdar tudo; e eu serei seu Deus, e ele será meu filho. Mas..." – e St. John leu esse trecho bem devagar – "o temente, o incréu... esses terão sua parte no lago que queima em chamas e enxofre, que é a segunda morte."

A partir daquele instante, percebi qual era o destino que St. John temia fosse o meu.

Um triunfo calmo, camuflado, misturado com um toque solene, marcou a enunciação feita por ele dos últimos e gloriosos versos daquele capítulo. O pregador acreditava que seu nome já estava inscrito no Livro da Vida do Cordeiro e ansiava pela hora em que seria admitido na cidade à qual os reis terrenos levam sua glória e sua honra; a cidade que não precisa de sol ou de lua brilhando, porque é iluminada pela glória de Deus e do Cordeiro.

Na oração que se seguiu àquele capítulo, St. John reuniu toda a sua energia, fez despertar todo o seu zelo e retidão. Parecia mais sério do que nunca, lutando com Deus, disposto à vitória. Suplicou força para os fracos de coração; luz para as ovelhas perdidas; a volta, ainda que na undécima hora, daqueles para os quais as tentações do mundo e da carne eram o extravio da trilha certa. Pedia, suplicava, clamava pela dádiva de uma tocha arrancada à fogueira. O fervor é sempre algo solene. A princípio, enquanto ouvia a oração, eu tentava entender o que emanava dele; depois, à medida que esse fervor continuava e se expandia, passou a me tocar; e, por fim, começou a me inspirar respeito e medo. Ele sentia com tamanha sinceridade a grandeza e a inteireza de seu propósito, que outros, se o ouvissem falar daquela forma, na certa teriam sentido o mesmo que eu.

Quando a oração terminou, nós o deixamos a sós. Ele partiria no dia seguinte muito cedo. Diana e Mary, depois de beijá-lo, saíram da sala, obedecendo, acho, a um pedido sussurrado por ele. Estendi-lhe a mão, desejando que fizesse boa viagem.

– Obrigado, Jane. Como já lhe disse, devo voltar de Cambridge dentro de quinze dias. Esse período servirá, portanto, para sua reflexão. Se desse ouvidos ao orgulho humano, não voltaria a tocar no assunto de casamento com você. Mas só dou ouvidos à minha missão e me mantenho fiel a meus objetivos primeiros, que são os de tudo fazer em nome da glória de Deus. Meu Mestre sofreu por muito tempo. Que o mesmo ocorra comigo. Não posso abrir mão de você para a perdição, como receptáculo da ira. Por isso, arrependa-se e decida-se enquanto é tempo. E lembre-se: devemos trabalhar enquanto ainda é dia, sabendo que "se aproxima a noite, quando homem nenhum deverá labutar". Lembre-se do destino de Dives,* que teve seu quinhão nesta vida. Deus lhe dá forças para escolher, de forma a que a melhor parte não seja tirada de você.

*Dives, homem rico, personagem da parábola "Lázaro e Dives". (*N. da T.*)

Colocou a mão sobre minha cabeça enquanto dizia essas últimas palavras. Falara com solenidade e delicadeza. Seu olhar não era o de um homem apaixonado mirando sua amada, mas de um pastor chamando a ovelha errante. Ou melhor, de um anjo guardião cuidando da alma pela qual é responsável. Todos os homens de talento, sejam ou não sentimentais, sejam eles fanáticos, aspirantes ou déspotas – mas desde que sinceros –, têm seus momentos sublimes, quando se impõem e ganham o controle da situação. Eu sentia veneração por St. John, uma veneração tão forte que seu ímpeto me conduziu de imediato ao ponto que há tanto tempo vinha evitando. Sentia-me tentada a não mais resistir, a deixar fluir a vontade pela torrente de sua existência, e ali perder a minha própria. Estava, naquele instante, tão sitiada por ele quanto estivera antes, embora de forma diferente. Em ambas as ocasiões, eu era uma tola. Se tivesse capitulado na ocasião anterior, teria sido um erro de princípio. Capitular naquele momento seria um erro de julgamento. Mas isso é o que penso hoje, olhando para trás através da lente calma do tempo. Naquela hora, eu não tinha consciência da minha tolice.

Fiquei paralisada ante o toque do meu sacerdote. Minhas recusas estavam esquecidas, meus temores superados, minha resistência paralisada. O Impossível – isto é, meu casamento com St. John – rapidamente se tornava o Possível. Tudo se transformava de repente, num torvelinho. A religião chamava, os anjos acenavam, Deus ordenava. Minha vida se desenrolava como um pergaminho e, além, os portões da morte se abriam, fazendo-me vislumbrar a eternidade. A mim me parecia que, em nome da segurança e da felicidade na outra vida, tudo aqui merecia ser sacrificado num segundo. A sala, envolta em penumbra, estava repleta de visões.

– Por acaso poderá decidir agora? – perguntou o missionário. A questão foi posta num tom suave, enquanto ele me puxava com igual ternura. Ah, aquela delicadeza! Quão mais forte não era do que a força! Eu podia resistir à ira de St. John, mas me tornava maleável como junco ante sua doçura. Mas o tempo todo sabia que, mesmo que capitulasse naquele instante, um dia seria forçada a pedir perdão por minha rebelião passada. A natureza dele não seria capaz de mudar por causa de uma hora de orações. Apenas se encontrava num momento de elevação.

– Poderia decidir se ao menos tivesse certeza – falei –, se ao menos estivesse convencida de que é a vontade de Deus que eu me case com o senhor. Se assim fosse, juraria agora mesmo que me casaria com o senhor, aconteça o que acontecer.

– Minhas preces estão sendo ouvidas! – exclamou St. John. E pressionou a mão ainda com mais força em minha cabeça, como se me chamasse. Envolveu-me em seus braços *quase* como se me amasse. Digo *quase*, pois eu sabia a diferença, já sentira antes o que era ser amada; mas, assim como ele, eu agora considerava o amor fora de questão, e só pensava no dever. Lutava com minha visão interior, toldada por nuvens, que continuavam passando. Desejava com fervor, sincera e profundamente, fazer o que era certo. Só isso. "Mostrai-me, mostrai-me o caminho!", clamava aos Céus. Estava fora de mim, como jamais estivera. E se o que se passou a seguir foi fruto dessa excitação, é o leitor que deverá julgar.

A casa toda estava imersa em quietude. Eu acreditava que todos, exceto St. John e eu, estivessem dormindo. A única vela acesa se extinguia. O aposento estava banhado pela luz da lua. Meu coração batia depressa, com toda a força, e eu podia escutá-lo. De repente, ele parou de bater, diante de um sentimento inexprimível que o percorreu, expandindo-se por todo o meu corpo. Não era como um choque elétrico, mas era tão agudo quanto, e igualmente estranho, assombroso: agiu sobre meus sentidos como se até então meus movimentos tivessem sido apenas fruto de um torpor e agora fossem chamados a despertar. Expectantes, eles se erguiam: olhos e ouvidos esperavam enquanto a carne estremecia sobre os ossos.

– O que ouviu? O que está vendo? – perguntou St. John. Eu nada via, nem ouvia, mas em algum ponto uma voz me chamou:

"Jane! Jane! Jane" – só isso.

– Oh, meu Deus, o que é isso? – sussurrei.

Eu poderia ter dito "De onde ela vem?", porque a voz não parecia estar dentro da sala, ou dentro de casa, nem mesmo no jardim. Não vinha de fora, nem das profundezas da terra, nem do céu. Eu a ouvira, mas de onde viera eu jamais saberia! E era a voz de um ser humano, uma voz muito conhecida, lembrada e amada, a voz de

Edward Fairfax Rochester. E seu tom era de dor e pesar, de loucura, estranheza e urgência.

– Já vou! – gritei. – Espere por mim! Sim, estou indo!

Corri para a porta e olhei o corredor. Estava escuro. Saí para o jardim. Tudo era vazio.

– Onde está você? – exclamei.

As montanhas além de Marsh Glen mandaram, em seu eco, a resposta: "Onde está você?" O vento sussurrava nos abetos. Só o que havia ali era a solidão da charneca e o silêncio da noite.

– Vamos parar com essa superstição! – disse para mim mesma, vendo o espectro escuro surgir junto ao teixo, também escuro, ao pé do portão. – Não é sua decepção, nem é bruxaria que faz isso: é obra da natureza. Ela se levantou e o que fez não foi um milagre, foi o melhor que podia fazer.

Desvencilhei-me de St. John, que me seguira e tentava me deter. Agora era a *minha vez* de assumir o comando. *Meus* poderes estavam agindo, em plena força. Pedi-lhe que não me fizesse perguntas. Pedi-lhe também que se afastasse de mim. Precisava e devia ficar só. Ele me obedeceu de imediato. Quando há verdadeira energia para comandar, a obediência não falha. Subi para meu quarto e lá me tranquei. Caí de joelhos e rezei à minha maneira, muito diferente da forma de St. John, mas igualmente eficiente. Senti como se me aproximasse muito de um Espírito Superior. E minh'alma atirou-se em gratidão a Seus pés. Ergui-me, depois da prece em agradecimento, com uma resolução. E fui deitar-me sem medo, iluminada, esperando apenas o amanhecer do dia.

36

O dia amanheceu. Levantei-me com a alvorada. Por uma hora ou duas, ocupei-me em arrumar o quarto, as gavetas, o guarda-roupa, deixando tudo em ordem como faria para uma breve ausência. Enquanto isso, ouvi St. John sair do quarto. Parou à minha porta. Temi que fosse bater, mas não. Vi uma folha de papel ser introduzida por baixo da porta. Peguei-a. Trazia as seguintes palavras:

"Ontem à noite você me deixou muito de repente. Se tivesse ficado um pouco mais, teria dado a mão à cruz cristã e à coroa angelical. Espero uma decisão definitiva de sua parte quando voltar, daqui a quinze dias. Enquanto isso, vele e reze para não cair em tentação. O espírito, espero, está querendo, mas a carne é fraca, como posso ver. Rezarei por você o tempo todo. Sinceramente, St. John."

"Meu espírito", respondi mentalmente, "anseia por fazer o que é certo e minha carne, espero, é forte o suficiente para cumprir os desígnios divinos, assim que essa vontade for do meu conhecimento. De qualquer forma, já será uma força sair em busca e indagar, sair dessa névoa de dúvida e me deparar com o dia claro da certeza."

Era 1º de junho. A manhã, porém, estava nublada e fria. A chuva batia na janela. Ouvi a porta da frente se abrir e St. John saiu. Olhando através do vidro, vi-o atravessar o jardim. Tomou o caminho vencendo a neblina da charneca, na direção de Whitcross. Lá, tomaria a carruagem.

"Em poucas horas, hei de seguir por esse mesmo caminho, meu primo", pensei. "Também tenho um coche a tomar em Whitcross. Também tenho alguém na Inglaterra a quem quero ver e por quem devo perguntar, antes de partir para sempre."

Ainda faltavam duas horas para o café da manhã. Preenchi o intervalo andando mansamente em meu quarto, pensando na visão que me fizera mudar de planos. Recordei a sensação interior que experimentara. Podia recordá-la de forma clara, apesar de toda a sua estranheza. Lembrava a voz que ouvira. Mais uma vez me perguntava de onde tinha vindo, mas continuava sem resposta. Parecia ter surgido *de dentro de mim*, não do mundo exterior. Perguntava-me se não fora consequência de uma impressão nervosa, uma alucinação, mas me recusava a acreditar em tal hipótese. Parecia-me mais uma inspiração. O estranho choque de sentimentos se dera como o terremoto que estremeceu as fundações da prisão de Paulo e Silas. Abrira as portas da cela de minh'alma, desfizera os grilhões e a despertara. Ela saltara, trêmula, espantada, à escuta. E então, por três vezes, vibrara aquele grito em meus ouvidos, em meu coração abalado e através do meu espírito, que nada temeram, mas sim exultaram de alegria ante o esforço que fora bem-sucedido, de forma independente do fardo do corpo.

"Dentro de alguns dias", pensei, ao encerrar minhas reflexões, "terei notícias sobre aquele cuja voz pareceu me buscar ontem à noite. As cartas foram inúteis. Indo pessoalmente talvez eu tenha sucesso."

Durante o café, anunciei a Diana e Mary que ia fazer uma viagem e que estaria ausente por pelo menos quatro dias.

– Sozinha, Jane? – perguntaram.

– Sim. Vou em busca de notícias de um amigo com o qual estou muito preocupada.

Elas poderiam ter dito, e acredito que tenham pensado, que até então acreditavam que eu não tivesse amigos a não ser eles próprios, porque, de fato, eu sempre afirmara isso. Mas, com sua delicadeza natural, abstiveram-se de qualquer comentário. Apenas Diana me perguntou se eu estava realmente bem para viajar sozinha. Eu estava muito pálida, disse. Respondi que me sentia bem, apenas um pouco ansiosa, ansiedade que esperava em breve aliviar.

Foi fácil fazer os demais preparativos. Ninguém me aborreceu com perguntas ou conjecturas. Tendo explicado às minhas primas que, no momento, não podia ser mais explícita a respeito dos meus planos, elas aquiesceram com toda a gentileza e mantiveram o silêncio por mim solicitado, permitindo-me a liberdade de ação que eu lhes teria dado em circunstâncias semelhantes.

Deixei Moor House às três da tarde e, pouco depois, estava de pé no ponto de parada do coche em Whitcross, esperando o carro que me levaria à distante Thornfield. Em meio ao silêncio daquelas estradas solitárias e colinas desertas, vi o coche aproximar-se a distância. Era o mesmo veículo do qual, um ano antes, também numa tarde de verão, eu descera naquele mesmo lugar, desolada, sem esperança e sem objetivos. Quando fiz sinal, o coche parou. Entrei, mas desta vez não tive de dar todos os meus bens em troca de um lugar. Quando me vi novamente na estrada rumo a Thornfield, senti-me como se fosse um pombo-correio voando de volta para casa.

Foi uma jornada de trinta e seis horas. Saí de Whitcross numa terça-feira à tarde e, na manhã de quinta, o coche parou para dar água aos cavalos numa estalagem de beira de estrada. Estava situada em meio a um cenário de cercas verdes, vastos campos e colinas baixas, de pastagem; uma paisagem suave e verdejante se comparada à aspereza da charneca da região de Morton, no norte. Ao olhar aquela paisagem, ela me pareceu familiar. Sim, conhecia bem aquele cenário e tive certeza de que estava chegando a meu destino.

– A que distância estamos de Thornfield Hall? – perguntei ao estalajadeiro.

– Apenas três quilômetros através dos campos, senhora.

"Minha jornada terminou", pensei. Desci do coche, dei minha bagagem para o estalajadeiro guardar até que eu a mandasse buscar. Paguei o que devia, inclusive ao cocheiro, e saí caminhando. O dia cintilava no símbolo da estalagem, no qual se lia em letras douradas "The Rochester Arms".* Meu coração deu um salto. Eu já estava nas terras do meu patrão. Mas logo se abrandou, com o pensamento que me ocorreu:

"Até onde você sabe, seu patrão pode estar do outro lado do Canal da Mancha. Além disso, mesmo que esteja em Thornfield Hall, quem estará lá também? Sua mulher louca. E você nada tem a ver com esse homem. Não ouse falar com ele nem procurá-lo. Foi trabalho perdido: é melhor parar por aqui", disse uma voz dentro de mim. "Peça informação às pessoas da estalagem. Elas podem lhe dizer tudo o que quer saber. Podem solucionar todas as suas dúvidas de uma vez. Volte até junto daquele homem e pergunte se o Sr. Rochester está em Thornfield Hall."

A sugestão era razoável, mas, ainda assim, eu não conseguia me forçar a fazer aquilo. Temia obter uma resposta que me deixasse mergulhada em desespero. Prolongar a dúvida era prolongar a esperança. Eu poderia ver mais uma vez a casa, em todo o seu esplendor. Ali estava a passagem na cerca, à minha frente, e os mesmos campos que eu atravessara correndo, cega, surda, aturdida por uma fúria

*O brasão dos Rochester. (*N. da T.*)

vingativa que me perseguia e açoitava, na manhã em que fugira de Thornfield. Mal me decidira sobre o que fazer e já estava em meio àqueles campos. Como andava rápido! Chegava às vezes a correr. Como ansiava por vislumbrar aqueles bosques tão conhecidos! Com que sentimentos recebia a visão de cada árvore conhecida, o cenário familiar dos prados e colinas!

Finalmente, a vegetação se tornava mais espessa, o bando de gralhas se adensava, seu pio alto quebrando a quietude da manhã. Uma estranha felicidade me inspirava. Acelerei o passo. Mais um campo cruzado, mais uma picada percorrida e lá estavam os muros do jardim, as dependências nos fundos da casa e a casa em si, os ninhos das gralhas ainda ocultos. "Quero que minha primeira visão deles seja frontal", decidi, "onde a fachada nobre possa ser vista de uma só vez, e onde eu possa localizar a janela de meu patrão. Talvez esteja lá de pé, ele acorda cedo. Talvez esteja caminhando no pomar, no terraço da frente. Ah, se eu ao menos pudesse vê-lo! Será que, se isso acontecesse, eu não correria, louca, até ele? Impossível dizer, não tenho certeza. E se o fizesse, como seria? Deus o abençoe! E daí? Que mal faria experimentar mais uma vez toda a vida que seu olhar me transmite? Deliro: talvez neste instante ele esteja vendo o sol nascer nos Pirineus ou nos mares mansos do sul."

Eu vinha beirando o muro baixo do pomar. Virei num dos cantos do muro. Havia logo ali um portão, que dava para a campina, entre dois pilares coroados com bolas de pedra. De trás de um daqueles pilares, eu poderia espiar com toda a calma a frente da mansao. Espichei a cabeça com todo o cuidado, ansiosa em me certificar se não haveria alguma janela já aberta. Fachada, janelas, a longa parte frontal – tudo estava ali à minha disposição e de meu esconderijo.

As gralhas voejavam acima de minha cabeça, parecendo me observar. Perguntei-me o que estariam achando. Devem ter pensado que eu era alguém muito tímido e muito cuidadoso a princípio, mas que aos poucos me tornava audaciosa e descuidada. Primeiro, uma espiada. Depois, um olhar mais longo. Em seguida, uma escapada de meu nicho e alguns passos pela campina. Parei de repente diante da enorme mansão, lançando sobre ela um prolongado e agudo olhar. "Que hesitação fingida foi essa a princípio?", as gralhas teriam perguntado. "E que descuido estúpido será este agora?"

Ouça uma história, leitor.

Um jovem encontra sua amante adormecida na margem musgosa de um rio. Quer observar-lhe o rosto sem acordá-la. Pisa com cuidado a relva, evitando fazer ruído. Para, com a impressão de que ela se moveu. Dá alguns passos atrás. Não quer, de forma alguma, ser visto. Tudo está quieto. Mais uma vez, avança. Inclina-se sobre ela. Há um véu diáfano sobre seu rosto. Ele ergue o véu, inclinando-se mais. Agora seus olhos antecipam a visão da beleza, doce e adorável. Quão apressado fora seu primeiro encontro! Mas agora eles se fixam. Algo o faz estremecer! Com que veemência súbita agarra com as duas mãos a forma que antes mal ousava tocar! E como grita alto um nome, deixando cair o fardo e olhando-a com loucura. E agarra e grita e olha, pois já não teme acordá-la com qualquer som que possa emitir, com qualquer gesto que possa fazer. Pensava que sua amada estava adormecida e descobriu que ela na verdade está morta.

Eu espiara cheia de alegria, esperando ver uma linda mansão, e o que encontrava eram ruínas calcinadas.

Já não precisava esconder-me atrás de um pilar, espiar as janelas dos quartos temendo que alguém nelas surgisse! Já não precisava ficar à escuta esperando que portas se abrissem, imaginar passos nas calçadas ou nas aleias do jardim. O pátio, os campos, tudo estava abandonado. O portal era um vão. A fachada estava como eu a vira um dia em sonho, transformada numa carcaça, muito alta e muito frágil, pontilhada de janelas mortas. Não havia telhado, nem ameias, nem chaminés. Tudo desmoronara.

E havia em tudo um silêncio de morte, a solidão de um lugar abandonado. Não admira que as cartas nunca tivessem obtido resposta. Era o mesmo que despachar correspondência para um túmulo no cemitério de uma igreja. A triste escuridão das pedras contava por qual destino aquela casa ruíra: fora uma conflagração. Mas o que a provocara? Qual seria a história do desastre? E que perdas, além de pedra e mármore e madeira, haviam dela decorrido? Será que houvera perdas de vidas, assim como materiais? E, se houvera, de quem?

Uma pergunta terrível. E não havia ali ninguém para me responder, nem mesmo um sinal, uma lembrança muda.

Caminhando por entre as paredes em ruínas e através do interior devastado, concluí que a calamidade não era um acontecimento recente. A neve caíra através do arco vazio, as chuvas tinham batido os vãos ocos das janelas, porque em meio às pilhas de destroços, a primavera fizera brotar vegetação. Grama e hera cresciam aqui e ali, por entre pedras e toras caídas. E, meu Deus, onde, enquanto isso, estava o infeliz dono daquelas ruínas? Em que terras? Sob que auspícios? Meu olho vagou por vontade própria em direção à torre da igreja, junto aos portões, enquanto eu me perguntava se ele não estaria ali, repousando ao lado de Damer de Rochester, em seu túmulo de mármore.

Precisava de respostas para aquelas perguntas. E não havia outro lugar para buscá-las senão na estalagem. Foi para lá que voltei. O estalajadeiro em pessoa me veio servir o café na sala de visitas. Pedi-lhe que fechasse a porta e se sentasse, pois tinha algumas perguntas a lhe fazer. Entretanto, quando ele aquiesceu, eu mal sabia por onde começar, tal era o horror das possíveis respostas. O espetáculo de desolação que acabara de ver, contudo, me preparara, de certa forma, para uma história horrível. O estalajadeiro era um homem de meia-idade, de aspecto respeitável.

– O senhor conhece Thornfield Hall, suponho? – comecei, afinal.

– Claro, senhora. Já morei lá.

– Mesmo?

"Não no meu tempo, pensei. O senhor é para mim um estranho."

– Sim, fui mordomo do finado Sr. Rochester – acrescentou ele.

Finado! Eu parecia ter recebido, com força total, o golpe que tentava evitar.

– Finado? Ele está morto?

– Eu me refiro ao pai do atual proprietário, Sr. Edward Rochester – explicou. Tornei a respirar. Meu sangue recomeçava a circular. Aquelas palavras eram uma evidência de que o Sr. Edward Rochester, o *meu* Sr. Rochester – Deus o abençoe, esteja onde estiver! –, ao menos estava vivo. Em resumo, ele era "o atual proprietário". Doces palavras!

Agora eu podia ouvir todo o resto, fosse o que fosse, com relativa tranquilidade. Se ele não estava morto, achei que poderia suportar saber que estava do outro lado do mundo.

– E o Sr. Rochester está vivendo em Thornfield Hall? – perguntei, sabendo, é claro, qual seria a resposta, mas apenas querendo adiar a pergunta sobre onde ele de fato estava.

– Ah, não, de jeito algum! Não, senhora. Ninguém mais mora lá. Imagino que a senhora seja de fora, porque senão já teria ouvido falar do que aconteceu no último outono. Thornfield Hall hoje está em ruínas. A mansão foi completamente destruída num incêndio, na época da colheita. Foi uma calamidade horrível! Não se salvou praticamente nada do mobiliário. O fogo irrompeu no meio da noite e, antes que chegasse ajuda de Millcote, a mansão inteira era uma só massa de chamas. Foi um espetáculo pavoroso. E eu fui testemunha.

– No meio da noite – murmurei. Aquela era a hora fatal em Thornfield. – E se descobriu o que provocou o incêndio? – perguntei.

– Houve conjecturas, senhora. Mas posso lhe dizer que não resta a menor dúvida. Talvez a senhora não esteja a par – continuou ele, aproximando a cadeira da mesa e falando baixinho –, mas havia uma mulher... uma... uma louca, que vivia naquela casa.

– É, já ouvi algo a respeito.

– Ela vivia trancada. Durante muitos anos, as pessoas sequer tinham certeza de que de fato existia. Ninguém a via. Apenas sabiam de ouvir falar que morava essa pessoa na casa. Quem ou o que era, ninguém sabia ao certo. Dizia-se que o Sr. Edward a trouxera do exterior, e alguns acreditavam que ela fora sua amante. Um acontecimento estranho chamou atenção um ano atrás, no entanto. Algo muito estranho...

Agora eu temia ouvir a minha própria história. Procurei fazer com que ele voltasse ao assunto principal.

– E essa mulher?

– Essa mulher, senhora, depois se soube que era a esposa do Sr. Rochester! E a descoberta foi feita da maneira mais surpreendente. Havia uma jovem na casa, uma preceptora, pela qual o Sr. Rochester se...

– Mas fale do incêndio – sugeri.

– Estou chegando lá. Uma preceptora pela qual o Sr. Rochester se apaixonou. Os criados dizem que nunca viram alguém tão apaixonado quanto ele. Vivia atrás dela. Os criados o espiavam – criados fazem isso, senhora –, e ele estava mais interessado nela do que em qualquer outra coisa. Ninguém a achava bonita, só ele. Ela era baixinha, mirrada, parecia uma criança. Eu nunca a vi, mas já ouvi Leah, a criada, falando sobre ela. Leah gostava muito da moça. O Sr. Rochester estava com seus quarenta anos e essa preceptora tinha apenas vinte. E a senhora sabe, quando homens maduros se apaixonam por mocinhas, em geral agem como se estivessem enfeitiçados. Bem, então ele decidiu se casar com ela.

– Deixe para me contar essa parte da história numa outra ocasião – falei. – Agora, estou particularmente interessada em saber sobre o incêndio. Alguém acaso suspeitou de que essa louca, a Sra. Rochester, teria tido alguma culpa na história?

– A senhora acertou em cheio. É quase certo que foi ela, e ninguém mais, quem começou o fogo. Havia uma mulher que tomava conta dela, chamada Sra. Poole, uma mulher de confiança, competente, mas que tinha um defeito, um defeito comum entre enfermeiras e acompanhantes: *era o de ter sempre com ela uma garrafa de gim*, para tomar um golinho de vez em quando. É compreensível, porque ela levava uma vida que não era fácil. Ainda assim, é algo perigoso. Quando a Sra. Poole dormia um sono profundo, por causa da mistura de gim com água, a mulher louca, que era ardilosa como uma bruxa, pegava as chaves no bolso dela, saía do quarto e andejava pela casa, fazendo todo tipo de maldade que lhe vinha à cabeça. Dizem que certa vez ela quase queimou o marido vivo enquanto dormia, mas essa história eu não conheço. Porém, naquela noite, a louca pôs fogo primeiro nas cortinas do quarto ao lado do dela e em seguida, indo para o andar de baixo, foi até o aposento da tal preceptora. Era como se ela de alguma forma soubesse o que tinha acontecido e tivesse raiva da moça. Ali, ela também pôs fogo na cama, mas felizmente o quarto estava vazio. Dois meses antes, a preceptora havia fugido. E por mais que o Sr. Rochester a procurasse por toda parte, como se ela fosse o que havia de mais precioso no mundo, jamais conseguiu obter notícias dela. E ele foi ficando fora de si, louco de desespero. Nunca foi um homem fácil, mas tornou-se até perigoso depois que a perdeu. E muito solitário. Mandou a Sra. Fairfax, a governanta, embora para bem longe, para viver com amigos. Foi bom para ela, porque lhe concedeu uma renda anual pelo resto da vida. E ela merecia, porque era ótima pessoa. A Srta. Adèle, a menina que ele criava, foi mandada para um colégio. Ele rompeu relações com todo mundo e se trancou na casa como se fosse um ermitão.

– Quer dizer então que não foi embora da Inglaterra?

– Embora da Inglaterra? Não, graças a Deus, não! Ele não punha os pés fora da casa, a não ser à noite, quando saía para caminhar como um fantasma pelos campos e pelo pomar, parecendo alguém que está fora de si... e eu acho que estava mesmo. Nunca se viu um homem mais espirituoso, corajoso e inteligente do que ele, senhora, mas isso antes que aquela preceptora lhe fizesse mal. Ele nunca foi de beber, nem de jogar ou apostar nas corridas, como muitos por aí, e nem era um homem muito atraente. Mas tinha coragem e força de vontade, mais do que ninguém. Eu o conheci desde criança, sabe? E, de minha parte, sempre desejei que a Srta. Eyre tivesse se afogado no mar antes de aparecer aqui em Thornfield Hall!

– Então o Sr. Rochester estava em casa quando o incêndio começou?

– Se estava! Foi ele quem subiu à mansarda quando a casa já estava em chamas e tirou os criados da cama, ajudando-os um a um. E ainda voltou para tirar a mulher louca de seu quarto. Então ficou sabendo que ela estava no telhado, em pé, acenando e gritando a plenos pulmões. Eu a ouvi e vi com meus próprios olhos. Era uma mulher graúda, com cabelos negros compridos. Dava para vê-los contra as chamas, enquanto ela estava em pé lá em cima. Fui testemunha, e muitas outras pessoas também, de quando o Sr. Rochester subiu ao telhado pela claraboia. Nós o ouvimos gritando "Bertha!". Vimos quando se aproximou dela. E então, senhora, a louca soltou um grito e pulou. No instante seguinte, seu corpo estava no pátio.

– Morto?

– Morto? Ah, tão morto quanto as pedras por onde se espalharam seus miolos e seu sangue!

– Deus do céu!

– A senhora tem razão em falar assim. Foi apavorante!

E ele estremeceu.

– E o que aconteceu depois? – perguntei.

– Bem, depois a casa pegou fogo até ficar inteiramente destruída. Apenas algumas paredes permaneceram de pé.

– E outras pessoas morreram?

– Não... mas talvez fosse melhor se tivessem morrido.

– O que o senhor quer dizer?

– O pobre Sr. Edward! – exclamou ele. – Eu gostaria de jamais ter visto o que vi! Alguns dizem que foi um castigo por ele ter mantido o casamento em segredo e por querer se casar com outra mulher com a esposa ainda viva. Tenho muita pena dele.

– Mas o senhor disse que ele está vivo! – exclamei.

– Sim, sim, está vivo. Mas alguns acham que seria melhor se tivesse morrido.

– E por quê? O que houve? – meu sangue tornava a gelar nas veias. – Onde ele está? Está na Inglaterra?

– Sim, sim, está na Inglaterra. Acho que não poderia deixar a Inglaterra agora. Está inválido.

Que agonia era aquela! E o homem parecia decidido a protelar sua revelação.

– Ele ficou cego – disse, afinal. – Ficou completamente cego o Sr. Edward.

Eu temera coisa pior. Temera que tivesse enlouquecido. Juntei as forças e perguntei o que causara tal calamidade.

– Foi tudo por causa da coragem dele e, muitos dirão, também por sua bondade, de certa forma. Ele se recusou a deixar a casa enquanto não viu todos a salvo do lado de fora. Quando afinal descia a grande escadaria, depois que a Sra. Rochester se atirara do telhado, houve um forte estrondo, e tudo veio ao chão. Conseguiram resgatá-lo das ruínas com vida, mas muito, muito ferido. Uma tora caída protegera seu corpo, mas um de seus olhos fora arrancado e uma das mãos tão esmagada que o Sr. Carter, o cirurgião, precisou amputá-la. O outro olho inflamou e ele acabou perdendo a vista completamente. E agora está assim, um inútil, cego e aleijado.

– E onde ele está? Onde vive agora?

– Em Ferndean, a casa senhorial de uma fazenda de sua propriedade, cerca de quinze quilômetros daqui. Um lugar muito desolado.

– E quem vive lá com ele?

– Apenas o velho John e sua mulher. Ele não quis mais ninguém. Está muito deprimido, dizem.

– O senhor tem algum tipo de veículo?

– Tenho uma caleça, senhora, mas muito boa.

– Mande prepará-la imediatamente. E se o seu mensageiro puder me levar hoje mesmo, antes que anoiteça, eu pagarei em dobro.

37

A casa senhorial de Ferndean era uma construção bastante antiga, de tamanho médio, sem pretensões arquitetônicas, inteiramente cercada por bosques. Eu já ouvira falar dessa propriedade. O Sr. Rochester sempre falava dela e às vezes ia lá. O pai dele adquirira a casa para usar em suas caçadas. Ele tentara alugá-la, mas não conseguira inquilino por causa das condições insalubres e inapropriadas do lugar. Ferndean ficou então inabitada e sem mobília, com a exceção de dois ou três aposentos que serviam para acomodar o cavaleiro quando ele saía em suas caçadas.

Foi dessa casa que me aproximei quando escurecia, num fim de tarde de céu triste, vento frio e chuva fina, penetrante e incansável. O último quilômetro e meio percorri a pé, tendo dispensado o carro e o motorista depois de dar a este último o pagamento em dobro que prometera. Mesmo à curta distância da casa, era impossível enxergá-la, tão densa e escura a vegetação que a cercava. Portões de ferro entre pilares de granito me mostraram onde era a entrada e, atravessando-os, vi-me em meio à penumbra de árvores plantadas bem próximas umas às outras. Havia um caminho gramado cortando o bosque, sob o trançado antigo de folhas e o arqueado de galhos nodosos. Segui por ele, esperando chegar logo à casa, mas o caminho se espichava interminavelmente pelo bosque adentro, sem que surgisse sinal de casa ou pátio.

Pensei que tivesse tomado a direção errada e me perdido. A escuridão natural, bem como a do próprio crepúsculo, se adensava em torno de mim. Olhei em volta, procurando por outro caminho. Mas não havia nenhum. Só o que eu via eram folhas entrançadas, troncos grossos, uma densa folhagem sem qualquer espaço aberto.

Segui em frente. Finalmente o caminho se alargou, os troncos das árvores se tornaram um pouco mais finos. Desemboquei numa aleia e, além dela, estava a casa. Mal pude discerni-la naquela penumbra, tão úmidas e escuras eram suas paredes decadentes. Atravessando um portal, fechado apenas por um trinco, vi-me no meio de um jardim interno aberto dentro do bosque, na forma de um semicírculo. Não havia flores, nem canteiros. Apenas um pátio de cascalho beirando um gramado, em torno do qual o bosque se fechava. A casa tinha dois frontões pontiagudos na fachada. As janelas eram apertadas, de gelosia, e a porta da frente também era estreita. Apenas um degrau levava a ela. O cenário era, como dissera o estalajadeiro do Rochester Arms, o de "um lugar muito desolado". A quietude fazia lembrar uma igreja em dia de semana: o rumor da chuva caindo nas folhas era o único som audível ali.

"Haverá vida aqui?", perguntei-me.

Sim, vida de alguma forma havia. Porque eu ouvia movimento. A porta estreita começava a se abrir e uma forma humana estava prestes a cruzar o umbral.

A porta se abriu lentamente. Uma figura surgiu na penumbra e se pôs de pé no degrau – um homem, sem chapéu. Espichou o braço como se tentasse saber se chovia. Por mais escuro que estivesse, eu o reconhecera. Era meu patrão, Edward Fairfax Rochester, ninguém menos.

Sustei o passo, quase parei de respirar e fiquei de pé, olhando-o, observando-o, já que eu própria estava escondida e, que pena, para ele invisível. Foi um encontro súbito, em que o êxtase foi contrabalançado pela dor. Não tive dificuldade em evitar que minha voz soltasse uma exclamação, em impedir as pernas de avançar.

Sua compleição era a mesma de antes, a silhueta de um homem forte. O porte ereto, o cabelo muito negro. Seu rosto tampouco parecia alterado ou gasto. Ele não poderia, no espaço de um ano, apesar de toda a tristeza, perder sua força atlética, sua pujança e seu vigor. Mas em sua expressão eu percebi uma mudança: parecia desesperada e taciturna. Fez-me lembrar alguma ave ou fera selvagem acuada em sua cela, perigosa em seu infortúnio. Uma águia engaiolada, cujos olhos cruéis de aro de ouro se tivessem extinguido, pareceria com aquele Sansão cego.

Mas você pensa, leitor, que eu o temia em sua cega ferocidade? Se pensa, é porque não me conhece. À minha piedade mesclou-se uma esperança suave de que logo eu daria um beijo naquela fronte de pedra e naqueles lábios selados com tamanha rigidez. Mas por ora, não. Não iria abordá-lo ainda.

Ele desceu o degrau e avançou devagar, tateante, através da grama. Aonde ousaria ir? Então parou, como se não soubesse para que lado se virar. Ergueu a mão e abriu os olhos. Com enorme esforço, suas órbitas vazias perscrutaram o céu e o anfiteatro de árvore. Dava para ver que para ele tudo era vazio e escuridão. Esticou o braço direito (o esquerdo, o braço mutilado, ele mantinha junto ao peito). Parecia disposto a, através do tato, obter uma ideia do que estava à sua volta. Mas só encontrava o vazio, pois as árvores estavam a muitos metros de distância. Desistindo, recolheu o braço e ficou quieto, imóvel sob a chuva, que agora caía copiosa sobre sua cabeça descoberta. Nesse instante, John surgiu não sei de onde.

– Quer me dar o braço, senhor? – perguntou. – Parece que vai chover forte. O senhor não acha melhor entrar?

– Deixe-me sozinho – foi a resposta.

John afastou-se, sem me ver. O Sr. Rochester agora tentava andar pelo pátio. Sem êxito, pois tudo ali era muito incerto. E ele tateou de volta para casa, entrando e fechando a porta.

Logo, aproximei-me e bati na porta. A mulher de John a abriu.

– Mary – falei –, como está você?

Ela me olhou como se tivesse visto um fantasma. Eu a acalmei. Diante do seu "É mesmo a senhorita, chegando assim a esta hora, neste lugar tão ermo?", respondi tomando-lhe a mão. Segui-a então até a cozinha, onde John estava sentado, diante de um alentado fogo. Expliquei-lhes, em poucas palavras, que soubera de tudo o que acontecera em Thornfield e que viera ver o Sr. Rochester. Pedi a John que fosse até a estalagem, onde eu dispensara o coche, e pegasse minha bagagem. E então, enquanto tirava o xale e o chapéu, perguntei a Mary se podia me hospedar na casa por uma noite. Ao ser informada de que um arranjo assim seria possível, apesar das dificuldades, informei-a de que pretendia ficar. Nesse exato instante, tocou a sineta da sala de jantar.

– Quando for até lá – falei –, diga ao patrão que há aqui uma pessoa que quer vê-lo, mas não diga meu nome.

– Não creio que vá recebê-la – respondeu Mary. – Ele se recusa a ver quem quer que seja.

Quando ela voltou, perguntei o que ele dissera.

– Pediu que a senhorita informasse seu nome e o assunto – disse ela, enquanto enchia um copo d'água e o colocava numa bandeja, junto com algumas velas.

– Foi para isso que ele tocou a sineta? – perguntei.

– Sim. Ele sempre pede velas quando escurece, embora esteja cego.

– Dê-me a bandeja. Vou levá-la para ele.

E tirei a bandeja das mãos dela. Mary me apontou a porta da sala. A bandeja tremia em minhas mãos. A água saltava do copo. Meu coração estrondava nas costelas, batendo alto e depressa. Mary abriu a porta para mim, fechando-a em seguida.

A sala de visitas tinha um aspecto sombrio. Numa lareira acesa de forma negligente, o fogo baixo crepitava por trás da grade. Debruçado sobre ela, com a testa encostada na moldura alta, em estilo antigo, do vão, estava o ocupante cego daquele aposento. Seu velho cão, Pilot, estava a um canto, encolhido como se temesse ser pisoteado inadvertidamente. Pilot ergueu as orelhas quando entrei. Em seguida deu um salto, uivando e ganindo, e disparou em minha direção. Quase derrubou a bandeja da minha mão. Eu a depus sobre a mesa. Fiz-lhe então um carinho e disse, baixinho: "Deitado!" O Sr. Rochester virou-se imediatamente para *ver* o que estava acontecendo. Mas, como nada *viu*, tornou a virar o rosto e suspirou.

– Passe-me a água, Mary – falou.

Aproximei-me dele com o copo, agora cheio pela metade. Pilot me seguiu, excitado.

– O que há? – perguntou ele.

– Quieto, Pilot! – falei de novo. Ele parou o copo a meio caminho da boca e pareceu ficar à escuta. Em seguida bebeu e depôs o copo.

– É você que está aí, não é, Mary?

– Mary está na cozinha – respondi.

Ele esticou o braço num gesto rápido, mas, como não sabia bem onde eu estava, não conseguiu me tocar.

– Quem está aí? Quem é você? – perguntou, enquanto parecia tentar ver com aqueles olhos mortos, uma tentativa vã e aflitiva. – Responda-me! Fale outra vez! – ordenou, num tom imperioso e alto.

– Quer um pouco mais de água, senhor? Deixei derramar a metade do copo – falei.

– *Quem* é você? *O que* é isso? Quem está falando?

– Pilot me conhece, John e Mary sabem que estou aqui. Acabo de chegar – respondi.

– Deus do céu! Que alucinação será essa?! Que doce loucura terá tomado conta de mim?

– Não é alucinação, nem loucura. Sua mente, senhor, é forte demais para alucinações, e sua saúde, perfeita demais para delírios.

– Mas onde está quem fala? Será apenas uma voz? Ah, se *não posso* ver, preciso sentir, ou meu coração vai parar e minha mente explodir. O que ou quem quer que seja, aproxime-se, se não quiser me ver morto!

Ele tateou à frente. Agarrei-lhe a mão, prendendo-a entre as minhas.

– São os dedos dela! – exclamou. – Seus dedinhos finos, pequenos! Se for assim, deve haver mais dela aqui.

E a mão forte se desprendeu da minha, agarrou-me o braço, o ombro, o pescoço, a cintura – e eu me deixei envolver por ele.

– É você, Jane? *O que* será isso? Tem o formato dela, tem seu tamanho...

– E tem também sua voz – acrescentei. – Ela está inteira aqui. Inclusive seu coração. Deus o abençoe, senhor! Fico feliz em estar outra vez em seus braços!

– Jane Eyre! Jane Eyre! – era só o que ele conseguia dizer.

– Meu querido patrão – respondi. – Sou Jane Eyre. Eu o encontrei... e aqui estou, de volta.

– É verdade? Em carne e osso? A minha Jane?

– Está me tocando, senhor, e me segurando com toda a força. Não sou fria como um cadáver, nem vazia como o ar, sou?

– Minha querida, e viva! Estes são sem dúvida seus braços e seu rosto. Mas não posso ser tão abençoado, depois de tanta desgraça. Só pode ser um sonho. Um sonho como os que tenho tido, em que a aperto contra mim como faço agora. E em que a beijo, assim, e sinto que ela me ama e me asseguro de que jamais me deixará.

– E jamais deixarei mesmo, a partir de hoje.

– Jamais, diz a visão... Mas sempre acordo e encontro o vazio. E me sinto infeliz e abandonado, perdido numa vida de negror, solidão e desesperança. Minh'alma tem sede e não posso beber, meu coração tem fome e não há alimento. Oh, doce sonho que agora se abriga em meu peito, sei que você também irá voar, como aconteceu antes. Mas beije-me antes de ir... abrace-me, Jane!

– Aqui está, senhor, aqui e aqui.

E pressionei meus lábios sobre aqueles olhos um dia brilhantes, hoje vazios. Afastei os cabelos de sua fronte e beijei-a também. De repente, ele pareceu assustar-se. A convicção de que era real o tomou de assalto.

– É mesmo você, Jane? Quer dizer então que voltou para mim?

– Sim.

– Não está, então, morta em algum poço ou no fundo de algum rio? Não vive por este mundo como uma andarilha entre estranhos?

– Não, senhor. Hoje, sou uma mulher independente.

– Independente? O que quer dizer, Jane?

– Meu tio, na Ilha da Madeira, morreu, e me deixou de herança cinco mil libras.

– Ah, mas isso é bem real! – exclamou ele. – Eu jamais poderia sonhar com algo assim. Além disso, aí está aquela voz dela, tão peculiar, tão instigante e ao mesmo tempo suave. Essa voz que alegra meu coração ressequido, que o enche de vida. Com que então, Jane, você é agora uma mulher independente? Uma mulher rica?

– Bastante rica, senhor. Se não me deixar viver a seu lado, vou construir uma casa aqui perto. E então poderá vir me visitar quando estiver querendo companhia.

– Mas, como agora é rica, Jane, sem dúvida deve ter pessoas para se preocupar com você. Não vai se devotar a um homem cego e aleijado como eu!

– Já disse que sou independente, senhor, assim como rica. Agora, sou dona do meu nariz.

– E vai ficar a meu lado?

– Claro. A não ser que o senhor se oponha. Serei sua vizinha, sua enfermeira, sua governanta. Acho-o muito sozinho. Serei sua companhia. Lerei para o senhor, caminharemos juntos, sentar-me-ei a seu lado, servi-lo-ei, serei seus olhos e suas mãos. Pare com essa expressão melancólica, meu querido patrão. O senhor não viverá mais assim tão desolado, enquanto eu viver!

Ele não respondeu. Agora parecia sério, pensativo. Suspirou. Entreabriu os lábios, como se fosse falar, mas tornou a fechá-los. Senti um certo embaraço. Talvez tivesse passado por cima das convenções com excessiva rapidez. E talvez ele, como St. John, considerasse imprópria minha maneira estabanada. Eu falara como se partindo do princípio de que ele me pediria em casamento. Na expectativa, nem um pouco certa – uma vez que ele por enquanto nada dissera –, de que o Sr. Rochester me chamaria para viver a seu lado. Mas como ele não dava a menor pista de que faria isso, e como suas feições agora pareciam ainda mais carregadas, comecei a pensar que talvez estivesse completamente enganada e fazendo papel de boba. E, devagar, comecei a me desvencilhar de seu abraço. Mas ele tornou a me puxar para si.

– Não, Jane, não se vá, por favor. Não. Eu a toquei, ouvi sua voz, senti o conforto de sua presença, a doçura do seu consolo. Não posso abrir mão dessas alegrias. Restou quase nada para mim. Preciso de você. O mundo inteiro pode rir, pode me chamar de absurdo, de egoísta, mas isso para mim não tem importância. Minh'alma clama por você. E haverá de ser satisfeita, caso contrário será marcada por uma vingança mortal.

– Bem, senhor, já lhe disse. Ficarei a seu lado.

– Sim. Mas, quando fala que ficará a meu lado, você quer dizer uma coisa. Eu quero dizer outra. Talvez possa concordar em ficar por perto e me ajudar, em cuidar de mim como se fosse uma enfermeira (porque você também faz sacrifícios por aqueles de quem tem pena), e isso deveria ser suficiente para mim, sem dúvida. Imagino que não deverei nutrir por você outros sentimentos que não os de um pai. Não acha? Vamos, diga-me.

– Acharei o que o senhor quiser. Ficarei feliz em ser apenas sua enfermeira, se o senhor achar melhor assim.

– Mas não poderá ser minha enfermeira a vida toda, Jane. Você é jovem, vai querer se casar um dia.

– Não quero saber de casar.

– Mas deveria querer, Jane. Se eu fosse quem era antes, tentaria fazer com que você quisesse, mas... como um velho cego...

E tornou a ficar melancólico. Eu, ao contrário, ficava mais e mais contente, irradiava coragem. Suas últimas palavras davam-me uma pista de onde estava a dificuldade. E como aquilo não era para mim dificuldade alguma, sentia-me livre do embaraço. Retomei então a conversa, num tom mais animado.

– Já é tempo de alguém se dedicar a reumanizá-lo – falei, repartindo seus cabelos cheios, que há muito não recebiam um corte –, porque vejo que se está transformando num leão ou algo parecido. Há um *faux air* de Nabucodonosor por aqui, não tenho dúvida. Seu cabelo me faz lembrar as penas de uma águia. Só ainda não reparei se suas unhas estão crescidas como as garras de uma águia.

– Neste braço aqui não há nem mão, nem unha – disse ele, tirando a mão de junto ao peito e mostrando-a para mim. – É um coto, uma visão horrível! Não acha, Jane?

– É uma pena vê-lo. E é uma pena também ver seus olhos e as marcas da queimadura em sua testa. Mas saiba que é possível amá-lo ainda mais por isso. E transformá-lo.

– Pensei que você ficaria revoltada quando visse minha mão e meus olhos, Jane.

– Pensou? Pois não me fale sobre isso, caso contrário vou pensar mal do senhor. Bem, deixe-me ir agora porque quero avivar esse fogo e varrer a sala. O senhor percebe a diferença quando a lareira está bem acesa?

– Sim, com meu olho esquerdo eu consigo enxergar uma claridade, um clarão avermelhado.

– E consegue enxergar as velas?

– Não, minha bruxinha. Mas fico muito agradecido em poder ouvi-la e tocá-la.

– A que horas é seu jantar?

– Eu nunca janto.

– Pois hoje vai fazê-lo. Estou morrendo de fome. E o senhor também, aposto. Só que esqueceu.

Fui atrás de Mary e logo já colocava a sala mais em ordem. Preparei também para ele uma boa refeição. Eu estava na maior excitação e foi com grande prazer e fluência que conversei com o Sr. Rochester durante o jantar, continuando depois que este terminou. Não havia qualquer embaraço, nem tampouco repressão na alegria e na vivacidade que sentia ao lado dele. Achava-me perfeitamente à vontade, pois sentia que era para ele a companhia ideal. Tudo o que dizia ou fazia consolava-o, fazia-o reviver. Que delícia era ter consciência disso! Fazia aflorar e brilhar minha própria natureza. Na presença dele, eu me sentia viva. E com ele se dava o mesmo em relação a mim. Apesar de cego, seu rosto se abria em sorrisos, a alegria se formava em sua fronte. As feições se abrandavam, calorosas.

Terminado o jantar, ele começou a me fazer muitas perguntas, sobre por onde eu andara, o que estivera fazendo, como o encontrara. Mas dei-lhe apenas respostas parciais. Estava muito tarde para entrar em detalhes naquela noite. Além disso, queria evitar que emoções fortes demais mexessem com ele, e meu único objetivo naquele momento era alegrá-lo. Animado, como já disse, ele estava. Mas havia um pouco de euforia. Se um instante de silêncio interrompia a conversa, ele voltava a ficar quieto e a me tocar, dizendo "Jane".

– Você é mesmo de carne e osso, Jane? Tem certeza?

– Estou convencida de que sim, Sr. Rochester.

– Mas, numa noite fria e escura como esta, como foi que conseguiu, afinal, surgir assim, na minha casa solitária? Estico o braço para pegar um copo d'água de uma criada e o recebo de você. Faço uma pergunta, esperando ouvir a voz da mulher de John, e é sua voz que penetra meus ouvidos.

– Foi porque eu entrei com a bandeja, no lugar de Mary.

– E o encantamento continua até agora, enquanto estou aqui com você. Quem pode saber da vida horrível, sombria e desesperançada que levei nos últimos meses? Sem fazer nada, sem esperar nada. Vendo a noite emendar no dia, sentindo apenas o frio aumentar quando o fogo da lareira se apagava, a fome quando me esquecia de comer. E em meio a tudo um sofrimento imenso, às vezes um delírio provocado pelo desejo de ter minha Jane de volta. Sim, porque era pela volta dela que eu ansiava, mais do que por tornar a enxergar. Como posso acreditar que ela agora está aqui comigo, e dizendo me amar? Será que não desaparecerá de repente, da mesma forma como surgiu? Amanhã, temo que já não esteja mais aqui.

Achei que, diante daquelas ideias confusas, o melhor a fazer seria dar uma resposta corriqueira, prática, que o deixasse seguro e afastasse tais pensamentos. Passei os dedos por suas sobrancelhas e comentei que estavam causticadas e que iria passar nelas um produto que as faria crescer novamente, mais negras do que nunca.

– Mas de que adianta ficar me fazendo o bem, espírito beneficente, se num momento fatal tornará a me deixar, desaparecendo como uma sombra, rumo a um lugar desconhecido para mim e o qual jamais descobrirei?

– O senhor por acaso tem um pente de bolso, senhor?

– Para que, Jane?

– Só para pentear essa juba preta. Examinando-o assim, de perto, vejo que a situação é alarmante. O senhor diz que sou uma fada, mas o senhor mais se parece um duende.

– Estou horroroso, Jane?

– Bastante, senhor. Aliás, sempre foi, o senhor sabe bem.

– Hum! Vejo que continua malvada, não importa por onde andou!

– E olhe que andei ao lado de boas pessoas. Muito melhores do que o senhor. Cem vezes melhores. Pessoas com ideias e visões que o senhor jamais acalentou na vida. Bem mais refinadas e superiores.

– Com quem diabos andou?

– Se o senhor ficar se remexendo assim, vou acabar lhe arrancando os cabelos. E aí imagino que vá parar de se perguntar se sou mesmo de carne e osso.

– Com quem você esteve, Jane?

– O senhor não vai ouvir a história esta noite. Terá de esperar até amanhã. Deixando a história contada só pela metade vai ser uma garantia de que aparecerei no café da manhã para terminar o relato. Por falar nisso, preciso me lembrar de não aparecer dessa vez trazendo apenas um copo d'água. Devo providenciar pelo menos um ovo e, quem sabe, presunto frito.

– Sua bruxinha em forma de gente, desafiadora e petulante! Você me faz sentir como não me sentia há meses. Se Saul tivesse tido você no lugar de Davi, o espírito maléfico teria sido exorcizado sem a ajuda da harpa.

– Pronto, senhor, aí está. Agora, está com um aspecto decente. Então vou deixá-lo. Passei três dias viajando e creio que estou cansada. Boa noite!

– Só mais uma palavra, Jane. Havia apenas mulheres na casa onde você estava morando?

Dei uma risada e saí dali, ainda às gargalhadas enquanto subia as escadas. "Que ótima ideia!", pensei, "Já sei como provocá-lo nos próximos tempos para que saia desse estado melancólico."

Bem cedo na manhã seguinte, ouvi rumores no andar de cima do Sr. Rochester andando de um lado para o outro. Assim que Mary desceu, ouvi-o perguntar:

– A Srta. Eyre está aqui?

E em seguida:

– Em que quarto você a colocou? Não é um aposento úmido demais, é? E ela, já se levantou? Vá até lá e pergunte se está precisando de alguma coisa. E pergunte também quando ela vai descer.

Desci assim que imaginei que o café estivesse servido. Ao entrar na sala, bem devagarinho, pude observá-lo antes que me visse. Era triste, sem dúvida, ver aquele espírito vigoroso subjugado por problemas físicos. Ele estava sentado em sua cadeira, parado, mas tenso. Evidentemente ansioso, suas feições fortes marcadas pelas linhas, agora habituais, da tristeza. Seu semblante me lembrava o de uma lâmpada queimada, esperando para ser reacesa. E agora, lamentavelmente, não dependia dele recuperar uma expressão animada. Precisava da interferência de outra pessoa. Eu planejara parecer alegre e descontraída, mas a impotência daquele homem tão forte me tocou o coração. Mesmo assim, acerquei-me dele aparentando toda a vivacidade que consegui reunir.

– Está uma manhã ensolarada, senhor – falei. – A chuva passou e está esquentando. Logo, poderá dar uma caminhada.

Eu despertara o brilho. Seu rosto se iluminara.

– Ah, então você está mesmo aqui, minha cotovia! Venha até junto de mim. Você não se foi, não desapareceu? Ouvi uma irmã sua agora há pouco, cantando no meio do bosque. Mas seu canto para mim nada significou, assim como nada me disse o surgimento do sol. Toda a melodia da terra está concentrada na voz de Jane em meus ouvidos, e fico feliz que você não seja uma pessoa calada. Todo o sol do mundo emana de sua presença.

Meus olhos se encheram d'água ao ouvir aquela afirmação de sua dependência. Era como se uma águia real, acorrentada ao poleiro, dependesse de um pardal para alimentá-la. Mas eu não queria saber de lamúria. Enxuguei as lágrimas e me ocupei com o café.

Boa parte da manhã foi passada ao ar livre. Levei o Sr. Rochester para longe da floresta fechada e úmida, rumo a campos mais abertos. Descrevi para ele como o verde estava brilhante, como as flores e sebes pareciam lavadas, quão cintilante era o azul do céu. Procurei para ele se sentar um lugar abrigado e secreto, sob uma árvore, num ponto onde não havia umidade. E não recusei, quando ele se acomodou, a me sentar em seus joelhos. Por que deveria, se ficávamos mais felizes juntinhos do que separados? Pilot deitou-se a nosso lado. Tudo era quietude. De repente, ele quebrou o silêncio, estreitando-me em seus braços:

– Sua desertora cruel! Ah, Jane, não pode imaginar o que senti quando descobri que você tinha fugido de Thornfield, e quando não consegui encontrá-la em parte alguma! E pior ainda depois de vasculhar seu quarto e ver que você não levara dinheiro, nem nada que lhe pudesse ser útil. O colar de pérolas que lhe dei de presente estava lá, intocado, dentro da caixa. Seus baús de roupa também tinham ficado para trás, fechados e amarrados, exatamente como ao ser preparados para a viagem de núpcias. O que minha querida faria, eu me perguntava, sozinha no mundo, sem um centavo? E o que foi que ela fez? É o que lhe pergunto agora.

Diante do pedido, pus-me a narrar tudo o que me acontecera ao longo do último ano. Suavizei bastante o relato daqueles três primeiros dias em que andei perdida e passando fome, pois queria evitar infligir-lhe uma dor desnecessária. O pouco que contei já fez seu coração fiel sofrer mais do que eu gostaria.

Ele disse que eu não devia tê-lo deixado sem obter os meios de me sustentar. Que o certo seria ter-lhe revelado minhas intenções. Que devia ter confiado nele. Garantiu que jamais me teria forçado a me tornar sua amante. Por mais que tivesse parecido violento em seu desespero, na verdade me amava muito e com tamanha ternura que jamais seria capaz de se transformar em meu tirano. Ele me teria dado metade de sua fortuna sem pedir sequer um beijo em troca, se soubesse que eu iria sair pelo vasto mundo sozinha. E comentou ter certeza de que eu enfrentara mais percalços do que estava contando.

– Bem, sejam quais forem meus sofrimentos passados, eles duraram pouco – retruquei. E em seguida comecei a relatar como fora recebida em Moor House, como me tornara professora da escola pública. A herança, a descoberta do parentesco, contei em seguida. Claro que o nome de St. John Rivers apareceu diversas vezes enquanto eu fazia o meu relato. Assim que terminei, o nome foi logo mencionado.

– Esse St. John então é seu primo?

– Sim.

– Você falou muito nele. Gosta dele?

– Era um bom homem, senhor. Não pude deixar de apreciá-lo.

– Um bom homem. Isso significa respeitável, um bem comportado senhor de cinquenta anos? Ou o quê?

– St. John tem apenas vinte e nove anos, senhor.

– *Jeune encore*, como dizem os franceses. E então é baixinho, pachorrento e feio? Uma pessoa cuja bondade consiste mais na ausência de vícios do que no valor das virtudes?

– Ele é ativo e incansável. E vive para obter grandes realizações.

– Mas e a mente? Talvez seja um tanto fraca. Talvez ele tenha boa intenção, mas, ao ouvi-lo, você dê de ombros.

– Ele fala pouco, senhor. Mas quando fala vai direto ao ponto. Tem uma inteligência brilhante, talvez não sensível, mas vigorosa.

– É um homem competente, então?

– Muito competente.

– É muito instruído também?

– St. John é um mestre, profundo e talentoso.

– E seus modos? Creio tê-la ouvido dizer que não lhe agradavam. Serão eles clericais, pedantes?

– Jamais falei de seus modos. Mas seria de extremo mau gosto de minha parte se falasse mal deles. St. John é um homem de modos educados, suaves e cavalheirescos.

– E a aparência? Você se esqueceu de me dar detalhes sobre como ele é. Será um coadjutor típico, meio estrangulado em seu colarinho de clérigo, trepado em seus sapatões de sola grossa?

– St. John se veste muito bem. É um homem muito atraente. Alto, bonito, de olhos azuis e com um perfil grego.

– (Virando-se para o outro lado) Desgraçado! (E para mim) Você gostava dele, Jane?

– Claro que gostava, Sr. Rochester. Mas o senhor já tinha perguntado isso antes.

Eu percebia muito bem o que acontecia com ele. Estava morrendo de ciúme, claro. Mas aquele ciúme era saudável: pelo menos assim ele ficava livre da melancolia. Por isso, eu ia continuar dando-lhe corda, por enquanto.

– Talvez não queira continuar sentada nos meus joelhos, Srta. Eyre – foi o comentário seguinte, totalmente inesperado.

– Por que não, Sr. Rochester?

– Porque a figura que acaba de descrever compõe um contraste arrasador. Suas palavras delinearam o mais belo e gracioso dos Apolos. E ele ainda parece bem presente em sua imaginação: louro, alto, de olhos azuis, com um perfil grego. E agora o que seus olhos contemplam é Vulcano: um verdadeiro ferreiro, de pele escura, ombros largos. E, para completar, cego e aleijado.

– Eu nunca tinha pensado nisso antes. Mas, de fato, o senhor se parece com Vulcano.

– Bem, pode me deixar, então, senhora. Mas, antes que se vá – e ele me agarrou com toda a força –, quero que me responda ainda a uma ou duas perguntinhas.

E fez uma pausa.

– Que perguntas, Sr. Rochester?

E começou o interrogatório.

– St. John nomeou-a professora da escola pública antes de saber que você era prima dele?

– Sim.

– Você o via com frequência? Ele às vezes visitava a escola?

– Diariamente.

– E aprovava o que você fazia, Jane? Sei que seu plano de trabalho era inteligente, porque você é uma criatura talentosa.

– Sim, ele aprovava, sim.

– E descobriu em você muitas virtudes de que não suspeitava? Alguns de seus dons são incomuns.

– Nada sei sobre isso.

– Você disse que tinha um pequeno chalé ao lado da escola. Alguma vez ele foi até lá visitá-la?

– De vez em quando, ia.

– À noite?

– Em uma ou duas ocasiões.

Pausa.

– Quanto tempo morou com ele e suas irmãs depois que vocês descobriram ser primos?

– Cinco meses.

– E Rivers passava muito tempo ao lado das mulheres da família?

– Sim. A sala dos fundos era tanto seu gabinete de estudo quanto o nosso. Ele se sentava perto da janela e nós, à mesa.

– Ele estudava muito?

– Bastante.

– O quê?

– Hindustânico.

– E o que você fazia enquanto isso?

– No início, estudava alemão.

– Ele lhe ensinou alemão?

– Ele não sabia alemão.

– Ele lhe ensinou algo?

– Um pouco de hindustânico.

– Rivers lhe ensinou hindustânico?

– Sim, senhor.

– E às irmãs também?

– Não.

– Só para você?

– Só para mim.

– Foi você que pediu para aprender?

– Não.

– Ele quis lhe ensinar?

– Sim.

Uma segunda pausa.

– E por que quis fazer isso? Que uso poderia ter para você o hindustânico?

– Ele queria que eu fosse com ele para a Índia.

– Ah, então chegamos ao cerne da questão! Ele queria que você se casasse com ele?

– Ele me pediu em casamento.

– Isso é uma ficção. Uma invenção descarada, só para me agoniar!

– Lamento, senhor, mas é a pura verdade. Ele me propôs casamento mais de uma vez e foi mais enfático ao defender o próprio ponto de vista do que o senhor jamais seria.

– Srta. Eyre, vou repetir: pode ir embora. Quantas vezes preciso repetir a mesma coisa? Você se mantém teimosamente sentada sobre os meus joelhos, mesmo depois de eu mandá-la sair?

– Mas estou muito confortável aqui.

– Não, Jane, não está confortável aí, porque seu coração não me pertence. Pertence a seu primo, esse St. John. Ah, até agora eu achava que minha pequena Jane me pertencia! Tinha certeza de que ela me amava, mesmo tendo ido embora. E isso era uma pitada de doçura em meio ao fel. Desde que nos separamos, chorei lágrimas amargas por nossa separação, mas nunca, enquanto a pranteava, podia imaginar que estivesse amando outro homem! Mas de nada adianta a lamúria. Vá embora, Jane. Vá se casar com esse Rivers.

– Mande-me embora, então, senhor. Expulse-me daqui. Porque, por conta própria, não irei.

– Jane, gosto desse seu tom de voz. Ele me renova a esperança, soando assim tão verdadeiro. Quando a ouço, recuo um ano no tempo. Esqueço-me de que você já formou novos laços. Mas não sou um tolo... Vá!

– Para onde devo ir, senhor?

– Seguir seu caminho. Com o marido que escolheu.

– E quem é ele?

– Você sabe muito bem. Esse tal de St. John Rivers.

– Ele não é meu marido, nem jamais será. Ele não me ama. E eu não o amo. Ele ama, segundo a concepção *dele*, que não é como a sua, uma senhorita chamada Rosamond. E só quis se casar comigo por achar que eu daria uma boa esposa de missionário, e ela não. Ele é um bom homem, mas é muito rígido. E, para mim, frio como um iceberg. Não é como o senhor. Não me sinto feliz ao lado dele, nem perto dele ou com ele. St. John não é indulgente comigo, nem sente por mim qualquer afeição. Nada vê de atraente em minha pessoa. Nem mesmo a juventude. Apenas algumas aptidões intelectuais. E ainda assim o senhor acha que devo deixá-lo para ficar com ele?

Estremeci involuntariamente, aconchegando-me, de forma instintiva, a meu amado, ainda que cego, patrão. Ele sorriu.

– O quê, Jane? Então é verdade? É essa de fato a situação entre você e Rivers?

– Claro, senhor! Ah, não precisa ficar com ciúme! Só queria espicaçá-lo um pouquinho, para que o senhor ficasse menos triste. Achei que a raiva seria melhor do que a melancolia. Mas, se o que quer é que eu o ame, fique sabendo que amo *mesmo*, e se soubesse quanto ficaria orgulhoso e contente. Meu coração é todo seu. Pertence ao senhor. E assim permaneceria, mesmo que o destino nos mantivesse separados pelo resto da vida.

Mais uma vez, ele me beijou. Mas pensamentos sombrios lhe toldavam o semblante.

– Minha visão exaurida, minha força esgotada! – murmurava, em tormento.

Acariciei-o, procurando acalmá-lo. Sabia o que estava pensando e queria lhe falar, mas não ousava fazê-lo. Quando virou o rosto por um instante, percebi uma lágrima brotando de seus olhos fechados, deslizando pela face máscula. Meu coração se contraiu.

– Sou como aquele castanheiro que o raio calcinou no pomar de Thornfield – disse ele, afinal. – Que direito tem uma ruína como eu de pedir a uma madressilva em flor que cubra de frescor sua decadência?

– O senhor não é ruína alguma, nem tampouco árvore calcinada. É verdejante e vigoroso. Plantas crescerão à volta de suas raízes porque, o senhor queira ou não, usufruirão com prazer de sua sombra. E, à medida que forem crescendo, inclinar-se-ão em sua direção e terminarão por envolvê-lo, porque sua força as faz sentir protegidas.

Mais uma vez, ele sorriu. Eu o reconfortara.

– É de amizade que você está falando, Jane?

– Sim, de amizade – respondi, um tanto hesitante. Sabia que ele queria mais do que amizade, mas não sabia que outra palavra empregar. Ele me ajudou.

– Ah, Jane! Mas o que eu preciso é de uma mulher.

– Precisa mesmo?

– Sim. Isso é alguma novidade para você?

– Claro. O senhor não tinha falado no assunto.

– E o assunto é bem-vindo?

– Depende das circunstâncias, senhor. A escolha é sua.

– Diga quais são essas circunstâncias, Jane. Acatarei sua decisão.

– Então, senhor, escolha aquela *que o amar mais.*

– É o que escolho: *aquela que me ama mais.* Jane, quer se casar comigo?

– Sim, senhor.

– Com um pobre cego, o qual terá de guiar pela mão?

– Sim, senhor.

– Com um aleijado, vinte anos mais velho do que você, ao qual terá de ajudar?

– Sim, senhor.

– De verdade, Jane?

– De verdade absoluta, senhor.

– Ah, minha querida! Deus a abençoe e recompense!

– Sr. Rochester, se algum dia fiz algum ato de bondade na vida, e se tive um bom pensamento, e se rezei uma prece com sinceridade e sem culpa, e se supliquei pela coisa certa, estou tendo agora minha recompensa. Ser sua esposa, senhor, é para mim a maior felicidade que pode existir sobre a terra.

– Porque você se compraz no sacrifício.

– Sacrifício? Que sacrifício? Trocando a fome pelo alimento, a esperança pelo contentamento? Ter o privilégio de abraçar aquele a quem prezo, de beijar aquele que amo, de me fiar naquele em quem confio – é a isso que chama sacrifício? Se é, sem dúvida, eu me comprazo no sacrifício.

– E em aturar minhas doenças e em fingir que não vê minhas deficiências.

– Que para mim nada são. Eu o amo mais agora, que lhe posso ser verdadeiramente útil, do que quando o senhor era orgulhoso e independente, quando desdenhava qualquer papel que não fosse o de provedor e protetor.

– Até agora, tenho detestado ser ajudado, ser guiado. Mas sinto que, de hoje em diante, não o detestarei mais. Não me agradava a ideia de me apoiar num serviçal, mas é um deleite pensar em deixar minha mão ser envolvida por seus dedos delicados, Jane. Preferia a solidão a ser servido pelos criados. Mas a ajuda suave de Jane será uma alegria permanente. Jane é a pessoa certa para mim. Será que sou a pessoa certa para ela?

– Até a última fibra do meu coração, sim.

– Se assim é, não precisamos esperar por mais nada. Precisamos casar-nos imediatamente.

Sua aparência e voz eram de ansiedade. A velha impetuosidade ressurgia.

– Precisamos tornar-nos uma só carne, Jane, e sem demora. É só conseguir a licença. E em seguida nos casamos.

– Sr. Rochester, acabo de perceber que o sol já se está pondo e que Pilot voltou para casa para jantar. Deixe-me dar uma olhada no seu relógio.

– Amarre-o em seu cinto, Jane. E mantenha-o aí. Não tenho uso para ele.

– São quase quatro horas da tarde, senhor. Não está com fome?

– Daqui a três dias nos casaremos, Jane. Não se preocupe com roupas finas ou joias agora. Nada disso importa.

– O sol secou as gotas de chuva, senhor. A brisa cessou. Está bastante quente.

– Sabe, Jane, que ainda guardo seu colar de pérolas aqui comigo, pendurado no alfinete de bronze, sob minha gravata? Desde que perdi meu único tesouro, nunca deixei de usá-lo, como lembrança dele.

Ele continuava envolvido pelos próprios pensamentos, sem me dar atenção.

– Jane! Você pensa que sou um miserável sem religião, mas meu coração agora se enche de gratidão ao Deus desta terra. Ele não vê o que o homem vê, mas muito além. Não julga como o homem julga, mas com muito mais sabedoria. Eu agi mal. Teria maculado minha flor inocente, aspergido culpa sobre sua pureza. E o Onipotente a tirou de mim. Em minha teimosia rebelde, quase amaldiçoei a Providência Divina. Em vez de me curvar ante Seus desígnios, desafiei-Os. E a Justiça se fez sentir: a desgraça caiu sobre mim. Fui forçado a percorrer o vale das sombras da morte. A punição Dele é gigantesca. E fui golpeado em algo que me tornou humilde para sempre. Você sabe como eu me orgulhava da minha força. E o que ela significa agora que dependo dos outros para me guiar, como se fosse uma criança indefesa? Ultimamente, Jane, apenas nos últimos tempos, comecei a reconhecer a mão de Deus em meu destino. Comecei a sentir remorso, arrependimento, um desejo de me reconciliar com o Criador. Às vezes, começo a rezar. São preces muito breves, mas também muito sinceras.

"Há alguns dias – não, eu vou dizer quantos: quatro –, há quatro dias, na noite da segunda-feira passada, tive uma sensação. A dor tomou o lugar da agitação, do pesar, da depressão. Há muito tempo que a imaginava morta, uma vez que não conseguia encontrá-la em parte alguma. Tarde, naquela noite – talvez fossem onze horas ou meia-noite –, enquanto me retirava para meu quarto sombrio, supliquei a Deus que, se Ele achasse conveniente, me levasse logo daqui, para um outro mundo onde pudesse me reunir com você.

"Estava em meu quarto, sentado perto da janela, que se encontrava aberta. Sentira vontade de respirar o ar da noite, embora não pudesse enxergar as estrelas e percebesse a presença da lua apenas por uma vaga luminosidade. Ansiava por você, minha pequena Jane! Ah, como ansiava por você, de corpo e alma! Perguntei a Deus, em minha angústia e humildade, se já não era bastante meu tormento, minha desolação. Se não era hora de ter novamente um pouco de paz e felicidade. Sabia que merecia tudo o que estava passando, mas não aguentava mais. E todo o meu coração explodiu, quase à minha revelia, nas palavras que me escaparam dos lábios: 'Jane! Jane! Jane!'

– O senhor pronunciou essas palavras em voz alta?

– Sim, Jane. E alguém que me ouvisse diria que eu estava louco, porque as pronunciei com uma energia frenética.

– E isso aconteceu na noite de segunda-feira, por volta da meia-noite?

– Sim. Mas a hora não importa. O mais estranho foi o que aconteceu depois. Você vai achar que sou supersticioso. Alguma superstição tenho em meu sangue, não nego, mas isso foi real, pelo menos foi real o que ouvi. E que relatarei a seguir:

"Enquanto eu exclamava 'Jane! Jane! Jane!', uma voz, eu não saberia dizer de onde veio, mas sem dúvida foi uma voz, respondeu: 'Já vou! Espere por mim!' No momento seguinte, sussurrou, levada pelo vento: 'Onde está você?'

"Vou lhe contar, se conseguir, o que essas palavras provocaram em mim. Embora seja difícil expressar o que estou tentando dizer. Ferndean está encerrada, como você vê, entre densos bosques, onde qualquer som morre sem reverberar. Mas aquele 'Onde está você? parecia ter sido dito em meio a montanhas, porque eu ouvia o eco repetindo as palavras. Ainda mais claro e mais agudo no momento em que a brisa me bateu no rosto. Tive a impressão de que em algum lugar distante, intocado, eu e Jane nos estávamos encontrando. Em espírito, creio, mas nos encontramos, sim. Naquele instante, com certeza, você estava adormecida e inconsciente, Jane. Talvez sua alma tenha deixado seu corpo e vagado para confortar a minha. Porque era sua aquela voz. Juro pela minha própria vida como era a sua voz!"

Pois fora, leitor, também na noite de segunda-feira – e por volta da meia-noite –, que eu vivera a experiência misteriosa. E aquelas palavras tinham sido exatamente as mesmas por mim pronunciadas. Ouvi a narrativa do Sr. Rochester, mas nada retruquei. A coincidência me pareceu estranha e inexplicável demais para ser contada ou discutida. Se eu relatasse o que acontecera comigo, a história provocaria uma forte impressão na mente de meu interlocutor. E sua mente, por causa do sofrimento prolongado e estado de melancolia, precisava ficar ao abrigo de fenômenos sobrenaturais. Por isso, guardei o segredo para mim, dentro do meu coração.

– Agora você entende – continuou meu patrão – por que, quando surgiu de forma tão inesperada na noite passada, tive dificuldade em acreditar que não era apenas uma voz ou uma visão, algo que se desvaneceria no silêncio e desapareceria, como tinha acontecido com a voz da meia-noite e o eco das montanhas? Devo agradecer a Deus! Sei que não pode ser de outra forma. Agradeço a Deus!

E ele me fez levantar de seus joelhos, pondo-se de pé. Com toda a reverência, tirando o chapéu, ergueu os olhos sem vida para o céu. Ali ficou, em muda devoção. Apenas as últimas palavras de sua prece foram audíveis:

– E agradeço a meu Criador por, no momento do julgamento, ter tido piedade de mim. Humildemente peço a meu Redentor que me dê forças para, daqui para a frente, levar uma vida mais pura do que tenho feito.

E então estendeu a mão, para que eu o conduzisse. Peguei aquela mão tão amada e levei-a até os lábios por um instante, colocando-a em seguida em torno de meu ombro. Sendo tão mais baixa do que ele, eu servia ao mesmo tempo de apoio e guia. E entramos no bosque, para voltar para casa.

38
Conclusão

Leitor, eu me casei com ele. Foi um casamento simples: eu, ele, o pároco e seu secretário éramos os únicos presentes. Quando voltamos da igreja, fui até a cozinha da casa, onde Mary estava preparando o jantar e John limpando as facas. Então, falei:

– Mary, casei-me com o Sr. Rochester esta manhã.

A governanta e seu marido pertenciam àquele grupo de pessoas decentes e discretas, para as quais se pode dar qualquer tipo de notícia sem correr o risco de ter os ouvidos agredidos por alguma interjeição de espanto, seguida por uma torrente de palavras de encantamento.

Mary ergueu o rosto e me olhou. O colherão com o qual regava dois frangos que assavam ficou suspenso no ar por uns bons três minutos, o mesmo espaço de tempo durante o qual as facas de John também tiveram detido seu processo de polimento. Mas Mary, novamente se inclinando sobre o fogo, limitou-se a dizer:

– Casou-se, senhorita? Ah, claro, muito bem!

Algum tempo depois, prosseguiu:

– Vi a senhorita sair com o patrão, mas não sabia que estavam indo para a igreja para se casar – e ela continuou regando os frangos. John, quando me virei para ele, estava rindo de orelha a orelha.

– Eu tinha dito à Mary que isso ia acontecer – falou. – O Sr. Edward – como John era um empregado muito antigo, e conhecera o patrão quando ele era apenas o filho caçula, chamava-o pelo prenome –, eu sabia que o Sr. Edward faria isso. Também tinha certeza de que ele não esperaria muito tempo. E agiu certo, posso garantir. Desejo à senhorita muitas felicidades! – e, com gentileza, ajeitou o topete.

– Obrigada, John. O Sr. Rochester me pediu que lhes desse isto.

E coloquei na mão dele uma nota de cinco libras. Sem mais demora, saí da cozinha. Ao atravessar a porta daquele santuário, pouco depois, pesquei as seguintes palavras:

– Ela vai acabar sendo para ele uma esposa muito melhor do que qualquer grande dama. Pode não ser uma mulher linda, mas tampouco é feia, e tem boa natureza. Além disso, se para ele ela é bonita, quem poderá dizer o contrário?

Escrevi para Moor House e para Cambridge imediatamente, para comunicar o que fizera. E explicando em detalhes minha atitude. Diana e Mary aprovaram minha decisão sem reservas. Diana anunciou que só iria esperar acabar minha lua de mel para vir me visitar.

– É melhor ela não esperar a lua de mel acabar, Jane – disse o Sr. Rochester, quando li a carta para ele –, porque, se não, vai demorar muito, muito. O brilho de nossa lua de mel só vai se apagar sobre o seu túmulo ou sobre o meu.

Como St. John recebeu a notícia, não sei. Ele jamais respondeu à carta em que lhe comuniquei o que fizera. Seis meses depois, escreveu-me, mas não mencionou o nome do Sr. Rochester nem fez qualquer referência a meu casamento. Sua carta tinha um tom sereno, mas muito sério. Daí em diante, mantivemos uma correspondência regular, embora não frequente, na qual ele dizia esperar que eu estivesse feliz e que não fosse daquelas pessoas que vivem sem Deus em seus corações e que só pensam em coisas mundanas.

Você não deve ter esquecido a pequena Adèle, esqueceu, leitor? Eu não esquecera. Logo, pedi e obtive do Sr. Rochester licença para ir visitá-la na escola onde ele a colocara. Sua alegria frenética ao me ver me emocionou muito. Mas estava pálida e magrinha, e disse que não se sentia feliz. Descobri que as regras do estabelecimento eram muito rígidas, e o método de estudo muito severo para uma criança de sua idade. Levei-a para casa comigo. Minha intenção era tornar-me novamente sua preceptora, mas logo descobri que isso era impraticável. Meu tempo e meus cuidados eram agora requisitados por outra pessoa: meu marido necessitava de atenção total. Procurei então outra escola, com um sistema de ensino mais liberal, e próxima o suficiente para permitir que eu fosse visitá-la sempre e às vezes trazê-la para passar uns dias em casa. Cuidei para que nada que lhe desse conforto faltasse. Logo, ela estava instalada em sua nova escola, onde foi muito feliz e fez grandes progressos nos estudos. À medida que foi crescendo, uma educação ao estilo inglês corrigiu em grande medida seus defeitos franceses. E quando ela terminou o curso, encontrei em Adèle uma agradável companheira: dócil, com princípios sólidos e de bom temperamento. Por sua atenção a mim e aos meus, Adèle já retribuiu completamente qualquer pequena gentileza que estivesse em meu poder lhe oferecer.

Minha história chega ao fim. Mais uma palavra sobre minha vida de casada, mais uma análise sobre o que aconteceu com pessoas que permearam esta narrativa, e terei terminado.

Estou casada há dez anos. Sei o que é viver com e para alguém que é tudo para mim neste mundo. Considero-me extremamente abençoada, mais do que seria capaz de expressar em palavras, pois sou a vida para meu marido, assim como ele é para mim. Nenhuma mulher jamais esteve tão próxima de seu amado quanto eu. Sou carne de sua carne, osso de seu osso. Jamais me canso da companhia de Edward.

E ele tampouco da minha, da mesma forma como não nos cansamos das batidas de nossos próprios corações. Por isso, estamos sempre juntos. Estar juntos para nós significa, ao mesmo tempo, ter toda a liberdade da solidão e toda a alegria da companhia. Conversamos, creio, o dia inteiro. Conversar um com o outro é para nós como pensar, só que em voz alta e de forma mais animada. Confio inteiramente nele, e ele em mim. Nós nos encaixamos de maneira absoluta, e o resultado é uma harmonia perfeita.

O Sr. Rochester continuou cego ao longo dos dois primeiros anos de nossa união. Talvez isso se devesse à circunstância que tanto nos aproximara, à forma como estávamos entrelaçados um no outro: eu era sua visão, como continuo sendo sua mão direita. Eu era, literalmente, como ele me chamava, a menina dos olhos dele. Através de mim, ele via a natureza. Através de mim, lia os livros. E jamais me cansei de olhar por ele, de tentar colocar em palavras os campos, as árvores, as cidades, os rios, as nuvens, os raios de sol, tudo o que se descortinava à nossa frente. De descrever com sons em seus ouvidos a luz que seus olhos já não podiam ver. Jamais me cansei de ler para ele. Nem de guiá-lo aonde quisesse ir. Ou de fazer por ele o que ele queria que fosse feito. Era um prazer para mim desempenhar aquelas tarefas, prazer que não incluía nem vergonha nem humilhação. Ele me amava com tamanha sinceridade que não relutava em usufruir do mundo através de mim. E sentia que eu o amava tanto que atender a seus pedidos era a mais doce das minhas indulgências.

Certa manhã, ao final daqueles dois primeiros anos, enquanto eu escrevia uma carta ditada por ele, Edward se inclinou sobre mim e disse:

– Jane, você está com um enfeite brilhante em torno do pescoço?

Era uma corrente de relógio, de ouro. E respondi:

– Sim.

– E está vestindo um vestido azul-claro?

Estava. Ele então me informou que, havia algum tempo, vinha achando que a escuridão que toldava um de seus olhos se tornava menos densa. Agora, tinha certeza.

Fomos juntos a Londres. Ele se consultou com um especialista famoso. E acabou recuperando a visão daquele olho. Não enxerga com muita clareza. Lê e escreve pouco. No entanto, pode se orientar sem precisar ser conduzido pela mão. O céu já não é puro negror, nem a terra apenas um vazio. Quando nosso primeiro filho foi colocado em seus braços, ele pôde ver que o menino herdara os olhos do pai como tinham sido um dia: grandes, cintilantes e negros. Nessa ocasião, mais uma vez ele disse que Deus havia temperado castigo e compaixão.

Meu Edward e eu somos, portanto, felizes. E mais ainda porque aqueles que mais amamos também o são. Diana e Mary Rivers se casaram, ambas. Num ano, elas vêm nos ver, no outro, nós é que vamos vê-las. O marido de Diana é capitão da marinha, um oficial galante, um bom homem. O de Mary é um pastor, colega de universidade do irmão dela e, por seus conhecimentos e princípios, digno dessa conexão. Tanto o capitão Fitzjames quanto o Sr. Wharton amam suas esposas e são muito amados por elas.

Quanto a St. John Rivers, foi embora da Inglaterra. Foi para a Índia. Tomou o caminho que designara para si próprio. Continua a trilhá-lo. Jamais aquelas montanhas e aqueles perigos viram um pioneiro mais tenaz, mais infatigável. Firme, fiel, devotado, cheio de energia e zelo, repleto de verdade, ele luta por seus iguais. Desmata o árduo caminho rumo a seu desenvolvimento. Golpeia os preconceitos de credo e casta que tolhe essa evolução. Pode ser um homem severo. Pode ser exigente. Pode ser até ambicioso. Mas é essa rigidez do guerreiro Greatheart que protege a caravana do peregrino do ataque de Apolião.* Ele toma do apóstolo, que fala em nome de Cristo, as palavras em que diz: "Que aquele que vier comigo abra mão de si mesmo. Tome da própria cruz e siga-me." Sua ambição é a do espírito mais alto, que quer cerrar fileiras junto àqueles que se libertaram da terra e que, imaculados, se apresentam diante do trono de Deus, aqueles que compartilham as imensas vitórias do Cordeiro. Que são chamados, escolhidos, fiéis.

**Greatheart*, literalmente, "bom coração", um dos protagonistas de *O peregrino*, de John Bunyan, (publicado em 1678). Apolião, o Destruidor, personagem do mesmo livro, era representante das forças do mal. (*N. da T.*)

St. John não se casou. E jamais se casará. Até agora, tem sido autossuficiente em sua senda, e a senda se aproxima de um desenlace. Seu sol glorioso encaminha-se para o poente. A última carta que recebemos dele me encheu os olhos de lágrimas, e ao mesmo tempo me deixava o coração repleto de alegria. Ele antecipou sua recompensa infalível, sua coroa incorrupta. Sei que a mão de um estranho escreverá a próxima carta, dizendo que o bom e fiel servo foi chamado afinal à glória de Deus. E por que chorar por ele? O medo da morte não toldará o último suspiro de St. John. Sua mente estará limpa, o coração leve, a esperança segura, a fé inabalável. Palavras ditas por ele próprio garantem isso:

"Meu mestre", dizia St. John, "já me avisou. E todos os dias Ele torna a me anunciar, de forma mais e mais clara: *Em breve, irei a ti.* Ao que eu, a cada dia e a cada hora, respondo, em êxtase: *Amém. Sim, vinde a mim, Senhor Jesus!*"

fim

EDIÇÕES
BestBolso

Este livro foi composto na tipologia Minion Pro Regular,
em corpo 10,5/12,5, e impresso em papel off-set 56g/m² no Sistema
Cameron da Divisão Gráfica da Distribuidora Record.